W0090332

Gefährliche Affären

MIRA® TASCHENBUCH
Band 20076

1. Auflage: April 2018
Copyright © 2018 by MIRA Taschenbuch
in der HarperCollins Germany GmbH

Originaltitel: Storm Warning
Copyright © 1984 by Nora Roberts
erschienen bei: Silhouette Books, Toronto

Originaltitel: Rosselini's Revenge Affair
Copyright © 2007 by Dolce Vita Trust
erschienen bei: Silhouette Books, Toronto

Originaltitel: Dangerous Liaison
Copyright © 2000 by Margaret Price
erschienen bei: Silhouette Books, Toronto

Published by arrangement with
Harlequin Enterprises, Toronto

Umschlaggestaltung: büropecher, Köln
Umschlagabbildung: Volodymyr Tverdokhlib / shutterstock
Redaktion: Maya Gause
Satz: GGP Media GmbH, Pößneck
Printed in Germany
Dieses Buch wurde auf FSC®-zertifiziertem Papier gedruckt.
ISBN 978-3-95649-825-1

www.mira-taschenbuch.de

Werden Sie Fan von MIRA Taschenbuch auf Facebook!

Nora Roberts

Nur wer die Sehnsucht kennt

Roman

Aus dem Amerikanischen von
Charlotte Corber

1. Kapitel

Der Pine View Inn lag im nördlichen Teil des Staates Nord-Virginia, in einem einsamen Tal der Blue-Ridge-Berge versteckt. Wenn man die Hauptstraße verlassen hatte, fuhr man auf einem gewundenen Schotterweg, der schließlich auf einer Furt durch einen Fluss führte. Die Furt war gerade breit genug für einen Wagen. Kurz hinter ihr befand sich der Gasthof.

Es war ein verwinkeltes, behagliches Gebäude, drei Stockwerke hoch, aus hellroten Backsteinen gebaut. Die Vorderfront war von schmalen Fenstern durchbrochen, neben denen sich weiße Fensterläden öffneten. Das geschwungene Dach hatte schon seit langer Zeit eine sattgrüne Farbe angenommen. Drei Schornsteine ragten auf. Eine breite, weiß gestrichene Holzveranda umgab das ganze Haus. Auf allen vier Seiten öffneten sich Türen zu ihr.

Die Rasenflächen ringsum waren gepflegt, aber nicht sehr ausgedehnt. Sie stießen bald an die Bäume und die Felsen der freien Landschaft. Es sah so aus, als habe die Natur selbst beschlossen, bis hierher und nicht weiter dürfe sich der Gasthof mit seinen Anlagen erstrecken.

Das Haus und die Berge ringsum boten einen bezaubernden Anblick, ein Bild vollendeter Harmonie.

Während Andrea ihren Wagen auf die Parkfläche neben dem Haus lenkte, zählte sie fünf Autos, die dort standen, einschließlich des betagten Chevys ihrer Tante. Obwohl die Saison erst in einigen Wochen begann, gab es bereits Gäste.

Die Aprilluft war frisch und kühl. Die Narzissen hatten sich noch nicht geöffnet, die Krokusblüte hingegen hatte ihren Höhepunkt bereits überschritten. Einige wenige Azaleenknospen zeigten einen ersten Hauch von Farbe. Alles schien auf den Beginn des Frühlings zu warten.

Die Berge hatten ihr braunes Winterkleid noch nicht abgelegt, doch auch an ihren Hängen zeigten sich hier und dort erste grüne Flecken. Bald würden das düstere Grau und Braun verschwunden sein.

Andrea hängte die Kameratasche über die eine Schulter und die Handtasche über die andere. Die Kamera war am wichtigsten. Außerdem musste sie zwei große Koffer aus dem Wagen ziehen und ins Haus bringen. Nach kurzem Kampf mit ihrem Gepäck gelang es Andrea, alles auf einmal zu tragen. Langsam ging sie die Stufen hinauf. Die Haustür war, wie immer, unverschlossen.

Kein Mensch war zu sehen. Das geräumige Wohnzimmer, das als Aufenthaltsraum diente, war leer. Allerdings brannte im Kamin ein Feuer, das behagliche Wärme ausstrahlte.

Andrea stellte die Koffer ab und sah sich um. Nichts hatte sich verändert. Auf dem Fußboden lagen Flickenteppiche. Handgeknüpfte Garnteppiche waren über den beiden Sofas ausgebreitet. Vor den Fenstern hingen Chintzgardinen. Auf dem Kaminsims stand immer noch die Sammlung von Hummelfiguren.

Bezeichnend für Andreas Tante war es, dass das Zimmer zwar sauber war, aber keineswegs aufgeräumt wirkte. Hier und dort lag eine Illustrierte, der Nähkorb schien überzufließen. Die Kissen auf der Fensterbank waren in einer Ecke gehäuft und dienten offensichtlich mehr der Bequemlichkeit als der Zierde.

Alles wirkte freundlich und gemütlich und hatte einen versponnenen Charme. Lächelnd sagte sich Andrea, dass das Zimmer in vollkommener Weise zu ihrer Tante passte.

Andrea war rundum zufrieden. Es war ein beruhigendes Gefühl, dass sich nichts verändert hatte.

Mit einer raschen Bewegung strich sich Andrea durch das Haar, das ihr bis zur Taille reichte. Es war von der langen Fahrt bei geöffnetem Fenster zerzaust. Einen Moment überlegte sie, ob sie es bürsten sollte. Doch das vergaß sie sofort, als sie draußen auf dem Flur Schritte hörte.

»Oh, Andrea, da bist du ja.« Es war typisch: Ihre Tante begrüßte sie so, als sei sie lediglich für eine Stunde im Supermarkt gewesen und nicht ein Jahr lang in New York. »Fein, dass du vor dem Abendessen gekommen bist. Es gibt Schmorbraten, dein Lieblingsgericht.«

Andrea brachte es nicht übers Herz, ihre Tante daran zu erinnern, dass Schmorbraten das Lieblingsgericht ihres Bruders Paul war. Rasch trat sie auf die alte Dame zu, umarmte sie und küsste sie auf die Wange. »Tante Tabby, wie schön, dich wiederzusehen.« Der vertraute Duft von Lavendel ging von Tante Tabby aus.

Tabby war in dieser Gegend ein beliebter Name für Katzen. Doch Andreas Tante erinnerte in keiner Weise an diese eleganten Tiere. Katzen gelten als Snobs, die den Rest der Welt nur mit Herablassung dulden. Sie sind flink, beweglich und geschickt. Tante Tabby hingegen war für ihre gewundenen, manchmal geradezu verworrenen Gedankengänge bekannt. In Gesprächen war sie sprunghaft. Sie war ein durch und durch lieber und vertrauensvoller Mensch. Und gerade wegen dieser Charakterzüge liebte Andrea sie.

Sie schob ihre Tante ein wenig von sich fort und betrachtete sie genau. »Du siehst wunderbar aus.«

Das war keineswegs übertrieben. Tante Tabbys Haar hatte dieselbe kastanienrote Farbe wie das ihrer Nichte, war aber an einigen Stellen bereits grau. Das stand ihr sehr gut. Sie trug das Haar kurz, Locken umrahmten das zierliche runde Gesicht. Zierlich – das war das richtige Wort, um Tante Tabby zu beschreiben. Alles an ihr war zierlich: Mund, Nase und Ohren, sogar Hände und Füße.

Tante Tabbys Augenfarbe war ein verwaschenes Blau. Obwohl Tante Tabby bereits Ende fünfzig war, hatte sie noch keine Falten, und ihre Haut war glatt wie die eines jungen Mädchens. Ihre Figur war angenehm rund und weich. Andrea überragte sie um Kopfeslänge und kam sich neben ihr geradezu dünn vor.

Andrea umarmte ihre Tante noch einmal und küsste sie auf die andere Wange. »Einfach wunderbar siehst du aus.«

Tante Tabby lächelte. »Was für ein hübsches Mädchen du bist. Ich wusste immer, dass du es werden würdest. Aber du bist schrecklich mager.« Sie tätschelte Andreas Wange und überlegte dabei, wie viele Kalorien wohl in dem Schmorbraten seien.

Andrea dachte flüchtig an die zehn Pfund, die sie zugenommen hatte, nachdem sie das Rauchen aufgegeben hatte. Inzwischen hatte sie sie zum größten Teil wieder verloren.

»Nelson war immer mager.« Tante Tabby meinte ihren Bruder, Andreas Vater.

»Das ist er immer noch.« Andrea stellte ihre Kameratasche auf einen Tisch. Mit einem Augenzwinkern fuhr sie fort: »Mama droht ihm dauernd mit einer Scheidungsklage.«

Tante Tabby schüttelte missbilligend den Kopf. »Nach so vielen Ehejahren wäre das keine gute Idee.«

Andrea merkte, dass ihr Scherz nicht verstanden worden war, und nickte nur.

»Meine Liebe, du bekommst wieder das Zimmer, das du besonders magst. Vom Fenster aus kannst du immer noch den See sehen. Allerdings, wenn sich erst die Blätter entfaltet haben … erinnerst du dich noch, wie du als kleines Mädchen hineingefallen bist? Nelson musste dich herausfischen.«

»Das war Will, nicht ich«, verbesserte Andrea ihre Tante. Sie konnte sich noch sehr gut an den Tag erinnern, an dem ihr jüngerer Bruder in den See gestürzt war.

»So?« Tante Tabby schien für einen Moment etwas verwirrt, dann lächelte sie entwaffnend. »Er hat schnell schwimmen gelernt, nicht wahr? Jetzt ist er ein so großer junger Mann. Das hat mich immer erstaunt. Zurzeit sind hier keine Kinder.« Tante Tabby sprang von Satz zu Satz und folgte dabei ihrer eigenen Logik.

»Draußen habe ich mehrere Autos gesehen. Hast du viele Gäste?« Andrea reckte sich und begann, in dem Zimmer umherzugehen. Es roch nach Sandelholz und Zitronenöl.

»Ein Paar und fünf Einzelgäste«, berichtete Tante Tabby. »Einer ist ein Franzose und mag meine Apfeltorte ganz besonders. Ich muss jetzt gehen und nach meinem Blaubeerauflauf sehen«, verkündete sie plötzlich. »Nancy versteht es toll, einen Schmorbraten zuzubereiten, aber backen kann sie nicht. George liegt mit einer Grippe danieder.«

Tante Tabby war bereits auf dem Weg zur Tür, als Andrea auf die letzte Information einging. »Das tut mir leid«, erklärte sie mit aufrichtigem Bedauern.

»Ich bin mit Hilfen im Moment ziemlich knapp, Liebe. Vielleicht kommst du mit deinen Koffern allein zurecht. Oder du wartest, bis einer der Herren hereinkommt.«

George – Andrea erinnerte sich an ihn. Er war Gärtner, Page und bediente an der Bar.

»Mach dir keine Sorgen, Tante Tabby. Ich komme zurecht.«

»Ach, übrigens, Andrea.« Tante Tabby drehte sich noch einmal um. Andrea wusste jedoch, dass ihre Gedanken jetzt schon bei dem Auflauf waren. »Ich habe eine kleine Überraschung für dich – oh, da sehe ich gerade Miss Bond hereinkommen.« Es war typisch, wie Tante Tabby sich selbst unterbrach. »Sie wird dir Gesellschaft leisten. Abendessen gibt es zur gewohnten Zeit. Komm nicht zu spät.«

Tante Tabby war offensichtlich erleichtert, dass ihre Nichte versorgt war und sie sich nun um ihren Auflauf kümmern konnte. Sie eilte davon. Das fröhliche Klappern ihrer Absätze auf dem Holzfußboden war noch kurze Zeit zu hören.

Andrea drehte sich zu der ihr angekündigten Gesellschaft um und war völlig verblüfft.

Es war Julia Bond. Andrea erkannte sie sofort. Keine andere Frau war von solch strahlender blonder Schönheit. Wie oft hatte Andrea schon in einem ausverkauften Kino gesessen und Julias Charme und Talent auf der Leinwand bewundert. Jetzt, wo sie wirklich und leibhaftig auf sie zukam, war sie nicht weniger schön, sondern wirkte umso lebendiger.

Julia Bond war klein, wohlgeformt bis gerade zur Grenze des Üppigen und das großartige Beispiel einer Frau in voller Blüte. Sie trug eine cremefarbene Leinenhose und einen Kaschmirpullover in lebhaftem Blau, der ihr sehr gut stand. Goldblondes Haar umrahmte ihr Gesicht, und die Augen waren tiefblau.

Jetzt hob Julia die berühmten Augenbrauen. Die vollen Lippen formten sich zu einem Lächeln. Einen Moment spielte sie mit ihrem Seidenschal. Sie blieb stehen und sah Andrea an. Dann sagte sie mit rauchiger Stimme – der Stimme, die Andrea so gut kannte: »Was für ein fantastisches Haar.«

Andrea brauchte einen Moment, bevor sie die Bemerkung verstand. Sie war immer noch verblüfft, dass Julia Bond das Zimmer des ländlichen Gasthofs auf ebenso selbstverständliche Art betrat, als ginge sie in das Hilton-Hotel in New York. Doch Julias Lächeln war so charmant und natürlich, dass Andrea es erwiderte.

»Vielen Dank. Es ist für Sie sicherlich nichts Außergewöhnliches, Miss Bond, dass man Sie anstarrt. Aber ich möchte mich trotzdem entschuldigen.«

Julia setzte sich mit einer anmutigen Bewegung auf den Schaukelstuhl. Sie zog eine lange dünne Zigarette aus der Packung und schenkte Andrea ein strahlendes Lächeln.

»Schauspieler lieben es, wenn sie angestarrt werden. Nehmen Sie doch Platz. Es scheint so, als hätte ich schließlich doch jemanden gefunden, mit dem ich mich unterhalten kann.«

Andrea war von dem Charme der Schauspielerin so beeindruckt, dass sie folgsam gehorchte.

Julia musterte sie. »Natürlich sind Sie eigentlich zu jung und viel zu attraktiv.« Sie lehnte sich zurück und schlug die Beine übereinander. Irgendwie schaffte sie es, den ganz gewöhnlichen Schaukelstuhl in eine Art Thron zu verwandeln. »Ihre und meine Haarfarbe ergänzen sich übrigens toll. Wie alt sind Sie, Darling?«

»Fünfundzwanzig.« Andrea war von Julia Bond so hingerissen, dass sie antwortete, ohne nachzudenken.

Julia lachte leise. »Oh, ich auch, schon seit einer Ewigkeit.« Sie neigte den Kopf amüsiert zur Seite. Es juckte Andrea in den Fingern, zu ihrer Kamera zu greifen.

»Wie heißen Sie, Darling? Und was bringt Sie hierher in diese Einsamkeit, zu den Fichten und Kiefern?«

»Andrea.« Sie schob sich das Haar über die Schultern zurück. »Andrea Gallegher. Der Gasthof gehört meiner Tante.«

»Ihrer Tante?« Julias Gesicht verriet Überraschung und noch mehr Belustigung. »Diese liebe kleine schrullige Dame ist Ihre Tante?«

»Ja.« Julia hatte sie treffend beschrieben. »Sie ist die Schwester meines Vaters.« Entspannt lehnte Andrea sich zurück. Sie musterte nun ihrerseits die Filmschauspielerin, dachte an Blickwinkel und richtige Beleuchtung.

»Das ist unglaublich.« Julia schüttelte den Kopf. »Sie sehen ihr überhaupt nicht ähnlich. Oh, natürlich, das Haar«, verbesserte sie sich mit einem gewissen Neid. »Großartig. Ich kenne Frauen, die für solches Haar über Leichen gehen würden. Und Sie haben eine ganze Menge davon.«

Mit einem Seufzer drückte sie die Zigarette aus. »So, Sie sind also gekommen, um Ihre Tante zu besuchen.«

Julias Haltung war keineswegs herablassend. Die Schauspielerin sah Andrea mit aufrichtigem Interesse an. Andrea fing an, Julia nicht nur charmant, sondern aufrichtig sympathisch zu finden.

»Für einige Wochen. Wir haben uns seit fast einem Jahr nicht gesehen. Sie schrieb mir und bat mich, zu ihr zu kommen. Da habe ich meinen ganzen Urlaub auf einmal genommen.«

»Was machen Sie? Sind Sie Fotomodell?«

»Nein.« Andrea musste lachen. »Ich bin Fotografin.«

»Fotografin?«, rief Julia und strahlte. »Ich liebe Fotografen – wahrscheinlich aus Eitelkeit.«

»Ich kann mir gut vorstellen, dass Fotografen Sie aus demselben Grund lieben.«

»Oh, meine Liebe.« Wenn Julia lächelte, wirkte das stets zugleich erfreut und amüsiert. »Wie süß.«

»Sind Sie allein hier, Miss Bond?« Andrea war nicht länger überwältigt davon, die berühmte Filmschauspielerin in Person vor sich zu sehen. Ihre Neugier setzte sich durch.

»Sagen Sie Julia zu mir, bitte. Sonst erinnern Sie mich an die Jahre, die zwischen uns liegen. Die Farbe Ihres Pullovers steht Ihnen gut. Ich könnte nie Grau tragen. Oh, entschuldigen Sie, Darling. Kleidung ist eine Schwäche von mir. Ob ich allein hier bin?«

Julias Lächeln verstärkte sich. »Genau genommen ist dieser kleine Ausflug eine Mischung aus Geschäft und Vergnügen. Ich stehe zurzeit zwischen zwei Ehemännern – ein großartiges Zwischenspiel.« Julia hob den Kopf. »Männer sind entzückend, aber Ehemänner können manchmal einengend sein. Hatten Sie jemals einen?«

»Nein.« Andrea musste lachen. Julia hatte ihre Frage in einem Ton gestellt, als wolle sie wissen, ob Andrea jemals einen Hund besessen habe.

»Ich hatte drei.«

Julia zwinkerte Andrea zu. »In diesem Fall war der Dritte nicht die richtige Wahl. Sechs Monate mit einem englischen Baron haben mir gereicht.«

Andrea erinnerte sich, dass sie Fotos von Julia mit einem hochgewachsenen aristokratischen Engländer gesehen hatte. Julia hatte in einem Tweedkostüm hinreißend ausgesehen.

»Ich habe ein Gelübde der Enthaltsamkeit abgelegt«, fuhr Julia fort. »Nicht vor Männern – vor der Ehe.«

»Bis zum nächsten Mal?«

»Bis zum nächsten Mal«, bestätigte Julia lachend. »Doch zurzeit bin ich aus rein platonischen Gründen mit Jacques LeFarre hier.«

»Mit dem Filmproduzenten?«

»Natürlich.« Wieder spürte Andrea, dass Julia sie forschend betrachtete. »Er braucht nur einen Blick auf Sie zu werfen und wird sofort überzeugt sein, einen neuen künftigen Star entdeckt zu haben. Vielleicht wäre das eine interessante Abwechslung.«

Julia schien einen Moment nachzudenken, dann zuckte sie mit den Schultern. »Die anderen Bewohner dieses gemütlichen Gasthofs haben bisher wenig Abwechslung geboten.«

»Tatsächlich?« Andrea schüttelte automatisch den Kopf, als Julia ihr eine Zigarette anbot.

»Da sind Dr. Robert Spicer und seine Frau«, begann Julia. Sie klopfte mit einem perfekt geformten Fingernagel auf die Armlehne ihres Schaukelstuhls. Ihre Haltung hatte sich ein wenig verändert. Andrea war zwar für Stimmungen äußerst empfänglich, doch diese Veränderung war zu schwach, um sie richtig deuten zu können.

»Der Arzt selbst könnte ganz interessant sein. Er ist groß und kräftig gebaut, sieht überdurchschnittlich gut aus und hat gerade die richtige Menge Grau an den Schläfen.« Julia lächelte. In diesem Augenblick kam sie Andrea wie eine sehr hübsche, gut genährte Katze vor.

»Seine Frau ist klein und leider ziemlich pummelig. Was sie an Attraktivität besitzen mag, verdirbt sie dadurch, dass sie dauernd verdrossen vor sich hin schmollt.« Julia machte das mit umwerfender Geschicklichkeit nach.

Andrea brach in lautes Gelächter aus. »Das ist aber nicht so schön.«

»Oh, ich weiß.« Julia machte eine lässige Handbewegung. »Ich kann kein Verständnis für Frauen aufbringen, die sich gehen lassen und die andere Frauen mit missbilligenden Blicken bedenken, weil sie das nicht tun. Er liebt frische Luft und Wanderungen im Wald, und sie läuft mürrisch und schimpfend hinter ihm her.« Julia sah Andrea fragend an. »Was halten Sie vom Wandern?«

»Ich liebe es.«

»Nun ja, jeder nach seinem Geschmack. Als Nächste haben wir Helen Easterman.« Wieder klopfte Julia mit dem ovalen lackierten Fingernagel auf die Armlehne. Sie schaute aus dem Fenster. Irgendwie kam es Andrea so vor, als sehe Julia die Berge und die Bäume gar nicht.

»Sie sagt, sie sei Kunsterzieherin und mache hier Urlaub, um in der Natur zu zeichnen. Sie ist einigermaßen attraktiv, allerdings ein wenig überreif, hat scharfe kleine Augen und ein unangenehmes Lächeln. Ferner haben wir hier Steve Andersen.«

Jetzt lächelte Julia wieder. Männer zu beschreiben war offensichtlich mehr nach ihrem Geschmack. »Er ist gar nicht übel, hat breite Schultern, blondes, von der Sonne gebleichtes Haar, hübsche blaue Augen. Und er ist ungewöhnlich reich. Seinem Vater gehören die …«

»Die Andersen-Werke?«, half Andrea aus und wurde mit einem strahlenden Lächeln belohnt.

»Sie kennen sich aus, Andrea, wie?«

»Ich las etwas darüber, dass Steve Andersen auf eine Karriere als Politiker aus ist.«

»Ja, das würde zu ihm passen.« Julia nickte. »Er hat sehr gute Manieren und ein entwaffnendes jungenhaftes Lächeln – das ist für einen Politiker immer sehr vorteilhaft.«

»Ist es nicht eine ernüchternde Vorstellung, dass Politiker wegen ihres Lächelns gewählt werden?«

»Oh, die Politik.« Julia verzog das Gesicht und machte eine wegwerfende Handbewegung. »Ich hatte einmal ein Verhältnis mit einem Senator. Politik ist ein hässliches Geschäft.«

Andrea wusste nicht, ob sie dieses Thema verfolgen sollte, und verzichtete darauf. »Insofern scheint das für Julia Bond und Jacques LeFarre nicht die passende Gesellschaft zu sein.«

»So ist das in unserem Beruf.« Julia steckte sich eine Zigarette an und lächelte Andrea zu. »Bleiben Sie beim Fotografieren, Andrea, gleich, was Jacques Ihnen verspricht. Wir sind hier wegen der Launen des letzten und zugleich interessantesten unserer Mitbewohner. Er ist ein genialer Schriftsteller. Vor einigen Jahren spielte ich in einem Film, zu dem er das Drehbuch geschrieben hatte. Jacques will ihn zu einem weiteren Drehbuch überreden, und ich soll ihm dabei helfen.«

Julia zog an ihrer Zigarette. »Ich bin dazu bereit, denn wirklich gute Drehbücher sind nicht leicht zu bekommen. Aber unser Schriftsteller steckt mitten in einem Roman. Jacques denkt, dass man aus einem Roman ein Drehbuch machen könne, aber unser Genie will nicht. Er sagt, er sei hierhergekommen, um einige Wochen in Ruhe zu schreiben. Danach will er darüber nachdenken. Der charmante LeFarre hat unseren Schriftsteller dazu überredet, dass wir ihm einige Tage Gesellschaft leisten dürfen.«

Andrea war zugleich fasziniert und verblüfft. Sie fragte unverblümt: »Jagen Sie Schriftsteller immer auf diese Art? Ich dachte immer, es sei eher umgekehrt.«

»Damit haben Sie völlig recht«, bestätigte Julia. »Aber Jacques ist ganz versessen darauf, eine Arbeit dieses Mannes zu verfilmen, und er hat mich in einem schwachen Moment erwischt. Ich hatte gerade die Lektüre eines sehr fesselnden Drehbuchs beendet. Sie müssen wissen, dass ich zwar von meiner Arbeit lebe, ich mich aber nicht für jeden Mist hergebe. Und so kommt es, dass ich hier bin.«

»Auf der Jagd nach einem zurückhaltenden Schriftsteller.«

»Das hat auch positive Seiten.«

Ich möchte sie mit der Sonne im Hintergrund aufnehmen, dachte Andrea.

Die Sonne muss tief stehen, kurz vor dem Untergang sein. Die Kontraste wären vollkommen.

Andrea konzentrierte sich wieder auf das Gespräch mit Julia. »Positive Seiten?«

»Dieser Schriftsteller ist zufällig unglaublich anziehend. Er hat diese ungezwungene, verwegene Art an sich, mit der man geboren sein muss. Im Vergleich zu einem englischen Baron ist er ein ganz erheblicher Fortschritt. Er ist groß, braun gebrannt, hat schwarzes Haar, das etwas zu lang und immer unordentlich ist. Es juckt einer Frau geradezu in den Fingern, darin herumzuwühlen. Am eindrucksvollsten sind seine schwarzen Augen, die zu sagen scheinen: ›Scher dich zum Teufel.‹ Er ist sehr arrogant.«

Julia seufzte. Dieser kleine Seufzer verriet völlige weibliche Übereinstimmung. »Arrogante Männer sind unwiderstehlich, finden Sie nicht auch?«

Andrea murmelte irgendeine Antwort, während sie den Verdacht zu zerstreuen suchte, den Julias Worte in ihr entstehen ließen. Es muss ein anderer sein, dachte sie entschlossen, irgendein anderer.

»Natürlich kann Lucas McLean sich bei seinem Talent eine gewisse Arroganz leisten.«

Andrea wurde blass. Die Erinnerung an einen fast vergessenen Schmerz befiel sie. Wie konnte das nach so langer Zeit so wehtun? Sie hatte die Mauer mit so großer Sorgfalt errichtet – wie konnte sie zu Staub zerfallen, als nur der Name dieses Mannes fiel? Welche sadistische Laune des Schicksals hatte Lucas McLean hierher geführt, um sie zu quälen?

»Fehlt Ihnen etwas, Darling?«

Julias Stimme, die Besorgnis und Neugier verriet, drang in Andreas Bewusstsein. Andrea schüttelte den Kopf. »Nein.« Sie schluckte und atmete tief durch. »Ich war nur so überrascht, als ich hörte, dass Lucas McLean hier ist.« Sie sah Julia an. »Ich kannte ihn … vor langer Zeit.«

»Oh, ich verstehe.«

Julia verstand in der Tat sehr gut, das war Andrea klar. Gesichtsausdruck und Stimme verrieten Mitleid.

Andrea gab sich Mühe, das Thema ungezwungen zu behandeln. »Wahrscheinlich wird er sich an mich nicht mehr erinnern.« Ein Teil von ihr wünschte sich, es möge so sein, während ein anderer das Gegenteil erhoffte. Würde er sie vergessen haben, könnte er das?

»Andrea, Darling, Sie haben ein Gesicht, dass ein Mann nicht so leicht vergisst.« Julia stieß eine Wolke von Zigarettenrauch aus und musterte Andrea. »Sie waren noch sehr jung, als Sie sich in ihn verliebten, nicht?«

»Ja.« Andrea war noch damit beschäftigt, ihre Schutzmauer wieder aufzubauen. Julias Frage überraschte sie nicht. »Zu jung und zu naiv.« Sie brachte ein spöttisches Lächeln zustande. Zum ersten Mal seit sechs Monaten nahm sie eine Zigarette an. »Aber ich lerne schnell.«

»Es scheint, als würden die nächsten Tage doch noch interessant.«

»Ja.« Andrea war von dieser Aussicht keineswegs begeistert. »Das könnte durchaus sein.« Sie stand auf. »Ich muss meine Sachen nach oben bringen.«

Während Andrea sich reckte, lächelte Julia ihr zu. »Wir sehen uns beim Abendessen.«

Andrea nickte, nahm Kameratasche und Handtasche und verließ das Zimmer.

Draußen auf dem Flur kämpfte Andrea kurze Zeit mit ihren Koffern, der Kameratasche und der Handtasche. Dann begann sie den Transport die Treppe hinauf. Während ihr dabei warm wurde und sie vor sich hin schimpfte, verlor sie ihre Anspannung ein wenig.

Lucas McLean, dachte Andrea und stieß sich dabei einen Koffer gegen das Schienbein. Sie war schlecht gelaunt. Außer Atem und ungeduldig erreichte sie den Flur, auf dem ihr Zimmer lag. Verärgert ließ sie alle Sachen zu Boden fallen.

»Hallo, Kätzchen. Ist kein Page da?«

Die Stimme und die Erwähnung ihres Spitznamens schlugen einige Steine aus der frisch errichteten inneren Schutzmauer. Nach kurzem Zögern drehte Andrea sich um. Dieser Mann sollte von ihrem Gesicht nicht ablesen können, wie schmerzlich sie diese Wiederbegegnung berührte.

Aber der Schmerz war da, er war überraschend wirklich und spürbar. Er erinnerte Andrea an den Tag, an dem ihr Bruder sie mit einem Baseball am Bauch getroffen hatte. Sie war damals zwölf gewesen.

Jetzt bin ich nicht mehr zwölf, erinnerte sie sich. Sie begegnete Lucas' herablassendem Lächeln auf die gleiche Art.

»Hallo, Lucas. Ich hörte bereits, dass du hier bist. Der Pine View Inn läuft ja von Berühmtheiten geradezu über.«

Er war unverändert geblieben, das merkte sie sofort – dunkel, schlank und männlich. Er hatte etwas Verwegenes, Wildes an sich, das durch die dichten schwarzen Augenbrauen und die herben Gesichtszüge noch unterstrichen wurde. Man konnte Lucas McLean nicht einfach nur schön nennen. Nein, das wäre ein viel zu schwacher Ausdruck gewesen. Er war aufregend und unwiderstehlich, einfach fatal. Diese Worte passten viel besser zu ihm.

Seine Augen waren fast so schwarz wie sein Haar. Sie konnten Geheimnisse ohne Mühe verbergen. Er bewegte sich mit einer lässigen Anmut, die angeboren zu sein schien. Ein Ausdruck ungebändigter Männlichkeit ging von ihm aus.

Langsam kam er näher und schaute Andrea an. Erst jetzt fiel ihr auf, dass er völlig übermüdet aussah. Er hatte Schatten unter den Augen, eine Rasur hätte ihm gutgetan. Die Falten in seinen Wangen waren tiefer, als sie sich erinnerte – und sie erinnerte sich sehr gut an ihn.

»Du siehst unverändert aus.« Er streckte die Hand aus und fasste in ihr Haar, während er ihr in die Augen blickte.

Andrea fragte sich, wie sie jemals auf die Idee hatte kommen können, sie habe Lucas innerlich überwunden. Das würde keiner Frau je gelingen. Nur mit äußerster Anstrengung konnte sie seinem Blick standhalten.

»Und du«, erwiderte sie, während sie die Tür ihres Zimmers öffnete, »siehst schrecklich aus. Du brauchst Schlaf.«

Lucas lehnte sich an den Türrahmen, bevor Andrea ihre Sachen in das Zimmer ziehen und die Tür zuschlagen konnte. »Ich habe Schwierigkeiten mit einer meiner Figuren«, sagte er. »Sie ist groß, gertenschlank, hat kastanienbraunes Haar, das ihr bis zur Taille reicht, schlanke Hüften und lange Beine.«

Andrea drehte sich um und sah Lucas mit scheinbar ausdrucksloser Miene an.

»Sie hat einen Mund wie ein Kind, eine schmale Nase und hohe schöne Wangenknochen. Ihre Haut hat die Farbe von Elfenbein, unter ihrer Oberfläche scheint es zu glühen. Die Augenwimpern sind ungewöhnlich lang, und ihre grünen Augen werden gelegentlich bernsteinfarben, wie bei Katzen.«

Andrea hörte der Beschreibung, die Lucas von ihr gab, regungslos zu. Ihr Gesicht wirkte gelangweilt und uninteressiert. Für Lucas musste das überraschend sein. So hatte sie ihm gegenüber vor drei Jahren nie ausgesehen.

»Ist sie die Mörderin oder das Opfer?« Andrea bemerkte erfreut, dass Lucas verblüfft zu sein schien.

»Ich schicke dir ein Exemplar, wenn das Buch fertig ist.« Sein Gesicht wirkte plötzlich verschlossen. Auch darin hatte er sich nicht verändert.

»Tu das.«

Andrea schob die Koffer in ihr Zimmer und lehnte sich einen Moment an die Tür, um sich auszuruhen. Ihr Lächeln war kalt. »Du musst mich jetzt entschuldigen, Lucas. Ich habe eine lange Fahrt hinter mir und möchte ein Bad nehmen.«

Sie schlug ihm die Tür vor der Nase zu und schloss ab.

Zielstrebig packte Andrea ihre Koffer aus, ließ Wasser in die Badewanne ein und wählte ein Kleid aus, das sie zum Abendessen tragen wollte. Es gelang ihr so, sich für kurze Zeit von ihrem Schmerz abzulenken.

Als sie schließlich mit dem Anziehen begann, hatten sich ihre Nerven wieder beruhigt. Das Schlimmste war bereits überstanden. Die erste Begegnung, die ersten Worte, die sie miteinander gewechselt hatten, waren am schwierigsten gewesen. Sie hatte Lucas gesehen, sie hatte mit ihm gesprochen, und sie hatte alles überlebt.

Der Erfolg machte Andrea kühn. Zum ersten Mal seit nahezu zwei Jahren ließ sie es zu, dass die Erinnerungen in ihr wach wurden.

Sie war sehr verliebt gewesen. Es hatte alles mit einem ganz normalen Auftrag angefangen. Sie sollte Fotos für einen Illustriertenartikel über den berühmten Kriminalschriftsteller Lucas McLean machen. Das Ergebnis waren sechs Monate unglaublicher Freude gewesen – gefolgt von einem unsagbaren Schmerz.

Lucas hatte sie ganz einfach überwältigt. Noch nie war sie einem Mann wie ihm begegnet. Sie wusste jetzt, dass es keinen zweiten Mann gab, der ihm geglichen hätte. Er war ein äußerst brillanter Kopf, einnehmend, egoistisch und launisch.

Es war zuerst wie ein Schock für Andrea gewesen, als sie merkte, dass Lucas sich für sie interessierte. Doch dann hatte sie wie auf einer Wolke gelebt. Sie hatte ihn angebetet und geliebt.

Julia hatte mit ihrer Bemerkung recht gehabt, dass seine Arroganz unwiderstehlich sei. Häufig hatte er Andrea um drei Uhr morgens angerufen. Sie war glücklich gewesen. Das letzte Mal, dass er sie in den Armen gehalten, sie leidenschaftlich geküsst hatte, war ebenso aufregend gewesen wie das erste Mal. Sie war wie eine reife Frucht in sein Bett gefallen und hatte ihre Unschuld mit einer Leichtigkeit preisgegeben, die nur durch blinde, vertrauensvolle Liebe herbeigeführt werden kann.

Sie erinnerte sich, dass Lucas nie die Worte gesagt hatte, die sie von ihm hatte hören wollen. Aber sie hatte sich stets damit beruhigt, dass es dieser Worte auch gar nicht bedurfte. An ihrer Stelle hatte es unerwartete Rosensträuße gegeben, überraschende Picknicks am Strand mit Wein aus Pappbechern und einem Liebesspiel, das sie alles um sich herum vergessen ließ. Was sollten da noch Worte?

Als dann das Ende kam, geschah es plötzlich und keineswegs schmerzlos.

Andrea führte Lucas' Zerstreutheit, seine Launen darauf zurück, dass er Schwierigkeiten mit dem Roman hatte, an dem er arbeitete. Sie wäre nie auf den Gedanken gekommen, dass er sich langweilte.

Es war ihr zur Gewohnheit geworden, an jedem Mittwoch bei ihm zu Hause das Abendessen zuzubereiten. Es war jedes Mal ein kleines privates Ereignis gewesen, ein Abend, den sie ganz besonders schätzte.

Ihr Erscheinen bei Lucas war für sie völlig natürlich gewesen, eine Art Routine. Als sie sein Wohnzimmer betrat und sah, dass er sich elegant gekleidet hatte, glaubte sie, er habe sich für diesen gemeinsamen Abend einen besonderen Rahmen ausgedacht.

»Nanu, Kätzchen, was machst du denn hier?« Lucas hatte das so beiläufig gesagt, dass Andrea ihn verständnislos ansah. »Ach ja, es ist Mittwoch, nicht wahr?« Lucas' Stimme verriet einen Anflug von Ärger, so, als habe er die Verabredung mit dem Zahnarzt vergessen. »Das war mir völlig entfallen. Es tut mir leid, ich habe andere Pläne.«

»Andere Pläne?« Andrea war immer noch weit davon entfernt, die Situation zu verstehen.

»Ich hätte dich anrufen und dir die Fahrt ersparen sollen. Entschuldige, Kätzchen, aber ich bin gerade im Aufbruch begriffen.«

»Im Aufbruch?«

»Ich gehe aus.« Lucas kam auf Andrea zu und blieb vor ihr stehen. Ein Frösteln durchlief sie. Sein Blick war so kalt.

»Mach keine Schwierigkeiten, Andrea. Ich möchte dir nicht mehr als unbedingt nötig wehtun.«

Jetzt begriff Andrea. Tränen stiegen ihr in die Augen, ohne dass sie es verhindern konnte.

Lucas wurde zornig. »Hör mit dem Geheule auf! Ich habe keine Zeit, mich mit einer weinenden Frau zu befassen. Schluck es hinunter und verbuche es auf dem Konto Erfahrungen. Die hast du bitter nötig.«

Er steckte sich eine Zigarette an, während Andrea reglos dastand und lautlos weinte.

»Stell dich nicht so töricht an!« Lucas' Stimme klang abweisend. »Wenn etwas vorbei ist, dann vergisst man es und geht weiter. So ist das Leben nun einmal.«

»Du willst mich nicht mehr?« Andrea stand wie betäubt da, ihr Blick war durch die Tränen getrübt. Sie konnte Lucas' Gesichtsausdruck nicht erkennen.

Für einen Moment schwieg er. Dann antwortete er offenbar ungerührt: »Mach dir keine Sorgen, Kätzchen. Du findest bestimmt einen anderen.«

Sie drehte sich um und floh.

Es hatte über ein Jahr gedauert, bis Andreas erster Gedanke am Morgen nicht mehr Lucas galt. Aber sie hatte es überlebt. Das durfte sie nicht vergessen.

Andrea zog jetzt ein hellgrünes Kleid an. Sie würde auch weiterhin überleben. Im Grunde genommen war sie zwar noch derselbe Mensch wie damals, als sie sich in Lucas verliebt hatte. Doch inzwischen hatte sie sich besser im Griff. Die Unschuld hatte sie verloren. Es war schon mehr nötig als ein Mann wie Lucas McLean, um sie wieder aus dem Gleichgewicht zu bringen.

Andrea hob den Kopf. Sie war zufrieden mit der Art, in der sie Lucas vorhin begegnet war. Er war bestimmt überrascht gewesen. Nein, Andrea Gallegher ließ sich nicht länger zur Närrin machen.

In Gedanken beschäftigte sie sich mit der seltsamen Ansammlung von Gästen, die zu ihrer Tante gekommen waren. Wieso trafen sich die reichen und berühmten Leute hier und nicht in irgendeinem exklusiven Ferienort?

Doch was ging sie das an? Es war jetzt an der Zeit, zum Abendessen zu gehen. Tante Tabby hatte ihr gesagt, dass sie nicht zu spät kommen solle.

2. Kapitel

Es waren nicht gerade alltägliche Menschen, die sich in diesem abgelegenen Gasthof Virginias versammelt hatten: ein preisgekrönter Schriftsteller, eine Schauspielerin, ein Filmproduzent, ein reicher Geschäftsmann aus Kalifornien, ein erfolgreicher Herzchirurg mit Frau und eine Kunsterzieherin.

Bevor Andrea alle richtig wahrgenommen hatte, war sie schon in die Gruppe mit einbezogen. Julia nahm sie in Beschlag und begann, die Leute einander vorzustellen. Offenbar genoss sie ihre Rolle und fühlte sich als Mittelpunkt der Gesellschaft.

Zuerst war Andrea etwas schüchtern gewesen, als sie so in das Rampenlicht gestellt wurde. Doch das gab sich schnell, und sie bemerkte amüsiert, wie genau Julia die anderen Anwesenden beschrieben hatte.

Dr. Robert Spicer sah in der Tat gut aus. Er ging auf die fünfzig zu und strahlte robuste Gesundheit aus. Jetzt trug er eine bequeme, offenbar teure grüne Strickjacke mit braunen Lederstücken an den Ellbogen.

Seine Frau war ebenfalls so, wie Julia sie beschrieben hatte: unvorteilhaft pummelig. Das angedeutete Lächeln, das sie Andrea widmete, dauerte höchstens zwei Sekunden. Dann wirkte ihr Gesicht wieder mürrisch. Sie warf ihrem Mann finstere, übel gelaunte Blicke zu, während er Julia seine Aufmerksamkeit schenkte.

Andrea sah zu. Sie hatte wenig Mitleid mit Jane und konnte Julias Benehmen nicht missbilligen. Niemand nimmt es einer Blume übel, dass sie Bienen anzieht. Julias Anziehungskraft war ebenso natürlich wie wirksam.

Helen Easterman war auf eine zugleich elegante wie praktische Art chic. Das scharlachrote Kleid stand ihr, passte aber nicht besonders gut zu dem einfach möblierten Raum. Ihr Make-up war perfekt. Es erinnerte Andrea an eine Maske. Als Fotografin kannte sie die Tricks und Geheimnisse der Kosmetik. Instinktiv mied Andrea diese Frau.

Im Gegensatz zu Helen war Steve Andersen, ein sonnengebräunter Kalifornier, überaus charmant. Andrea gefielen die kleinen Falten um die Augenwinkel und die Art, wie er sich lässig kleidete. Er trug Kakihosen. Bestimmt konnte er ebenso gut im Smoking auftreten. Falls er beschloss, Politiker zu werden, würde er seinen Weg ganz sicher machen.

Julia hatte Jacques LeFarre nicht beschrieben. Was Andrea über ihn wusste, hatte sie aus der Boulevardpresse oder durch seine Filme erfahren. Er war kleiner, als sie ihn sich vorgestellt hatte, erreichte kaum ihre Größe, war aber sehr drahtig. Er hatte ein ausdrucksvolles Gesicht. Das braune Haar trug er aus der zerfurchten Stirn zurückgekämmt.

Andrea fand seinen Schnurrbart und die Art charmant, wie er ihre Hand hob und küsste, als sie einander vorgestellt wurden.

»Was möchten Sie trinken, Andrea?«, fragte Steve sie mit einem Lächeln. »In Georges Abwesenheit spiele ich hier den Barkeeper.«

»Einen Wodka Collins mit wenig Wodka«, warf Lucas ein.

Andrea gab es auf, ihn zu übersehen. »Dein Gedächtnis scheint besser geworden zu sein«, bemerkte sie kühl.

»Ebenso wie deine Garderobe.« Lucas strich mit dem Finger über den Kragen ihres Kleides. »Ich erinnere mich, dass du früher mit Vorliebe Jeans und alte Pullover trugst.«

»Ich bin erwachsener geworden.« Sie erwiderte Lucas' Blick gelassen.

»Oh, Sie kennen sich bereits von früher?«, sagte Jacques. »Das ist faszinierend. Sind Sie alte Freunde?«

»Alte Freunde?«, wiederholte Lucas, bevor Andrea etwas sagen konnte. Er musterte sie belustigt. »Würdest du sagen, dass das eine korrekte Beschreibung ist, Kätzchen?«

»Kätzchen?« Jacques hob die Augenbrauen. »Ah, oui, die Augen.«

Erfreut strich er mit dem Zeigefinger über seinen Schnurrbart. »Das stimmt. Was meinst du, chérie?« Er wandte sich zu Julia um, die die Szene mit Genuss beobachtete. »Sie ist bezaubernd, und sie hat eine gute Stimme.«

»Ich habe Andrea bereits vor dir gewarnt, Jacques.« Julia lächelte ihn strahlend an.

»Aber Julia«, tadelte Jacques mild. »Wie hässlich von dir.«

»Andrea arbeitet auf der anderen Seite der Kamera«, erklärte Lucas.

Andrea wusste, dass er sie die ganze Zeit nicht aus den Augen gelassen hatte. Sie war froh, dass Steve ihr jetzt mit ihrem Getränk entgegenkam.

»Sie ist Fotografin.«

»Ich muss gestehen, ich bin schon wieder fasziniert.« Jacques ergriff Andreas freie Hand. »Verraten Sie mir, weshalb stehen Sie hinter der Kamera statt vor ihr? Schon allein Ihr Haar würde jeden Dichter veranlassen, zur Feder zu greifen.«

Keine Frau ist gegen eine Schmeichelei immun, vor allem dann, wenn sie mit französischem Akzent ausgesprochen wird. Andrea lächelte Jacques an. »Es fängt schon damit an, dass ich wahrscheinlich nicht lange genug still stehen kann.«

»Fotografen können ziemlich nützlich sein.« Helen Easterman beteiligte sich plötzlich an dem Gespräch. Sie strich sich über das dunkle glatte Haar. »Eine gute, deutliche Fotografie ist ein unschätzbares Werkzeug für einen Künstler.«

Ein unbehagliches Schweigen folgte auf diese Bemerkung. Andrea spürte, dass die Menschen im Zimmer eine Spannung ergriffen hatte, ohne dass sie verstand, worauf das beruhen konnte.

Helen lächelte ein wenig boshaft in das Schweigen hinein und trank aus ihrem Glas. Ihr Blick wanderte von einem der Anwesenden zum anderen, ohne dass sie dabei jemand besonders ansah.

Andrea wusste, dass Helen irgendetwas von den anderen trennte. Wortlose Botschaften wurden gewechselt, ohne dass Andrea allerdings hätte sagen können, zwischen wem.

Doch die Stimmung wechselte sehr schnell wieder, als Julia eine fröhliche Unterhaltung mit Robert Spicer begann. Jane Spicers gewohntes Stirnrunzeln verstärkte sich.

Die ungezwungene Atmosphäre hielt an, während die Gäste zum Essen gingen. Andrea saß zwischen Jacques und Steve. Sie lernte, als sie zusah, wie Julia gleichzeitig mit Lucas und Robert flirtete.

Andrea fand Julia einfach großartig. Obwohl sie es nicht gern sah, dass Lucas Julias Flirt ungezwungen erwiderte, musste sie Julias Talent bewundern. Ihre Schönheit und ihr Charme waren unschlagbar.

Jane hingegen aß schmollend und verdrossen und schwieg die ganze Zeit. Was für eine schreckliche Frau, dachte Andrea. Doch dann fragte sie sich, wie sie wohl reagieren würde, wenn ihr Mann von einer anderen Frau so bezaubert wäre. Sie würde handeln, nicht schweigend zusehen, sie würde der Rivalin die Augen auskratzen.

Bei dieser Vorstellung, wie die plumpe Jane mit der eleganten Julia rang, musste Andrea lächeln. Sie sah auf und merkte, dass Lucas sie anblickte. Er hatte die Augenbrauen hochgezogen. Sie wusste, was das bedeutete. Er amüsierte sich.

Andrea wandte sich Jacques zu. »Finden Sie, dass die Filmindustrie hier in Amerika sehr anders ist, Mr. LeFarre?«

»Sie müssen mich Jacques nennen.« Als er lächelte, hoben sich die Spitzen seines Schnurrbarts. »Ja, es gibt Unterschiede. Ich würde sagen, dass die Amerikaner mehr … mehr wagen als die Europäer.«

»Vielleicht liegt es daran, dass wir eine Mischung aus verschiedenen Nationalitäten sind. Keine ist hier verwässert worden, nur amerikanisiert.«

»Amerikanisiert.« Jacques sprach das Wort genießerisch nach, es gefiel ihm. Er grinste fröhlich und sah damit jünger und weniger weltmännisch aus. »Ja, ich würde sagen, dass ich mich in Kalifornien amerikanisiert fühle.«

»Aber Kalifornien ist nur eine Seite unseres Landes«, meinte Steve. »Ich finde, Südkalifornien oder gar Los Angeles sind keineswegs typisch.«

Andrea spürte, dass Steve ihr Haar betrachtete. Sein Interesse an ihr freute sie. Es bewies ihr, dass sie immer noch eine Frau war, die das Interesse von Männern wecken konnte – nicht nur eines Mannes.

»Waren Sie jemals in Kalifornien, Andrea?«, fragte Steve.

»Ich habe dort früher einige Zeit gelebt.« Das Bedürfnis, sich selbst etwas zu beweisen, brachte Andrea dazu, zu Lucas hinüberzuschauen. Ihre Blicke trafen sich für einen Moment.

»Vor drei Jahren bin ich nach New York gezogen.«

»Hier war eine Familie aus New York«, fuhr Steve fort. Ob er den Blickaustausch zwischen Andrea und Lucas bemerkt hatte, war nicht zu erkennen. Er ließ sich jedenfalls nichts anmerken. Ja, er ist gut zum Politiker geeignet, dachte Andrea.

»Sie sind heute Morgen abgereist. Die Frau war eine dieser robusten Typen, denen die Energie aus jeder Pore strahlt. Die brauchte sie auch.« Steves Lächeln war nur für Andrea bestimmt. »Sie hatte drei Jungen – Drillinge. Ich glaube, sie sagte, die Kinder seien elf.«

»Oh, diese garstigen Kinder!« Julia blickte in gespielter Verzweiflung nach oben. »Sie liefen wie ein paar Affen herum. Am schlimmsten war es, dass man nie sagen konnte, wer gerade vorbeirannte oder irgendwo heruntersprang. Sie machten alles dreifach.« Julia schauderte es, sie hob ihr Wasserglas. »Sie aßen wie die Elefanten.«

»Herumlaufen und essen gehören zur Kindheit«, merkte Jacques kopfschüttelnd an. Er zwinkerte Andrea zu. »Julia wurde gleich mit einundzwanzig geboren und war sofort schön.«

»Auch ein Kind kann gute Manieren haben«, erwiderte Julia. »Schönheit ist lediglich eine Zutat.«

Julia wandte sich an Andrea. »Sie müssen wissen, dass Jacques ganz verrückt nach Kindern ist. Er hat selbst drei.«

Andrea wäre nie auf die Idee gekommen, sich Jacques als Familienvater vorzustellen. »Ich mag Kinder ebenfalls sehr gern«, gestand sie. »Was haben Sie, Jacques, Jungen oder Mädchen?«

»Jungen.« Der Ausdruck seiner Augen verriet die tiefe Zuneigung, die er für seine Kinder empfand. »Sie sind wie eine Leiter.« Mit der Hand formte er unsichtbare Sprossen. »Sieben, acht und neun Jahre. Sie leben in Frankreich bei meiner Frau – meiner früheren Frau.«

Für einen Moment zog ein Schatten über sein Gesicht, doch das war schnell wieder vorbei. Aber Andrea konnte sich nun gut vorstellen, was die Falten auf seiner Stirn verursacht hatte.

»Jacques möchte tatsächlich das Sorgerecht für die kleinen Unholde haben.« Julias Worte waren nicht so gemeint, wie sie klangen. Das sah Andrea ihr an. Julia empfand echte Zuneigung für Jacques.

»Obgleich ich an deinem Verstand zweifle, Jacques, muss ich zugeben, dass du ein besserer Vater wärst, als Claudette eine Mutter ist.«

»Sorgerechtsprozesse sind eine heikle Angelegenheit«, verkündete Helen vom anderen Ende des Tisches her. Sie trank aus ihrem Wasserglas und blickte scharf über den Rand des Glases hinweg. Sie konzentrierte sich jetzt ganz auf Jacques. »Es ist außerordentlich wichtig, dass keine … unpassenden Informationen zum Vorschein kommen.«

Wieder breitete sich Spannung aus. Andrea spürte, wie sich der Franzose neben ihr versteifte.

Doch das allein war es nicht, es war unmöglich, die unterschwelligen Spannungen am Tisch nicht zu spüren, auch wenn sie nicht fassbar waren.

Instinktiv sah Andrea Lucas an. Sein Gesicht war ernst, seine Miene undurchdringlich. Ihm war nicht anzumerken, was er dachte.

»Ihre Tante serviert ganz ausgezeichnete Gerichte, Miss Gallegher.« Mit einem zufriedenen Lächeln wandte Helen sich an Andrea.

»Ja«, bestätigte Andrea in das bedrückende Schweigen hinein. »Tante Tabby hält vom Essen sehr viel.«

»Tante Tabby?« Julias fröhliches Lachen löste die Spannung. »Was für ein wunderbarer Name. Wussten Sie, Lucas, dass Andrea eine Tante Tabby hat, als Sie sie Kätzchen tauften?«

Julia sah Lucas aus großen Augen und anscheinend völlig arglos an. Andrea wurde an einen Film erinnert, in dem Julia geradezu perfekt die Unschuldige spielte.

»Lucas und ich kannten einander nicht genug, um über Verwandte zu reden.« Zu Andreas großer Genugtuung war es ihr gelungen, ihre

Worte völlig gelassen und beiläufig klingen zu lassen. Noch mehr freute sie es dann, dass Lucas erstaunt die Augenbrauen hob.

Er fasste sich aber schnell. »Genau genommen waren wir zu beschäftigt, um Stammbäume zu erörtern.« Er bedachte Andrea mit einem Lächeln, das ihre Verteidigungsmauer überwand und ihren Pulsschlag beschleunigte. »Worüber haben wir damals eigentlich geredet, Kätzchen?«

»Ich weiß nicht, das habe ich völlig vergessen. Es ist ja alles schon so lange her.«

In diesem Moment kam Tante Tabby mit ihrem Blaubeerauflauf herein.

Als die Gäste in den Aufenthaltsraum zurückkehrten, brannte dort ein wärmendes Feuer im Kamin. Aus der Stereoanlage erklang leise Musik.

Was sich dann entwickelte, könnte am besten als entspannte Geselligkeit beschrieben werden. Steve und Robert setzten sich an einem Schachbrett zusammen. Jane blätterte missmutig in einer Illustrierten. Selbst für einen Nichtfotografen wäre es deutlich gewesen, dass diese Frau nie hätte Braun tragen sollen. Doch Andrea zweifelte nicht daran, dass Jane gerade das stets tat.

Lucas hatte es sich auf dem Sofa bequem gemacht. Irgendwie gelang es ihm immer, völlig ungezwungen und zugleich wach und energiegeladen zu wirken. Andrea wusste, dass er es liebte, andere Menschen zu beobachten. Er tat das ganz unauffällig und lernte dabei ihre Geheimnisse kennen. Er war ein besessener Schriftsteller, der seine Charaktere nach lebenden Vorbildern formte.

Im Moment schien er vollkommen zufrieden damit zu sein, sich mit Julia und Jacques zu unterhalten, die ihn auf dem Sofa einrahmten. Das Gespräch war freundlich und von gegenseitigem Verständnis getragen. Alle drei stammten aus derselben Welt.

Aber das ist nicht meine Welt, erinnerte sich Andrea. Dass sie es sein könnte, hatte sie nur für kurze Zeit vorgegeben. Andrea hatte recht gehabt, als sie zu Lucas sagte, sie sei erwachsen geworden. Das

Leben in einer Traumwelt ist etwas für Kinder. Kinder spielen gern.

Irgendein Spiel ging allerdings auch in diesem Zimmer vor sich. Das spürte Andrea, während sie die Gäste beobachtete. Über dem gemütlichen Beisammensein lag ein Schatten des Unbehagens. Andrea war an Zwischentöne gewöhnt, sie hatte ein Gefühl für atmosphärische Spannungen.

Die anderen ließen sie an dem Spiel nicht teilnehmen, verrieten ihr dessen Regeln nicht. Sie sollte dafür dankbar sein, denn sie wollte nicht spielen.

Andrea stand auf und besuchte ihre Tante, die in ihrem Zimmer saß.

»Oh, Andrea.« Tante Tabby nahm die Brille von der Nase und ließ sie an einer Kette vor ihrem Busen baumeln. »Ich war gerade dabei, einen Brief deiner Mutter zu lesen. Den hatte ich bisher völlig vergessen. Sie schreibt, wenn ich den Brief lese, seist du bereits bei mir. Und tatsächlich, hier bist du.« Lächelnd tätschelte sie Andreas Hand. »Debbie war immer so klug. Hat dir der Schmorbraten geschmeckt, Kindchen?«

»Er war großartig. Ich danke dir sehr, Tante Tabby.«

»Es wird ihn jede Woche einmal geben, solange du bei mir bist.«

Andrea lächelte insgeheim und dachte daran, wie sehr sie Nudeln liebte. Wahrscheinlich bekam Paul Nudeln, wenn er hier zu Besuch war.

»Ich will mir das notieren, Andrea, sonst vergesse ich es.«

Andrea erinnerte sich, dass Tante Tabby ein großes Geschick darin hatte, ihre Notizen zu verlegen.

»Wo ist nur meine Brille?« Tante Tabby sah sich um, stand auf, suchte auf dem Schreibtisch herum, hob Papiere hoch und schaute unter Bücher. »Nie ist sie da, wo ich sie gelassen habe.«

Andrea hob die Brille hoch, die vor dem Busen ihrer Tante hing, und schob sie ihr auf die Nase.

Tante Tabby blinzelte einen Moment, dann lachte sie. »Ist das nicht eigenartig? Die ganze Zeit hatte ich sie bei mir. Du bist ebenso klug wie deine Mutter.«

Andrea konnte nicht anders, sie musste ihre Tante liebevoll umarmen. »Tante Tabby, du bist wirklich einmalig.«

»Du warst immer ein liebes Kind.« Die Tante streichelte Andreas Wange, dann setzte sie sich wieder in ihren Sessel. Sie hinterließ eine Duftwolke von Lavendel und Puder. »Ich hoffe, deine Überraschung gefällt dir.«

»Ganz bestimmt.«

»Du hast sie noch nicht gesehen, nicht wahr?« Tante Tabby schaute nachdenklich vor sich hin. »Nein, ich bin sicher, dass ich sie dir noch nicht gezeigt habe. Du kannst also noch gar nicht wissen, ob sie dir gefällt. Hast du dich mit Miss Bond gut unterhalten? Sie ist eine so reizende Dame. Ich glaube, sie ist beim Film.«

Ja, Tante Tabby war wirklich ganz einmalig. »Das glaube ich auch. Ich habe sie immer bewundert.«

»Oh, seid ihr euch früher schon einmal begegnet?« Tante Tabby schob die Papiere auf ihrem Schreibtisch in eine nur für sie durchschaubare Ordnung. »Ich sollte es dir lieber jetzt gleich zeigen, bevor ich das vergesse.«

Andrea bemühte sich, den Gedankengängen ihrer Tante zu folgen. »Was willst du mir zeigen?«

»O nein, das darf ich dir nicht sagen. Dann wäre es ja keine Überraschung mehr für dich.« Tante Tabby drohte Andrea schalkhaft mit dem Finger. »Du musst Geduld haben. Komm mit mir.« Mit diesen Worten verließ sie das Zimmer.

Andrea folgte ihrer Tante. Offenbar ging es jetzt um die Überraschung. Andrea musste ihren Schritt verhalten. Normalerweise machte sie große Schritte, weil sie lange schlanke Beine hatte. Ihre Tante hingegen ging völlig anders, mehr wie ein Kaninchen, das auf die Straße rennt, hocken bleibt und nicht mehr zu wissen scheint, in welche Richtung es weiterlaufen soll.

Tante Tabby sagte etwas über Bettwäsche, und Andreas Gedanken schweiften bei diesen Worten ungewollt in die Vergangenheit, zu ihrer Zeit mit Lucas.

»So, da sind wir.« Tante Tabby blieb vor einer Tür stehen und bedachte sie mit einem erwartungsvollen Lächeln.

Die Tür führte, wie Andrea sich erinnerte, in eine Kammer, die schon seit langer Zeit als Vorratsraum verwendet wurde. Sie lag gleich neben der Küche. Man konnte hier gut Reinigungsgeräte aufbewahren.

»Nun?« Tante Tabby strahlte Andrea an. »Was hältst du davon?«

Andrea überlegte sich, dass die Überraschung wohl hinter dieser Tür zu suchen sei. »Ist meine Überraschung dort drinnen, Tante Tabby?«

»Ja, natürlich. Wie dumm von mir. Du kannst ja gar nicht wissen, was es ist, wenn ich die Tür nicht öffne.«

Nach dieser unbestreitbar logischen Feststellung zog sie die Tür auf.

Als sie das Licht eingeschaltet hatte, war Andrea völlig verblüfft. Sie hatte erwartet, Besen und Mopp und Eimer zu sehen. Stattdessen blickte sie in eine völlig eingerichtete Dunkelkammer. Alle Geräte und Materialien, die sie brauchte, standen fein säuberlich aufgereiht vor ihr. Der Anblick verschlug ihr die Sprache.

»Nun, was sagst du jetzt?« Tante Tabby ging in die Dunkelkammer und schaute sich hier und dort um. »Für mich sieht das alles sehr technisch und wissenschaftlich aus.« Das Vergrößerungsgerät betrachtete sie mit leicht zur Seite gedrehtem Kopf. »Ich bin sicher, dass ich von all dem überhaupt nichts verstehe.«

»Oh, Tante Tabby.« Andrea hatte die Stimme wiedergefunden. »Das hättest du nicht tun sollen.«

»Mein Kind, ist daran etwas nicht in Ordnung? Nelson hat mir erzählt, dass du deine Filme selbst entwickelst. Die Firma, die diese Sachen gebracht hat, hat mir versichert, dass alles vorhanden sei, was du dir nur wünschen kannst. Natürlich …« Tante Tabby sah Andrea zweifelnd an. »Ich verstehe wirklich überhaupt nichts davon.«

Ihre Tante sah jetzt so unsicher aus, dass Andrea sie sofort liebevoll umarmte. »Nein, Tante Tabby, es ist alles vollkommen. Es ist wirklich wunderbar. Ich wollte nur sagen, dass du das nicht für mich hättest tun sollen, die ganze Mühe und die Kosten …«

»Oh, das meintest du?«, unterbrach Tante Tabby ihre Nichte. Sie atmete erleichtert auf. »Das war überhaupt keine Mühe. Diese netten jungen Männer kamen ins Haus und haben die ganze Arbeit erledigt. Und was die Ausgaben angeht, nun … ich möchte lieber zusehen, wie du mein Geld jetzt genießt und nicht erst später.«

»Tante Tabby.« Andrea nahm das Gesicht ihrer Tante zwischen die Hände. »Ich habe noch nie eine so tolle Überraschung erlebt. Ich danke dir von ganzem Herzen.«

»Ich wünsche dir, dass du dich gut damit amüsierst.« Tante Tabbys Wangen röteten sich, während Andrea sie küsste. Dann betrachtete Tante Tabby noch einmal die Gläser, Chemikalien und Schalen. »Hoffentlich fliegt dir hier nichts um die Ohren.«

Andrea versicherte, dass so etwas nicht passieren werde. Beruhigt und zufrieden verschwand Tante Tabby und überließ es Andrea, die Dunkelkammer genauer zu inspizieren.

Über eine Stunde beschäftigte sich Andrea mit dem, wovon sie am meisten verstand. Die Beschäftigung mit dem Fotografieren hatte sie als Hobby begonnen, zu einer Zeit, da sie noch ein Kind war. Doch schnell war daraus eine echte Aufgabe und schließlich ein Beruf geworden. Chemikalien und komplizierte Geräte waren ihr nicht fremd. Hier in der Dunkelkammer oder mit der Kamera in der Hand wusste sie genau, wer sie war und was sie wollte. In ihrem Beruf hatte sie es gelernt, Dinge zu beherrschen.

Diese Fähigkeit brauchte sie jetzt auch, soweit es um ihre Gedanken an Lucas ging. Sie war nicht länger ein naives, verträumtes Mädchen, das jedem Wink mit dem Finger folgte, sondern eine berufstätige Frau, die auf ihrem Fachgebiet bereits einen guten Ruf besaß. Daran musste sie sich jetzt festhalten, wie in den vergangenen drei Jahren. Eine Rückkehr zur Vergangenheit gab es für sie nicht.

Nachdem Andrea die Dunkelkammer nach ihren Vorstellungen umgeräumt hatte, ging sie zufrieden in die Küche, um sich eine Tasse Tee aufzubrühen. Draußen stand ein runder weißer Mond am Himmel, gerade zog eine dünne Wolke an ihm vorbei.

Ein Frösteln durchlief Andrea. Das eigenartige Gefühl, das sie an diesem Abend schon mehrere Male befallen hatte, kehrte zurück. Ging die Fantasie mit ihr durch? Davon besaß sie eine ganze Menge, sie war Teil ihrer Kunst.

Wahrscheinlich lag es daran, dass sie hier so unerwartet auf Lucas gestoßen war. Das hatte ihre Gefühle sehr mitgenommen. Die Spannung, die sie einige Zeit zuvor bei den Gästen zu spüren glaubte, war ihre eigene Anspannung.

Andrea goss den Rest des Tees aus der Tasse in den Ausguss. Was sie jetzt brauchte, war ein guter Schlaf. Sie durfte nicht träumen. Wohin Träume führten, hatte sie vor drei Jahren erlebt.

Im Haus war jetzt alles still. Das Mondlicht schimmerte durch die Fenster, die Ecken lagen im Dunkeln. Im Aufenthaltsraum, an dem Andrea vorbeikam, brannte kein Licht, aber sie hörte noch Stimmen.

Einen Moment zögerte sie. Sie wollte hineingehen und eine gute Nacht wünschen, doch dann merkte sie, dass offenbar gestritten wurde. Es wurde leise gesprochen, für Andrea unverständlich. Aber sie hörte, dass es leidenschaftliche, schnelle Worte waren, voller Ärger.

Andrea ging rasch weiter. Sie wollte es vermeiden, ein privates Streitgespräch mitzuhören.

Ein kurzer französischer Fluch wurde hörbar.

Während sie die Treppe hinaufging, musste Andrea lächeln. Wahrscheinlich hatte Jacques die Geduld mit dem widerborstigen Lucas verloren. Andrea hoffte, Jacques werde Lucas gehörig die Meinung sagen.

Erst als sie schon fast in ihrem Zimmer war, stellte sie fest, dass sie sich geirrt hatte. Selbst Lucas konnte nicht an zwei Orten zugleich sein. Und jetzt war er ganz unverkennbar hier, an der Tür zu einem der Zimmer. Er hatte Julia Bond umarmt und war sehr mit ihr beschäftigt.

Andrea wusste, wie es sich anfühlte, wenn Lucas umarmte, wie er küsste. Sie erinnerte sich sehr genau daran, als seien inzwischen nicht Jahre vergangen. Sie wusste, wie es war, wenn seine Hand den Rücken hinaufglitt und den Nacken umfasste.

Andrea brauchte sich keine Mühe zu geben, von den beiden nicht gesehen zu werden. Lucas und Julia waren völlig aufeinander konzentriert. Sie hätten sich bestimmt nicht einmal dann aus ihrer engen Umarmung gelöst, wenn das Dach über ihnen zusammengebrochen wäre.

Der Schmerz kehrte zurück, mit voller Stärke.

Andrea eilte weiter in ihr Zimmer und schlug die Tür hinter sich zu. Eifersucht hatte sie gepackt.

3. Kapitel

Im Wald war es morgendlich frisch. Vögel zwitscherten, die Luft war von würzigem Duft erfüllt. Im Osten schwebten weiße Wolken am Himmel. Andrea war Optimistin. Sie schaute lieber zu ihnen als zu dem düsteren Grau, das drohend im Westen aufzog. Die Gipfel der Berge waren noch rötlich gefärbt. Allmählich verblasste das Rot zu Rosa und wurde schließlich zum Blau des Tages.

Es war ein gutes Licht, das durch die weißen Wolken gefiltert wurde und den Wald erhellte. Die Blätter hatten sich noch nicht genügend entfaltet, um das Sonnenlicht abzuschirmen. Nur hier und dort tauchten erste helle grüne Flecke an den Zweigen auf.

Eine leichte Brise ließ die Äste schwanken und wehte Andrea das Haar aus dem Gesicht. Es roch nach Frühling.

Hier und dort blühten purpurne Waldveilchen über dem dunkelgrünen Moos. Ein erstes Rotkehlchen hüpfte über den Boden und suchte nach Würmern. Eichhörnchen huschten an Baumstämmen empor, liefen über ausgestreckte Äste, sprangen zum nächsten Baum, eilten dort am Stamm wieder nach unten, hüpften über die dichte Schicht vorjährigen Laubs, das den Boden bedeckte.

Andrea wollte zum See wandern. Sie hoffte, ein Reh beim Trinken zu sehen. Doch schon unterwegs gab es so viel zu schauen, dass sie wieder und wieder die Kamera hob und eine Aufnahme machte. Sie schlenderte gemächlich weiter und fühlte sich völlig im Einklang mit der Natur.

In New York war sie eigentlich nie allein. Gewiss, manchmal fühlte sie sich einsam. Aber es waren immer Menschen da. Die Stadt drang auf sie ein. Hier, inmitten der Berge, unter den Bäumen, merkte sie erst, wie sehr es sie danach verlangte, allein zu sein. Sie musste neue Kräfte sammeln, die Batterie wieder aufladen.

Seit sie Kalifornien und Lucas verlassen hatte, war ihr das nicht gelungen. Sie hatte eine innere Leere gespürt, die ausgefüllt werden musste. Sie hatte sie mit Menschen, mit Arbeit, mit Lärm ausgefüllt – mit allem, was ihre Gedanken ablenken konnte. Sie hatte sich an das nervöse Leben in der Stadt gewöhnt. Das war notwendig gewesen, doch jetzt brauchte sie den Frieden der Berge.

In einiger Entfernung schimmerte der See. Die umliegenden Gipfel und die Bäume am Ufer spiegelten sich auf seiner Oberfläche wider. Rehe waren nicht zu sehen.

Doch als Andrea dem See näher kam, bemerkte sie auf der anderen Seite zwei Menschen. Der steile Hang, auf dem sie stand, war mehrere Meter über dem kleinen Tal, in welchem der See lag. Von hier oben bot sich ein atemberaubender Anblick.

Der See erstreckte sich auf einer Länge von rund vierzig Metern, er war über zehn Meter breit. Die Brise, die mit Andreas Haar gespielt hatte, erreichte seine Oberfläche nicht. Das Wasser war klar und glatt. Am Rand war es durchscheinend, zur Mitte hin wurde es dunkel und warnte vor gefährlicher Tiefe.

Andrea vergaß die Menschen auf der anderen Seite des Sees. In Gedanken beschäftigte sie sich mit Beleuchtung und Tiefenschärfe, mit Blende und Verschlusszeiten. Außerdem wäre die Entfernung zu groß gewesen, um die Menschen zu erkennen, selbst wenn sie das gewollt hätte.

Die Sonne stieg langsam höher. Andrea war zufrieden und machte eine ganze Serie von stimmungsvollen Landschaftsaufnahmen. Sie hielt nur inne, um den Film zu wechseln.

Dann änderten sich die Lichtverhältnisse. Sie waren nicht mehr für die Stimmung geeignet, die Andrea am See hatte einfangen wollen. So kehrte sie um und schlenderte zum Gasthof zurück.

Das Schweigen des Waldes schien sich verändert zu haben. Die Sonne schien heller, aber Andrea fühlte sich unbehaglich. Ab und an schaute sie über die Schulter zurück, bis sie sich schließlich selbst schalt. Wer sollte sie hier verfolgen? Und weshalb?

Doch das unangenehme Gefühl blieb. Der Frieden war verschwunden.

Andrea kämpfte gegen das Verlangen, zum Gasthof zu laufen, wo Menschen waren und Kaffee gekocht wurde. Sie war kein Kind mehr, das vor Schatten oder vor vermeintlichen Gespenstern davonlief.

Um sich zu beweisen, dass sie sich durch ihre Fantasie nicht erschrecken ließ, blieb sie stehen und fotografierte ein Eichhörnchen, das dabei bereitwillig mitspielte. Im welken Laub hinter ihr raschelte es leise. Andrea fuhr herum.

»Nun, Kätzchen, hängst du immer noch an deiner Kamera?«

Das Blut stieg Andrea in die Wangen, als sie Lucas erblickte. Er hatte die Hände in die Taschen seiner Jeans geschoben und stand jetzt direkt vor ihr. Für einen Moment konnte Andrea nichts sagen, zu sehr hatte sie sich erschreckt.

»Was soll das bedeuten, dass du so hinter mir herschleichst?«, fuhr sie Lucas dann an. Sie ärgerte sich darüber, dass sie sich hatte erschrecken lassen, und war wütend darüber, dass Lucas die Ursache dafür gewesen war. Zornig funkelte sie ihn an.

»Dein Temperament passt zu deinem Haar«, entgegnete er unbeeindruckt. Er trat dichter an Andrea heran.

Ihr Stolz verbot ihr, vor ihm zurückzuweichen. »Mein Temperament wird besonders unangenehm, wenn mir jemand eine Aufnahme verdirbt.« Es fiel Andrea nicht schwer, ihre Reaktion durch eine Störung ihrer Arbeit zu erklären. Nie hätte sie zugegeben, dass Lucas sie in Furcht versetzt hatte.

»Du bist nervös, Kätzchen. Rege ich dich auf?«

Das dunkle Haar auf Lucas' Kopf war vom Wind zerzaust. Seine Augen blickten selbstbewusst. Dieses Selbstbewusstsein, das häufig an Arroganz grenzte, störte Andrea ganz besonders.

»Bilde dir nur nichts ein, Lucas. Wie kommt es eigentlich, dass du hier herumläufst? Als früher Wanderer warst du mir bisher überhaupt nicht bekannt. Hast du inzwischen eine Liebe zur Natur entwickelt?«

»Ich mochte die Natur schon immer besonders gern.« Er musterte Andrea eingehend und lächelte dann. »Hast du vergessen, dass ich ein Freund von Picknicks bin?«

Der Schmerz begann wieder. Andrea konnte sich an das Gefühl des Sandes unter ihren Beinen erinnern, an den Geschmack von Wein, den salzigen Geruch des Meeres.

Sie zwang sich, Lucas' Blick standzuhalten. »An Picknicks habe ich die Lust verloren.« Sie drehte sich um und ging weiter. Doch Lucas blieb an ihrer Seite.

»Ich gehe nicht auf direktem Wege zurück«, erklärte sie sehr kühl. Sie blieb stehen und machte eine Aufnahme von einem Eichelhäher.

»Ich habe es nicht eilig«, versetzte Lucas. »Es hat mir schon immer Spaß gemacht, dir bei der Arbeit zuzusehen. Es ist faszinierend, wie du dich völlig in sie versenken kannst. Ich glaube, du könntest ein angreifendes Nashorn fotografieren und würdest nicht zurückweichen, bis du den richtigen Augenblick erfasst hast.«

Er schwieg einen Moment. Als Andrea ihm weiterhin den Rücken zukehrte, fuhr er fort. »Ich habe das Bild gesehen, das du von der ausgebrannten Mietskaserne in New York gemacht hast. Es war bemerkenswert, so hart, rein und verzweifelt.«

Das Kompliment überraschte Andrea. Sie drehte sich zu Lucas um. Er war nicht gerade großzügig mit Lob. Hart, rein und verzweifelt – das traf ihre Aufnahme gut. Lucas hatte die Worte geschickt gewählt.

Aber es gefiel ihr nicht, dass seine Meinung ihr immer noch etwas bedeutete. »Danke.« Sie wandte sich wieder um und konzentrierte sich auf eine Baumgruppe. »Hast du immer noch Schwierigkeiten mit deinem Buch?«

»Mehr, als ich zunächst angenommen hatte.«

Plötzlich nahm Lucas Andreas Haar in die Hand. »Ich konnte noch nie widerstehen, nicht wahr?«

Andrea rührte sich nicht. Sie betrachtete die Bäume, dann zuckte sie mit den Schultern. Für einen Moment schloss sie fest die Augen.

»Ich habe noch nie eine andere Frau mit solchem Haar gesehen. Ich habe mich danach umgesehen, das kannst du mir glauben. Aber entweder war der Farbton nicht richtig, die Dichte des Haars oder seine Länge.«

Lucas' Stimme hatte einen verführerischen Klang angenommen, gegen den Andrea sich wappnen musste. »Es ist einzigartig. Ein wilder Wasserfall im Sonnenlicht, tief und lebhaft, der sich über ein Kopfkissen ergießt.«

»Du hast es schon immer verstanden, Dinge zu beschreiben.« Andrea fingerte am Verschluss ihrer Kamera, ohne auch nur im Entferntesten zu wissen, was sie da tat. Ihre Worte hatten sehr kühl und abweisend geklungen. Sie hoffte, dass Lucas sie nun in Ruhe ließ.

Doch stattdessen wurde sein Griff um ihr Haar fester. Mit einer schnellen Bewegung zog Lucas Andrea zu sich herum und nahm ihr die Kamera aus den Händen.

»Hör auf, in diesem Ton mit mir zu reden. Und dreh mir nicht immer den Rücken zu. Tu das ja nie wieder.«

Andrea erinnerte sich an seine Zornesausbrüche, an seine unberechenbaren Launen sehr gut. Es hatte eine Zeit gegeben, in der sie sich hatte einschüchtern lassen. Doch das war nun längst vorbei.

»Ich lasse mich nicht mehr durch deine Wutanfälle beeindrucken, Lucas.« Sie hob den Kopf. »Warum sparst du deine Aufmerksamkeiten nicht für Julia auf? Ich möchte sie nicht haben.«

»So.« Lucas lächelte für einen Moment. »Du warst das also. Aber du brauchst nicht eifersüchtig zu sein, Kätzchen. Die Dame machte den Anfang, nicht ich.«

»Ja, ich habe sehr gut gesehen, wie verzweifelt du dich bemüht hast, von ihr freizukommen.«

Noch während Andrea das sagte, bereute sie ihre Worte. Verärgert wollte sie weitergehen, doch Lucas hielt sie zurück und zog sie dichter an sich.

Der männliche Duft, der von ihm ausging, reizte ihre Sinne und erinnerte sie an Dinge, die sie lieber vergessen hätte.

»Hör mal, Lucas«, begann Andrea, während Ärger und Verlangen in ihr miteinander kämpften. »Ich habe sechs Monate gebraucht, um zu begreifen, was für ein Schuft du bist. Dann hatte ich fast drei Jahre Zeit, um diese Erkenntnisse zu festigen. Ich bin jetzt eine erwachsene

Frau und deinem überbordenden Charme nicht mehr verfallen. Also nimm deine Hände von mir und verschwinde.«

»Du hast es gelernt, dich auf die Hinterbeine zu stellen, nicht wahr?«

Andrea merkte mit wachsendem Zorn, dass Lucas sie belustigt und gar nicht beeindruckt anschaute. Er heftete seinen Blick für einen Moment auf ihre Lippen, dann sah er ihr wieder in die Augen.

»Du bist nicht mehr formbar, Kätzchen, aber nur umso faszinierender.«

Als Andrea Lucas daraufhin zu beschimpfen begann, lachte er nur und zog sie an sich. Sie wehrte sich gegen ihn, doch er kümmerte sich nicht darum. Er hielt sie ganz fest und begann, sie zu küssen.

Es dauerte nur wenige Augenblicke, da hatte das alte brennende Verlangen wieder den Weg an die Oberfläche gefunden. Drei Jahre lang hatte Andrea sich nach einem solchen Kuss verzehrt, und nun konnte sie sich nicht länger wehren. Wie von selbst glitten ihre Arme um Lucas' Nacken, teilten sich ihre Lippen.

Lucas' Kuss war leidenschaftlich und verlangend und erregte Andrea zu immer stärkerem Begehren. Ihr Herz klopfte heftig.

Lucas bedeckte Andreas Gesicht mit Küssen und ergriff dann wieder leidenschaftlich von ihrem Mund Besitz. Andrea gab sich seinem Kuss ganz hin und vergaß alles andere ringsherum.

Als Lucas schließlich den Kopf hob, glühten seine dunklen Augen vor Leidenschaft. Erst jetzt spürte Andrea seine Hände, die sie festhielten. Sein Griff lockerte sich allmählich zu einer zärtlichen Umarmung.

»Es ist noch da, Kätzchen«, sagte Lucas leise. Er strich ihr durch das Haar. »Nichts hat sich verändert.«

Ganz plötzlich wurde Andrea von Gefühlen des Stolzes und der Demütigung erfasst. Sie riss sich von Lucas los und holte mit der Hand aus. Doch Lucas fing ihren Schlag mühelos ab und umklammerte ihr Handgelenk. Andrea versuchte es mit der anderen Hand, aber Lucas reagierte zu schnell, sie verfehlte ihn.

Er hielt sie an beiden Handgelenken fest. Sie konnte nur vergeblich versuchen, sich aus seinem Griff zu befreien. Ihr Atem ging heftig, Tränen drohten ihr in die Augen zu steigen. Aber sie wehrte sich dagegen. Lucas sollte sie nicht weinen sehen, nie wieder.

Schweigend beobachtete Lucas, wie Andrea um ihre Selbstbeherrschung kämpfte. Im Wald war kein Laut zu hören, nur Andreas heftiges Atmen.

Als sie schließlich wieder reden konnte, klang ihre Stimme abweisend, geradezu eisig. »Es gibt einen Unterschied zwischen Liebe und Lust, Lucas. Das solltest selbst du wissen. Was du an mir wieder zu finden glaubst, mag für dich dasselbe wie früher sein. Für mich ist es das nicht. Ich habe dich geliebt, aber das ist Vergangenheit.«

Sie sah ihn anklagend an. Lucas erwiderte ihren Blick ein wenig unsicher. Offenbar wusste er nicht, ob er ihr glauben sollte oder nicht.

»Du hast damals alles auf einmal genommen, Lucas, meine Liebe, meine Unschuld, meinen Stolz. Und dann hast du mir alles zusammen ins Gesicht geschleudert. Du kannst jetzt nichts davon zurückhaben. Die Liebe ist tot, die Unschuld vergangen, und mein Stolz gehört nur mir.«

Für einen Moment sagte keiner ein Wort. Langsam, ohne den Blick von Andrea zu wenden, ließ Lucas sie los.

Andrea drehte sich um und ging davon. Erst als sie sicher war, dass Lucas ihr nicht folgte, ließ sie ihren Tränen freien Lauf. Was sie über ihre Unschuld und ihren Stolz gesagt hatte, entsprach der Wahrheit. Aber ihre Liebe war weit davon entfernt, tot zu sein. Sie war sehr lebendig, und sie schmerzte.

Als die roten Mauern des Gasthofs vor ihr auftauchten, wischte Andrea sich die Tränen aus dem Gesicht. Es hatte keinen Sinn zu weinen. Dass sie Lucas immer noch liebte, änderte gar nichts, ebenso wenig, wie es ihr vor drei Jahren geholfen hatte. Aber sie selbst hatte sich verändert. Lucas würde sie nie wieder weinend, hilflos und – wie er es ausgedrückt hatte – formbar erleben.

Die Enttäuschung hatte ihr Kraft verliehen. Lucas konnte ihr zwar immer noch wehtun, das hatte sie schnell erfahren. Aber er konnte nicht mehr, wie früher, über sie bestimmen.

Trotzdem hatte sie das Zusammentreffen mit ihm erschüttert, und sie war nicht erfreut, als Helen auf einem Pfad zur Rechten aus dem Wald auf sie zukam. Andrea hätte ihr nicht ausweichen können, ohne unhöflich zu sein. So zwang sie sich zu einem Lächeln und schaute Helen entgegen.

Als die Frau näher kam, nahm Andrea einen frischen Bluterguss unter ihrem linken Auge wahr. Andreas Lächeln erlosch, sie wurde besorgt. »Was ist Ihnen zugestoßen?«, fragte sie mitleidig.

»Ich bin gegen einen Ast gelaufen.« Helen zuckte unbekümmert mit den Schultern, während sie die Verletzung mit den Fingern berührte. »Ich muss in Zukunft besser achtgeben.«

Vielleicht lag es an der stürmischen Begegnung mit Lucas, dass Andrea glaubte, einen doppelten Sinn hinter Helens Worten zu spüren. Jetzt fiel ihr auf, dass die Frau stark verärgert war. Der Bluterguss sah mehr wie das Ergebnis eines Schlages mit der Faust als eines Zusammenstoßes mit einem Ast aus.

Doch Andrea verdrängte den Gedanken schnell wieder. Wer hätte Helen schlagen können? Und warum hätte Helen darüber schweigen sollen? Es war doch viel wahrscheinlicher, dass sie unachtsam gewesen war.

»Das sieht nicht gut aus«, meinte Andrea, während sie neben Helen zum Gasthof ging. »Sie sollten das nicht auf sich beruhen lassen. Tante Tabby hat bestimmt etwas, das die Folgen mildert.«

»Oh, ich habe keineswegs vor, es auf sich beruhen zu lassen.« Helen warf Andrea einen prüfenden Blick zu. »Ich kenne mich mit so etwas aus. Und Sie – waren Sie schon früh unterwegs, um zu fotografieren? Ich finde Menschen interessanter als Bäume. Besonders mag ich heimliche Schnappschüsse.«

Helen lachte, als habe sie einen Scherz gemacht, den nur sie verstand. Andrea hörte sie zum ersten Mal lachen, und sie dachte, dass dieses Lachen zu Helens Lächeln passte. Beide waren unangenehm.

»Waren Sie vorhin am See?« Andrea erinnerte sich an die beiden Gestalten, die sie dort gesehen hatte.

Zu ihrer Überraschung hörte Helen ganz unvermittelt auf zu lachen. Sie sah Andrea scharf an. »Haben Sie dort jemand gesehen?«

»Nein, nicht genau. Ich sah, dass zwei Menschen am See waren, aber sie waren zu weit weg, als dass ich sie hätte erkennen können. Ich war damit beschäftigt, Aufnahmen oben vom Hang herab zu machen.«

»Sie haben Aufnahmen gemacht?« Helen schien über etwas nachzudenken, dann lachte sie.

»So früh am Morgen schon so fröhlich?« Julia kam die Treppe von der Veranda herunter. Als sie die Verletzung in Helens Gesicht sah, hob sie fragend die Augenbrauen. Für einen Moment schien sie zu frösteln. »Um Himmels willen, was ist Ihnen zugestoßen?«

Helen war nicht länger amüsiert. Sie runzelte die Stirn und berührte den Bluterguss noch einmal. »Ich bin gegen einen Ast gelaufen«, erklärte sie. Ohne ein weiteres Wort ging sie die Treppe hinauf und verschwand im Haus.

»Eher gegen eine Faust«, meinte Julia und lächelte. »Der Ruf der Wildnis hat Sie gelockt, Andrea, nicht wahr? Es scheint so, als sei jeder außer mir im Morgengrauen auf der Wanderung durch die Wälder und über die Berge. Es ist wirklich schwierig, vernünftig zu bleiben, wenn ringsum alle unvernünftig sind.«

Andrea musste lachen. Julia sah aus wie ein Sonnenstrahl. Während Andrea in Jeans und warmer Jacke ging, hatte Julia eine elegante Hose und eine mit Rosen verzierte Seidenbluse angezogen. Die weißen Sandalen, die sie trug, hätten im Wald keine fünfzig Meter überstanden. Angesichts der freundlichen Wärme, die Julia ausstrahlte, vergaß Andrea jeden Groll ihr gegenüber wegen ihres Anbändelns mit Lucas.

»Es könnte jemand geben«, erwiderte Andrea, »der Ihnen Faulheit vorwirft.«

»Ja, warum nicht?« Julia nickte. »Wenn ich nicht arbeite, faulenze ich gern.« Sie sah Andrea prüfend an. »Sagen Sie, sind Sie etwa auch gegen einen Ast gelaufen? Es muss ein ziemlich großer gewesen sein.«

Andrea war für einen Moment verblüfft. Julia hatte einen sehr scharfen Blick, wie sie erkennen musste. Die Spuren der Tränen waren wohl doch nicht völlig verwischt. Andrea machte eine hilflose Bewegung. »Ich heile schnell.«

»Das klingt tapfer. Nun kommen Sie, mein Kind, erzählen Sie Mama alles.« Julia hakte sich bei Andrea unter und begann, mit ihr über den Rasen zu gehen.

»Julia …« Andrea schüttelte den Kopf. Ihre Gefühle waren privat, sie gingen niemand etwas an. Lucas gegenüber hatte sie diese Regel verletzt. Aber bei Julia …

»Hören Sie, Andrea.« Julia blieb hartnäckig. »Sie brauchen jemand, bei dem Sie sich aussprechen können. Sie müssen reden. Vielleicht glauben Sie, dass Sie nicht bekümmert aussehen. Aber Sie tun es.« Julia seufzte. »Ich weiß wirklich nicht, warum ich Sie so gern mag, das ist ganz gegen meine Art. Schöne Frauen meiden andere schöne Frauen oder verabscheuen sie, besonders wenn sie jünger sind.«

Diese Bemerkung erstaunte Andrea. Die unvergleichlich schöne Julia Bond stellte sich auf ein und dieselbe Stufe mit ihr. Das war doch lächerlich.

»Vielleicht liegt es an den beiden anderen Frauen – die eine so langweilig, die andere garstig –, dass ich eine Zuneigung zu Ihnen entwickelt habe, Andrea.«

Der leichte Wind spielte mit Julias Haar, hob es an und ließ das Sonnenlicht hindurchscheinen. In ihrem Ohrläppchen funkelte ein Diamant. Andrea fand es irgendwie unpassend, dass sie mit dieser schönen Frau so vertraulich Arm in Arm herumwanderte.

»Sie sind außerdem sehr freundlich«, fuhr Julia fort. »Ich kenne nicht sehr viele wirklich freundliche Menschen.« Sie blickte Andrea von der Seite an. »Hören Sie, Darling, ich bin zwar immer neugierig. Aber ich weiß auch, wie man ein anvertrautes Geheimnis bewahrt.«

»Ich liebe ihn immer noch«, platzte es aus Andrea heraus. Sie stieß einen tiefen Seufzer aus. Bevor sie noch recht wusste, was sie eigentlich tat, sprudelten bereits die Worte.

Andrea ließ nichts aus, vom Anfang bis zum Ende und bis zu dem neuen Anfang, als Lucas am Tag vorher erneut in ihr Leben getreten war. Sie verschwieg Julia nichts. Nachdem sie mit dem Reden begonnen hatte, machte es ihr keine Mühe mehr. Sie brauchte nicht nachzudenken.

Julia hörte schweigend zu. Sie hörte so gut zu, dass Andrea ihre Anwesenheit fast vergaß.

»Dieses Ungeheuer«, sagte Julia schließlich. Aber das klang nicht sehr vorwurfsvoll. »Sie werden auch noch entdecken, dass alle Männer, diese herrlichen Wesen, im Grunde genommen Ungeheuer sind.«

Wie hätte Andrea einer Expertin widersprechen können? Während sie schweigend weitergingen, merkte sie, dass sie erleichtert war. Es hatte ihr gutgetan, sich bei Julia auszusprechen.

»Die Hauptschwierigkeit ist natürlich, dass Sie immer noch verrückt nach ihm sind«, meinte Julia schließlich. »Ich nehme Ihnen das nicht übel. Lucas ist schon ein ganz besonderer Mann. Ich hatte gestern Abend eine kleine Kostprobe, und ich war beeindruckt.«

Julia sprach so beiläufig über die leidenschaftliche Umarmung mit Lucas, die Andrea beobachtet hatte, dass man ihr unmöglich böse sein konnte.

»Lucas ist sehr begabt«, fuhr Julia fort. »Er ist zugleich arrogant, selbstsüchtig und daran gewöhnt, dass man ihm gehorcht. Das ist für mich leicht zu erkennen, weil ich genauso bin. Er und ich ähneln uns. Ich bezweifle sehr, dass wir ein erfreuliches Verhältnis miteinander haben könnten. Wir würden aufeinander losgehen, noch bevor das Bett aufgeschlagen ist.«

Andrea wusste nicht, was sie dazu sagen sollte, und ging schweigend weiter.

»Jacques ist eher mein Typ«, überlegte Julia laut. »Aber er hat sich anderweitig engagiert.«

Julia runzelte die Stirn. Andrea spürte, dass ihre Gedanken sich für einen Moment mit etwas völlig anderem beschäftigten.

»Jedenfalls müssen Sie sich nun überlegen, was Sie wollen, Andrea. Offensichtlich möchte Lucas, dass Sie zu ihm zurückkehren – wenigstens so lange es ihm passt.«

Andrea traf diese Bemerkung schmerzlich.

»Wenn Sie sich dessen bewusst bleiben, könnten Sie eine anregende Beziehung zu ihm genießen. Sie müssten nur die Augen offen halten.«

»Das kann ich nicht tun, Julia. Das Wissen würde den Schmerz nicht verhindern. Ich bin mir nicht sicher, ob ich eine weitere … Beziehung zu Lucas überstehen könnte. Er würde auf jeden Fall merken, dass ich ihn immer noch liebe.« Sie dachte an ihre Trennung vor drei Jahren zurück. »Ich möchte nicht wieder so wie damals gedemütigt werden. Stolz ist das Einzige, was mir noch geblieben ist.«

»Liebe und Stolz vertragen sich nicht.« Julia tätschelte Andreas Hand. »Also gut, versuchen Sie, sich gegen seine Angriffe zu schützen. Ich werde Ihnen Beistand leisten.«

»Wie könnten Sie das tun?«

»Aber Darling.« Julia lächelte verschmitzt.

Andrea musste lachen. Es kam ihr alles so absurd vor. Sie hob den Blick zum Himmel. Die schwarzen Wolken schienen zu gewinnen, sie zogen vor die Sonne. Es wurde kühler. »Es sieht nach Regen aus.«

Sie schaute zum Gasthof zurück. Die Fenster schienen schwarz und leer. Ein fahler Lichtschein lag auf den Backsteinwänden und ließ die weiße Veranda und die Fensterläden grau wirken. Hinter dem Haus war der Himmel tiefgrau, wie Schiefer. Die Berge standen düster und drohend da.

Ein Frösteln durchlief Andrea. Sie hatte plötzlich eine Abneigung dagegen, in das Haus zurückzukehren.

Im nächsten Moment waren die schwarzen Wolken weitergezogen und ließen die Sonne wieder ungehindert herunterscheinen. Die Fenster blitzten hell und freundlich, die Schatten waren verschwunden. Andrea schalt sich wegen ihrer lebhaften Fantasie und ging mit Julia zum Haus zurück.

Nur Jacques leistete den beiden Frauen beim Frühstück Gesellschaft. Helen ließ sich nicht blicken, und Steve und die Spicers waren offenbar noch auf Wanderung.

Andrea gab sich Mühe, nicht an Lucas zu denken. Sie aß mit gutem Appetit und vertilgte eine große Portion Schinken, Eier, Kaffee und Brötchen, während Julia nur an einer dünnen Scheibe Toast knabberte und ihr neidische Blicke zuwarf.

Jacques machte einen zerstreuten Eindruck. Es kostete ihn einige Anstrengung, charmant zu sein. Andrea erinnerte sich an das Streitgespräch, das sie gehört hatte. Über wen mochte Jacques sich wohl geärgert haben?

Je länger Andrea darüber nachdachte, umso merkwürdiger kam ihr die ganze Sache vor. Jacques LeFarre schien ihr nicht der Typ zu sein, der sich mit einem Fremden stritt. Er kannte hier aber nur Julia und Lucas, und die beiden waren anderweitig beschäftigt gewesen.

Julia schien sich rundum wohlzufühlen. Sie sprach über einen ihr und Jacques gemeinsamen Freund. Aber sie war eine Schauspielerin, erinnerte sich Andrea, und zwar eine sehr gute. Sie konnte durchaus wissen, worüber sich Jacques am vergangenen Abend geärgert hatte, und doch so tun, als habe sie davon nicht die geringste Ahnung.

Jacques hingegen war kein Schauspieler. Man merkte ihm an, dass er besorgt war. Sein Ärger war durch seinen Charme nur mangelhaft überdeckt.

Andrea verdrängte die Gedanken daran, als sie sich nach dem Frühstück auf die Suche nach ihrer Tante machte. Schließlich gingen sie Jacques' Angelegenheiten nichts an. Für einen kurzen Augenblick dachte sie an die Begegnung mit Lucas.

Tante Tabby war damit beschäftigt, sich mit der Köchin Nancy über das Mittagessen zu streiten. Andrea hörte stumm zu. Nancy hatte offenbar Hähnchen servieren wollen, während Tante Tabby völlig sicher war, dass sie sich für Schweinebraten entschieden hatten.

Während der Streit hin und her ging, schenkte Andrea sich eine Tasse Kaffee ein. Sie schaute aus dem Fenster. Von Westen her zogen wieder graue dichte Wolken heran.

»Oh, Andrea, hast du einen schönen Spaziergang gemacht?« Als Andrea sich umdrehte, sah sie, dass ihre Tante sie anlächelte.

»Es ist ein so schöner Morgen, nicht wahr? Schade, dass es Regen geben wird. Aber der ist gut für die Blumen, die lieben kleinen Dinger. Hast du gut geschlafen, Kindchen?«

Andrea beschloss, nur auf die letzte Frage zu antworten. Es hatte keinen Sinn, Tante Tabby zu beunruhigen. »Wunderbar, Tante Tabby. Ich schlafe immer gut, wenn ich bei dir zu Besuch bin.«

»Das liegt an der Luft.« Tante Tabby strahlte vor Freude. »Ich glaube, ich werde für heute Abend meinen Spezial-Schokoladenpudding machen. Der wird ein gewisser Ausgleich für den Regen sein.«

»Gibt es noch heißen Kaffee, Tante Tabby?« Lucas kam in die Küche, als sei er hier seit Langem zu Hause. Andrea hörte verwundert, dass er den Kosenamen ihrer Tante verwendete.

»Natürlich, mein Lieber, bedienen Sie sich.« Tante Tabby zeigte zum Herd. In Gedanken war sie noch bei dem Schokoladenpudding.

Andreas Erstaunen wuchs, als Lucas zu dem richtigen Wandschrank ging, eine Tasse herausholte und sich daranmachte, sie voll Kaffee zu schenken.

Während er trank, lehnte er am Küchentresen. Über die Tasse hinweg sah er Andrea an und lächelte.

»Oh, ist das deine Kamera, Andrea?«, fragte Tante Tabby.

Andrea senkte den Blick. Der Fotoapparat hing ihr immer noch um den Hals. Er war so sehr ein Teil von ihr, dass sie ihn gar nicht mehr gespürt hatte.

»Sie sieht sehr kompliziert aus.« Tante Tabby beugte sich vor, um die Kamera besser sehen zu können. Sie vergaß dabei die Brille, die ihr vorm Busen hing.

»Ich habe eine sehr schöne, Andrea. Du kannst sie jederzeit benutzen, wenn du willst. Sie ist ganz einfach zu bedienen. Du drückst auf einen roten Knopf, und schon springt das fertige Foto heraus. Du kannst sofort sehen, ob du bei jemand den Kopf nicht draufbekommen hast, und notfalls gleich eine zweite Aufnahme machen. Du brauchst auch nicht erst in der Dunkelkammer herumzuwühlen.

Ich verstehe überhaupt nicht, wie du dort sehen kannst, was du machst.«

Tante Tabby zog die Stirn kraus und legte den Finger an die Wange. »Ich bin ziemlich sicher, dass ich sie finden kann.«

Andrea lachte und umarmte ihre Tante. Über deren Kopf hinweg sah sie, dass Lucas lächelte. Es war dieses warme, natürliche Lächeln, das so selten bei ihm zu sehen war. Für einen Moment konnte Andrea sogar sein Lächeln erwidern, ohne dass ihr das wehtat.

4. Kapitel

Der Regen setzte ein. Es war kein sanftes Nieseln, sondern ein heftiger Wolkenbruch. Der Himmel verfinsterte sich, im Haus wurde es wieder dämmrig, und es füllte sich wieder mit Leben.

Alle Gäste waren inzwischen zurückgekehrt. Der Gasthof war wieder voll eigenartiger Menschen. Steve hatte seine Rolle als Barkeeper ausgebaut und ging in die Küche, um Kaffee zu holen. Robert Spicer hatte Jacques in ein Gespräch verwickelt und versuchte, ihn in einige technische Einzelheiten der Chirurgie am offenen Herzen einzuweihen.

Während der Diskussion saß Julia neben den beiden Männern. Sie schien aufmerksam zuzuhören. Doch Andrea wusste es besser. Gelegentlich warf Julia ihr einen Blick zu und verriet ihr, dass sie sich außerordentlich amüsierte. Jane las mit verdrossener Miene in einem Roman. Sie trug wieder langweiliges Braun: Hose und Pullover. Helen mit ihrem frischen Bluterguss saß schweigend da und rauchte eine Zigarette. Ein oder zwei Mal merkte Andrea, dass Helen sie mit scharfen Blicken musterte. Helens spöttisches Lächeln war Andrea unangenehm.

Lucas war nicht da. Er saß oben in seinem Zimmer und hämmerte auf der Schreibmaschine. Andrea hoffte, dass er damit noch viele Stunden beschäftigt sei. Vielleicht würde er nicht einmal zu den Mahlzeiten herunterkommen, sondern im Zimmer essen.

Von einer Minute zur anderen wurde es fast völlig dunkel im Haus. Mit dem Licht schien auch die Wärme zu verschwinden. Andrea fröstelte, sie hatte eine Vorahnung von etwas Bösem. Das überraschte sie, denn Gewitter hatte sie sonst nie gefürchtet.

Der Regen hatte für einen Moment ausgesetzt, dann begann er umso heftiger wieder vom Himmel zu schütten, begleitet von einem betäubenden Donnerschlag. Die Regenfluten schlugen gegen die Fenster, Blitze zuckten draußen auf.

»Ein Frühlingsgewitter in den Bergen«, bemerkte Steve, der gerade mit einem Tablett voller Kaffeegeschirr hereinkam und jetzt an der Tür stehen blieb. Der köstliche Duft von Kaffee begleitete ihn.

»Es wirkt wie Spezialeffekte beim Film«, meinte Julia. Sie kuschelte sich enger an Robert. »Gewitter sind furchterregend, so aufregend. Ich entdecke immer wieder, dass sie mich auf eigenartige Weise erregen.«

Das war eine Stelle aus Julias Film, wie Andrea belustigt feststellte. Doch dem Arzt schien das nicht aufgefallen zu sein. Er war viel zu sehr von Julias Näherrücken beeindruckt.

Andrea hätte am liebsten laut gelacht. Als Julia noch dichter an Robert heranglitt und ihr dabei zuzwinkerte, hob Andrea den Blick zur Zimmerdecke.

Jane fand das nicht amüsant. Sie sah jetzt nicht verdrossen, sondern angriffslustig aus. Vielleicht hat sie doch Krallen, dachte Andrea. Das würde ihr Jane sympathischer machen. Es wäre für Julia wohl besser, wenn sie sich auf Steve konzentrierte, der ihr gerade eine Tasse Kaffee reichte.

»Sahne, aber keinen Zucker, nicht wahr?« Steve lächelte Andrea an. Sie nickte.

Steve war wirklich ein netter Mann. Er gab einer Frau das Gefühl, umsorgt zu werden, ohne dass sie sich dabei bevormundet vorkam. Andrea bewunderte ihn dafür.

»Ja. Sie haben ein besseres Gedächtnis als George.« Andrea lächelte Steve zu. »Außerdem verstehen Sie es, mit viel Stil zu servieren. Üben Sie diesen Beruf schon lange aus?«

»Ich bin hier nur zur Probe angestellt. Wenn Sie mit mir zufrieden sind, lassen Sie es bitte die Geschäftsführung wissen.«

Wieder wurde das Dämmerlicht durch Blitze erhellt. Kurz darauf ertönte lauter Donner. Jacques wandte sich an Andrea. »Kann es bei solchem Wetter zu einem Stromausfall kommen?«

»Wir haben hier oft Stromausfall.« Andreas Antwort verursachte ganz verschiedene Reaktionen.

Julia fand die Vorstellung wunderbar – Kerzenlicht war so romantisch. Robert war jetzt in der Stimmung, ihr vorbehaltlos beizupflichten. Jacques schien es gleichgültig zu sein. Er hob die Hände, als wolle er sagen, dass er sich in sein Schicksal ergebe.

Steve und Helen hingegen schienen von dem Gedanken, der Strom könne ausfallen, wenig angetan. Steve drückte sich allerdings gemäßigter aus als Helen. Er fand, es bringe allerlei Unbequemlichkeiten mit sich. Dann ging er zum Fenster und schaute nach draußen.

Helen war richtig aufgebracht. »Ich zahle mein gutes Geld nicht dafür, im Dunkeln herumzutasten und kalte Mahlzeiten zu essen.« Zornig steckte sie sich die nächste Zigarette an. »Es ist unerträglich, dass wir uns mit solch primitiven Verhältnissen abgeben sollen.« Sie schaute Andrea an. »Ihre Tante wird bestimmt Vorkehrungen getroffen haben. Ich jedenfalls bin nicht gewillt, diese lachhaft hohen Preise zu zahlen und dafür wie in der Wildnis zu leben.«

Helen fuchtelte aufgeregt mit der Hand herum, in der sie die Zigarette hielt, und wollte gerade weiterschimpfen, als Andrea sie unterbrach. »Ich bin sicher, dass meine Tante Ihren Beschwerden die Aufmerksamkeit schenken wird, die sie verdienen.«

Nach diesen Worten wandte sich Andrea ganz betont von Helen ab und ließ deren empörte Blicke von sich abgleiten. Sie sagte zu Jacques, der ihr aufmunternd zulächelte: »Wir haben einen Stromgenerator im Haus. Den hat mein Onkel einbauen lassen.«

»Er war ebenso praktisch, wie Tante Tabby charmant ist«, warf Steve ein und wurde mit dieser Bemerkung sofort Andreas Freund.

»Das ist sie«, bestätigte Andrea. »Wenn die Stromzufuhr unterbrochen wird, stellen wir auf den Generator um. Damit können wir alle wichtigen Stromquellen versorgen.«

»Ich glaube, ich werde mir trotzdem auf alle Fälle Kerzen in mein Zimmer bringen lassen«, beschloss Julia. Sie lächelte Robert unter den Augenwimpern heraus an, während er ihr Feuer für die Zigarette gab.

»Julia könnte Französin sein«, sagte Jacques und drehte an den Spitzen seines Schnurrbarts. »Sie ist unheilbar romantisch.«

»Zu viel Romantik kann unklug sein«, ließ Helen sich vernehmen. Sie schaute von einem zum anderen und heftete ihren Blick schließlich auf Julia.

Zu Andreas Erstaunen verwandelte Julia sich für einen Moment vom hilflosen Weibchen zur streitbaren Amazone. »Ich fand immer, dass nur Dummköpfe sich für klug halten.« Im nächsten Augenblick war sie wieder ganz sanft und lieb.

Julia auf der Leinwand zu erleben war nichts im Vergleich zu ihren Auftritten im wirklichen Leben. Andrea kam der Gedanke, dass sie keine Ahnung habe, wie eigentlich die echte Julia sei. Aber ging es ihr mit den anderen Gästen nicht genauso? Sie alle waren fremd für sie.

Als gleich darauf Lucas hereinkam, herrschte immer noch angespanntes Schweigen. Er schien davon nichts zu merken. Ohne auf die anderen zu achten, kam er direkt auf Andrea zu.

Sie blickte ihm entgegen und hatte dabei das Gefühl, dass alles andere um sie herum verschwinde und sie nur noch ihn sehe. Ihr Gesicht musste einen furchtsamen Ausdruck angenommen haben, denn gleich darauf sagte Lucas leise zu ihr: »Keine Angst, Kätzchen, ich werde dich nicht fressen.«

Lucas blieb vor Andrea stehen, beugte sich zu ihr hinunter und fragte: »Liebst du es immer noch, im Regen spazieren zu gehen?« Er schien keine Antwort darauf zu erwarten, denn gleich darauf fuhr er fort. »Ich erinnere mich noch sehr gut daran, dass du das tatest.«

Andrea schwieg. Lucas schaute sie an, dann hielt er ihr etwas entgegen. »Deine Tante schickt dir das.«

Andrea blickte auf seine Hand und musste lachen. Ihre innere Anspannung löste sich.

»Dein Lachen habe ich sehr lange nicht mehr gehört – zu lange«, sagte Lucas.

Andrea schaute zu ihm auf. Lucas musterte sie eindringlich, ganz auf sie konzentriert. »Nein?«, sagte Andrea. Sie nahm ihm Tante Tabbys tolle Kamera mit dem roten Knopf ab und zuckte mit den Schultern. »Lachen ist eine Angewohnheit von mir.«

»Tante Tabby sagt, du sollst dich gut damit amüsieren.« Lucas ging, um sich eine Tasse Kaffee zu holen.

»Was haben Sie da, Andrea?«, fragte Julia.

Andrea hob die Kamera hoch und erklärte in nüchternem, belehrendem Ton: »Dies, meine Damen und Herren, ist die neueste Errungenschaft auf dem Gebiet der Fotografie. Durch die bloße Berührung eines Knopfes holen Sie Freunde und geliebte Menschen in das Innere dieses Gehäuses, von wo aus sie auf Bildern wieder ausgespuckt werden, die vor Ihren erstaunten Augen entwickelt werden. Sie brauchen keine Blende einzustellen und Ihren Belichtungsmesser nicht zu befragen. Der Knopf ist schneller als jedes Gehirn. Ja, sogar ein Kind von fünf Jahren kann diese Kamera während der Fahrt auf dem Dreirad bedienen.«

»Dazu muss man wissen«, warf Lucas ein, »dass Andrea ein fotografischer Snob ist.« Er stand am Fenster und trank Kaffee, während er die anderen Gäste ansprach. Dabei schaute er zu Andrea. »Wenn etwas keine austauschbaren Filter und Objektive und keine Höchstgeschwindigkeitsverschlüsse hat und keine unglaublich komplizierten Vorgänge zulässt, ist es keine Kamera, sondern ein Spielzeug.«

»Mir ist Andreas Besessenheit schon aufgefallen«, stimmte Julia zu. »Sie trägt den schwarzen Kasten wie andere Frauen wertvollen Schmuck. Man kann es kaum glauben, aber sie ist heute schon gleich nach Tagesanbruch unterwegs im Wald gewesen, um Aufnahmen von Eichhörnchen und Hasen zu machen.«

Andrea lachte, hob die Sofortbildkamera und schoss ein Bild von Julias reizendem Gesicht.

Julia machte eine professionell wirkende Kopfbewegung. »Also wirklich, Darling, Sie hätten mir Gelegenheit geben sollen, mich von meiner besten Seite zu zeigen.«

»Sie haben keine beste Seite.«

Julia lächelte etwas gequält. Sie schien nicht zu wissen, ob sie belustigt oder gekränkt sein sollte. Jacques hingegen lachte laut heraus.

»Und ich dachte, sie sei ein so liebes Mädchen«, sagte Julia.

»In meinem Beruf, Miss Bond«, erklärte Andrea mit ernster Miene, »hatte ich Gelegenheit, viele Frauen zu fotografieren. Die eine nimmt man von rechts, die andere besser von links oder von vorn auf. Bei anderen ist es vorteilhafter, die Kamera von unten auf sie zu richten, und so weiter.«

Andrea musterte Julias makelloses Gesicht für einen Moment kritisch. »Sie hingegen könnte ich aus jeder Stellung, mit jedem Blickwinkel, bei jeder Beleuchtung aufnehmen, und das Ergebnis wäre stets gleichermaßen wunderbar.«

»Jacques.« Julia legte die Hand auf seinen Arm. »Wir müssen dieses Mädchen unbedingt adoptieren. Es ist für mein Selbstbewusstsein von unschätzbarem Wert.«

»Tut mir leid, ich bin unbestechlich.« Andrea legte das Bild, das in der Kamera inzwischen entwickelt worden war, auf den Tisch. Dann richtete sie Tante Tabbys Prunkstück auf Steve.

»Ich sollte alle warnen. Wenn Andrea einen Fotoapparat in den Händen hält, wird sie gefährlich.« Lucas nahm Julias Bild vom Tisch und betrachtete es.

Andrea erinnerte sich an die zahllosen Aufnahmen, die sie von Lucas gemacht hatte. Unter dem Vorwand, es handele sich um Kunst, hatte sie sie nie weggeworfen. Sie war um ihn herumgeschlichen und hatte ihn von allen Seiten vor das Objektiv genommen, bis er ihr schließlich die Kamera weggenommen und ihr jeden Gedanken ans Fotografieren gründlich vertrieben hatte.

Lucas strich mit den Fingern durch Andreas Haar. »Du hast mir nie beibringen können, wie man eine richtige Aufnahme macht, nicht wahr, Kätzchen?«

»Nein. Ich habe dir überhaupt nichts beigebracht, Lucas. Aber ich habe einiges von dir gelernt.«

»Mit mehr als einer einfachen Kamera bin ich nie fertiggeworden.« Lucas kam näher und nahm Andreas Fotoapparat vom Tisch. Er betrachtete ihn wie einen fremdartigen Gegenstand, der aus den äußeren Bezirken des Weltalls herangeweht worden war. »Wie kannst du nur behalten, wofür all diese Zahlen sind?«

Er setzte sich auf die Armlehne von Andreas Sessel. Andrea nahm die Gelegenheit wahr und begann einen Vortrag über die Grundregeln der Fotografie.

Nach kurzer Zeit stand Lucas auf und ging zur Kaffeekanne. Offenbar langweilte er sich. Julia leistete ihm Gesellschaft. Bald darauf hatte sie sich bei ihm untergehakt, und er schien sich nicht länger zu langweilen.

Andrea presste für einen Moment die Lippen zusammen, dann wandte sie sich an Steve und setzte ihre Erklärungen fort.

Julia und Lucas verließen Arm in Arm das Zimmer. Julia wollte sich wahrscheinlich hinlegen und ausruhen, und Lucas wollte wieder an die Arbeit gehen. Andrea folgte den beiden mit ihren Blicken.

Als sie sich wieder auf Steve konzentrierte, bemerkte sie sein mitleidiges Lächeln. Offensichtlich hatte er ihre Gefühle erraten. Andrea war mit sich unzufrieden. Sie sollte sich besser zusammennehmen. Schnell nahm sie ihre Erklärungen wieder auf und war Steve dankbar dafür, dass er das Gespräch mit ihr fortsetzte, als habe es nie eine Unterbrechung gegeben.

Der Nachmittag zog sich hin. Es wurde ein langer, trüber Tag. Der Regen schlug gegen die Fenster. Blitze und Donner kamen und gingen, aber der Wind nahm unaufhörlich an Stärke zu, bis er sich zu einem richtigen Sturm ausgewachsen hatte.

Robert versorgte das Kaminfeuer, bis die Flammen aufloderten. Ihr Schein hätte dem Raum eine fröhliche Note geben sollen. Doch Janes verdrossene Miene und Helens unruhiges Herumwandern verhinderten das. Die Atmosphäre war angespannt.

Andrea lehnte Steves Vorschlag ab, mit ihm Karten zu spielen. Sie suchte lieber die Abgeschiedenheit ihrer Dunkelkammer auf. Als sie deren Tür hinter sich geschlossen hatte, schwanden die Kopfschmerzen, unter denen sie zu leiden begonnen hatte.

In diesem Raum gab es keine Spannungen. Andrea spürte keine atmosphärischen Störungen, keine versteckte Unruhe. Hier war alles klar und nüchtern.

Andrea begann mit der Arbeit. Schritt für Schritt machte sie sich an das Entwickeln ihres Films. Sie bereitete die Chemikalien vor, prüfte die Temperatur, stellte die Schaltuhr an. Während sie sich mehr und mehr in ihre Tätigkeit vertiefte, vergaß sie das Gewitter, das draußen tobte.

Wenn es nötig war, konnte Andrea auch in völliger Dunkelheit arbeiten. Das tat sie auch jetzt. Ihre Finger waren ihre Augen. Sie arbeitete flink.

Über dem gedämpften Lärm des Unwetters hörte sie ein schwaches Klappern. Andrea achtete nicht darauf. Sie stellte die Schaltuhr für den nächsten Schritt der Entwicklung ein. Dann hörte sie das Geräusch wieder. Es begann sie zu stören.

War das der Türgriff gewesen? Hatte sie vergessen, die Tür abzuschließen? Jetzt fehlte ihr nur noch, dass irgendein Laie hereinplatzte und Licht auf die Filme fallen ließ. Damit wäre alle Arbeit umsonst gewesen.

»Lassen Sie die Tür zu«, rief Andrea. In diesem Augenblick verstummte das Radio, das sie zu ihrer Unterhaltung angestellt hatte. Der Strom war ausgefallen. Andrea stand reglos in völliger Dunkelheit.

Wieder hörte sie ein klapperndes Geräusch.

War jemand an der Tür? Oder kam das Geräusch aus der Küche? Andrea ging auf die Tür zu, um sich zu vergewissern, dass sie sie abgeschlossen hatte. Sie ging ohne Zögern, denn inzwischen kannte sie jede Einzelheit in der Dunkelkammer ganz genau.

Doch plötzlich, zu ihrer großen Verblüffung, traf etwas sie heftig am Kopf. Licht blitzte auf und erlosch wieder. Dann war die Dunkelheit vollkommen.

»Andrea, Andrea, mach die Augen auf!« Die Stimme klang weit entfernt und drang wie durch Watte an ihr Ohr. Trotzdem entging ihr der dringliche Ton nicht.

Andrea versuchte, der Aufforderung zu widerstehen. Je näher sie dem Bewusstsein kam, umso heftiger wurden ihre Kopfschmerzen. Nur die Ohnmacht war schmerzlos.

»Öffne die Augen!« Die Stimme war deutlicher, nachdenklicher geworden. Andrea stöhnte.

Zögernd schlug sie die Augen auf, während ihr jemand das Haar aus dem Gesicht strich. Für einen Moment berührten die Finger ihre Wange. Lucas tauchte vor ihren Augen auf, seine Umrisse wurden unscharf, dann wieder deutlich, als Andrea sich mühte, ihn anzusehen.

»Lucas?«, fragte Andrea verwirrt, als sie allmählich zu sich kam. Mehr als seinen Namen konnte sie nicht sagen, doch er schien damit völlig zufrieden zu sein.

»So ist es schon besser«, lobte er sie. Bevor sie protestieren konnte, küsste er sie. Es war nur ein kurzer Kuss, aber er erinnerte an frühere Intimitäten. »Du hast mir einen schönen Schreck eingejagt. Was hast du nur angestellt?«

Dieser Vorwurf war typisch für Lucas. Doch Andrea achtete nicht darauf. »Angestellt?« Andrea hob die Hand und berührte die Stelle an ihrem Kopf, an der sich der Schmerz konzentrierte. »Was ist geschehen?«

»Das frage ich dich, Kätzchen. Nein, fass die Stelle nicht an.« Lucas hielt ihre Hand fest. »Das würde dir wehtun. Ich würde wirklich zu gern wissen, wie du zu der Verletzung gekommen bist und warum du hier auf dem Fußboden liegst wie ein Häufchen Unglück.«

Es fiel Andrea schwer, den Nebel in ihrem Kopf zu verdrängen. Sie versuchte, sich an das zu erinnern, was sie als Letztes wahrgenommen hatte. »Wie bist du hier hereingekommen?«, fragte sie. Sie erinnerte sich an das Geräusch. »Hatte ich die Tür nicht abgeschlossen?« Langsam wurde ihr bewusst, dass Lucas sie in den Armen hielt. Sie versuchte, sich aufzusetzen.

»Hast du an der Tür gerüttelt?«

»Bleib ganz ruhig, reg dich nicht«, forderte Lucas sie auf, als Andrea zu stöhnen begann.

Sie schloss die Augen. Ihr Kopf tat sehr weh. »Ich muss gegen die Tür gelaufen sein«, sagte sie leise. Wie hatte sie nur so ungeschickt sein können?

»Du bist gegen die Tür gelaufen und hast dich selbst außer Gefecht gesetzt?«

Andrea hätte nicht sagen können, ob Lucas belustigt oder verärgert war. Doch das war ihr jetzt auch völlig gleichgültig. Die Schmerzen in ihrem Kopf ließen alles andere uninteressant werden.

»Wie eigenartig. Ich hatte keine Ahnung, dass du so ungeschickt sein kannst, Kätzchen.«

»Es war dunkel«, verteidigte sie sich. »Und wenn du nicht an der Tür gerüttelt hättest …«

»Ich war überhaupt nicht an der Tür …«, begann Lucas.

Doch Andrea unterbrach ihn mit plötzlichem Erschrecken. »Das Licht!« Zum zweiten Mal versuchte sie, sich von Lucas zu lösen. »Du hast das Licht angemacht.«

»War das so abwegig? Schließlich sah ich dich auf dem Fußboden liegen.« Er hielt sie fest. »Ich wollte sehen, was dir zugestoßen war.«

»Mein Film!« Ihr Blick war ebenso vorwurfsvoll, wie ihre Stimme klang.

Lucas lachte. »Diese Frau ist tatsächlich besessen.«

»Lass mich los, hörst du?« Andrea wurde zornig. Sie schob Lucas von sich und erhob sich schwankend. Der Kopfschmerz wurde stechend, fast unerträglich. Andrea taumelte.

»Um Himmels willen, Andrea.« Lucas fasste sie an den Schultern und stützte sie. »Hör auf, dich wegen einiger dummer Bilder wie eine Verrückte aufzuführen.«

Schon unter normalen Umständen wäre eine solche Bemerkung Andrea gegenüber unklug gewesen. In der gegenwärtigen Situation war sie eine glatte Kriegserklärung. Für einen Moment wurde Andrea so wütend, dass sie ihre Schmerzen vergaß. Sie fuhr Lucas an.

»Du hast schon immer auf meine Arbeit herabgesehen. Für dich waren das nur einige dumme Bilder. Und ich war für dich nicht mehr als ein einfältiges Kind, das für eine Weile Abwechslung bot, dann aber langweilig wurde. Du hast es immer gehasst, gelangweilt zu werden, Lucas, nicht wahr?«

Andrea strich sich das Haar aus dem Gesicht. »Du sitzt über deinen Romanen und sonnst dich in der Anerkennung, die du bekommst. Auf uns gewöhnliche Menschen siehst du herab. Aber du bist nicht der Einzige auf der Welt, der Talent hat, Lucas. Ich bin ebenso schöpferisch wie du, und meine Bilder geben mir ebenso viel Befriedigung wie dir deine dummen kleinen Bücher.«

Für einen Moment sah Lucas Andrea stirnrunzelnd an. Er wirkte bedrückt. »Schon gut, Andrea. Nachdem du das losgeworden bist, solltest du jetzt eine Kopfschmerztablette nehmen.«

»Ach, lass mich endlich in Ruhe!« Sie schüttelte die Hand ab, die er auf ihren Arm legte, und drehte sich um. Sie wollte die Kamera aus dem Regal nehmen, wo sie sie vor dem Beginn ihrer Arbeit abgelegt hatte. Dabei fiel ihr Blick auf den Tisch. Sie wurde erneut zornig.

»Was fällt dir eigentlich ein, meine Sachen durcheinanderzubringen? Du hast eine ganze Filmrolle belichtet.« Ihr Zorn nahm zu. »War es dir nicht genug, mich bei der Arbeit zu stören, indem du an der Tür warst? Musstest du auch noch das Licht anmachen und meine Aufnahmen verderben? Wieso steckst du deine Nase in Dinge, von denen du nichts verstehst?«

»Ich habe dir schon einmal gesagt, dass ich nicht an deiner Tür war. Ich kam vorbei, nachdem der Strom ausgefallen und der Generator angesprungen war. Die Tür stand offen, du lagst mitten auf dem Fußboden. Ich habe deinen Film überhaupt nicht angefasst.«

Lucas schien empört zu sein, dass Andrea ihm Vorwürfe machte. »Es mag dir vielleicht dumm vorkommen, aber meine ganze Sorge und meine Aufmerksamkeit galten nur dir.« Er schaute auf das Durcheinander auf dem Arbeitstisch. »Könnte es nicht sein, dass du den Film in der Dunkelheit selbst zerstört hast?«

»Das ist doch Unsinn.« Jetzt griff er auch noch ihre beruflichen Fähigkeiten an.

»Andrea, ich weiß wirklich nicht, was mit deinem Film geschehen ist. Ich bin gar nicht weiter in die Dunkelkammer hereingekommen als bis dorthin, wo du lagst. Ich will mich nicht dafür entschuldigen, dass ich das Licht angemacht habe, denn genau das würde ich in einem solchen Fall wieder tun.« Er streichelte ihre Wange. »Zufällig glaube ich, dass dein Wohlergehen wichtiger ist, als es deine Fotos sind.«

Plötzlich wurde Andreas Interesse an ihren Aufnahmen geringer. Sie hatte jetzt andere Sorgen. Es gelang Lucas viel zu leicht, alte Gefühle in ihr zu wecken. Sie musste von ihm wegkommen. Er brauchte nur sanft mit ihr zu reden und sie zu streicheln, und schon ging sie unter.

»Du siehst blass aus«, bemerkte Lucas. »Dr. Spicer sollte sich um dich kümmern.«

»Nein, das ist wirklich nicht …«

Weiter kam Andrea nicht. Lucas packte sie zornig am Arm. »Sei doch vernünftig, Kätzchen. Musst du denn allem, was ich dir sage, widersprechen? Ist es dir nicht möglich, den Hass gegen mich zu überwinden, den du in dir aufgebaut hast?« Er schüttelte sie.

Ein heftiger Schmerz durchzog Andreas Kopf, ihr wurde schwindlig. Für einen Moment schien Lucas' Gesicht vor ihren Augen zu verschwimmen.

Lucas stieß einen leisen Fluch aus, zog Andrea an sich und hielt sie fest, bis der Schwindelanfall vorbei war. Dann hob er sie mit einer raschen Bewegung auf die Arme.

»Du bist bleich wie ein Gespenst«, sagte er. »Ob es dir nun gefällt oder nicht, ich hole den Arzt für dich. Dann kannst du deine schlechte Laune eine Weile an ihm auslassen.«

Während Lucas sie in ihr Zimmer trug, verging Andreas Ärger. Der Kopf tat ihr weh, sie war benommen und bedrückt. Erschöpft lehnte sie die Wange an Lucas' Schulter. Es war viel einfacher, sich nicht zu sträuben.

Vor allem war jetzt nicht die richtige Zeit, um sich über die Tür der Dunkelkammer Gedanken zu machen und darüber, wieso sie geöffnet war und weshalb sie – Andrea – so ungeschickt gewesen war, gegen die Tür zu laufen. Es war besser, jetzt überhaupt nicht mehr nachzudenken.

Andrea nahm es hin, dass sie keine andere Wahl hatte. Sie schloss die Augen und gestattete es Lucas, die Verantwortung für sie zu übernehmen. Sie hielt die Augen geschlossen, während Lucas sie auf ihr Bett legte. Aber sie wusste, dass er dann neben dem Bett stand und sie anschaute. Bestimmt runzelte er dabei die Stirn.

Das Geräusch von Schritten verriet ihr, dass Lucas ins Badezimmer ging. Wasser rauschte ins Waschbecken. Für Andrea war das so laut, als sei dort ein Wasserfall. Gleich darauf spürte sie ein kühles feuchtes Tuch auf der Stirn, das ihre Schmerzen linderte. Sie öffnete die Augen.

»Du bleibst hier jetzt liegen, Kätzchen. Ich hole Spicer.« Lucas drehte sich um und ging zur Tür. »Lucas!« Das kühle Tuch hatte Erinnerungen in ihr geweckt an all die Zärtlichkeiten, die Lucas ihr früher erwiesen hatte. Er hatte durchaus seine zärtlichen Momente. Aber es wäre besser, sie könnte das wieder vergessen. Es würde ihr dann leichter fallen, Lucas' Gegenwart zu ertragen.

Als er kurz darauf zurückkam, merkte man ihm an, wie ungeduldig er war. Er war ein Mann, dessen Stimmungen sich rasch änderten. Konnte er denn gar nicht ausgeglichen sein?

»Ich möchte dir danken, Lucas. Es tut mir leid, dass ich dich angeschrien habe. Du warst mir gegenüber sehr lieb.«

Lucas lehnte am Türrahmen. Sein Gesicht war ernst, seine Stimme klang bedrückt, als er erwiderte: »Ich war nie lieb.«

Andrea musste gegen den Drang ankämpfen, zu Lucas zu gehen und die Spuren der Müdigkeit aus seinem Gesicht zu streicheln. Er schien ihre Gedanken zu spüren. Sein Blick wurde für einen Moment sanft, ein Lächeln umspielte seine Lippen.

»Kätzchen, du bist immer so unglaublich süß, so voller Wärme.«
Nach diesen Worten drehte Lucas sich um und verließ Andrea.

5. Kapitel

Andrea schaute unter die Zimmerdecke, als Robert Spicer ihr Zimmer betrat. Sie richtete sich ein wenig auf und warf einen skeptischen Blick auf seine schwarze Tasche. Es war ihr schon immer etwas unheimlich gewesen, was Ärzte in ihren so unschuldig wirkenden Taschen mit sich trugen.

»Ein Hausbesuch«, sagte sie und lächelte schwach. »Das achte Weltwunder. Ich hätte nie geglaubt, dass Sie Ihre Tasche mit in den Urlaub nehmen.«

»Reisen Sie jemals ohne Ihre Kamera?«, fragte der Arzt zurück.

»Natürlich, Sie haben recht.«

»Ich glaube nicht, dass wir operieren müssen.« Robert setzte sich auf die Bettkante und nahm das feuchte Tuch weg, das Lucas über Andreas Stirn ausgebreitet hatte. »Oje, das wird sehr bunt werden. Wie ist es, können sie mich klar erkennen, oder sehen Sie mich verschwommen?«

»Ich sehe Sie gut.«

Roberts Hände waren überraschend sanft und zart. Sie erinnerten Andrea an die ihres Vaters. Mehr und mehr entspannte sie sich und beantwortete Roberts Fragen, ob sie Schwindelgefühle habe, sich unwohl fühle und so weiter. Dabei betrachtete sie sein Gesicht.

Robert sah jetzt anders aus als sonst. Er wirkte immer noch wie ein tüchtiger, erfahrener Arzt. Aber seine Selbstdarstellung war durch offenbar echtes Mitleid gemildert. Er hatte eine freundliche Stimme und einen warmherzigen Blick und schien als Arzt gut geeignet zu sein.

»Wie ist das passiert, Andrea?« Während Robert diese Frage stellte, griff er in seine Tasche. Andreas Aufmerksamkeit wandte sich seinen

Händen zu. Robert zog Watte und eine Flasche aus der Tasche, nicht die von ihr befürchtete Nadel.

»Ich bin gegen eine Tür gelaufen.«

Robert schüttelte lächelnd den Kopf. Vorsichtig tupfte er die verletzte Stelle ab. »Eine ungewöhnliche Geschichte.«

»Leider ist sie wahr. Es geschah in der Dunkelkammer. Offenbar habe ich die Entfernung falsch eingeschätzt.«

Robert hielt einen Moment in seiner Tätigkeit inne und sah Andrea an, bevor er sich wieder mit ihrer Stirn beschäftigte. »Ich habe Sie für eine Frau gehalten, die die Augen offen hält.«

Andrea hatte den Eindruck, dass er plötzlich ernst geworden sei. Doch das ging schnell vorbei. Robert lächelte und verkündete: »Es ist nur eine Prellung. Diese Diagnose bedeutet allerdings nicht, dass die Schmerzen geringer sind.«

»Ach, es ist schon einigermaßen zu ertragen«, erwiderte Andrea in dem Bemühen, die Sache möglichst leicht zu nehmen. »Das Schlimmste scheint bereits vorbei zu sein.«

Robert griff noch einmal in die Tasche. »Gegen den Rest können wir etwas unternehmen.« Er zog eine Flasche mit Pillen heraus.

Andrea besah sie argwöhnisch. »Ich wollte eigentlich nur eine Kopfschmerztablette nehmen.«

»Einen Waldbrand kann man nicht mit einer Wasserpistole löschen.« Robert schüttelte zwei Pillen aus der Tasche. »Nehmen sie diese, es sind keine starken Geschosse. Und dann ruhen Sie sich ein oder zwei Stunden aus. Sie können mir vertrauen«, fügte er hinzu, als er Andreas immer noch misstrauischen Blick bemerkte. »Obwohl ich Chirurg bin.«

Er hatte sie überzeugt. »Ich glaube Ihnen.« Sie nahm das Glas mit Wasser und die Pillen entgegen. »Aber Sie werden mir nicht den Blinddarm herausnehmen, während ich schlafe, wie?«

»Nicht während meines Urlaubs.« Er wartete, bis Andrea die Pillen geschluckt hatte. Dann zog er eine leichte Decke über sie. »Und nun ruhen Sie sich aus.« Damit verließ er sie.

Als Andrea die Augen öffnete, war es dunkel. Ausruhen, dachte sie. Ich bin bewusstlos gewesen. Aber wie lange? Sie lauschte. Draußen tobte immer noch das Unwetter. Der Sturm rüttelte wütend an den Fenstern.

Vorsichtig richtete Andrea sich auf, bis sie auf dem Bett saß. Der klopfende Schmerz im Kopf war verschwunden, aber als sie mit den Fingern ihre Stirn betastete, wusste sie, dass sie den Unfall nicht nur geträumt hatte.

Ihr nächster Gedanke war sehr wirklichkeitsnah. Sie bemerkte, dass sie großen Hunger hatte.

Andrea stand auf und betrachtete sich im Spiegel. Was sie sah, gefiel ihr nicht. Aber es half nichts, ob sie wollte oder nicht, sie musste wieder unter Menschen.

Als sie den Speiseraum betrat, kam sie gerade rechtzeitig zum Abendessen. Robert erblickte sie als Erster.

»Andrea. Fühlen Sie sich besser?«

Sie zögerte einen Moment sehr verlegen. Doch ihr Hunger war so stark, dass sie alle Hemmungen überwand. Nancys Hähnchen duftete verlockend.

»Viel besser«, entgegnete sie und warf Lucas einen Blick zu. Lucas sagte nichts, sah sie nur an. »Ich bin fast verhungert.« Andrea setzte sich.

»Das ist ein gutes Zeichen. Haben Sie noch Schmerzen?«

»Nur mein Stolz ist verletzt.« Andrea begann ihren Teller zu füllen. »Ich gebe nicht gern zu, dass ich mich ungeschickt benommen habe. Gegen eine Tür zu laufen ist nicht gerade ein Beweis besonderer Umsicht. Ich wollte, mir wäre etwas Originelleres zugestoßen.«

»Ich finde es merkwürdig.« Jacques zeigte mit der Gabel auf Andrea. »Ich hätte nie geglaubt, dass Sie genug Kraft besitzen, um sich selbst bewusstlos zu schlagen.«

»Amazonen können das.« Andrea ließ sich das Essen genüsslich auf der Zunge zergehen.

»Sie isst wie eine Amazone«, meinte Julia. »Man sollte auf ihr Gewicht achten.«

»Ich esse nur aus Verzweiflung«, behauptete Andrea. »Mir ist nämlich eine echte Tragödie zugestoßen. Zwei Filme mit Aufnahmen, die ich auf der Fahrt von New York hierher gemacht habe, sind zerstört.«

»Vielleicht steht uns eine ganze Serie von Unfällen bevor.« Helen ließ ihren Blick über die Anwesenden gleiten. »Wenn etwas geschieht, dann doch immer drei Mal, oder nicht?«

Keiner antwortete. Helen betastete den blauen Fleck unter dem Auge. »Man kann schwer vorhersagen, was als Nächstes passiert.«

Andrea fing an, das unangenehme Schweigen bedrückend zu finden, das Helens Bemerkungen jeweils zu folgen pflegte. Jedes Mal schienen alle Anwesenden von innerer Anspannung erfasst zu werden.

Aus einer plötzlichen Eingebung heraus wurde Andrea ihrem Vorsatz untreu und begann ein Gespräch mit Lucas. »Was würdest du aus dieser Situation machen?« Sie schaute zu ihm hinüber, doch Lucas schwieg. Er beobachtet uns alle, dachte Andrea. Er hält sich zurück und beobachtet nur.

Andrea schüttelte das Unbehagen ab, das sie befallen hatte, und fuhr fort: »Neun Menschen – nein, genau genommen zehn, wenn man die Köchin mitrechnet – isoliert in einem abgelegenen Landgasthof. Ein Sturm tobt. Der Stromanschluss ist bereits unterbrochen. Das Telefon ist wahrscheinlich als Nächstes an der Reihe.«

»Das Telefon geht bereits nicht mehr«, sagte Steve.

Andrea rollte dramatisch mit den Augen. »Sehen Sie?«

»Und die Furt über den Fluss ist wahrscheinlich nicht mehr passierbar«, fiel Robert ein und zwinkerte Andrea zu.

»Was könnte dir da noch fehlen?«, fragte Andrea Lucas. Ein Blitz zuckte draußen, als sei ihm ein Stichwort gegeben worden.

»Mord.« Lucas sprach das Wort ganz gelassen aus. Aber es hing in der Luft, als ihn alle ansahen.

Andrea überlief ein Frösteln. Sie hatte mit der Antwort gerechnet, trotzdem ließ sie das Wort erschauern.

»Aber natürlich ist die Situation viel zu eindeutig. Für meine Art von Romanen ist das nichts.« Lucas schwieg nach diesen Worten wieder.

»Das Leben ist manchmal eindeutig, nicht wahr?«, stellte Jacques fest. Er lächelte still, während er sein mit Wein gefülltes Glas hob.

»Ich könnte in dieser Geschichte sehr eindrucksvoll sein«, überlegte Julia laut. »Ich würde in weiten weißen Gewändern über dunkle Korridore huschen.« Sie stützte die Ellbogen auf den Tisch, faltete die Hände und legte das Kinn darauf. »Das flackernde Licht meiner Kerze erhellt für einen Moment den Schatten, in dem der Mörder mit einem Seidenschal wartet, um mir das Leben zu nehmen.«

»Sie würden eine bezaubernde Leiche abgeben«, sagte Andrea.

»Vielen Dank, Darling.« Julia drehte sich zu Lucas um. »Aber ich möchte lieber unter den Lebenden bleiben, wenigstens bis zur Schlussszene.«

»Sie können so schön sterben.« Steve grinste Julia an. »Ich war von Ihnen in der Rolle der Lisa in ›Letzte Hoffnung‹ sehr beeindruckt.«

»Welche Art von Mord würden Sie erwarten, Lucas?« Steve aß nur wenig, wie Andrea merkte. Er hielt sich mehr an den Wein. »Ein Verbrechen aus Leidenschaft oder aus Rache? Die impulsive Tat eines verstoßenen Liebhabers oder die bösen Machenschaften eines kalten, berechnenden Verstandes?«

»Tante Tabby könnte ein ausgefallenes Gift über das Essen streuen und uns einen nach dem anderen aus dem Weg räumen.«

»Sobald jemand tot ist, ist er völlig nutzlos.« Helen zog die Aufmerksamkeit der anderen wieder auf sich. »Mord ist reine Verschwendung. Man hat viel mehr davon, wenn man jemand am Leben erhält – am Leben und verwundbar.« Sie warf Lucas einen Blick zu. »Stimmen Sie mir zu, Mr. McLean?«

Andrea gefiel es nicht, wie Helen Lucas anlächelte. Kalt und berechnend! Steves Worte fielen ihr ein. Ja, Helen war eine kalte und berechnende Person.

Alle schwiegen. Andrea sah Lucas erwartungsvoll an. Was würde er antworten?

Sein Gesicht zeigte den Ausdruck, den sie nur zu gut kannte, der besagte: Ihr langweilt mich alle. »Ich glaube nicht, dass Mord immer eine Verschwendung ist.«

Wieder klangen Lucas' Worte beiläufig. Doch Andrea, die ihn besser als die anderen kannte, sah, dass sich der Ausdruck seiner Augen verändert hatte. Er war nicht länger gelangweilt.

»Die Welt würde viel gewinnen, wenn einige Menschen verschwänden.« Er lächelte – auf eine gefährlich wirkende Art.

Andrea hatte das Gefühl, dass hier nicht mehr über abstrakte Möglichkeiten gesprochen wurde. Es ging scheinbar um ganz wirkliche Überlegungen. Sie schaute zu Helen und bemerkte den Ausdruck von Furcht auf ihrem Gesicht. Aber es konnte doch nur ein Spiel sein, etwas anderes war gar nicht vorstellbar.

Julia lächelte. Aber ihr Lächeln war nicht warm und freundlich. Die Schauspielerin genoss es, dass Helen Angst hatte.

Nach dem Essen gingen alle in den Aufenthaltsraum. Doch der Sturm, der draußen mit unveränderter Kraft tobte, zerrte an aller Nerven. Nur Julia und Lucas schienen unbeeindruckt. Sie saßen in einer Ecke zusammen und genossen offensichtlich ihre Gesellschaft.

Andrea sah das mit gemischten Gefühlen. Julia lachte leise. Einmal nahm Lucas eine Strähne von Julias hellem Haar zwischen die Finger. Andrea wandte sich ab. Julia war sehr geschickt darin, Männer auf sich zu lenken. Diese Erkenntnis bedrückte Andrea.

Die Spicers saßen nebeneinander auf dem Sofa am Kamin. Obwohl sie leise sprachen, spürte Andrea, dass sie sich stritten. Sie rückte ein wenig weiter fort, außer Hörweite. Jetzt war nicht der richtige Augenblick für Jane, Robert Vorwürfe zu machen, weil er sich von der Schauspielerin hatte beeindrucken lassen. Julia war doch bereits mit einem anderen Mann beschäftigt.

Als das Ehepaar den Raum verließ, sah Jane nicht mehr schmollend, sondern geradezu elend aus. Julia beachtete die beiden überhaupt nicht, sondern rückte näher an Lucas heran und flüsterte ihm etwas ins Ohr, das ihn zum Lachen brachte.

Andrea hielt es hier nicht länger aus. Sie beschloss, Tante Tabby Gute Nacht zu sagen und dann in der Dunkelkammer zu arbeiten. Julia tat zwar genau das, was sie mit ihr – Andrea – verabredet hatte: Sie lenkte Lucas ab. Aber es tat Andrea weh, dass sie damit so erfolgreich war. Nicht ein Mal hatte Lucas zu ihr herübergeschaut.

Andrea ging quer durch den Raum, öffnete die Tür zum Zimmer ihrer Tante und trat ein.

»Andrea, mein Kind! Lucas hat mir erzählt, dass du dich am Kopf gestoßen hast.« Tante Tabby legte ihre Wäscherechnungen hin, stand auf und betrachtete die Verletzung. »Oh, du armes Ding. Möchtest du eine Tablette? Irgendwo habe ich welche.«

Es freute Andrea, dass Lucas ihrer Tante den Vorfall nur als harmlos geschildert hatte. Zugleich wunderte sie sich, wieso die beiden auf so vertrautem Fuß standen. Es passte eigentlich gar nicht zu Lucas, dass er sich mit einer zerstreuten alten Frau abgab, deren Ruhm allein darin bestand, dass sie einen kleinen Gasthof besaß und eine vorzügliche Schokoladentorte backen konnte.

»Nein, Tante Tabby. Es geht mir gut. Ich habe schon etwas eingenommen.«

»Das freut mich.« Tante Tabby streichelte Andreas Hand und blickte noch einmal stirnrunzelnd auf den Bluterguss. »Du musst vorsichtig sein, Kindchen.«

»Das werde ich sein, Tante Tabby. Sag mal, wie gut kennst du eigentlich Lucas? Ich kann mich nicht erinnern, dass du früher jemals einen Gast mit dem Vornamen angeredet hast.«

Andrea wusste, dass es keinen Zweck hatte, bei Tante Tabby um den heißen Brei herumzureden. Man musste sie schon direkt fragen, wenn man eine klare Antwort erhoffte.

»Oh, das kommt darauf an, Andrea. Ja, das kommt wirklich darauf an.«

Tante Tabby setzte sich wieder hinter ihren Schreibtisch und schaute unter die Zimmerdecke.

Andrea wusste, was das zu bedeuten hatte. Ihre Tante dachte angestrengt nach.

»Also, warte mal. Zunächst war da Mrs. Nollington. Sie wohnt jeden September in dem Eckzimmer. Ich nenne sie Frances und sie mich Tabitha. Sie ist eine so reizende Frau – eine Witwe aus North Carolina.«

»Lucas redet dich mit Tante Tabby an«, warf Andrea ein, bevor ihre Tante sich weiter über Frances Nollington verbreiten konnte.

»Ja, Kindchen, das tun eine Menge Leute. Du auch.«

»Ja, aber …«

»Und Paul und Willy«, fuhr Tante Tabby fort. »Und der kleine Junge, der immer die Eier bringt, und … ach, verschiedene Leute. Ja, wirklich, eine ganze Reihe. Hat dir das Abendessen geschmeckt?«

»Ja, sehr. Tante Tabby«, Andrea wollte noch nicht aufgeben, »Lucas scheint sich hier wie zu Hause zu fühlen.«

»Oh, das freut mich.« Tante Tabby strahlte ihre Nichte an und ergriff ihre Hand. »Ich gebe mir immer große Mühe, es allen so gemütlich wie möglich zu machen. Jeder soll sich hier wohlfühlen. Es ist wirklich schade, dass ich sie dafür zahlen lassen muss, aber …« Sie schaute auf die Rechnungen der Wäscherei.

Gib es auf, sagte Andrea zu sich. Sie küsste ihre Tante auf die Wange und ließ sie mit ihren Kopfkissenbezügen allein.

Es war bereits spät geworden, als Andrea die Dunkelkammer wieder aufgeräumt hatte. Diesmal ließ sie die Tür offen und das Licht an. Der Regen schlug gegen die Fensterscheiben. Von diesem Geräusch abgesehen, war sonst nichts zu hören.

Aber alte Häuser sind nie stumm, dachte Andrea. In ihnen knackt und flüstert es. Doch die ächzenden Fußbodendielen störten sie nicht. Sie war darin vertieft, Tabletts zu leeren und Flaschen zurechtzuschieben. Den zerstörten Film warf sie in den Mülleimer.

Ein bisschen tat ihr das weh, aber nun war nichts mehr zu ändern. Am nächsten Tag würde sie den Film mit den Aufnahmen entwickeln, die sie am Morgen gemacht hatte – vom See, der Morgensonne, von den Bäumen, die sich im See spiegelten. Das würde ihre Stimmung heben.

Andrea reckte sich. Sie legte die Hände in den Nacken und hob das Haar an. Jetzt war sie wohlig müde.

»Ich habe nicht vergessen, dass du das morgens immer tatest.«

Andrea fuhr erschrocken herum und sah Lucas vor sich.

»Du hobst dein Haar hoch und ließest es wieder fallen. Es glitt über deinen Rücken. Jedes Mal hat es mich danach verlangt, dein Haar zu berühren.«

Lucas' Stimme klang eigenartig. Andrea konnte ihn nur stumm ansehen.

»Oft habe ich mich gefragt, ob du das absichtlich tatest, um mich zu reizen.«

Lucas sah Andrea forschend an.

»Aber das war natürlich nicht deine Absicht. Ich habe nie jemand kennengelernt, der es so wie du verstand, einen Mann in völliger Unschuld zu reizen.«

»Was suchst du hier?«, fragte Andrea.

»Erinnerungen.«

Sie drehte sich um, beschäftigte sich mit den Flaschen, schob sie aus der sorgfältig aufgebauten Reihe. »Mit Worten konntest du schon immer gut umgehen, Lucas.« Jetzt, wo sie ihn nicht ansah, konnte sie sich kühler geben. Sorgfältig studierte sie eine Flasche mit Entwicklerflüssigkeit. »Das gehört nun einmal zu deinem Beruf.«

»Zurzeit schreibe ich nicht.«

Es war besser, ihn bewusst misszuverstehen. »Macht dein Buch dir noch immer Schwierigkeiten?«

Andrea drehte sich wieder um. Auf Lucas' Gesicht waren Spuren von Erschöpfung und Müdigkeit zu sehen. Mitleid und Liebe erwachten in Andrea. Sie bemühte sich, beides zu unterdrücken.

»Vielleicht hättest du mehr Erfolg, wenn du nachts gut schlafen könntest.« Sie zeigte auf die Kaffeetasse, die Lucas in der Hand hielt. »Kaffee ist dabei nicht gerade förderlich.«

»Vielleicht nicht.« Er trank die Tasse leer. »Aber Kaffee ist besser als Whisky.«

»Schlaf ist besser als beides.« Andrea zuckte mit den Schultern. Lucas' Probleme gingen sie nichts an.

»Ich gehe jetzt nach oben.« Andrea ging auf Lucas zu, aber er rührte sich nicht und versperrte ihr den Weg zur Tür.

Andrea blieb stehen. Sie waren allein. Im Erdgeschoss war niemand mehr außer Lucas, ihr und dem Geräusch des Regens.

»Lucas.« Sie seufzte tief auf. Er sollte sie lediglich für ungeduldig halten und nichts davon merken, dass seine Nähe sie nervös machte. »Ich bin müde. Mach keinen Ärger.«

Lucas sah sie eindringlich an, dann trat er zur Seite. Andrea schaltete das Licht aus und ging an Lucas vorbei.

Doch er packte sie am Arm und verhinderte ihren – wie sie gehofft hatte – leichten Abgang.

»Es wird eine Zeit kommen, Kätzchen«, sagte er leise, »in der du nicht so leicht von mir fortkommst.«

»Was soll das? Willst du mir mit deiner übertriebenen Männlichkeit drohen?« Andrea wurde zornig und vergaß die Vorsicht. »Gegen die bin ich inzwischen immun.«

Er riss sie an sich. Sie spürte, dass er wütend war. »Jetzt habe ich aber genug davon!«

Er küsste sie mit unverhülltem Verlangen. Als sie sich zu wehren begann, drückte er sie gegen die Wand, hielt ihre Arme an den Seiten fest und vertiefte seinen Kuss.

Andrea merkte, wie sie unterging. Sie hasste ihre Schwäche, aber sie konnte nichts dagegen tun. Auch als ihr Widerstand erlahmte, wurde Lucas' Griff nicht lockerer.

Ihr Herz klopfte heftig, und sie spürte, dass es Lucas ebenso ging. Er war von starker Leidenschaft erfüllt. Sie konnte nichts gegen ihn unternehmen. Es war wie immer, sie konnte Lucas nicht entkommen. Es gab keinen Ort, wo sie sich vor ihm verstecken konnte. Vor Angst und Begehren begann sie zu zittern.

Ganz plötzlich löste sich Lucas von ihr. Seine dunklen Augen glänzten. Andrea sah ihr Spiegelbild in ihnen. Ich bin in ihm verloren, dachte sie. Das war ich immer.

Dann schüttelte Lucas sie. »Gib acht, dass du es mit mir nicht zu weit treibst. Du solltest dich daran erinnern, dass ich keine Hemmungen kenne. Ich weiß, wie man mit Menschen umzugehen hat, die mit mir kämpfen wollen. Wenn du so weitermachst, wirst du eines Tages mir gehören, ob du willst oder nicht.«

Er ließ sie los. Erschrocken und verwirrt lief Andrea davon, den Flur entlang und die Treppe hinauf.

6. Kapitel

Als Andrea die Tür zu ihrem Zimmer erreichte, war sie außer Atem. Sie kämpfte gegen die Tränen an. Es sollte Lucas nicht erlaubt sein, so mit ihr umzugehen. Sie sollte es nicht zulassen. Weshalb war er wieder in ihr Leben eingedrungen? Sie hatte doch gerade angefangen, über ihn hinwegzukommen.

Lügnerin! Die Stimme in ihr war ganz deutlich. Du bist nie über ihn hinweggekommen, niemals!

Aber ich will es! Andrea ballte die Hände zu Fäusten, während sie vor ihrer Zimmertür stand und um Atem rang. Ich will ihn überwinden.

Sie hörte Lucas' Schritte auf der Treppe. Hastig öffnete sie die Tür. Sie wollte an diesem Abend nicht noch einmal mit ihm zusammentreffen. Am nächsten Tag würde es früh genug sein.

Irgendetwas war nicht in Ordnung. Andrea spürte es in dem Moment, als sie die Tür geöffnet hatte und das dunkle Zimmer betrat. Es roch stark nach Parfüm.

Andrea griff zum Lichtschalter. Als das Licht aufflammte, stieß sie einen entsetzten Schrei aus.

Der Schrank stand offen, alle Schubladen waren herausgerissen. Ihre Kleider, der Inhalt der Schubladen waren im Zimmer verstreut. Einiges war aufgeschnitten oder zerrissen, anderes lag einfach nur auf einem Haufen. Ihr Schmuck war aus der Kassette genommen und achtlos auf die Kleiderstücke geworfen worden. Jemand hatte Flaschen mit Kölnischwasser und Puderdosen geöffnet und den Inhalt über ihre Sachen verteilt. Alles, was ihr gehörte, war zerstört oder beschmutzt.

In ungläubigem Erschrecken erstarrt, stand Andrea da und sah fassungslos vor sich hin. Dies konnte nicht ihr Zimmer sein. Aber die grüne Bluse mit dem halb herausgerissenen Ärmel war ein Weihnachtsgeschenk von Willy gewesen. Die Sandalen, die zerbrochen in der Ecke lagen, hatte sie im vergangenen Sommer in einem Geschäft in New York gekauft.

»Nein!« Sie schüttelte den Kopf, als könne das schreckliche Bild damit beseitigt werden. »Das ist nicht möglich!«

»Um Himmels willen!« Das war Lucas' Stimme. Andrea drehte sich zu ihm um. Er stand mit ungläubigem Erstaunen an der Tür.

»Ich verstehe das nicht«, sagte Andrea verzweifelt. Mehr fiel ihr jetzt nicht ein. Sie machte eine hilflose Bewegung. »Warum?«

Lucas kam auf sie zu und wischte ihr eine Träne von der Wange. »Ich weiß nicht, Kätzchen. Zuerst müssen wir herausfinden, wer das getan hat.«

»Aber es ist so … so verächtlich.« Sie hob hier und da etwas von ihren Sachen auf, ließ es wieder fallen. Immer noch dachte sie, sie müsse träumen. »Niemand hier hat auch nur den geringsten Grund, mir so etwas anzutun. Wer das getan hat, muss mich sehr hassen. Doch keiner hier hat einen Grund, mich so zu hassen. Vorgestern Abend kannte mich überhaupt niemand.«

»Außer mir.«

»Dies ist nicht dein Stil.« Andrea presste die Hände an die Schläfen. Sie versuchte zu verstehen. »Du würdest einen direkteren Weg finden, mir wehzutun.«

»Danke.«

Andrea merkte, dass Lucas finster in eine bestimmte Richtung blickte.

Als sie sich dorthin umwandte, sah sie es.

»O nein!« Sie stolperte über das Durcheinander ihrer Sachen, schob die Bettdecke zur Seite und ergriff mit zitternden Händen ihre Kamera. Das Objektiv war zerschlagen, ein Spinnennetz von Rissen lief über die Linse. Der hintere Teil hing lose herunter, der Film ringelte sich wie der Schwanz eines Papierdrachens heraus. Der Film war belichtet – ruiniert.

Mit einem verzweifelten Stöhnen hielt Andrea die Kamera in den Händen. Sie begann zu weinen.

Ihre Kleider und die anderen Sachen bedeuteten ihr wenig, aber diese Kamera war für sie mehr als nur ein Gerät. Sie war ebenso ein Teil von ihr wie ihre Hände. Mit diesem Apparat hatte sie die ersten professionellen Bilder geschossen. Seine Zerstörung war wie ein Akt der Vergewaltigung.

Andrea protestierte nicht, als Lucas sie jetzt in die Arme nahm und sie gegen die Brust drückte. Sie weinte bitterlich.

Lucas sagte nichts, er bot ihr keine tröstenden Worte. Aber seine Hände waren unerwartet zärtlich, seine Arme stark.

»Oh, Lucas.« Andrea löste sich verzweifelt von ihm. »Das ist so sinnlos.«

»Irgendein Sinn ist auch hierin verborgen, Kätzchen. Es gibt immer einen Sinn.«

Sie sah zu ihm auf. »Meinst du wirklich?« Andrea hielt die Kamera hoch. »Wenn mir jemand wehtun wollte, dann hat er das hiermit erreicht.«

Sie umfasste die Kamera fest. Wut ergriff sie, verdrängte Verzweiflung und Tränen. Ihr ganzer Körper war von dieser Wut erfüllt. Sie würde hier nicht länger sitzen und weinen, sie würde etwas tun.

Andrea drückte Lucas die Kamera in die Hand und ging zur Tür.

»Moment mal.« Er hielt sie fest, bevor sie das Zimmer verlassen konnte. »Wohin willst du?«

»Ich werde alle aus dem Bett holen. Und dann wird irgendjemand denken, er wäre mir besser nie begegnet.«

Es fiel Lucas nicht leicht, Andrea zurückzuhalten. Schließlich schlang er die Arme um sie und zog sie an sich. »Ich sollte dir das zutrauen.« Ein Unterton von überraschter Bewunderung war in seinen Worten zu hören, doch das besänftigte Andrea nicht.

»Warte es nur ab.«

»Erst musst du dich beruhigen.« Er lockerte seinen Griff ein wenig.

»Ich möchte …«

»Ich weiß, was du möchtest, Kätzchen, und ich nehme dir das nicht übel. Aber bevor du losrennst, solltest du nachdenken.«

»Worüber sollte ich nachdenken? Irgendjemand wird mir dafür bezahlen.«

»Schön, das ist nur gerecht. Aber wer?«

Lucas' Logik ärgerte Andrea. Doch er erreichte es immerhin, dass ihr Zorn ein wenig nachließ. »Das weiß ich noch nicht.« Sie atmete tief durch.

»So ist es schon besser.« Lucas lächelte und küsste sie. »Auch wenn deine Augen immer noch Blitze aussenden: Du solltest die Krallen wieder einziehen, bis wir wissen, was hier vor sich geht. Komm mit, wir werden an einige Türen klopfen.«

Julias Zimmer war gleich nebenan. Deshalb ging Andrea zuerst zu ihr. Sie hatte sich wieder in der Gewalt. Sie musste systematisch vorgehen. Doch wenn sie dann herausgefunden hatte, wer ihr das angetan hatte …

Sie klopfte laut an Julias Tür. Nach dem zweiten Klopfen antwortete Julia mit verschlafener Stimme.

»Machen Sie auf, Julia«, rief Andrea. »Ich muss mit Ihnen reden.«

»Andrea, Darling.« Julias Stimme erweckte in Andrea den Eindruck, als drücke sich die Schauspielerin wieder behaglich in die Kissen. »Selbst ich brauche den Schönheitsschlaf. Seien Sie ein liebes Mädchen und gehen Sie wieder.«

»Aufstehen, Julia!« Andrea sprach mit lauter Stimme. »Sofort!«

»Du meine Güte, was sind wir grantig. Dabei bin ich es doch, die aus dem Bett geholt wird.«

Julia öffnete die Tür. Sie trug ein weißes Spitzennegligé. Das Haar umgab ihr Gesicht wie ein Lichtkranz, die Augen waren dunkel vom Schlaf.

»So, nun bin ich aufgestanden.« Julia schenkte Lucas ein sinnliches Lächeln und strich sich das Haar glatt. »Gibt es eine Party?«

»Jemand hat mein Zimmer verwüstet«, erklärte Andrea ohne Umschweife. Sofort wandte Julia ihre Aufmerksamkeit von Lucas ab und ihr zu.

»Wie?« Julia schien nicht sofort zu verstehen. Sie runzelte die Stirn, als müsse sie sich konzentrieren. Eine Schauspielerin, sagte sich Andrea. Sie ist eine Schauspielerin, vergiss das nicht.

»Meine Kleider wurden zerrissen und im ganzen Zimmer verstreut. Meine Kamera ist beschädigt.« Bei dem Gedanken daran musste Andrea schlucken. Das war am schwersten zu ertragen.

»Das ist doch verrückt.« Julia lehnte nicht länger in verführerischer Pose am Türrahmen. Sie hatte sich aufgerichtet. »Lassen Sie mich sehen.«

Sie eilte über den Flur. An der Tür zu Andreas Zimmer blieb sie stehen. Als sie sich dann zu Andrea umdrehte, waren ihre Augen groß vor Schreck. »Andrea, wie entsetzlich!« Sie legte einen Arm um Andreas Taille. »Das ist ja unglaublich. Es tut mir schrecklich leid.«

Aufrichtigkeit, Schock, Mitleid – alles war da. Andrea wünschte sich sehr, sie könne Julia vertrauen.

»Wer könnte das getan haben?«, fragte Julia Lucas. Sie war zornig geworden. Jetzt war sie wieder die zähe Frau, als die sie Andrea am Nachmittag für einen Moment erschienen war.

»Wir haben vor, das herauszufinden. Wir wecken jetzt die anderen.«

Irgendetwas spielte sich zwischen Lucas und Julia ab. Andrea sah das, aber es ging sehr schnell wieder vorbei.

»Gut«, sagte Julia. »Dann mal los.« Sie schob sich das Haar ungeduldig hinter die Ohren. »Ich wecke die Spicers, Sie gehen zu Jacques und Steve, und Sie, Andrea, wecken Helen auf.«

Ihre Worte enthielten so viel Autorität, dass Andrea sich ohne Widerspruch umdrehte und den Flur entlang zu Helens Zimmer lief. Sie hörte hinter sich Klopfen, Antworten, Geräusche.

Als Andrea vor Helens Tür stand, schlug sie dagegen. Die Sache machte Fortschritte. Lucas hatte recht. Bevor sie jemand hängten, musste eine Gerichtsverhandlung stattfinden.

Auf ihr Klopfen reagierte niemand. Ärgerlich versuchte Andrea es noch einmal. In ihrer jetzigen Stimmung ertrug sie es nicht, dass Helen sie nicht beachtete. Hinter ihr auf dem Flur wurde es lebhaft.

Die anderen waren aus ihren Zimmern gekommen und hatten gesehen, was bei Andrea angerichtet worden war.

»Helen!« Andrea klopfte heftig und mit wachsender Ungeduld. »Kommen Sie heraus!« Dann stieß sie die Tür auf. Es würde ihr Genugtuung bereiten, wenigstens einen Menschen aus dem Bett zu zerren. Rücksichtslos schaltete sie das Licht an. »Helen, ich …«

Helen lag nicht im Bett. Andrea starrte sie schockiert an. Sie lag auf dem Fußboden, aber sie schlief nicht. Für sie war es mit dem Schlafen für immer vorbei. War das Blut? Wie betäubt schaute Andrea hinunter, machte einen Schritt vorwärts, bis ihr klar wurde, was sie da sah.

Zitternd wich sie zurück. Das war der reinste Albtraum! In ihrem Zimmer hatte dieser Albtraum angefangen. Nichts davon schien wirklich.

Lucas' Ausspruch ging ihr durch den Kopf: Mord! Andrea schüttelte den Kopf. Sie stieß mit dem Rücken gegen die Wand. Was sie hier erlebte, war nur ein Traum, ein böses Spiel.

Sie hörte eine schreckerfüllte Stimme, die nach Lucas rief, und war sich nicht bewusst, dass es ihre eigene war. Dann kam endlich jemand und hielt ihr die Augen zu.

»Bringt sie hier heraus.«

Benommen ließ Andrea sich hinausführen.

»Wie schrecklich!« Das war Steves Stimme. Als Andrea den Mut fand, zu ihm aufzublicken, sah sie, dass er leichenblass war. Er hielt sie fest. Andrea lehnte den Kopf an seine Brust. Wann würde sie endlich aufwachen?

Rings um sie herrschte aufgeregte Verwirrung. Stimmen voller Schrecken waren zu hören, Julias rauchige Stimme, Janes, dann Jacques', halb Englisch, halb Französisch.

Schließlich erklang Lucas' Stimme – ruhig, kühl, überlegen.

»Sie ist tot – erstochen. Da die Telefonverbindung unterbrochen ist, fahre ich ins Dorf und hole die Polizei.«

»Ermordet? Sie wurde ermordet? Wie entsetzlich!« Andrea sah, dass Jane von ihrem Mann in die Arme genommen und getröstet wurde.

»Ich finde, aus Gründen der Vorsicht sollte niemand den Gasthof allein verlassen, Lucas.« Robert hielt seine Frau fest umarmt. »Wir müssen mit allen Möglichkeiten rechnen.«

»Ich gehe mit ihm.« Steves Stimme klang angestrengt, mitgenommen. »Ich kann frische Luft gebrauchen.«

Lucas nickte. Ohne den Blick von Andrea zu wenden, sagte er zu Robert: »Haben Sie etwas, um sie zu beruhigen? Sie kann den Rest der Nacht bei Julia verbringen.«

»Ich brauche nichts, Lucas, wirklich nicht.« Andrea löste sich von Steve. »Mir geht es gut. Ich will nichts.«

Dies war kein Traum, es war die Wirklichkeit. Sie musste sich damit abfinden. »Um mich brauchst du dir keine Sorgen zu machen, nicht um mich. Mit mir ist alles in Ordnung.« Andrea spürte, dass sie am Rand der Hysterie war, und sie kämpfte dagegen an.

»Kommen Sie mit mir, Darling.« Julia nahm Andrea am Arm. »Wir gehen nach unten und setzen uns eine Weile dorthin, bis Sie sich beruhigt haben.«

»Ich möchte …«

»Ich werde mich um sie kümmern!« Julia verhinderte Lucas' Protest. »Ihr anderen tut, was jetzt zu tun ist.« Bevor Lucas widersprechen konnte, führte Julia Andrea bereits die Treppe hinunter.

»Setzen Sie sich.« Julia schob Andrea zum Sofa. »Sie könnten einen Schluck gebrauchen.«

Andrea setzte sich und sah zu Julia auf, deren Gesicht über ihr war.

»Sie sind blass«, sagte sie.

Julia drückte ihr ein Glas Weinbrand in die Hand. »Das überrascht mich nicht. Und nun trinken Sie.« Julia hockte sich auf den Tisch vor dem Sofa und sah Andrea zu.

Andrea trank gehorsam. Der Weinbrand brannte ihr in der Kehle, die Welt kam für sie wieder ins Lot.

»Ist es jetzt besser?«, fragte Julia und nahm Andrea das leere Glas ab.

»Ja – ich glaube.« Andrea holte tief Luft. »Das ist wirklich geschehen, nicht wahr? Sie liegt tatsächlich da oben und ist tot.«

»Ja, es ist geschehen.« Julia trank ebenfalls einen Weinbrand. Ihre blassen Wangen nahmen allmählich wieder Farbe an. »Die Hexe hat es schließlich mit irgendjemand zu weit getrieben.«

Andrea war überrascht, in welch hartem Ton Julia reden konnte.

Julia stellte mit ruhiger Hand ihr Glas ab. »Hören Sie, Andrea. Sie sind eine starke Persönlichkeit. Sie haben einen Schock erlitten, einen ziemlich starken sogar. Aber Sie werden es überstehen.«

»Ja.« Andrea wollte das gern glauben. »Ja, ich werde es überstehen!«

»Dies ist eine schlimme Situation, und Sie müssen sich damit abfinden.« Julia schwieg einen Moment, dann beugte sie sich vor. »Einer von uns hat sie getötet.«

Andrea hatte das bereits geahnt, es sich aber bisher nicht bewusst gemacht. Nun, da Julia das ganz nüchtern und einfach ausgesprochen hatte, gab es kein Entkommen vor der Wahrheit mehr. Andrea nickte.

»Sie hat bekommen, was sie verdiente.«

»Aber Julia!« Jacques kam herein. Er musste Julias Worte gehört haben. Sein Gesicht drückte Schrecken und Missbilligung aus.

»Oh, Jacques, gut, dass du kommst. Gib mir eine von deinen schrecklichen französischen Zigaretten. Biete Andrea auch eine an, sie könnte sie gebrauchen.«

»Julia.« Er gehorchte ihr ganz automatisch. »Du darfst jetzt nicht so reden.«

»Ich bin keine Heuchlerin.« Julia zog tief an der Zigarette, schüttelte sich, zog noch einmal. »Ich habe sie verabscheut. Die Polizei wird sehr schnell herausfinden, weshalb wir alle sie verachtet haben.«

»Um Himmels willen! Wie kannst du nur so über sie sprechen?« Jacques wurde zornig. So hätte Andrea ihn sich nie vorstellen können. »Die Frau ist tot, ermordet. Du hast nicht gesehen, wie grausam das war. Ich wollte, der Anblick wäre auch mir erspart geblieben.«

Andrea hatte ebenfalls eine Zigarette angenommen und sog den Rauch ein. Sie versuchte, das Bild zu verdrängen, das vor ihr inneres Auge trat. Sie verschluckte sich und hustete.

»Andrea, verzeihen Sie mir.« Jacques, dessen Zorn verging, setzte sich neben sie und legte ihr einen Arm um die Schulter. »Ich hätte Sie nicht daran erinnern sollen.«

»Nein.« Andrea schüttelte den Kopf. Sie drückte die Zigarette aus, die ja doch nicht helfen konnte. »Julia hat recht. Man muss den Tatsachen ins Auge sehen.«

Robert kam herein. Sein sonst so federnder Schritt war müde und schleppend. »Ich habe Jane ein Beruhigungsmittel gegeben.« Auch er schenkte sich einen Weinbrand ein. »Das wird eine lange Nacht.«

Alle schwiegen. Der Regen draußen hatte nachgelassen. Jacques ging im Zimmer auf und ab und rauchte ständig, während Robert das Feuer im Kamin wieder entzündete. Die helle flackernde Flamme brachte noch keine Wärme.

Andrea fröstelte. Um gegen die Kälte anzugehen, schenkte sie sich ein zweites Glas Weinbrand ein, trank es dann aber doch nicht.

Julia blieb sitzen. Sie rauchte mit langen, langsamen Zügen. Das einzige äußere Zeichen ihrer Erregung war das ständige Klopfen ihres Fingernagels auf der Armlehne des Sessels. Das Klopfen, das Knacken der brennenden Scheite, der leise Regen vor dem Fenster – die Geräusche reichten nicht aus, das bedrückende Schweigen zu erleichtern.

Als die Haustür geöffnet wurde, drehten sich alle um. Die Spannung wuchs. Andrea wartete darauf, Lucas zu sehen. Alles würde wieder gut sein, wenn er bei ihr war.

»Wir konnten nicht über die Furt kommen«, verkündete Lucas, als er das Zimmer betrat. Er zog seine durchnässte Jacke aus und griff zur Weinbrandflasche.

»Wie schlimm ist es?« Robert sah von Lucas zu Steve und wieder zu Lucas. Es war bereits klar, wer hier die Führung übernommen hatte.

»Schlimm genug, um uns noch ein oder zwei Tage hier festzuhalten«, unterrichtete Lucas ihn. Er trank einen kräftigen Schluck Weinbrand und sah dann aus dem Fenster. Draußen war nichts zu erkennen. »Aber nur, wenn der Regen nachlässt.«

Lucas drehte sich um. Sein und Andreas Blick trafen sich. Wieder erweckte Lucas in ihr den Eindruck, als nehme er außer ihr niemand im Raum wahr.

»Das Telefon«, rief Andrea aus dem Drang heraus, irgendetwas zu sagen. »Die Verbindung könnte morgen wiederhergestellt sein.«

»Darauf würde ich mich nicht verlassen.« Lucas wischte sich das Wasser aus dem Gesicht, das aus seinem Haar heruntertropfte. »Im Autoradio habe ich gehört, dass dieser Regen zu den Ausläufern eines Tornados gehört. Überall in diesem Teil des Landes ist der Strom ausgefallen. Wir können nichts tun, als abzuwarten.«

»Das kann noch Tage dauern.« Steve setzte sich neben Andrea. Sein Gesicht wirkte grau. Sie schob ihm ihr volles Weinbrandglas zu.

»Eine reizende Aussicht.« Julia stand auf, ging zu Lucas und blieb vor ihm stehen. Sie nahm ihm die Zigarette aus der Hand, die er sich angesteckt hatte, und zog daran. »Was machen wir nun?«

»Zuerst verschließen und versiegeln wir Helens Zimmer. Dann versuchen wir, Schlaf zu bekommen.«

7. Kapitel

Irgendwann nach Beginn der Morgendämmerung schlief Andrea ein. Sie hatte die Nacht damit verbracht, mit weit geöffneten Augen auf dem Bett zu liegen und Julias gleichmäßigem Atem neben sich zu lauschen. Sie hatte Julia um die Fähigkeit beneidet, schlafen zu können. Trotzdem hatte sie ihre eigene Müdigkeit bekämpft. Sie hatte Angst, die Augen zu schließen. Dann hätte sie wahrscheinlich gesehen, was sie in Helens Zimmer erblickt hatte. Als ihr dann schließlich doch die Augen zugefallen waren, hatte sie tief und traumlos geschlafen. Sie war völlig erschöpft gewesen.

Vielleicht war es die Stille um sie, die sie weckte. Plötzlich war sie jedenfalls wach. Sie setzte sich im Bett auf und sah sich verwirrt um.

Julias Unordnung begrüßte sie. Seidenschals und Goldketten lagen hier und dort. Der Schreibtisch war mit eleganten Flaschen vollgestellt. Auf dem Fußboden lagen zierliche italienische Sandalen mit unglaublich hohen Absätzen herum.

Die Erinnerung kehrte zurück.

Andrea stand langsam auf. In Julias Nachthemd aus schwarzer Seide kam sie sich ein wenig lächerlich vor. Andrea betrachtete sich kritisch im Spiegel. Das Nachthemd stand und passte ihr nicht. Nur gut, dass Julia schon aufgestanden war und das Zimmer verlassen hatte.

Andrea wollte nichts von den Sachen anziehen, die die Verwüstungen der vergangenen Nacht überstanden hatten. So begnügte sie sich mit Bluse und Jeans vom Vortag.

Sie fand eine Notiz, die offensichtlich Julia geschrieben hatte.

»Darling, nehmen Sie von meiner Unterwäsche und suchen Sie sich eine Bluse oder einen Pullover aus. Meine Hosen werden Ihnen wohl nicht passen, fürchte ich. Sie sind viel schlanker als ich. Einen

BH tragen Sie ja nicht, und auf jeden Fall könnten Sie einen von meinen nicht ausfüllen. J.«

Andrea musste lachen, wie Julia das beabsichtigt hatte. Es war so schön, ganz normal lachen zu können. Julia hat genau gewusst, wie ich mich fühlen würde, sagte sich Andrea. Sie war der Schauspielerin dankbar. Genüsslich duschte sie heiß.

Nachdem sie wieder in Julias Schlafzimmer war, wählte sie ein spinnenwebfeines Höschen aus. Ein ganzer Stapel von ihnen in unterschiedlichen Farben lag in der Schublade. Sie waren bestimmt so teuer gewesen wie ein Weitwinkelobjektiv. Im Schrank fand sie einen Pullover, der ihr einigermaßen passte.

Als Andrea das Zimmer verlassen hatte und nach unten ging, vermied sie es, zu Helens Tür zu schauen.

»Andrea! Ich hatte gehofft, dass Sie nicht mehr schlafen.«

Sie blieb am Fuß der Treppe stehen und wartete, bis Steve zu ihr gekommen war. Er wirkte müde und grau. Für einen Moment zeigte sich sein jungenhaftes Lächeln um die Lippen, aber seine Augen blieben ernst.

»Sie sehen nicht so aus, als hätten Sie viel Schlaf bekommen, Andrea.«

»Ich glaube, so ist es uns wohl allen gegangen.«

Steve legte den Arm um ihre Schultern. »Wenigstens hat der Regen nachgelassen.«

»Oh.« Das wurde Andrea erst jetzt bewusst. Sie lächelte schwach. »Ich wusste doch, dass irgendetwas anders geworden war. Die Stille hat mich geweckt. Wo ist …« Sie zögerte, Lucas' Namen auszusprechen. »Wo sind die anderen?«

»Im Aufenthaltsraum. Aber kommen Sie erst mit mir zum Frühstück, ja?« Steve zog Andrea mit sich. »Ich habe auch noch nichts gegessen, und Sie können es sich nicht leisten abzunehmen.«

»Wie charmant von Ihnen, mich daran zu erinnern.« Andrea verzog das Gesicht. Wenn Steve es versuchen konnte, sich normal zu verhalten, dann konnte sie das auch. »Aber lassen Sie uns in der Küche essen.«

Tante Tabby war wie gewöhnlich in der Küche. Sie erteilte Nancy Weisungen. Als Steve mit Andrea in die Küche kam, schloss Tante Tabby ihre Nichte in die nach Lavendel duftenden Arme.

»Oh, Andrea, was für eine schreckliche Tragödie. Ich weiß überhaupt nicht, was ich davon halten soll.«

Andrea drückte Tante Tabby an sich. Hier hatte sie etwas Solides, an dem sie sich festhalten konnte.

»Lucas hat mir gesagt, dass irgendjemand das arme Ding getötet hat. Aber das kann doch gar nicht sein, nicht wahr?« Tante Tabby schob Andrea ein wenig von sich und sah sie forschend an. »Du hast nicht gut geschlafen, Kind. Doch das ist verständlich. Setz dich jetzt erst mal und frühstücke, das ist im Augenblick für dich das Beste.«

Tante Tabby verstand mitunter sehr gut, was gerade nottat. Sie bewegte sich in der Küche und redete leise mit Nancy, während Andrea und Steve sich an den Tisch setzten.

In der Küche roch es ganz normal, die Geräusche waren normal und einfach. Kaffee duftete, Eier und Schinken wurden gebraten. Tante Tabby hatte recht, Frühstücken war jetzt genau richtig. Das Essen und die gewohnte Routine würden wieder etwas Ordnung in die Welt bringen. Und damit würde es auch leichter fallen, wieder klar zu denken.

Steve saß Andrea gegenüber. Er trank Kaffee, während Andrea lustlos mit ihrer Gabel die Eier auf ihrem Teller hin und her schob. Sie hatte jetzt nicht ihren normalen Appetit. Stattdessen begann sie ein Gespräch.

Die Fragen, die sie Steve über sein Leben stellte, waren nicht besonders geistreich. Aber Steve ging auf sie ein und beantwortete sie bereitwillig. Während Andrea ohne großes Interesse an einem Stück Toast kaute, wurde ihr bewusst, dass Steve und sie sich gegenseitig unterstützten.

Andrea erfuhr, dass Steve weit gereist war. Er war an den verschiedensten Orten eingesetzt worden, um Probleme im Firmenreich seines Vaters zu lösen. Reichtum war für ihn selbstverständlich, er war an ihn gewöhnt. Für die Firmen seines Vaters war er mit großem Einsatz und umfassendem Wissen tätig. Von seinem Vater sprach er mit Respekt und Bewunderung.

»Er ist für mich das Symbol von Erfolg und Einfallsreichtum«, sagte Steve und schob seinen immer noch halb vollen Teller von sich. »Er hat sich auf der sprichwörtlichen Leiter von Stufe zu Stufe emporgearbeitet. Er ist zäh und hat sein Geld ehrlich verdient.«

»Was hält er davon, dass Sie in die Politik gehen wollen?«

»Das findet er gut.« Steve schaute auf Andreas Teller und warf ihr einen vielsagenden Blick zu. Sie lächelte nur und schüttelte den Kopf.

»Mein Vater hat mich immer ermutigt, das zu tun, was ich für richtig halte. Hauptsache sei, dass ich gut darin sei. Da ich das bin und das auch bleiben will, sind wir beide zufrieden und kommen gut miteinander aus. Mit dem Papierkram komme ich gut zurecht. Ich kann organisieren und ein System aus sich heraus verbessern.«

»Das kann nicht so leicht sein, wie es klingt.«

»Nein, aber …« Steve schüttelte den Kopf. »Bringen Sie mich ja nicht dazu, erst richtig loszulegen. Dann halte ich Ihnen eine Rede.« Er trank seine Kaffeetasse leer. »Reden werde ich noch genug von mir geben, wenn ich nach Kalifornien zurückgegangen bin und meine Wahlkampagne offiziell beginnt.«

»Mir fällt gerade auf, dass Sie, Lucas, Julia und Jacques alle aus Kalifornien kommen.« Andrea schob sich das Haar aus der Stirn und dachte einen Moment über dieses seltsame Zusammentreffen nach. »Es ist eigenartig, dass so viele Menschen aus jener Gegend sich gerade hier versammeln.«

»Die Spicers kommen auch von dort«, ergänzte Tante Tabby, die gerade damit beschäftigt war, Pasteten in den Backofen zu schieben. »Ja, ich bin ziemlich sicher, dass Dr. Spicer mir erzählt hat, sie seien aus Kalifornien. Dort ist es warm und sonnig. Nun ja.« Sie klopfte auf den Herd, als wolle sie ihn ermutigen, richtig auf ihre Pasteten einzuwirken. »Ich muss jetzt nach den Zimmern sehen. Du schläfst in dem Zimmer neben Lucas, Andrea. Es ist wirklich schrecklich, was mit deinen Kleidern geschehen ist. Ich werde sie für dich reinigen lassen.«

»Ich helfe dir, Tante Tabby.« Andrea stand auf.

»O nein, meine Liebe, das macht die Reinigung.«

Das Lächeln fiel Andrea nicht so schwer, wie sie gedacht hatte. »Ich meinte, mit den Zimmern.«

»Oh …« Tante Tabby schaute ihre Nichte einen Moment an. »Das ist wirklich nett von dir, Andrea. Aber …« Sie schien ein wenig bekümmert, »… ich habe mein eigenes System, musst du wissen. Du würdest mich nur verwirren. Es hängt alles mit den Nummern zusammen.«

Tante Tabby überließ es Andrea, in dieser Offenbarung einen Sinn zu finden. Sie tätschelte ihrer Nichte die Wange und ging hinaus.

Offenbar blieb jetzt nichts anderes übrig, als sich zu den Gästen im Aufenthaltsraum zu gesellen.

Obwohl der Regen jetzt nicht viel mehr als ein Nieseln war, fühlte sich Andrea wie im Gefängnis. Sie stand am Fenster und wünschte sich sehnsüchtig die Sonne herbei.

Die Unterhaltung kam nicht recht in Gang. Wenn jemand etwas sagte, dann ging es immer irgendwie um Helen Easterman. Vielleicht wäre es besser gewesen, wenn jeder sich in sein Zimmer zurückgezogen hätte.

Doch alle schien es zu drängen, die Gesellschaft der anderen zu suchen.

Julia und Lucas saßen nebeneinander auf dem Sofa. Ab und an wechselten sie ein paar Worte miteinander. Andrea merkte, dass Lucas sie immer wieder ansah – für ihren Geschmack zu oft. Ihre Widerstandskraft ihm gegenüber war jetzt nicht sehr groß. So richtete sie es ein, dass sie ihm meistens den Rücken zukehrte.

»Ich finde, es ist an der Zeit, dass wir ganz offen über die Sache reden«, verkündete Julia plötzlich.

»Aber Julia.« Jacques sah sie entgeistert an.

»So können wir nicht weitermachen, oder wir werden alle verrückt. Steve tritt den Teppich durch, wenn er noch länger hin und her läuft. Robert hat schon so viel Holz hereingeschleppt, dass bald kein Platz mehr dafür ist. Und wenn du noch eine Zigarette rauchst, Jacques, dann kippst du um.«

Im Widerspruch zu ihren Worten steckte sich Julia nun selbst eine Zigarette an. »Falls wir nicht so tun wollen, als habe Helen sich selbst erstochen, müssen wir uns mit der Tatsache abfinden, dass einer von uns sie getötet hat.«

Schweigen trat ein, bis Lucas mit ruhiger, sachlicher Stimme sagte: »Ich glaube, Selbstmord können wir ausschließen.« Er beobachtete, wie Andrea die Stirn gegen die Fensterscheibe presste. »Zum Glück hatten wir alle die Gelegenheit, die Tat auszuführen. Wenn wir Andrea und ihre Tante auslassen, kommen sechs von uns als Täter in Betracht.«

Andrea drehte sich um und stellte fest, dass alle Anwesenden sie ansahen. »Wieso soll ich ausgelassen werden?« Sie fröstelte und legte die Arme um sich. »Du hast doch gerade gesagt, dass wir alle die Gelegenheit zur Tat hatten.«

»Ja, aber bei dir fehlt das Motiv, Kätzchen. Du bist die Einzige hier ohne Motiv.«

»Ein Motiv?« Das Gespräch entwickelte sich wie eine Szene in einem von Lucas' Drehbüchern. Es war besser, sich an die Wirklichkeit zu halten. »Welches Motiv könntet ihr denn haben?«

»Erpressung.« Lucas zündete sich eine Zigarette an, während Andrea ihn verblüfft ansah. »Helen war ein berufsmäßiger Blutsauger. Sie glaubte, jeder von uns sechsen sei eine Art Goldmine. Aber sie hat sich verrechnet.«

»Erpressung.« Andrea sah Lucas ungläubig an. »Das hast du dir jetzt doch nur ausgedacht. Du erfindest einen Roman.«

Er erwiderte ihren Blick. »Nein.«

»Woher wissen Sie so viel?«, fragte Steve. »Falls sie Sie erpresst hat, bedeutet das nicht notwendigerweise, dass sie es mit uns auch getan hat.«

»Sie sind wirklich sehr scharfsinnig, Lucas«, warf Julia ein und legte ihm die Hand auf den Arm. »Ich hatte keine Ahnung, dass sie noch andere als uns drei in den Fingern hatte.« Sie drehte sich mit einem gleichmütigen Schulterzucken zu Jacques um. »Es scheint, als seien wir in guter Gesellschaft.«

Andrea gab einen leisen Laut der Verwirrung von sich. Julia wandte ihr ihre Aufmerksamkeit zu. Ihr Gesicht wirkte gleichzeitig belustigt und mitleidig.

»Schauen Sie nicht so entsetzt drein, Darling. Die meisten von uns haben Geheimnisse, die sie nicht gern in der Öffentlichkeit preisgeben. Ich hätte Helen viel Geld gegeben, wenn sie mich mit etwas Interessantem bedroht hätte.«

Julia lehnte sich zurück und verzog das Gesicht zu einem gekonnten Schmollen. »Ein Verhältnis mit einem verheirateten Senator …« Sie warf Andrea einen Blick zu. »Ich glaube, ich erwähnte ihn schon einmal. Der Gedanke, das könne offenkundig werden, hat mich nicht sehr erschüttert. So peinlich achte ich nicht auf meinen guten Ruf. Ich sagte Helen, sie könne sich zum Teufel scheren. Natürlich …« Sie lächelte, »… gibt es dafür nur mein Wort.«

»Julia, mach jetzt keine Witze.« Jacques rieb sich die Augen.

»Es tut mir leid.« Julia stand auf, hockte sich auf die Lehne seines Sessels und legte die Hand auf seine Schulter.

»Das ist doch verrückt.« Andrea konnte nicht verstehen, was sich hier abspielte. Sie betrachtete die Anwesenden. Sie waren wieder Fremde für sie, mit eigenen Geheimnissen. »Was tun Sie alle hier? Warum sind Sie hierhergekommen?«

»Das ist ganz einfach.« Lucas ging zu Andrea. »Ich hatte von mir aus geplant, hierherzukommen. Helen fand das heraus. Sie war sehr gut darin, etwas herauszufinden – zu gut. So erfuhr sie auch, dass Julia und Jacques mir hier Gesellschaft leisten wollten.« Er drehte sich halb zu den anderen um. »Die Übrigen muss sie angesprochen und aufgefordert haben, ebenfalls hierherzukommen. Dann hatte sie alle ihre Wohltäter zusammen.«

»Sie scheinen ja eine Menge zu wissen.« Robert schürte – völlig überflüssig – das Feuer.

»Es war nicht schwer, einiges zu erfahren«, erwiderte Lucas. »Ich wusste, dass sie drei von uns mit hässlichen kleinen Drohungen bedachte. Wir haben darüber gesprochen. Als ich ihr Interesse an Andersen und an Ihnen, Dr. Spicer, und Ihrer Frau bemerkte, wusste ich, dass sie auch gegen Sie etwas in der Hand hatte.«

Jane begann zu schluchzen. Das Schluchzen erschütterte ihren ganzen Körper. Instinktiv wollte Andrea zu ihr gehen und sie trösten. Doch auf halbem Weg hielt Jane sie mit einem Blick zurück, der wie ein Fausthieb wirkte.

»Sie hätten es ebenso leicht tun können wie jeder von uns. Sie haben uns alle ausspioniert. Überall hatten Sie Ihre Kamera dabei.« Janes Stimme wurde dramatisch laut, während Andrea erstarrte. »Sie haben für sie gearbeitet, Sie hätten es tun können. Sie können das Gegenteil nicht beweisen. Ich war mit Robert zusammen.«

Jane wirkte jetzt überhaupt nicht mehr einfältig oder langweilig. Ihre Augen brannten wild. »Ich war bei Robert. Er wird Ihnen das bestätigen.«

Robert nahm sie in die Arme. Er sprach beruhigend auf sie ein, während sie sich gegen seine Brust lehnte und weinte.

Andrea rührte sich nicht. Für sie schien es keinen Ausweg zu geben, sie würde Jane zuhören müssen.

»Sie wollte dir sagen, dass ich wieder zu spielen angefangen, dass ich mein ganzes Geld verloren habe.« Jane klammerte sich an Robert fest. In ihrem fahlbraunen Kleid bot sie einen traurigen Anblick. Robert streichelte beruhigend ihr Haar. »Aber gestern Abend habe ich es dir gestanden, ganz aus freien Stücken. Ich habe sie nicht getötet, Robert. Sag ihnen, dass ich sie nicht getötet habe.«

»Natürlich hast du das nicht getan, Jane. Jeder weiß das. Komm jetzt mit mir, du bist müde. Wir gehen nach oben.«

Während er beruhigend auf seine Frau einredete, führte Robert sie zur Tür. Dabei sah er Andrea an. Sein Blick schien um Verständnis zu bitten. Andrea erkannte in diesem Moment, dass Robert seine Frau sehr liebte. Sie empfand Mitleid für Jane und Robert. Das leise Zittern ihrer Hand zeigte ihr, dass sie einen weiteren Schock erlitten hatte. Als Steve seinen Arm um sie legte, lehnte sie sich an ihn. Sie genoss den Trost, den er ihr bot.

»Ich glaube, wir könnten jetzt alle etwas zu trinken gebrauchen«, schlug Julia vor. Sie ging zur Bar, schenkte ein Glas mit Sherry voll und brachte es Andrea.

»Sie zuerst«, sagte sie und drückte Andrea das Glas in die Hand. »Sie scheinen hier ganz besonders schlimm betroffen zu sein. Das ist nicht fair, nicht wahr, Lucas?«

Julia sah Lucas an. Ihre Blicke trafen sich für einen Moment. Lucas erwiderte nichts.

Julia wandte sich wieder der Bar zu. »Sie ist hier wahrscheinlich die Einzige, die wenigstens eine Spur von Trauer wegen Helens Tod empfindet.«

Andrea trank von dem Sherry. Vielleicht milderte er das bedrückende Gefühl ein wenig, das sie erfüllte.

»Sie war ein Aasgeier«, sagte Jacques leise. Andrea merkte, wie er und Julia einen Blick austauschten. »Aber selbst ein Geier verdient es nicht, ermordet zu werden.« Er lehnte sich zurück und nahm das Glas entgegen, das Julia ihm reichte. Als sie sich wieder auf die Armlehne seines Sessels setzte, ergriff er ihre Hand.

»Vielleicht habe ich das stärkste Motiv.« Jacques trank einen Schluck Sherry. »Wenn die Polizei erscheint, wird alles ans Tageslicht kommen und untersucht werden. Wir sind dann wie Insekten unter dem Mikroskop.«

Er schaute Andrea an, als seien seine Erklärungen besonders für sie bestimmt. »Sie hat das Glück der Menschen bedroht, die mir am meisten bedeuteten – der Frau, die ich liebe, und meiner Kinder.«

Bei diesen Worten musste Andrea unwillkürlich zu Julia blicken.

»Was sie über meine Beziehungen zu dieser Frau wusste, hätte den Erfolg meiner Klage, das Sorgerecht für die Kinder zu bekommen, beeinträchtigen können. Das Glück meiner Liebe bedeutete Helen nichts. Sie wollte daraus etwas Hässliches und Gemeines machen.«

Andrea hielt ihr Glas zwischen beiden Händen. Sie wollte Jacques sagen, er solle aufhören zu reden. Sie wollte nichts mehr hören, nicht in seine Angelegenheiten verwickelt werden. Aber es war bereits zu spät.

»Ich war sehr zornig, als sie hier mit dem glatten Lächeln und dem bösen Blick eintraf.« Jacques sah in sein Glas. »Viele Male habe ich mir gewünscht, ihr die Hände um den Hals zu legen. Ich wollte ihr ins Gesicht schlagen – wie es ein anderer getan hat.«

»Ja, ich würde wirklich gern wissen, wer das war.« Julia biss sich nachdenklich auf die Unterlippe. »Wer auch immer das getan hat, er muss sehr wütend gewesen sein – vielleicht wütend genug, um sie zu töten.« Julia musterte Steve, Andrea und Lucas.

»Sie waren an jenem Morgen im Gasthof«, stellte Andrea fest.

»Ja, das stimmt.« Julia lächelte Andrea an. »Oder wenigstens habe ich das behauptet. Allein im Bett zu liegen ist wohl kaum ein wasserdichtes Alibi. Nein …« Sie lehnte sich zurück. »Ich glaube, die Polizei wird wissen wollen, wer Helen geschlagen hat. Sie sind mit ihr zusammen hierhergekommen, Andrea. Haben Sie jemanden gesehen?«

»Nein.« Andrea blickte instinktiv zu Lucas. Er schaute sie an. Sein Gesicht zeigte den Ausdruck von Ärger und Ungeduld. Andrea verstand die Zeichen nur zu gut. Sie senkte den Blick. »Nein, ich …« Wie könnte sie es sagen? Wie konnte sie es auch nur denken?

»Andrea hat jetzt für eine Weile genug gehabt.« Steve hatte immer noch den Arm beschützend um sie gelegt. »Unsere Probleme gehen sie nichts an. Sie verdient es nicht, im Mittelpunkt zu stehen.«

»Das arme Kind.« Jacques musterte ihr blasses, angestrengt wirkendes Gesicht. »Sie sind hier in ein Schlangennest geraten, nicht wahr? Gehen Sie schlafen, vergessen Sie uns eine Weile.«

»Kommen Sie, Andrea. Ich bringe Sie nach oben.« Steve nahm ihr das Glas aus der Hand und stellte es auf den Tisch. Nach einem letzten Blick zu Lucas ging Andrea mit ihm.

Andrea und Steve schwiegen, während sie die Treppe hinaufgingen. Andrea war immer noch damit beschäftigt, innerlich zu verarbeiten, was sie gehört hatte. Steve schob sie schnell an Helens Tür vorbei und blieb vor dem Zimmer neben Lucas' stehen.

»Ist dies das Zimmer, das Ihre Tante meinte?«

»Ja.« Andrea schob sich das Haar aus dem Gesicht. »Steve.« Sie blickte ihn fragend an. »Ist das alles wahr? Alles, was Lucas gesagt hat? Hat Helen wirklich alle erpresst?«

Sie merkte, dass Steve diese Fragen unangenehm waren, und schüttelte den Kopf. »Ich wollte nicht herumschnüffeln, aber …«

»Nein«, unterbrach Steve sie. Er atmete einmal tief durch. »Nein, als Schnüffeln kann man das bestimmt nicht bezeichnen. Sie haben mit der Sache zwar nichts zu tun, aber Sie sind in sie verwickelt worden, nicht wahr?«

Steve hatte es genau getroffen. Sie war darin verwickelt.

»McLean hat im Ergebnis sicherlich recht. Helen hatte Informationen über ein Geschäft, das ich für die Firma abgeschlossen habe. Es war alles streng im Rahmen der Gesetze, aber …«, er hob kurz die Schultern und senkte sie wieder, »… vielleicht doch nicht ganz so perfekt, wie ich angenommen hatte. Es gab da auch eine Frage der Moral, und wenn man die Dinge nur oberflächlich betrachtete, sah es nicht so gut aus. Es wäre jetzt zu kompliziert, Ihnen die Einzelheiten zu erklären. Aber der entscheidende Punkt ist, dass ich es vermeiden wollte, einen Schatten auf meine Karriere fallen zu lassen. Wenn man heutzutage in die Politik geht, muss man eine Sache von allen Seiten sehen.«

»Ja, das leuchtet mir ein.«

»Sie hat mich bedroht, Andrea, und das gefiel mir nicht. Aber es war kein ausreichendes Motiv für einen Mord.« Steve lächelte Andrea für einen Moment an und schüttelte dann den Kopf. »Doch das hilft nicht viel, nicht wahr? Keiner von uns rückt gern mit der vollen Wahrheit heraus.«

»Ich erkenne es sehr an, dass Sie so offen mit mir reden, Steve.« Er sah sie zärtlich an, aber die Zeichen innerer Anspannung zeigten sich immer noch deutlich auf seinem Gesicht. »Es kann nicht leicht für Sie sein, solche Erklärungen abzugeben.«

»Schon sehr bald werde ich ohnehin alles der Polizei erklären müssen. Und es Ihnen zu sagen fällt mir nicht schwer, Andrea. Es ist wohl besser, wenn Sie Bescheid wissen. Außerdem ist es gut, wenn die

Dinge endlich in der Öffentlichkeit erörtert werden können. Doch Sie haben jetzt genug davon.«

Wieder lächelte er Andrea an. Erst jetzt schien ihm bewusst zu werden, dass er ihr Haar berührte. »Oh, entschuldigen Sie – aber daran sind Sie wahrscheinlich gewöhnt. Ihrem Haar kann man nur schwer widerstehen. Schon seit Tagen habe ich mir gewünscht, es zu berühren. Haben Sie etwas dagegen?«

»Nein.« Andrea war nicht überrascht, sich gleich darauf in Steves Armen zu finden, von ihm geküsst zu werden. Es war ein Kuss, der mehr tröstete als aufregte. Andrea entspannte sich dabei und erwiderte den Kuss, so gut sie konnte.

»Werden Sie jetzt etwas Ruhe finden?«, fragte Steve leise und drückte Andrea für einen Moment an seine Brust.

»Ja, das glaube ich. Vielen Dank.« Sie löste sich von Steve und wollte zu ihm aufschauen, doch ihr Blick wurde von etwas hinter ihm gefangen genommen. Lucas stand vor der Tür zu seinem Zimmer und beobachtete sie beide. Ohne ein Wort zu sagen, verschwand er in seinem Zimmer.

Als Andrea allein war, legte sie sich auf das Bett. Aber sie fand keinen Schlaf, obwohl sie todmüde war. Ihre Gedanken ließen sie nicht zur Ruhe kommen, Gedanken, die sich mit den im Gasthof anwesenden Menschen beschäftigten.

Für Jacques und für die Spicers empfand Andrea nichts anderes als Mitleid. Sie erinnerte sich an den traurigen Blick des Franzosen, als er von seinen Kindern sprach, und sah immer noch Robert vor sich, wie er seine schluchzende Frau zu trösten versuchte.

Julia brauchte kein Mitleid. Andrea war davon überzeugt, dass die Schauspielerin sehr gut selbst für sich sorgen konnte. Sie brauchte keinen stützenden Arm, keinen Zuspruch.

Steve schien durch Helens Drohungen eher belästigt als gefährdet gewesen zu sein. Auch er kam gut allein zurecht. Unter seinem glatten kalifornischen Äußeren war ein Zug von Härte zu spüren. Um Steve brauchte Andrea sich keine Gedanken zu machen.

Mit Lucas war das anders. Zwar hatte er die anderen dazu gebracht, über die gegen sie gerichteten Drohungen Helens zu reden. Doch was Helen gegen ihn in der Hand gehabt hatte, war immer noch sein Geheimnis. Er hatte sehr kühl und überlegen gewirkt, als er von Erpressung sprach – doch Andrea kannte ihn. Er verstand es sehr gut, seine wahren Gefühle zu verbergen, wenn er sich davon einen Vorteil versprach. Er war hart. Wer hätte das besser wissen sollen als sie?

Aber war er auch grausam? Ja, er konnte grausam sein. Sie selbst spürte noch immer die seelischen Narben, die das bewiesen. Doch Mord? Nein, der war ihm nicht zuzutrauen. Andrea brachte es einfach nicht fertig, sich vorzustellen, Lucas könne Helen Easterman mit einem spitzen Gegenstand erstechen. Es war eine Schere, wie sie sich erinnerte, obwohl sie das lieber vergessen hätte. Die Schere hatte neben Helen auf dem Fußboden gelegen. Nein, zu einer solchen Tat war Lucas nicht fähig. Das konnte sie einfach nicht glauben.

Doch vernünftigerweise konnte sie auch keinem der anderen die Tat zutrauen. Waren sie alle in der Lage, einen solchen Hass, eine solche Niedertracht hinter ihren schockierten Mienen und bedrückten Blicken zu verbergen?

Indessen musste einer von ihnen der Mörder sein.

Andrea versuchte, ihre Gedanken abzuschalten. Sie konnte nicht länger darüber nachdenken, nicht jetzt. Steve hatte recht gehabt, sie brauchte Ruhe.

Aber statt zu schlafen, stand sie auf und ging zum Fenster. Sie schaute in den Regen hinaus, der immer noch, wenn auch schwächer, fiel.

Das Klopfen an der Tür erschreckte Andrea, als wäre es eine Explosion gewesen. Sie fuhr herum und schlang sich die Arme schützend um den Oberkörper. Ihr Herz schlug heftig, die Kehle wurde ihr trocken vor Angst.

Nimm dich zusammen, ermahnte sie sich. Keiner hat einen Grund, dir wehzutun.

»Ja, herein.« Dass sie es fertigbrachte, diese Worte gelassen klingen zu lassen, beruhigte Andrea. Sie konnte sich also doch beherrschen.

Robert betrat das Zimmer. Er sah so erschöpft und müde aus, dass Andrea ganz automatisch die Hand nach ihm ausstreckte. An ihre Angst dachte sie nicht mehr. Robert ergriff ihre Hand und drückte sie fest.

»Sie müssen etwas essen«, sagte er, nachdem er Andrea aufmerksam angesehen hatte. »Das zeigt sich zuerst im Gesicht.«

»Ja, ich weiß. Ich bekomme schnell hohle Wangen.« Sie musterte nun ihrerseits Robert. »Aber Sie könnten auch etwas zu essen gebrauchen.«

Er seufzte. »Ich glaube, Sie sind eines dieser seltenen Wesen, denen die Freundlichkeit angeboren ist. Ich möchte mich für meine Frau entschuldigen.«

»Nein, tun Sie das nicht. Sie meint es nicht so, wie sie es sagt. Wir sind jetzt alle aufgeregt und durcheinander. Dies ist ein richtiger Albtraum.«

»Sie hat unter starkem Stress gestanden. Bevor …« Robert unterbrach sich und schüttelte den Kopf. »Jetzt schläft sie. Ihr Kopf …« Er schob Andrea das Haar aus der Stirn und betrachtete den Bluterguss. »Macht er Ihnen noch Schwierigkeiten?«

»Nein, nicht mehr. Mir geht es gut.« Das Missgeschick, das ihr zugestoßen war, kam ihr jetzt wie ein komisches Zwischenspiel in einem Drama vor. »Kann ich Ihnen helfen, Robert?«

Er sah sie einen Moment verzweifelt an, dann senkte er den Blick. »Diese Frau hat Jane durch die Hölle gejagt. Wenn ich davon gewusst hätte, hätte ich dem schon vor langer Zeit ein Ende gesetzt.« Die Erinnerung weckte Roberts Zorn. Er begann, nervös auf und ab zu gehen.

»Sie hat Jane gequält und jede Summe aus ihr herausgequetscht, die Jane aufbringen konnte. Sie täuschte eine Krankheit vor und ermutigte Jane zu spielen, um die Behandlungskosten aufzubringen. Ich hatte nicht die geringste Ahnung davon! Ich hätte es merken sollen. Gestern sagte Jane es mir von sich aus. Ich hatte mich schon darauf gefreut, heute Morgen mit der Easterman abzurechnen.«

Robert ballte seine Hände zu Fäusten. Mit leiser Stimme fügte er hinzu: »Ich will ganz ehrlich sein: Das ist der einzige Grund, weshalb ich ihren Tod bedaure.«

»Robert …« Andrea wusste nicht, was sie sagen sollte. »Jeder hätte so empfunden. Sie war eine böse Frau. Sie hat jemanden verletzt, den Sie lieben.«

Andrea sah, wie sich Roberts Hände wieder entspannten. »Es klingt zwar hartherzig, aber keiner von uns wird um sie trauern. Vielleicht gibt es niemand, der das tut. Ich finde, das ist sehr traurig.«

Robert sah Andrea einen kurzen Moment schweigend an. Dann hatte er sich wieder unter Kontrolle. »Es tut mir sehr leid, dass Sie in unsere Angelegenheiten hineingezogen worden sind. Ich sehe jetzt mal nach Jane. Kommen Sie zurecht?«

»Ja.«

Andrea sah Robert nach, bis er das Zimmer verlassen hatte. Dann ließ sie sich auf einen Sessel fallen. Sie war jetzt noch erschöpfter als vorher.

Wann hatte diese furchtbare Geschichte begonnen? Noch vor wenigen Tagen war sie sicher in ihrer Wohnung in Manhattan gewesen. Damals kannte sie keinen einzigen dieser Menschen, die sie nun mit ihren Problemen belasteten – einen ausgenommen.

Noch während Andrea an ihn dachte, betrat Lucas ihr Zimmer. Er ging direkt zu ihr, blieb vor ihr stehen und sah sie an.

»Du musst etwas essen«, sagte er unvermittelt. Andrea war es allmählich müde, immer wieder dasselbe zu hören. »Ich beobachte schon den ganzen Tag, wie du abnimmst. Du bist viel zu dünn.«

»Ich liebe deine Komplimente.« Lucas' arrogantes Auftreten weckte neue Energien in Andrea. Sie brauchte es sich nicht länger gefallen zu lassen, von Lucas bevormundet zu werden. »Hat man dir nie gesagt, dass man an eine Tür klopft, bevor man eintritt?«

»Ich habe deinen Körper schon immer bewundert, Kätzchen. Du wirst dich daran erinnern.« Er zog sie auf die Füße und drückte sie an sich. »Andersen scheint deinen Charme ebenfalls entdeckt zu haben.

Ist dir nicht zufällig der Gedanke gekommen, dass du einen Mörder küssen könntest?«

Lucas sprach leise, während er Andreas Rücken streichelte.

Sie ärgerte sich sehr über ihn. »Vielleicht hält mich jetzt einer fest.«

Lucas zuckte zusammen, dann wurde er wütend. »Das würdest du wohl gern glauben, wie? Es würde dich freuen, mich hinter Gittern zu sehen.«

Andrea wollte den Kopf schütteln, doch Lucas hatte sie so fest am Haar gepackt, dass sie das nicht konnte.

»Wäre das die angemessene Strafe dafür, dass ich dich verstoßen habe, Kätzchen? Wie stark ist der Hass in dir? Stark genug, um selbst die Falltür für mich aufzustoßen?«

»Nein, Lucas. Bitte, ich wollte nicht …«

»Ja, du wolltest nicht!« Er unterbrach sie. »Der Gedanke, ich könne Blut an den Händen haben, kam dir leicht, nicht wahr? Du kannst dir mich in der Rolle des Mörders vorstellen. Wie ich mich über Helen beuge, mit der Schere in der Hand.«

»Nein!« Andrea schloss verzweifelt die Augen. »Hör damit auf! Hör bitte damit auf!« Lucas tat ihr jetzt weh, aber nicht mit den Händen. Seine Worte schmerzten sie.

»Du hast recht, mit der Schere hätte ich es nicht getan. Vielleicht mit den Händen, das wäre sauberer gewesen.«

»Lucas …«

»Das geht ganz einfach und schnell. Man muss nur wissen, wie man es macht. Das ist eher mein Stil, es ist direkter. Habe ich nicht recht?«

»Du machst mir Angst!« Andrea zitterte. Hatte Lucas es darauf angelegt, dass sie das Schlimmste von ihm denken sollte? Sollte sie ihn für fähig halten, eine Untat zu begehen? Sie hatte ihn noch nie so erlebt wie jetzt. Seine Stimme klang kalt, seine Augen waren weit vor Zorn.

Andrea fröstelte. »Ich möchte, dass du gehst, Lucas. Geh jetzt sofort!«

»Ich soll gehen?« Er hielt sie immer noch fest. »Das habe ich nicht vor, Kätzchen. Wenn ich schon als Mörder hängen soll, will ich vorher wenigstens noch nehmen, was ich bekommen kann.«

Andrea verstand Lucas nicht. Sie wusste nicht, was sie von ihm halten sollte. Sie hatte Angst vor ihm. Er griff unter ihren Pullover und umfasste ihren Busen.

»Wie kann jemand, der so dünn ist, nur so weich sein?«, sagte er leise. Es waren Worte, die er früher oft gesagt hatte. Andrea spürte sein wachsendes Verlangen. »Kätzchen, du ahnst nicht, wie sehr ich dich begehre. Ich kann nicht länger warten!«

Er zog sie mit sich auf das Bett. Mit all ihrer verbliebenen Kraft wehrte sich Andrea gegen ihn. Doch er hielt ihre Arme zu beiden Seiten neben ihr auf dem Bett fest und beugte sich über sie. »Beiß und kratz nur, soviel du willst, Kätzchen. Du kannst mich nicht mehr zurückhalten.«

»Ich schreie, Lucas! Wenn du mich noch einmal berührst, dann schreie ich.«

»Nein, das wirst du nicht tun.«

Er bedeckte ihren Mund mit seinem und bewies ihr damit, dass er sich durchsetzen würde. Sein Körper berührte ihren in voller Länge. Andrea bemühte sich, von ihm wegzurücken, doch er ließ sie nicht entkommen. Seine Hände waren überall, fanden all die verborgenen Stellen, die er vor mehr als drei Jahren erforscht hatte.

Widerstand war unmöglich. Das wilde, rücksichtslose Begehren, das sein Liebesspiel schon immer begleitet hatte, machte Andrea wehrlos. Lucas kannte sie einfach zu gut. Noch bevor er den Reißverschluss ihrer Jeans geöffnet hatte, wusste Andrea, dass sie ihm nicht widerstehen konnte. Als sein Mund ihre Lippen verließ und ihren Hals mit Küssen bedeckte, schrie sie nicht, sondern stöhnte vor Lust, die er in ihr geweckt hatte.

Er würde wieder gewinnen, und sie würde nichts tun, um ihn daran zu hindern. Sie konnte es nicht. Tränen stiegen ihr in die Augen, liefen ihr über die Wangen. Bald würde Lucas merken, dass sie ihn immer noch liebte. Selbst ihr Stolz schien ihr nicht länger zu gehören.

Lucas hielt ganz plötzlich inne. Er hob den Kopf und sah Andrea an. Ihr war so, als bemerke sie einen schmerzlichen Ausdruck auf seinem Gesicht. Doch das war gleich wieder vorbei. Lucas hob eine Hand und wischte eine Träne von ihrer Wange. Mit einem leisen Fluch ließ er Andrea los und stand auf.

»Nein, dafür will ich nie wieder verantwortlich sein.« Er ging zum Fenster und sah hinaus.

Andrea setzte sich auf und kämpfte gegen ihre Tränen an. Sie hatte sich geschworen, dass Lucas sie nie wieder weinen sehen sollte – nicht seinetwegen jedenfalls, das auf keinen Fall.

Beide schwiegen. Das Schweigen schien Andrea eine Ewigkeit zu dauern.

»Ich werde dich nie wieder so berühren«, sagte Lucas gefasst. »Ich gebe dir mein Wort darauf, auch wenn du davon vielleicht nicht viel hältst.«

Lucas näherte sich wieder dem Bett. Andrea blickte nicht auf und hielt die Augen geschlossen.

»Andrea, ich ... oh, du meine Güte.« Er berührte ihren Arm, doch sie verkroch sich nur noch mehr in sich selbst.

Wieder herrschte Schweigen. Man hörte nur den Regen draußen. Als Lucas dann sprach, klang seine Stimme angestrengt. »Wenn du dich ausgeruht hast, solltest du etwas essen. Ich werde deiner Tante sagen, dass sie dir etwas aufs Zimmer schickt, wenn du nicht nach unten kommen willst. Ich werde dafür sorgen, dass dich keiner stört.«

Andrea hörte, wie Lucas sie verließ, wie die Tür ins Schloss fiel. Als sie allein war, schlüpfte sie unter die Bettdecke und rollte sich zusammen. Schließlich schlief sie ein.

8. Kapitel

Es war dunkel, als Andrea aufwachte. Sie fühlte sich nicht erfrischt. Der Schlaf war nur eine zeitweilige Erleichterung gewesen. Nichts hatte sich geändert, während sie schlief.

Doch nein, sie hatte sich geirrt. Etwas war anders. Es war still, wirklich still. Andrea stand auf und ging zum Fenster. Sie konnte den Mond und das Licht der Sterne sehen. Der Regen hatte aufgehört.

Im Dämmerlicht ging sie zum Badezimmer und wusch sich das Gesicht. In den Spiegel wollte sie lieber nicht blicken, lange Zeit hielt sie ein nasses Tuch vor die Augen. Die Schwellung war hoffentlich nicht so schlimm, wie sie sich anfühlte.

Sie spürte, dass sie Hunger hatte. Das war ein gutes Zeichen, ein Zeichen der Normalität. Der Regen hatte aufgehört, der Albtraum endete. Und sie würde wieder essen.

Auf bloßen Füßen schlich Andrea durch den Gasthof. Niemand sollte sie sehen. Sie wollte jetzt essen, nicht Gesellschaft haben.

Als sie am Aufenthaltsraum vorbeikam, hörte sie Stimmen. Durch die offene Tür sah sie Julia und Jacques am Fenster stehen. Sie unterhielten sich leise und eindringlich miteinander.

Bevor Andrea sich an der Tür vorbeidrücken konnte, hatte Julia sich umgedreht und sie erblickt. Das Gespräch endete sofort.

»Oh, Andrea, Sie sind wieder aufgetaucht. Wir dachten schon, wir würden Sie vor morgen früh nicht wiedersehen.« Julia kam auf Andrea zu und legte freundschaftlich einen Arm um sie. »Lucas wollte Ihnen etwas zu essen nach oben schicken, aber Robert war dagegen. Die Anordnung des Arztes war, Sie schlafen zu lassen, bis Sie von selbst aufwachten. Sie müssen ja fast verhungert sein. Lassen Sie uns nachsehen, was Tante Tabby für Sie übrig gelassen hat.«

Julia übernahm das Reden und führte Andrea von der Tür fort.

Mit einem letzten Blick sah Andrea, dass Jacques reglos am Fenster stand. Sie ließ Julia gewähren, sie war jetzt zu hungrig, um sich ihr zu widersetzen.

»Setzen Sie sich, Darling«, forderte Julia sie auf, während sie Andrea in die Küche schob. »Ich werde Ihnen ein Festmahl servieren.«

»Julia, Sie brauchen mir nichts zu servieren. Ich finde es zwar sehr nett, dass Sie sich um mich kümmern, aber …«

»Nun lassen Sie mich doch einmal Mutter spielen«, unterbrach Julia sie, packte sie an den Schultern und drückte sie auf einen Stuhl. »Sie sind ja bereits aus dem Kleinkindalter heraus, es wird mir also Spaß machen.«

Andrea lehnte sich zurück und lächelte. »Sie wollen mir doch wohl nicht erzählen, dass Sie kochen können.«

Julia hob tadelnd die Augenbrauen. »Zu dieser späten Stunde sollten Sie etwas Leichtes essen. Vom Abendessen ist noch ein Rest wunderbarer Suppe übrig. Und dann bereite ich Ihnen meine Spezialität. Ein Käseomelette.«

Andrea genoss es, Julia in der Küche arbeiten zu sehen. Die Schauspielerin stellte sich dabei keineswegs ungeschickt an. Daneben hielt sie ein entspanntes Gespräch in Gang, das nicht viel Verstandeskraft erforderte. Mit einer geschickten Bewegung stellte sie ein Glas Milch vor Andrea.

»Ich bin kein großer Freund von Milch«, wandte Andrea ein und schaute zur Kaffeekanne.

»Sie trinken das jetzt«, ordnete Julia an. »Sie brauchen wieder Farbe auf den Wangen. Sie sehen schrecklich aus.«

»Danke.«

Gleich darauf stand ein Teller dampfender Hühnersuppe vor Andrea. Sie aß mit gutem Appetit. Die Schwäche fiel allmählich von ihr ab.

»Gutes Mädchen«, lobte Julia sie, während sie das Käseomelette servierte. »Sie sehen schon fast wieder menschlich aus.«

Andrea lächelte. »Julia, Sie sind wunderbar.«

»Ja, ich weiß. So wurde ich geboren.« Julia trank Kaffee und sah zu, wie Andrea sich über das Omelette hermachte. »Ich freue mich, dass Sie etwas Ruhe gefunden haben. Dieser Tag war endlos.«

Zum ersten Mal fielen Andrea die Schatten unter Julias Augen auf. Schuldbewusst sagte sie: »Es tut mir leid, dass ich Ihnen Arbeit mache. Sie hätten längst im Bett sein sollen, statt mich zu bedienen.«

»Du meine Güte, sind Sie süß.« Julia zog eine Zigarette aus der Schachtel. »Ich gehe erst in mein Zimmer, wenn mich die Erschöpfung dazu zwingt. Es ist reine Selbstsucht von mir, dass ich bis dahin Ihre Gesellschaft in Anspruch nehme. Außerdem, Andrea …«, Julia beobachtete sie durch eine Rauchwolke hindurch, »… frage ich mich, ob es sehr klug ist, wenn Sie hier allein herumwandern.«

»Wieso?« Andrea sah erstaunt auf. »Was wollen Sie damit sagen?«

»Es war schließlich Ihr Zimmer, in das eingebrochen wurde.«

»Ja, aber …« Andrea wurde sich überrascht bewusst, dass sie die Verwüstung ihres Zimmers bei all den anderen Ereignissen fast vergessen hatte. »Das muss Helen gewesen sein«, meinte sie.

»Oh, das bezweifle ich«, widersprach Julia und trank einen Schluck Kaffee. »Das bezweifle ich sogar sehr. Wenn Helen in Ihr Zimmer eingedrungen wäre, hätte sie das getan, um nach etwas zu suchen, das sie gegen Sie verwenden könnte. Sie würde keinerlei Unordnung hinterlassen haben. Wir haben darüber nachgedacht.«

»Wir?«

»Nun ja – ich«, gab Julia lächelnd zu. »Ich glaube, wer Ihr Zimmer zerwühlt hat, der hat nach etwas gesucht und hat dann dieses Durcheinander angerichtet, um die Suche zu verdecken.«

»Aber wonach hätte er suchen sollen? Ich habe hier nichts, woran irgendjemand interessiert sein könnte.«

»Wirklich nicht? Ich habe darüber nachgedacht, was Ihnen in der Dunkelkammer zugestoßen ist.«

»Sie meinen, als der Strom wegblieb?« Andrea schüttelte den Kopf und berührte den Bluterguss an ihrer Stirn. »Ich bin gegen die Tür gelaufen.«

»Tatsächlich?« Julia lehnte sich zurück und schaute unter die Zimmerdecke. »Das kann ich mir nicht vorstellen. Lucas hat mir erzählt, sie hätten jemand am Türgriff rütteln hören und seien deshalb zur Tür gegangen. Was wäre, wenn ...«, Julia sah Andrea an, »... wenn jemand die Tür geöffnet und Sie mit ihr getroffen hätte?«

»Sie war verschlossen«, wandte Andrea ein. Doch dann fiel ihr ein, dass sie geöffnet gewesen war, als Lucas sie fand.

»Es gibt Schlüssel, Darling.« Julia musterte Andrea scharf. »Nun, was denken Sie jetzt?«

»Die Tür stand offen, als Lucas ...« Andrea unterbrach sich und schüttelte den Kopf. »Nein, Julia, das ist doch lächerlich. Warum hätte jemand mir das antun sollen?«

»Das ist eine interessante Frage. Was ist eigentlich mit dem zerstörten Film?«

»Mit dem Film?« Andrea hatte das Gefühl, nicht mehr auf sicherem Boden zu stehen. »Das muss ein Missgeschick gewesen sein.«

»Sie haben ihn nicht zerstört, Andrea. Dafür sind sie zu geschickt. Ich habe Sie beobachtet. Sie bewegen sich sehr gewandt, sehr sicher. Und Sie sind eine Berufsfotografin. Sie würden nicht aus Versehen eine Filmrolle öffnen, ohne das zu merken.«

»Nein«, stimmte Andrea zu und hob den Kopf. »Was wollen Sie mir zu verstehen geben?«

»Könnte es nicht sein, dass Sie eine Aufnahme gemacht haben, von der jemand will, dass sie zerstört wird? Denken Sie daran, dass auch der Film in Ihrem Zimmer belichtet worden ist.«

»So weit kann ich Ihrer Logik folgen, Julia. Aber damit geraten wir in eine Sackgasse. Ich habe keine Bilder gemacht, wegen derer jemand besorgt sein könnte. Es waren nur Landschaftsaufnahmen – Bäume, Tiere, der See.«

»Vielleicht gibt es jemanden, der sich dessen nicht so sicher ist.« Julia drückte ihre Zigarette aus und beugte sich vor. »Wer auch immer das Risiko auf sich genommen hat, Ihr Zimmer zu verwüsten und Sie bewusstlos zu schlagen, der muss sich große Sorgen machen und ist bestimmt gefährlich – gefährlich genug, um einen Mord zu begehen. Und er wird Sie vielleicht noch einmal verletzen, wenn ihm das nötig erscheint.«

Andrea musste sich Mühe geben, ein Zittern zu unterdrücken. »Jane? Sie hatte mir vorgeworfen, ich hätte spioniert, aber sie könnte nicht …«

»O doch, sie könnte.« Julia sprach mit großer Entschiedenheit. »Sie müssen den Tatsachen ins Auge sehen, Andrea. Ein Mensch, der in die Enge getrieben wird, kann zum Mord fähig werden – jeder Mensch.«

Andrea dachte für einen flüchtigen Moment an Lucas und seine Wutanfälle.

»Jane war verzweifelt«, fuhr Julia fort. »Sie behauptet, sie habe gegenüber ihrem Mann ein volles Geständnis abgelegt. Aber welchen Beweis haben wir dafür? Oder nehmen Sie Robert. Er war sehr wütend auf Helen wegen dem, was sie Jane angetan hat. Könnte er nicht die Tat begangen haben? Er liebt Jane sehr.«

»Ja, das weiß ich. Das habe ich gesehen.« Der zornige Ausdruck in Roberts Augen war Andrea nicht entgangen.

»Und denken Sie an Steve.« Julia begann, mit dem Fingernagel auf den Tisch zu klopfen. »Er hat mir erzählt, dass Helen etwas über ein Geschäft herausgefunden hat, das nicht so ganz astrein war. Sie wusste etwas, das seiner politischen Karriere schaden konnte. Er ist sehr ehrgeizig.«

»Aber Julia …«

»Dann haben wir da noch Lucas.« Julia sprach weiter, als habe Andrea nichts gesagt. »Da gibt es eine sehr delikate Scheidungsklage. Helen behauptete, sie habe Informationen, für die sich ein gewisser betrogener Ehemann interessieren könne.«

Julia zündete sich eine Zigarette an und blies den Rauch unter die Zimmerdecke. »Lucas ist für seine Zornesausbrüche bekannt. Er ist ein sehr sinnlich betonter Mensch.«

Andrea wich Julias Blick nicht aus. »Lucas kann man eine Menge nachsagen, und nicht alles ist bewundernswert an ihm. Aber er würde nicht töten.«

Julia lächelte. Schweigend zog sie an ihrer Zigarette. Dann sagte sie: »An mich sollten Sie auch denken. Natürlich, ich habe behauptet, ich hätte mir nichts aus Helens Drohungen gemacht. Aber ich bin eine Schauspielerin, eine gute. Das kann ich beweisen, denn ich habe einen Oscar bekommen. Mein Temperament ist ebenso bekannt wie das von Lucas. Ich könnte Ihnen eine Liste von Filmdirektoren geben, die Ihnen sagen würden, dass sie mich für zu allem fähig halten.«

Julia drückte die Zigarette im Aschenbecher aus. »Allerdings, wenn ich Helen getötet hätte, würde ich die Szene anders gestaltet haben. Ich würde die Leiche selbst entdeckt und geschrien haben und dann wirkungsvoll in Ohnmacht gefallen sein. So gesehen haben Sie mir die Schau gestohlen.«

»Ich finde das nicht komisch, Julia.«

»Ich auch nicht.« Julia rieb sich die Schläfen. »Es ist auch überhaupt nicht komisch. Aber die Tatsache bleibt, dass ich Helen ebenfalls getötet haben könnte. Sie sind viel zu vertrauensselig, Darling.«

»Wenn Sie sie getötet haben«, widersprach Andrea, »warum sollten Sie mich dann warnen?«

»Das ist nichts als ein doppelter Bluff.« Julia lächelte jetzt auf eine Art, dass Andrea eine Gänsehaut über den Rücken lief. »Vertrauen Sie niemandem, nicht einmal mir!«

Andrea hatte nicht vor, sich von Julia ängstigen zu lassen, obwohl die Schauspielerin das zu beabsichtigen schien. Sie sah Julia gelassen an. »Sie haben Jacques vergessen.«

Zu Andreas Überraschung schien Julia unsicher zu werden, sie senkte den Blick. Sie zog mit ihren schlanken Fingern eine Zigarette so verkrampft aus der Schachtel, dass der Filter abbrach.

»Nein, ihn habe ich nicht vergessen. Mit Ihren Augen sieht er wahrscheinlich so aus wie wir anderen auch, aber ich weiß …« Julia schaute wieder auf. Sie sah verletzlich aus. »Ich weiß, dass er nicht fähig ist, einem anderen Menschen wehzutun.«

»Sie lieben ihn, nicht wahr?«

Julia lächelte. »Ich liebe Jacques sehr, aber nicht auf die Art, an die Sie denken.«

Sie stand auf, holte eine zweite Tasse und schenkte Andrea und sich Kaffee ein.

»Ich kenne Jacques schon seit zehn Jahren. Er ist der einzige

Mensch auf der Welt, der mir mehr bedeutet als ich mir selbst. Wir sind Freunde, wirklich gute Freunde, vielleicht deshalb, weil wir nie ein Liebespaar waren.«

Andrea trank den Kaffee schwarz. Sie brauchte eine Aufmunterung. Julia schützte ihn, dachte sie. Sie würde ihn auf jede nur mögliche Weise schützen.

»Ich habe eine Schwäche für Männer«, fuhr Julia fort, »und die koste ich aus. Doch bei Jacques waren entweder der Ort oder die Zeit nie richtig. Schließlich war mir die Freundschaft zu wichtig, um das Risiko einzugehen, dass sie im Schlafzimmer zerbrach. Er ist ein guter, zärtlicher Mann. Sein größter Fehler war es, dass er Claudette geheiratet hat.«

Julias Stimme klang nun härter. »Sie versucht alles, um ihn bei lebendigem Leibe zu verschlingen. Lange Zeit versuchte er, die Ehe im Interesse der Kinder zu erhalten. Doch das war einfach nicht möglich. Ich will Sie mit den Einzelheiten verschonen, Sie würden sie schockierend finden.«

Julia neigte den Kopf zur Seite und lächelte Andrea auf eine Weise an, als habe sie ein sehr junges Mädchen vor sich. »Außerdem ist das alles Jacques' trauriges Geheimnis. Er hat die Scheidung nicht eingereicht, obwohl er genügend Gründe dafür hatte. Das hat er ihr überlassen.«

»Und Claudette hat die Kinder?«

»Stimmt. Es hat Jacques beinah umgebracht, als ihr das Sorgerecht zugesprochen wurde. Er betet seine Kinder an. Und ich muss zugeben, es sind wirklich ziemlich liebe kleine Ungeheuer.«

Julia griff zur Kaffeetasse.

»Ich lasse jetzt mal einiges aus. Vor ungefähr einem Jahr beantragte Jacques, ihm das Sorgerecht zu übertragen. Kurz danach ist er einer Frau begegnet. Ich kann Ihnen den Namen nicht verraten – Sie würden sofort wissen, um wen es sich handelt, und ich habe Jacques versprochen zu schweigen. Aber ich kann Ihnen verraten, dass diese Frau in jeder Hinsicht zu ihm passt. Dann mischte sich Helen auf ihre schleimige Art ein.«

Andrea schüttelte den Kopf. »Warum heiraten Jacques und diese Frau nicht?«

Julia lehnte sich mit einem belustigten Lächeln zurück. »Wenn das Leben doch immer so einfach wäre, nicht wahr? Aber leider ist es das nicht. Jacques ist zwar frei. Aber die Dame wird es erst in einigen Monaten sein. Sie wünschen sich nichts sehnlicher, als zu heiraten, Jacques kleine Ungeheuer nach Amerika zu bringen und möglichst viele weitere aufzuziehen. Die beiden sind ganz verrückt nacheinander.«

Julia nippte an ihrem Kaffee, der allmählich kalt wurde. »Sie können nicht offen zusammenleben, bis diese Sorgerechtsangelegenheit geregelt ist. Deshalb haben sie ein kleines Haus auf dem Lande gemietet. Helen hat davon erfahren. Den Rest können Sie sich vorstellen. Jacques zahlt, wegen seiner Kinder und weil das Scheidungsverfahren der Dame für sie nicht so einfach ist. Doch als Helen dann auch noch hier auftauchte, war für ihn die Grenze erreicht. Er und Helen stritten sich neulich im Empfangsraum. Er hat ihr gesagt, sie würde keinen Cent mehr von ihm bekommen. Ich bin völlig sicher, dass Helen auch dann, wenn Jacques weitergezahlt hätte, ihre Informationen an Claudette verkauft hätte – für einen guten Preis natürlich.«

Andrea war entsetzt. Sie hatte Julia noch nie so gesehen. Die Schauspielerin machte den Eindruck einer kalten, rücksichtslosen Frau.

Julia bemerkte Andreas Gesichtsausdruck und lachte. »Oh, Andrea, Sie sind wie ein offenes Buch.« Die harte Maske verging, Julia sah wieder warmherzig und lieblich aus. »Jetzt denken Sie, ich hätte Helen vielleicht doch ermorden können – nicht meinetwegen, aber für Jacques.«

Irgendwann nach der Dämmerung schlief Andrea schließlich ein. Es war ein tiefer, traumloser Schlaf, wie ihn Medikamente oder große Erschöpfung verursachen können. Er war angefüllt mit wirren, rätselhaften Träumen:

Zuerst zogen nur deutliche Schatten und leise Stimmen an ihr vorbei. Es quälte sie, dass sie sie nicht besser sehen und hören konnte. Sie kämpfte darum, besser zu verstehen. Die Schatten vergingen, die Formen gewannen Umrisse, verschwammen dann wieder. Andrea bemühte sich mit aller Entschlossenheit, mehr als Andeutungen und unbestimmtes Flüstern zu verstehen.

Plötzlich waren die Schatten verschwunden, die Stimmen hallten laut in Andreas Ohren. Mit weit aufgerissenen Augen zertrat Jane Andreas Kamera. Sie schrie und hielt eine Schere vor sich, um Andrea zurückzuschrecken. »Spionin!«, schrie Jane, während das Glas der Kamera unter ihren Schuhen zersplitterte. »Spionin!«

Andrea wollte dem Wahnsinn, den Vorwürfen entkommen und drehte sich um. Farben wirbelten um sie herum, dann sah sie Robert.

»Sie hat meine Frau gefoltert.« Er hielt Andrea am Arm. »Sie müssen etwas essen«, sagte er leise. »Es zeigt sich zuerst im Gesicht.« Er lächelte, aber das Lächeln war vorgetäuscht. Andrea riss sich von ihm los und stand auf dem Flur.

Jacques kam auf sie zu. Er hatte Blut an den Händen. Seine Augen blickten traurig und furchterregend, während er Andrea die Hände entgegenstreckte. »Meine Kinder.« Seine Stimme zitterte.

Andrea drehte sich um und stieß gegen Steve.

»Es waren politische Gründe«, sagte er mit einem breiten, jungenhaften Lächeln. »Nichts Persönliches, nur Politik.« Er nahm Andreas Haar und wickelte es ihr um den Hals. »Und Sie mittendrin, Andrea.« Sein Lächeln wurde zu einem tückischen Grinsen, während er den Knoten zuzog. »Wirklich schade.«

Andrea stieß ihn zurück und stolperte durch eine Türöffnung. Julia stand mit dem Rücken zu ihr. Sie trug das weiße reizende Negligé. »Julia!«, rief Andrea voller Angst. »Julia, helfen Sie mir.«

Als Julia sich umdrehte, lächelte sie katzenhaft. Der Spitzenbesatz über ihrem Busen war scharlachrot gefärbt. »Ein doppelter Bluff, Darling.« Sie warf den Kopf zurück und lachte. Andrea hielt sich die Ohren zu und lief davon.

»Komm zurück zu Mutter!«, rief Julia. Sie lachte immer noch, während Andrea über den Flur hastete.

Eine Tür versperrte ihr den Weg. Andrea riss sie auf, stürzte in das Zimmer. Sie wusste nur, dass sie entkommen musste. Aber es war Helens Zimmer. Andrea schlug gegen die Wände. Es hallte dumpf. Die Angst in Andrea wuchs, wurde zur Todesangst. Sie konnte hier nicht bleiben, sie wollte es nicht. Voller Panik lief sie zum Fenster, um hinauszuspringen.

Jetzt war es plötzlich nicht mehr Helens Zimmer, sondern ihr eigenes. Das Fenster war vergittert, mit grauen flüssigen Stangen aus Regen. Als Andrea sie zur Seite schieben wollte, erstarrten sie. Andrea zog und schob, aber die Stangen rührten sich nicht, sie waren kalt.

Im nächsten Augenblick stand Lucas hinter ihr und zog sie vom Fenster zurück. Er drehte sie zu sich herum und nahm sie lächelnd in die Arme.

»Beiß und kratz nur, Kätzchen.«

»Lucas, bitte!«, schrie Andrea hysterisch. »Ich liebe dich, ich liebe dich. Hilf mir hier heraus. Hilf mir hier heraus!«

»Es ist zu spät, Kätzchen.« Lucas' Blick war wild und dunkel. »Ich habe dich gewarnt, mich nicht zu sehr herumzustoßen.«

»Nein, Lucas, nicht du.« Sie klammerte sich an ihn. Er küsste sie, hart und leidenschaftlich. »Ich liebe dich. Ich habe dich immer geliebt.« Sie ergab sich seiner Umarmung, seinen Küssen. Hier war ihre Fluchtburg, hier war sie in Sicherheit.

Doch dann sah sie die Schere in seiner Hand.

Andrea saß aufrecht im Bett. Kalter Schweiß bedeckte ihren Körper, ließ sie frösteln. Während des Albtraums hatte sie die Bettdecke von sich geworfen, sie war jetzt nur mit ihrem feuchten Nachthemd bedeckt. Sie brauchte Wärme. Hastig zog sie die Bettdecke herauf und hüllte sich in sie ein.

Es war nur ein Traum, sagte sie sich, der wieder vergeht. Nach dem nächtlichen Gespräch mit Julia war eine solche Reaktion nur zu verständlich. Doch Träume können nicht verletzen.

Es war bereits heller Morgen. Immer noch zitternd sah Andrea das Sonnenlicht in ihr Zimmer scheinen. Vor dem Fenster waren keine Gitter. Das war jetzt vorbei, ebenso wie die Nacht vorüber war. Bald würde die Telefonleitung repariert sein. Das Wasser im Fluss würde sinken, die Furt wieder passierbar sein. Die Polizei würde kommen.

Andrea setzte sich auf, in ihre Decke gehüllt, und wartete, dass sich ihr Atem wieder beruhigte.

Am Ende des Tages, spätestens am nächsten Tag, würde alles wieder in seinen geordneten Bahnen laufen. Fragen würden beantwortet sein, Protokolle aufgesetzt, das Räderwerk der Untersuchung würde in Gang gekommen sein. Alles würde auf Tatsachen zurückgeführt.

Langsam begann Andrea sich zu entspannen. Sie lockerte den verzweifelten Griff, mit dem sie die Bettdecke um sich hielt.

Julias ausschweifende Fantasie hatte sie angesteckt. Julia war so sehr an die dramatischen Seiten ihres Berufs gewöhnt, dass sie nicht hatte widerstehen können, ein Schreckensbild zu entwerfen. Helens Tod war eine harte, unumstößliche Tatsache. Daran konnte niemand vorbei. Aber Andrea war sich sicher, dass die beiden Missgeschicke, die ihr zugestoßen waren, nichts miteinander zu tun hatten. Wenn sie geistig gesund bleiben wollte, bis die Polizei kam, musste sie davon überzeugt bleiben.

Sie hatte sich wieder beruhigt und dachte nach. Ja, es hatte einen Mord gegeben. Das stand fest. Dieser Mord war ein gewalttätiger Akt gegen eine bestimmte Person gewesen. Sie hatte damit nichts zu tun. Es gab keinerlei Beziehung zwischen ihr und dem Mord.

Was ihr in der Dunkelkammer zugestoßen war, konnte leicht als einfache Ungeschicklichkeit erklärt werden. Das war die sauberste und vernünftigste Erklärung. Und die Verwüstung ihres Zimmers?

Andrea zuckte mit den Schultern. Das war Helen gewesen. Sie war eine böse, eine niederträchtige Frau. Die Zerstörung ihrer Kleidung und persönlichen Sachen war eine böse Tat gewesen. Aus irgendeinem nur ihr bekannten Grund hatte Helen eine Abneigung gegen sie – Andrea – gehabt. Es gab sonst niemanden im Gasthof, der irgendeinen Grund hätte, ihr gegenüber feindlich gesonnen zu sein.

Ausgenommen Lucas! Andrea schüttelte heftig den Kopf. Doch der Gedanke blieb haften: ausgenommen Lucas. Andrea begann wieder zu frösteln und hüllte sich erneut in die Decke.

Nein, auch das ergab keinen Sinn. Lucas hatte sie verstoßen, es war nicht umgekehrt gewesen. Sie hatte ihn geliebt. Und er hatte sie nicht geliebt, so einfach war das. Was bedeutete das für ihn? Die Stimme ihrer Vernunft stritt sich mit der Stimme ihres Herzens. Andrea musste sich zwingen, ganz leidenschaftslos mit der Möglichkeit zu rechnen, dass Lucas ein Mörder sein könnte.

Es war von Anfang an offensichtlich gewesen, dass Lucas unter starkem Druck stand. Er hatte nicht gut geschlafen, war angespannt gewesen. Andrea hatte es früher gelegentlich erlebt, wie Lucas um Passagen eines Buchs kämpfte, an dem er schrieb, wie er eine Woche mit wenig Schlaf und Kaffee überstanden hatte. Doch das hatte nie irgendeine körperliche Wirkung gezeigt. Er hatte eine unerschöpfliche Menge Energie in sich, auf die er jederzeit zurückgreifen konnte. Nein, soweit sie sich erinnern konnte, hatte sie Lucas nie müde gesehen. Bis jetzt.

Helens Erpressung musste ihn sehr getroffen haben. Andrea konnte sich nicht vorstellen, dass Lucas sich etwas daraus machte, wie in der Öffentlichkeit über ihn geredet wurde, ob positiv oder negativ. Doch die Frau, die in eine Scheidung verwickelt war, musste ihm sehr viel bedeuten.

Andrea schloss die Augen. Der Gedanke schmerzte sie. Aber sie zwang sich, ihren Gedankengang fortzuführen.

Warum war er in diesen Gasthof gekommen? Warum hatte er einen abgeschiedenen Ort gewählt, der von seiner Heimat weit entfernt lag? Andrea schüttelte den Kopf. Das ergab keinen Sinn. Sie wusste, dass Lucas nie reiste, wenn er schrieb. Zuerst stellte er Nachforschungen an, die, wenn nötig, sehr intensiv sein konnten. Dann begann er mit dem Schreiben.

Wenn Lucas ein Thema gepackt hatte, dann grub er sich in seinem Haus am Meer ein, bis das Buch geschrieben war. Dass er stattdessen nach Virginia gekommen sein könnte, um in Ruhe zu schreiben, war völlig undenkbar. Nein, Lucas konnte während der Hauptverkehrszeit in der Untergrundbahn schreiben, wenn er wollte. Niemand verstand es so gut wie er, alles um sich herum zu vergessen.

Also musste er völlig andere Gründe dafür gehabt haben, in den Gasthof zu kommen. War Helen vielleicht eine Figur in einem Schachspiel gewesen, das Lucas gesteuert hatte? Vielleicht hatte er sie an diesen entlegenen Ort gelockt und sie mit Menschen umgeben, die Grund hatten, sie zu hassen. Er war schlau und berechnend genug, um so etwas tun zu können, um zu einer solchen Handlung kaltblütig genug zu sein.

Wenn Helen dann getötet wurde, wäre es schwer gewesen, nachzuweisen, welcher dieser sechs Menschen es getan hatte. Motiv und Gelegenheit – alle sechs hatten sie. Warum hätte man bei einem von ihnen mehr als bei den anderen nachforschen sollen? Die Umgebung für ein solches Spiel hätte Lucas gefallen. Er hatte sie zwar als zu offensichtlich bezeichnet – zu offensichtlich für einen Mord. Aber Jacques hatte zu Recht darauf hingewiesen, dass das Leben häufig offensichtlich war.

Andrea wollte nicht länger darüber nachdenken. Das hätte die Albträume zurückgebracht. So stieg sie aus dem Bett. Sie zog Jeans und einen von Julias Pullovern an, den Julia ihr am vergangenen Abend gegeben hatte. Sie würde keinen weiteren Tag damit verbringen, über ihre Zweifel und Ängste zu brüten. Es war besser, wenn sie daran dachte, dass die Polizei bald kommen würde. Es war nicht ihre Sache zu entscheiden, wer Helen getötet hatte.

Als sie die Treppe hinunterging, fühlte sie sich schon besser. Nach dem Frühstück würde sie einen langen einsamen Spaziergang unternehmen und die Spinnweben in ihrem Kopf wegwischen. Die Vorstellung, bald nach draußen gehen zu können, belebte Andrea.

Doch ihre Zuversicht verringerte sich wieder, als sie Lucas am Fuß der Treppe stehen sah. Er beobachtete sie schweigend. Für einen kurzen Moment trafen sich ihre Blicke. Dann ging Lucas fort.

»Lucas!«

Er drehte sich zu ihr um. Sie nahm ihren ganzen Mut zusammen und eilte die letzten Stufen hinunter. Sie hatte Fragen, die sie Lucas stellen musste. Er bedeutete ihr immer noch viel zu viel.

Auf der untersten Stufe blieb sie stehen. Lucas' und ihre Augen waren auf derselben Höhe. Sein Blick verriet ihr nichts.

»Warum bist du hierhergekommen?«, fragte Andrea ihn schnell. »Hierher in den Pine View Inn?« Sie hoffte, er würde ihr eine Erklärung geben. Sie würde nicht an ihr zweifeln.

Lucas sah sie einen Moment lang eindringlich an. Sein Gesichtsausdruck schien eine Botschaft zu enthalten, die Andrea lesen sollte. Doch im nächsten Augenblick war das vorbei.

»Sagen wir einfach, dass ich hierhergekommen bin, um zu schreiben, Andrea. Alle anderen Gründe spielen jetzt keine Rolle mehr, sie sind beseitigt.«

Ein Schauer durchlief Andrea. Was meinte er mit dem Wort beseitigt? Würde er diesen Ausdruck verwenden, um einen Mord zu bezeichnen? Etwas von ihrer Furcht schien sich auf ihrem Gesicht widerzuspiegeln. Jedenfalls zog Lucas die Augenbrauen zusammen.

»Kätzchen …«

»Nein.« Bevor er weiterreden konnte, lief Andrea davon. Lucas hatte ihr eine Antwort gegeben, aber eine, die sie nicht hinnehmen wollte.

Die anderen saßen bereits am Frühstückstisch. Der Sonnenschein hatte die Stimmung scheinbar gehoben. Aufgrund einer unausgesprochenen Übereinkunft hielt sich das Gespräch an allgemeine Themen. Helen wurde nicht erwähnt. Alle brauchten eine Insel der Normalität, bevor die Polizei kam.

Julia sah frisch und bildhübsch aus und redete munter. Sie benahm sich so entspannt, fast fröhlich, dass Andrea sich fragte, ob die Unterhaltung mit ihr am vergangenen Abend in der Küche nur Teil ihres Albtraums gewesen sei. Julia flirtete wieder, mit jedem Mann am Tisch. Zwei Tage voller Schrecken hatten ihren Stil nicht verändert.

»Ihre Tante«, sagte Jacques zu Andrea, »führt eine erstaunliche Küche.« Er nahm einen lockeren Pfannkuchen auf die Gabel.

»Manchmal überrascht mich das, denn sie hat eine so charmant verwirrte Art. Doch an Einzelheiten kann sie sich erinnern. Heute Morgen zum Beispiel hat sie mir gesagt, sie habe ein Stück ihrer Apfeltorte für mich aufbewahrt, die ich zum Mittagessen bekommen soll. Sie hat nicht vergessen, dass ich Apfeltorte liebe. Als ich ihr dann voller Begeisterung die Hand küsste, lächelte sie und ging fort, wobei sie etwas von Handtüchern und Schokoladenpudding vor sich hin murmelte.«

Alle lachten. Das klang so normal, dass Andrea diesen Augenblick genoss.

»Die Lieblingsspeisen ihrer Gäste hat sie besser im Kopf als die ihrer Familie«, erwiderte Andrea. »Sie hat beschlossen, dass Schmorbraten mein Leibgericht sei, und mir versprochen, dass ich ihn einmal in der Woche bekomme. Doch in Wirklichkeit ist es das Lieblingsgericht meines Bruders Paul. Ich habe noch keine Methode gefunden, sie dazu zu bringen, dass sie für mich Spaghetti macht.«

Andrea fasste ihre Gabel fester. Ein plötzlicher Schmerz hatte sie ergriffen. Sie sah sich deutlich in Lucas' Küche, wie sie Spaghettisoße anrührte, während Lucas sich nach Kräften bemühte, sie abzulenken. Würde sie sich von solchen Erinnerungen denn nie befreien können? Schnell setzte sie das Gespräch fort.

»Tante Tabby schwebt gewissermaßen durch die Welt. Ich erinnere mich an einen Vorfall aus meiner Kindheit. Paul hatte einige präparierte Froschschenkel aus dem Biologieunterricht nach Hause geschmuggelt. Er brachte sie in den Ferien mit hierher und gab sie Tante Tabby in der Hoffnung, sie würde schreien. Doch sie nahm sie, lächelte und sagte ihm, sie würde sie später essen.«

»Du meine Güte.« Julia fasste sich an den Hals. »Sie hat sie doch nicht tatsächlich gegessen?«

»Nein.« Andrea lachte. »Ich habe sie abgelenkt, was natürlich die einfachste Sache auf der Welt war. Paul warf die Froschschenkel dann weg. Tante Tabby hat sie nie vermisst.«

»Ich muss meinen Eltern dafür danken, dass ich ein Einzelkind geblieben bin«, sagte Julia.

»Ich kann mir nicht vorstellen, wie es gewesen wäre, ohne Paul und Will aufzuwachsen.« Alte Erinnerungen kamen Andrea. »Wir drei standen uns immer sehr nahe, auch wenn wir einander gequält haben.«

Jacques lachte. Offensichtlich dachte er an seine eigenen Kinder. »Verbringt Ihre Familie hier viel Zeit?«

»Nicht so viel wie früher. Als ich noch ein Mädchen war, kamen wir jeden Sommer für einen Monat.«

»Um durch die Wälder zu wandern?«, fragte Julia mit milder Herablassung.

»Das«, erwiderte Andrea ebenso herablassend, »und zum Zelten.« Als Julia die Augen verdrehte, fuhr Andrea belustigt fort: »Außerdem sind wir im See geschwommen und sind dort mit dem Boot gefahren.«

»Mit dem Boot fahren«, warf Robert ein, »das ist eins von meinen kleinen Lastern. Nichts kann ich besser als Segeln, nicht wahr, Jane?« Er tätschelte die Hand seiner Frau. »Jane ist ebenfalls eine gute Seglerin – die beste Mannschaft, die ich jemals hatte.«

Robert wandte sich an Steve. »Sie segeln auch?«

Steve schüttelte bedauernd den Kopf. »Ich fürchte, ich wäre ein sehr schlechter Segler. Ich kann nicht einmal schwimmen.«

»Sie scherzen!«, rief Julia und sah ihn ungläubig an. Mit einem Blick auf seine breiten Schultern fügte sie hinzu: »Sie sehen so aus, als könnten Sie den Kanal überqueren.«

»Ich fühle mich nicht einmal im Nichtschwimmerbecken wohl«, gab Steve zu. Er war gar nicht verlegen, eher belustigt. »Dafür mache ich das mit Sportarten zu Lande gut. Wenn wir hier einen Tennisplatz hätten, würde ich Ihnen das beweisen.«

»Ah, ja.« Jacques hob und senkte die Schultern. »Hier müssen Sie sich mit Wandern begnügen. Die Berge sind sehr schön. Ich hoffe, dass ich eines Tages meine Kinder hierher bringen kann.« Er runzelte die Stirn, dann schaute er in seine Kaffeetasse.

»Naturliebhaber!« Julia lächelte fröhlich. »Da ziehe ich doch das verqualmte Los Angeles vor. Ihre Berge und die Eichhörnchen sehe ich mir lieber auf Andreas Fotos an.«

»Damit müssen Sie noch etwas warten.« Andrea wollte nicht schon wieder wegen ihrer zerstörten Bilder traurig sein. Doch der Verlust ihrer Kamera tat immer noch weh. »Dass mir die Filme verloren gegangen sind, ist nicht so schlimm, das kann ich verwinden.« Sie nahm einen kleinen Pfannkuchen. »Außerdem sind nur drei von vier Filmen zerstört. Die Aufnahmen, die ich am See gemacht habe, waren am besten, mit denen kann ich mich trösten. Das Licht war an dem Morgen perfekt, und die Schatten …«

Sie schwieg, als die Erinnerung in ihr hochkam. Sie sah sich oben auf dem felsigen Hang stehen, wie sie auf das glitzernde Wasser hinuntersah, in dem sich die Bäume spiegelten. Und sie sah die beiden Gestalten auf der anderen Seite des Sees. Das war der Morgen, an dem sie zuerst Lucas und dann Helen im Wald begegnet war. Helen hatte eine Verletzung unter dem Auge …

»Andrea?«

Als sie Jacques' Stimme hörte, kehrte Andrea in die Gegenwart zurück. »Oh, Entschuldigung. Was ist?«

»Fehlt Ihnen etwas?«

»Nein, ich …« Sie begegnete seinem neugierigen Blick. »Nein.«

»Ich denke, dass Licht und Schatten die wesentlichen Elemente der Fotografie sind«, meinte Julia. »Aber ich habe mich immer mehr dafür interessiert, vor der Kamera als hinter ihr zu stehen. Erinnerst du dich an den schrecklichen kleinen Mann, Jacques, der zu den unpassendsten Gelegenheiten auftauchte und mir seine Kamera vor das Gesicht hielt? Wie hieß er noch … ich gewann ihn zuletzt richtig lieb.«

Julia hatte die allgemeine Aufmerksamkeit so problemlos auf sich gezogen, dass Andrea bezweifelte, jemandem könnte ihre vorübergehende Verwirrung aufgefallen sein. Sie blickte auf die Pfannkuchen und den Sirup auf ihrem Teller, als seien dort die Geheimnisse des Weltalls offenbart. Dabei spürte sie deutlich, dass Lucas sie ansah. Sie wollte seinen Blick jedoch nicht erwidern.

Sie wollte jetzt für sich sein und nachdenken über das, was ihr im Kopf herumging. Schnell vertilgte sie den Rest ihres Frühstücks und beteiligte sich nicht mehr an der allgemeinen Unterhaltung.

»Ich muss nach Tante Tabby sehen«, sagte Andrea in dem Bestreben, sich möglichst unauffällig zu entfernen. »Entschuldigen Sie mich.«

Sie hatte die Küchentür noch nicht erreicht, als Julia sie festhielt. »Andrea, ich möchte mit Ihnen reden.« Julias Griff war überraschend fest. »Kommen Sie mit in mein Zimmer.«

Nach einem Blick in Julias Gesicht erkannte Andrea, dass es zwecklos wäre zu widersprechen. »Gut, ich komme gleich, nachdem ich bei Tante Tabby war. Sie wird sich Sorgen machen, weil ich ihr gestern Abend nicht Gute Nacht gewünscht habe. Es dauert nur wenige Minuten.«

Andrea sprach ruhig und brachte ein Lächeln zustande. Wurde sie nicht selbst eine ziemlich gute Schauspielerin?

Einen Moment musterte Julia schweigend Andreas Gesicht, dann ließ sie sie los. »In Ordnung. Aber kommen Sie, sobald Sie hier fertig sind.«

»Ja, das tue ich.« Nach diesem Versprechen ging Andrea in die Küche.

Es war nicht schwierig, die Küche auf der anderen Seite wieder unbemerkt zu verlassen. Tante Tabby und Nancy stritten sich gerade. Andrea nahm ihre Jacke von dem Haken, an den sie sie am ersten Tag, als das Unwetter begann, gehängt hatte. Sie griff in die Tasche. Ihre Finger schlossen sich um die Filmrolle.

Für einen Moment holte Andrea sie heraus und betrachtete sie. Dann streifte sie schnell die Schuhe ab, zog Stiefel über, steckte den Film in die Tasche von Julias Pullover, nahm die Jacke und verließ das Haus durch die Hintertür.

9. Kapitel

Die Luft war kühl und frisch, der Regen hatte sie gereinigt. Die Blattknospen, die Andrea vor wenigen Tagen aufgenommen hatte, waren dicker geworden, hatten sich aber noch nicht geöffnet. Doch dafür hatte sie keinen Blick. Sie wollte nur den Schutz des Waldes erreichen, ohne gesehen zu werden.

Andrea lief, bis sie die ersten Bäume hinter sich hatte. Tiefe Stille umgab sie hier. Der Boden unter ihren Stiefeln war durchnässt und glatt, er war mit Regen vollgesogen. An einigen Stellen hatte der Sturm Schäden angerichtet und Bäume umgestürzt.

Andrea bewegte sich vorsichtig weiter. Überall lagen herabgefallene Zweige, über die sie stolpern konnte.

Die Sonne schien warm. Andrea zog die Jacke aus und hängte sie über einen Ast. Sie zwang sich, sich auf den Anblick und die Geräusche des Waldes zu konzentrieren, bis ihre Gedanken sich wieder beruhigt hatten.

Der Berglorbeer stand dicht vor der Blüte. Ein Vogel zog oben am Himmel Kreise und stürzte sich plötzlich mit scharfem Schrei zwischen die Bäume nach unten. An einem Baumstamm kletterte ein Eichhörnchen nach oben und schaute von dort zu Andrea hinab.

Sie griff in die Tasche und schloss die Hand um die Filmrolle. Das Gespräch mit Julia in der Küche hatte einen schrecklichen Sinn für sie bekommen.

Helen musste an jenem Morgen am See gewesen sein. Ihrer Verletzung nach zu urteilen, hatte sie sich heftig mit jemandem gestritten. Und dieser Jemand hatte Andrea oben am Hang gesehen. Dieser Jemand wollte unbedingt, dass die Fotos vernichtet wurden. Dafür hatte er das Risiko auf sich genommen, in ihre Dunkelkammer und ihr Zimmer einzudringen.

Der Film musste jemandem als so große Gefahr erscheinen, dass er keine Bedenken gehabt hatte, sie bewusstlos zu schlagen und ihr Zimmer zu verwüsten. Wer anders als der Mörder würde so bedenkenlos sein, solche Risiken einzugehen? Wer käme dafür sonst in Betracht?

Alle logischen Überlegungen wiesen auf Lucas hin.

Seine Pläne waren es gewesen, die die Gruppe hier im Gasthof zusammengebracht hatte. Lucas war es gewesen, den Andrea getroffen hatte, kurz nachdem sie – ohne es zu wissen – Helen beobachtet hatte. Lucas hatte sich über sie gebeugt, als sie in der Dunkelkammer wieder zu sich kam. In der Nacht, in der Helen ermordet wurde, war Lucas, völlig angezogen, noch nicht im Bett gewesen.

Andrea schüttelte heftig den Kopf. Sie wollte gegen diese Logik angehen. Aber der Film, den sie in der Hand hielt, war ganz konkrete Wirklichkeit.

Lucas musste sie oben auf dem Hang gesehen haben. Sie hatte dort in vollem Licht gestanden. Als er sie dann abgefangen hatte, hatte er versucht, ihre alten Beziehungen wieder aufzuwärmen. Es war ihm klar gewesen, dass er nicht versuchen durfte, ihr den Film aus der Kamera wegzunehmen. Sie hätte einen solchen Aufstand gemacht, dass man sie im ganzen Land gehört hätte.

Lucas kannte sie gut genug, um zu wissen, dass er mit feineren Methoden besser vorankommen würde. Aber er konnte nicht wissen, dass sie den Film in der Kamera bereits ausgetauscht hatte.

Er hatte ihre alte Schwäche für ihn ausnutzen wollen. Wenn sie nachgegeben hätte, würde er genügend Zeit und Gelegenheit gefunden haben, den Film unbrauchbar zu machen. Andrea musste zugeben, dass sie zu sehr mit Lucas beschäftigt gewesen war, um den Verlust zu bemerken.

Aber sie hatte Lucas widerstanden. Diesmal hatte sie ihn zurückgestoßen. So war er gezwungen gewesen, andere Maßnahmen zu ergreifen.

Er hatte nur so getan, als begehre er sie, das wurde Andrea jetzt klar. Das vor allem war es, was ihr wehtat. Er hatte sie in die Arme genommen und sie geküsst, während er an nichts anderes dachte als daran, wie er sich selbst am besten schützen konnte.

Andrea zwang sich, den Tatsachen ins Auge zu sehen. Lucas hatte schon vor langer Zeit aufgehört, sie zu begehren. Seine Bedürfnisse waren stets andere gewesen als ihre. Vor allem zwei Tatsachen waren ihr jetzt völlig klar: Sie hatte nie aufgehört, ihn zu lieben, und er hatte nie angefangen, sie zu lieben.

Doch trotz aller Logik schreckte Andrea immer noch davor zurück, sich Lucas als kaltblütigen Mörder vorzustellen. Sie erinnerte sich an seine unerwarteten Beweise der Zärtlichkeit, an seinen Humor, seine sorglose Großzügigkeit. Auch das war ein Teil von ihm – ein Teil der Gründe dafür, dass sie sich so schnell in ihn verliebt und nie aufgehört hatte, ihn zu lieben.

Jemand ergriff Andrea an der Schulter. Mit einem erschreckten Aufschrei drehte sie sich um und sah sich Lucas gegenüber. Als sie vor ihm zurückzuckte, ließ er die Hand sinken und schob sie in die Hosentasche. Sein Gesichtsausdruck war finster, seine Stimme klang kühl.

»Wo ist der Film, Andrea?«

Der letzte Rest von Farbe wich aus Andreas Gesicht. Andrea hatte es nicht glauben wollen. Ein Teil von ihr weigerte sich immer noch, das zu tun. Doch ihre Liebe schien erschüttert. Lucas ließ ihr keine Wahl.

»Der Film?« Sie schüttelte den Kopf, während sie einen Schritt zurückwich. »Welcher Film?«

»Du weißt sehr gut, welchen Film ich meine.« Lucas' Stimme klang ungeduldig. Er sah Andrea herausfordernd an. »Ich will die vierte Rolle haben. Und versuch nicht, vor mir davonzulaufen.«

Andrea blieb stehen. »Warum?«

»Stell dich nicht dumm.« Seine Ungeduld wurde zu Zorn. Andrea erkannte die Anzeichen dafür nur zu gut. »Ich will den Film haben. Was ich dann damit mache, geht nur mich etwas an.«

Andrea lief los. Sie wollte Lucas entkommen, seine weiteren Worte nicht mehr hören. Es war leichter für sie gewesen, mit dem Zweifel als jetzt mit der Gewissheit zu leben.

Doch Lucas hielt sie am Arm fest, noch bevor sie zwei Meter davongekommen war. Er riss sie zu sich herum und sah sie scharf an.

»Du hast Angst.« Er schien verwundert, wurde dann wieder ärgerlich. »Du hast Angst vor mir.« Er packte sie fester und zog sie näher an sich heran. »Wir haben die ganze Skala der Gefühle durchlaufen, nicht wahr, Kätzchen? Was gestern war, ist vorbei.« Seine Worte klangen so endgültig, dass sie Andrea mehr schmerzten als der feste Griff um ihren Arm.

»Lucas.« Sie zitterte. Ihre Gefühle waren überreizt. »Bitte tu mir nicht länger weh.«

Er sah sie einen Moment an, dann ließ er sie ganz plötzlich los. Man konnte ihm deutlich anmerken, wie er um seine Selbstbeherrschung kämpfte.

»Ich werde dich nicht wieder anfassen, weder jetzt noch in Zukunft. Sag mir nur, wo der Film ist. Dann verschwinde ich so schnell wie möglich aus deinem Leben.«

Sie musste an sein Verständnis appellieren, sie musste es ein letztes Mal versuchen. »Lucas, bitte, das ist doch sinnlos. Du musst das einsehen. Kannst du nicht …«

»Versuch nicht, mich für dumm zu verkaufen! Hast du denn überhaupt keine Idee, wie gefährlich dieser Film ist? Glaubst du auch nur eine Minute lang, ich würde zulassen, dass du ihn behältst?«

Lucas ging einen Schritt auf Andrea zu. »Sag mir, wo er ist. Sag es mir jetzt sofort, oder ich werde die Antwort aus dir herausschütteln!«

»In der Dunkelkammer.« Die Lüge kam ganz von selbst, ohne dass Andrea darüber nachgedacht hatte. Vielleicht nahm Lucas sie deshalb so widerspruchslos hin.

»Gut. Und wo dort?«

Andrea merkte, dass Lucas sich etwas entspannte. Seine Stimme wurde ruhiger.

»Auf dem unteren Regal, auf der nassen Seite.«

»Was soll ein Laie darunter verstehen, Kätzchen?« Eine Spur von Spott war Lucas' Worten anzumerken, während er die Hand nach Andrea ausstreckte. »Komm, holen wir den Film.«

»Nein.« Sie wich zurück.

»Ich gehe nicht mit dir. Auf dem Regal liegt nur eine Filmrolle, die wirst du finden. Du hast die anderen ja auch gefunden. Lass mich endlich in Ruhe, Lucas. Um Himmels willen, lass mich in Ruhe!«

Wieder lief sie los, wobei sie auf dem feuchten Waldboden beinahe ausgerutscht wäre. Diesmal folgte ihr Lucas nicht.

Andrea hatte nicht die geringste Ahnung, wie weit sie lief oder welche Richtung sie eingeschlagen hatte. Schließlich hörte sie mit dem Laufen auf, sie ging, blieb dann stehen und schaute nach oben. Der Himmel war wolkenlos. Was sollte sie jetzt tun?

Sie konnte zurückgehen. Ja, das könnte sie tun. Sie könnte versuchen, als Erste in die Dunkelkammer zu kommen, und sich dort einschließen. Dann könnte sie den Film entwickeln, die beiden Figuren am See vergrößern und sich selbst von der Wahrheit überzeugen.

Wieder griff sie nach dem Film in ihrer Tasche, den sie inzwischen bereits hasste. Sie wollte die Wahrheit nicht sehen. Wenn sie absolute Gewissheit hatte, würde sie den Film nie der Polizei geben können. Ganz gleich, was Lucas getan hatte und noch tun würde, sie konnte ihn nicht verraten. Er hatte sich geirrt. Sie würde es nie fertigbringen, die Falltür für ihn zu entriegeln.

Andrea zog den Film aus der Tasche und betrachtete ihn. Er sah so unschuldig aus. Sie selbst war sich an jenem Tag so unschuldig vorgekommen, als sie oben am Hang stand, während die Sonne langsam höher stieg. Doch wenn sie tun würde, was sie tun musste, würde sie sich nie wieder unschuldig fühlen.

Sie würde den Film jetzt selbst belichten und damit vernichten.

Lucas, dachte sie und lachte beinahe. Lucas war der einzige Mann auf dieser Erde, der sie dazu bringen konnte, ihr Gewissen zu vergessen. Und wenn sie es getan hatte, würden nur er und sie davon wissen. Sie würde dann ebenso schuldig sein wie er.

Tu es schnell, sagte sie sich. Tu es sofort und denk später darüber nach. Die Innenfläche der Hand, mit der sie den Film umfasste, war feucht. Du wirst ein ganzes Leben lang Zeit haben, darüber nachzudenken.

Andrea atmete tief durch. Sie begann, den Deckel von der Plastikkapsel abzunehmen, in der sie den noch unentwickelten Film verwahrte.

Ein Geräusch hinter ihr auf dem Pfad schreckte sie auf. Hastig stopfte sie den Film wieder in die Tasche.

Konnte Lucas die Dunkelkammer so schnell durchsucht haben? Was würde er jetzt tun, nachdem er wusste, dass sie ihn angelogen hatte? Andrea wollte wieder davonlaufen, stattdessen blieb sie stehen und wartete. Die letzte Auseinandersetzung musste noch einmal stattfinden.

Einen Moment war Andrea erleichtert, als sie Steve näher kommen sah. Dann wurde sie ärgerlich. Sie wollte jetzt allein sein und nicht unverbindlich plaudern. Die Zeit würde ungenützt verstreichen, der Film in ihrer Tasche brannte ihr auf der Seele.

»Hallo!«

Steves fröhliches Lächeln bewirkte nicht, dass sich Andreas Ärger auch nur im Entferntesten verringerte. Aber sie zwang sich, sein Lächeln zu erwidern. Wenn sie schon für den Rest ihres Lebens allen etwas vorspielen musste, konnte sie gleich damit anfangen.

»Hallo. Befolgen Sie Jacques' Rat, eine Wanderung zu machen?« Du meine Güte, wie normal und belanglos war es doch, was sie sagte. Würde sie es fertigbringen, immer so weiterzumachen?

»Ja. Wie ich sehe, hatten Sie ebenfalls das Bedürfnis, dem Gasthof für eine Weile zu entkommen.« Steve atmete tief durch und spannte die breiten Schultern. »Es tut richtig gut, mal wieder draußen zu scin.«

»Ich verstehe, was Sie sagen wollen.« Andrea merkte, dass sie sich allmählich entspannte. Es war eine Erleichterung, dass sie von ihren Gedanken abgelenkt wurde. Sie wollte die Gelegenheit nutzen. Wenn hier alles vorbei war, würde nichts mehr so sein wie früher.

»Jacques hatte recht«, fuhr Steve fort und schaute nach oben. »Die Berge sind wunderschön. Ihr Anblick erinnert daran, dass das Leben weitergeht.«

»Ich glaube, wir alle haben es jetzt nötig, uns daran zu erinnern.« Unbewusst steckte Andrea die Hand in die Tasche, wo sie den Film verwahrte.

»Ihr Haar schimmert im Sonnenlicht.« Steve ergriff das Ende einer Strähne und wickelte es um seine Finger.

Andrea merkte mit Unbehagen, dass sein Blick wärmer wurde. Ein romantisches Zwischenspiel war nichts, womit sie jetzt fertigwerden konnte.

»Die Leute scheinen mehr über mein Haar nachzudenken als ich selbst.« Sie lächelte und bemühte sich, einen unbeschwerten Eindruck zu machen. »Manchmal bin ich versucht, es abzuschneiden.«

»Oh nein.« Steve ließ ihr Haar nicht los. »Es ist wirklich sehr schön, ganz einzigartig.« Er schaute Andrea in die Augen. »Wissen Sie, dass ich während der letzten Tage sehr oft an Sie gedacht habe? Sie sind auch einzigartig.«

»Steve …« Andrea wäre jetzt weitergegangen, wenn Steve sie nicht immer noch am Haar festgehalten hätte.

»Ich mag Sie, Andrea.«

Steve sprach das so leise und bescheiden aus, dass seine Worte sie rührten. Sie drehte sich zu ihm um. »Es tut mir sehr leid, Steve, wirklich.«

»Es soll Ihnen überhaupt nicht leidtun.« Er beugte sich ein wenig vor und berührte ihren Mund mit seinen Lippen. »Wenn Sie es zulassen, kann ich Sie sehr glücklich machen.«

»Steve, bitte.« Andrea legte die Hände vor seine Brust. Wenn er doch nur Lucas wäre, dachte sie, während sie zu ihm aufblickte. Wenn doch nur Lucas sie so ansähe. »Ich kann nicht.«

Er atmete tief durch, ließ sie aber nicht los. »McLean, nicht wahr? Andrea, er macht Sie doch nur unglücklich. Warum lassen Sie ihn nicht gehen?«

»Ich kann Ihnen nicht sagen, wie oft ich mir diese Frage schon selbst gestellt habe.« Sie seufzte. Ein Sonnenstrahl fiel ihr ins Gesicht. »Ich habe keine andere Antwort gefunden als die, dass ich ihn liebe.«

»Ja, das sieht man Ihnen an.« Steve schob ihr das Haar aus der Stirn zurück. »Ich hatte gehofft, Sie würden über ihn hinwegkommen. Aber vermutlich können Sie das nicht.«

»Ich fürchte, Sie haben recht. Ich habe es sogar schon aufgegeben, das zu versuchen.«

»Nun, das tut mir sehr leid, Andrea. Es macht die Dinge schwieriger.«

Andrea senkte den Blick. Mitleid wollte sie jetzt nicht. »Steve, ich erkenne Ihr Mitgefühl an. Aber ich möchte jetzt wirklich allein sein.«

»Ich will den Film haben, Andrea.«

Erstaunt blickte sie auf. »Den Film? Ich weiß nicht, wovon Sie reden.«

»Oh doch. Ich fürchte, Sie wissen das nur zu gut.« Seine Stimme klang immer noch sanft. Er streichelte ihr Haar. »Die Aufnahmen, die Sie neulich morgens gemacht haben, als Helen und ich am See waren. Ich muss sie haben.«

»Sie?« Andrea erfasste nicht sofort, welche Bedeutung Steves Worte hatten. »Sie und Helen?« Verwirrung wurde zu Schock. Andrea starrte Steve hilflos an.

»Wir hatten an jenem Morgen ziemlichen Streit miteinander. Sie müssen wissen, dass sie eine beträchtliche Summe von mir forderte. Ihre anderen Quellen trockneten aus. Julia gab ihr nichts und lachte sie nur aus. Darüber war Helen sehr wütend.«

Steves Gesicht verzog sich zu einem grimmigen Lächeln. »Jacques hatte ebenfalls mit Helen Schluss gemacht. Und gegen Lucas hatte sie nichts wirklich Belastendes in der Hand. Sie hatte gehofft, ihn einschüchtern zu können. Stattdessen hatte er ihr gesagt, sie möge sich zum Teufel scheren, und ihr eine Klage angedroht. Das hat sie für eine Weile aus dem Gleichgewicht gebracht. Außerdem muss sie gemerkt haben, dass sie es bei Jane zu weit getrieben hatte. Deshalb konzentrierte sie sich auf mich.«

Während er sprach, hatte er begonnen, in die Ferne zu blicken. Jetzt wandte er seine Aufmerksamkeit wieder Andrea zu. Ein erster Anflug von Zorn war in seinen Augen zu lesen.

»Sie verlangte zweihundertfünfzigtausend Dollar von mir, zahlbar innerhalb von zwei Wochen. Eine Viertelmillion, oder sie würde die Informationen, die sie über mich besaß, meinem Vater geben.«

»Aber Sie haben doch gesagt, was sie wisse, sei überhaupt nicht wichtig.«

Andrea schaute für einen Moment an Steve vorbei. Hinter ihm war der Pfad leer. Sie waren allein.

»Leider wusste sie etwas mehr, als ich Ihnen verraten habe.« Steve lächelte um Entschuldigung bittend. »Damals konnte ich Ihnen wohl kaum alles sagen. Ich habe meine Spuren gut verwischt. Deshalb glaube ich nicht, dass die Polizei jemals etwas erfahren wird. Es war im Grunde genommen eine Art von Anleihe.«

»Eine Anleihe? Was soll das heißen?«

Mit jedem Moment, der verging, wurde die Situation für Andrea schrecklicher. Bring ihn dazu, weiterzureden, sagte sich Andrea ängstlich. Lass ihn nur reden, bis hoffentlich irgendwann jemand vorbeikommt.

»Nun, es war wirklich nur eine Art Ausleihen. Das Geld wird mir früher oder später ohnehin gehören.« Steve zuckte mit den Schultern. »Ich habe davon nur ein wenig früher genommen. Unglücklicherweise würde mein Vater es nicht so sehen. Ich habe es Ihnen ja gesagt, nicht wahr? Er ist ein harter Bursche. Er würde mich, ohne groß darüber nachzudenken, mit einem Fußtritt hinausbefördern und meine Einkünfte unterbinden. Das kann ich mir nicht leisten, Andrea.« Er warf ihr ein Lächeln zu. »Ich habe einen sehr teuren Geschmack.«

»Dann haben Sie sie getötet.« Andrea stellte das mit ganz ruhiger Stimme fest. Sie hatte ihre Furcht überwunden.

»Ich hatte keine andere Wahl. Es war mir unmöglich, innerhalb von zwei Wochen so viel Geld aufzutreiben.«

Steve sagte das so ruhig, dass es für Andrea völlig vernünftig klang.

»Ich hätte sie an jenem Morgen am See schon beinahe umgebracht. Sie wollte nicht auf mich hören. Ich verlor die Beherrschung und schlug sie zu Boden. Als ich sie dort liegen sah, wurde mir klar, wie sehr ich mir ihren Tod wünschte.«

Andrea unterbrach ihn nicht. Sie merkte, dass er mit seinen Enthüllungen noch nicht am Ende war. Sollte er doch alles sagen. Bestimmt würde inzwischen jemand kommen.

»Ich beugte mich über sie«, fuhr Steve fort. »Ich hatte die Hände schon um ihren Hals gelegt, als ich Sie oben am Hang stehen sah. Ich wusste, dass Sie es waren. Ihr Haar glänzte im Sonnenlicht. Ich glaubte nicht, dass Sie mich aus der Entfernung erkennen konnten. Aber ich musste sicher sein. Natürlich fand ich später heraus, dass Sie uns überhaupt keine Beachtung geschenkt hatten.«

»Das stimmt, ich habe Sie kaum wahrgenommen.«

Andreas Knie begannen zu zittern. Steve erzählte ihr zu viel, viel zu viel.

»Ich ließ Helen los und lief in einem Bogen, um Sie abzufangen. Doch Lucas erreichte Sie vor mir. Das war wirklich eine rührende kleine Szene.«

»Sie haben uns belauscht?« Andrea war selbst erstaunt, dass sie sich jetzt darüber ärgern konnte.

»Sie waren zu sehr miteinander beschäftigt, um mich zu bemerken.« Steve lächelte wieder. »Jedenfalls erfuhr ich bei dieser Gelegenheit, dass Sie Aufnahmen gemacht hatten. Ich musste dafür sorgen, dass dieser Film beseitigt wurde, er war ein zu großes Risiko für mich. Es war mir sehr unangenehm, Ihnen wehzutun, Andrea. Sie haben mir von Anfang an sehr gut gefallen.«

»Die Dunkelkammer!«

»Ja. Ich war froh, dass Sie bereits mit dem Stoß durch die Tür außer Gefecht gesetzt wurden. Ihre Kamera sah ich nicht, aber eine Filmrolle. Ich dachte, nun sei alles erledigt. Sie können sich meine Enttäuschung vorstellen, als Sie erzählten, Sie hätten zwei Filmrollen verloren, auf denen Aufnahmen von Ihrer Fahrt hierher gewesen seien. Ich hatte keine Ahnung, wieso der zweite Film ruiniert worden war.«

»Das war Lucas. Er hatte Licht in der Dunkelkammer gemacht, als er mich fand.«

Wie ein Blitz traf Andrea die Erkenntnis, dass Lucas unschuldig war. Er hatte sich nur benommen wie immer, aber sie hatte an ihm gezweifelt.

»Nun ja, das ist jetzt alles unwichtig. Wenn ich damals nur den Film aus Ihrer Kamera genommen hätte, hätten Sie angefangen, sich Fragen zu stellen und wegen der Aufnahmen Verdacht geschöpft. Deshalb musste ich in Ihrem Zimmer leider etwas mehr tun. Danach ging ich zu Helen. Mir war klar, dass ich sie umbringen musste. Als ich in ihr Zimmer kam, zeigte sie auf ihre Verletzung und sagte, die koste mich weitere hunderttausend Dollar. Ich wollte sie erwürgen. Doch dann sah ich die Schere. Mit der Schere war es besser – jeder konnte eine Schere verwenden, selbst die kleine Jane.«

Steve schüttelte sich einen Moment, ohne den Griff um Andreas Haar zu lockern. »Es war schrecklich. So etwas habe ich noch nie durchgemacht. Aber ich musste mich zusammennehmen. Ich wischte die Griffe der Schere ab, kehrte in mein Zimmer zurück, duschte und ging ins Bett. Insgesamt waren höchstens zwanzig Minuten vergangen. Mir war es wie Jahre vorgekommen.«

»Es muss ein schlimmes Erlebnis für Sie gewesen sein.«

Steve achtete nicht auf Andreas spöttische Bemerkung. »Danach lief alles günstig für mich: das Unwetter, der Abbruch aller Verbindungen zur Außenwelt. Niemand konnte beweisen, wo er zur Tatzeit gewesen war. Alle hatten ein Motiv. Wenn die Polizei kommt, wird sie wahrscheinlich vor allem Lucas und Jacques verdächtigen.«

»Lucas kann niemand töten. Die Polizei wird das wissen.«

»Darauf würde ich mich nicht verlassen. Sie waren sich in dem Punkt selbst nicht so sicher, nicht wahr?«

Andrea konnte darauf nichts erwidern. Steve hatte recht.

»Heute Morgen sprachen Sie plötzlich von vier Filmrollen und von den Aufnahmen, die Sie am See gemacht haben. Dabei ist es Ihnen eingefallen. Ich habe Ihnen das sofort angemerkt.«

»Mir war nur eingefallen, dass irgendwelche Leute an jenem Morgen am See gewesen waren.«

»Aber Sie haben sehr schnell eins und eins zusammengezählt. Ich hatte gehofft, ich könne Ihre Zuneigung erringen. Mit McLean hatten Sie offensichtlich Probleme. Wenn ich ihn hätte verdrängen können, hätte sich vielleicht eine Gelegenheit ergeben, den Film in die Hand zu bekommen, ohne Ihnen wehtun zu müssen.«

Andrea sah Steve an. Sie spürte, dass er zu Ende geredet hatte. »Was haben Sie jetzt vor?«

»Was bleibt mir anderes übrig, als Sie umzubringen?«

Er sagte das in so beiläufigem Ton, dass Andrea beinah hysterisch aufgelacht hätte. »Das würde ich nicht tun. Diesmal wird man wissen …«

»Oh nein, das glaube ich nicht«, unterbrach Steve sie. »Ich war sehr vorsichtig, niemand hat mich fortgehen sehen. Alle sind jetzt unterwegs. Wahrscheinlich weiß niemand, dass Sie hier draußen sind. Die Spuren kann ich verwischen. Und nun, Andrea, brauche ich den Film. Sagen Sie mir, wo Sie ihn haben.«

»Das verrate ich Ihnen nicht. Man wird ihn finden, und dann weiß jeder, dass Sie es waren.«

Steve machte eine ungeduldige Bewegung. »Sie sollten lieber sofort reden, dann ersparen Sie sich Schmerzen.«

Er schlug so schnell zu, dass Andrea nicht ausweichen konnte. Sie stürzte rückwärts gegen einen Baumstamm und wäre zu Boden gefallen, wenn sie sich nicht an der Rinde festgekrallt hätte.

Steve drang auf sie ein. Verzweifelt nahm Andrea ihren ganzen Mut zusammen und trat ihm mit voller Kraft zwischen die Beine.

Mit einem schmerzlichen Aufschrei sank Steve auf die Knie. Andrea drehte sich um und floh.

Andrea lief blindlings in den Wald hinein. Sie hatte nur einen Gedanken: Steve zu entkommen. Doch bald wurde ihr bewusst, dass sie die verkehrte Richtung eingeschlagen hatte. Sie entfernte sich immer mehr vom Gasthof.

Zum Umkehren war es zu spät. Andrea verließ den Pfad, brach durch das Unterholz. Als sie Steve hinter sich hörte, beschleunigte sie ihr Tempo. Es ging um ihr Leben. Der Boden war feucht und rutschig, sie durfte nicht ausgleiten. Dann wäre Steve sofort über ihr.

Ihr Herz schlug heftig, die Lungen schmerzten. Ein Zweig peitschte ihre Wange. Doch Andrea rannte weiter. Sie würde laufen, bis sie Steve entkommen war.

Ein Baumstamm lag quer auf dem Boden. Andrea sprang hinüber, lief weiter. Sie hörte, wie Steve hinter ihr ausglitt und fluchend zu Boden stürzte. Ihr Vorsprung vergrößerte sich.

Doch dann war Steve wieder hinter ihr. Er war kräftiger, sportlicher als sie, er würde sie einholen. Schon hörte sie sein heftiges Atmen.

Plötzlich sah sie den See vor sich. Seine Oberfläche schimmerte im Sonnenlicht. Andrea fiel ein, was Steve am Morgen gesagt hatte: Er konnte nicht schwimmen. Das Rennen hatte jetzt ein Ziel, und sie stürzte darauf zu.

Sie erreichte den See an einer Stelle, an der ein felsiger Hang sehr steil zu ihm abfiel. Andrea zögerte keinen Moment. Sie kletterte hinunter, rutschte ab, klammerte sich an einer Baumwurzel fest, verlor den Halt, rutschte weiter.

Sie hörte Steve über sich. Steine regneten auf sie hinunter. Steve verfolgte sie weiter.

Die letzten Meter ließ Andrea sich fallen. Sie schlug auf dem schmalen Ufer auf, rollte über den Boden, richtete sich taumelnd wieder auf.

Sie hörte ihren Namen rufen. Gleich würde Steve sie erreicht haben. Mit letzter Kraft warf Andrea sich in den See. Das kalte Wasser war wie ein Schock. Sie musste vom Ufer fort, dorthin, wo der See tiefer war und Steve sie nicht erreichen konnte. Sie würde gewinnen.

Als habe jemand das Licht ausgeschaltet, wurde es plötzlich dunkel um Andrea. Ihre schweren Stiefel zogen sie in die Tiefe, das Wasser schloss sich über ihr. Heftig um sich schlagend, strebte sie nach oben. Sie tauchte auf, holte tief Luft, versank im nächsten

Moment wieder. Verzweifelt kämpfte sie gegen das Ertrinken an. Das Wasser, das sie hatte retten sollen, erwies sich als ein zweiter tödlicher Feind.

Noch einmal kam sie nach oben, holte Luft und schrie um Hilfe. Aber sie wusste, dass niemand kommen würde. Sie hatte den Kampf verloren. Ihre Kräfte verließen sie. Langsam gab sie auf, ließ sich vom Wasser umhüllen.

Jemand tat ihr weh. Schwärze umgab sie, betäubte den Schmerz. Luft wurde gewaltsam in ihre Lungen gepresst. Andrea stöhnte.

Dann hörte sie Lucas' Stimme. Sie klang fremdartig, unnatürlich, voller Panik. Wie seltsam, dass sie Lucas hörte. Ihre Augenlider waren schwer wie Blei. Mühsam konnte Andrea sie heben. Aus der Schwärze wurde Nebel.

Lucas' Gesicht war dicht über ihr. Wasser tropfte von ihm, aus seinem Haar, auf ihre Wangen. Andrea sah ihn benommen an. Sie konnte noch nicht sprechen.

»Andrea!« Lucas wischte ihr das Wasser aus dem Gesicht, streichelte sie. »Hör mir zu, Andrea! Alles ist in Ordnung, dir wird es wieder gut gehen. Hörst du mich? Alles ist gut. Ich bringe dich zum Gasthof zurück. Kannst du mich verstehen?«

Seine Stimme klang ebenso verzweifelt, wie sein Blick es war. Noch nie hatte sie Lucas so erlebt. Andrea wollte etwas sagen, ihn trösten. Aber ihr fehlte die Kraft dafür. Der Nebel wurde dichter. Mit großer Anstrengung brachte sie schließlich doch einige Worte heraus.

»Ich dachte, du hättest Helen getötet. Verzeih mir.«

»Oh, Kätzchen.« Lucas' warme Lippen berührten ihren Mund. Dann spürte sie nichts mehr.

Andrea hörte Stimmen, wie aus weiter Ferne. Sie wehrte sich gegen sie, sie wollte ihre Ruhe haben. Doch Lucas war beharrlich. Er nahm auf ihre Wünsche keine Rücksicht. Sie hörte ihn jetzt deutlich.

»Ich bleibe bei ihr, bis sie aufwacht. Ich verlasse sie nicht.«

»Lucas, Sie können sich kaum noch auf den Beinen halten.« Das war Robert. »Ich bleibe bei Andrea. Das gehört zu meinem Beruf. Wahrscheinlich wird sie während der ganzen Nacht zwischen

Bewusstsein und Ohnmacht wechseln. Sie wüssten dann nicht, was zu tun ist.«

»Dann sagen Sie es mir. Ich bleibe bei ihr.«

»Natürlich, mein Lieber.« Tante Tabbys Stimme überraschte Andrea. Sie klang so fest und entschlossen. »Lucas bleibt, Dr. Spicer. Sie sagten bereits, dass Andrea jetzt vor allem Ruhe braucht, dass wir abwarten müssen, bis sie von selbst aufwacht. Lucas kann sich um sie kümmern.«

Andrea hatte plötzlich den Wunsch, die anderen zu fragen, was da eigentlich vor sich gehe, was sie in ihrer privaten Welt machten. Sie versuchte, Worte zu formen, brachte aber nur ein Stöhnen zuwege.

»Hat sie Schmerzen?« Lucas' Stimme klang besorgt. »Dann geben Sie ihr doch etwas dagegen.«

Wieder wurde es schwarz um Andrea. Alle Geräusche verschwanden.

Sie träumte. Der schwarze Vorhang vor ihren Augen wurde heller. Lucas blickte auf sie herab. Für einen Traum war sein Gesicht überraschend lebendig. Seine Hand fühlte sich auf ihrer Wange sehr wirklich und kühl an. »Kätzchen, kannst du mich hören?«

Andrea sah ihn an, nahm all ihre Kraft zusammen. »Ja.« Dann schloss sie wieder die Augen.

Als sie sie erneut öffnete, war Lucas immer noch da. Andrea schluckte. »Bin ich tot?«

»Nein, Kätzchen, nein. Du bist nicht tot.« Er stützte ihren Kopf und hielt ihr etwas an die Lippen. »Versuch zu trinken, Liebling.«

Jede Bewegung schmerzte. Andrea hatte das Gefühl, wie ein Ballon durch die Luft zu schweben. Sie trank einen Schluck.

»Lucas?«

»Ja, ich bin hier.«

»Warum?«

»Warum was, Kätzchen?«

»Warum bist du hier?«

Lucas' Gesicht verschwamm vor ihren Augen, sie wurde wieder bewusstlos und hörte seine Antwort nicht.

10. Kapitel

Das Sonnenlicht war zu hell. Andrea, an die Dunkelheit gewöhnt, blinzelte protestierend.

»Bleiben Sie diesmal bei uns, Andrea, oder ist dies wieder nur ein kurzer Besuch?« Julia beugte sich über Andrea und tätschelte ihr die Wange. »Ihr Gesicht bekommt schon wieder etwas Farbe, Ihr Kopf ist nicht mehr so heiß. Wie fühlen Sie sich?«

Andrea lag einen Moment still und dachte nach. »Leer«, sagte sie dann.

Julia lachte. »Als Erstes denken sie an Ihren Magen, nicht wahr?«

»Nein, überall leer, vor allem im Kopf.« Sie blickte verwirrt um sich. »War ich krank?«

»Nun, Sie haben uns ganz schön Sorgen gemacht.« Julia setzte sich auf die Bettkante. »Erinnern Sie sich nicht?«

»Habe ich geträumt?« Andrea fand in ihrem Gedächtnis nur Bruchstücke. »Lucas war hier. Ich habe mit ihm geredet.«

»Ja. Er sagt, sie seien die ganze Nacht immer wieder zu Bewusstsein gekommen und dann wieder weggetreten, Sie hätten nur ab und an ein Wort gesagt. Als Lucas Sie hereinbrachte, dachten wir alle …« Julia beugte sich zu Andrea hinunter und drückte ihr einen Kuss auf die Wange. Als sie sich wieder aufgerichtet hatte, sah Andrea, dass Julias Augen feucht geworden waren.

»Julia.« Andrea presste einen Moment die Augen zu, konnte danach aber nicht klarer sehen. »Ich sollte in Ihr Zimmer kommen, aber das habe ich nicht getan.«

»Stimmt, ich hätte Sie mit mir ziehen sollen, dann wäre all dies nicht geschehen.« Julia stand auf. »Ich weiß nicht, wie viel Zeit Lucas und ich damit verschwendet haben, nach dem Film zu suchen, bevor er wieder weglief, um Sie zu finden …«

»Ich verstehe nichts. Warum …« Als Andrea die Hand hob, um sich über das Haar zu streichen, sah sie die Verbände an den Handgelenken. »Was soll das? Habe ich mich verletzt?«

»Jetzt ist alles wieder gut.« Julia ging nicht auf die Frage ein. »Lucas wird es Ihnen erklären. Er wird sehr wütend sein, dass ich ihn nach unten gescheucht habe, um Kaffee zu holen, während Sie gerade in dieser Zeit aufwachten.«

»Julia …«

»Keine weiteren Fragen jetzt.« Julia schnitt ihr das Wort ab. Sie nahm einen seidenen Morgenrock vom Stuhl. »Ziehen Sie das über, Sie werden sich wohler fühlen.«

Julia half Andrea, den Morgenrock über die Arme zu ziehen. Er verdeckte die Binden. Noch immer wusste Andrea nicht, was geschehen war.

»Liegen Sie ganz still und entspannen Sie sich«, befahl Julia. »Tante Tabby hat schon Suppe aufgesetzt, die auf Sie wartet. Ich werde ihr sagen, dass sie eine riesige Schüssel für Sie füllen soll.«

Sie küsste Andrea noch einmal und ging zur Tür. »Hören Sie, Andrea«, sagte Julia von dort mit einem leisen, katzenhaften Lächeln. »Er hat während der letzten vierundzwanzig Stunden die Hölle durchlebt. Aber machen Sie es ihm nicht zu leicht.«

Andrea sah stirnrunzelnd die Tür an, nachdem Julia gegangen war. Was mochte Julia nur gemeint haben?

Es hatte keinen Sinn, länger im Bett zu liegen. Hier würde sie keine Antworten finden. Mühsam stand sie auf. Alle Glieder, jeder Muskel schmerzten. Fast hätte sie der Versuchung nachgegeben, wieder ins Bett zurückzukriechen. Doch ihre Neugier war stärker.

Ihre Beine schwankten, als sie zum Spiegel ging. »Du meine Güte!« Sie sah ja noch schlimmer aus, als sie sich fühlte. Das Gesicht war voller blauer Flecken und Schrammen. Was hatte sie nur mit sich gemacht? Sie band den Gürtel des Morgenrocks zu, um den größten Schaden zu verbergen.

Die Tür öffnete sich, im Spiegel sah Andrea Lucas hereinkommen.

Er machte den Eindruck, als habe er seit Tagen nicht mehr geschlafen. Die Linien um Mund und Augen hatten sich vertieft, er war unrasiert, nur seine Augen waren wie immer: dunkel und eindringlich.

»Du siehst scheußlich aus«, sagte Andrea, ohne sich umzudrehen. »Du brauchst Schlaf.«

Er lachte. »Ich hätte damit rechnen sollen«, sagte er seufzend und lächelte dann. »Du hättest nicht aufstehen sollen, Kätzchen. Du kannst jeden Moment umfallen.«

»Mir geht es gut – ging es jedenfalls, bis ich in den Spiegel schaute.« Sie drehte sich um. »Ich wäre vor Schreck fast in Ohnmacht gefallen.«

»Du bist die schönste Frau, die ich jemals gesehen habe, das versichere ich dir«, sagte er ernst und aufrichtig.

»Zu einem Invaliden soll man nett sein, nicht wahr? Ich hätte gern einige Erklärungen. In meinem Kopf sieht es ziemlich wirr aus.«

»Robert sagte, damit sei zu rechnen, nachdem …« Er unterbrach sich. »Nach allem, was geschehen ist.«

Andrea betrachtete ihre verbundenen Hände. »Und was ist geschehen? Ich kann mich nicht richtig erinnern. Ich lief …« Sie sah Lucas in die Augen. »Ich lief durch den Wald, rutschte den Abhang hinunter. Ich …« Sie schüttelte den Kopf, erinnerte sich nur an Bruchstücke.

»Du wärst beinahe ertrunken.«

»Der See!« Wie eine riesige Woge kehrte die Erinnerung zurück. Andrea stützte sich auf die Kommode. »Es war Steve. Er hat Helen ermordet. Er verfolgte mich. Ich sollte ihm den Film geben, aber das habe ich nicht getan.« Sie schwieg einen Moment. »Ich habe dich angelogen. Der Film war in meiner Tasche. Ich lief weg, aber Steve verfolgte mich.«

»Kätzchen.« Lucas nahm sie in die Arme. »Tu das nicht, denk jetzt nicht darüber nach.«

»Nein, lass mich. Ich muss es wissen …« Andrea löste sich von Lucas. Sie musste die Einzelheiten erfahren. Erst dann würde sie ihre Angst überwinden können.

»Er entdeckte mich im Wald, nachdem du mich verlassen hattest. An jenem Morgen, als ich am See Aufnahmen machte, war er dort mit Helen. Er hat mir gesagt, dass er sie getötet hat. Er hat mir alles erzählt.«

»Wir wissen es bereits. Nachdem wir ihn hierher zurückgebracht hatten, hat er ein volles Geständnis abgelegt. Heute Morgen bekamen wir Verbindung zur Polizei. Er ist bereits in Haft. Sie haben auch deinen Film, was auch immer er wert sein mag. Jacques fand ihn auf dem Pfad.«

»Er muss mir aus der Tasche gefallen sein. Lucas, es war so seltsam.« Sie erinnerte sich an das Gespräch mit Steve. »Er hat sich dafür entschuldigt, dass er mich töten müsse. Doch als ich ihm dann sagte, ich wolle ihm den Film nicht geben, schlug er mich so kräftig, dass ich Sterne sah.«

Mit finsterer, versteinerter Miene ging Lucas zum Fenster und sah stumm nach draußen.

»Als er dann wieder auf mich zukam, mich bedrohte und schon anfing, mich zu würgen, trat ich ihn an seine empfindlichste Stelle. Er fiel um.«

Lucas drehte sich wieder zu ihr um. »Ich sah dich, als du dich wie ein Selbstmörder den Hang hinunterstürztest. Wie du nach unten gekommen bist, ohne dir den Schädel aufzuschlagen … ich hatte dich durch den Wald verfolgt. Als ich sah, dass du auf den See zuliefst, nahm ich eine Abkürzung. Ich wollte Andersen zuvorkommen. Dann sah ich dich über diese Felsen nach unten rutschen und fallen. Ich dachte, das würdest du nicht überleben. Ich rief dich, aber du stürztest dich in den See. Ich hatte Andersen erreicht, bevor du im Wasser warst.«

»Ich hörte jemanden rufen. Ich dachte, es sei Steve. Mein einziger Gedanke war, ins Wasser zu kommen, bevor Steve mich erreichte. Ich wusste, dass er nicht schwimmen konnte. Doch dann hatte ich Schwierigkeiten, über Wasser zu bleiben. Ich geriet in Panik und vergaß schlagartig sämtliche Regeln, wie man sich im Wasser verhalten soll.«

»Als es mir schließlich gelungen war, Andersen bewusstlos zu schlagen, warst du bereits dabei, unter- und aufzutauchen. Ich sprang ins Wasser. Ich war vielleicht zehn Meter von dir entfernt, als du untergingst. Du versankst wie ein Stein. Ich dachte für einen Augenblick ...«

Lucas schüttelte einen Moment den Kopf. »Als ich dich herauszog, dachte ich, du seist tot. Du warst leichenblass und hast nicht mehr geatmet – jedenfalls habe ich davon nichts mehr bemerkt.«

»Ich erinnere mich daran, dass Wasser von dir auf mich herabtropfte. Dann glaubte ich, ich sei tot.«

»Du warst sehr nahe dran. Ich muss mehrere Liter Wasser aus dir herausgepumpt haben. Zwischendurch sagtest du zu mir, ich sollte dir verzeihen, dass du geglaubt hast, ich hätte Helen getötet.«

»Das tut mir auch wirklich leid, Lucas.«

»Unsinn. Es ist doch sehr leicht zu verstehen, wie du zu deinen Schlussfolgerungen gekommen bist – bis zu meinem letzten Angriff auf dich, um den Film zu bekommen.«

Lucas' Verständnis ermutigte Andrea, mehr zu sagen. »Du hast so viel gesagt, was mich denken ließ ... und du warst so zornig. Als du mich nach dem Film fragtest, dachte ich, du würdest mir alles erzählen.«

»Doch statt dir Erklärungen zu geben, bin ich grob geworden. Das war typisch für mich, nicht wahr? Es gibt eine Menge, wofür ich mich bei dir entschuldigen muss. Soll ich alles auf einmal erledigen oder eins nach dem anderen, Kätzchen?«

Andrea wollte keine Entschuldigung, sie verlangte Erklärungen. »Warum wolltest du den Film haben, Lucas? Wie konntest du von ihm wissen?«

»Ob du es glaubst oder nicht, aber ich wollte ihn deinetwegen haben. Ich dachte, wenn jedermann wüsste, dass ich ihn in Besitz habe, würdest du sicher sein. Außerdem ...« Er senkte den Blick. »Ich dachte, du wüsstest, was auf dem Film ist, und wolltest Andersen schützen.«

»Ihn schützen?« Andrea war erstaunt. »Warum sollte ich das wohl tun?«

»Nun, du schienst ihn zu mögen.«

»Ich dachte, er sei nett. Wahrscheinlich haben wir das alle angenommen. Aber ich kannte ihn kaum. Wie es jetzt aussieht, kannte ich ihn überhaupt nicht.«

»Ich habe deine natürliche Freundlichkeit missverstanden und den Fehler noch dadurch verstärkt, dass ich überreagierte. Ich war wütend, weil du ihm gabst, was du mir vorenthieltest: Vertrauen, Gemeinsamkeit, Zuneigung.«

»Fühltest du dich vernachlässigt, Lucas?«

»Ich weiß, ich habe kein Recht, so zu fühlen. Aber es war so.«

»Das tut mir leid. Aber kommen wir nicht vom Thema ab. Du nahmst also an, ich hätte Steve schützen wollen, nicht wahr? Wie bist du darauf gekommen, er könnte das nötig haben?«

»Julia und ich hatten uns schon einiges zusammengereimt. Wir waren uns fast sicher, dass er derjenige war, der Helen umgebracht hat.«

»Du und Julia, so, so. Das musst du mir erklären, Lucas. Ich fürchte, ich kann noch nicht wieder klar denken.«

»Julia und ich haben eingehend über Helens Erpressungen diskutiert. Bis sie ermordet wurde, glaubten wir, Jacques sei am meisten bedroht. Weder Julia noch ich machten uns etwas aus den Belanglosigkeiten, die Helen gegen uns in den Händen hatte. Nachdem Helen getötet worden war und jemand dein Zimmer verwüstet hatte, erwogen wir den Gedanken, dass die beiden Ereignisse miteinander in Verbindung stehen könnten. Doch warum gehst du nicht wieder ins Bett, Andrea? Du siehst sehr blass aus.«

»Nein.« Andrea freute sich darüber, dass Lucas sich um sie Sorgen machte. »Mir geht es gut. Bitte sprich weiter.«

»Julia und ich fingen an, alle diejenigen auszusortieren, die nicht als Täter in Betracht kamen. Du schiedest zuerst aus. Ich hätte nie angenommen, dass du deine eigenen Sachen ruinieren oder dich selbst bewusstlos schlagen würdest. Ich hatte Helen nicht umgebracht, und ich wusste, dass Julia es auch nicht getan hatte. Ich war an jenem Abend bei Julia im Zimmer, wo sie mir einen hitzigen Vortrag darüber hielt, wie man mit Frauen umzugehen hätte. Bevor ich

Julias Zimmer betrat, hatte ich Helen auf dem Flur gesehen. Und hinterher traf ich dich auf dem Flur.«

»Ja, das schloss Julia aus.«

»Jacques kenne ich schon seit Jahren«, fuhr Lucas fort. »Er ist einfach nicht imstande, einen Menschen zu töten. Die Spicers waren uns ebenfalls nicht verdächtig. Robert ist ein sehr engagierter Arzt, der Leben rettet und nicht vernichtet. Jane wäre eher in Tränen ausgebrochen, als dass sie auf die Idee verfallen wäre, gewalttätig zu werden.«

Lucas begann, auf und ab zu gehen. »Es blieb nur noch Andersen. Unsere unerschrockene Julia beschaffte sich von Tante Tabby einen Zweitschlüssel und durchsuchte sein Zimmer. Sie hoffte, etwas Belastendes zu finden, vielleicht ein blutbeflecktes Kleidungsstück, aber kein Erfolg. Wir beschlossen, dich zu warnen, ohne dabei ausdrücklich Steve zu erwähnen. Ich dachte, es sei am besten, wenn du gegenüber jedermann argwöhnisch seist. Julia sollte mit dir reden, denn wir nahmen an, dass du zu ihr am meisten Vertrauen haben würdest – mehr jedenfalls als zu mir. Ich hatte schließlich nichts getan, um dein Vertrauen zu verdienen.«

»Sie hat mich ganz schön erschreckt, Lucas. Ich hatte Albträume.«

»Es tut mir leid, aber damals erschien uns das als die beste Methode. Wir glaubten, der Film sei bereits ruiniert. Aber wir wollten kein Risiko eingehen.«

»Sie hat mit Jacques an jenem Abend darüber gesprochen, nicht wahr?«

»Ja. Auf diese Weise waren es drei, die auf dich aufpassen konnten.«

»Das hätte ich auch gut allein tun können, wenn ihr mich richtig informiert hättet.«

»Ich bezweifle das. Dein Gesichtsausdruck ist sehr verräterisch. Als du beim Frühstück von einer vierten Filmrolle sprachst und dir plötzlich einfiel, welche Bedeutung sie haben konnte, sah man dir das sofort an.«

»Wäre ich vorgewarnt gewesen …«

»Du hättest mit Julia gehen sollen, dann wäre uns viel erspart geblieben.«

»Ich brauchte Zeit zum Nachdenken.«

»Ich weiß, es war mein Fehler, Andrea. Ich hätte die ganze Angelegenheit anders angehen sollen. Dann hättest du nicht so leiden müssen.«

»Nein, Lucas.« Andrea erinnerte sich nur zu gut daran, wie Lucas sie angesehen hatte, nachdem er sie aus dem Wasser gezogen hatte. »Wenn du nicht gewesen wärst, wäre ich im See ertrunken.«

»Sieh mich nicht so an, Andrea. Ich vergesse sonst meine Vorsätze.« Er wandte sich ab. »Ich werde Robert rufen, damit er nach dir sieht.«

»Lucas.« Sie würde ihn nicht gehen lassen – nicht, bevor er ihr nicht alles erzählt hatte. »Warum bist du hierher in den Gasthof gekommen? Erzähl mir bloß nicht, du wolltest hier schreiben. Ich kenne deine Gewohnheiten.«

Lucas, der bereits die Tür erreicht hatte, blieb stehen und drehte sich um. »Ich sagte dir doch bereits, dass der Grund nicht mehr besteht. Vergiss es, Andrea.«

Er hatte wieder seine abweisende Miene aufgesetzt, die Andrea nur zu gut kannte. Aber diesmal wollte sie sich nicht durch sie zurückschrecken lassen. »Dieser Gasthof gehört meiner Tante. Dein Entschluss, hierherzukommen, hat die Kette der Ereignisse in Gang gesetzt, auch wenn das nicht beabsichtigt war. Ich habe ein Recht darauf zu erfahren, weshalb du hier bist.«

Lucas sah Andrea einige Sekunden unschlüssig an. Dann schob er die Hände in die Hosentaschen und schaute zur Erde. »Also gut, wie du willst. Nach allem, was geschehen ist, habe ich wohl kein Recht mehr darauf, meinen Stolz zu wahren. Und du verdienst nach dem, was ich dir angetan habe, tatsächlich einige Erklärungen.«

Lucas kam nicht näher zu ihr, aber er ließ den Blick nicht von Andrea ab. »Ich bin ausschließlich deinetwegen hierhergekommen. Denn für mich gab es nur zwei Möglichkeiten: Entweder gewinne ich dich irgendwie zurück, oder ich werde verrückt.«

»Mich zurück?« Andrea musste lachen. »Lucas, fällt dir keine bessere Erklärung ein?« Sie sah, wie er zusammenzuckte. »Du hast mich hinausgeworfen, erinnerst du dich nicht? Du wolltest nichts mehr von mir wissen – und willst es auch jetzt nicht.«

Lucas brauste auf. »Ich will nichts von dir wissen? Du hast ja keine Ahnung, wie sehr ich dich begehre. All die Jahre hindurch war es so. Ich dachte, ich würde deinetwegen den Verstand verlieren.«

»Komm, erzähl mir doch keine Märchen, Lucas. Ich lehne es ab, mir solchen Unsinn anzuhören.«

»Du wolltest alles wissen. Nun wirst du mir zuhören.«

»Du hast gesagt, du willst mich nicht mehr«, hielt Andrea ihm vor. »Ich habe dir nie wirklich etwas bedeutet. Du sagtest, alles sei vorbei. Dabei hast du nur mit den Schultern gezuckt. Nie hat mich etwas so sehr verletzt wie deine Art und Weise, in der du mich abgeschoben hast.«

»Ich weiß, was ich getan habe.« Lucas' Zorn war verraucht. Sein Gesicht hatte einen schmerzlichen Ausdruck angenommen. »Ich erinnere mich genau, was ich zu dir gesagt habe, während du mich verständnislos ansahst. Ich habe mich dafür gehasst. Hättest du doch geschrien, einen Wutanfall bekommen – das hätte es mir leichter gemacht. Aber du standest einfach nur da, während dir die Tränen über die Wangen liefen. Ich habe nie vergessen, wie du ausgesehen hast.«

Andrea verstand Lucas nicht. »Du hast doch gesagt, dass du mich nicht mehr wolltest. Warum hast du das getan, wenn es nicht die Wahrheit war?«

»Weil du mir Angst gemacht hast.«

»Ich … dir Angst gemacht?«

»Dir ist nicht bewusst geworden, was du mir angetan hast – mit deinem Liebreiz, deiner Großzügigkeit. Nie hast du etwas von mir erbeten, und doch hast du alles von mir verlangt.«

Lucas begann, erregt auf und ab zu gehen. Andrea beobachtete ihn verwundert.

»Ich war von dir besessen – das habe ich mir immer wieder eingeredet. Wenn ich dich wegschickte und dir dabei sehr wehtäte, würdest du nicht zurückkommen, und ich wäre von dir geheilt. Das war meine Vorstellung. Je mehr ich von dir hatte, umso mehr brauchte ich von dir. Ich wachte mitten in der Nacht auf und verwünschte dich, weil du nicht bei mir warst. Und dann verfluchte ich mich, weil ich so sehr von dir abhängig war. Ich musste von dir loskommen. Ich konnte nicht zugeben – nicht einmal mir selbst gegenüber –, dass ich dich liebte.«

»Du hast mich geliebt?« Andrea war wie benommen. »Du hast mich geliebt?«

»Ich habe dich damals geliebt, ich liebe dich jetzt, und ich werde dich für den Rest meines Lebens lieben.« Lucas atmete tief durch. »Ich war nicht fähig, dir das zu sagen. Ich konnte es selbst nicht glauben.«

Er blieb vor Andrea stehen. »Während der vergangenen drei Jahre habe ich dich nicht aus den Augen verloren. Dafür fand ich alle möglichen Entschuldigungen. Als ich entdeckt hatte, dass deine Tante diesen Gasthof besaß und du sie mitunter besuchtest, ging ich hier ein und aus. Schließlich wurde mir klar, dass ich ohne dich nicht mehr zurechtkommen würde. Ich entwarf einen Plan. Ich habe mir alles genau überlegt.«

»Einen Plan? Was für einen Plan?«

»Es war nicht schwer, Tante Tabby einzureden, dass sie dir schreiben und dich um einen Besuch bitten sollte. So wie ich dich kannte, würdest du ohne Rückfrage kommen. Mehr brauchte ich nicht – dachte ich. Ich war meiner Sache sehr sicher. Für mich gab es keinen Zweifel, dass du mir wieder in die Arme fallen würdest, wenn wir uns hier begegneten, genau wie in früheren Zeiten. Dann wollte ich dich heiraten, noch bevor du es dir anders überlegen konntest.«

»Mich heiraten?« Andrea war völlig verblüfft.

»Wenn wir erst verheiratet gewesen wären, hätte ich keine Angst mehr haben müssen, dich jemals wieder zu verlieren. Ich hätte nie in eine Scheidung eingewilligt, auch wenn du mich noch so sehr darum gebeten hättest. Ja, so dachte ich, Kätzchen. Was mir fehlte, das war ein kräftiger Schlag ins Gesicht, und den bekam ich von dir. Statt mir in die Arme zu fallen, hast du mir ganz kühl gesagt, ich solle mich fortscheren. Allerdings hat mich das nicht lange abgeschreckt. Nein, du hattest mich einmal geliebt, und ich war der Überzeugung, ich würde es schaffen, dass diese Liebe wieder erwachte. Doch du benahmst dich mir gegenüber so eisig …«

Lucas schwieg einen Moment.

»Es war sehr schmerzlich für mich, dich hier wiederzusehen, Kätzchen. Es war eine Qual, dich in meiner Nähe zu wissen und dich nicht haben zu können. Ich wollte dir sagen, was du mir bedeutest. Doch jedes Mal, wenn sich die Gelegenheit zu einem Gespräch mit dir ergab, benahm ich mich wie ein Wilder. Als du gestern vor mir zurückwichst und zu mir sagtest, ich sollte dir nicht noch einmal wehtun … es war schrecklich.«

»Lucas …«

»Lass mich jetzt bitte ausreden. Ein zweites Mal kann ich mich nicht dazu überwinden. Julia nahm mich ins Gebet, aber ich konnte mein Verhalten dir gegenüber nicht ändern. Je mehr du mir widerstandest, umso mehr bedrängte ich dich. Jedes Mal, wenn ich dir näherkam, machte ich alles falsch. In jener Nacht in deinem Zimmer … ich hätte dir fast Gewalt angetan. Nachdem ich dich mit Andersen gesehen hatte, war ich rasend vor Eifersucht. Doch dann begannst du zu weinen, und ich schwor mir, nie wieder für deine Tränen verantwortlich zu sein.«

Er sah Andrea an. »Glaub mir, als ich an jenem Tag zu dir ging, war ich bereit, dich anzuflehen, vor dir zu knien – was auch immer erforderlich war. Doch dann sah ich, wie du dich mit Andersen küsstest. Etwas rastete in mir aus. Ich machte mir Gedanken, welche Männer dich während der vergangenen drei Jahre besessen haben mochten, als ich nicht bei dir sein konnte …«

»Ich bin nie mit einem anderen Mann als mit dir zusammengekommen«, unterbrach ihn Andrea.

Lucas war zuerst erstaunt und verwirrt, dann musterte er Andrea scharf. »Warum?«

»Ganz einfach: Jedes Mal, wenn ich etwas mit einem anderen Mann anfing, wurde mir klar, dass er nicht du war.«

Lucas schloss für einen Moment die Augen. »Kätzchen, ich verdiene dich einfach nicht.«

»Ja, das mag sein.« Andrea stand auf und ging zu ihm. »Lucas, wenn du mich immer noch begehrst, dann sag es mir – und verrat mir auch den Grund dafür. Und dann frag mich. Ich möchte es von dir hören.«

»Nun …« Er schaute ihr unsicher in die Augen. »Kätzchen, ich verlange ganz verzweifelt nach dir, denn ohne dich ist das Leben für mich unerträglich. Ich brauche dich, denn du bist der beste Teil meines Lebens. Ich liebe dich aus so vielen Gründen, dass ich Stunden bräuchte, um sie dir alle aufzuzählen. Nimm mich wieder, bitte. Heirate mich!«

Andrea wollte sich ihm in die Arme werfen, doch sie erinnerte sich an Julias Worte: Machen Sie es ihm nicht zu leicht. Julia hatte recht. Lucas war zu sehr vom Erfolg verwöhnt.

Sie lächelte ihn an. »Also gut.«

»Also gut? Was meinst du damit?«

»Ich werde dich heiraten. Das hast du mich doch gerade gefragt, nicht wahr?«

»Ja, ja – aber …«

»Dann könntest du mir doch wenigstens einen Kuss geben. Das ist so üblich.«

Lucas legte Andrea die Hände auf die Schultern. »Kätzchen, ich möchte, dass du dir völlig sicher bist, denn ich werde dich nie wieder gehen lassen. Auch wenn du mich nur aus Dankbarkeit heiratest … ich bin verzweifelt genug, um das anzunehmen. Aber du solltest dir klar sein, was du tust.«

Sie neigte den Kopf ein wenig zur Seite. »Du weißt, dass ich glaubte, du seist mit Helen auf dem Foto abgebildet, nicht wahr?«

»Kätzchen, ja, aber was …«

»Ich ging in den Wald«, fuhr Andrea fort, »und setzte gerade an, den Film zu belichten, als Steve mich fand. Lucas ...« Sie trat ganz dicht an ihn heran. »Weißt du, wie sehr mir Filme heilig sind?«

Er atmete erleichtert auf, umfasste ihr Gesicht mit beiden Händen und lächelte. »Ja, ja, ich verstehe. Das ist so etwas wie ein elftes Gebot.«

»Du sollst einen nicht entwickelten Film nicht dem Licht aussetzen.« Sie schlang die Arme um seinen Nacken. »So, wirst du mich nun küssen, oder muss ich anfangen?«

– ENDE –

Ivonne Lindsay

Die Glut, die du in mir weckst

Roman

Aus dem Amerikanischen von
Brigitte Bumke

1. Kapitel

Er verachtete und hasste sie mit jedem Atemzug, den er tat, mehr.

Da stand sie, abseits. Eine einsame Frau. Verwitwet.

Verwitwet, nicht geschieden.

Groß, elegant, unnatürlich gefasst. Hatte sie ihren verstorbenen Mann überhaupt geliebt? Er bezweifelte es. Wenn sie ihn geliebt hätte, hätte sie ihn gehen lassen. Hätte ihn Maria überlassen, anstatt an einer Ehe festzuhalten, die längst keine mehr war.

Ohne auf den kalten Wind zu achten, der ihm unablässig Regen ins Gesicht blies, verharrte Raffaele Rossellini in einiger Entfernung von den am Grab stehenden Trauernden.

Er ließ sich von seiner Wut mitreißen. Würde seine geliebte Schwester jetzt im Krankenhaus liegen, nur noch durch Apparate am Leben gehalten, wenn die kühle Blondine in Schwarz den wiederholten Bitten ihres Mannes, ihn freizugeben, nachgegeben hätte? Wenn sie ihn vor der Geburt eines Kindes, das nun weder Vater noch Mutter haben würde, hätte gehen lassen?

Erneut von tiefem Schmerz überwältigt, seufzte er auf.

Er war hergekommen, um dem Mann, den seine Schwester geliebt hatte, die letzte Ehre zu erweisen. Einem Mann, mit dem er geschäftlich zu tun gehabt hatte und den er als Freund betrachtete. Bald würde er, Raffaele, wieder am Bett seiner Schwester sitzen. Obwohl sie vermutlich nicht merkte, dass er bei ihr war.

Die lebenserhaltenden Maßnahmen würden nach der Geburt des Kindes eingestellt werden. Die Ärzte hofften, diese Geburt so lange wie möglich hinauszögern zu können, damit das Kind weiter wuchs. Raffaele fand die Argumentation, dass ein ungeborenes Leben nicht unnötig aufgegeben werden sollte, schrecklich. Seine jüngere Schwester war ein so lebensfroher Mensch gewesen. Und dass sie nicht in

Würde sterben durfte, ehe ihr Kind geboren war, war eine grausame Vorstellung für ihn.

Er versuchte sich einzureden, dass sie es genau so gewollt hätte – sie hatte sich so sehr auf ihr Baby gefreut –, doch dieser Gedanke milderte nicht seine Verzweiflung darüber, dass sie bereits gegangen war. Anwesend und doch nicht da. Am Leben und doch nicht mehr lebendig.

Raffaele sah zu der blonden Frau hinüber, die er nur vom Hörensagen kannte. Die Witwe des Mannes, der eben zur letzten Ruhe gebettet worden war. Wie versteinert stand sie am Grab, ohne dass eine einzige Träne über ihr blasses Gesicht gelaufen wäre. Selbst jetzt, nachdem die anderen Trauergäste gegangen waren, zeigte sie keinerlei Trauer.

Seine Wut wurde von Bitterkeit verdrängt. Er hatte das Versprechen, das er vor Jahren seiner sterbenden Mutter gegeben hatte, gebrochen. Er hatte seine kleine Schwester nicht beschützt. Nun war es zu spät, den Schaden zu beheben, der durch seine Nachsichtigkeit Marias Launen gegenüber entstanden war.

Als er ihre Affäre mit einem verheirateten Mann entdeckt hatte, hätte er gleich einschreiten sollen, auch wenn es vermutlich unmöglich gewesen wäre, seine dickköpfige Schwester zu bremsen. Doch er hätte etwas unternehmen sollen, damit sich ihr Traum, den Vater ihres Kindes zu heiraten, erfüllte. Er hätte mit Lana Whittaker sprechen und sie mittels seiner Autorität irgendwie dazu bringen sollen, dem Wunsch ihres Mannes nach einer Trennung zuzustimmen.

Zu spät. Es war zu spät.

Der Anblick des leblosen Körpers seiner Schwester, in dem ein neues Leben heranwuchs, war unauslöschlich in seinem Gedächtnis eingebrannt. Ja, er hatte versagt, Maria zu beschützen, aber bei ihrem ungeborenen Kind würde er *nicht* versagen.

Raffaele Rossellini machte den gleichen Fehler nie zweimal.

Das Kind würde wie sein eigenes aufwachsen. Das hatte er Maria versprochen. Ihr Sohn oder ihre Tochter würde innig geliebt werden und rechtzeitig alles über seine oder ihre Mutter erfahren, damit die Erinnerung an sie nicht verblasste.

Ungeweinte Tränen brannten Raffaele in den Augen, als er den Rücken der Frau am Grab fixierte.

Noch einmal würde er nicht versagen.

Er kämpfte gegen seinen tiefen Schmerz an. Auf die eine oder andere Art und Weise, so schwor er sich, würde Lana Whittaker seinen Zorn zu spüren bekommen. Er würde sie büßen lassen – für Marias Leid, die verzweifelten Anrufe, die er zu Hause in Italien erhalten hatte, als feststand, dass sie schwanger war, und sie erkannte, dass Kyle sie nicht vor der Geburt ihres Kindes würde heiraten können.

Lana Whittaker würde am eigenen Leib erfahren, was Bedauern hieß. Sie würde selbst erleben, was Verlust bedeutete.

Lana fröstelte in ihrem durchnässten schwarzen Wollmantel und war sich einmal mehr des hochgewachsenen dunkelhaarigen Fremden bewusst, der während des kurzen Begräbnisses etwas abseits von den Trauergästen gestanden hatte und sie jetzt, da die Trauerfeier beendet war, noch immer fixierte.

Wer war er?

Sie wagte nicht, sich zu ihm umzudrehen. Hoffentlich war er kein Paparazzo, denn es hätte ihr gerade noch gefehlt, ihr Foto in der Boulevardpresse zu entdecken. Die Umstände des Todes ihres Mannes würden früh genug bekannt werden.

Wie hatte Kyle ihnen das nur antun können? Wie hatte er *ihr* das antun können? Wieso hatte sie nicht geahnt – nicht gewusst –, dass er eine Affäre hatte? Sie versuchte verzweifelt, sich zu erinnern, ob es irgendein Anzeichen dafür gegeben hatte, dass er nicht glücklich war. Aber es gab keins. Er war liebevoll und nett gewesen, selbst als sie ihn für seine Geschäftsreise nach Wellington, der Hauptstadt Neuseelands, zum Flughafen gefahren hatte. Eine einwöchige Reise, die er seit drei Jahren alle vierzehn Tage unternahm.

Eine Reise, die er immer wieder antrat, um bei seiner Geliebten zu sein!

Einen Moment lang war Lana drauf und dran, ihrem Bedürfnis, laut zu schreien, nachzugeben, ihrem maßlosen Zorn und ihrer Angst, die sie aus dem Gleichgewicht zu bringen drohten, freien Lauf zu lassen. Ihre Situation war unfassbar. Sie waren das perfekte Ehepaar gewesen – einander treu ergeben. Alle hatten das gesagt.

Kleine schwarze Punkte begannen vor ihren Augen zu tanzen. Atme tief durch, befahl sie sich. Gib nicht nach. Lass dich nicht hängen.

Die frische feuchte Luft tat ihr gut, doch nichts half gegen das gähnende schwarze Loch in ihrem Herzen.

»Mrs. Whittaker? Wir sollten jetzt gehen. Der Partyservice hat Bescheid gegeben, dass die ersten Trauergäste im Apartment angekommen sind.« Die sanfte Stimme des Beerdigungsunternehmers riss Lana aus ihren Gedanken.

Sie holte noch einmal tief Luft und schloss kurz die Augen, bevor sie antwortete.

»Ja, ich bin bereit.« Bereit wofür? Welche Zukunft hatte sie jetzt? Ihr Leben – ihre Träume, ihre große Liebe – war mit ihrem Mann begraben worden.

Die kurze Autofahrt zu ihrer Wohnung im Zentrum von Auckland bekam sie kaum mit. Dort würden die Trauergäste sie erwarten und ihr ihr Mitgefühl aussprechen. Ihretwegen musste sie durchhalten. Sie noch ein wenig länger in dem Glauben lassen, dass Kyle der Mann gewesen war, den sie mit Respekt betrauern und erinnern konnten, nicht der Mann, der er in Wirklichkeit gewesen war.

Er hatte sie alle belogen.

Die Stimmung in der Wohnung war gedrückt. Ihr Mann war ein Finanzgenie gewesen, dessen Meinung in Geschäftskreisen geschätzt wurde.

Nach ein paar Stunden hatte der Partyservice aufgeräumt, und die letzten Gäste waren gegangen. Lana fragte sich, ob sie sie je wiedersehen würde, sobald die Wahrheit in den Zeitungen erschien. Ob ihr Mitgefühl in Mitleid umschlagen würde oder, schlimmer noch, in Verachtung.

Ihr Anwalt hatte eine gerichtliche Verfügung erwirkt, dass keine Details zu Kyles Tod an die Medien weitergegeben werden durften, doch diese Verfügung würde um Mitternacht aufgehoben werden.

Dann würde der Wirbel losgehen.

Unwillkürlich fiel Lana der Fremde am Grab ein. Wer war er? Wenn er kein Reporter war, dann vielleicht einer von Kyles früheren Kunden? Sie war ihm nie zuvor begegnet, das stand fest. Denn obwohl sie sein Gesicht nur kurz gesehen hatte, würde sie seine sanft gewölbte Stirn nie vergessen, die leicht gebogene Nase zwischen dunklen Augen und das kräftige, energische Kinn. Ein solches Gesicht vergaß eine Frau nicht. Alles an ihm, selbst der Schnitt und die Länge seines Mantels, verriet ohne Zweifel europäische Eleganz.

Angewidert schüttelte Lana den Kopf. Da war ihr Mann gerade einmal zwei Tage tot, und schon interessierte sie sich für einen anderen. Auch wenn Kyle untreu war, gab ihr das nicht das Recht, Ausschau nach einem anderen zu halten. Nicht nach *ihrer* Auffassung von Moral.

Langsam ging sie durch das geräumige Wohnzimmer und ließ dabei die Hand über die große weiße Ledercouch gleiten. Dort hatten sie und Kyle oft aneinandergekuschelt beobachtet, wie die Sonne hinter den Waitakere Ranges im Westen Aucklands verschwand, ehe sie in ihr Schlafzimmer gegangen waren, um sich zu lieben. Manchmal hatten sie es nicht einmal bis dorthin geschafft.

Sie ballte die Hand zur Faust, als der Schmerz über sein Doppelleben ihre eiserne Selbstbeherrschung durchdrang, hinter der sie sich den ganzen Tag verschanzt hatte. Wie kamen Frauen mit der Entdeckung zurecht, dass ihre Männer eine Geliebte hatten? Wie gingen sie mit der Last der Lügen um, die sie unwissentlich gelebt hatten, und wie schafften sie es, darüber hinwegzukommen?

Sie war wütend, fühlte sich betrogen. Wie hatte er einfach sterben und so viele Fragen unbeantwortet lassen können? Sie wollte nicht einmal daran denken, was sie am Vorabend auf seinem Laptop entdeckt hatte, nachdem die Polizei ihr seine Sachen aus dem Unfallwagen gebracht hatte. Wie durch ein Wunder hatte er den Frontalzusammenstoß überstanden. Doch sie fragte sich, ob es nicht besser gewesen wäre, nichts von der Datei zu wissen.

Nicht zu erfahren, dass er das Vertrauen so vieler seiner Kunden missbraucht hatte, indem er ihre Investmentfonds abschöpfte, um die Wohnung seiner Geliebten an der Uferpromenade Oriental Parade in Wellington zu finanzieren. Nicht zu wissen, dass er Geld von ihrem gemeinsamen Sparkonto für den gleichen Zweck verwendet hatte.

Vermutlich liefen bereits Ermittlungen wegen Betrugs gegen ihn. Sie würde der Polizei den Computer zurückgeben müssen. Die Dateien dürften sie sehr interessieren.

Überwältigt von ihrem Schmerz, sank sie auf dem flauschigen cremefarbenen Teppichboden auf die Knie. Sie stützte sich mit beiden Armen auf und atmete mehrmals tief durch. Es war mehr, als sie ertragen konnte.

Ihr Blick fiel auf ein Bild auf dem Couchtisch. Es zeigte sie und Kyle auf der Jacht eines Freundes. Sie lachten, und ihre Liebe und tiefe Verbundenheit spiegelten sich in ihren Augen wider.

Eine Lüge.

Ihre Ehe, um die sie von all ihren Freunden beneidet wurden und die an ihrem Hochzeitstag letztes Jahr auf den Gesellschaftsseiten der Zeitungen als Paradebeispiel einer glücklichen Verbindung gepriesen worden war, hatte seit drei Jahren nicht mehr existiert, und sie hatte es nicht einmal bemerkt.

In einem plötzlichen Wutanfall warf Lana das Foto an die Wand. Ohne auf die Glasscherben zu achten, sprang sie auf und machte sich wie von Sinnen daran, alle Fotos des »perfekten Paares« aus der Wohnung zu entfernen.

Sie riss sie aus den Rahmen und ließ diese achtlos auf den Tisch fallen. Die Bilder zerriss sie, bis sie in kleinen Schnipseln auf dem Fußboden lagen.

Lügen, alles Lügen.

Erst danach ergab sie sich ihrem tiefen Schmerz. Tränen strömten ihr über die Wangen, und sie schluchzte auf. Sie sank auf die Couch und nahm nichts mehr um sich herum wahr, nur noch die unendliche Leere in ihrer Brust, wo eigentlich ihr Herz hätte sein sollen.

Unvermittelt riss ein Summen sie aus ihrer trostlosen Benommenheit. Ihr Herz begann zu rasen, doch schließlich wurde ihr bewusst, dass es die Gegensprechanlage des Sicherheitsdienstes aus dem Foyer war. Oh nein. Sie fröstelte. Das würde doch wohl nicht schon die Presse sein?

Es summte erneut. Wer hatte heute Dienst? Sie konnte sich nicht daran erinnern. Aber sie *sollte* sich erinnern. Auf solche Details hatte sie immer Wert gelegt. Wieder stiegen ihr heiße Tränen in die Augen, und sie blinzelte sie schnell weg. Sie würde nicht mehr weinen. Sie musste sich zusammennehmen. Als Diplomatentochter hatte sie das ihr ganzes Leben lang trainiert und es in ihrem Job als Spendensammlerin des Wohltätigkeitsvereins für benachteiligte Kinder weiter verinnerlicht.

Plötzlich fiel ihr der Name des Mannes vom Sicherheitsdienst wieder ein. Mit zitternden Fingern drückte sie auf die Sprechtaste. »Ja, James?«

»Entschuldigen Sie, dass ich Sie störe, Mrs. Whittaker, aber hier ist ein Gentleman, der Sie sehen möchte. Ich weiß, es ist spät, aber er besteht darauf.«

»Ich empfange keine Reporter, James.«

»Er ist kein Reporter, Madam. Er sagt, es gehe um eine persönliche Angelegenheit. Sein Name ist Raffaele Rossellini.«

»Ich kenne keinen Mr. Rossellini. Bitte fordern Sie ihn auf zu gehen.«

»Mrs. Whittaker?« Eine tiefe Männerstimme mit Akzent meldete sich. Selbst über die Sprechanlage klang sie willensstark und ausgesprochen maskulin. »Wir sind uns noch nicht begegnet, aber ich muss Sie sehen. Ich war ein Freund Ihres Mannes.«

»Ich kenne alle Freunde von Kyle, Mr. Rossellini. Sie kenne ich allerdings nicht.«

»Wirklich *alle*, Mrs. Whittaker?«

Seine Frage traf sie wie ein Schlag. Sie hatte ja nicht einmal etwas von Kyles Geliebten gewusst.

»Kommen Sie herauf. Ich gebe Ihnen genau zehn Minuten für Ihr Anliegen.«

»Was ich zu sagen habe, wird nicht lange dauern.«

Schnell schaltete Lana einige Lampen ein, die das Wohnzimmer in warmes Licht tauchten und einen starken Gegensatz zu dem Eisklumpen bildeten, der sich in ihrem Magen festgesetzt zu haben schien.

Als es an der Wohnungstür klopfte, strich sie automatisch ihr Kleid glatt und fuhr sich hastig mit den Fingern durchs Haar.

Raffaele versteifte sich, als seine erklärte Feindin ihm die Tür öffnete. *Dio!* Wie hübsch sie war. Ausgeschlossen, dass das die gleiche Frau war, deren Haltung beim Begräbnis ihn so aufgebracht hatte. Verklebte dunkle Wimpern umrahmten ihre sanften blaugrünen Augen, als habe sie vor Kurzem geweint. Ihr Gesicht war erhitzt, ihr Haar zerzaust. Sie sah weich aus, verletzt, ganz so, als bräuchte sie dringend Trost – wie eine Frau, die ein Mann wie er vor den Härten des Lebens beschützte. Wie eine Frau, die ein Mann wie er die ganze Nacht lang liebte, ihren schlanken Körper genoss, dabei ihr herrliches Haar durchwühlte und sie nach allen Regeln der Kunst verwöhnte.

Dann verwandelte sie sich vor seinen Augen zurück in die unterkühlte Witwe, die am Grab gestanden hatte. Er musste sich geirrt haben. Der kurze Blick auf eine völlig andere Frau konnte nur ein Irrtum gewesen sein. Die Rückverwandlung erinnerte ihn augenblicklich an den Grund seines Besuchs.

»Mrs. Whittaker, Raffaele Rossellini. Darf ich eintreten?«

Sie schien überrascht, ihn zu sehen, ganz so, als kenne sie ihn von irgendwoher. Aber das war unmöglich. Auf dem Friedhof hatte er sich im Hintergrund gehalten, und ihre Wege hatten sich vorher nicht gekreuzt. Doch irgendetwas an ihr faszinierte ihn, an der Art und Weise, wie sie schnell eine kühle Miene aufgesetzt hatte. Als verstecke sie sich hinter einer dicken, wenn auch durchsichtigen Mauer.

Natürlich tut sie das, schalt er sich insgeheim. Das hier war die wahre Lana Whittaker. Die Eiskönigin in Person. Die Frau, die so hartnäckig an der Farce einer Ehe festgehalten hatte, statt den Mann gehen zu lassen, der sie nicht mehr liebte.

Sie bat ihn in die Wohnung und führte ihn in ein geräumiges, teuer eingerichtetes Wohnzimmer. Kein Wunder, dass Kyle Geld von ihm gebraucht hatte. Lana Whittaker liebte offensichtlich den Luxus.

Während er hinter ihr herging, stieg ihm ein Hauch ihres Parfüms in die Nase – zu seiner Überraschung war es kein aufdringlicher Duft, sondern ein zarter, leicht süßlicher. Er wollte so gar nicht zu dieser Frau passen.

Tut sie das absichtlich? fragte er sich. Um die Männer zu locken und in Versuchung zu führen, nur um dann kalt jeden Annäherungsversuch zurückzuweisen, während sie die ganze Zeit diese unglaubliche Beherrschung beibehielt? Er schwor sich, dafür zu sorgen, dass es mit dieser Coolness vorbei war, bevor er nachher wieder ging.

Ohne ihn zu bitten, sich zu setzen, begegnete sie mit gestrafften Schultern seinem Blick.

»Also, Mr. Rossellini. Sie wollten mich sprechen. Sie haben noch neun Minuten.«

Raffaele wurde ärgerlich. Sie wagte es, ihn herauszufordern, ohne überhaupt zu wissen, wer er war? Er verkniff sich eine passende Bemerkung und verließ sich ganz auf seine Willensstärke, durch die er das Unternehmen seiner Familie – sie exportierten Olivenöl – an die Weltspitze geführt und dort erfolgreich etabliert hatte.

»Es tut mir leid, dass Sie Ihren Mann verloren haben.«

»Danke, aber Sie sind sicher nicht hergekommen, um Ihr Beileid auszusprechen.« Sie stand kerzengerade da, die Arme locker angewinkelt, obwohl sie bei ihrem aggressiven Ton auch vor der Brust hätten verschränkt sein können. »Was wollen Sie?«

Raffaele verstand langsam, warum Kyle seine sehr feminine, temperamentvolle Schwester attraktiv gefunden hatte. Was, um alles in der Welt, hatte den Mann geritten, bei dieser frostigen Frau ohne jede weibliche Ausstrahlung zu bleiben? Und doch verbarg sich unter dem Eispanzer irgendetwas – ein Feuer, das in den dunklen Tiefen ihrer Augen flackerte und das ihm einen heißen Schauer über den Rücken laufen ließ.

»Ihr Mann hat mich nie erwähnt, nehme ich an?«

»Hätte er das tun sollen?«

Ihr unverschämter Unterton ärgerte ihn. »Wir waren Freunde, aber auch Geschäftspartner.«

»Kyle hatte nie einen Geschäftspartner.«

»Ich stehe hier vor Ihnen. Es ist wahr.« Raffaele vergrub die Hände tief in den Hosentaschen und fixierte Lana scharf, versuchte, eine Unsicherheit zu entdecken, eine Schwäche, um diese entnervende Ruhe, die sie ausstrahlte, zu erschüttern. »Ihr Mann schuldete mir Geld, Mrs. Whittaker. Eine ziemlich große Summe.« Als er sagte, um wie viel es sich handelte, wurde sie noch bleicher. Die verschmierte Wimperntusche unter ihren Augen wirkte wie blaue Flecken auf ihrer zarten Haut.

»Das ist unmöglich!«, widersprach sie heftig und ballte nervös die Hände zu Fäusten. Aha, dachte er mit einer gewissen Genugtuung. Geld war also der Hebel. Verständlich bei ihrem gepflegten Aussehen – perfekt manikürte Nägel, ebenmäßiger, leicht gebräunter Teint, ihre modisch gestylten goldblonden Haare. Sie hatte wohl wirklich einen Hang zum Luxus. Es war Zeit zum Angriff.

»Durch Kyles Tod sieht es für unsere geschäftlichen Pläne leider nicht gut aus. Meine italienischen Investoren haben bereits angedeutet, dass sie vorhaben, sich zurückzuziehen. Ohne Ihren Mann, der die Restsumme durch Investoren hier in Neuseeland besorgen wollte, muss ich das Darlehen kündigen.« Sie brauchte nicht zu wissen, dass es sich bei den italienischen Investoren um seine eigene Firma handelte oder dass das Vorhaben – im großen Stil Olivenöl aus ökologischem Anbau zu vertreiben – noch in den Kinderschuhen steckte. Doch das Darlehen existierte wirklich.

»Das Darlehen kündigen? Einfach so?« Ängstlich riss sie die Augen auf, sodass sie in ihrem bleichen Gesicht geradezu riesig wirkten.

Für einen kurzen Moment verspürte Raffaele einen Anflug von Mitleid, doch dann siegte sein Verstand. Wegen dieser Frau würde ein Kind ohne seine leiblichen Eltern aufwachsen. Da gab es keinen Platz für Mitleid in seinem Umgang mit ihr. Auf die eine oder andere Art und Weise würde sie teuer für das bezahlen, was sie seiner Familie angetan hatte.

»*Sì*. Einfach so. Ich nehme an, Sie ziehen es vor, dass ich mich direkt an Ihren Anwalt wende?«

Sie antwortete nicht. Man hätte meinen können, sie habe sich so weit in sich zurückgezogen, dass sie für alles und jeden unerreichbar war. Hatte er sie zu sehr gedrängt? Möglich. Schließlich hatte sie erst am Nachmittag ihren Mann begraben. Vielleicht hätte er einen Tag länger warten sollen.

Hatte Maria einen weiteren Tag? Unvermittelt schoss ihm diese Frage durch den Kopf. Nein, vermutlich nicht. Er streckte die Hand aus und berührte die schweigende Frau, die ihm gegenüberstand, kurz am Arm.

»Mrs. Whittaker?«

Sie entzog sich ihm augenblicklich, als habe er ihren nackten Unterarm mit einem glühenden Feuerhaken berührt.

»Ich … ich hole Ihnen seine Karte.«

Wieder vollbrachte sie diese wundersame Verwandlung und schien nach tiefster Geistesabwesenheit jedes Körnchen Gelassenheit in sich aufzuspüren, um nach außen hin vollkommen selbstsicher zu wirken.

Ruhigen Schrittes ging sie nach nebenan, ins Schlafzimmer, wie Raffaele vermutete. Während sie weg war, sah er sich um und schätzte dabei ab, was jeder Gegenstand im Raum gekostet haben mochte. Die makellos schönen Möbel und die moderne Kunst an den Wänden gefielen ihm nicht besonders. Er zog in seinem Zuhause Wärme und Behaglichkeit vor – ebenso wie bei seinen Frauen.

Unvermittelt fiel sein Blick auf einen Haufen zerrissener Fotos neben der Couch. Er bückte sich und hob einen Schnipsel auf. Sie hatte es also gar nicht abwarten können, jedes kleine Andenken an ihren Mann loszuwerden. Er biss die Zähne zusammen und ließ das

Stückchen Erinnerung an einen anderen Mann wieder auf den Boden fallen. Er hatte die richtige Entscheidung getroffen. Lana Whittaker verdiente kein Mitgefühl.

Als sie mit einer weißen Visitenkarte zurückkam, zögerte er ein wenig, um sie warten zu lassen. Als er schließlich die Hand nach der Karte ausstreckte, sah er ihr direkt ins Gesicht und streifte absichtlich ihre Finger.

Ihre Pupillen weiteten sich bei seiner Berührung. Interessant, dachte er. Sie war nicht immun gegen seine Berührung. Wirklich sehr interessant.

Ihre Stimme klang kühl, als sie endlich etwas sagte, obwohl ihre Wangen plötzlich leicht gerötet waren. »Ihre zehn Minuten sind um. Bitte wenden Sie sich in Zukunft direkt an Mr. Munroe.«

»Natürlich. Gute Nacht, Mrs. Whittaker.«

»*Adieu,* Mr. Rossellini.«

Bei ihrer Betonung musste er lächeln. Sie konnte nicht umhin, es zu merken, ehe er sich umwandte und ging. Er ließ sie das letzte Wort haben – diesmal. Sie würde sich noch wundern, wenn sie glaubte, sie hätte ihn zum letzten Mal gesehen.

2. Kapitel

In dem Moment, als die Wohnungstür ins Schloss fiel, begann Lana zu zittern. Kyle schuldete auch diesem Mann Geld? Was hatte er sonst noch vor ihr verheimlicht?

Als sie nach drei Jahren Ehe erfahren hatten, dass sie nie eigene Kinder haben würden, hatte sie sich in ihre karitative Tätigkeit gestürzt und Kyle nach und nach die gesamte Verantwortung für ihre finanziellen Angelegenheiten überlassen. Das hatte ihm nichts ausgemacht, schließlich galt er als Finanzgenie.

Wie lange hätte sie wohl gebraucht, um ihm auf die Schliche zu kommen, wenn er nicht bei dem Autounfall ums Leben gekommen wäre? Wie lange hätte sie weiterhin in falscher Sicherheit gelebt?

Sie war zutiefst müde und erschöpft und hatte das Gefühl, in den letzten achtundvierzig Stunden um Jahre gealtert zu sein. An diesem Abend konnte sie nichts mehr tun. Am nächsten Morgen würde sie Tom Munroe aufsuchen, ihren Anwalt, um mit ihm die Informationen auf Kyles Laptop zu sichten. Raffaele Rossellini war darin nicht aufgetaucht, es sei denn, es gab noch andere Dateien, die ihr verborgen geblieben waren.

Ohne sich damit aufzuhalten, die Lampen auszuschalten, ging Lana ins Schlafzimmer, doch beim Anblick des breiten Ehebettes wurde ihr fast übel. Die Intimitäten, die sie und Kyle dort genossen hatten, die Träume und Versprechen, die sie sich zugeflüstert hatten, der Kummer, den sie geteilt hatten, als feststand, dass sie die so sehr ersehnten Kinder nie bekommen würden, waren ihr sofort gegenwärtig. Schmerzliche, greifbare Erinnerungen an ihre Vergangenheit.

Sie konnte nie wieder in diesem Bett schlafen!

Sie nahm eine Decke und ein Kopfkissen aus dem Kasten am Ende des Bettes und sank im Wohnzimmer auf die breite Ledercouch. Nach einer Weile fiel sie endlich in einen traumlosen Schlaf.

Die Wintersonne war kaum aufgegangen, als das Klingeln des Telefons Lana weckte. Sie brauchte einen Moment, um sich zu orientieren, ehe sie aufstand und sich verschlafen meldete.

»Stimmt es, dass Kyle Whittaker mit einer anderen Frau zusammen war, als er starb?« Die aufdringliche Männerstimme machte Lana schlagartig hellwach.

Die Neuigkeit war also aus dem Sack, und die Wölfe nahmen bereits die Blutspur auf. Langsam legte sie den Hörer auf und schaltete das Telefon auf stumm. Ehe sie das auch bei den Apparaten im Schlafzimmer und Büro hätte tun können, klingelte es erneut. Ohne zu antworten, zog sie die Anschlussstecker aus der Wand und ging ins Bad.

Kyle war überall. Auf dem Waschtisch aus schwarzem Marmor standen seine Toilettenutensilien herum, hinter der Tür hing sein Badcmantel.

Lana nahm den Papierkorb und warf Rasierwasser, Lotion, Zahnbürste und Deodorant kurzerhand hinein.

Erst als sie in den Spiegel schaute, merkte sie, dass ihr Gesicht erneut tränennass war. Sie zog das schlichte schwarze Kleid aus, das sie am Vortag zur Beerdigung getragen hatte, und warf ihre Unterwäsche achtlos auf den Boden.

Als sie dann unter die Dusche trat, hoffte sie, der heiße Wasserstrahl würde ihr guttun. Doch die Kälte, die sich um ihr Herz gelegt hatte, wollte nicht weichen.

Kurz darauf stand sie im flauschigen Bademantel und mit einem Handtuch um den Kopf vor dem Kleiderschrank und überlegte, was sie zu ihrem Termin mit Tom Munroe anziehen sollte. Sie musste klären, was Kyle ihr hinterlassen hatte, und sie musste ihm auch die Dateien auf dem Laptop zeigen. Bei dem Gedanken wurde ihr erneut übel. Schließlich entschied sie sich für einen eleganten Hosenanzug in Steingrau, zu dem sie einen bunten Schal in Seegrün und Korallen-rot wählte. Jetzt brauchte sie einen Kaffee. Starken schwarzen Kaffee. Sie würde das Ganze überleben – irgendwie.

Die Tiefgarage ihrer Wohnung zu verlassen erwies sich als reinster Albtraum. Der Mann vom Sicherheitsdienst hatte Lana davon abge-raten, sich ein Taxi zum Vordereingang zu bestellen, wie sie das vor-gehabt hatte. Nun fuhr sie gezwungenermaßen mit ihrem eigenen Wagen, dem neuesten Modell eines Mercedes-Cabrios, die Rampe zur Straße hinauf. Dort sah sie bereits unzählige Gesichter, Kameras und Mikrofone. Vielleicht wäre es besser, Tom zu bitten, sie in ihrem Apartment aufzusuchen. Doch sie wusste, wenn sie dort noch einen Moment länger bliebe, umgeben von so vielen vermeintlich glückli-chen Erinnerungen, würde sie verrückt werden.

Lana atmete tief durch und gab Gas. Das Gittertor begann sich zu heben. Viel zu langsam. Sofort bedrängten die Reporter ihren Wagen. Um niemanden zu verletzen, war sie gezwungen, langsamer zu fah-ren. Zum Glück war ihr Apartmenthaus gut bewacht, und mehrere Sicherheitsleute in Uniform bahnten ihr einen Weg und winkten sie hastig weiter.

Ein Blitzlichtgewitter brach über sie herein, doch schließlich hatte sie es geschafft. Schnell fuhr sie davon, ehe die lästige Reportermeute ihr folgen konnte.

Im Büro ihres Anwalts wurde sie gleich in einen privaten Warte-raum geleitet. Ohne Zweifel verbreiteten sich schlechte Nachrichten wie ein Lauffeuer. Lana ließ sich in einen Sessel fallen. Ein feiner Duft hing in der Luft. Maskulin, ein Hauch von Moschus. Sie kannte die-sen Duft von irgendwoher, kam jedoch nicht darauf, woher. Kyle hatte immer frischere Zitrusnoten bevorzugt. Aus dem Büro ihres Anwalts hörte sie Männerstimmen, und ihr sträubten sich die Haare.

Raffaele Rossellini.

Er war bereits hier? Sie fühlte sich elend. Nicht einmal einen Tag konnte er warten. Sie hörte, wie die Flurtür von Toms Büro geöff-net und wieder geschlossen wurde, ehe die Tür zum Warteraum auf-ging.

»Meine Liebe …« Tom streckte die Arme nach Lana aus. Seine Frau war eine enge Freundin ihrer Mutter aus Studententagen gewesen, und Tom Munroe gehörte zu Lanas Leben, solange sie denken konnte. Sie hatte seine beruhigende Nähe bei der Beerdigung vermisst, doch wegen eines wichtigen Gerichtstermins hatte er ihr nicht beistehen können.

Das Mitgefühl in seinen Augen hätte sie fast zum Weinen gebracht. Sie ließ sich von ihm in die Arme ziehen und unterdrückte ein Aufschluchzen. Sie war entschlossen, sich nicht von der Angst und den Problemen unterkriegen zu lassen, die ihr jede Sicherheit im Leben genommen hatten.

Als sie gleich darauf in Toms Büro auf dem Besucherstuhl Platz nahm, hatte sie das Gefühl, durch den weichen Wollstoff ihrer Hose noch die Wärme des Besuchers, der vorher hier gesessen hatte, zu spüren. Reine Einbildung, das war ihr klar, aber ihre Haut prickelte trotzdem.

»Du hattest Besuch von Raffaele Rossellini.« Ihre Stimme zitterte leicht. Lana umfasste den Laptop, den sie mitgebracht hatte, fester, als würde ihr das Halt geben.

»Ja, ein charmanter Mann. Allerdings war er ein wenig besorgt wegen eines Darlehens, das er Kyle gegeben hatte. Wusstest du etwas davon?« Tom lehnte sich in seinem Schreibtischsessel zurück und sah Lana nachdenklich an.

»Nein.« Sie öffnete die Tasche des Laptops. »Und es kommt noch schlimmer.«

Bis sie mit der Schilderung ihrer finanziellen Situation, wie sie ihr die Computerdateien offenbart hatten, fertig war, war Tom völlig verstummt. Besorgt runzelte er die Stirn.

»Das lässt die Dinge in völlig anderem Licht erscheinen, das ist dir sicher bewusst.«

Sein Tonfall verursachte wieder dieses ungute Gefühl in Lanas Magengrube. »Ich habe auch nach den Policen unserer Lebensversicherung gesucht und kann sie nicht finden. Glaubst du, er hat sie zu Geld gemacht?«

»Nein, es ist wahrscheinlicher, dass er sie der Bank als Sicherheit für ein weiteres Darlehen gegeben hat. Er hat das nicht über mich abgewickelt, aber als sein Testamentsvollstrecker kann ich Nachforschungen für dich anstellen.«

»Aber das wird Tage dauern, wenn nicht Wochen. Ich muss es jetzt wissen. Ich kann nicht herumsitzen und darauf warten, dass der nächste Kredithai vorbeikommt und die Möbel abholt.«

»Nein, da stimme ich dir zu. Mach dir keine Sorgen. Ich lasse meine Mitarbeiter sofort anfangen. Fährst du in die Wohnung zurück?«

Allein der Gedanke daran erhöhte den unangenehmen Druck in Lanas Magengrube.

»Nein, das kann ich nicht. Die Presse belagert das Gebäude. Wenn ich heute zurückgehe, werden die anderen Bewohner überhaupt keine Ruhe haben.«

»Ich könnte Helen anrufen. Sie wird sich bestimmt wahnsinnig freuen, wenn du bei uns wohnst, bis sich die ganze Aufregung gelegt hat.«

»Nein, das geht nicht, aber vielen Dank. Die Presse ist bereits jetzt unerträglich. Wenn die herausfinden, dass gegen Kyle ermittelt wurde, wird es nur noch schlimmer werden. Mach dir keine Sorgen um mich. Ich gehe in ein Hotel.«

»Klingt vernünftig. Sag an der Rezeption Bescheid, dass deine Anrufe überwacht werden.« Nachdenklich rieb Tom sich das Kinn. »Hast du genügend Geld?«

»Selbstverständlich.«

»Tja, wenn du dir sicher bist.«

»Bin ich, keine Sorge.« Lana stand auf und verstaute den Laptop wieder in der Tasche. »Die Polizei wird ihn brauchen. Wirst du dich darum kümmern?«

»Natürlich, meine Liebe.« Er nahm ihr den Laptop ab. »Und vergiss nicht, ruf mich an, falls du Hilfe brauchst. Zu jeder Tages- und Nachtzeit, verstanden?«

»Das werde ich. Danke.«

»Bedanke dich, wenn das Ganze vorbei ist und du immer noch ein Dach über dem Kopf hast.«

»Glaubst du, dass es so schlimm kommen könnte?«

»Ich fürchte, das könnte es.«

»Also, tu, was du tun musst.« Lana reckte sich und küsste Tom flüchtig auf die Wange. »Ich melde mich und sage dir Bescheid, in welchem Hotel ich wohne.«

»Bitte mach das, und, Lana …«

»Ja?«

»Geh Raffaele Rossellini aus dem Weg. So charmant er auch zu sein scheint, irgendetwas an ihm beunruhigt mich.«

»Hältst du ihn für gefährlich?«

»Nicht in körperlicher Hinsicht, aber ich habe den Verdacht, dass mehr an diesem jungen Mann dran ist, als er vorgibt. Ich werde einen Mitarbeiter Erkundigungen über ihn einholen lassen.«

Raffaele Rossellini aus dem Weg zu gehen wird kein Problem sein, dachte Lana, als sie sich mit ihrem Wagen in den fließenden Verkehr einordnete und zu einem First-Class-Hotel im Zentrum von Auckland fuhr. Sie hatte nicht vor, ihn jemals wiederzusehen.

Die Atmosphäre im Foyer des Hotels tat Lana gut. Es ging geschäftig zu wie immer, doch die elegante Einrichtung strahlte etwas Solides, Dauerhaftes aus, und das beruhigte und belebte Lana gleichermaßen. Selbst der Duft, der in der Luft lag, ein Gemisch aus Blumenduft und Spuren von teuren Damen- und Herrenparfüms, erinnerte sie an ihre Kindheit. An Geborgenheit.

Nachdem Lana sich an der Rezeption eingetragen hatte, reichte sie dem freundlich lächelnden Angestellten das Formular zusammen mit ihrer Kreditkarte.

»Ich weiß noch nicht, wie lange ich das Zimmer brauchen werde, aber ich nehme an, mindestens eine Woche.« Bestimmt würde die Presse nach einer Woche hinter der nächsten Sensation her sein und einem anderen armen Opfer nachstellen.

»Kein Problem, Madam.«

Nervös trat Lana von einem Fuß auf den anderen. Sobald sie in ihrem Zimmer war, würde sie als Erstes ein heißes Bad nehmen, um sich ein wenig zu entspannen.

»Entschuldigung, Madam. Es scheint ein Problem mit Ihrer Karte zu geben. Haben Sie vielleicht noch eine andere?«

»Ja, natürlich.« Lana griff in ihre Handtasche und bemühte sich dabei, ihren Anflug von Panik zu ignorieren. »Hier, versuchen Sie es mit dieser.«

Der Hotelmitarbeiter zog die Karte durch das Lesegerät. Dann runzelte er die Stirn. »Es tut mir leid, Madam. Aber diese hier wurde auch nicht akzeptiert.«

»Das verstehe ich nicht. Das ist doch unmöglich.« Lana steckte ihre Platinkarte zurück in ihr Portemonnaie. »Kann ich Ihr Telefon benutzen, um meine Bank anzurufen?«

»Das wird nicht nötig sein«, mischte sich eine samtweiche Männerstimme ein. »Vielleicht kann ich helfen.«

Lana wirbelte herum. Ihr Herz flatterte wie das eines verängstigten Vogels im Käfig. »Sie?« Raffaele Rossellini war nun wirklich der Letzte, den sie brauchen konnte.

»Warum nicht?«

»Ein Telefon, bitte.« Lana wandte ihm den Rücken zu und bedachte den Hotelangestellten mit einem strengen Blick.

Nachdem er ihr die Telefone auf der anderen Seite des Foyers gezeigt hatte, bedankte sie sich kurz und eilte hinüber, entschlossen, so weit wie möglich Abstand zu Raffaele Rossellini zu gewinnen. Aber er ließ sich nicht so leicht abwimmeln.

»Mrs. Whittaker. Einen Moment, bitte.«

»Ich bin sehr beschäftigt, Mr. Rossellini. Kann das nicht warten?«

»Ich denke nur an Ihre Privatsphäre. Vielleicht würden Sie lieber das Telefon in meiner Suite benutzen?«

Cristo! Was dachte er sich dabei? Es konnte ihm doch egal sein, ob die ganze Welt ihren Schock mitbekam, wenn sie die Neuigkeit erfuhr, die aufzudecken ihn eine ganze Menge Geld gekostet hatte. Wenn sie herausbekam, dass sie mittellos war.

Er beobachtete, wie sie zögerte, wie sie langsam zu begreifen schien.

»Danke, ja. Das wäre vermutlich das Beste. Ich werde Ihre Zeit nicht allzu lange in Anspruch nehmen.«

»Bitte nehmen Sie sich so viel Zeit, wie Sie brauchen.«

Er machte eine Handbewegung in Richtung der Fahrstühle und folgte ihr dann durch die Hotelhalle. Dabei versuchte er zu ignorieren, wie betörend er erneut ihr Parfüm fand. Hatte sie es sich nur hinter die Ohren getupft oder auch auf andere Stellen ihres aufreizenden Körpers? Es wäre faszinierend, das herauszufinden. Selbst zu ergründen, ob sie wirklich so kühl war, wie es ihr Äußeres und ihre Haltung vermuten ließen.

Tatsächlich wäre es sogar in seinem Sinn – nicht nur in einer Hinsicht –, herauszufinden, wie er am besten diese unergründliche Fassade, die sie zur Schau trug, unterhöhlen konnte, zerstören konnte, was noch von ihrem privilegierten Leben übrig war.

Er würde überaus charmant sein, bis er ihre Abwehr durchbrochen hätte. Dann würde er blitzschnell zuschlagen, um sie für das Unglück büßen zu lassen, das ihr Egoismus über seine Familie gebracht hatte.

Erst als sich die Aufzugtüren schlossen, fiel Lana wieder die Warnung ihres Anwalts ein, Raffaele Rossellini aus dem Weg zu gehen. Es war ihr unmöglich, in der verspiegelten Kabine nicht den Blick über seine klassischen romanischen Züge gleiten zu lassen – die dunklen Augen, die schöne gerade Nase, die sinnlich volle Unterlippe. Sie zuckte leicht zusammen, als er hinter sie griff, um den Knopf für die Penthouse-Etage zu drücken, und übersah geflissentlich, dass er sie dabei kurz entschuldigend anlächelte.

Penthouse. Natürlich. Ein Mann mit einer solchen Aura von Reichtum und Macht würde nirgendwo anders wohnen. Sie hatte viele Männer wie ihn getroffen, international bekannt für ihr Geschick, Geld im großen Stil zu verdienen und die Wirtschaft am Laufen zu halten. Ehe sie Kyle geheiratet hatte, hatte sie bei vielen diplomatischen Veranstaltungen ihres Vaters als Gastgeberin fungiert und zahllose Abende damit verbracht, ihre Langeweile vor Männern wie Raffaele Rossellini zu verbergen. Aber, meldete sich eine leise innere Stimme, er ist alles andere als langweilig.

Kurz darauf betrat sie seine Suite.

»Das Telefon steht auf dem Tischchen dort.« Er zeigte es ihr. »Es sei denn, Sie ziehen die Privatsphäre des Schlafzimmers vor.«

War es Einbildung, oder hatte es in seinen Augen bei dieser letzten Bemerkung aufgeblitzt? Unversehens reagierte ihr Körper. Eine prickelnde Hitzewelle durchlief sie.

»Hier im Flur ist in Ordnung, danke.« Lana gratulierte sich insgeheim, dass durch ihren genau dosierten frostigen Unterton augenblicklich der provozierende Ausdruck in seinem Blick verschwand.

»Wie Sie möchten. *Scusi*, aber ich muss mich für einen anderen Termin umziehen. Bitte nehmen Sie sich etwas zu trinken aus der Bar.« Mit seinen langen schlanken Fingern löste er den Knoten seiner gemusterten Seidenkrawatte, und als er die beiden oberen Hemdknöpfe öffnete, kam ein Stückchen seiner gebräunten Brust zum Vorschein.

Lana schluckte. Plötzlich verspürte sie einen dicken Kloß im Hals. »Nein, danke. Ich brauche nur eine Minute und finde allein wieder hinaus, sobald ich fertig bin.«

Doch er hatte bereits die Schlafzimmertür hinter sich geschlossen. Verzweifelt versuchte sie das Bild von ihm zu verdrängen, wie er sich hinter dieser Tür auszog. Die Bank. Sie musste die Bank anrufen.

Es dauerte nicht lange, bis sie mit dem Kundenservice verbunden war. Als sie wieder auflegte, zitterten ihre Hände. Niemand konnte ihr mehr sagen, als dass sie momentan kein Geld zur Verfügung hatte. Ihre Konten waren alle wegen laufender Ermittlungen eingefroren. Kein Geld? Das konnte nicht wahr sein. Ihr eigenes Gehalt hätte doch am Vortag auf dem Konto eingehen müssen. Wie sollte sie ohne Geld überleben? Was hatte Kyle nur getan?

Sie stand auf, griff nach ihrer Tasche und hastete zur Tür. Es wäre sicher am besten, persönlich zur Bank zu gehen und mit dem Verantwortlichen zu reden. Bestimmt konnte der Manager die Sache klären.

Plötzlich begann es in ihren Ohren zu rauschen, und sie nahm kaum noch wahr, wie die Schlafzimmertür aufging. Schwarze Punkte tanzten vor ihren Augen, und die luxuriöse Ausstattung der Suite begann unvermittelt zu verschwimmen.

Ein stützender Arm legte sich um ihre Taille. Sosehr Lana sich danach sehnte, sich bei jemandem anlehnen zu können, sie wusste instinktiv, dass sie sich befreien musste.

»Lassen Sie mich los. Ich bin in Ordnung.« Verdammt, ihre Stimme klang ganz schwach. Sie wehrte sich immer noch gegen ihn, als ihre Beine wegsackten und die schwarzen Punkte zu einer undurchdringlichen Dunkelheit wurden. Undeutlich vernahm sie einen unterdrückten Fluch, ehe sie von starken Armen hochgehoben wurde.

Raffaele nahm das Fliegengewicht der ohnmächtigen Frau in seinen Armen kaum wahr, dafür umso mehr ihre verlockenden, leicht geöffneten Lippen und wie sich ihre Brust leicht hob und senkte, während sie nur flach atmete.

Statt zum Sofa im Wohnzimmer der Suite eilte er in sein Schlafzimmer und legte ihren reglosen Körper auf das mit einer Tagesdecke bedeckte Bett. Eine Strähne ihres honigblonden Haares hatte sich aus ihrer Frisur gelöst und fiel ihr auf die bleiche Wange. Am liebsten hätte er sie zurückgestrichen, stattdessen nahm er die Karaffe mit Mineralwasser vom Nachttisch und goss etwas davon in ein Glas.

Lana war nicht lange ohnmächtig. Ihre Lider mit dem blauen Lidschatten flackerten, und dann öffnete sie sie. Als sie erfasste, wo sie war, spiegelte sich Angst auf ihrem Gesicht wider.

»Hier, trinken Sie das.« Raffaele half ihr auf und hielt ihr das Wasserglas an die Lippen.

»Ich schaffe das schon, danke.« Sie entzog sich seinem Arm, mit dem er sie gestützt hatte.

Kein Wunder, dass sie Kyle vertrieben hatte. Ein Mann vertrug nur ein gewisses Maß an Eigenständigkeit, ehe er sich überflüssig fühlte. Da saß sie nun und versuchte zu bestimmen, obwohl sie vor einem Moment noch in seinen Armen gelegen hatte. Ganz seinem Willen ausgeliefert. Heftiges Begehren flackerte tief in seinem Inneren auf, als sie das Glas absetzte und mit der Zungenspitze über ihre weichen, vollen Lippen fuhr.

»Besser?« Seine Stimme klang rau wie ein Reibeisen.

»Viel besser. Ich weiß nicht, was über mich gekommen ist. Danke.« Der Stoff ihrer Hose umschmeichelte ihre Schenkel und Hüften, als sie die Beine über die Bettkante schwang, um sich ganz aufzusetzen.

Sie war immer noch sehr blass. Würde sie beim Sex gerötete Wangen haben oder so bleich und reglos wie eine Marmorstatue sein? fragte er sich insgeheim.

»Ich helfe Ihnen.« Er ergriff ihre schlanke Hand, um sie beim Aufstehen zu stützen.

»Ich muss gehen.«

»Gehen? Wohin? In Ihr Apartment? Lassen Sie mich einen Wagen für Sie besorgen.«

»Nein!« Ihre Panik war nicht zu überhören.

»Wohin wollen Sie dann?«

»Hören Sie, vielen Dank für Ihre Hilfe. Ab hier schaffe ich es allein. Wirklich.«

»Glauben Sie?« Er drehte sie zu dem hohen Spiegel um, der gegenüber dem Bett an der Wand hing. »Sie sind bleich wie ein Gespenst, Sie zittern wie Espenlaub, und da behaupten Sie, dass Sie es allein schaffen? Wann haben Sie zuletzt etwas gegessen?«

»Das spielt keine Rolle. Ich habe etwas Geschäftliches zu erledigen. Bitte lassen Sie mich vorbei.«

»Nein. Was für ein Gastgeber wäre ich denn, wenn ich Sie in dieser Verfassung gehen lassen würde? Kyle hätte bessere Manieren von mir erwartet. Ehe Sie gehen, müssen Sie etwas essen. Dann werde ich Ihnen einen Wagen besorgen.« Zu seiner Überraschung reagierte sie auf den Namen ihres toten Mannes mit geröteten Wangen.

»Bitte erwähnen Sie nicht meinen Mann«, erwiderte sie und entzog sich ihm endgültig.

»Wenn ich verspreche, ihn nicht zu erwähnen, werden Sie dann bleiben und mit mir essen?«

»Sie versuchen, mit mir zu handeln, damit ich eine Mahlzeit mit Ihnen einnehme? Seien Sie nicht albern.«

»Nein, *Signora*, ich handle nicht mit Ihnen. Aber Sie müssen etwas essen. Warum also nicht mit mir?«

»Ich dachte, Sie hätten einen Termin.«

»Den kann ich leicht verschieben. Also wann haben Sie zuletzt etwas gegessen?«

Lana überlegte. Das Mittagessen an dem Tag, als Kyle zurückkommen wollte, war das Letzte, was sie gegessen hatte. An seinem ersten Abend zu Hause gingen sie zum Essen immer aus. Um seine Rückkehr zu feiern, wie er immer gesagt hatte. Das war vor drei Tagen. Außer den Unmengen Kaffee, die sie getrunken hatte, hatte sie sonst nichts zu sich genommen. Aber im Moment stand ihr der Sinn absolut nicht nach Essen. Viel wichtiger war ihre finanzielle Lage, und dieser Mann hier war einer ihrer Gläubiger. Einer ihrer Hauptgläubiger, wenn sie nach der Summe ging, die er am Vorabend genannt hatte. Nein, sie konnte jetzt nichts essen, schon gar nicht in seiner Gegenwart, selbst wenn sie es gewollt hätte.

»Danke für Ihr Angebot«, brachte sie mühsam heraus. »Ich brauche im Moment nichts.«

»Im Moment nichts? Oder von mir nichts?«

Lana spürte, wie sie vor Ärger errötete. War sie so leicht zu durchschauen? »Falls ich Sie gekränkt haben sollte, tut es mir leid.«

Er hob die Hand und strich mit einem Finger sanft über ihre Wange. »Mich gekränkt? Nein. Wie kommen Sie darauf?«

Lana erstarrte bei seiner Berührung und ballte die Hände zu Fäusten. Hatte sie seinen Vorschlag falsch verstanden? Erwartete er vielleicht, dass sie ihre Schulden in einer ganz anderen Währung beglich?

Verärgert wich sie einen Schritt zurück. »Also, das wär's dann. Danke, dass ich Ihr Telefon benutzen durfte. Es tut mir leid …«

Abwehrend hob er die Hand. »Entschuldigen Sie sich nicht. Sie stehen unbestritten unter Stress.« Er nahm ein schwarzes Lederetui mit Goldrand aus der Brusttasche seines Sakkos und reichte ihr seine

Visitenkarte. »Hier, rufen Sie mich auf dem Handy an, falls Sie etwas brauchen. Egal, was es ist.«

»Wirklich, ich bin sicher, ich werde nicht …«

»Nehmen Sie sie. Man weiß nie, wann man vielleicht einen Freund braucht.«

Schweigend steckte Lana das Kärtchen in ihre Tasche. Ihr Instinkt sagte ihr, dass sie sich eher mit einem Schwarm Haie anfreunden würde als mit Raffaele Rossellini.

3. Kapitel

Da ihre Konten gesperrt waren und sie nur noch wenig Bargeld bei sich hatte, sah sich Lana zum ersten Mal in ihrem Leben gezwungen, über die Höhe des Trinkgelds nachzudenken, als der Hotelmitarbeiter ihr den Wagen brachte.

Die Fahrt zu ihrer Bank verlief zum Glück ohne Zwischenfälle. Doch im Büro des Managers wurde sie ziemlich kühl empfangen.

»Mrs. Whittaker, es tut mir sehr leid, dass Ihr Mann verstorben ist, aber was Ihre Konten betrifft, so sind mir vollkommen die Hände gebunden. Ihr Mann war mit mehreren Zahlungen in Verzug. Wir haben deshalb seit Monaten mit ihm korrespondiert, und uns wurde erklärt, er würde sich über Offshoregeschäfte refinanzieren.«

»Aber unsere festverzinslichen Wertpapiere ...« Angst stieg in Lana auf. Wo war all das Geld geblieben? Was hatte Kyle getan?

»Ich bedaure, Mrs. Whittaker, es gibt keine Wertpapiere mehr. Sie und Ihr Mann haben sie vor einiger Zeit verkauft. Sie haben die Verkaufsaufträge unterschrieben.« Er drehte den Monitor seines Computers herum, damit sie die eingescannten Dokumente lesen konnte. Ja, das war ihre Unterschrift, auch wenn sie sich nicht an den Vorgang erinnerte. Ihr wurde ganz elend. Wie oft hatte sie solche Finanzgeschäfte autorisiert, ohne darauf zu achten, was sie da unterschrieb, weil sie Kyle absolut vertraut hatte.

Himmel, war sie naiv gewesen. Dumm und leichtgläubig. Wie lange hatte er ihre gemeinsamen Konten geplündert, um das Liebesnest zu finanzieren, das er seiner Geliebten zur Verfügung gestellt hatte?

Mit so viel Würde, wie sie nur aufbringen konnte, erhob sich Lana und reichte dem Bankmanager die Hand. Selbst ihr letztes Gehalt lag auf Eis. Trotzdem schaffte sie es sogar zu lächeln.

»Ich wünschte, ich könnte etwas für Sie tun, Mrs. Whittaker, aber Sie verstehen sicher, dass mir die Hände gebunden sind, da Ermittlungen gegen Mr. Whittaker laufen.«

Lana nickte. »Ich verstehe. Bitte machen Sie sich keine Gedanken.« Verstehen? Sie verstand überhaupt nichts. Ihre ganze Welt, alles, woran sie geglaubt hatte, war in sich zusammengebrochen.

Als sie dann auf dem Weg zum Parkplatz ihre Wagenschlüssel aus der Tasche nehmen wollte, erregte eine Bewegung am Kantstein ihre Aufmerksamkeit.

»Nein«, stöhnte sie beim Anblick, der sich ihr bot. »Lassen Sie das. Was machen Sie da mit meinem Wagen?«

Der stämmige Fahrer des Abschleppwagens ließ sich nicht beirren und fuhr fort, ihr silberfarbenes Cabrio auf die Ladefläche zu hieven. Lana eilte hinüber und vertrat sich dabei auch noch einen Fuß.

»Lassen Sie meinen Wagen sofort wieder herunter«, befahl sie.

»Tut mir leid, Madam. Ich habe meine Anweisungen von den Wagenbesitzern.«

»Sie machen wohl Witze. *Ich* bin die Wagenbesitzerin!« Alles war heute irgendwie zu einem schlechten Witz geworden, nur dass ihr nicht zum Lachen zumute war.

»Hier.« Der Fahrer hielt ihr ein Klemmbrett hin. Ihr verschwamm der Text vor den Augen – Eigentumsrückführung, ausstehende Zahlungen. Stumm sah Lana zu, wie der Fahrer die Haken befestigte, damit ihr Wagen sicher auf der Ladefläche stand, ehe er in die Fahrerkabine kletterte.

Sie wusste nicht, wie lange sie dastand, nachdem er weggefahren war. Erst ein leichter Nieselregen löste sie aus ihrer Erstarrung. Als der Regen zunahm, eilte sie den Gehsteig entlang, bis sie ein überdachtes Plätzchen fand, wo sie ihr Handy benutzen konnte. Als sie es eine Stunde später wieder einsteckte, hatte sie ihr persönliches Adressbuch durchtelefoniert. Diejenigen, die nicht einfach aufgelegt hatten, brauchten bloß dreißig Sekunden, um ihr die Meinung über Kyle zu sagen und über sie, Lana, gleich mit. Zum ersten Mal in ihrem Leben war sie wirklich allein.

Lana überlegte, ob sie ein R-Gespräch mit ihrem Vater in der Botschaft in Berlin führen sollte. Aber das würde ihm höchstens beweisen, dass sie ihn erneut enttäuscht hatte. Nein, sie musste das alles irgendwie durchstehen, ohne bei Daddy angekrochen zu kommen. Sein Missfallen würde groß genug sein, wenn die Neuigkeiten zu ihm durchdrangen. Sie konnte bereits seinen Kommentar hören: »Ich habe es dir ja gleich gesagt.« Und Tom Munroe und seine Frau, die erst kürzlich von einer Bypass-Operation genesen war, konnte sie auch nicht behelligen. Irgendwie musste sie ganz allein mit der Sache fertigwerden.

Lana blickte sich um. Es war schon recht spät am Nachmittag, und der Regen hatte zugenommen. Sehnsüchtig dachte sie an das Trinkgeld, das sie dem Hotelmitarbeiter für den Parkservice gegeben hatte. Sie hätte es jetzt gut gebrauchen können, obwohl sie würde lernen müssen, auf den Luxus eines Taxis zu verzichten. Ihr blieb keine andere Wahl, als zu Fuß in ihre Wohnung zurückzukehren. Zum Glück war es nicht allzu weit. In etwa einer Stunde sollte sie es schaffen.

Vor Erschöpfung spürte sie jeden Muskel, und ihr vertretener Fuß schmerzte, als sie endlich die Eingangstür ihres Apartmentgebäudes erreichte. Glücklicherweise lauerten ihr keine Pressevertreter auf. Im Foyer sah sie nur einen einzelnen Mann vom Sicherheitsdienst. Es war derselbe wie am Vorabend. Ihr Anblick schien ihn sehr zu überraschen.

Mit gestrafften Schultern trat sie ein. »Guten Abend, James. Ein fürchterliches Wetter, nicht wahr?«

»Mrs. Whittaker, wir haben Sie nicht zurückerwartet.«

»Was meinen Sie damit?«

»Na ja, nachdem die Gerichtsvollzieher …«

»Welche Gerichtsvollzieher?«

Weil James nicht antwortete, wiederholte Lana ihre Frage.

»Es tut mir so leid, Mrs. Whittaker.«

»Führen Sie mich in meine Wohnung hinauf.«

»Ich habe Anweisung, das nicht zu tun.«

»Anweisung? Was? Machen Sie sich nicht lächerlich. Ich gehe selbst nachsehen.«

Aber James hörte ihr gar nicht zu. Er blickte über Lanas Schulter zur Tür. Eine düstere Vorahnung beschlich sie, als sie sich umdrehte und sah, dass eine schwarze Limousine unter dem Säulenvordach des Portals hielt. Ohne durch die dunklen Scheiben schauen zu können, wusste sie sofort, wer im Wagen saß.

Eine der hinteren Türen ging auf, und mit einer geschmeidigen Bewegung stieg Raffaele Rossellini aus dem Wagen. Sein langer schwarzer Mantel umwehte seine schlanke Gestalt wie das Cape einen Ritter aus dem Mittelalter. Sie spürte es augenblicklich, als sein Blick auf sie fiel. Sie wagte kaum zu atmen. Was wollte er hier?

Er eilte zu ihr. »Was gibt es für ein Problem?« Lana fiel auf, dass sein Akzent stärker ausgeprägt war als sonst.

Er hatte die dunklen Brauen zusammengezogen, das Kinn vorgereckt und die Lippen zusammengekniffen. Diese finstere Miene ließ James ins Wanken geraten.

»Mrs. Whittaker möchte in ihre Wohnung hinaufgehen.«

»Und was ist der Grund, dass sie das nicht kann?«

»Ich habe Anweisung, sie das Gebäude nicht betreten zu lassen.«

»Von wem?«

»Dem Management, Sir.«

»Führen Sie Mrs. Whittaker in ihre Wohnung hinauf. Ich verbürge mich persönlich für ihr Benehmen.«

Lana zuckte zusammen. »Das ist nicht nötig. Ich wollte bloß …«

»Gewiss, Sir.«

Lana schwirrte der Kopf. Welche Art von Autorität strahlte dieser Rossellini nur aus? Als James hinter seinem Tresen hervorkam und zum Fahrstuhl vorausging, dachte sie jedoch nicht weiter darüber nach. Die Fahrt hinauf in die zehnte Etage hatte noch nie so lange gedauert. So überwältigend die Erinnerungen am Vorabend gewesen waren, das Apartment war zumindest immer ein vertrauter Ort gewesen.

Gleich darauf stellte sie fest, dass ihr Schlüssel nicht passte. Sie wandte sich zu den beiden hinter ihr stehenden Männern um. »Warum kann ich nicht in meine Wohnung?«

»Es ist nicht mehr Ihre Wohnung, Ma'am. Heute Morgen waren die Gerichtsvollzieher hier. Sie haben alles mitgenommen, und der Gebäudemanager gab Anweisung, Sie nicht hineinzulassen.«

»Zeigen Sie mir die Wohnung.«

»Mrs. Whittaker, ich kann nicht.«

»Zeigen Sie sie mir augenblicklich.«

Zu ihrem Ärger schaute James fragend Raffaele Rossellini an. Als dieser nickte, nahm er seinen Hauptschlüssel, und einen Moment später ging die Tür auf.

Lana presste die Lippen zusammen, um nicht aufzuschreien. Die geräumigen Zimmer waren komplett ausgeräumt. Sie hatte geglaubt, die Erinnerungen seien schon schlimm genug gewesen, doch dieser Anblick war noch viel schlimmer. Wie ein Geist bewegte sie sich durch die leeren Räume. Selbst die Küchenschränke waren leer. Das Meißner-Porzellangeschirr war weg, die Kristallgläser, ihre Möbel, alles. Im Schlafzimmer stand der Schrank offen, und die Fächer und Kleiderstangen waren gähnend leer. Die Erkenntnis, dass sie nur noch die Sachen besaß, die sie anhatte, traf sie wie ein Schlag. Nicht einmal ein Fetzen Papier lag noch auf dem Fußboden.

Von ihrem bisherigen Leben war nichts mehr übrig. Absolut nichts.

Irgendwie fand sie die Sprache wieder. »Danke, James. Ich glaube, ich habe genug gesehen.«

Der Wachmann konnte seine Erleichterung kaum verbergen. Zweifellos hatte er eine hysterische Reaktion erwartet. Nachdem sie zum letzten Mal die Wohnung verlassen hatte, die einmal ihr Zuhause gewesen war, schloss er wieder ab.

Im Foyer strebte Lana wie betäubt dem Ausgang zu. Wohin sie eigentlich wollte, wusste sie nicht. Sie wusste nur, dass sie unbedingt wegmusste.

»Mrs. Whittaker.« Raffaele Rossellini kam hinter ihr her. »Einen Augenblick.«

Lana blieb stehen, wandte sich jedoch nicht um.

»Wohin wollen Sie?«

»Das braucht Sie nicht zu interessieren.« Dass dieser Mann miterlebte, wie ihr ganzes Leben in tausend Stücke zerbrach, war schlimm genug. Sie konnte ihm nicht auch noch sagen, dass sie nicht wusste, wohin sie gehen sollte.

»Kyle war mein Freund. Ich bin es ihm schuldig, dass ich mich um Sie kümmere.« Er nahm ihren Arm und führte sie zum Wagen hinaus. »Kommen Sie, heute Nacht bleiben Sie bei mir im Hotel. Morgen suchen wir noch einmal Ihren Anwalt auf und finden heraus, was los ist.«

Zu Raffaeles Überraschung widersprach sie nicht. Er schob sie in den Fond der Limousine und nahm ihr gegenüber Platz. Wenn er gedacht hatte, am Vorabend habe sie zerbrechlich ausgesehen, dann sah sie jetzt aus, als würde sie beim leisesten Windhauch weggeweht werden.

Er unterdrückte seinen Beschützerinstinkt, der sich Bahn brechen wollte. Schließlich war sie seine erklärte Feindin, weil sie das Glück seiner Schwester zerstört hatte. Er half ihr nur, damit er wusste, wo sie zu finden war. Je mehr sie in seiner Schuld stand, desto leichter würde es sein, wenn er letztendlich Rache an ihr nahm. Und doch hatte sie etwas so Verletzliches an sich, dass er es einfach nicht ignorieren konnte.

Als er im Hotel mit ihr in seine Suite hinauffuhr, sagte sie kein Wort. Während er dann den Zimmerservice anrief, sank sie auf das voluminöse Sofa und wirkte darauf fast so verloren wie ein Kind. Kein Vergleich zu der kühlen, selbstsicheren Frau, die ihn am Vorabend in ihrem Apartment begrüßt hatte.

Kyles Gläubiger hatten schnell reagiert, nachdem die Zeitungen die Nachricht von seinem Tod verbreitet hatten, und das war alles ihre Schuld. Wenn sein Freund nicht gezwungen gewesen wäre, zwei Wohnungen zu unterhalten und ein Doppelleben zu führen – mit zwei Frauen –, dann wäre Kyle heute nicht tot, und Marias Leben würde nicht am seidenen Faden hängen.

Raffaele ließ seinem Ärger, der wie ein Haufen glühender Kohlen in ihm glimmte, freien Lauf. Lana Whittaker würde dafür bezahlen.

Es klingelte an der Tür. Wenigstens der Zimmerservice kam prompt. Raffaele trat beiseite, als die beiden Hotelangestellten den Servierwagen hereinschoben und alles auf den Tisch stellten. Aus dem Augenwinkel sah er, wie Lana den Kopf hob, als er den Zimmerkellnern ein großzügiges Trinkgeld gab. Geld. Sie konnte es vermutlich auf zwanzig Schritt Entfernung riechen.

»Kommen Sie, essen Sie etwas.« Raffaele rückte ihr einen Stuhl zurecht.

»Danke, aber ich glaube nicht, dass ich einen Bissen hinunterbekomme.« Sie sprach sehr leise.

»Es war ein schwerer Tag. Sie müssen etwas essen.« Er gab eine Portion Fettuccine mit Meeresfrüchten auf ihren Teller. »Probieren Sie, es schmeckt fast so gut wie von meiner *mamma*.«

»Ihre Mutter hat für Sie gekocht?«

»Immer. Ihre nicht?«

»Nein. Wir hatten Personal.«

Personal. Das passte. Lebensmittel auf dem Markt einzukaufen und nach Hause zu schleppen war nichts für sie. Auch nicht, voller Mehl zu sein, wenn man Nudeln selbst machte, und das in einer lauten Küche, in der zwar das reinste Chaos herrschte, es jedoch appetitlich duftete. Seine Mutter hatte dafür gesorgt, dass ihre drei Kinder genauso tüchtig in der Küche waren wie sie selbst. Das war ihnen in den harten Jahren zugutegekommen, als die Geschäfte ihres Mannes immer schlechter gingen. Es war eine schwierige Zeit, die zum frühen Tod seines Vaters führte und ihn, Raffaele, dazu getrieben hatte, erfolgreich zu sein. Er war entschlossen gewesen, seine Mutter für die Entbehrungen, die sie hatte hinnehmen müssen, zu entschädigen. Und er hatte es geschafft – mit Ausnahme des letzten Versprechens, das er ihr gegeben hatte: auf Maria aufzupassen. Da hatte er gründlich versagt.

Die cremige Soße mit den Meeresfrüchten hatte plötzlich einen bitteren Beigeschmack, und er legte die Gabel beiseite und griff nach seinem Weinglas.

Lana aß wenig, doch in ihre Wangen war etwas Farbe zurückgekehrt. Ihre Haut schimmerte wie eine Perle mit einem Hauch von Rosa. Kein Zweifel, sie war eine wunderhübsche Zierde in Kyles Leben gewesen und eine perfekte Gastgeberin. Aber trotz ihres hübschen Aussehens war sie kalt und habgierig.

Nach einer Weile legte auch sie ihre Gabel beiseite.

»Danke. Ich fühle mich jetzt viel besser.«

»*Prego*. Möchten Sie noch etwas anderes, vielleicht ein Dessert?«

»Nein. Nichts, danke. Mir geht es gut.« Er sah zu, wie sie ihre Serviette elegant zum Mund führte, um ein Gähnen zu verbergen. Stets zeigte sie perfekte Manieren.

Was lässt sie wohl die Beherrschung verlieren? sinnierte er. Wann würde sie diese unerschütterliche Ruhe aufgeben, die hochmütige Haltung, die Maske der Perfektion, die ihre Züge verbarg? Raffaele umschloss den Stiel seines Glases fester, als der Wunsch in ihm übermächtig wurde, sie die Beherrschung verlieren zu lassen. Aber nicht jetzt. Noch nicht. Die Zeit dafür würde kommen. Dessen war er sich sicher.

»Hätten Sie etwas dagegen, wenn ich mich zurückziehe? Ich bin ziemlich müde.« Lanas Bitte riss ihn aus seinen Gedanken.

»Verzeihen Sie meine Unhöflichkeit. Natürlich sind Sie müde. Kommen Sie. Ich zeige Ihnen Ihr Schlafzimmer.«

Er führte sie in ein kleines Zimmer, das gegenüber seinem Schlafzimmer lag und weniger üppig ausgestattet war.

»Alles, was Sie brauchen, finden Sie dort im Badezimmer.« Lana schlug die gewiesene Richtung ein, zögerte dann jedoch. »Sagt Ihnen irgendetwas nicht zu?«

»Nein, das nicht.« Sie zupfte an ihrer Kleidung herum. »Wäre es … wäre es möglich, meine Sachen über Nacht reinigen zu lassen? Ich habe nichts anderes zum Anziehen.«

»Aber natürlich. Entschuldigen Sie, *Signora*, wie unaufmerksam von mir, nicht daran zu denken. Ich werde mich sofort darum kümmern.«

»Danke.«

Als Raffaele sich zurückziehen und die Tür schließen wollte, hielt sie ihn fest.

»Mr. Rossellini, *danke*. Das meine ich ernst.«

»Raffaele. Gern geschehen. Es ist eine Kleinigkeit für mich.«

Zu seiner Überraschung traten ihr Tränen in die Augen. Sie wandte sich ab, um die heftigen Gefühle, die sich auf ihrem Gesicht widerspiegelten, vor ihm zu verbergen. Er drehte sie erneut zu sich um.

»*Mi dispiace*. Ich wollte Sie nicht zum Weinen bringen.«

Er merkte, wie sie um Haltung rang, die sie den größten Teil des Tages zur Schau getragen hatte. Aber sie konnte sich nicht länger zusammenreißen. Ihre Schultern bebten, als sie zu schluchzen anfing.

Er zog sie an sich, bot ihr Trost, auch wenn sein Instinkt ihm sagte, ihr den Rücken zu kehren und zu gehen. Bot ihr eine Stütze, auch wenn seine innere Stimme befahl, sie loszulassen und sie ihr Elend allein ertragen zu lassen.

Einen kurzen Augenblick hielt sie Distanz zu ihm, doch dann schmiegte sie sich aufseufzend an ihn. Ihr kleiner fester Busen wurde dabei an seine Brust gepresst, ihre Hüften berührten seine. Jeder Nerv in seinem Körper fing Feuer, und tief in seinem Innern verspürte er eine pulsierende Hitze. Er legte Lana die Hände auf den Rücken, entschlossen, sie von sich wegzuziehen. Doch als hätten sie einen eigenen Willen, bewegten sie sich ihre Wirbelsäule hinab, über ihre Taille, ihre Hüften, und drängten sie noch enger an ihn.

Mit einem Finger hob er ihr Kinn an, zwang sie so, ihn anzusehen. Ihr Blick war aufgewühlt, so wie ein Meer in einem heftigen Sturm. In den Tiefen schimmerten Tränen, die sich ihren Weg bahnen würden, wenn sie auch nur blinzelte.

Er zog sie wieder an sich, diesmal noch enger. Es war unmöglich, seine Erregung zu verbergen. Doch Lana wich nicht einen Millimeter zurück. Dann sollte es also sein. Zu diesem Spiel gehörten schließlich zwei. Er senkte den Kopf und eroberte ihren Mund, spürte, wie ihre weichen Lippen dem viel zu fordernden Druck seiner eigenen Lippen nachgaben. Sie sollte sich wehren – mich zurückweisen, schoss es ihm durch den Kopf. Doch dann erbebte er, als sie die Lippen öffnete und mit der Zungenspitze seine Unterlippe liebkoste.

Sie legte ihm die Hände um den Nacken. Sie stolperten zurück, bis sie an die Bettkante stießen. Ohne ihre Umarmung zu lösen, ließ er sich mit ihr aufs Bett fallen. Mit einer Hand zog er ihr die Bluse aus dem Hosenbund. Dann schob er sie unter den seidigen Stoff und immer höher bis zu ihren Brüsten. Er umrundete ihren BH und begann, ihre kühle, seidenweiche Haut zu streicheln. Seine Berührung ließ Lana heftig erschauern.

Raffaele wurde von Empörung und Ärger ergriffen. Sie war erst seit vier Tagen Witwe, und doch konnte er sie jetzt einfach nehmen? Abrupt zog er seine Hand zurück, weg von den Verlockungen ihres Körpers, und stand auf.

Er atmete tief durch, um sich zu fassen, und konnte doch den Blick nicht von ihr wenden, wie sie da auf der Tagesdecke lag – ihre Kleidung in Unordnung, ihre Lippen leicht geschwollen und feucht, die Verführung in Person.

Ihm fehlten die Worte. Er wusste, dass er eine bissige Bemerkung machen sollte – sie auf ihren Platz verweisen, oder noch besser, sie wegschicken. Doch als sie sich zur Seite rollte und sich seinem Blick entzog, vermochte er es nicht.

»Entschuldigen Sie, Mrs. Whittaker«, brachte er mühsam heraus. »Es war nicht meine Absicht, Ihren Schmerz auszunutzen. Wenn Sie Ihre Sachen in einen Wäschebeutel packen und vor die Tür stellen, werde ich veranlassen, dass sie in die Reinigung kommen.«

Sie nickte kaum merklich, sagte jedoch kein einziges Wort.

Später, als er unter der Dusche stand, versuchte Raffaele, die Erinnerung an Lana Whittaker in seinen Armen einfach abzuwaschen. Aber es war zwecklos. Er schmeckte sie noch immer, spürte ihre feuchte Zungenspitze auf den Lippen, ihre weiche Haut, und es wirkte auf ihn wie eine Droge.

Er zwang sich, an Maria zu denken. Für sie würde er es tun. Nur für sie.

Lana erhob sich vom Bett, sobald Raffaele ihr Zimmer verlassen hatte, und zog sich aus. Sie packte ihre Sachen in den Wäschebeutel und stellte ihn, nur in BH und Slip, vor ihre Zimmertür.

Dann machte sie sich zum Schlafengehen fertig. Sie wusch ihre Unterwäsche aus, putzte die Zähne und duschte. Die ganze Zeit über musste sie daran denken, wie bereitwillig sie Raffaele Rossellini in die Arme gesunken und wie schnell sie seinem maskulinen Charme erlegen war. In ein Badelaken gewickelt, und weil es nichts mehr zu tun gab, um sich abzulenken, setzte sie sich schließlich auf die Bettkante und stellte sich der Wahrheit.

Ihr Ehemann war knapp eine Woche tot, und sie hatte sich bereits einem anderen Mann in die Arme geworfen. Was war sie nur für eine Frau? Tiefe Frustration ergriff sie. Selbst wenn sie das alles verstehen wollte, nichts in ihrem Leben hatte sie darauf vorbereitet. Nicht die Privatschulen in verschiedenen Städten auf der ganzen Welt, nicht das feine Schweizer Internat, nicht ihre Stellung als Gastgeberin ihres Vaters oder ihre Arbeit mit unterprivilegierten Kindern in der Stadt und mit Sicherheit nicht die Entdeckung, dass ihr Mann – den sie ein Leben lang zu lieben gelobt hatte – ein verlogener Schuft mit zwei Gesichtern war.

Wann war ihre Ehe gescheitert? Was hätte sie, Lana, anders machen können? Hätte es überhaupt etwas geändert?

Und was war mit ihrem Verhalten Raffaele Rossellini gegenüber? Um diese Zeit am gestrigen Abend war er die letzte Person gewesen, die sie je hätte wiedersehen wollen. Kyle hatte auch von ihm Geld geliehen, und zwar eine Riesensumme. Sich von ihm trösten zu lassen war eine Sache, sich ihm jedoch an den Hals zu werfen eine ganz andere. Und doch richteten sich selbst jetzt noch ihre Brustspitzen auf, wenn sie nur an seine Berührung dachte, und immer noch durchlief sie ein wohliger Schauer. Sein Kuss war fordernd gewesen, und sie hatte ihn hingebungsvoll erwidert.

Aber sie sollte keine Lust empfinden, sondern Schuldgefühle. Sie sollte sich nicht lebendig fühlen und nach weiteren Berührungen sehnen. Sie konnte ihn sogar noch riechen, sein nach Moschus duftendes Aftershave.

Sie begehrte ihn mit einer Heftigkeit, die sie zutiefst schockierte. War es nur eine verständliche Reaktion auf Kyles Untreue – darauf, dass sie ihm als Frau nicht mehr genügte, und das offenbar schon eine ganze Weile? Ihre Gedanken überschlugen sich geradezu.

Lana schlüpfte unter die Bettdecke und zog sie bis unters Kinn hoch. Blicklos starrte sie ins Dunkel. Was war aus ihrem Leben geworden? Und was kam als Nächstes?

Ein leises Klopfen an der Tür weckte Lana am nächsten Morgen auf – aus Träumen, in denen sie sich immer wieder in Raffaele Rossellinis Armen wiederfand. Sie setzte sich auf und strich sich die Haare aus dem Gesicht. Das Handtuch, das sie am Vorabend um sich gewickelt hatte, war verrutscht, und sie zog es hoch, um sich zu bedecken, als auch schon ihre Tür aufging.

Raffaele stand im Türrahmen. Wieder trug er einen schwarzen Anzug. Er ließ seine kühlen grauen Augen über ihre zerzauste Frisur gleiten, ihre nackten Schultern und weiter abwärts zu ihrem Dekolleté, ein echter Hingucker, weil sie genau da das Handtuch festhielt. Ihr wurde heiß. Instinktiv fuhr sie sich mit der Zungenspitze über ihre plötzlich trockenen Lippen, ihr Blick vom begehrlichen Aufflackern in seinen Augen gefangen, als er ihre spontane Reaktion beobachtete.

»*Buon giorno*, Mrs. Whittaker. Ich hoffe, Sie haben gut geschlafen?« Seine Stimme hatte einen harten Unterton, fast so, als wäre er ärgerlich.

»Bitte nennen Sie mich nicht so. Ich möchte nicht … Ich bin nicht …«

Lana fand, dass es ganz falsch klang, von ihm »Mrs. Whittaker« genannt zu werden. Es klang überhaupt ganz falsch. Sie war Kyles Frau gewesen, aber das hatte ihm nichts bedeutet. Absolut nichts. Als sie in der Nacht schlaflos im Bett gelegen und über alles nachgedacht hatte, war ihr klar geworden, dass sie einfach eine weitere Errungenschaft für Kyle gewesen war. Etwas, womit er vor seinen Kollegen angeben konnte, wenn es darum ging, wie weit er es gebracht hatte.

Er, der mit fünfzehn die Schule verlassen und von Gelegenheitsarbeiten gelebt hatte.

Raffaele runzelte die Stirn. »Sie möchten, dass ich Sie Lana nenne?«

Sie erschauerte, als er ihren Namen aussprach. Sein Akzent ließ die beiden einfachen Silben ganz anders klingen. »Bitte lassen Sie uns nicht so formell miteinander umgehen.«

»Wie Sie möchten. Ihre Kleidung ist noch nicht aus der Reinigung zurück. Ich habe mir erlaubt, einige Sachen in der Hotelboutique für Sie zu kaufen. Ich hoffe, sie passen. Ich habe mich auch mit Tom Munroes Kanzlei in Verbindung gesetzt. Sie erwarten uns um zehn Uhr dreißig.«

»Toms Kanzlei?«

»Sie müssen herausfinden, was als Nächstes passiert, oder nicht? Wo Sie finanziell stehen.«

»Natürlich. Danke. Sie haben mich überrascht, das ist alles. Ich stehe in einer Minute auf.« Für einen Augenblick hatte sie ganz vergessen, dass sie diesem Mann Geld schuldete. Viel Geld. Natürlich wollte er wissen, wann sie es ihm zurückzahlen würde.

Raffaele stellte zwei große Einkaufstüten aus der Hotelboutique auf ihr Bett. »Sagen Sie Bescheid, wenn es nicht das Passende ist. Wir können alles umtauschen.«

»Danke. Ich werde Ihnen Bescheid sagen.« Jedes Mal, wenn sie sich bedankte, wurde Lana daran erinnert, wie er am Vorabend ihren Dank akzeptiert hatte, wie sie auf seine Berührungen reagiert hatte und wie ihr Körper in seiner Gegenwart lebendig wurde. Es war, als versprühe Raffaele eine Droge, die sie berauschte und jeden Gedanken an ihre missliche Lage verscheuchte.

Er war gefährlich.

Ihr wurde klar, dass er bereits eine gewisse Macht über sie hatte. Sie sollte sich lieber auf jeden Schritt konzentrieren, den sie tun musste, um aus dem Schlamassel herauszukommen, den Kyle ihr hinterlassen hatte.

Nachdem Raffaele gegangen war, kippte Lana den Inhalt der beiden Einkaufstüten auf ihr Bett. Der Anblick verschlug ihr den Atem. Sie griff nach den Dessous, die aus dem Seidenpapier, in das sie eingewickelt waren, herausgerutscht waren. Der Slip war ein Hauch von Spitze in zartem Türkis und der dazu passende BH verführerischer als alles, was sie bisher an Dessous getragen hatte. In dem Seidenpapier hatte sich noch etwas verfangen, und sie nahm es heraus – ein Strumpfgürtel.

Sie überprüfte die Größen der einzelnen Wäscheteile. Perfekt. Ihr kam ein beunruhigender Gedanke. Hatte er das alles selbst ausgesucht, dabei mit seinen schlanken Fingern den sinnlich seidigen Stoff befühlt? Prickelnde Lust erfasste sie. Hatte er sie sich in der Spitzenwäsche vorgestellt, als er sie kaufte? *Nein!* Sie musste aufhören, in diese Richtung zu denken, sich zu quälen. Es war einfach aufmerksam von ihm gewesen, ihr Wäsche zum Wechseln zu besorgen. Das war alles. Jeder andere hätte das unter den gegebenen Umständen auch für sie getan, ganz bestimmt.

Aber es gibt niemand anderen, meldete sich ihre innere Stimme. Nicht einen einzigen Menschen, an den sie sich wenden konnte. Es gab nur Raffaele Rossellini, und wer wusste schon, wie lange sie sich noch auf seine Großzügigkeit verlassen konnte. Nein. Sie war nicht ganz bei Trost, wenn sie glaubte, dass mehr dahintersteckte. Sie musste sich zusammennehmen. Sich darauf besinnen, wo sie stand und was sie als Nächstes zu tun hatte.

Nachdem sie geduscht und sich die Haare gebürstet hatte, schlüpfte Lana in die wunderschöne Seidenwäsche und zwang sich, zu ignorieren, wie aufregend sich der Stoff auf ihrer Haut anfühlte. Der Flanellrock in einem warmen Goldton und die dazu passende Jacke aus der Boutique waren schmal geschnitten und betonten ihre Figur. In ihren neuen Sachen fühlte sie sich unschlagbar. Und genauso würde sie auch wirken, auch wenn die nackte Haut oberhalb ihrer Strümpfe wohlig kribbelte, sobald sie mit dem Seidenfutter des Kostümrocks in Berührung kam.

Es gab kein Top, das sie unter der Jacke hätte tragen können, also knöpfte Lana sie bis zum Dekolleté zu. Im Spiegel stellte sie fest, dass ihr Brustansatz zu sehen war. Sie runzelte die Stirn. Ein Shirt oder eine Bluse wäre jetzt nicht schlecht gewesen.

»Sind Sie fertig? Wir haben noch Zeit zum Frühstücken, ehe wir gehen.«

Lana wirbelte herum, als sie Raffaele Rossellinis Stimme hinter sich vernahm. Sie hatte ihn nicht hereinkommen hören.

»*Bella*. Das Kostüm steht Ihnen gut.«

»Ich fürchte, es ist einfach ein wenig zu …« Lana machte nun eine vielsagende Geste in Höhe ihres Busens, weil ihr die Worte fehlten.

»Sie sehen wunderbar aus. Kommen Sie frühstücken. Dann besuchen wir Tom Munroe.«

Lana blieb nichts anderes übrig, als seinen Vorschlag anzunehmen. Sie schlüpfte in ihre schlichten schwarzen Pumps, froh, dass sie bei ihrem Marsch im Regen nicht ruiniert worden waren, und nahm ihre Tasche.

Im Wohnzimmer der Suite war Raffaele ganz damit beschäftigt, endlich wieder normal zu atmen. Als er darauf bestanden hatte, dass der Geschäftsführer der Boutique diese morgens um sieben öffnete, damit er für Lana etwas zum Anziehen kaufen konnte, hätte er sich nicht ausmalen können, wie hinreißend sie in dem Kostüm wirken würde. Aber er hatte sich vorgestellt, wie sie in den sinnlich zarten Dessous aussehen würde, die er für sie ausgesucht hatte, oder wie es sein würde, die Knöpfe ihrer Jacke aufzuknöpfen und ihre seidig weiche Haut zu streicheln.

Er vergrub die Hände in den Hosentaschen und schloss für einen Moment die Augen, zwang sich, an seine Schwester zu denken. Egal, wie bildschön und verführerisch Kyle Whittakers Witwe war, und egal, wie heftig sein Körper sie begehrte, Tatsache blieb, sie hatte verhindert, dass seine Schwester glücklich wurde. Verhindert, dass seine Nichte oder sein Neffe zwei liebende Elternteile hatte. Er ballte die Hände zu Fäusten, als er daran dachte, dass sie ihren Nachnamen ablehnte, einen Namen, den Maria so gern angenommen hätte. Lana Whittaker war ein größerer Feigling, als er geglaubt hatte.

Als er sie aus ihrem Zimmer kommen hörte, setzte er ein freundliches Gesicht auf, das nichts von dem tiefen Schmerz verriet, der ihn quälte. Denn jede Minute, die er mit ihr verbrachte, war eine Minute weniger an Marias Seite.

»Es gibt Obst und Müsli oder, wenn Sie das lieber möchten, geräucherten Lachs und Rührei. Bitte bedienen Sie sich.« Er zeigte auf den weiß eingedeckten Servierwagen.

»Haben Sie schon gefrühstückt?« Sie nahm einen Teller und hob den Deckel der Servierplatte hoch, um den Lachs zu inspizieren.

»Noch nicht.« Er sollte keinen Hunger haben. An Essen sollte er nicht einmal denken, doch seit er Lana Whittaker vor zwei Tagen getroffen hatte, war jeder seiner Sinne geschärft. Sein Hunger stärker – jede Art von Hunger.

»Möchten Sie, dass ich Ihnen etwas serviere?«

Warum nicht? Warum sollte er sich nicht von ihr bedienen lassen, wenn sie das so wollte? Ihm fiel auf, dass sie ihn kaum direkt ansah. Ihre Wangen waren leicht gerötet, und das verriet ihm, dass sie nicht annähernd so gelassen war, wie sie ihn glauben machen wollte.

»Ja, bitte. Ich nehme etwas Lachs und Ei, danke.«

Er sah zu, wie sie eine große Portion auf einen Teller gab, dann eine kleinere für sich selbst und beides zum Esstisch trug. Fast so, als sei sie hier die Gastgeberin – als sei es ihr gutes Recht. Er biss die Zähne zusammen. Er würde sie noch ein wenig länger ihren Träumen überlassen, aber nur, weil er keinen Sinn darin sah, seine Position bereits jetzt preiszugeben. Er hatte nicht das kurz vor der Pleite stehende Geschäft in ein florierendes Unternehmen verwandelt, indem er überstürzt handelte. Nein, er würde den rechten Augenblick abwarten – und wenn der gekommen war, würde er einen Angriff auf ihr Herz starten.

Nachdem Raffaeles Fahrer vor Tom Munroes Kanzlei vorgefahren war, stieg Raffaele aus, um Lana die Wagentür zu öffnen und ihr den Arm zu reichen. Irritiert, weil er offensichtlich vorhatte, sie zu dem Termin zu begleiten, versuchte sie zu protestieren.

»Ich bin sicher, Sie haben Wichtigeres zu tun. Ich komme schon zurecht.«

»Nein, davon will ich aber nichts hören. Gestern war es sehr anstrengend für Sie, heute bin ich für Sie da. Versuchen Sie nicht, mich daran zu hindern.«

Lana war sich nicht sicher, ob es die Wärme seiner Hand auf ihrem Rücken oder die tiefe Zuversicht in seiner Stimme war, aber ihr fiel kein einziger Grund ein zu widersprechen – außer Toms Warnung, Raffaele Rossellini aus dem Weg zu gehen. Das war noch nicht einmal vierundzwanzig Stunden her, und sie hatte Tom voll zugestimmt. Aber sie hatte ihre jetzige Situation nicht vorhersehen können und auch nicht die gebieterische, seltsam beruhigende Art des Mannes an ihrer Seite.

Tom Munroe verbarg seine Überraschung schnell, als sie in sein Büro gebeten wurden. Er kam hinter seinem Schreibtisch hervor und ergriff Lanas Hände.

»Meine Liebe, du hättest mich gestern anrufen sollen.«

»O Tom.« Seine Fürsorge trieb ihr plötzlich die Tränen in die Augen. »Ich konnte mich dir und Helen nicht aufdrängen. Ihr beide habt schon genug zu bewältigen. Zudem ist Raffaele mir eine Riesenhilfe.« Sie konnte ihm nicht sagen, wie die Leute reagiert hatten, die sie eigentlich für ihre Freunde gehalten hatte. Es würde sie erneut zutiefst frustrieren, zugeben zu müssen, dass sie für sie genauso eine Trophäe gewesen war wie für Kyle. Eine Trophäe, deren man sich entledigte, wenn sie erst einmal ihren Glanz verloren hatte.

»Raffaele.« Tom streckte dem jüngeren Mann die Hand hin. Die beiden tauschten einen Blick, der Lana nervös machte, denn in Tom Munroes Augen lag ganz klar etwas Herausforderndes. Sie konnte Raffaeles Gesicht nicht sehen, doch sie merkte, dass sich Toms entschlossene Miene etwas entspannte. »Tja, dann kommen wir am besten zur Sache.«

Tom nahm hinter seinem Schreibtisch Platz. Besorgt runzelte er die Stirn. »Lana, deine Lage ist viel schlimmer, als ich erwartet hatte. Kyle war seit einiger Zeit in finanziellen Schwierigkeiten, und die Bank und andere Gläubiger waren mehrfach an ihn herangetreten. Bist du sicher, dass du keine Ahnung davon hattest?«

Ein heftiger Anflug von Schamgefühlen hinterließ einen bitteren Geschmack. Nein, sie hatte keine Ahnung gehabt. Sie hatte das Leben, das sie gemeinsam mit ihrem Mann geführt hatte, für richtig gehalten, war überzeugt gewesen, dass Kyle sie liebte. Was war daran so schwer zu verstehen? Sie hatte Kyle absolut vertraut. Sicher, wenn sie zurückblickte, gab es da gelegentlich eine seltsame Nachricht auf dem Anrufbeantworter oder ein paar Probleme mit ihren Kreditkarten, aber es hatte nie ernsthafte Schwierigkeiten gegeben. Oder zumindest waren sie ihr nie so vorgekommen. Sie schüttelte den Kopf.

»Das habe ich mir gedacht. Es gibt noch mehr, so leid mir das tut.« Tief seufzend nahm Tom die Unterlagen vor sich auf dem Schreibtisch zur Hand.

»Noch mehr?« Lana verkrampfte die Hände ineinander.

»Die Frau, mit der er zur Zeit des Unfalls zusammen war, du weißt, dass sie auf der Intensivstation liegt, oder?«

Raffaele, der auf dem Stuhl neben ihr saß, versteifte sich.

»Ja, die Polizei hat es mir gesagt, als sie mich wegen Kyle benachrichtigte. Aber was hat das mit mir zu tun?«

»Mr. Munroe, Sie müssen Lana mit dieser Information nicht noch mehr Kummer machen«, mischte Raffaele sich ein, und das klang unerwartet ärgerlich.

»Ich fürchte, das muss ich, Mr. Rossellini. Die Frau, mit der Kyle eine Affäre hatte, erwartet nämlich ein Kind von ihm. Dieser Nachricht hier zufolge ist sie in der zweiunddreißigsten Schwangerschaftswoche, und die Ärzte tun, was sie können, um Mutter und Baby am Leben zu erhalten, bis das Baby ein wenig kräftiger ist. Es wird nicht erwartet, dass sie nach der Geburt weiterleben wird. Wie es scheint, gibt es im Bezirk Wellington oder auch in einem anderen keine Unterlagen bei irgendeinem Anwalt, dass sie in einem Testament etwas über eine Vormundschaft verfügt hat.« Tom hielt inne und holte erneut tief Atem. »Lana, nach den Verfügungen in Kyles Letztem Willen bist *du* der testamentarisch bestimmte Vormund des Kindes.«

4. Kapitel

Sie erwartete ein Kind von ihm?

Kyles Geliebte war schwanger? Starr vor Schreck, registrierte Lana, dass ihr die Augen von ungeweinten Tränen brannten und ein enges Stahlband sich um ihren Brustkorb gelegt zu haben schien. Sie bekam kaum Luft und war wie betäubt, hörte nur immer wieder die Worte, die Tom eben gesagt hatte und die sich wie ein Echo wiederholten.

Sie dachte, sie hätte das Schlimmste hinter sich, als sie erfahren musste, dass Kyle sie betrogen und ihr Ehegelöbnis gebrochen hatte. Als sie erfahren musste, dass er gelogen und sie in jeder denkbaren Weise hintergangen, sie ohne ein Dach über dem Kopf zurückgelassen hatte. Aber das hier, das war sehr viel schlimmer. Dieser Schmerz war kaum zu ertragen.

Ein Baby?

Nach all den Jahren der Untersuchungen und Behandlungen wegen Unfruchtbarkeit, der Strapazen, der Demütigungen, der Hoffnungen, die doch nur wieder zerschlagen wurden, als sie wiederum nicht schwanger geworden war. Er hatte ihr immer wieder versichert, dass es keine Rolle spielte, wenn sie keine Kinder bekommen konnten. Dass sie zusammen alt werden und bis dahin jeden anderen Traum, den sie hatten, Wirklichkeit werden lassen würden.

Sein letzter Betrug hätte sie gar nicht schmerzlicher treffen können.

Lana atmete tief durch und fand dann endlich die Kraft, um aufzustehen und das eine kleine Wort zu sagen, das ihr wie ein Pingpongball immer wieder durch den Kopf schoss.

»*Nein!*«

»Lana, bitte, ich weiß, dass das ein Schock für dich ist.«

»Nein, nein und nochmals nein! Ich werde das *nicht* machen. Ich kann nicht. Ich kann einfach nicht!« Mit Tränen in den Augen sah sie Tom an. »Du weißt, warum.«

»Meine Liebe.« Tom schluckte, sichtlich um passende Worte bemüht.

»Ich dagegen weiß es nicht«, mischte Raffaele sich da ein. »Ich verstehe nicht, warum Sie diese Verfügung Ihres verstorbenen Mannes missachten wollen, eines Mannes, den Sie angeblich geliebt haben, oder warum Sie einem hilflosen Kind nicht die Hilfe geben wollen, auf die es dringend angewiesen ist.«

»Sie verstehen das eben nicht«, brachte Lana mühsam heraus.

»Was gibt es da zu verstehen?« Raffaele wurde immer wütender. »Sie verweigern einem unschuldigen Kind ein Zuhause, Geborgenheit und Liebe. Was für eine Frau sind Sie?«

»Einen Moment, Rossellini. Sie haben keine Ahnung, welchen Preis Lana bezahlt hat, als sie Kyle heiratete, oder davon, was sie seitdem durchgemacht hat. Sie haben kein Recht, so mit ihr zu reden«, brach es aus Tom heraus.

»Nein? Ich glaube, ich habe jedes Recht dazu, Sir. Maria ist meine Schwester.«

»Maria?«

»Maria Rossellini. Die Frau, die Ihr Mann geliebt hat. Aber das ist jetzt nicht mehr wichtig für Sie. Ich werde das Kind nehmen. Als sein nächster Blutsverwandter habe ich das Recht dazu.«

»Das Recht? Und wer hatte das Recht, mir meinen Mann wegzunehmen?« Lana sah Raffaele wütend an. Seine Miene spiegelte wilde Entschlossenheit wider. »Es steckt mehr dahinter, nicht wahr? Wie haben Sie Kyle kennengelernt? Wie hat Kyle *sie* kennengelernt? Sagen Sie es mir!«

»Lana, meine Liebe, das führt zu nichts. Füg dir selbst nicht noch mehr Schmerz zu.« Tom Munroe wirkte sehr besorgt.

»Ich will es wissen.«

Raffaele stand auf. »Sie wollen es wissen? *Non c'è problema.* Ich habe Kyle geschäftlich kennengelernt. Vor drei Jahren habe ich hier in Neuseeland nach einem Projekt gesucht, um zu investieren und für meine Geschäfte neue Märkte zu erschließen. Er hat mir bei meinen Bemühungen geholfen und lernte meine Schwester kennen, als ich die beiden einander vorstellte.«

Lana wich zurück, als habe er sie geschlagen.

»Sie?«

»*Sì*, und ich habe es nicht bereut.«

Lana presste die Finger gegen ihre Schläfen. Der Albtraum, zu dem ihr Leben geworden war, geriet außer Kontrolle. Es konnte doch unmöglich noch schlimmer kommen. Raffaele Rossellini wusste von dem Baby? Er war der Onkel des Babys? Was sie betraf, so konnte er sich gern Kyles Kind annehmen. Die Ironie des Schicksals, dass ausgerechnet sie der Vormund des ungeborenen Kindes werden sollte, war mehr, als sie ertragen konnte.

»Es gehört Ihnen«, brachte sie mühsam hervor.

»Bitte?«

»Das Baby. Sie können es haben. Ich will es nicht.«

Tom hob die Hand. »Moment, Lana, Mr. Rossellini. Wir reden hier nicht von einem Stück Land. Es geht um ein Kind – ein noch ungeborenes Kind. Lassen Sie uns nichts überstürzen.«

»Was hindert mich daran, das Kind zu bekommen? Es ist klar, dass sie nicht bereit ist, sein Vormund zu werden«, sagte Raffaele.

»Ich werde mich mit einem Spezialisten für Familienrecht beraten müssen. Die Situation ist kompliziert. Im Allgemeinen sieht das Gesetz in Neuseeland vor, dass Sie selbst als nächster Verwandter einen Antrag auf Sorgerecht stellen müssen.«

»Dann tun Sie das.«

Raffaeles eisiger Ton ließ Lana frösteln.

»Ich kann Ihre Anweisungen nicht annehmen, Sir. Da ich Lanas Anwalt bin, wäre das ein Interessenkonflikt. Ich kann Ihnen jedoch einen Kollegen empfehlen«, erklärte Tom ernst. »Aber Sie sollten wissen, dass es ein langwieriger Prozess ist. Wenn Lana die Vormundschaft nicht übernehmen kann – oder will –, dann kommt das Kind unter staatliche Vormundschaft, bis Ihrem Antrag auf Sorgerecht stattgegeben wird.«

»Das Kind meiner Schwester wird nicht Ihrem staatlichen System anvertraut. Nicht solange ich lebe.«

»Es gibt noch eine andere Möglichkeit.« Tom sah Raffaele mit einem herausfordernden Blick an, den selbst Lana bei ihm noch nie gesehen hatte.

»Nämlich welche?«

»Lana könnte ihre Meinung ändern und den Antrag anfechten. Nach einiger Überlegung könnte sie sich entschließen, das Kind zu behalten, es selbst großzuziehen.«

»Warum sollte sie das tun? Sie ist nicht nur nicht bereit, sich um Marias Baby zu kümmern, sie ist dazu gar nicht fähig. Sie ist völlig mittellos.«

»Hört auf, über mich zu reden, als sei ich nicht anwesend. Ich habe meine Antwort gegeben. Damit hat es sich.« Ihre Handtasche fest an sich gedrückt, stand Lana auf. Sie konnte diese Debatte nicht eine Sekunde länger ertragen. Fluchtartig verließ sie das Büro. Sie musste weg von hier, so weit weg wie irgend möglich. Sie ignorierte Raffaeles Fahrer, als der ihr die Wagentür aufhalten wollte. Sie ignorierte, dass ihr nachgerufen wurde.

Sie eilte die Straße entlang, rannte halb, stolperte halb – bemerkte nicht die neugierigen Blicke der Passanten. Schließlich erreichte sie einen kleinen Park und sank dort erschöpft auf eine verwitterte Bank.

Sie schluchzte auf. Heiße Tränen liefen ihr über die Wangen, und sie ergab sich dem überwältigenden Schmerz, der sie zu zerreißen drohte. So weit sie auch gerannt war, kein Ort auf dieser Welt lag weit genug entfernt, um vor Kyles unaussprechlicher Niedertracht Zuflucht zu finden. Von heftigen Schluchzern geschüttelt, wurde ihr voll bewusst, dass ihr Leben in einem riesigen schwarzen Loch versunken war und sie keine Ahnung hatte, wie sie da wieder herausfinden sollte.

Auf einmal hörte sie schnelle Schritte auf dem Weg hinter sich näher kommen. Das konnte nur eine Person sein. Lana schluckte, bezwang ihren Drang, ihm zuzurufen, er solle sie in Ruhe lassen, und bot ihren ganzen Willen auf, um sich zu beruhigen. Sie wischte sich die Tränen ab und konzentrierte sich ganz auf den friedlichen Anblick, den der Park ihr bot.

Raffaele ging langsamer, zwang sich, seine Wut unter Kontrolle zu bringen. Wie konnte sie es wagen, Marias und Kyles Kind auf diese Art und Weise zurückzuweisen? Die Nachricht, dass sie der Vormund des Babys war, hatte seine Pläne unerwartet ins Stocken gebracht – und ihn gezwungen, seine Beziehung zu Maria sehr viel früher zu offenbaren, als er vorgehabt hatte. Selbstverständlich waren weitere Nachforschungen nötig, um sicherzustellen, dass die gesetzliche Situation, wie sie Munroe vorgetragen hatte, tatsächlich so war. Was für eine Frau verstieß ein elternloses Kind? Sie war genau so, wie er sie eingeschätzt hatte, und noch schlimmer. Aber wie dem auch sei, Tom Munroe hatte eines schmerzlich klargemacht: Sie war die einzige Person, die ihm den Weg zu seinem Ziel ebnen konnte. Seinen ursprünglichen Plan, Lana Whittaker zu umwerben, zu vernichten und fallen zu lassen, musste er wohl oder übel noch einmal überdenken.

Das Versprechen, das er seiner Schwester gegeben hatte, war ihm eine dringende Herzensangelegenheit. Er würde Lana Whittaker irgendwie dazu bringen, ihm zu helfen, dann würde er Mittel und Wege finden, sie für das Unglück bezahlen zu lassen, das sie über seine Familie gebracht hatte.

»Lana«, rief er leise, »für diesen Lauf haben Sie glatt eine Goldmedaille verdient.«

»Bitte nicht. Versuchen Sie nicht, das Ganze ins Lächerliche zu ziehen.« Langsam stand sie auf und wandte sich ihm zu.

»Sie haben recht. Die Sache ist zu ernst für Scherze. Warum sind Sie weggelaufen?«

»Was hätte ich sonst tun sollen? In Toms Büro bleiben und mir anhören, welche Pflichten ich als Vormund für Kyles Baby habe? Das Baby, das er mit seiner *Geliebten* gezeugt hat. *Ihrer Schwester!* Sie sind nicht besser als Kyle. Für mich ist klar, dass Sie ihre Affäre stillschweigend geduldet haben, und jetzt erwarten Sie von mir, dass ich Ihnen helfe? Der Fall ist erledigt. Ich will nichts mehr davon hören.«

Raffaele packte sie an den Schultern, besann sich jedoch und schüttelte sie nicht, wie sie es verdient hätte.

»Sie würden ein Kind für die Sünden seines Vaters büßen lassen?« Er zwang sich, leise und ruhig zu sprechen.

»Ich kann nicht der Vormund dieses Babys sein. Nur ein Unmensch würde so etwas von mir erwarten.«

»Natürlich können Sie das. Sie sind eine starke Frau, Sie können alles, was Sie sich vornehmen. Sehen Sie doch nur, wie Sie die letzten Tage gemeistert haben. Jede andere Frau wäre in Ihrer Situation am Boden zerstört gewesen.«

»Aber das alles ist keiner anderen Frau passiert. Es ist mir passiert.«

»Sie werden lernen, auch mit einer Vormundschaft umzugehen.«

»Machen Sie sich nicht lächerlich. Wie könnte ich das – selbst wenn ich wollte? Denn wie Sie vorhin ganz richtig gesagt haben, ich habe kein Zuhause, kein Geld. Selbst die Kleider, die ich trage, haben Sie mir gekauft. Alles, sogar meine Unterwäsche!«

Im Ausschnitt ihrer Kostümjacke erhaschte er einen Blick auf genau diese Unterwäsche. Und die hatte er am Morgen persönlich ausgesucht. Sein Körper reagierte augenblicklich, als er sich daran erinnerte, wie sich die Spitze angefühlt hatte. Er stellte sich vor, wie sie ihre nackte Haut umschmeichelte und wie er sie Lana auszog. Wie er ihre weiche Haut mit Händen, Lippen und Zunge liebkoste.

Dio! Sie war eine Sirene. Selbst er mit seinen gegen sie gerichteten Plänen war nicht immun gegen sie. Wie viele andere Männer hatte sie derart betört?

»Lana, ich kann Ihnen helfen. Wenn Sie vorläufig die Vormundschaft für das Kind übernehmen, werde ich Ihnen Kyles Schulden erlassen und Ihnen ein Einkommen zur Verfügung stellen und zudem natürlich alle Kosten für das Baby tragen. Sobald ich das Sorgerecht habe, werde ich Ihnen eine Art Abfindung zahlen. Sie sind dann frei. Frei, um neu anzufangen.«

»Warum? Warum würden Sie das für mich tun?«

»Das würden Sie nicht verstehen.«

»Nein. Wahrscheinlich haben Sie recht. Ich verstehe Ihre Motive wirklich nicht, genau, wie ich nie verstehen werde, wie mein Mann mich solange hat belügen können und ich nicht das Geringste geahnt habe. Oder wie er mich so schändlich mit einer anderen Frau hat betrügen können. Wir waren glücklich miteinander!«

Raffaele presste die Lippen aufeinander. Sie log so mühelos, dass es seinen Zorn nur noch mehr schürte. Dachte sie wirklich, er kenne die Wahrheit nicht?

»Es tut mir leid, Lana, dass Sie Ihren Mann verloren haben und tiefen Schmerz erleiden müssen.«

Raffaele blickte starr zu einer Statue in der Mitte des Parks hinüber. Sein Mitleid auszudrücken fiel ihm schwer, aber er musste sie überzeugen, ihre Pflichten zu erfüllen. Falls sie es nicht tat, wusste er genau, wie die Behörden über Marias Baby entscheiden würden, bis er sich selbst darum kümmern konnte.

Ihre Antwort war kaum zu hören. »Mir auch. Es tut mir leid, dass Kyle Sie oder Ihre Schwester je getroffen hat.«

Der Wind frischte auf, und Lana schlang fröstelnd die Arme um sich. Gleich darauf fing es an zu regnen.

»Lana!« Erst nach einem zweiten Versuch konnte er sie aus ihren Gedanken reißen. »Wir müssen gehen.«

Er nahm ihren Arm und geleitete sie zu seinem Wagen, mit dem sie schweigend ins Hotel zurückgefahren wurden. In Raffaeles Suite ging jeder in sein Zimmer, um sich trockene Sachen anzuziehen. Lana war erleichtert, dass ihre eigenen Sachen aus der Reinigung zurück waren und im Schrank hingen. Doch statt sie anzuziehen, schlüpfte sie in einen der flauschigen Bademäntel des Hotels.

Im anderen Schlafzimmer klingelte das Telefon, und Raffaeles tiefe Stimme war durch die geschlossene Tür zu hören, als er abnahm. Lana sank aufs Bett. Sie wollte sein Telefongespräch nicht mit anhören, und sie wollte momentan auch nicht in seine Nähe kommen. Morgen würde sie früh aufstehen, sich anziehen und verschwinden. Irgendwie würde sie schon an Geld kommen.

Etwa eine Viertelstunde später klopfte Raffaele bei ihr an.

»Ich muss heute Abend weg, werde jedoch morgen bis zum späten Vormittag zurück sein. Ich möchte, dass Sie bleiben und sich mein Angebot noch einmal überlegen. Sobald ich wieder hier bin, können wir die Sache weiter besprechen, vielleicht eine Regelung finden, mit der Sie einverstanden sind. Bitte zögern Sie nicht, alles, was Sie brauchen, aufs Zimmer schreiben zu lassen – Kleidung, Schuhe, Mahlzeiten. Was auch immer.«

»Ich werde schon weg sein, wenn Sie zurückkommen.«

»Ich möchte, dass Sie Ihre Einstellung dem Kind gegenüber noch einmal überdenken.«

»Das ist nicht nötig.«

»Er oder sie verdient ein Zuhause, genau wie Sie.«

»Vergleichen Sie meine Lage nicht mit der des Babys. Das sind zwei verschiedene Dinge. Die Behörden werden dafür sorgen, dass das Kleine ein Zuhause bekommt. Das ist sehr viel mehr, als ich momentan habe.« Ihre Worte hingen im Raum. Selbst für ihre eigenen Ohren klangen sie hart und egoistisch. Aber irgendwie musste sie ihr Leben wieder in den Griff bekommen, und das schloss nicht ein, dass sie das uneheliche Kind ihres Mannes großzog.

»Aber Sie könnten alles haben. Alles. Ich würde dafür sorgen.«

»Nein. Ich werde mich nicht um diesen Bast...«

Das derbe Wort, das sie hatte sagen wollen, ging unter, weil Raffaele plötzlich seine Lippen auf ihre presste. Weil er mit seinen kräftigen Fingern ihr Haar durchwühlte. Seine Haut duftete noch nach frischer Luft und Regen – eine berauschende Mischung, natürlich, verlockend. Lana wurde von wildem Verlangen gepackt. Sie gab dem harten Druck seiner Lippen nach, strich spielerisch mit der Zungenspitze über seine Unterlippe, dann knabberte und saugte sie vorsichtig daran. Raffaele erschauerte heftig und vergrub die Finger noch tiefer in ihrem Haar. Er stöhnte, und als er mit seiner freien Hand am Gürtel ihres Bademantels zog, glaubte sie zu vergehen, erst recht, als er sie an den Hüften packte und eng an sich presste.

Er war erregt, und sie genoss es, sich an ihm zu reiben. Es nahm ihr den Atem, als heiße Begierde ihren gesamten Körper erfasste und ein süßes Ziehen zwischen ihren Schenkeln entfachte. Raffaele ließ seine Hand zu ihrem Po gleiten, umfasste ihn besitzergreifend und zog sie in aufreizendem Rhythmus immer wieder an sich. Sacht liebkoste er mit den Lippen ihre Wange und ihr Ohrläppchen. Als er mit der Zunge die hochsensible Stelle hinter ihrem Ohr verwöhnte, erschauerte sie vor Lust.

»Ist dein Wunsch, dich an deinem Mann zu rächen, so groß, dass du ein verwaistes Kind dafür büßen lassen willst? Denk darüber nach, versprich es mir. Ich werde dich dafür entschädigen, das verspreche ich dir.« Seine leise, heisere Forderung brachte Lana unvermittelt in die Wirklichkeit zurück, und ihr wurde bewusst, was sie da tat und vor allem mit wem.

Sie riss sich von ihm los und knotete den Gürtel ihres Bademantels fest zu. Ihr Herz klopfte heftig, ihre Haut prickelte, da, wo er sie berührt hatte. Ihre Lippen waren leicht geschwollen von seinem leidenschaftlichen Kuss, doch schließlich fand sie die Sprache wieder. »Es hat keinen Zweck. Ich werde meine Meinung nicht ändern.«

Raffaele warf ihr einen vielsagenden Blick zu, ehe er einen kleinen Koffer, den er auf den Boden gestellt hatte, aufnahm. »Wir werden morgen noch einmal über alles reden.«

»Morgen werde ich nicht mehr hier sein!«

Aber er hörte ihren Einwand nicht mehr, weil er bereits die Eingangstür hinter sich ins Schloss gezogen hatte.

Für keinen Preis der Welt würde sie seinem Vorschlag zustimmen. Sie dachte an ihre Ehe, die nun unwiderruflich beendet war. Das Geld, die Annehmlichkeiten ihres Luxuslebens – das alles hatte ihr nichts bedeutet angesichts der Tatsache, dass sie und Kyle kein eigenes Kind bekommen konnten. Und Kyle hatte es offenbar auch nichts bedeutet.

Sie hatte versagt. Lana presste eine Hand auf ihren Bauch, ihren unfruchtbaren Schoß, und ballte sie zur Faust. Sie konnte es nicht tun, konnte die Vormundschaft einfach nicht übernehmen.

Am nächsten Morgen betrachtete sich Lana prüfend in der verspiegelten Wand der Aufzugskabine, in dem sie in die Etage hinauffuhr, in der sie arbeitete. Niemand würde ihr ansehen, dass sie nur noch die Kleidung besaß, die sie gerade trug. Wenn ihr auch sonst nichts geblieben war, so versuchte sie zumindest, Haltung zu bewahren. Und darin hatte Raffaele Rossellini sie gestern Abend gründlich gestört. Sie berührte ihr Gesicht, ihre Lippen.

Die beiden Male, die er sie geküsst hatte, war er wütend gewesen. Und doch hatte er sie nicht verletzt. Stattdessen hatte er sie gelockt, hatte ihre Sinne zum Leben erweckt. Hatte sie Dinge fühlen lassen, die sie eigentlich nicht fühlen sollte, und doch hatte sie irgendwie jedes Recht dazu. Ihr Ehemann hatte sie mit einer anderen Frau betrogen. War es da so falsch, ihr erschüttertes Selbstbewusstsein und ihre schwindende Selbstachtung mit einem Mann, der sie offensichtlich attraktiv fand, wieder aufbauen zu wollen? Selbst wenn der Mann eigene Pläne verfolgte?

Sie dachte erneut an Raffaeles Kuss. Augenblicklich wurde sie von heftigem Verlangen erfasst. Ja, bei ihm fühlte sie sich ganz als Frau – anziehend, feminin. Mit seinen Küssen hatte er begonnen, ihr gebrochenes Herz zu heilen, ihr zerstörtes Vertrauen.

Es war zu früh, solche Gefühle zu hegen, noch dazu für einen Mann wie ihn. Himmel, ihr Ehemann war erst vor wenigen Tagen begraben worden! Was dachte sie sich dabei? Und doch war ihr tief im Innern klar, dass Kyle sie nicht erst vor einem Monat verlassen hatte, als er vor seinem tödlichen Unfall verreist war, sondern sehr viel früher. Sie wusste das, aber war sie auch bereit, es zu akzeptieren?

Gleich darauf betrat Lana das Büro, in dem sie seit drei Jahren arbeitete. Den ganzen gestrigen Nachmittag über hatte sie versucht, Frank Burnham, den Vorsitzenden des Wohltätigkeitsvereins, zu erreichen. Bis jetzt hatte er sie nicht zurückgerufen. Vielleicht nahm er einfach nur Rücksicht auf ihre Trauer. Zumindest hoffte sie das. Dieser Job mit seinem geringen Gehalt war die letzte Einnahmequelle, die ihr geblieben war.

»Mrs. Whittaker? Was machen Sie hier?« Katie, die Dame am Empfang, erhob sich hinter ihrem Schreibtisch.

»Ich will immer noch arbeiten, Katie.«

»Lana, was für eine Überraschung!« Frank Burnham kam den Flur entlang.

»Überraschung, Frank? Ich habe Ihnen doch auf Band gesprochen, dass ich heute zur Arbeit kommen würde.«

»Also, Sie brauchen nichts zu überstürzen. Warum nehmen Sie sich nicht noch etwas Zeit?«

»Das ist nicht nötig. Ich muss zurück an meine Arbeit, muss wieder etwas zu tun haben.« *Und Geld verdienen,* ergänzte Lana im Stillen. Das Gehalt, das sie bekommen hatte, als sie wegen des Trauerfalls beurlaubt war, war auf Kyles und ihrem Gemeinschaftskonto eingefroren.

»Vielleicht sollten Sie kurz mit in mein Büro kommen.«

Lana beschlich ein ungutes Gefühl, denn der Blick, den Frank ihr zuwarf, hatte etwas Beunruhigendes. In seinem Büro kramte er in Unterlagen herum und räusperte sich mehrmals.

»Kommen Sie zur Sache, Frank. Warum haben Sie nicht zurückgerufen?«

»Lana, es tut mir sehr leid. Ich sage Ihnen das sehr ungern, aber Sie können nicht zurückkommen.«

»Das ist nicht Ihr Ernst. Natürlich kann ich das. Auf mich muss jede Menge Arbeit warten. Was ist mit dem Wohltätigkeitsball? Der Oldtimer-Rallye? Ich muss mich um alles Mögliche kümmern.«

»Sie haben mir nicht richtig zugehört. Es ist nicht so, dass es nichts zu tun gäbe – und es ist auch nicht so, dass wir nicht zu schätzen wüssten, was Sie all die Jahre für uns getan haben.«

»Was ist es dann?«

»Wir werden Sponsoren verlieren, wenn Sie bleiben.«

»Dann werde ich Neue auftreiben. Geben Sie mir eine Chance, Frank. Es war Kyle, der diesen ganzen Schlamassel angerichtet hat, nicht ich.«

»Ich weiß, aber seine Aktivitäten haben zu viele Fragen aufgeworfen, und da Sie mit ihm verheiratet waren, sind auch Sie in die Sache verwickelt, ob Ihnen das gefällt oder nicht. Jeder unserer Sponsoren hat sich besorgt darüber geäußert, dass Sie hier arbeiten. Einer hat sogar eine Prüfung unserer Bücher gefordert. Solche Geschichten bringen uns von unserem Ziel ab, Lana. Die Konkurrenz um Spenden ist groß genug, das wissen Sie so gut wie ich. Wir können uns einen solchen Skandal nicht leisten.«

»Lassen Sie mich mit den Sponsoren reden.« Aber Lana war klar, dass es keinen Zweck hatte. Viele ihrer Freunde hatten die Wohltätigkeitsarbeit für Kinder unterstützt – die gleichen Freunde, die sie vor gerade einmal zwei Tagen im Stich gelassen hatten.

»Das ist sinnlos. Es tut mir leid.«

»Mir auch.«

Ohne sich noch einmal umzudrehen, verließ Lana das Büro. Ihr blieb eine letzte Möglichkeit. Eine, die sie gern umgangen hätte. Sie musste ihren Vater anrufen. Da sie nicht das Telefon in der Suite benutzen wollte – sie hatte sowieso nicht vor, ins Hotel zurückzukehren –, blieb nur ein öffentlicher Fernsprecher. Das Problem war nur, dass sie kein Geld hatte. Sie musste etwas verkaufen, aber was?

Ein Sonnenstrahl fiel auf die Diamanten ihres Verlobungs- und ihres Eheringes, die sie immer noch trug. Sie hatte sich so daran gewöhnt, dass sie sie kaum bemerkte. Wie dumm von ihr. Da stand sie nun und trug Tausende von Dollar an der Hand. Lana nahm die beiden Ringe ab. Plötzlich fasste sie Mut. Vielleicht gab es doch noch einen Ausweg aus dieser verfahrenen Situation. Sie musste ihn nur finden.

Einen Händler zu finden, der ihr die Ringe ohne Zertifikat abnahm, war schwieriger, als Lana erwartet hatte. Doch gegen vier am Nachmittag fand sie endlich einen. Natürlich entsprach der Betrag, den sie nun in ihrer Tasche hatte, nicht einmal der Hälfte des eigentlichen Wertes des Schmucks, doch es war irgendwie befreiend gewesen, die Ringe zu verkaufen. Sie ging ihren eigenen Weg, wenngleich mit sehr begrenzten Mitteln.

Nachdem sie eine internationale Telefonkarte gekauft hatte, fand sie in einer Einkaufspassage eine Telefonzelle, die ihr etwas Privatsphäre gab. Nervös wählte sie die Privatnummer ihres Vaters. In Berlin war es zwar gerade erst sechs Uhr morgens, doch ihr Vater war Frühaufsteher. Es behagte ihr gar nicht, ihn um Hilfe bitten zu müssen. Sie hatten nicht miteinander gesprochen, seit sie ihm gesagt hatte, sie wolle Kyle heiraten. Seine grausamen Worte, mit denen er sie als seine Tochter verstieß, waren ihr noch allzu gegenwärtig.

Die Männerstimme, die sich meldete, kam Lana bekannt vor. War die rechte Hand ihres Vaters immer noch der gleiche Mann, den er sich als Ehemann für sie gewünscht hatte? Ihr sträubten sich die Haare, wenn sie daran dachte, was im Namen diplomatischer Beziehungen von ihr erwartet worden war.

»Mr. Logan bitte.«

»Wer ist am Apparat?«

»Malcolm, ich bin es. Lana.«

»Bedaure, Mr. Logan ist nicht zu sprechen.«

»Bitte, Malcolm. Sie wissen, dass ich nicht anrufen würde, wenn es nicht wichtig wäre. Ich muss mit meinem Vater sprechen.«

»Ihr neuester kleiner Skandal ist sogar bis Berlin durchgedrungen, Lana. Er hat sich gefragt, wie lange es dauern würde, bis Sie anrufen. Ich hätte eigentlich gedacht, Sie halten länger durch.« Malcolms ironischer Unterton machte Lana ärgerlich.

»Stellen Sie mich einfach durch.«

»Er hat eine Nachricht hinterlassen, für den Fall, dass Sie anrufen.«

»Was für eine Nachricht? Warum kann er es mir nicht selbst sagen?« Lana umfasste den Hörer fester.

»Er hat sich klar und deutlich ausgedrückt. Die Nachricht lautet: ›Ich habe keine Tochter.‹«

Langsam legte Lana den Hörer auf. Ihre letzte Hoffnung war soeben im Keim erstickt worden.

5. Kapitel

Raffaele lief in der Suite auf und ab wie ein Panther in seinem Käfig. Wohin, zum Teufel, war Lana gegangen? Nach einigen Anrufen war er bei ihrem Arbeitgeber auf ihre Spur gestoßen, doch er hatte erfahren, dass sie dort nicht länger beschäftigt war. Was die Frage aufwarf, warum sie gekündigt hatte, wenn sie so verzweifelt Geld brauchte. Wollte sie sein Angebot doch annehmen, als Vormund von Marias Kind von ihm finanziert zu werden? Sah sie ihn als Gelegenheit für leicht verdientes Geld?

Falls dem so war, würde es ihm das, was er langfristig vorhatte, sehr erleichtern. Der rechtlichen Auskunft nach, die er heute telefonisch eingeholt hatte, hätte sein Fall viel mehr Gewicht, wenn er in Neuseeland leben würde. Das passte perfekt zu seinen geschäftlichen Plänen. Lana Whittaker dafür zu bezahlen, dass sie seinen Wünschen nachkam, wäre ein überschaubares Risiko, wenn ihm dadurch der Weg zum vollen Sorgerecht für Marias Baby geebnet wurde.

Er überprüfte die Mobilbox seines Handys. Nein, keine Anrufe in Abwesenheit. Es war kurz vor sechs, und wie man ihm gesagt hatte, hatte sie um neun Uhr morgens das Hotel verlassen. Sie würde doch keine Dummheit begangen haben? Vielleicht hatte er sie am Vortag zu sehr gedrängt. Manchmal war es weitaus besser, behutsam vorzugehen, sich Zeit zu lassen, um die Leute auf seine Seite zu ziehen.

Er hätte Lana am gestrigen Abend nicht einfach allein zurücklassen sollen. Sie war emotional so verletzlich, dass man nicht wissen konnte, wozu sie fähig war. Doch Marias Arzt hatte angerufen und ihm mitgeteilt, dass bei Maria die Wehen einsetzten. Sie würden zwar alles tun, um sie zu unterdrücken, aber sie hielten es für ratsam, dass Raffaele ins Krankenhaus kam. Also war er mit der Chartermaschine, die am Flughafen für ihn bereitstand, nach Wellington geflogen, um an der Seite seiner Schwester zu sein.

Marias Zustand war schließlich gegen drei Uhr morgens wieder stabil, und er war bei ihr geblieben, hatte ihre Hand gehalten und leise auf Italienisch mit ihr geredet, in der Hoffnung, dass er mit seiner Liebe doch irgendwie ihr Koma durchdrang und sie verstand, dass er alles, was er tun konnte, für ihr ungeborenes Kind tun würde.

Die Ärzte hatten ihm ein weiteres drängendes Problem dargelegt. Die Station für Frühgeborene im Krankenhaus in Wellington war belegt. Falls Maria erneut Wehen bekommen sollte und diese nicht unterdrückt werden konnten, würde das Neugeborene in ein anderes Krankenhaus geflogen werden müssen. Raffaele hatte mit Marias Team mehrere Möglichkeiten besprochen, und sie hatten beschlossen, sie so bald wie möglich nach Auckland zu fliegen, vorausgesetzt, Marias Zustand blieb stabil. Dort gab es noch Platz auf der Frühgeborenenstation.

Raffaele hatte sein Einverständnis, dass seine Schwester ins Auckland City Hospital verlegt wurde, erst gegeben, als er überzeugt war, dass es das Beste für sie und das kleine Mädchen war, das sie erwartete. Er nahm das Sonogramm, das am Morgen gemacht worden war, aus der Tasche und fuhr mit dem Finger die winzigen Umrisse seiner kleinen Nichte nach.

Die Kleine auf dem Ultraschallbild zu sehen hatte sie plötzlich wirklicher für ihn gemacht – und er war jetzt noch entschlossener, sich an der Frau zu rächen, die der Kleinen zwei liebende Elternteile verwehrt hatte. Aber seine Rache würde warten müssen.

Seine geliebte Schwester am Morgen wieder zu verlassen war ihm schwergefallen. Aber wenn er sein Versprechen, das er ihr gegeben hatte, halten wollte, musste er zu der einen Person zurückkehren, die die ganze schreckliche Situation hätte verhindern können. Und diese eine Person hielt nun auch noch das Schicksal seiner Nichte in Händen.

Er hörte, wie die Tür aufgeschlossen wurde. Lana war zurück. Er war erleichtert, doch er fasste sich schnell, nahm die Weinflasche aus dem Kühler und schenkte zwei Gläser Chardonnay ein. Er würde ihr nicht zeigen, wie besorgt er um sie gewesen war.

»*Buona sera*, Lana. Du hattest einen angenehmen Tag, nehme ich an?« Er reichte ihr ein Glas Wein, nachdem sie ins Zimmer gekommen war.

Sie griff automatisch nach dem Glas, berührte dabei leicht seine Finger, und das elektrisierende Kribbeln, das seinen Arm hinauflief, erinnerte ihn augenblicklich daran, welche Wirkung sie auf ihn hatte. Überrascht schaute sie ihn an, fast so, als habe sie damit gerechnet, dass er sie wieder siezte und wissen wollte, wo sie gewesen war.

»Ich wollte nicht zurückkommen, doch wie es scheint, habe ich keine andere Wahl.«

Obwohl das gelassen klang, sah sie völlig erschöpft aus. Eindeutig war ihr Tag nicht so verlaufen, wie sie es erwartet hatte. Sein Instinkt sagte ihm, dass sie nahe daran war, auf seine Forderung einzugehen.

»Hast du etwas gegessen?«

»Nein.« Ein spöttisches Lächeln umspielte ihre Lippen. »Ich hatte nicht unbedingt die Zeit dafür.« Sie strich sich eine Haarsträhne aus dem Gesicht. Mit der linken Hand. »Wenn du mich bitte entschuldigst, ich möchte mich ein wenig frisch machen.«

Plötzlich merkte Raffaele, dass sie keine Ringe mehr trug. Die Symbole ihrer Ehe waren verschwunden. Was hatte sie getan? Er fasste sie am Handgelenk, um sich ihre Hand anzusehen. Ihr Ringfinger wies noch eine schwache Einkerbung auf, die von den Schmuckstücken herrührte.

»Wo sind deine Ringe?«

»Was spielt das für eine Rolle? Ich brauche sie nicht mehr.« Sie entzog ihm ihre Hand.

Ja, das passt, dachte Raffaele bitter und nahm sein Weinglas. Ihre Ehe hatte ihr so wenig bedeutet, dass sie deren Symbole natürlich ohne jede Bedenken ablegte.

»Wo sind sie? Sie sollten im Hotelsafe verwahrt werden, wenn du sie nicht mehr trägst.«

»Tja, offenbar finden einige Leute sie nicht so wertvoll, wie man hätte glauben können.« Sie hörte sich ziemlich zynisch an.

»Was meinst du damit?« Nicht wertvoll für sie, ohne Zweifel. »Natürlich hatten sie einen Wert, es waren dein Ehe- und dein Verlobungsring.«

»Ich habe sie verkauft. Sie haben nicht viel gebracht, aber ich musste telefonieren.«

Sie verkaufte ihre Ringe, um zu telefonieren? Wenn er es nicht besser wüsste, hätte er gedacht, dass sie sich etwas zu sehr um eine lässige Haltung bemühte, so beiläufig hatte ihre Bemerkung geklungen.

»Hättest du nicht von hier aus telefonieren können?«

Was verbarg sie? Vielleicht einen Geliebten? Das würde Sinn machen. Willig genug war sie in seine Arme gesunken. Er wurde von heftiger Eifersucht gepackt. Sich vorzustellen, dass sie mit einem anderen Mann zusammen war, behagte ihm gar nicht. Er biss die Zähne zusammen, um ihr nicht unverhohlen seine Meinung zu sagen.

»Nein. Ich hatte meine Gründe.«

»Verzeih mir«, murmelte er. Arme Maria – er hätte früher handeln sollen. Das alles war seine Schuld, und es wäre absolut vermeidbar gewesen.

»Dir verzeihen? Weswegen? Da gibt es nichts zu verzeihen. Ich hätte nicht zurückkommen sollen, aber ich wusste nicht, wohin ich sonst hätte gehen sollen. Ich brachte es nicht über mich, mich in einer preiswerten Pension einzuquartieren, nicht als ich mich in einer umgesehen habe. Es tut mir leid. Ich nutze deine Großzügigkeit aus.«

Raffaele hatte nicht gemerkt, dass er so laut gesprochen hatte, dass Lana es hörte. Er bat nicht *sie* um Verzeihung, sondern seine Schwester. Wie typisch, dass Lana alles auf sich bezog. Und was sollte das Gerede von einer Pension? Er konnte sich Lana Whittaker ebenso wenig in einer Pension vorstellen, wie er sich ausmalen konnte, ihr zu verzeihen, dass sie das Glück seiner Schwester zerstört hatte.

»So, was hast du heute gemacht? Außer dir Pensionen anzusehen?«

Lana stellte ihr Weinglas, aus dem sie nicht einen Schluck getrunken hatte, beiseite. »Ich bin hauptsächlich herumgelaufen und habe versucht, mir zu überlegen, was ich als Nächstes tun soll.«

Raffaele schwieg. Er wünschte, er könnte annehmen, sie habe vielleicht irgendwann im Laufe des Tages an das Kind seiner Schwester gedacht, an sein Angebot, das er ihr am Vorabend gemacht hatte.

»Und? Bist du zu einer Entscheidung gekommen? Was ist mit deiner Arbeit für die Wohlfahrt? Hast du damit nichts mehr zu tun?«

Ein Schatten huschte über ihr Gesicht. »Nein, ich arbeite nicht mehr dort.«

»Dein mildtätiges Engagement ist also beendet. Ich nehme an, es war alles nur Show?«

»Natürlich nicht!« Lana errötete. Wütend fragte sie: »Wieso, um alles in der Welt, sagst du so etwas?«

»Korrigiere mich, falls ich mich irre, aber du hast dich für unterprivilegierte Kinder eingesetzt, *vero*?«

»Ja.«

»Was ist denn der Unterschied zwischen den fremden Kindern, für die du Spenden gesammelt hast, um ihnen ein Heim, Kleidung und Nahrung zu geben, und einem hilflosen Baby?«

»Der Unterschied? Der Unterschied ist …« Lana brach ab, weil ihr keine Antwort einfiel.

»Der Unterschied ist, dass du so voller Rachsucht gegen deinen verstorbenen Mann bist, dass du sie an seinem Kind auslassen willst. Vielleicht hast du recht. Es wird Zeit, dass du dir eine andere Bleibe suchst.«

Seine Hand zitterte leicht, als er sein Glas an die Lippen hob und einen großen Schluck Wein trank. War er zu weit gegangen? Schwer zu sagen. Sie verzog keine Miene. Die Wut, die so unvermittelt in ihren faszinierenden Augen aufblitzte, war ebenso schnell wieder erloschen. Dann bemerkte er plötzlich, wie ihre Züge kaum merklich weicher wurden. Es war Zeit, zum Angriff überzugehen.

»Vielleicht habe ich mich gestern Abend nicht klar genug ausgedrückt. Ich bin bereit, dir die Schulden deines Mannes zu erlassen, dich finanziell zu unterstützen, dir ein Heim und deinen gewohnten Lebensstandard zu bieten. Du bräuchtest dich nicht einmal um die tägliche Babypflege zu kümmern. Dafür kann ich ein Kindermädchen einstellen. Plus die erwähnte Abfindung, eine großzügige.« Er nannte eine Summe, von der er glaubte, sie würde ihr Interesse wecken.

Lana hörte Raffaele gar nicht mehr zu, weil sie schlagartig erfasste, wie wahr seine vorherige Bemerkung war. Er hatte absolut recht. Sie war so sehr mit ihrem Schmerz beschäftigt, mit Kyles Betrug und dem Schock, praktisch über Nacht alles zu verlieren, was sie besaß, dass sie jeden Sinn für die Realität verloren hatte. Die fortgesetzte Zurückweisung ihres Vaters hätte ihr die Augen öffnen sollen. Die Ähnlichkeit mit ihrer Mutter, die psychisch nie stark genug gewesen war, die strengen Anforderungen des Diplomatenlebens auszuhalten, machte sie in seinen Augen zum gleichen Typ Frau. Obwohl sie sein eigen Fleisch und Blut war, lehnte er sie immer noch ab.

Schon vor Jahren hatte sie sich geschworen, einem Kind so etwas niemals anzutun, und doch tat sie es. Indem sie sich weigerte, für Kyles Baby die Vormundschaft zu übernehmen, machte sie es genauso zum Opfer, wie sie es selbst war – nur hatte sie die Macht, das zu ändern. Die Möglichkeit, dem Kind einen sicheren Start ins Leben, ein Zuhause, Liebe und Geborgenheit zu geben.

Tränen schimmerten ihr in den Augen, doch sie blinzelte sie entschlossen weg.

»Ich mache es.« Die Worte brachen aus ihr heraus, ehe sie an mehr als ihren allergrößten Wunsch denken konnte.

»Du hast deine Meinung geändert? Einfach so?« Seine grauen Augen waren dunkel geworden, als er sie voller Zweifel ansah. »Woher weiß ich, dass du es dir nicht ebenso schnell wieder anders überlegst?«

»Das werde ich nicht. Jetzt nicht mehr.« *Nicht bei etwas derart Wichtigem.* Sosehr ihr die Umstände, die sie in diese Situation gebracht hatten, immer noch verhasst waren, so verspürte sie doch einen Funken Gewissheit, dass sie richtig handelte.

»Verzeih mir, wenn es mir schwerfällt, dir zu glauben, dass du deine Meinung so plötzlich geändert hast. Wer sagt mir, dass du es dir nicht doch wieder anders überlegst, wenn ich dir erst einmal ein Zuhause gegeben habe?«

Lana war verwirrt. In der einen Minute drängte er sie, die Verantwortung einer Vormundschaft zu übernehmen, in der nächsten hinterfragte er ihre Entscheidung und unterstellte ihr, sie sei sprunghaft und unzuverlässig.

»Nenn mir deine Bedingungen, setz einen Vertrag auf. Ich werde tun, was ich zu tun habe.«

Angewidert verzog er den Mund. »Das klingt, als wäre deine Einwilligung ein großes Opfer für dich. Ich möchte nicht erleben, dass du deine Meinung änderst und meine Nichte in staatliche Obhut kommt, während mein Antrag noch bei Gericht liegt. Ich möchte, dass du mir schwörst, dass du dich deiner Verantwortung dem Baby gegenüber nicht entziehst, bis ich das volle Sorgerecht habe.«

»Ich habe gesagt, ich werde tun, was ich zu tun habe. Und das meine ich ernst.« Sie wechselte das Thema. »Habe ich eben richtig gehört? Hast du ›Nichte‹ gesagt?«

»Ich habe es heute Morgen erfahren.«

»Dann bist du gestern Abend nach Wellington gereist? Um bei ihr zu sein?«

»Ja, Maria bekam vorzeitig Wehen.«

»Und die Kleine, ist sie …«

»Sie schlummert sicher im Bauch ihrer Mama.«

Erschöpft ließ Lana sich in einen Sessel sinken. Ihre Zustimmung lastete schwer auf ihren Schultern. Das kleine Mädchen würde nach der Geburt noch viel Pflege brauchen. War sie dem gewachsen? Konnte sie ihr Versprechen halten? Raffaele schien zu spüren, wie durcheinander sie war, denn mit seiner nächsten Bemerkung gelang es ihm, sie abzulenken.

»Wenn es dir wirklich ernst mit unserer Vereinbarung ist, schlage ich vor, dass du mit dem Baby bei mir lebst. Wenn ich dich finanziell unterstütze, kann das Gericht dich als Vormund wenigstens nicht für ungeeignet halten, da du selbst ja keine Geldmittel hast.«

Lana bezwang ihren Wunsch, mit ihm darüber zu streiten, dass sie bei etwas derart Wichtigem keinesfalls ihre Meinung ändern würde. Doch dann merkte sie, dass sie genau das getan hatte. Nervös befeuchtete sie ihre Lippen, ehe sie antwortete: »Mit dir zusammenleben? Wo denn?«

»In einem Vorort, denke ich. Wo du deine Privatsphäre haben kannst, bis die Medien dich endlich in Ruhe lassen. Irgendwo, wo das Baby sicher ist. Ich werde morgen früh Termine mit Maklern vereinbaren. Wir können uns dann gemeinsam nach einer geeigneten Bleibe umsehen.«

»Was ist mit deiner Firma? Wieso kannst du solange wegbleiben? Musst du nicht zurück nach Italien?«

»Mein Bruder kümmert sich zu Hause um alles. Für mich ist es wichtiger, jetzt hier zu sein. Zudem arbeite ich seit einiger Zeit daran, vermehrt meinen Interessen hier in Neuseeland nachzugehen. Deshalb war ich bereits im Land, als der Unfall passierte. Es ist also kein Problem, so lange hierzubleiben, wie es nötig ist.«

»Dann bin ich einverstanden. Bereite einen Vertrag vor. Ich werde ihn unterschreiben.«

Sie dachte, er wollte noch etwas sagen, doch dann nickte er nur und reichte ihr erneut ihr Weinglas.

»Wir sollten anstoßen. Auf einen neuen Anfang.«

Sie prostete ihm zu. »Ja, auf einen neuen Anfang.«

6. Kapitel

Am späten Vormittag des nächsten Tages mietete Raffaele einen Wagen, und sie fuhren auf der Autobahn Richtung Süden bis zur Abfahrt Manukau. Nach einer längeren Fahrt über beschauliche Landstraßen, die dazu einlud, sich die Gegend anzusehen, hielten sie in der kleinen Ortschaft Whitford, um in einem Café zum Lunch einzukehren.

Während Raffaele an einem der Tische im Freien auf ihr Essen wartete, ergriff Lana die Gelegenheit, sich im Geschenkeladen nebenan umzusehen.

Auf einmal fiel ihr Blick auf ein Regal mit Babykleidung, und die winzigen weißen Jäckchen und Söckchen ließen sie wehmütig aufseufzen. Zum ersten Mal, seit sie und Kyle die Hoffnung auf ein eigenes Baby aufgegeben hatten, schmerzte der Anblick der Babysachen sie nicht. Mit einem Finger strich sie über ein Jäckchen, und ohne sich dessen bewusst zu sein, nahm sie es und drückte es an ihre Wange, genoss es, wie sich der weiche Stoff anfühlte. Ja, ihre Entscheidung war richtig. Sie hatte sich immer ein Baby von Kyle gewünscht, sich jedoch niemals träumen lassen, dass ihr Wunsch auf diese Weise in Erfüllung ging.

Sie suchte ein Patchwork-Pferdchen in zarten Pastelltönen aus und danach noch ein Paar Söckchen, die so klein waren, dass nur zwei ihrer Finger hineinpassten. Sie rechnete den Preis aus und freute sich, weil ihr einfiel, dass sie noch Geld vom Verkauf ihrer Ringe im Portemonnaie hatte. Das freute sie so sehr, dass sie gleich noch ein Spielzeug und ein T-Shirt aussuchte.

»Komm, ich nehme dir die Sachen ab.« Raffaeles Stimme erschreckte sie, und sie hätte die Artikel, die sie ausgesucht hatte, beinahe fallen lassen. »Gibt es noch etwas, was du gern hättest?«

»Ich habe Geld und kann selbst bezahlen.« Ihre Freude an den Babysachen schwand augenblicklich.

»Behalte dein Geld. Ich weiß ja, was du dafür opfern musstest.« Mit einem kurzen Nicken brachte Raffaele die ausgesuchten Sachen zur Kasse.

Lana kochte innerlich. Würde es ab jetzt immer so sein? Würde er sie bei jeder Gelegenheit in ihre Schranken weisen? Sie verließ den Laden und kehrte an ihren Tisch vor dem Café zurück. Gekränkt starrte sie zu den Geschäften auf der anderen Straßenseite hinüber. Es war kindisch, aber sie war sehr enttäuscht. Gleich darauf kam Raffaele mit seinen Einkäufen zu ihr.

Schweigend aßen sie ihren Lunch, und nachdem Raffaele seinen Kaffee ausgetrunken hatte, stand er auf.

»Komm.« Er zeigte auf das Maklerbüro gegenüber. »Der Makler wartet sicher schon auf uns. Die Gegend hier macht einen guten Eindruck, findest du nicht?«

Wenig später erklärte der Makler ihnen kurz, welche Häuser er ihnen zeigen wollte, und bot an, sie in seinem Wagen zu fahren.

»Nein, danke, wir folgen Ihnen«, lehnte Raffaele ab. »Wir müssen vielleicht ganz kurzfristig in die Stadt zurück.«

Der Hinweis darauf, dass Raffaele womöglich von einem Moment auf den anderen nach Auckland zurückfahren musste, um bei der Geburt seiner Nichte dabei zu sein, ließ Lana frösteln. Plötzlich war alles sehr real. Konnte sie das wirklich durchstehen?

»Lana?«

Raffaele hielt ihr die Tür auf. Schnell riss sich Lana von ihren Gedanken los und ging an ihm vorbei. Als ihr der betörende Duft seines Aftershaves in die Nase stieg, versuchte sie, das angenehme Kribbeln, das sich in ihrem Körper ausbreitete, zu ignorieren. Sie spürte Raffaele neben sich, auch ohne ihn anzusehen. Selbst ihr Herz schien im Rhythmus seiner Schritte zu schlagen, als sie zu ihrem geparkten Wagen gingen.

Nachdem sie losgefahren waren, bemühte sie sich, nicht auf seine kräftigen Hände zu achten, die das Lenkrad umfassten. Seine ge-

bräunte Haut bildete einen schimmernden Kontrast zu den blüten-
weißen Manschetten seines Hemdes. Der Flaum dunkler Härchen,
der darunter hervorlugte, gab seinem gepflegten Äußeren eine sehr
maskuline Note. Und seine langen schlanken Finger faszinierten sie
geradezu.

Sie hatte diese Finger bereits auf ihren Hüften gespürt, ihren Brüsten, und plötzlich wünschte sie sehnlichst, sie noch einmal zu fühlen.
Allein die Vorstellung ließ sie heftig erschauern.

»Kalt? Ich kann ja die Heizung anstellen, wenn du möchtest.«

»Nein, ist schon gut. Ich habe nur gerade an etwas gedacht.«

»An was denn?« Er warf ihr einen neugierigen Blick zu, ehe er sich
wieder auf die Straße konzentrierte.

»Ach, an nichts Besonderes.«

Er nickte, dann fuhr er langsamer, weil auch der Makler abbremste
und links in eine Seitenstraße abbog. Die Grundstücke entlang der
Straße, einige hinter Steinmauern oder blickdichten Hecken, waren
groß und boten viel Privatsphäre. Lana fragte sich, welche Art von
Anwesen der Makler ihnen wohl zeigen würde und wie viel Geld
Raffaele bereit war auszugeben. Grundstücke in dieser Lage waren
begehrt. Der Lebensstil der Besitzer spiegelte sich in den gepflegten
Rasenflächen wider, den Tennisplätzen und Swimmingpools, auf die
man kurze Blicke erhaschen konnte, und das Meer glitzerte nicht
weit entfernt in den schönsten Farben.

Sie bogen in eine weitere Seitenstraße ab und erreichten nach wenigen Minuten ein Tor zu einer Einfahrt. Nachdem der Makler einen
Zahlencode eingegeben hatte, glitt das schmiedeeiserne Tor langsam
zur Seite. Eine terrakottafarbene Auffahrt, flankiert von ebenmäßig
geformten Zypressen, lag vor ihnen. Im Schritttempo fuhren sie hinter dem Wagen des Immobilienmaklers her.

Links und rechts erstreckten sich Plantagen aus Bäumen, die Lana
nicht gleich identifizieren konnte. Doch als sie das Ende der Auffahrt
erreichten, deren Halbrund ein Springbrunnen aus Marmor zierte,
seufzte sie verzückt auf. Vor ihnen lag eine elegante eingeschossige
Villa im toskanischen Stil. Wenn Lana nicht gewusst hätte, dass sie

ganz bestimmt noch in Neuseeland waren, hätte sie sich auf ein Landgut in Italien versetzt gefühlt.

Auch das Innere des Hauses enttäuschte sie nicht. Großzügig geschnittene Räume führten auf eine weitläufige gepflasterte Terrasse an der Rückseite des Gebäudes, wo ein lang gestreckter rechteckiger Pool die Wintersonne widerspiegelte. Große Terrakottatöpfe mit dekorativen Obstbäumchen standen am Fuß der Säulen, die das Terrassendach vor dem Wohnzimmer trugen.

Nachsichtig lächelnd beobachtete der Makler, wie sie sich die Räume im Erdgeschoss ansahen.

»Mr. Rossellini, als Sie sagten, Sie seien an einer Immobilie interessiert, die Ihnen ermöglicht, ökologischen Anbau von Olivenbäumen zu betreiben, traute ich meinen Ohren nicht. Dieses Anwesen gehört zu einem Nachlass und kam gerade auf den Markt. Der Vorbesitzer war ein entschiedener Befürworter natürlicher Anbaumethoden, und die Olivenbäume sind ausgewachsen und tragen gut. Es gibt noch einige andere Erzeuger von Oliven in der Gegend.« Er nannte Ertragszahlen und erklärte noch, dass es auch eine Presse und eine Abfüllanlage für das Öl auf dem Anwesen gab. »Die Familie möchte Villa und Plantage gern als Ganzes verkaufen, statt das Land in kleinere Grundstücke aufzuteilen.«

Raffaele löcherte den Makler geradezu mit Fragen, während Lana sich weiter im Erdgeschoss umsah und dann nach oben ging. Das große Schlafzimmer mit angrenzendem Bad nahm fast ein Drittel der ganzen Etage ein. Sie vermied es, das riesige Doppelbett näher zu betrachten, warf einen kurzen Blick auf die begehbaren Kleiderschränke und betrat dann das Badezimmer. Es war schöner und luxuriöser ausgestattet als alles, was sie bisher gesehen hatte. Mit einer Hand strich sie über den Rand des Whirlpools, der etwas erhöht vor einer Glastür in den Boden eingelassen war. Die Tür führte auf einen kleinen Balkon. Es musste herrlich sein, hier an einem Sommerabend zu entspannen und in den Sternenhimmel hinaufzusehen. Die Wanne bot mehr als genug Platz für zwei.

Heftiges Verlangen machte sich tief in ihrem Inneren breit, und sie sah Raffaeles gebräunten Körper im heißen, strudelnden Wasser genau vor sich. Sie schüttelte den Kopf, um das verlockende Bild loszuwerden. Wie schaffte er das? Wie stellte er es an, dermaßen ihre Gedanken zu beherrschen, dass sie ihn nackt vor sich sah, sich vorstellte, ihn zu berühren, die Hände über seine Beine gleiten zu lassen und weiter aufwärts zu seinen Hüften, seinem Bauch.

»Nein!« Hastig verließ sie das Bad und eilte in den gegenüberliegenden Flügel der oberen Etage.

Neugierig inspizierte sie die anderen drei Schlafräume, alle mit eigenem Badezimmer und Blick über das Anwesen in unterschiedliche Richtungen. Mit der Gästesuite unten verfügte die Villa über mehr als genug Platz für sie selbst, Raffaele und ein kleines Baby.

Sie ging über die breite, geschwungene Treppe wieder nach unten und folgte den Stimmen der Männer hinaus auf die Terrasse. Raffaele zog eine Braue hoch, als sie zu ihnen trat. Mit seinen wachen grauen Augen schaute er sie eindringlich an, und sie hatte fast das Gefühl, er wüsste genau, welchen Fantasien sie im Badezimmer nachgehangen hatte. Verlegen errötete sie.

»Das Anwesen ist ideal. Ich nehme es.«

Lana verschlug es die Sprache. Einfach so? Der Makler sah aus, als befinde er sich plötzlich im siebten Himmel. Sie konnte nur ahnen, wie hoch seine Provision für einen Verkauf dieser Größenordnung sein musste.

»Bist du sicher?« Es ging hier schließlich um einige Millionen Dollar.

Er versteifte sich. »Gibt es etwas, was dir gar nicht gefällt?«

»Nein, nein, nichts. Ich dachte nur, du würdest dir vielleicht erst das ganze Anwesen ansehen wollen, bevor du dich entscheidest, das ist alles.«

»Ich habe genug gesehen, um überzeugt zu sein. Da es sich um einen Nachlass handelt, übernehme ich auch das gesamte Inventar. Ich kann ja austauschen, was nicht unserem Geschmack entspricht.«

Der Makler eilte zu seinem Wagen, um den Vertrag zur Unterschrift vorzubereiten. Es war offensichtlich, dass der Mann sein

Glück kaum fassen konnte. In kurzer Zeit waren die Formalitäten erledigt, nachdem die Treuhänder der Immobilie Raffaeles Angebot telefonisch angenommen hatten. Es wurde vereinbart, dass Raffaele bis zur Übertragung des Grundstücks die Villa mieten würde und sie in der nächsten Woche einziehen konnten.

Lana blickte sich um. Das also würde ihr Zuhause sein, bis Raffaeles Antrag auf das Sorgerecht bewilligt war und ihre Vormundschaft endete. Das Grundstück war riesig, und falls die Zahlen, die der Makler genannt hatte, stimmten, dann trug die Plantage sich selbst, und ein wachsender Markt war praktisch garantiert.

»Es ist schön, *vero*?«

»Sehr schön. Ich kann nicht fassen, dass die Verhandlungen so schnell beendet waren.«

»Verhandlungen? Nein, ich verhandle nicht. Ich habe ein Angebot abgegeben, das mehr als fair war. Die Familie des Vorbesitzers macht ein gutes Geschäft, genau wie ich.«

Raffaele drehte sich nun um sich selbst, um das Panorama in sich aufzunehmen. Wenn das Licht in diesem Teil der Welt nicht anders gewesen wäre, hätte er sich einbilden können, zurück in seinem Heimatland zu sein. Was würde er alles dafür geben, seine Mutter und seine Schwester hierher zu bringen. Um ihnen allen einen Neuanfang zu ermöglichen.

Er wurde von Trauer übermannt. Solche Träume waren selbstzerstörerisch. Man sollte nie wünschen, was nie würde sein können. Es würde reichen müssen, seiner Nichte dieses Zuhause bieten zu können. Er konnte sie sich bereits beim Spielen unter den Bäumen vorstellen.

Auf diesem Anwesen und seinem Landgut in Italien würde es Marias Tochter an nichts fehlen. Sie würde in Freiheit aufwachsen, in Sicherheit, und alles haben, was man für Geld kaufen konnte.

Eine Bewegung, die er aus dem Augenwinkel wahrnahm, erinnerte ihn daran, dass er nicht allein war. Lana. Was dachte sie wohl? Da sie miterlebt hatte, wie der Einfluss seines Geldes diese Transaktion so schnell über die Bühne gebracht hatte, fand sie da, dass ihr auch ein gewisser Betrag zustand? Er hoffte es sehr. Aber die Summe, die er ihr zahlen wollte, damit sie endgültig blieb und die Vormundschaft für das Baby übernahm, wäre für ihn eine Kleinigkeit.

»Komm, wir sind in ein paar Tagen wieder hier. Wir müssen jetzt in die Stadt zurück.«

»Wirst du eine Aufstellung der Möbel und anderen Dinge im Haus bekommen?«

»Warum fragst du?«

»Wir werden neue Bettwäsche kaufen müssen, Handtücher – alles Mögliche.«

Raffaele zwang sich, seinen aufsteigenden Ärger zu unterdrücken. Sie gab also bereits sein Geld aus. Aber im Grunde hatte sie recht. Sie würden eine Reihe neuer Sachen brauchen.

»Können Sie die gewünschten Listen beschaffen?«, fragte er den Makler.

»Ja, natürlich. Ich werde sie Ihnen morgen früh in Ihr Hotel faxen.«

»Danke. Das ist in Ordnung. Wenn das alles ist, sollten wir jetzt gehen.«

Raffaele kam zu Lana herüber, nahm ihren Arm und geleitete sie durch das Haus zum Eingang. Dort warteten sie, bis der Makler die Alarmanlage wieder eingeschaltet und die Haustür abgeschlossen hatte. Dann reichte er Raffaele die Hand.

»Danke, Mr. Rossellini, es war mir ein Vergnügen, den Vertrag mit Ihnen abzuschließen.« Dann schüttelte er auch Lana die Hand. »Auf Wiedersehen, Mrs. Rossellini.«

Raffaele versteifte sich. »Sie ist nicht meine Frau«, korrigierte er den Makler unwirsch.

»Ich bitte um Entschuldigung.«

Mit einem kurzen Nicken ging Raffaele zum Wagen und hielt Lana die Tür auf. Nein, eine Frau wie Lana Whittaker könnte nie seine Frau sein. Er mochte Frauen, die zärtlich und leidenschaftlich waren. Für solche, die kalt, berechnend und geldgierig waren, hatte er nichts übrig. Obwohl Lanas Reaktion auf seinen Kuss ein paar

Abende zuvor gezeigt hatte, dass tief in ihr sehr wohl Leidenschaft schlummerte, und sie ihn körperlich instinktiv anzog, konnte er ihr nicht verzeihen, dass sie an einer erkalteten Ehe festgehalten und dadurch großes Unheil angerichtet hatte.

Ohne ein weiteres Wort zu verlieren, stieg auch er ein. Gerade als er seinen Sicherheitsgurt befestigen wollte, klingelte sein Handy. Ihm wurde ganz flau. Diese Nummer kannten nur die Mitarbeiter des Krankenhauses und sein jüngerer Bruder in Italien. Dort war es jetzt sehr früh am Morgen – nein, Vincenzo konnte das nicht sein. Schnell klappte Raffaele sein Handy auf und erkannte die Nummer sofort – das Hospital. Mit wachsender Besorgnis meldete er sich.

Als er das Telefonat kurz darauf beendete, lehnte er sich tief aufseufzend in den Sitz zurück. Die Neuigkeit war besser, als er erwartet hatte. Marias Zustand hatte sich so weit stabilisiert, dass sie gleich am nächsten Morgen ins Krankenhaus nach Auckland geflogen werden konnte.

»Raffaele? Ist … ist alles okay?«

»Maria wird morgen nach Auckland verlegt.«

»Verlegt? Aber warum? Ganz bestimmt …«

»Was? Meinst du, sie sollte in Wellington bleiben, damit du weiterhin deiner Verantwortung aus dem Weg gehen kannst? Das finde ich nicht.«

»Das habe ich überhaupt nicht gemeint.« Lanas blaugrüne Augen funkelten vor Entrüstung. »Ist es denn sicher, sie zu transportieren?«

»Glaubst du, ich würde etwas tun, was meiner Schwester schaden könnte?«

»Nein, natürlich nicht. Tut mir leid. Das war unüberlegt von mir.«

Raffaele atmete erneut tief durch und rieb sich müde die Augen. »Entschuldige, Lana. Die letzten Tage waren schwierig. Für uns alle.«

Sie warf ihm einen Blick zu, fast so, als traute sie der plötzlichen Wärme in seiner Stimme nicht. Doch als sie erkannte, dass es ihm ernst war, entspannte sie sich langsam. Es *waren* schwierige Tage gewesen. Und es sah nicht danach aus, dass es in absehbarer Zeit leichter werden würde. Sie würden weiterhin auf Messers Schneide leben, bis das Kind geboren war. Bis Maria tot war. Er biss die Zähne zusammen, ehe er fortfuhr: »Es ist besser für das Baby, hier in Auckland auf die Welt zu kommen. Die Station für Frühgeborene in Wellington ist überfüllt. Die Ärzte haben empfohlen, Maria zur Sicherheit des Babys zu verlegen.«

»Möchtest du …?«

»Möchte ich was?«

»Möchtest du, dass ich mitkomme – ins Krankenhaus?«

Ihr Angebot überraschte ihn. Forschend sah er ihr ins Gesicht, doch ihre Miene spiegelte keinerlei Emotion wider. Empfand sie nichts angesichts der bevorstehenden Ankunft seiner Schwester – der Frau, die ihr den Rang bei ihrem Mann abgelaufen hatte –, dass sie eine solche Frage derart ungerührt stellen konnte? Falls sie es doch bewegte, dann verbarg sie es gut.

»Nein, das ist nicht nötig. Obwohl die Ärzte sicher sind, dass sich Maria durch ihre Gehirnverletzung in einem Zustand befindet, in dem sie nichts spüren oder verstehen kann, was um sie herum geschieht, möchte ich nicht riskieren, dass sie deine Gegenwart vielleicht doch wahrnimmt.«

Lana wandte sich ab und starrte durch die Windschutzscheibe auf die Auffahrt vor ihnen. »Ich verstehe«, murmelte sie.

Leise fluchend ließ Raffaele den Wagen an, um in die Stadt zurückzufahren. Sie glaubte also zu verstehen, ja? Er umfasste das Lenkrad fester. Ihre Distanz war der absolute Beweis dafür, dass sie keine Ahnung hatte, welchen Schaden sie angerichtet hatte, und dass sie sich ihrer Schuld nicht bewusst war. Ein vernünftiger Mann würde sie vielleicht bedauern, dass sie so kühl und gefühllos sein konnte. Doch er war im Moment alles andere als vernünftig.

7. Kapitel

Vernünftig oder nicht, Raffaele wusste, dass einige Dinge zu erledigen waren. Lana besaß kaum Kleidung, vor allem keine Freizeitsachen. Sie mussten dringend einkaufen gehen.

»Wo kaufst du normalerweise deine Kleidung?«

Aus dem Augenwinkel sah er, wie sie zu ihm herumfuhr.

»Warum fragst du?«

»Du kannst nicht ständig dieselben Sachen tragen. Wir sollten dir ein paar Neue besorgen.«

»Müssen wir das heute tun?«

»Ich werde wohl kaum die Zeit dafür haben, wenn Maria erst in Auckland ist.«

Er spürte, dass seine Bemerkung sie ärgerte, doch sie erwiderte nichts.

»Also, wo müssen wir hin?«

»Nimm die nächste Ausfahrt, und ich weise dir dann den Weg.« Das klang steif, so als müsse sie sich zwingen, nicht etwas zu erwidern, was sie später bereuen könnte. Er lächelte, sie lernte dazu.

Als sie ins Hotel zurückkehrten, freute Lana sich, dass die Inventarlisten des Hauses bereits gefaxt worden waren. Aufmerksam las sie sie durch, nahm die Maße der Betten in den verschiedenen Schlafzimmern und die Größe der Esstische zur Kenntnis und begann aufzulisten, welche neuen Wäschestücke sie brauchen würden. Sie merkte gar nicht, dass Raffaele ihr über die Schulter schaute, als sie systematisch alle Räume des Hauses aufführte und sich aus dem Gedächtnis heraus Notizen zu Farben und Stil jedes Zimmers machte. Als sie endlich eine Pause einlegte, war sie erstaunt, dass es schon Nacht geworden war. Raffaele saß ihr gegenüber, leger gekleidet in dunklen Jeans und einem dunkelgrauen langärmeligen Poloshirt, das perfekt zu seiner Augenfarbe passte. Die ganze Zeit über beobachtete er sie.

»Entschuldige, hast du etwas gesagt?« Lana sammelte ihre Notizen ein und ordnete sie.

»Nein, habe ich nicht. Ich habe dir nur zugesehen. Bist du fertig?«

»Vorläufig. Ich glaube, ich weiß jetzt, was wir kaufen müssen und was wir aus dem vorhandenen Inventar behalten können. Wenn du einverstanden bist, würde ich gern damit anfangen, die gesamte Bettwäsche und alle Handtücher auszutauschen. Wir können die Sachen der Wohlfahrt bringen. Sie freuen sich bestimmt über die Spende.«

Raffaele wirkte irritiert.

»Was ist los?«

»Nichts. Ich habe nur erwartet, dass du die aussortierten Teile wegwerfen und nicht verschenken würdest.«

»Aber das wäre eine schlimme Verschwendung.«

»Da stimme ich dir zu«, erwiderte er und sah sie so intensiv an, dass sie sich wie ein Insekt unter dem Mikroskop fühlte.

»Was ist? Warum schaust du mich so an?«

»Du warst gekränkt, als ich dich die Babysachen nicht habe bezahlen lassen. Warum?« Er beugte sich etwas vor und stützte die Arme auf die Knie. Dadurch kam er ihr näher, und sie fühlte sich von seiner Ausstrahlung geradezu gefangen.

»Ich wollte sie einfach selbst kaufen, das ist alles.« Lana lehnte sich in ihrem Sessel zurück. Sie würde jetzt keine persönlichen Details enthüllen. Nicht Raffaele. Er würde es eh nicht verstehen.

»Ich glaube, da steckt mehr dahinter. Erzähl es mir«, beharrte er ruhig.

»Na schön, wenn du es unbedingt wissen willst: Wenn ich ein Projekt übernehme, dann tue ich das hundertprozentig. Ich wollte dem Baby etwas von mir geben.« Nicht etwas, das mit Geld bezahlt wurde, das sie für das Übernehmen der Vormundschaft bekommen hatte, Geld, das durch eine gekaufte Zustimmung beschmutzt war. Letzte Woche hatte sie alles verloren, ihr ganzes Leben war aus den

Fugen geraten. Diese Dinge für Raffaeles Nichte zu kaufen hatte für sie, Lana, bedeutet, so etwas wie eine Mutterrolle einzunehmen. Und die hatte er ihr genommen.

»Sie ist ein Projekt für dich?«

Lana dachte sorgfältig über seine Frage nach, ehe sie antwortete. Wenn sie diese ganze Sache unbeschadet überstehen wollte, durfte sie keine allzu tiefe emotionale Bindung zu dem Baby aufbauen.

»Ja, das ist sie.«

Mit einem Seufzer lehnte sich Raffaele wieder in seinen Sessel zurück. »Danke, dass du ehrlich bist. Wenn du erklärt hättest, du tust es, weil du auch gern ein Kind hättest, obwohl du ja nie eins wolltest, dann hätte ich gewusst, dass du lügst.«

Lana zuckte zusammen, als habe er sie geschlagen. Nie ein Baby gewollt? Wie, um alles in der Welt, war er zu dieser Erkenntnis gelangt? Aber wie auch immer, sie würde ihn jetzt keinesfalls aufklären. Sie wollte ihre Schwächen nicht noch stärker betonen, als die Schlagzeilen der Zeitungen das seit Kyles Tod ohnehin schon taten.

Sie hatte Raffaele ihr Wort gegeben, diese Geschichte über die Bühne zu bringen. Der heutige Tag hatte ihr klar vor Augen geführt, was sie das auf gefühlsmäßiger Ebene kosten würde. Sie musste so weit wie möglich Distanz halten – zu dem Baby und zu Raffaele.

Sie stand auf. Diesen Vorsatz konnte sie gleich jetzt in die Tat umsetzen. Beim Aufstehen fiel einer ihrer Notizzettel zu Boden. Raffaele hob ihn auf und runzelte die Stirn, als er ihn überflog.

»Was ist das?«

Lana nahm ihm den Zettel ab. »Eine Liste von Babyartikeln, die wir fürs Kinderzimmer brauchen.«

»Eine sehr lange Liste. Woher weißt du, dass wir all diese Dinge brauchen? Das hier zum Beispiel.« Er zeigte auf einen der aufgelisteten Artikel.

»Das Babyfon? Das dient der Sicherheit. Babys können im Schlaf einfach aufhören zu atmen, aber bei Frühchen ist diese Gefahr noch größer.«

»Aufhören zu atmen?«

»Dieses Überwachungsgerät gibt Alarm und hat auch eine Art Bauchkitzler, um die Atmung des Babys zu reaktivieren.« Lana hatte sich während ihrer letzten In-vitro-Fertilisations-Behandlung gründlich informiert. Falls sie das Glück gehabt hätte, ein Kind zu bekommen, dann hätte sie alles in ihrer Macht Stehende getan, damit es am Leben blieb.

»Woher weißt du über solche Dinge Bescheid? Du hast kein eigenes Kind. Kyle sagte, du wolltest nie eins, warum also bist du dann so gut informiert?«, beharrte Raffaele.

»Kyle hat das gesagt?« Lana wich zurück. Es sollte sie eigentlich nicht mehr verletzen, dass er auch über diesen Aspekt ihres Lebens gelogen hatte. Wie konnte er es wagen, derart herabzusetzen, was sie durchgestanden hatten? Der Schmerz darüber, dass all ihre Bemühungen, ein eigenes Kind zu bekommen, vergeblich waren, und der Schmerz zu wissen, dass sie nie ein Kind würde empfangen können, brachen mit aller Macht über sie herein.

Mit Bedacht wählte sie ihre nächsten Worte: »Hast du dich nie gefragt, ob er vielleicht gelogen hat?«

So würdevoll wie möglich ging Lana zur Tür. Tränen schimmerten in ihren Augen, in ihrem Herzen brannte erneut der Schmerz über ihren unerfüllten Kinderwunsch.

Raffaele sah ihr mit gemischten Gefühlen nach. Niemand konnte diese riesengroße Seelenqual, die sich bei seiner letzten Bemerkung auf ihrem Gesicht widergespiegelt hatte, vortäuschen. Ihm kamen Zweifel. Falls Kyle bei etwas so Wichtigem wie Kindern gelogen hatte, welche anderen Tatsachen hatte er womöglich noch verdreht? War es möglich, dass Kyle seine Frau in einem falschen Licht dargestellt hatte? War er, Raffaele, etwa die ganze Zeit zum Narren gehalten worden?

Als Lana leise ihre Schlafzimmertür hinter sich schloss, nahm Raffaele sich vor, mehr über die Ehe von Kyle und Lana Whittaker in Erfahrung zu bringen.

Während der nächsten Tage beschäftigte sich Lana mit den notwendigen Einkäufen für den Umzug in die Villa. Raffaele hatte sie bevollmächtigt, eine seiner Kreditkarten zu benutzen, und er hatte auf ihren Namen auch ein Konto eröffnet, auf das jede Woche die Summe, die er ihr als finanzielle Unterstützung zugesagt hatte, überwiesen wurde. Sosehr es sie ärgerte, das Geld anzunehmen, so tröstete sie sich mit dem Gedanken, dass sie einen Job erledigte. Einen Job wie jeden anderen. Doch das erklärte nicht die schmerzlichen Stiche, die sie jedes Mal verspürte, wenn Raffaele das Hotel verließ, um seine Schwester zu besuchen.

Er verbrachte Stunde um Stunde im Krankenhaus, kehrte jeden Abend erst spät zurück, war wortkarg und abgespannt. Einige Male, als Lana in der Stadt war, hatte sie das unangenehme Gefühl gehabt, beobachtet zu werden. Doch sie hatte nichts Ungewöhnliches oder Unbekanntes entdecken können. Weil es ihn ganz offensichtlich sehr anstrengte, Maria zu besuchen, mochte sie Raffaele nichts von ihren Ängsten sagen und redete sich stattdessen ein, seit Kyles Tod unter Verfolgungswahn zu leiden.

Sie standen kurz vor ihrem Umzug hinaus nach Whitford, und Lana sah dieser Veränderung ihrer Lebensumstände mit einer Begeisterung entgegen, die sie überraschte. Zum ersten Mal seit Langem schaute sie nach vorn, nicht zurück.

Nachdem die letzten Dinge in das neue Haus geliefert worden waren, kam Lana spät ins Hotel zurück und hörte zu ihrem Erstaunen eine laute, erregte Männerstimme aus der Suite. Gleich darauf sah sie Raffaele im Wohnzimmer auf und ab gehen, in einer Hand den Telefonhörer am Ohr, mit der anderen wild gestikulierend.

»Was ist los?«, gab sie ihm zu verstehen, als er sich umdrehte und ihr kurz zunickte.

Er deutete auf ein Klatschblatt auf dem Couchtisch. Lana nahm es zur Hand, um zu sehen, was ihn derart aufgebracht hatte. Ihr Herz setzte einen Schlag aus, als sie die Titelzeile auf der ersten Seite las.

Betrüger hat Kind der Liebe!

Unter der Überschrift war ein halbseitiges Farbfoto einer bewusstlosen schwangeren Frau in einem Krankenhausbett abgedruckt. Obwohl es ziemlich unscharf war, erkannte Lana sofort die Ähnlichkeit mit dem wütenden Mann, der im Moment ungeduldig schwieg und der Person am anderen Ende der Leitung zuhörte.

Das war Maria Rossellini? Lana starrte auf das Foto. Das war die Frau, die ihr ihren Mann weggenommen hatte? Die Frau, in deren sterbendem Körper Kyles kleine Tochter heranwuchs? Statt Wut und Hass fühlte Lana nur eine überwältigende, verzweifelte Leere.

Kyles Untreue derart eindeutig vorgeführt zu bekommen ließ Lana die Zeitung so fest umklammern, dass sie einen Riss bekam. In der Frau, die da bewusstlos auf dem Krankenhausbett lag, lebte Kyles Kind. Das Kind, das sie, Lana, ihm nie hatte schenken können. Sie sank auf die Knie, am ganzen Körper zitternd, weil sie nun den sichtbaren Beweis des Endes ihrer Ehe vor sich hatte – ihres Versagens. Nachdem sie einige Male tief durchgeatmet hatte, überflog sie den Artikel.

Wer auch immer ihn geschrieben hatte, hatte seine Hausaufgaben nur allzu gut gemacht. Es stand alles da – jedes Detail ihrer Ehe mit Kyle zusammen mit Kommentaren von Leuten, die ihre Nachbarn und Freunde gewesen waren. Von Leuten, die sie für ihre *Freunde* gehalten hatte. Ihr Gefühl, verraten worden zu sein, verstärkte sich. Und noch schlimmer: Der Artikel endete mit dem Versprechen an die Leser, nächste Woche noch mehr über Lanas privilegierte Kindheit zu enthüllen und die Geheimnisse, die wie ein Schatten über ihrer Familie lagen, einschließlich Einzelheiten über einen mysteriösen Mann, mit dem sie Berichten zufolge seit dem Tod ihres Ehemannes lebte.

Raffaeles zornige Stimme durchdrang den Schock, der sie in totaler Fassungslosigkeit verharren ließ.

»Das ist inakzeptabel. Ich will, dass die Person, die für das Foto von meiner Schwester verantwortlich ist, ausfindig gemacht wird. Wenn Ihr Krankenhaus sie nicht hinreichend schützen kann, werde ich einen eigenen Sicherheitsdienst für sie besorgen.«

Er schwieg, als am anderen Ende der Leitung geantwortet wurde.

»Tun Sie das! Oder ich werde *Sie* persönlich zur Verantwortung ziehen.«

Wütend klappte Raffaele sein Handy zu und steckte es in die Brusttasche seiner Jacke.

»*Porca miseria!*« Er fuhr zu Lana herum und runzelte die Stirn, als er sie auf dem Boden knien sah. Die Knöchel ihrer Hand waren weiß, weil sie die Zeitung so fest umklammert hielt. Niemand konnte so gut schauspielern. Was war er für ein Idiot, nicht zu bedenken, dass sie geschockt auf die Meldung reagieren würde? Er hatte nur an Maria und ihre Sicherheit gedacht. Es war erst eine Woche her, dass Lana von dem Baby erfahren hatte, und jetzt sah sie sich ohne Vorwarnung mit dem Beweis konfrontiert. Sosehr er sich daran gewöhnt hatte, Lana Whittaker zu misstrauen, diesen Schock hätte er ihr ersparen sollen.

»Lana?« Er griff nach dem Klatschblatt, das ihn so wütend gemacht hatte. Doch er hatte Mühe, es ihrem eisernen Griff zu entwinden. Er half ihr auf und führte sie zum Sofa.

Ihre Hände fühlten sich eiskalt an, ihr Gesichtsausdruck verriet keinerlei Emotion. Leise fluchend ging er zum Sideboard und schenkte ihr etwas Brandy ein. Er drückte ihr das Glas in die Hand und überredete sie, einen Schluck zu trinken, dann noch einen.

Nach einem Moment kehrte etwas Farbe in ihre bleichen Wangen zurück, ihre schönen blaugrünen Augen schimmerten feucht. Sie holte tief Luft und stellte das Glas auf den Couchtisch.

»Bist du sicher, dass du nicht noch einen Schluck trinken möchtest?«

»Das hilft auch nicht gegen meinen Schmerz, Raffaele. Aber trotzdem vielen Dank.«

Dass ihre Stimme ganz hohl und leer klang, traf ihn tief. In den vergangenen drei Tagen hatte er eine andere Seite an ihr kennengelernt. Sie war lebhaft und aufgeregt wegen ihrer Einkäufe gewesen, und wenn er abends aus dem Krankenhaus zurückkam, besprach sie mit ihm, was sie besorgt hatte. Er hatte angefangen, sich darauf zu freuen, dass sie bei seiner Rückkehr hier in der Suite sein würde – hatte es fast wie ein Nachhausekommen empfunden. Doch jetzt war sie wieder die gleiche gefühllose, kühle Frau, die er nach Kyles Begräbnis getroffen hatte. Verschlossen. Unnahbar.

Plötzlich vermisste er die Freude in ihrer Stimme. Eine Erkenntnis, die ihm gar nicht behagte.

»Es tut mir leid, Lana. Ich hätte die Zeitung nicht herumliegen lassen sollen. Es war gefühllos von mir, dich diesem Schmutz auszusetzen.«

»Nein, nicht gefühllos. Du brauchst mich nicht in Watte zu packen. Ich verkrafte das, ehrlich. Es kam nur ein wenig überraschend – das ist alles.«

Ihre Antwort klang nett und freundlich, doch Raffaele hätte schwören können, dass sehr viel mehr dahintersteckte. Er spürte beinah körperlich, wie sie sich ihm entzog. Das verdammte Foto in der Zeitung hatte sie beide in die Realität zurückgeholt.

»Ich werde mir den Verlag vornehmen, eine einstweilige Verfügung erwirken – was auch immer. Sie werden keine Lügen oder Vermutungen mehr über unsere Familien abdrucken.« Lana stand nun unter seinem Schutz. Er brauchte sie, und ob es ihr gefiel oder nicht, sie brauchte ihn.

»Bemüh dich nicht, sie werden schon einen Weg finden, ihr Gift zu verbreiten, meine Vergangenheit auszugraben und sie erneut in die Zeitung zu bringen.« Lana legte ihm eine Hand auf den Arm. »Es ist nichts, was mir nicht schon widerfahren wäre, und das letzte Mal habe ich es überlebt. Ich werde es auch diesmal überleben. Wenn du mich jetzt bitte entschuldigst, ich muss mich vergewissern, dass alles für morgen fertig ist. Ich persönlich kann es gar nicht abwarten, aus der Stadt wegzukommen.«

Raffaele gab ihr recht, auch wenn er weiter vom Krankenhaus entfernt sein und die Fahrt in die Stadt kostbare Zeit in Anspruch nehmen würde. Wenn das Baby erst einmal geboren und kräftig genug war, um nach Hause zu kommen, würde es in dem neuen Haus in Sicherheit sein. Nach den heutigen Vorfällen erschien ihm das wichtiger denn je.

Sein Blick glitt von ihrem ernsten Gesicht zu ihren schlanken Fingern auf seinem Arm. Bei ihrer zarten Berührung lief ein warmes Kribbeln über seine Haut. Ehe er einen Gedanken fassen oder darauf reagieren konnte, zog Lana ihre Hand zurück und stand auf.

»Ich glaube, ich nehme ein heißes Bad und gehe dann zu Bett. Wir müssen morgen früh aufstehen, wenn wir vor dem Lieferwagen draußen im Haus sein wollen.«

»Möchtest du nicht erst noch etwas essen, ehe du dich zurückziehst?« Essen war das Letzte, woran Raffaele dachte, aber aus irgendeinem Grund ließ er sie ungern gehen. Ehe er ergründen konnte, warum er sie überreden wollte, noch bei ihm zu bleiben, schüttelte sie den Kopf und ging in ihr Zimmer.

Lana machte sich fürs Schlafengehen fertig, doch ihre Gedanken überschlugen sich. Nach einer halben Stunde im Schaumbad war sie kein bisschen entspannter als zu dem Zeitpunkt, als sie die Zeitung entdeckt hatte. Es brauchte sehr viel mehr als ein ausgiebiges Bad, um ihre Selbstachtung wiederzufinden.

Mit einem Lappen wusch sie den letzten Schmutz des Tages ab. Wenn es doch nur auch so einfach wäre, sich vom Schmerz der Zurückweisung und des Versagens reinzuwaschen. Über ihrem flachen Bauch hielt sie inne, und sofort hatte sie wieder Maria Rossellini vor Augen, in deren Bauch Kyles Kind heranwuchs – ein Kind, das sie, Lana, ihm nie hatte schenken können. Würde ein Mann sie je begehren, wenn er wusste, dass sie nie seine Kinder würde bekommen können? Kyle hatte ihr gesagt, dass das nicht so schlimm wäre, doch die Tatsachen bewiesen, dass seine tröstlichen Worte nichts als Lügen waren.

Frustriert aufseufzend stieg Lana aus der Wanne und griff nach einem der flauschigen Hotelbadelaken. Das angewärmte Laken auf ihrer Haut zu spüren ließ ihr wohlig warm werden und erweckte tief in ihr ein Verlangen, das sie sich äußerst ungern eingestand. Sie musste sich unbedingt wieder wie eine Frau fühlen – brauchte dringend die Bestätigung, dass sie immer noch attraktiv war, dass es im Leben nicht nur darum ging, ob eine Frau ihrem Mann Kinder schenken konnte oder nicht. Heiße Tränen liefen ihr über die Wangen, als sie einige Zeit später auf dem Bett lag und darauf wartete, dass sie einschlafen und die schmerzliche Wahrheit vergessen würde.

8. Kapitel

Die nächtlichen Geräusche der Stadt, die zu Lana ins Zimmer drangen, halfen wenig, ihre aufgewühlten Gedanken zu beruhigen. Da sie nicht einschlafen konnte, beschloss sie, im Wohnzimmer nach etwas zu lesen zu suchen. Mehr aus Gewohnheit als aus dem Gefühl heraus, sich bedecken zu müssen, zog sie einen Morgenmantel über, der zu ihrem hauchzarten seegrünen Negligé passte. Raffaele würde längst im Bett sein. Der Tribut, den seine Besuche bei seiner Schwester von ihm forderten, war ihm deutlich anzusehen, wenn er abends zurückkam. Und das heutige Fiasko mit der Zeitung hatte seine Erschöpfung nur noch verstärkt.

Als Lana im Wohnzimmer noch Licht brennen sah, blieb sie auf der Türschwelle stehen, denn der Mann, an den sie eben gedacht hatte, war sehr wohl noch wach. Er hatte nur eine dunkelblaue Pyjamahose an und schaute mit gerunzelter Stirn zu ihr herüber. Wie gebannt betrachtete Lana seine kräftigen gebräunten Schultern und seine breite muskulöse Brust.

»Gibt es ein Problem?« Seine Stimme klang belegt.

Lana erstarrte. Er hatte doch wohl nicht geweint? Nicht der unerschütterliche Raffaele Rosselini, der selbst in den schwierigsten Situationen kühl und beherrscht blieb, der niemals eine Schwäche zeigte.

»Ich ... ich wollte dich nicht stören. Entschuldige.«

»Du störst mich nicht. Ich kann nicht schlafen.« Er fuhr sich über die Augen und wandte den Kopf zur Seite, weg vom Licht.

Er *hatte* geweint. Lana wusste nicht, was sie tun sollte. Ihr Instinkt riet ihr, zu ihm zu gehen, um seine Wangen zu streicheln und die letzten Tränen wegzuwischen. Doch sie blieb, wo sie war. Raffaele würde sich nie und nimmer von ihr trösten lassen. Kein Zweifel, er wollte allein sein.

»Ich gehe wohl lieber wieder zu Bett.«

»Nein. Bitte setz dich eine Weile zu mir. Offensichtlich kannst du auch nicht schlafen.«

Mit plötzlich zittrigen Knien ging sie zu ihm hinüber und setzte sich neben ihn aufs Sofa.

»Was beunruhigt dich, Lana? Warum schläfst du nicht?«

»Ich weiß es nicht«, schwindelte sie. Das Unbehagen, das sie am frühen Abend erfasst hatte, war immer stärker geworden. Ihre Selbstachtung hatte in den letzten eineinhalb Wochen einen gewaltigen Knacks bekommen. Sie brauchte unbedingt eine Bestätigung als Frau, das Gefühl, begehrt zu werden. Bei diesem Gedanken begann ihr Herz zu rasen.

Als Raffaele mit einem Finger sanft über ihre Wange strich, erschrak sie.

»Ich glaube, du weißt doch, was dich beunruhigt.« Er senkte die Stimme. »Ich glaube auch, dass du nicht reden möchtest.«

Sie nickte schweigend und sah ihm dabei tief in die Augen. Lange, dichte Wimpern, die noch ein wenig feucht waren, umrahmten seine dunkelgrauen Augen – Augen, in denen plötzlich heißes Verlangen aufflackerte. Sie erschauerte erwartungsvoll.

Er ließ seinen Finger über ihren Kiefer und ihren Hals hinab bis zum Ausschnitt ihres Negligés wandern.

»Ich möchte auch nicht reden.« Raffaele beugte sich zu ihr hinüber, bis sie seinen Atem auf ihrer Haut fühlen konnte.

Sie stöhnte leise. Mit jedem Nerv ihres Körpers schien sie die prickelnde Spur wahrzunehmen, die sein Finger auf ihrer Haut hinterließ, als er bedächtig den Knoten ihres Morgenmantels löste und die Spaghettiträger ihres Negligés auf die Schultern schob. Dann küsste er Lana leidenschaftlich. Tief in ihr stieg ein heftiges Verlangen auf. Sie spürte Raffaele erbeben, als er die Hand unter ihr Hemdchen schob und begann, ihre Brüste zu liebkosen.

Wie aus weiter Ferne nahm sie wahr, wie ihr der Morgenmantel auf die Arme rutschte. Raffaele rieb mit dem Daumen über ihre aufgerichteten Brustspitzen und entfachte damit eine Welle heißer Lust in ihrem Schoß. Langsam schob er die Träger des Negligés über ihre Schultern.

Raffaele gab ihre Lippen frei und murmelte etwas auf Italienisch, das Lana nicht verstand. Sein Blick wurde dunkel, als er sie eingehend betrachtete – ihr Gesicht, ihren Hals, ihre Brüste. Einen Moment lang war sie befangen und wollte ihr Hemdchen wieder hochziehen. Kyle war ihr erster und einziger Geliebter gewesen. Das alles hier war beängstigendes Neuland für sie. Doch Raffaeles begehrlicher Blick ließ sie zögern.

»*Ti voglio*. Ich will dich, Lana. Überleg dir deine Antwort genau, denn ich werde dich nur einmal fragen. Willst du heute Nacht mit mir schlafen? Nur heute Nacht. Ich brauche dich.«

Der flehende Unterton in seiner Stimme machte sie schwach und stark zugleich. Dieser einflussreiche Mann wollte sie. *Sie.* Das allein war schon das reinste Aphrodisiakum, doch die Emotionen, die er in ihr auslöste, überwältigten sie. Sie beugte sich vor und zog eine Spur federleichter Küsse über sein Gesicht, bis sie seinen Mundwinkel erreichte. Ihn zu schmecken war berauschend, und sie wollte mehr. Viel mehr.

Sanft küsste sie ihn, bevor sie antwortete: »Ja.«

Mehr brauchte er nicht zu hören. Raffaele stand auf und hob Lana mühelos hoch. Er war nicht bereit, sein überwältigendes Verlangen nach Lana auf der Couch im Wohnzimmer zu stillen. Nein, er wollte sie in seinem bequemen breiten Bett lieben, in der Abgeschiedenheit seines Zimmers.

Der sanfte Schein der Wohnzimmerlampe reichte bis in sein Schlafzimmer, als er Lana auf sein Bett legte. Sie zog sich den Mantel ganz aus und streckte Raffaele die Arme entgegen. Für einen Moment fragte er sich, ob seine Entscheidung richtig war, doch dann wurde er von heißer Begierde überwältigt und konnte sich nicht länger zurückhalten.

Sie streichelte seine Arme und kniete sich dann hin, sodass ihr das Negligé bis zur Taille rutschte. Dabei umspielte ihr langes blondes Haar ihre Schultern. Er neigte den Kopf und schmiegte das Gesicht an ihre Brüste, umschloss sie mit beiden Händen und atmete tief ihren betörenden Duft ein. Mit der Zunge liebkoste er die empfindliche Haut ihrer Brust. Ihr lustvolles Seufzen ermunterte ihn, sein Zungenspiel an ihrer aufgerichteten Knospe fortzusetzen. Als er vorsichtig daran zu saugen begann, schob sie die Finger in sein Haar, und er entlockte ihr erneut ein genüssliches Stöhnen. Dann widmete er sich mit der gleichen Hingabe ihrer anderen Brust.

Bewundernd ließ er die Hände über ihren Körper gleiten, zu ihrer schlanken Taille, ihren Hüften. Sie war so weich, so warm und so willig, ihn auf die gleiche Weise zu streicheln. Vor ihr auf dem Bett kniend, zog er sie an seine nackte Brust und drängte sie gegen den spürbaren Beweis seiner Erregung. Ihre nackte Haut an seiner zu fühlen raubte ihm fast den Verstand. Er schob ihr Haar beiseite und küsste sie auf den Hals und die empfindsame Stelle hinter ihrem Ohr.

Als sie die Hände in seine Pyjamahose gleiten ließ, stöhnte er heiser auf. Sie begann ihn zu streicheln, erst langsam, dann immer schneller. Alles in ihm drängte nach Erfüllung, und er glaubte, diese süße Qual keine Sekunde länger ertragen zu können.

»Ein Kondom«, keuchte er, obwohl er sich ihr entgegendrängte und am liebsten den Rhythmus aufgenommen hätte, der ihm eine schnelle Erlösung versprach.

»Ich bin doch geschützt, Raffaele. Ich werde nicht schwanger.«

»Bist du dir sicher? Weil ich nicht warten kann. Ich will dich jetzt.«

»Dann nimm mich.« Ihr Lächeln war geheimnisvoll und sie – bildschön. Gerade noch konnte er an sich halten, um sie nicht aufs Bett zu werfen und mit einem einzigen tiefen Stoß zu nehmen.

Stattdessen beobachtete er beherrscht, wie sie langsam aufstand. Ihr Negligé glitt nun endgültig zu Boden und enthüllte die Löckchen zwischen ihren Schenkeln, ihre langen schlanken Beine waren zu verführerisch. Er wollte, dass sie ihm diese Beine augenblicklich um die Hüften schlang.

Mit einem glühenden Kuss eroberte er ihre Lippen, drang mit der Zunge tief in ihren feuchten, heißen Mund vor – ein Vorgeschmack auf den folgenden Liebesakt. Ohne den Kuss zu unterbrechen, zog er sie zurück aufs Bett und schob sich über sie. Mit einer Hand streifte er seine Pyjamahose ab. Dann lag er endlich nackt zwischen ihren Beinen. Er spürte die einladende Hitze, mit der ihr Körper ihm entgegenfieberte, und da konnte er sich nicht länger beherrschen.

Ihre Augen glitzerten im Halbdunkel, und er sah sie an, als er mit einer geschmeidigen Bewegung in sie eindrang. Für einen kurzen Moment zwang er sich, innezuhalten, das Hochgefühl auszukosten, in ihrer feuchten Hitze zu versinken. Dann zog er sich ein wenig zurück und glitt erneut in sie hinein. Als er fühlte, wie sie ihn mit den Beinen umschlang und festhielt, verlor er vollends die Beherrschung und liebte sie in einem schnellen, leidenschaftlichen Rhythmus.

Die Zeit schien stillzustehen, die Außenwelt weit weg zu sein. Nichts konnte ihn mehr erreichen oder verletzen. Er überließ sich ganz dem Augenblick, der heißen Begierde, der Leidenschaft. Sein Höhepunkt nahte unweigerlich, er wurde dorthin getragen, wo Schmerz und Leiden nicht mehr existierten, wo es nur ein unglaubliches Hochgefühl gab. Lana schlang ihre Beine noch fester um ihn, und er spürte, wie ihre Schenkel zitterten. Dann hörte er ihren erlösten Aufschrei. Wenige Augenblicke später erklomm er selbst den Gipfel purer, grenzenloser Lust.

Lana lag in Raffaeles Armen und lauschte darauf, wie sich sein keuchender Atem wieder normalisierte. Ihr Herz raste immer noch, ihr Körper hatte sich noch nicht vom verzehrenden Liebesrausch erholt. Sie hatte nicht geglaubt, dass sie zu einem solchen Höhenflug der Sinne fähig wäre. Der Sex mit Kyle war immer schön gewesen, besser als schön. Aber das? Das hier war einfach unbeschreiblich.

Sie war schnell ernüchtert. Was hatte sie getan? Sie war erst seit elf Tagen Witwe, und schon fand sie Trost in den Armen eines anderen Mannes. Und nicht irgendeines Mannes. Es war Raffaele Rossellini, der Mann, der Kyle und Maria zusammengebracht hatte. Raffaele schlang seinen Arm fester um ihre Taille, und mit einer Hand malte er kleine Kreise auf ihren Bauch.

»Es gibt keinen Grund, es zu bedauern, Lana«, flüsterte er, ehe er zärtlich ihren Nacken zu liebkosen begann.

»Das tue ich gar nicht«, protestierte sie, während erneut lustvolles Verlangen in ihr erwachte.

»Belüg mich nicht und dich selbst auch nicht. Es ist nur natürlich, dass du dich … unbehaglich fühlst.« Er schob die Hand höher, um ihre Brüste zu streicheln.

»Es ist zu früh. Ich hätte nicht …« Sie brach ab, und er hielt mit seinen Liebkosungen inne. Dann beugte er sich über sie und hob ihr Kinn an, damit sie ihm in die Augen schaute.

»Lana, Kyle hat dich schon vor langer Zeit verlassen. Wenn nicht in körperlicher Hinsicht, dann zumindest in seelischer. Genieß die heutige Nacht. Du verdienst es. Das tun wir beide. Es hat dir doch gefallen, was wir miteinander erlebt haben, oder?«

»Ja.« Sie seufzte. Sie konnte es nicht leugnen.

»Wir haben noch den Rest der Nacht. Lass sie uns nicht vergeuden.«

Sie spürte, dass er aufs Neue erregt war, und ihr weiblicher Instinkt reagierte sofort. Er wollte sie so schnell noch einmal? Das war die Bestätigung, die sie brauchte, die Heilung für ihr verletztes Herz, ihre Selbstachtung.

»Nein, das sollten wir nicht.«

Ohne nachzudenken, zog sie seinen Kopf zu sich herunter und küsste Raffaele so einladend, wie ihr nur möglich war. Sie spürte, wie er heftig erschauerte, wie seine Erregung wuchs, spürte, wie sein Herz raste, als sie über seine Brust strich. Sie könnte süchtig nach ihm werden. Sie verzehrte sich bereits nach ihm, nach seinen Berührungen, seinem Geschmack. Der Lust, die er ihr verschaffen konnte. Der Chance, der Realität zu entfliehen.

Mit der Zungenspitze zog sie die Konturen seiner Lippen nach, bevor sie hingebungsvoll seinen Mund erkundete. Er revanchierte sich augenblicklich, streichelte ihren Körper und hinterließ dabei eine wohlig prickelnde Spur auf ihrer Haut. Sie stöhnte auf, als er sie federleicht zwischen den Beinen liebkoste. Seine Sanftheit machte sie verrückt. Instinktiv drängte sie sich seiner Hand entgegen, flehte stumm um mehr. Sie spürte, wie er lächelte, wie der Druck seiner

Fingerspitzen stärker wurde, als er dem Zentrum ihrer Lust immer näher kam.

Sie bog sich ihm entgegen, genoss seine erregende Massage in vollen Zügen. Ehe sie es sich versah, erlebte sie einen heftigen Höhepunkt. In einem Augenblick gab sie sich noch seinen hungrigen Küssen hin, seinen intimen Liebkosungen, im nächsten wurde sie von heftigen Lustschauern gepackt, die sie keuchend nach Atem ringen ließen.

Ehe sie zur Besinnung kam, war er wieder in ihr, füllte sie vollkommen aus, verfiel mit ihr in einen immer ungestümeren Rhythmus und zog sie in einen unbeschreiblichen Rausch der Sinne. Sie merkte, wie er sich versteifte und gleich darauf bebend in ihr verströmte.

Dann sank er auf sie herab.

»Ich bin froh, dass du die Pille nimmst, weil ich einfach nicht genug von dir bekommen kann«, flüsterte er ihr ins Ohr.

Lana blinzelte. Die Pille? Wie kam er denn darauf? Sie erinnerte sich, dass sie ihm gesagt hatte, sie sei geschützt. Das hatte er eindeutig missverstanden. Sie strich mit der Hand seinen Rücken hinab und wieder hinauf.

»Ich nehme nicht die Pille, Raffaele, aber ich bin trotzdem geschützt.«

Er entzog sich ihr ein wenig, in seinen dunklen Augen standen tausend Fragen. »Du verhütest auf andere Art und Weise?«

»Nein.«

Mit entsetzter Miene wollte er sich von ihr lösen. Doch sie hielt ihn fest.

»Bleib. Du brauchst dir keine Sorgen zu machen. Ehrlich. Ich habe dir doch gesagt, dass ich geschützt bin.«

»Wie kannst du geschützt sein, wenn du nicht verhütest?« Es war ihm deutlich anzuhören, wie geschockt und besorgt er war.

Lana zögerte. Sie musste ihm die Wahrheit sagen, wusste jedoch nicht, wie. In seinen Armen wollte sie sich wie eine vollwertige Frau fühlen, nicht wie eine Versagerin. Wenn sie es ihm gestand, würde sie ihm dann weniger bedeuten – würde er wie Kyle reagieren?

»Warum antwortest du nicht? Hast du mich belogen?« Seine Stimme wurde hart. »Ich lasse mich nicht reinlegen.«

»Ich lege dich nicht rein. Ich kann kein Baby bekommen. Ich bin unfruchtbar. Das ist der Grund, warum Kyle …«

Raffaele legte ihr einen Finger auf die Lippen. »Pst, hol ihn heute Nacht nicht noch mal in unser Bett. Sag nichts weiter zu diesem Thema. Es tut mir leid, dass ich so wütend geworden bin. Ich habe nicht verstanden. Jetzt verstehe ich. Heute Nacht vergessen wir alles, konzentrieren uns nur auf uns beide.«

Lana nickte. Tränen schimmerten in ihren Augen. Sie konnte diese eine Nacht genießen. Sie brauchte nicht nach dem Warum zu fragen, brauchte es sich nicht noch schwerer zu machen. Nach endlosen und am Ende begrabenen Träumen von einem eigenen Kind wusste sie besser als jeder andere, wie wichtig es war, den Augenblick auszukosten. Also tat sie es.

9. Kapitel

Am nächsten Morgen erwachte Lana in Raffaeles Armen. Vorsichtig stand sie auf, um ihn nicht zu wecken. Raffaele schlief tief und fest, und während sie ihn betrachtete, fragte sie sich, wie es wohl mit ihnen weiterging. Würden sie miteinander umgehen wie vor ihrer Liebesnacht? Würden sie höflich, aber distanziert zueinander sein?

Unvermittelt wurde sie von einem starken Arm zurück auf das zerwühlte Bett gezogen.

»*Buongiorno.*« Raffaele lächelte nicht, aber die Glut in seinen Augen ließ keinen Zweifel daran, dass er im Moment nicht im Entferntesten daran dachte, sie »höflich und distanziert« zu behandeln. »Ich will dich schon wieder, Lana, aber erst einmal duschen wir.«

Er stand auf und hob sie auf die Arme. Sie umarmte ihn, um ihn zu küssen, und ohne den Kuss zu unterbrechen, trug er sie ins Bad. Dort setzte er sie ab, und sie spürte, wie erregt er war, als er hinter ihr die Dusche anstellte.

Als Lana gleich darauf unter dem warmen Wasserstrahl stand, griff sie nach der Seife.

»Ich möchte dich einseifen«, sagte sie fast schüchtern, als Raffaele zu ihr in die Duschkabine kam. Es war anders, im hellen Morgenlicht nackt mit ihm zusammen zu sein. Im Dunkel der Nacht war es fast anonym gewesen, jetzt fühlte sie sich irgendwie entblößt.

»Mach mit mir, was du willst.«

Da drehte Lana ihn um und ließ ihre eingeseiften Hände von seinen Schultern bis zu seinem festen kleinen Po gleiten und weiter abwärts seine Beine hinunter. Dann wieder aufwärts bis zur Innenseite seiner Schenkel. Behutsam begann sie, ihn zwischen den Beinen zu massieren. Als sie innehielt, musste sie lächeln, weil Raffaele enttäuscht aufstöhnte.

»Dreh dich wieder um«, befahl sie leise.

Er tat es, und Lana stockte der Atem, als er sie mit derart heißem Verlangen ansah, dass ihr Selbstbewusstsein stieg. Ohne den Blickkontakt zu unterbrechen, seifte sie sich aufreizend bedächtig die Hände ein. Sein Atem ging schneller, als sie wieder bei seinen Schultern anfing, dabei kleine Kringel auf seine Brust zeichnete und mit den Fingernägeln zart über seine dunklen Brustwarzen kratzte. Diesmal folgte sie der Spur ihrer Hände mit kleinen Küssen, wenn der Wasserstrahl den Schaum abgewaschen hatte.

Sie arbeitete sich weiter und weiter nach unten vor, bis sie vor ihm kniete und ihn behutsam einseifte. Mit leichtem Druck streichelte sie ihn, und sobald der Seifenschaum abgespült war, umschloss sie ihn vorsichtig mit den Lippen. Spielerisch umkreiste sie seine Spitze mit der Zunge, ehe sie ihn tiefer in den Mund nahm. Wieder und wieder bewegte sie sich vor und zurück, während sie ihn mit der anderen Hand zwischen den Beinen liebkoste.

»Hör auf!« Seine Stimme klang heiser.

»Tu ich dir weh?« Fragend sah Lana zu ihm auf.

»Nein. Ich ertrage es einfach nicht länger. Ich will dich ganz spüren, mit dir schlafen.«

Seine flehentliche Bitte berührte sie sehr. Sie ließ sich von ihm auf die Beine helfen.

»Aber zuerst möchte ich dich waschen und dich genauso quälen wie du mich.«

Er verlor keine Zeit, ihren Körper einzuseifen, umkreiste mit den Händen immer wieder ihre Brüste, bis sie ihn fast anflehte, er möge endlich ihre Knospen liebkosen, um ihre ständig wachsende Anspannung zu lindern. Als er den Seifenschaum abgewaschen hatte, umschloss er eine Knospe mit dem Mund, knabberte vorsichtig daran und verwöhnte sie mit der Zungenspitze. Gleichzeitig widmete er sich mit einer Hand der anderen Brust. Und als er sie mit zwei Fingern reizte, hätten unter Lana beinah die Knie nachgegeben, so erregt war sie. Mit der anderen Hand wusch er sie ausgiebig zwischen den Beinen, bis sie nur noch aus purer Wollust zu bestehen schien.

Dann richtete Raffaele sich auf und küsste sie voller Leidenschaft, während er ihren Po umfasste und sie hochhob.

Instinktiv schlang Lana ihm die Beine um die Taille und die Arme um die Schultern, als er langsam in sie eindrang. Er hielt sie, sodass sie sich an der Wand der Duschkabine abstützen konnte, und stieß tiefer in sie hinein, ließ sich von einem immer schnelleren Rhythmus mitreißen, bis sie mit einem ungezügelten Aufschrei einen so intensiven Höhepunkt erlebte, wie sie es nie für möglich gehalten hätte. Mit einem letzten heftigen Stoß erreichte er ebenfalls den Gipfel, und Lana beobachtete fasziniert, wie er sich genüsslich seiner Erfüllung hingab.

Raffaele lehnte die Stirn an ihre, während das heftige Beben, das ihn eben erfasst hatte, nur langsam abebbte. Er zog sich aus ihr zurück und glitt mit ihr auf den Boden der Duschkabine. Lana zu lieben war unbeschreiblich. Nie zuvor hatte er so intensive Gefühle erlebt. In dem verzweifelten Bemühen, seine Sorgen für einen Augenblick zu vergessen, hatte er sie um eine Liebesnacht gebeten, und sie hatte ihm so viel mehr gegeben.

Jetzt war die Nacht endgültig vorbei. Sie mussten sich dem Tag stellen. Er drehte das Wasser ab und nahm ein angewärmtes Handtuch, um Lana gründlich abzutrocknen. Sie schien unfähig zu sein, etwas zu sagen. Ihm erging es ähnlich. Während er sorgsam jeden Zentimeter ihres Körpers trocken rieb, sah er den verräterischen rosigen Schimmer auf ihrer Haut, sah, wie sich ihre Brustknospen aufrichteten, spürte die feuchte Hitze, die sich erneut zwischen ihren Schenkeln bildete. Sein Körper reagierte sofort, doch Raffaele unterdrückte sein Verlangen mit aller Gewalt. Er hatte nur diese eine Nacht mit Lana gewollt. Ein paar Stunden berauschender Ablenkung. Die hatte er bekommen, und jetzt musste er seinen Weg weitergehen.

In seinem Schlafzimmer begann das Telefon zu klingeln.

»Ich gehe ran, mach du dich inzwischen für den Umzug fertig.« Fest schlang er das Handtuch um Lana, eher um nicht in Versuchung zu geraten, sie noch einmal zu berühren, als sie vor seinen Blicken zu schützen. Nach dem, was sie miteinander erlebt hatten, gab es keinen Grund, befangen zu sein. Auch wenn ihm bewusst war, dass er ihre wilde Liebesnacht nicht wiederholen konnte. Er durfte sich einfach nicht noch mal zu so etwas hinreißen lassen. Schließlich musste er einen kühlen Kopf bewahren.

»Okay, ich werde Frühstück bestellen, sobald ich angezogen bin, danach sollten wir aufbrechen«, stimmte Lana zu.

Der Anruf war von der Spedition, die Bescheid gab, wann die neuen Sachen, die Lana bestellt hatte, angeliefert wurden. Nach einer guten Stunde waren sie fertig, hatten aus dem Hotel ausgecheckt und befanden sich auf dem Weg hinaus nach Whitford.

Gegen Abend stellte Raffaele überrascht fest, wie sehr die neue Villa bereits nach einem Zuhause aussah. Lana hatte am Vortag das ganze Haus gründlich von einem Reinigungstrupp putzen lassen und mehrere Zimmer mit frischen Blumen geschmückt. Es war Zeit für einen Drink. Er schenkte australischen Rotwein in zwei Gläser und machte sich auf die Suche nach Lana. Er hatte sie seit einer Stunde nicht mehr gesehen, wusste jedoch, dass sie mit der Einrichtung des Kinderzimmers beschäftigt war, während er selbst seine Kleidung auspackte und in einen der begehbaren Kleiderschränke im Hauptschlafzimmer hängte.

Mit einem Weinglas in jeder Hand ging er die Treppe ins Obergeschoss hinauf, und ein Geräusch zeigte ihm an, dass er sie im Kinderzimmer finden würde, ein Geräusch, das er nicht ganz zuordnen konnte. Er stieß die Tür auf. Auf den ersten Blick sah er, dass sie das ehemalige Gästezimmer in ein voll ausgestattetes Kinderzimmer verwandelt hatte. Jeder Artikel von ihren Listen hatte seinen Platz gefunden, doch was ihm die Sprache verschlug, war Lana selbst. Sie saß in einem Schaukelstuhl, einen großen braunen Teddy mit rosa Schleife fest an sich gedrückt und einer Miene, die so tiefen, so unsagbaren Kummer ausdrückte, dass es ihn bis ins Innerste erschütterte.

Schnell stellte er die Weingläser auf einer Kommode ab und ging vor Lana auf die Knie. Sie beachtete ihn kaum, als er ihre Hand ergriff.

»Lana, was ist los?«

»Es ist zu schwer, Raffaele. Ich kann es nicht. Es schmerzt einfach zu sehr.«

»Wovon redest du? Du hast hier heute ganz Erstaunliches geleistet.«

Sie hob den Kopf, um ihn anzuschauen, und die Leere in ihrem Blick schockierte ihn zutiefst.

»Es ist mein Ernst. Du hast keine Ahnung, was du von mir verlangst, was es für mich bedeutet.«

»Dann sag es mir doch, damit ich es verstehe.« Sie konnte ihr Versprechen jetzt nicht brechen. Ein Teil von ihm hätte am liebsten seinem Ärger, den ihre Worte in ihm entfachten, Luft gemacht. Doch seine Vernunft gebot ihm, ihr zuzuhören. Und der plötzliche Wunsch, mehr zu erfahren, mehr zu begreifen.

»Ich habe das alles schon einmal gemacht. Ein Kinderzimmer eingerichtet, jedes einzelne Teil der Babyausstattung ausgesucht, Bekleidung, Bettzeug, Handtücher – und alles weggeben müssen, als ich kein eigenes Kind bekommen konnte. Das hier hat mir alles wieder vergegenwärtigt. Hast du eine Vorstellung davon, wie es ist, wenn einem gesagt wird, dass man kein Kind bekommen kann? Dass man sozusagen fehlerhaft ist, keine ganze Frau? Man nimmt so vieles im Leben als selbstverständlich hin, und dann wird einem eines Tages völlig unerwartet erklärt, dass man nicht sein kann, was man gern sein möchte, nicht tun kann, was man gern tun möchte.«

Sie schluckte trocken. »Kyle und ich haben alles versucht, damit ich schwanger werde, aber es war alles vergeblich. Von Anfang an war klar, dass ich diejenige war, die unfruchtbar war, diejenige, die uns beide enttäuscht hat. Ich hatte mich gezwungen, die ganze Geschichte zu vergessen, zu vergessen, wie sehr ich mir ein Baby gewünscht hatte.«

»Habt ihr keine Adoption in Erwägung gezogen?«, fragte Raffaele leise, während er unablässig ihren Handrücken streichelte.

»Kyle wollte davon nichts wissen. Er sagte, wir bräuchten kein Kind, um eine Familie zu sein. Dass wir uns selbst genug seien. Dass ich ihm genug sei. Aber ich war es nicht, oder? Ich war ihm nicht genug. Wenn er mir die Wahrheit gesagt hätte, hätte er sich nicht in deine Schwester verliebt. Er hätte kein Kind mit ihr gezeugt.«

Lana entzog ihm die Hand und stand auf, um den Teddy, den sie fest an sich gedrückt hatte, in ein Regal mit Spielsachen zu setzen. Das, was sie über Kyle gesagt hatte, zeigte eine andere Seite des gut aussehenden, weltmännischen Geschäftsmannes, den er Maria vorgestellt hatte. Hatte er unabsichtlich die Ereignisse in Gang gesetzt, die zu Lanas Zusammenbruch geführt hatten, sowohl in finanzieller als auch emotionaler Hinsicht?

Er konnte die Wahrhaftigkeit ihrer Worte nicht anzweifeln. Jede Silbe, die ihr über die Lippen gekommen war, entsprach der Wahrheit. Das ganze Ausmaß dessen, was sie heute beim Einrichten des Kinderzimmers durchgemacht hatte, war ihr deutlich anzusehen. Er hatte Verständnis für ihre Gefühle, es wäre unmenschlich, ihren Schmerz einfach zu ignorieren. Aber er musste unbedingt eines wissen.

»Du trittst doch nicht von unserer Vereinbarung zurück, oder?« Seine Stimme klang kälter, als er das beabsichtigt hatte.

Sie holte tief Luft. »Du würdest mich einen Rückzieher machen lassen?«

»Natürlich nicht.« Nicht in einer Million Jahren würde er das seiner Schwester gegebene Versprechen brechen.

»Dann nein, ich trete nicht zurück. Aber erwarte nicht zu viel von mir, bitte.«

»Ich habe mich bereits mit einer Agentur für Kindermädchen in Verbindung gesetzt, damit meine Nichte versorgt wird. Wie wir vereinbart haben, ist deine Beteiligung rein gesetzlicher Natur. Ich erwarte nicht, dass du dich emotional einbringst.«

Ein bitteres Lächeln erschien auf ihren Lippen. »Das wär's dann. Ich weiß genau, wo ich stehe. Nur noch eines, Raffaele. Was ist mit uns? Wo stehe ich mit dir?«

»Was mich angeht, so gilt das Gleiche.«

Ihr Lächeln gefror. Als sie sich umdrehte und das Zimmer verließ, fragte sich Raffaele unwillkürlich, ob er das Richtige gesagt hatte. Seine Antwort hatte einen bitteren Beigeschmack gehabt, wie eine Lüge. Aber er konnte es sich nicht leisten, sich ablenken zu lassen. Nicht mehr. Während seines gestrigen Besuchs im Krankenhaus war Marias Zustand zusehends schlechter geworden.

Er nahm die Weingläser von der Kommode und ging wieder nach unten. An diesem Abend würde es nichts zu feiern geben.

Raffaele lauschte auf die Schläge der Standuhr am Fuß der Treppe und verwünschte seine Schlaflosigkeit. Der Abend war ganz friedlich verlaufen. Lana hatte ihnen ein einfaches Essen zubereitet, und sie hatten gemeinsam in der Essecke des großen Wohnzimmers gegessen. Sie hatte sich frühzeitig zurückgezogen, und nachdem er eine Weile an seinem Laptop gearbeitet hatte, war auch er auf sein Zimmer gegangen. Er hatte geglaubt, gleich einschlafen zu können, als er nackt zwischen die Laken schlüpfte. Doch seine Sinne waren plötzlich hellwach, als er an die vorangegangene Nacht denken musste.

Ehe er recht wusste, was er tat, war er aufgestanden und hatte eine Pyjamahose angezogen. Barfuß ging er die Treppe hinunter und zum Gästezimmer im Erdgeschoss, das sie als ihr Zimmer gewählt hatte. Zweifellos in der Annahme, dadurch so weit wie möglich von ihm, Raffaele, und dem Kinderzimmer entfernt zu sein.

Es war jedoch nicht weit genug weg, dass er dem Verlangen, das sie in ihm geweckt hatte, nicht hätte nachgeben können. Ein Verlangen, das er bei ihrem vermeintlich letzten Liebesakt am Morgen unter der Dusche zu stillen versucht hatte. Stattdessen hatte er dadurch nur Appetit auf mehr bekommen. Sie war ihm unter die Haut gegangen, und seine einzige Hoffnung war, solange Befriedigung zu suchen, bis seine Begierde von selbst wieder erlosch.

Vor ihrer Tür hielt er inne und lauschte. Es war nichts zu hören. Einen Moment lang fragte er sich, ob es richtig war, sich in ihren Armen, ihrem Körper, ihrer Leidenschaft verlieren zu wollen. Es war genau das Gegenteil von dem, was er eigentlich mit Lana Whittaker vorgehabt hatte. Aber aus irgendeinem Grund konnte er nur mit ihr der Last seiner Verantwortung entfliehen, der zunehmenden Gewissheit, dass Maria nicht sehr viel länger leben würde.

Raffaele öffnete die Tür und betrat ihr Schlafzimmer. Er war auch nur ein Mensch. Er suchte mehr als nur körperliche Erfüllung und wollte mehr geben. Was er am frühen Abend zu Lana gesagt hatte, entsprach nicht ganz der Wahrheit.

Ihm fiel zusehends schwerer, seine Gefühle aus dem Spiel zu lassen. Lana Whittaker weckte die heftigsten Emotionen in ihm. Er brauchte sie und hoffte von ganzem Herzen, dass sie ebenso empfand.

10. Kapitel

Am zweiten Morgen in Folge wachte Lana neben Raffaele Rossellini auf. Sie betrachtete ihn im fahlen Morgenlicht. Selbst im Schlaf wirkte er entschlossen und angespannt. Dass er in der Nacht zu ihr gekommen war, hatte sie überrascht, aber auch erfreut. Jede Berührung, jeder Kuss, jeder Seufzer waren eine Bestätigung für sie. Der Beweis, dass sie begehrenswert war, dass sie einen Mann befriedigen konnte – sogar einen so rastlosen Mann wie Raffaele.

Mit ihm zu schlafen hatte sie in vielerlei Hinsicht zutiefst befriedigt, aber am wichtigsten war, dass sie das Gefühl hatte, er habe ihr ein persönliches Geschenk gemacht. Er hatte ihr ihr Selbst geschenkt und sein eigenes dazu. Auch wenn er sich tagsüber immer noch zurückhaltend gab, nachts gehörte er ihr. Zwar verstand sie die italienischen Worte nicht, die er ihr während ihres leidenschaftlichen Liebesspiels zuflüsterte, aber sie klangen so zärtlich, und er berührte sie so liebevoll, dass er langsam, aber sicher begann, ihr Herz zu erobern.

Bei Kyle hatte sie nie so empfunden. Er hatte sie auf einer Geschäftsreise nach Europa der strengen Aufsicht ihres Vaters entzogen. Da ihr Vater sie drängte, Malcolms Avancen nachzugeben, war Kyle für sie ein willkommener Ausweg gewesen. Dass sie quasi durchgebrannt waren, hatte einen Riesenwirbel verursacht und dazu geführt, dass ihr Vater sie komplett aus seinem Leben verbannte, als sie sich weigerte, ihre Ehe annullieren zu lassen.

Lana hatte nicht geglaubt, dass ihr Leben danach noch einsamer werden könnte, doch Kyles Tod und die Tatsache, dass ihre Ehe zerbrochen war, während sie selbst alles in bester Ordnung fand, hatten sie eine völlig neue Bedeutung von Isolation gelehrt.

Raffaele bewegte sich und streichelte ihre Hüfte, ehe er weiterschlief. Sofort loderte heißes Verlangen in ihr auf, und sie schmiegte sich enger an ihn. Im Moment jedenfalls fühlte sie sich nicht einsam und isoliert.

Sie musste lächeln. Während der Nacht war Raffaele unersättlich gewesen, aber jetzt war es an ihr, ihn behutsam aufzuwecken und ihm mit ihren Liebkosungen Lust zu bereiten. Er hatte ihr so viel gegeben, und sie kannte seinen Körper inzwischen fast so gut wie ihren eigenen. Als sie die Laken beiseiteschob, sah sie, dass er schon halb erregt war. Sie spürte, wie er eine Gänsehaut bekam, als sie mit der Zunge eine feuchte Spur über seinen Bauch hinab zog. Als sie begann, seine Erregung mit dem Mund weiter anzufachen, beschloss sie, sich diesmal nicht von ihm bremsen zu lassen.

Eine Weile später, als sie beide höchst befriedigt nebeneinanderlagen, sagte Raffaele: »Du ziehst heute ins große Schlafzimmer um.«

Lana, noch ganz benommen von dem Höhepunkt, den er ihr geschenkt hatte, versteifte sich. Ins große Schlafzimmer umziehen?

»Ich habe keine Lust, nachts immer zu dir zu schleichen.« Er suchte ihren Blick. »Lass uns ehrlich sein, Lana. Dieses Feuer, das zwischen uns lodert, wird nicht so schnell erlöschen, und wir können es auch nicht einfach ignorieren. Wir sind erwachsen. Da sollten wir uns auch wie Erwachsene benehmen.«

Ihr fiel keine Antwort darauf ein. In Raffaeles Armen hatte sie unbeschreiblich intensive Leidenschaft erlebt, wie sie sie während ihrer Ehe nur oberflächlich kennengelernt hatte. Jeden Morgen mit ihm aufzuwachen wäre wunderbar. Hoffnungsvoll sah sie ihn an. Könnte es vielleicht sogar auf Dauer so sein? Sie waren sich unter den widrigsten Umständen begegnet, aber jetzt waren sie ein Liebespaar. Forschend betrachtete sie sein Gesicht, ehe sie ihm wieder in die grauen Augen schaute.

»Bist du sicher?«

»Ich würde es nicht vorschlagen, wenn ich es nicht wäre.«

»Dann ja. Ja, ich werde meine Sachen heute in dein Schlafzimmer bringen.«

Er lächelte. »*Perfetto.*« Er wollte noch etwas sagen, wurde jedoch vom Läuten des Telefons auf dem Flur unterbrochen. Nach einem flüchtigen Kuss eilte er nackt, wie er war, hinaus, um den Anruf anzunehmen. Kurz darauf kam er zurück. Sein Gesicht hatte einen ernsten Ausdruck angenommen.

»Was ist? Maria?«

»Ihr Zustand verschlechtert sich. Die Ärzte haben entschieden, das Baby heute Vormittag per Kaiserschnitt zu holen. Ich werde so schnell wie möglich ins Hospital fahren.«

»Ich komme mit.« Lana sprang aus dem Bett und suchte nach etwas zum Anziehen.

»Nein!«

Lana hielt inne und ging zu Raffaele hinüber. »Raffaele, du brauchst heute jemanden an deiner Seite. Was auch immer passiert, ich will bei dir sein.«

Raffaele sah ihr in die Augen und fand darin zu seiner allergrößten Überraschung zum ersten Mal Trost. Sosehr es ihn ärgerte, es zuzugeben, er wollte, dass sie bei ihm war. Nein, er *brauchte* sie. Tief im Inneren gestand er sich ein, dass sie ihm die Stütze sein würde, die er plötzlich dringend brauchte. Er versuchte, sich darüber klar zu werden, wann genau er aufgehört hatte, Lana als seine Feindin zu betrachten, und angefangen hatte, sie als etwas anderes zu sehen, nicht nur als Zielscheibe für seine Rache am Unglück seiner Familie. Er konnte sich nicht erinnern.

Er nahm ihre Hand und küsste die Handfläche. »*Grazie*. Sei in zehn Minuten startbereit.«

Lana wartete in der Halle auf ihn, als er die Treppe heruntergeeilt kam. Die Fahrt ins Krankenhaus verging wie im Flug, genau wie die folgenden Tage.

Baby Bella war eine Kämpferin und genauso bildschön wie ihre Mutter. Maria hielt mit einer Hartnäckigkeit am Leben fest, die selbst die Ärzte erstaunte. Ihre lebenserhaltenden Maßnahmen waren am Tag nach der Geburt eingestellt worden, und Raffaele hatte jede Minute am Bett seiner Schwester verbracht. Bella war seit vier Tagen auf der Welt, und Maria atmete noch immer. Eine Untersuchung hatte ergeben, dass es keine Hoffnung auf Genesung gab, weil ihre Gehirntätigkeit gleich null war, doch irgendetwas hielt sie am Leben. Egal wie lange das dauerte, er würde bei ihr bleiben.

Nur mit Mühe hielt Raffaele die Augen offen. Er lebte praktisch im Krankenhaus, während Lana abends immer zur Villa hinausfuhr – und ihm täglich frische Kleidung mitbrachte. Er verwehrte ihr den Zutritt zu Marias Zimmer und spürte, dass sie seine Zurückweisung schmerzte, aber er wusste, dass sie jeden Tag bei Bella auf der Frühgeborenenstation war.

Sie waren gewarnt worden, dass die Kleine nicht zu viel Aufhebens vertragen konnte, dass es Stress für ihren zarten Körper bedeuten konnte, da sie ja eigentlich noch gar nicht auf der Welt sein sollte. Aber die Schwestern sagten, Lana würde das kleine Mädchen in seinem Brutkasten nur stundenlang schweigend betrachten und dann leise wieder gehen, nur um das Ganze am nächsten Tag zu wiederholen.

Sie sah mitgenommen aus. Raffaele war bewusst, dass er selbst kaum besser aussah. Heute würde er ihr vorschlagen, ein paar Tage zu Hause zu bleiben. Sie brauchte sich nicht völlig zu verausgaben. Er konnte sowohl Bella als auch Maria besuchen.

Voller Sorge, dass sich ihr Zustand plötzlich verschlechtern könnte, verabschiedete er sich für eine Weile von seiner Schwester. Aber er musste zu Lana gehen, um sie zur Vernunft zu bringen, damit sie nicht mehr ins Krankenhaus kam, bis sie sich gründlich ausgeruht hatte.

Wenig später betrat er die Station für die Frühgeborenen. Er nickte den diensthabenden Schwestern zu. Lana war nirgends zu sehen, doch eine Bewegung weiter hinten im Flur erregte seine Aufmerksamkeit.

Er beobachtete, wie sie zur Station zurückkehrte, ohne dass sie ihn bemerkt hätte. Ihre tiefe Erschöpfung war ihr deutlich anzumerken.

Unversehens brach sich sein Beschützerinstinkt mit aller Macht Bahn. Sie musste nach Hause fahren, sich ausruhen. Er trat auf sie zu und sah, wann genau sie ihn wahrnahm. Ein Strahlen erhellte ihre

Augen, lockerte ihre angespannten Züge. Sein Herzschlag beschleunigte sich, als ihm klar wurde, dass er eine solche Wirkung auf sie hatte.

Sein Herz schien von einem Gefühl überzuquellen, das er nicht näher ergründen wollte. Nicht auch noch das zu allem anderen – dem Säugling in der Station hinter ihm, seiner Schwester, die er erst vor wenigen Minuten verlassen hatte.

»Ich möchte, dass du nach Hause fährst und dich ausruhst.«

»Raffaele, das tue ich doch jeden Abend.«

»Ich weiß, dass du nach Hause fährst, aber du ruhst dich nicht genug aus. Sieh dich an. Vor Erschöpfung hast du dunkle Ringe unter den Augen.« Sanft rieb er mit einem Daumen über ihre Wange. »Du musst ein paar Tage zu Hause bleiben, wirklich ausspannen.«

»Ich bin nicht erschöpfter als du«, protestierte sie leise. »Ich werde heute Abend nach Hause fahren, aber morgen früh wiederkommen.«

»Lana, es ist mein voller Ernst.«

»Du kannst mich nicht zwingen. Ich kann nicht wegbleiben. Ich möchte herkommen. Um bei Bella zu sein. Um bei dir zu sein, wenn du mich lässt.«

Raffaele seufzte. Sie war dickköpfig, diese zerbrechlich aussehende Frau. Ihr Aussehen hatte ihn von Anfang an getäuscht. Er hätte nie gedacht, dass in diesem schlanken Frauenkörper ein so mutiges Herz schlug.

»Raffaele?«

»Was ist?«

»Fährst du heute Abend mit mir nach Hause? Du brauchst auch Ruhe, denn du hast seit vier Tagen praktisch nicht geschlafen.«

»Ich kann nicht.«

»Raffaele, du bist Maria keine Stütze, wenn du völlig geschafft bist. Komm mit nach Hause. Nur für eine Nacht, bitte.«

Als er ihr zärtlich eine Hand auf die Wange legte, drehte sie leicht das Gesicht, um seine Handfläche zu küssen, und Raffaele durchzuckte brennendes Verlangen, als hätte ihn ein Blitz getroffen.

Er brauchte Lana so sehr wie sie ihn.

In diesem Moment wusste er, dass sie heute Abend beide nach Hause fahren würden, um bei ihren Wachen im Krankenhaus eine Pause einzulegen.

»Dann komm vorbei, wir fahren heute Abend gemeinsam nach Hause.« Er zog Lana in die Arme, und sein Körper reagierte sofort, als er sie fest an sich drückte. In seinem Herzen rang er dabei mit seinem Bedürfnis, an Marias Seite zu bleiben. Ihr Zustand war seit der Geburt des Babys konstant geblieben, aber im Augenblick wollte er sich unbedingt der gähnenden Leere in seinem Inneren ergeben und ein wenig Zeit mit Lana allein verbringen.

Später, als er das Haus betrat, war Raffaele überrascht, wie einladend es wirkte. Trotz der langen Stunden, die sie im Krankenhaus verbrachte, hatte Lana es irgendwie geschafft, eine heimelige Atmosphäre zu schaffen. Er schloss die Haustür ab und folgte Lana die Treppe hinauf.

Ihm fiel erneut auf, wie viel sich seit Bellas Geburt verändert hatte. Neulich hatte Lana noch im Erdgeschoss gewohnt, doch inzwischen hatte sie offenbar ihre Sachen nach oben gebracht, wie er es gewünscht hatte. Er wurde von erregender Vorfreude gepackt und konnte es kaum erwarten, alle Vernunft über Bord zu werfen und sich ganz dem Rausch der Sinne hinzugeben.

Lana war nicht im großen Schlafzimmer, doch er hörte, wie sie im Bad Wasser in die Wanne laufen ließ. In Windeseile zog er sich aus und ging in den angrenzenden Raum.

Anscheinend hatte sie sich ebenso schnell entkleidet wie er. Sie hatte nur einen seidigen wasserblauen Morgenmantel an. Sie streute zart nach Gewürzen duftendes Badesalz ins Wasser und rührte es mit einer Hand um.

»Ich dachte, du möchtest dich vielleicht erst einmal ein wenig entspannen.«

Raffaele gab einen Laut von sich, der weder Zustimmung noch Ablehnung bedeutete.

»Steig hinein.«

»Hast du vor, dich zu mir zu gesellen?«, wollte er wissen, während er ihrer Aufforderung nachkam.

»Natürlich. Wie sonst sollte ich denn deine verspannten Schultern massieren können?« Lächelnd stellte sie eine Flasche Massageöl auf dem Poolrand bereit. »Ist das okay?«

»Ja, wunderbar.« Er ließ sich in das angenehm warme Wasser gleiten. Mit einem tiefen Seufzer genoss er es, wie der rhythmisch wirbelnde Wasserstrahl aus den Düsen seinen Rücken massierte.

Lana löste den Gürtel ihres Morgenmantels und ließ ihn durch ein kleines Schulterzucken zu Boden gleiten. Raffaele war hingerissen von ihrem Anblick, ihren schlanken Beinen, ihren weich gerundeten Hüften, ihrer schmalen Taille und ihren festen Brüsten. Sein Blut geriet in Wallung, und seine Erregung nahm noch zu. Seit er Lana kennengelernt hatte, war er praktisch ständig erregt. Keine andere Frau hatte ihn je derart gereizt.

»Rück etwas nach vorn, damit ich hinter dir sitzen kann«, flüsterte sie ihm ins Ohr.

Er tat, wie ihm geheißen, und unterdrückte ein lustvolles Stöhnen, als ihr Körper ihn streifte und sie ihre Beine gegen seine Schenkel drückte. Gleich darauf gab sie Massageöl in ihre Hände und begann, mit kreisenden Bewegungen seinen Rücken zu massieren. Von seinen verspannten Nackenmuskeln arbeitete sie sich über seine Schultern seine Wirbelsäule hinab. Zentimeter für Zentimeter löste sich seine Anspannung.

Dann glitten ihre Hände um seine Taille herum nach vorn, und er spürte ihre Brüste gegen seinen Rücken gepresst, als sie ihre Massage von seinem Bauch aufwärts zu seiner Brust fortsetzte, spielerisch an seinen Brustknospen zupfte, dann mit der flachen Hand darüberstrich und die Hände langsam wieder abwärtsbewegte.

Sie umschloss ihn mit den Fingern, rieb ihn behutsam, und dabei spürte er ihre warmen Lippen auf seinem Rücken.

Raffaele ergriff ihre Hand, um Lana zu bremsen. Er packte sie an der Taille, um sie nach vorn zu ziehen und rittlings auf seinen Schoß zu setzen. Am liebsten wäre er gleich in sie eingedrungen, um seine unbändige Begierde zu stillen, die ihm fast den Verstand raubte. Doch er wollte warten, die prickelnde Vorfreude auf diesen Augenblick auskosten, solange er es ertragen konnte.

Er nahm die Flasche mit dem Massageöl und gab etwas davon in seine Hände.

»Jetzt bin ich an der Reihe, dich zu massieren.«

Er bewegte die Hände über ihre Schultern die Arme hinab, und wieder fiel ihm auf, wie schlank sie war. Hatte sie in der letzten Woche abgenommen? Er bekam ein schlechtes Gewissen, dass er sich nicht mehr um sie gekümmert hatte.

Dann massierte er ausgiebig ihre Brüste, rieb mit den Daumen immer wieder über ihre harten Knospen. Stöhnend drängte sie sich gegen seine Erregung. Er beugte sich vor, um seine Lippen besitzergreifend auf ihre zu pressen. Sie erschauerte heftig, drängte erneut die Hüften gegen ihn.

Er vertiefte den Kuss und ließ dabei eine Hand langsam über ihre Hüften abwärts zwischen ihre Beine gleiten. Zielsicher begann er, mit einem Finger ihre intimste Stelle zu liebkosen. Er lächelte, als Lana sich ihm ungestüm entgegendrängte.

»Mehr, Raffaele, mehr!«

Als Antwort auf ihr Flehen verstärkte er seine intimen Liebkosungen, bis sich ein rosiger Schimmer auf ihrer Brust ausbreitete und ihre Augen vor Leidenschaft glitzerten.

Ihr ganzer Körper spannte sich in Erwartung ihres Höhepunktes an, und in genau dem Moment, in dem sie zu erbeben begann, hob er sie hoch und drang in sie ein. Er wurde von einem unglaublichen Taumel purer Lust erfasst. Mit diesem einzigen kräftigen Stoß war es um ihn geschehen, und er verlor sich tief in ihr, empfand jedes Zucken ihrer Muskeln als absoluten sinnlichen Hochgenuss.

Lana sank gegen Raffaeles Brust. Dieses Badevergnügen hätte ihn verwöhnen, ihm Befriedigung und Entspannung verschaffen sollen, nicht ihr. Wohlig erschöpft schmiegte sie sich an ihn.

Das Wasser war deutlich abgekühlt, als sie wahrnahm, wie Raffaele sich eine Weile später von ihr löste.

»*Cara mia,* wir müssen aus der Wanne raus, bevor wir uns den Tod holen.« In seiner Stimme lag ein humorvoller Unterton, den Lana noch nie von ihm gehört hatte. Er verlieh ihr genug Energie, um den Kopf zu heben.

»Wenn du darauf bestehst.«

Als sie gleich darauf fröstelnd aus der Wanne stieg, griff Raffaele nach einem flauschigen Badetuch und wickelte sie darin ein, ehe auch er sich ein Handtuch nahm. Sobald sie abgetrocknet waren, gingen sie ins Schlafzimmer und schlüpften ins Bett. Sie kuschelten sich aneinander, als würden sie seit Jahren zusammen sein und nicht erst seit ein paar Wochen.

Als der Morgen anbrach und die ersten fahlen Sonnenstrahlen durch die hohen Schlafzimmerfenster fielen, lag Lana in Raffaeles Armen und genoss die Ruhe und den Frieden, die sie dort fand. Weil er seit fast einer Woche nicht richtig geschlafen hatte, mochte sie ihn nicht stören und blieb einfach an seinen Körper geschmiegt liegen. Sie wurde von einem tiefen Glücksgefühl ergriffen. In den schrecklichen Tagen nach Kyles Tod hatte sie sich so leer gefühlt. Sie hätte sich niemals träumen lassen, dass sie noch einmal die Chance haben würde, einem anderen Menschen so nah zu sein, und schon gar nicht so bald.

Raffaele zog sie enger an sich, und ihr Po wurde dabei gegen seine Hüften gepresst und den eindeutigen Beweis, dass er wach war und sie erneut heftig begehrte. Er ließ seine Hand zwischen ihre Beine gleiten, spielte mit ihr, bis ihre feuchte Hitze ihre Sinne leidenschaftlich auflodern ließ. Dann drang er behutsam in sie ein und verharrte.

Eine Weile blieben sie so liegen, doch Lana wollte mehr. Plötzlich dämmerte ihr die Wahrheit über ihre Gefühle für Raffaele. Sie war dabei, sich in ihn zu verlieben, und plötzlich machte ihr die Aussicht, nicht jeden Morgen mit ihm aufwachen zu können, Angst. Konnte sie darauf hoffen, dass seine Gefühle für sie sich geändert hatten? Dass sie vielleicht eine gemeinsame Zukunft hatten, als Familie?

Es nahm ihr den Atem, als Raffaele sich zu bewegen begann, zunächst langsam, damit ihr Körper sich ihm anpassen konnte, während er tief in ihren Schoß vorstieß, dann mit zunehmendem Tempo, als seine Leidenschaft das Kommando übernahm. Dabei liebkoste er sie unablässig mit den Fingern. Kurze Zeit später erlebte sie einen ekstatischen Höhepunkt. Gewaltige Lustschauer ließen sie erbeben und brachten ihr eine wohlige Befriedigung.

Als auch er seine Erfüllung fand, schrie er auf – ein Aufschrei reinster Hingabe, der ihr Herz mit der Hoffnung erfüllte, dass Raffaele mehr für sie empfand als rein körperliche Begierde.

11. Kapitel

Als sie nun nach ihrem leidenschaftlichen Liebesspiel wieder zu Atem gekommen waren, überlegte Lana, was genau sie Raffaele sagen wollte. Ihre ganze Zukunft hing von seiner Antwort ab. Deutete sie sein unstillbares Verlangen nach ihr richtig? Durfte sie hoffen, dass er etwas für sie empfand? Sie konnte sich nicht sicher sein, wenn sie nicht fragte. Plötzlich war es ihr sehr wichtig, eine Antwort zu bekommen.

»Raffaele?«

»Mmm.« Er liebkoste ihren Nacken, und sie spürte, dass er lächelte.

»Ich habe nachgedacht.«

»*Sì?*«

Er löste sich etwas von ihr, und Lana überkam ein ungutes Gefühl. Sie tat es als Einbildung ab und fuhr fort: »Ja. Über die Vormundschaft für Bella.« Sie rollte sich zu ihm herum, um an seiner Miene abschätzen zu können, wie er ihren Vorschlag aufnehmen würde.

»Sprich weiter«, forderte er sie auf.

Lana holte tief Luft. »Ich habe nie daran gedacht, wie lieb ich sie gewinnen könnte. Ich weiß, es gibt so wenig, was ich momentan für sie tun kann, aber ich möchte ein Teil ihrer Zukunft sein. Ich möchte für sie da sein.«

Raffaele stand auf und stellte sich neben das Bett. Sein Anblick war atemberaubend: kräftig und gut gebaut, als habe Michelangelo persönlich Hand angelegt. Er zog die Brauen zusammen, seine grauen Augen wurden noch dunkler.

»Willst du etwa damit sagen, du hast deine Meinung geändert?«

Lana setzte sich auf. Irgendetwas in seiner Stimme ließ sie das Laken hochziehen, um ihre Brüste zu bedecken, sich vor seinem wütenden Blick zu schützen. Was hatte sie Falsches gesagt? Sicher wollte er nur das Beste für Bella.

»Ich weiß, es klingt danach, aber überleg doch mal, Raffaele. Bella braucht zwei Elternteile. Ihr Start ins Leben war schwer genug, auch wenn sie von einem Kindermädchen betreut werden wird. Sie braucht Menschen um sich, die sie lieben und für sie da sind – jederzeit.«

»Für sie da sind, wie ihre Eltern es gewesen wären?« Raffaele machte eine heftige Handbewegung. »Es reicht! Bella hätte zwei Elternteile gehabt, die jeden Tag ihres Lebens für sie da gewesen wären, wenn Kyle am Tag des Unfalls nicht auf dem Rückweg zu dir gewesen wäre. Wenn du eine richtige Ehefrau gewesen wärst, hättest du doch gewusst, dass mit deiner Ehe etwas nicht stimmte. Du hättest in eine Scheidung einwilligen sollen, als deine Ehe im Begriff war zu scheitern.«

»Wie kannst du das sagen! Ich hatte keine Ahnung, dass etwas nicht stimmte – ich dachte, er liebt mich!« Und das war die Wahrheit. Lana hatte ihm eine Trennung angeboten, als sie von ihrer Unfruchtbarkeit erfuhr. Er hatte entschieden abgelehnt. »Ich dachte immer, er arbeite, wenn er verreist war. Wenn ich für irgendetwas verantwortlich bin, dann dafür, dass ich nicht merkte, dass wir uns entfremdeten, weil wir kein eigenes Kind haben konnten. Ich erkannte das damals nicht, ich war doch zu sehr damit beschäftigt, meine eigene Trauer zu überwinden.« Sie war so in ihrem Schmerz gefangen gewesen, dass sie unfähig war, zu merken, wie sehr es auch ihren Mann schmerzte, und hatte ihn schließlich ganz aus ihrem Leben ausgeschlossen. Bisher war ihr das nie klar gewesen. Die Wahrheit war umso schmerzlicher.

»Und du hast das Gefühl, er schuldet es dir? Sein Kind? Dass er dir im Tod das Einzige gegeben hat, was du nicht von ihm bekommen konntest, als er lebte?« Raffaele war wütend, seine Bemerkung ein einziger Vorwurf.

Das Gespräch verlief absolut nicht so, wie Lana es geplant hatte. Raffaele hatte ihr die Worte im Mund umgedreht, hatte ihnen eine Bedeutung gegeben, die sie nicht widerlegen konnte. Ja, es stimmte. Im Tod hatte Kyle ihr das gegeben, was sie sich immer am meisten gewünscht und nie selbst hatte bekommen können. Ein Kind. Bella in den letzten Tagen auf der Station für Frühgeborene zu besuchen hatte sie gezwungen, sich erneut ihrem Schmerz zu stellen. Aber gleichzeitig hatte der Kampf des Babys um sein Leben Lana wieder Hoffnung gemacht. Und je kräftiger Bella mit jeder Stunde wurde, desto mehr gewann Lana sie lieb.

»Du verstehst mich nicht, Raffaele. Ich liebe Bella. Ich möchte ein Teil ihres Lebens sein. Zusammen mit dir. An deiner Seite, falls du mich lässt.«

»Und wenn ich dich nicht lasse? Was dann? Wirst du gegen mein beantragtes Sorgerecht angehen? Wirst du auf deiner Vormundschaft bestehen?«

»Du hörst mir nicht zu, Raffaele. Ich möchte das nicht auf diese Art und Weise tun müssen.«

»*Es auf diese Art und Weise tun müssen?*« Er wurde lauter, ließ seiner Wut freien Lauf. »Du sagst also, du würdest auf der Vormundschaft bestehen, wenn du nicht bekommst, was du willst?«

In seiner Jackentasche begann Raffaeles Handy zu klingeln.

»Ich sage nichts dergleichen. Ich möchte mit Bella zusammen sein. Ich möchte mit dir zusammen sein!«

»Spar dir die Mühe. Du hast mir dein wahres Gesicht gezeigt. Und ich hatte schon begonnen, an deine Aufrichtigkeit zu glauben, etwas für dich zu empfinden!«

Seine letzten Worte hingen in der Luft, als Raffaele quer durchs Schlafzimmer ging, um sein Handy aus der Tasche zu nehmen. Schroff meldete er sich.

Entsetzt sah Lana zu, wie alle Farbe aus seinem Gesicht wich. Mit einer Stimme, die kaum wiederzuerkennen war, dankte er dem Anrufer und ließ das Handy auf den Boden fallen.

»Was ist? War es das Krankenhaus?« Hastig stand Lana auf, das Laken noch um sich gewickelt.

Raffaele hob den Kopf, in seinen Augen standen Tränen. »Sie ist tot. Meine bildschöne kleine Schwester ist tot.« Sein Gesicht war vor Schmerz wie erstarrt. »Und statt in ihrer letzten Stunde an ihrer Seite zu sein, war ich bei dir! Dir! Der Frau des Mannes, den sie geliebt hat. Durch dich habe ich meine Schwester verraten, meine ganze Familie.«

»Das stimmt nicht. Du hast Maria nicht verraten. Du musstest ausruhen, musstest nach Hause kommen, und vielleicht musstest du sie verlassen, damit sie gehen konnte.« Lana streckte die Hand aus, um ihn zu berühren, um ihn irgendwie zu trösten, doch er schüttelte sie ab.

»Fass mich nicht an. Deinetwegen war ich nicht bei meiner Schwester, als sie starb. Das werde ich mir nie verzeihen. Ich möchte, dass du gehst. Fort aus diesem Haus, fort aus meinem Leben.«

Er verschwand in seinem begehbaren Kleiderschrank, und Lana hörte, wie er sich etwas zum Anziehen suchte und dann ins Bad ging. Wie betäubt, folgte sie ihm.

»Das meinst du sicher nicht ernst. Du kannst im Moment nicht klar denken. Du hast eben eine schreckliche Nachricht bekommen. Bitte, Raffaele, überstürze nichts.«

»Ich überstürze nichts. Ich wollte warten, bis ich das Sorgerecht habe, um sicher zu sein, dass ich jedes Recht auf Bella habe, ehe ich dir den Laufpass gebe. Es gibt keinen Grund mehr zu warten. Als ich dich traf, wollte ich dir unbedingt den gleichen Schmerz zufügen, den du meiner Familie zugefügt hast, als du dich nicht von Kyle hast scheiden lassen. Stattdessen habe ich dir idiotischerweise eine Waffe in die Hand gegeben, um mir noch mehr Schmerz zuzufügen. Ich werde dir keine weitere Macht geben. Dessen kannst du sicher sein.«

»Mehr Schmerz? Ich habe dich verletzt, indem ich mich dir hingab?«

»Nenn es, wie du willst. Es ist vorbei.«

Er trat unter die Dusche und drehte die Wasserhähne auf. Durch die Glastür sah sie, wie er zusammenzuckte, als der kalte Strahl seinen Körper traf. Schlagartig wurde ihr die Bedeutung seiner Worte bewusst.

»Du hast das alles geplant?«, flüsterte sie fassungslos. Ihr schien das Blut in den Adern zu gefrieren. War sie eine komplette Närrin gewesen zu glauben, er habe sich in sie verliebt wie sie sich in ihn? Sie konnte sich doch nicht derart getäuscht haben. Noch vor wenigen Minuten hatte er zugegeben, etwas für sie zu empfinden. Konnte er diese Gefühle so einfach abstellen? Sie schaffte es gerade bis aufs Bett zurück, ehe ihr die Beine versagten. Wieder einmal war sie in der Liebe komplett zum Narren gehalten worden – hatte versagt. Sie war zu geschockt, um zu weinen.

Als Raffaele ins Schlafzimmer zurückkam, fuhr sie erschrocken zusammen. Er zog sein Sakko an und richtete seine Krawatte, bevor er ihr einen kurzen Blick zuwarf, als wäre sie nichts weiter als eine Fremde, als wären die Intimitäten, die sie miteinander erlebt hatten, nichts gewesen – als hätten sie nichts bedeutet. Ihr leidenschaftlicher Geliebter war verschwunden, stattdessen stand ein kühler, entschlossener Geschäftsmann vor ihr.

»Ich fahre ins Krankenhaus, um zu veranlassen, was mit Maria geschehen soll.« Raffaele nahm ein Scheckbuch aus einer Kommode. Nachdem er einen Scheck ausgeschrieben hatte, riss er ihn heraus. »Ich glaube, das war die Summe, die wir vereinbart hatten. Sieh zu, dass du weg bist, ehe ich zurückkomme.«

»Raffaele, bitte sei nicht so. Du stehst unter Schock, lass mich dir helfen. Ich liebe dich und denke, wenn du es dir nur eingestehen könntest, würdest du erkennen, dass du dabei bist, dich auch in mich zu verlieben. Wollen wir nicht versuchen, einen Ausweg zu finden?«

»Verlieben? Wie naiv bist du eigentlich? Wie könnte ich jemals die Frau lieben, die meine Familie zerstört hat?«

Er legte den Scheck neben Lana aufs Bett, dann war er weg. Mit dieser letzten Geste hatte er sie praktisch zur Hure gemacht. Lana starrte auf den Scheck und ließ schließlich ihren Tränen freien Lauf.

Nach einer Weile zwang sie sich, aufzustehen, zu duschen und ihre Sachen zusammenzusuchen. Sie war wieder da, wo sie schon vor ein paar Wochen gewesen war. Sie besaß nur die Kleidung, die sie anhatte. Sie verpackte die Dinge, die Raffaele ihr gekauft hatte, ordentlich in Plastiktüten und beschriftete sie. Er konnte sie spenden, wem er wollte. Sie strich über das Negligé und die Unterwäsche, die er für sie ausgesucht hatte. Wie idiotisch von ihr, nicht zu erkennen, dass er Hintergedanken gehabt hatte. Auch nur eine Minute anzunehmen, er könnte jemals an eine Zukunft mit ihr denken.

Als sie jede Spur von sich im Haus entfernt hatte, blieb ihr nur noch eins zu tun: Sie holte Streichhölzer aus der Küche und ging auf die Terrasse am Pool hinaus. Der kühle Wind ließ sie frösteln, am Himmel zogen bedrohlich dunkle Wolken auf. Lana ließ den Blick über die umliegenden Olivenhaine schweifen, den überdachten Teil der Terrasse, wo sie sich Barbecues im Sommer vorgestellt hatte, den lang gestreckten Swimmingpool. Schnell schloss sie die Augen, weil sie genau vor sich sah, wie Raffaele und sie selbst im Wasser mit Bella spielten. Miterlebten, wie das dunkelhaarige zerbrechliche Baby zu einem gesunden, pausbäckigen kleinen Mädchen heranwuchs. Diese Zukunft würde es nie für sie geben.

Dann entzündete sie ein Streichholz, hielt es an den Scheck, den Raffaele ihr gegeben hatte, und sah zu, wie die Flammen das Stückchen Papier verschlangen, das Ende ihrer Träume. Als sie die letzte Ecke des Schecks erreichten, war sie gezwungen loszulassen, um sich nicht die Finger zu verbrennen.

Ohne sich noch einmal umzudrehen, ging Lana ins Haus zurück. Sie verschloss die Terrassentüren, nahm ihre Handtasche und verließ das Haus, um auf das Taxi zu warten, das sie nach Manukau fahren sollte. Sie zögerte, die Haustür ins Schloss zu ziehen, weil sie dann endgültig vom Haus ausgeschlossen war und dadurch von Raffaeles Leben. Es wäre noch früh genug, sobald ihr Taxi kam.

Wohin sie danach gehen sollte, wusste sie nicht. Aber irgendwie würde sie den Mut finden, noch einmal von vorn anzufangen. In den Tiefen ihrer Tasche hatte sie das Geld gefunden, das noch vom Verkauf ihrer Ringe übrig war. Wenn sie sorgfältig damit umging, würde sie die nächsten Tage über die Runden kommen und hoffentlich einen Job finden, irgendeinen, ehe sie ganz mittellos war. Sie brach erneut in Tränen aus, und wie aus Mitleid öffneten sich die Himmelsschleusen, und es gab einen heftigen Regenguss.

Würde es in ihrem Leben nie zu regnen aufhören?

Als sie einen Wagen auf der Auffahrt hörte, hob sie den Kopf, weil sie ihr Taxi erwartete, doch es war der Postzusteller. Gleich darauf bat er sie, einen eingeschriebenen Brief zu quittieren, drückte ihr den Umschlag in die Hand und rannte durch den Regen zu seinem Wagen zurück.

Weil das Kuvert auf dem Weg zum Hauseingang, wo sie gewartet hatte, ganz nass geworden war, musste sie es schnell entfernen, damit der Brief selbst nicht auch noch beschädigt wurde. Also ging sie ins Haus zurück und öffnete den Brief. Als der Briefkopf des High Court zum Vorschein kam, blieb ihr fast das Herz stehen.

So schnell?

Sie überflog den Brief, ehe sie ihn auf das Tischchen im Foyer legte, wo Raffaele ihn bei seiner Rückkehr gleich finden würde. Aufgrund der besonderen Umstände bei Bellas Geburt war kurzfristig über den Antrag auf das Sorgerecht entschieden worden. Nun hatte Raffaele alles, was er wollte.

Ein Wagen fuhr vor und hupte. Lana legte ihre Schlüssel neben den Brief auf das Tischchen und verließ erneut das Haus. Dann zog sie die Tür mit einer Endgültigkeit ins Schloss, die unterstrich, wie mutterseelenallein sie jetzt war.

Die Villa lag in vollkommener Dunkelheit da, als Raffaele nach Hause zurückkehrte. Der Verlust, den er heute erlitten hatte, schmerzte ihn zutiefst. Endlich hatte Maria ihren Frieden gefunden. Er würde sie im Grab neben Kyle Whittaker beisetzen lassen, das er zu seiner Überraschung problemlos hatte erwerben können. Es war ihm wichtig gewesen, dass Maria auf ewig neben dem Mann ruhen konnte, den sie geliebt hatte. Das wäre auch ihr Wunsch gewesen. Raffaele hatte ihn respektieren wollen, auch wenn er letztendlich die Scheuklappen gegenüber dem Mann verloren hatte, von dem er geglaubt hatte, er würde eines Tages sein Schwager werden.

Auch wenn er jetzt wusste, wie ausgeklügelt Kyle Whittakers Machenschaften wirklich waren, so war es doch Lana gewesen, die ihm langsam die Augen geöffnet hatte. Aber trotz allem konnte er verstehen, was den Mann dazu getrieben hatte, mit zwei Frauen gleichzeitig eine Beziehung zu haben. Er hatte alles gewollt. Die Unterstützung und das Prestige einer perfekten Frau der besseren Gesellschaft, denn es war klar, dass Lana diese Rolle für Kyle meisterlich erfüllt hatte, und im Gegensatz dazu das traute Heim mit der Mutter seines Kindes.

Weil Maria Kyle bis zum letzten Atemzug geliebt hatte, schuldete er es seiner Schwester zu tun, was in ihrem Sinne war. Egal, wie sehr es ihn schmerzte, sich zum letzten Mal von ihr zu verabschieden.

Sein Bruder würde spätnachmittags am nächsten Tag ankommen. Raffaele holte tief Luft. Dann würde er seine unendliche Trauer mit dem einzigen in seiner Welt verbliebenen Menschen teilen können, der verstehen würde, wie er sich fühlte.

Er fragte sich, was Vincenzo von Bella halten würde. Er konnte es kaum erwarten, ihm ihre Nichte vorzustellen, obwohl das Baby heute quengelig und unruhig war. Eine der Säuglingsschwestern hatte vermutet, dass die Kleine vielleicht Lana vermisste, aber er hatte der Schwester nicht gesagt, dass Lana nicht mehr auf die Station kommen würde.

Er verdrängte seine Trauer und ließ dann seiner Wut auf Lana, die ihn nach ihrer Drohung am Morgen gepackt hatte, freien Lauf. Er hatte sich in falscher Sicherheit mit Lana gewiegt. Er hatte gesehen, wie verletzlich sie war, wie tief getroffen durch das Verhalten ihres Mannes. Diese Verletzlichkeit hatte seinen Beschützerinstinkt geweckt. Diesen Instinkt, den er nach dem Tod seines Vaters verfeinert hatte, als seine ganze Familie allein auf ihn angewiesen war. Da war es nur natürlich, dass er sich erneut gekümmert hatte, als er gebraucht wurde.

Und dann hatte sie ihr wahres Gesicht gezeigt. Es war die ganze Zeit über ihre Absicht gewesen, das Baby zu behalten. Solange ich lebe, schwor er sich insgeheim, werde ich dagegen ankämpfen. Sie würde sich nicht länger zwischen seine Familie und deren Glück stellen.

Weil er zu müde war, den Wagen in die Garage zu fahren, parkte Raffaele ihn vor dem Eingang. Als er gleich darauf Licht im Haus machte, merkte er augenblicklich, wie leer es wirkte. Sie war weg. Er hatte tagsüber kurz überlegt, ob sie sich wohl an seine Anweisung halten oder eine Auseinandersetzung erzwingen würde. Zu seiner Erleichterung hatte sie sich für Ersteres entschieden. Er war nervlich im Moment so angespannt, dass er nicht hätte garantieren können, höflich mit ihr umzugehen, und doch bekam er ein schlechtes Gewissen, dass er so heftig auf sie losgegangen war. Da er keine Lust hatte, jetzt über seine Emotionen nachzudenken, verdrängte er diesen Gedanken jedoch schnell wieder. Am besten konzentrierte er sich ganz auf die Zukunft. Auf das, was getan werden musste.

Sein Blick fiel auf den geöffneten Brief auf dem Tischchen, und er nahm ihn zur Hand und überflog ihn. Die Nachricht, die er enthielt, erfüllte ihn mit tiefer Erleichterung. Sein Versprechen an Maria war eingelöst. Er hatte das Sorgerecht für Bella erhalten.

Als Raffaele am nächsten Morgen erwachte, streckte er die Hand aus, um die Wärme zu spüren, an die er sich so gewöhnt hatte. Er fuhr hoch, als seine Finger mit nichts in Berührung kamen außer dem kühlen Baumwollstoff des Kopfkissens. Wie hatte er nur so schnell vergessen können?

Er verschränkte die Hände hinter dem Kopf und starrte an die Zimmerdecke. Dabei versuchte er sich einzureden, dass er die Leere in sich überwinden würde. Es war bloß eine Frage der Gewöhnung. Vermutlich hatte es gar nichts mit der Leere in seinem Bett zu tun, sondern mit Maria.

Er schloss die Augen, als er von einer Welle tiefer Trauer ergriffen wurde. Entschlossen schob er sie beiseite. Er würde damit fertigwerden, wie er mit jedem anderen Kummer in seinem Leben fertiggeworden war – mit harter Arbeit und Konzentration auf ein Ziel. Diese Konzentration galt jetzt einzig und allein Bella.

Als sein Ellbogen mit dem Kissen in Berührung kam, auf dem Lana noch letzte Nacht gelegen hatte, nahm er eine Spur ihres Parfüms wahr, und sein Körper reagierte sofort darauf. Ihre Wirkung auf ihn war nicht zu leugnen, aber es war mehr als körperliches Verlangen erforderlich, um eine Beziehung einzugehen oder aufrechtzuerhalten.

Beziehung? Ha! Er hatte nie vorgehabt, mit Lana eine Beziehung einzugehen, außer um sich für das an ihr zu rächen, was sie seiner Meinung nach seiner Familie angetan hatte. Auch wenn er sich jetzt eingestand, dass er am vorigen Tag unter dem Schock über Marias Tod gestanden hatte, so blieb er doch bei seiner Entscheidung.

Und was ist mit deinen eigenen Bedürfnissen? meldete sich eine leise innere Stimme. Bedürfnisse? Die Körperlichen können leicht befriedigt werden, rechtfertigte er sich im Stillen. *Und die Emotionalen?*

Raffaele versuchte, die schmerzliche Leere in seinem Innern zu ignorieren. Er rollte sich auf die Seite und holte dann tief Luft. Sofort hatte er wieder die letzten Spuren von Lanas Duft in der Nase. Sein Schmerz verstärkte sich. Sie war aus seinem Leben verschwunden, das hatte er gewollt – das hatte er von dem Moment an geplant, als er von dem Unfall erfahren hatte. Und doch vermisste er sie so schmerzlich, dass es nicht mit ungestilltem Verlangen zu erklären war.

Irgendwann in den vergangenen Tagen war sein Bedürfnis nach Vergeltung geringer geworden. Mit ihrer Ehrlichkeit hatte Lana seinen Schutzwall durchbrochen. Seit wann, fragte er sich, hasse ich sie nicht mehr mit jedem Atemzug, sondern begehre sie mit jedem Herzschlag? Unversehens wurde ihm voll bewusst, was er getan hatte.

Er hatte sie vertrieben. Er hatte sie genauso gemein zurückgewiesen wie ihr Mann. Er erinnerte sich an alles, was Lana gesagt hatte, an alles, was sie getan hatte. Sie war genauso ein Opfer, wie seine Schwester es gewesen war, wie Bella es jetzt war.

Raffaele sprang aus dem Bett. Geistesabwesend duschte er, zog sich an, machte sich Frühstück. Schließlich gab er es auf, sein Müsli lustlos in seiner Schale hin und her zu schieben, und weil die Sonne sich mittlerweile verlockend im Pool spiegelte, ging er nach draußen.

So weit das Auge reichte, gehörte das Land ringsum ihm. Ein schönes Fleckchen Erde für Bella, um hier aufzuwachsen, wenn seine Arbeit sie nicht zu Hause in Italien festhielt.

Zu Hause. Wie lange war es her, dass er an Italien als sein Zuhause gedacht hatte? Geschockt wurde ihm bewusst, dass er keinen Wunsch mehr verspürte, in seine Heimat zurückzukehren. Er würde hier in Whitford leben. Hier war sein neues Zuhause. Doch was für ein Zuhause würde es sein ohne Lana?

Was, zum Teufel, hatte er getan? Mit seiner unbeirrbaren Sturheit hatte er die Frau vertrieben, die er mit aller Macht hätte halten sollen. Er hatte blind alle Fakten ignoriert, hatte stattdessen den Lügen eines Mannes geglaubt, der als Betrüger entlarvt worden war. Er, Raffaele, hatte nie hinterfragt, warum Kyle Lana nicht einfach verlassen hatte oder was seine Motive dafür waren, bei ihr zu bleiben.

Raffaele hatte vielmehr zugelassen, sich in das Netz der Lügen ziehen zu lassen, das Kyle mit unübertrefflichem Geschick gesponnen hatte. Und dann, als sich der Unfall ereignet hatte, war es viel leichter gewesen, Lana die Schuld zu geben, als sich einzugestehen, dass er sich geirrt hatte. Dass es falsch war, Maria Kyle vorgestellt zu haben, falsch, ihre Beziehung gefördert zu haben.

Falsch, Lana so gemein behandelt zu haben.

Der Fehler lag bei ihm, ganz allein bei ihm. Genau wie die Pflicht, diesen Fehler wiedergutzumachen.

12. Kapitel

Raffaele trat Tom Munroe gegenüber, der nicht gerade begeistert schien, dass er in sein Büro gekommen war.

»Was haben Sie Lana angetan? Sie war außer sich, als sie mich anrief, bestand darauf, allein klarzukommen«, begrüßte Tom ihn grimmig.

Instinktiv nahm Raffaele eine abwehrende Haltung ein. »Ich habe sie ordentlich abgefunden. Das hatten wir miteinander ausgemacht.«

»Ordentlich abgefunden! Pah! Sie haben sie ganz fürchterlich ausgenutzt. Schlimmer als Kyle. Haben Sie auch nur die leiseste Ahnung, was sie aufgegeben hat, um mit ihm zusammen zu sein?«

»Nein, leider nicht.« Raffaele sank auf den Stuhl vor Toms Schreibtisch und fühlte sich dabei kaum besser als ein Verurteilter, der sich seinem Henker gegenübersieht. »Mr. Munroe, ich habe mich in Lana geirrt. Es fällt mir nicht leicht, mir das einzugestehen, aber ich bin wenigstens Manns genug, es zuzugeben. Ich möchte die Dinge in Ordnung bringen.«

»Manns genug? Kyle dachte das auch von sich, als er sie praktisch ihrem Vater entführte. Der törichte Mann glaubte nicht, dass Trevor Logan alle Beziehungen zu seinem einzigen Kind abbrechen würde, falls sie sich seinen Wünschen widersetzte. Er hatte keine Ahnung.« Tom beugte sich vor. »Können Sie sich vorstellen, was es für Lana bedeutete – ein Mädchen, das mit sechs bereits die Mutter verloren hatte, ein Mädchen, dessen Vater der Dreh- und Angelpunkt seiner Welt war –, so plötzlich die einzige Stütze zu verlieren, die sie im Leben hatte? Und dann kommen Sie daher und tun genau das Gleiche. Machen ihr falsche Hoffnungen, geben ihr ein trügerisches Gefühl der Sicherheit. Ehrlich gesagt, würde ich sehr froh sein, Sie nie wiederzusehen.«

Raffaele holte tief Luft. Bereitwillig nahm er alle Schuld auf sich. Er konnte es dem Anwalt nicht verdenken, dass er Lana beschützen wollte. Wenn er die Chance bekäme, würde er dafür sorgen, dass sie nie wieder von ihrem Freund beschützt werden müsste.

»Wo ist sie?«

»Selbst wenn ich es wüsste, Rossellini, würde ich es Ihnen nicht sagen. Sie sind zu weit gegangen.«

Raffaele stand auf. Es war klar, dass der Anwalt ihm heute keine weiteren Informationen geben konnte oder wollte. Er nahm eine Visitenkarte aus seinem Kartenetui und legte sie vor Tom Munroe auf den Schreibtisch.

»Bitte rufen Sie mich an, falls sie sich bei Ihnen meldet.«

»Nennen Sie mir einen Grund, warum ich das tun sollte, Rossellini. Sie haben nichts als Ärger gemacht, seit wir Sie trafen.«

Raffaele war froh, dass Lana jemanden hatte, der zu ihr stand. Das war wenig genug in ihrer jetzigen Lage.

»Einen Grund? Okay. Es ist ganz einfach, Mr. Munroe. Sie werden mir sagen, wo sie ist, weil ich sie liebe und weil ich glaube, dass sie mich auch liebt. Ich brauche nur eine Chance, es ihr zu sagen.«

»Und Sie glauben, Ihre Liebeserklärung wird reichen?«

»Nein. Aber sie ist ein Anfang, und wir brauchen einen Neuanfang. Ohne dass Kyle Whittakers Schatten oder sein Einfluss uns beeinträchtigt.«

Tom nahm die Visitenkarte zur Hand und studierte sie sorgfältig, ehe er sie in die Innentasche seines Jacketts steckte.

»Ich werde darüber nachdenken, Rossellini. Aber versprechen Sie sich nicht zu viel davon. Selbst wenn sie sich noch einmal bei mir meldet, kann ich nicht garantieren, dass sie Sie sehen will.«

»Ich muss wissen, wo sie ist. Wissen, dass es ihr gut geht«, erwiderte Raffaele. »Alles andere ist Lanas Entscheidung.«

Zwei Wochen später war Raffaele seinem Ziel, Lana zu finden, nicht näher als am Tag seines Besuchs bei Tom Munroe. Schlimmer noch, wie er heute auf der Bank erfahren hatte, hatte sie weder den Scheck eingelöst noch einen Cent des Sparkontos angerührt, das er für sie eingerichtet hatte.

Er kämpfte gegen seinen aufsteigenden Ärger an. Was, um alles in der Welt, dachte sie sich dabei? Sie brauchte das Geld, um wieder auf die Beine zu kommen. Seinen Erkundigungen nach, die er diese Woche eingeholt hatte, wollten ihre alten Bekannten, die immer noch unter dem Verlust ihrer Investitionen litten, seit dem Tag der Beerdigung nichts mehr mit ihr zu tun haben. Einige wirkten wenigstens betreten, als er sie aufsuchte, um sie zu fragen, ob sie Lana in letzter Zeit gesehen hätten, doch die meisten machten keinen Hehl aus ihrer negativen Meinung.

Lana stand ganz allein da, und daran war er schuld.

Der einzige Lichtblick, den er gegenwärtig hatte, war, dass Bella langsam und stetig Fortschritte machte. Fünfzehn Tage nach ihrer Geburt hatte sie den Brutkasten verlassen können, und der Schlauch für ihre künstliche Ernährung war entfernt worden. Auch wenn es ihr noch etwas schwerfiel, Saugen, Schlucken und Atmen zu koordinieren, waren alle auf der Säuglingsstation zuversichtlich, dass sie in ungefähr einer Woche nach Hause durfte.

Er war hingerissen von ihr und hielt sie so oft wie möglich in den Armen. Das Herz ging ihm auf vor Liebe und Stolz, wenn er ihren kleinen Körper an sich schmiegte. Wenn ihm bewusst wurde, dass Maria in dem winzigen Wesen weiterlebte.

Lana wäre so stolz gewesen, wenn sie sehen könnte, wie weit Bella sich entwickelt hatte. Raffaele hatte sich inzwischen eingestanden, dass die Vermutung der Schwestern neulich, Bella würde Lana vermissen, richtig gewesen war. Einige Tage lang hatte das kleine Mädchen keine Fortschritte gemacht, ehe sich ihr Zustand dann wieder täglich verbessert hatte.

Jetzt fehlte nur noch eins, um sein Leben perfekt zu machen, und das war, Lana wieder an seiner Seite zu haben, in seinem Bett, in seinem Leben.

Lana schloss die winzige 1-Zimmer-Wohnung auf, die sie bekommen hatte. Himmel, taten ihr die Füße weh. Sie war noch nie so erschöpft gewesen wie in dem einen Monat, seit sie in einem der beliebten Restaurants in Orewa bediente. Die kleine Stadt, die nördlich von Auckland direkt am Meer lag, lebte von Touristen und einheimischen Gästen, und einen ruhigen Abend gab es einfach nicht. Doch genau deshalb hatte sie einen Job gefunden, kaum dass sie aus dem Bus gestiegen war.

Energisch schob sie solche Gedanken beiseite. Sie hatte sich geschworen, nur noch nach vorn zu blicken. Sie war auf sich allein gestellt. Es lag an ihr, etwas aus ihrem Leben zu machen. Sie hatte Glück gehabt, dass die Tante ihres neuen Arbeitgebers diese billige Unterkunft zu vermieten hatte. Sie war sehr schlicht. Es gab ein Schlaf-Wohn-Zimmer, ein winziges Bad, einen Heißwasserkocher, eine Mikrowelle und einen Kühlschrank. Mehr brauchte sie nicht. Sie bekam eine ausreichende Mahlzeit abends im Restaurant und hatte gelernt, darüber hinaus mit wenig auszukommen.

Über ihr erstes Gehalt, das durch großzügige Trinkgelder aufgestockt wurde, hatte sie sich sehr gefreut. Doch nach Abzug ihrer Miete blieb nicht allzu viel übrig.

Sie arbeitete vom frühen Abend, bis die Küche schloss, und das war manchmal weit nach Mitternacht. Anschließend fiel sie todmüde ins Bett und schlief traumlos bis zum Morgen. Vormittags spazierte sie zum nahen Strand und fütterte die Möwen mit altem Brot, ehe sie gemächlich an der Flutkante entlangjoggte.

Ja, sie hatte ihre Routine. Und auch wenn sie nicht unbedingt behaupten konnte, glücklich zu sein, so ging sie doch ihren eigenen Weg. Da sie tagsüber Zeit hatte, hatte sie schon daran gedacht, irgendeinen Kurs zu belegen und eine nützlichere Qualifikation zu erwerben, als ein Mitglied der besseren Gesellschaft und eine Spendensammlerin zu sein. Egal was als Nächstes kam, es war nicht so wichtig. Sie nahm jeden Tag, wie er kam.

An diesem Abend war viel los gewesen, und auf den verschiedenen Feiern im Restaurant war viel fotografiert worden. Der Trubel hatte sie ganz nervös gemacht, und offenbar hatte sich das auf ihre Arbeit ausgewirkt. Lana zählte ihr Trinkgeld, nachdem sie die Schuhe abgestreift und sich auf die Bettkante gesetzt hatte. Nicht so viel wie sonst. Sie musste lernen, entspannter zu sein. Nicht jeder wollte ihr nachstellen. Sie war bereits in Vergessenheit geraten, und auf den Titelseiten der Boulevardblätter prangte schon der nächste Skandal.

Lana legte den Kopf zurück und ließ die Schultern kreisen. Es war verlockend, sich einfach hinzulegen und in ihren Kleidern einzuschlafen, doch sie zwang sich aufzustehen. Sie zog ihre schwarze Hose und das weiße kurzärmelige T-Shirt mit dem Logo des Restaurants aus. Die Hose war eine größere Anschaffung gewesen, doch zum Glück hatte sie sie in einem Secondhandladen günstig erstehen können. Weil sie Hose und Shirt jeden Abend sorgsam auswusch, hatte sie bisher keine zweite Garnitur kaufen müssen. Einen Moment dachte sie wehmütig an die Tüten mit Kleidung, die sie in Raffaeles Haus zurückgelassen hatte. Doch dann schüttelte sie den Kopf. Nein. Ihr Stolz hätte nicht zugelassen, etwas von den Sachen mitzunehmen, die Raffaele gekauft hatte.

So beängstigend es war, allein auf sich gestellt zu sein, es machte auch selbstständig. Und bisher kam sie sehr gut zurecht.

Nachdem sie ihr nasses T-Shirt und die ausgewaschene Hose zum Trocknen aufgehängt hatte, schlüpfte Lana in das verwaschene Männerhemd, das sie ebenfalls in dem Secondhandladen gekauft hatte und als Nachthemd verwendete. Plötzlich glaubte sie, draußen ein Geräusch zu hören und ein Licht aufblitzen zu sehen.

Instinktiv schaltete sie das Licht aus und spähte dann vorsichtig durch die Jalousie durchs Fenster.

Ihre Wohnung lag hinter dem Haupthaus, und die Wegbeleuchtung, die beim Nachhausekommen automatisch angegangen war, war längst wieder aus. Sie ließ den Blick durch den dunklen Garten schweifen. Nichts.

Sie trat vom Fenster zurück und zögerte, das Licht wieder einzuschalten. Da! Da war der Lichtstrahl wieder. Beinah hätte sie laut aufgeschrien. Obwohl es vorhin geregnet hatte, hatte es nicht nach einem Gewitter ausgesehen. Das konnte unmöglich ein Blitz gewesen sein. Sie wartete ab, zählte bis zehn und fröstelte. Zum ersten Mal bedauerte sie, ihre Vermieterin nicht gebeten zu haben, das Telefon wieder anzuschließen. Sie musste sparen. Und selbst wenn es angeschlossen wäre, wen würde sie anrufen? Ihre Vermieterin war im Moment zu Besuch in Australien. Und außer ihr fiel ihr niemand ein.

Zwanzig Minuten später waren ihre Füße eiskalt, und ihre Zähne begannen zu klappern. Der Adrenalinstoß, der sie in höchste Alarmbereitschaft versetzt hatte, war längst abgeklungen, und sie fühlte sich todmüde und erschöpft. Das Ganze war lächerlich. Da war niemand vor ihrer Wohnung. Sie sollte ins Bett gehen und sich aufwärmen. Doch selbst, als sie sich beruhigt hatte, fand sie keinen Schlaf.

Ein paar Tage später war es morgens sonnig und klar, ein starker Kontrast zu Lanas Stimmung. Seit dem Vorfall vor einigen Nächten hatte sie ständig das Gefühl, beobachtet zu werden. Sie redete sich ein, dass sie sich alles nur einbildete, und zwang sich aufzustehen. Auf dem Weg ins Bad stellte sie den Wasserkessel an, um sich einen Kaffee zu kochen. Da ihre Vermieterin verreist war, war es ein Luxus für Lana, deren Morgenzeitung zu lesen, ehe sie am Strand spazieren ging. Nachdem sie einen alten Trainingsanzug angezogen hatte, der auch aus dem Secondhandladen stammte, ging sie zum Briefkasten, um die Zeitung zu holen.

Gleich darauf breitete Lana die Zeitung auf ihrem Bett aus, ehe sie sich einen Instantkaffee aufbrühte. Als sie einen Schluck trank, verzog sie das Gesicht. Es fiel ihr schwerer, auf frisch gemahlenen Kaffee zu verzichten, als sie gedacht hatte. Energisch schüttelte sie den Kopf. Sie konnte es sich im Moment nicht leisten, wählerisch zu sein.

Sie hatte alles gehabt, was sie haben wollte, zweimal in ihrem Leben. Dreimal, wenn sie ihre Zeit mit Raffaele mitzählte. Doch jedes Mal war sie von einem Mann abhängig gewesen. Zuerst von ihrem Vater, dann von Kyle und zuletzt von Raffaele. Nein. So hart ihr Leben momentan war, es war gut so. Sie vermisste viele der Annehmlichkeiten, die selbstverständlich für sie gewesen waren, doch eines

Tages würde sie sich wieder verwöhnen können. Bis dahin würde sie einfach jeden Tag so nehmen, wie er kam.

Sie trank ihren Kaffee und las dabei in aller Ruhe die Zeitung, bis sie auf die Seite mit dem Gesellschaftsklatsch kam. Hastig stellte sie ihre Tasse auf das altersschwache Nachttischchen.

Mit bebender Stimme las sie die Überschrift laut vor. »*So tief können die Schönen und Reichen fallen.*«

Gebannt blieb Lanas Blick an einigen Fotos von ihr hängen, von denen eines offenbar im Restaurant aufgenommen und neben ihrem offiziellen Foto als Sprecherin des Wohltätigkeitsvereins abgedruckt worden war. Unter den Bildern von »damals« und »heute« war auch eines aus einer Homestory, die ein Hochglanzmagazin gebracht hatte, kurz nachdem sie und Kyle ihr Apartment neu eingerichtet hatten, eines von Raffaeles Villa in Whitford und schließlich eines in ziemlich schlechter Qualität von ihrer winzigen Wohnung, die jetzt ihr Zuhause war.

Der Artikel selbst war pure Spekulation und berief sich mehr als einmal auf »gute Bekannte«. Lana gefror das Blut in den Adern. Was würde ihr Chef denken, wenn er das las? Würde sie ihren Job verlieren? Sie konnte sich vorstellen, dass etliche Leute ins Restaurant kommen würden, nur um mit eigenen Augen zu sehen, was aus ihr geworden war.

Sie fühlte sich schrecklich. Es war eine Sache, ausgeschlossen zu sein, aber eine völlig andere, Gesprächsthema der Leute zu sein, die man bediente. Dennoch blieb ihr keine andere Wahl, als abzuwarten, was passierte.

Auf ihrem Weg zur Arbeit an diesem Abend war Lana sehr besorgt. Sie hatte überlegt, ob sie ihren Boss von einer Telefonzelle aus anrufen und den Artikel mit ihm bereden sollte, hatte sich dann aber für ein persönliches Gespräch entschieden.

Als sie aufschloss, fragte sie sich, ob ein Anruf nicht doch besser gewesen wäre. Das Restaurant war gähnend leer. Nur ihr Boss, Calvin, war da und wartete mit angespannter Miene auf sie.

»Ich hatte gehofft, Sie würden heute Abend trotzdem kommen«, begrüßte er sie.

Lana schaute sich um. »Was ist passiert? Sind alle Reservierungen storniert worden?«

»Im Gegenteil, das Restaurant ist heute Abend ausgebucht. Eine private Feier.«

»Ja? Die war aber nicht eingetragen, oder?« Sie wollte im Reservierungsbuch nachsehen, doch Calvin deckte die Seite schnell mit der Hand ab.

»Nein, war sie nicht. Sie war ... unvorhergesehen.« Er wirkte leicht verlegen.

»Hat es etwas mit diesem Artikel zu tun? Hören Sie, es tut mir leid, Calvin. Ich möchte nicht, dass Ihr Restaurant zum Treffpunkt für Gaffer wird. Ich gehe, wenn Sie es möchten, und suche mir etwas anderes.«

»Nein! Davon kann keine Rede sein. Wir hatten selten so viele Reservierungen. Hören Sie, warum setzen Sie sich nicht einen Moment dort drüben hin?«

»Ich sollte mich fertig machen«, protestierte Lana. Doch Calvin schüttelte den Kopf und geleitete sie an einen kleinen Tisch in einer Nische im hinteren Teil des Restaurants, der für zwei eingedeckt war.

Es war seltsam, hier Platz zu nehmen. Was, um alles in der Welt, hatte er vor?

»Calvin? Was ist los?«, wollte sie wissen, als er sich bereits zurückzog, doch er gab keine Antwort.

Das Ganze war einfach absurd. Calvins Benehmen, das leere Restaurant – selbst die Stille in der Küche. Sie sollte aufstehen und gehen. Als sie die Küchentür klappen hörte, wandte sie sich um, um zu sehen, ob Calvin zurückkam.

Ich hätte mich auf meinen Instinkt verlassen und gehen sollen, schoss es Lana durch den Kopf. Sie musste schlucken. Bittersüße Erinnerungen stürzten auf sie ein, als sie Raffaeles hochgewachsene Gestalt auf sich zukommen sah.

Er hatte eine Flasche ihres Lieblingsweins in der Hand. Mit einer leichten Verbeugung schenkte er den eleganten Sauvignon Blanc in zwei Gläser ein und nahm ihr gegenüber Platz.

Lana ließ den Blick über sein Gesicht gleiten, und ihr fiel sofort auf, wie müde seine grauen Augen wirkten, wie abgespannt seine Gesichtszüge. Auf seinen Wangen lagen dunkle Schatten, als habe er sich nicht die Zeit genommen, sich zu rasieren. Sein Aussehen schockierte sie. Aber das sollte sie nicht kümmern. Sie wusste ja, wohin das geführt hatte.

»Was willst du?«

»Das ist einfach. Dich.« Seine Stimme klang rau, und seine Worte lösten eine schockierende Welle brennender Sehnsucht in ihr aus.

Im nächsten Moment drückte er ihr ein Weinglas in die Hand. Dabei streifte er absichtlich ihre Finger. Sie konnte das elektrisierende Knistern beinah hören, das sie augenblicklich spürte.

Ohne den Blickkontakt zu lösen, stellte sie das Glas wieder auf den Tisch und schob ihren Stuhl zurück. Sie konnte das hier nicht eine Sekunde länger ertragen.

»Geh nicht. Bitte.«

Sein sehnsüchtiger Unterton ließ Lana innehalten. Wenn sie auch nur einen Funken Verstand hätte, würde sie aufstehen und zur Tür gehen und immer weiter, bis er wieder in ihrer Vergangenheit verschwunden wäre, wo alle ihre Fehler hingehörten. Aber etwas an seiner Bitte berührte ihre Seele.

»Warum?« In diesem einen Wort lag ihr ganzer Schmerz über ihr gebrochenes Herz.

»Ich habe mich getäuscht. Sehr getäuscht. Ich habe nicht begriffen, wie viel du mir bedeutest.«

»Wie viel ich dir bedeute?« Endlich ließ Lana die Wut zu, die sie seit einem Monat verdrängt hatte, und fasste sie in messerscharfe Worte. Ihre Stimme zitterte. »Du meinst als ständige Erinnerung daran, dass deine Schwester nicht den Vater ihres Babys heiraten konnte? Dass Bella meinetwegen keine Mutter und keinen Vater mehr hat?«

»Hör auf! Das meine ich nicht. Ich war ein Idiot, als ich dir das alles vorwarf. Ja, ich habe es damals genau so gemeint. Ich würde lügen, wenn ich das abstreiten würde, aber ich wollte einfach nur um mich schlagen, verletzen, wie ich selbst verletzt wurde. Zerstören, wie ich mich selbst zerstört fühlte. Das rechtfertigt nicht das, was ich getan habe. Ich war gemein, habe mich geirrt und einen irreparablen Schaden angerichtet.«

Ehe Lana antworten konnte, kam Calvin aus der Küche und stellte die Vorspeise auf ihre Platzteller. Der appetitliche Duft stieg Lana augenblicklich in die Nase, und sie warf einen Blick auf die überbackenen Muscheln – ihre Lieblingsvorspeise auf der Karte. Sie hatte sie schon oft Kunden serviert, die nicht auf den Preis zu achten oder jeden Dollar bis zum Ende der Woche zweimal umzudrehen brauchten. Ihr lief das Wasser im Mund zusammen, aber sie griff nicht nach der Gabel. Wollte Raffaele sie etwa mit ihrem Lieblingswein und ihrem Lieblingsessen zurückgewinnen, mit dem großzügigen Lebensstil, in den sie praktisch hineingeboren worden war? Das war es nicht wert. Sie würde dieses Leben nie wieder erstrebenswert finden.

Als er ihre Hand berührte, wich sie zurück.

»Fass mich nicht an.« Sie war nicht so stark, dass sie seine Berührung ertragen konnte – die Erinnerung an die unglaubliche Lust, die er ihr bereitet hatte, oder an den Trost nach Kyles schmerzlichem Betrug, den er ihr gespendet hatte. Sie hatte ihm eine Waffe in die Hand gegeben, als sie ihm ihr Herz geschenkt hatte. Derart leichtsinnig würde sie nicht noch einmal sein.

»*Scusami.*« Raffaele nickte kurz. »Aber bitte, iss. Du siehst aus, als hättest du seit Wochen nicht ordentlich gegessen.«

»Ob ich gegessen habe oder nicht, braucht dich nicht zu kümmern.«

Er schien widersprechen zu wollen, hielt sich jedoch zurück. Widerstrebend probierte Lana eine der Muscheln. Sie schmeckte wunderbar, und Lana seufzte genüsslich auf. Raffaeles Blick verdunkelte sich. Es gefiel ihm offensichtlich, dass sie das Essen so gründlich genoss. Als sie seinem Blick begegnete, errötete sie verlegen.

Nachdem Calvin die Teller abgeräumt hatte, trank Lana einen Schluck Wein, weil sie der Meinung war, sie könne sich ruhig daran erfreuen. Wer wusste schon, wann sie sich das nächste Mal ein wenig verwöhnen konnte.

»Was willst du von mir, Raffaele? Warum hast du das ganze Restaurant reserviert?«

»Ganz einfach. Ich will … nein, ich möchte, dass du mir vergibst. Ich möchte, dass du mir die Chance gibst, das, was ich dir angetan habe, wiedergutzumachen, die Dinge zwischen uns wieder einzurenken.«

»Raffaele, wir können nicht wiedergutmachen, was nie gut war. Es steht zu viel zwischen uns, was uns trennt. Das wird immer so bleiben.«

Sie hörte ihn leise fluchen, als Calvin mit dem Hauptgang kam. Dann trommelte er ungeduldig mit seinen langen Fingern auf dem Tisch herum, während Calvin die in Mangoldblätter gewickelten Snapper servierte, Gemüse vorlegte und Wein nachschenkte. Als er sich endlich wieder zurückzog, beugte Raffaele sich vor.

»Wir können eine Brücke darüberbauen, Lana. Wenn du uns lässt. Wenn du mich lässt.«

»Nein. Das ist nicht möglich.« Sie könnte es nicht ertragen, erneut verletzt zu werden. Dreimal in ihrem Leben war sie von den Männern, die sie geliebt hatte, verstoßen worden – angefangen bei ihrem Vater bis hin zu Raffaele. Das würde keine Frau noch einmal erleben wollen. Um das Thema zu wechseln, erkundigte sie sich nach Bella, und es versetzte ihr einen Stich, dass beim Erwähnen dieses Namens ein Anflug grenzenloser Liebe über Raffaeles Gesicht huschte.

»Sie wächst und gedeiht, und sie ist jetzt zu Hause. Wir haben drei Kindermädchen rund um die Uhr. Zusammen schaffen wir ihre Betreuung gut.«

»Sehr schön. Ich freue mich wirklich, das zu hören, Raffaele.« Lana schob ihr Essen auf ihrem Teller hin und her. Ihr war plötzlich der Appetit vergangen, weil sie daran erinnert wurde, dass sie nie Anteil am Leben des kleinen Mädchens haben würde.

»Sie braucht dich auch, Lana. Wir beide brauchen dich.«

Tränen schimmerten in Lanas Augen, und sie blinzelte sie schnell weg. Oh, er wusste, wie er sie am schmerzlichsten traf. »Bitte nicht. Bitte benutz sie nicht, um an mich heranzukommen.«

»Entschuldige, *cara mia*. Ich möchte dir nicht wehtun.«

»Dafür ist es zu spät. Nur hier mit dir zu sitzen tut schon weh.« Sie wandte das Gesicht ab, konnte kaum glauben, was sie da eben gesagt, was sie da zugegeben hatte.

Er seufzte tief.

»Dann bist du dir also sicher, dass es keine Hoffnung für uns gibt? Keine Chance, dass du mich noch lieben kannst, wie ich dich liebe?«

Er liebte sie? Oder war das bloß eine weitere Lüge?

»Ich glaube dir nicht.«

»Wenn du es zulässt, werde ich es dir beweisen, Lana. Bitte. Lass mich dich lieben. Lass mich die Dinge zwischen uns wieder in Ordnung bringen. Ich habe etwas Schlimmes getan, aber nur du kannst mir erlauben, es wiedergutzumachen. Sag Ja, und ich werde alles in meiner Macht Stehende tun, damit du mich wieder liebst.«

Sie konnte nicht sprechen, konnte nur den Kopf schütteln. Ihre Kehle war wie zugeschnürt, ihr Herz allzu verletzt. Sie schloss die Augen, weil ihr die Tränen über die Wangen liefen.

Als sie Raffaele von seinem Stuhl aufstehen hörte, öffnete sie die Augen. Er zog eine kleine Schachtel aus der Hosentasche und stellte sie vor sie auf den Tisch. Seine Miene sprach Bände, und Lana begriff, dass er die Wahrheit gesagt hatte, dass seine Liebeserklärung aufrichtig gemeint war.

»Das ist für dich, und du kannst damit machen, was du willst. Es behalten, es verkaufen, wenn du meine Liebe nicht erwidern kannst.«

Damit wandte er sich um und ging. Lana sah ihm nach, bis die Tür hinter ihm ins Schloss gefallen war, dann griff sie nach der Schachtel, um sie zu öffnen. Sie enthielt einen atemberaubend schönen Verlobungsring aus Platin mit drei Diamanten. Der größere Stein in der Mitte, der selbst das gedämpfte Licht im Restaurant tausendfach brach, wurde von zwei etwas kleineren Steinen eingerahmt. In dem Ring steckte ein kleiner Zettel, und sie zog ihn heraus.

Als sie ihn entfaltete, erkannte sie sofort Raffaeles Handschrift.

L., wenn genügend Platz gewesen wäre, hätte ich Folgendes ein-
gravieren lassen: Ti amerò per sempre. Das bedeutet »Ich werde
Dich für immer lieben«, aber da nicht genügend Platz auf dem
Ring war, ist es stattdessen für immer in mein Herz eingraviert.
R.

Er liebte sie. Er liebte sie wirklich, und sie erwiderte seine Liebe. Lana sprang auf, der Zettel fiel unbeachtet zu Boden. Sie konnte gar nicht schnell genug zur Tür hasten. *Bitte, oh bitte, lass mich nicht zu spät kommen, um ihn aufzuhalten.* Sie rannte hinaus, blickte sich auf der Straße suchend nach ihm um, und ihr wäre fast das Herz stehen geblieben, als sie ihn nicht sah. Und dann, ja, da stand er am Ende der Straße mit dem Gesicht zum Strand, und er wirkte völlig niedergeschlagen.

»Raffaele! Warte!« Sie rannte in seine Richtung, unheimlich erleichtert, als er sich zu ihr umwandte. Selbst auf die Entfernung sah sie, wie sich seine bekümmerte Miene bei ihrem Anblick augenblicklich aufhellte.

Sie warf sich in seine Arme und ließ sich von seinem glühenden Kuss gefangen nehmen, den sie mit der gleichen unstillbaren Sehnsucht erwiderte.

Dann löste sie sich von ihm und nahm sein Gesicht in beide Hände. Zu ihrem Entsetzen liefen ihm Tränen über die Wangen, Tränen, für die sie verantwortlich war. Die Erkenntnis, dass er bereit gewesen war, sie zu verlassen, statt zu versuchen, sie zum Zuhören zu zwingen, erschütterte sie erneut. Dieser dominante, starke Mann hatte die Wahl ihr überlassen. Hatte sie verlassen, in dem Glauben, sie nicht glücklich machen zu können. Hatte ihre gemeinsame Zukunft in ihre Hände gelegt.

»Keine Tränen mehr, Raffaele. Nicht meinetwegen und auch nicht deinetwegen. Ich liebe dich viel zu sehr, um dir je wieder wehzutun.«

»Dann vergibst du mir? Bitte, *amore*, beende meine Qualen. Sag, dass du mir verzeihst, sag, dass du mich willst.«

»Ja und nochmals ja. Nichts würde mich glücklicher machen.«

Er zog sie an sich.

»Danke. Ich verdiene dich nicht, aber ich will den Rest meines Lebens versuchen, dich glücklich zu machen. Das verspreche ich dir.«

»Raffaele, wir hatten nicht gerade den besten Start, aber wichtig ist nur, dass wir uns lieben. Jetzt können wir uns die beste Zukunft überhaupt aufbauen, gemeinsam.«

»Ja, das werden wir. Wo hast du den Ring? Ich möchte, dass die ganze Welt weiß, dass du zu mir gehörst.«

Lana lachte, ein überglückliches Lachen, das die Blicke der wenigen Passanten auf sie lenkte. »Ich habe ihn im Restaurant gelassen!«

Gemeinsam kehrten sie ins Restaurant zurück, und Raffaele bat sie, wieder auf ihrem Stuhl Platz zu nehmen.

»Und jetzt werde ich es ganz richtig machen.«

Er kniete sich vor sie hin, die Schachtel mit dem Ring in der einen Hand, ihre linke Hand in der anderen.

»Lana, willst du mir die Ehre erweisen, meine Frau zu werden?«

»Ja, das will ich. Von ganzem Herzen«, erwiderte sie überglücklich.

Raffaele steckte ihr den Ring an den Finger und erhob sich, um sie in die Arme zu schließen, wo sie hingehörte, für immer.

– ENDE –

Maggie Price

Jung, schön, blond sucht …

Roman

Aus dem Amerikanischen von
Emma Luxx

1. Kapitel

An die Bar gelehnt, beobachtete Jake Ford die Blondine, die sich mit der Gewandtheit eines erfahrenen Taschendiebs an den Hochzeitsgästen vorbeischlängelte. Zu jeder anderen Zeit und an jedem anderen Ort hätte jemand, der sich derart geschickt durch eine Menschenmenge bewegte, seinen inneren Radar in Alarmbereitschaft versetzt. Das war heute Abend nicht der Fall. Die Frau hatte nicht die Absicht, die gut situierten Gäste um einen Teil ihrer Habe zu erleichtern, und außerdem war er heute als Gast da und nicht als Polizist.

Sie war die Schwester des Bräutigams. Das wusste er nur, weil seine Berufspartnerin Whitney Shea – seit anderthalb Stunden Whitney Taylor – ihm bereits mehrfach von ihrer zukünftigen Schwägerin vorgeschwärmt hatte. *Toll* war der Ausdruck gewesen, den sie gewählt hatte, um Nicole Taylor zu beschreiben.

Und damit hatte sie nicht übertrieben.

Die Lampen der von der Decke hängenden Kronleuchter tauchten den verspiegelten Ballsaal des Hotels in ein funkelndes Licht. Ein Pianist entlockte einem Flügel ein sehnsüchtiges Liebeslied, zu dessen Klängen sich die Paare auf der Tanzfläche bewegten. Während Jakes Blicke immer noch Nicole Taylor folgten, drangen das Rascheln von Seide und einzelne Satzfetzen an sein Ohr.

Ihr glänzendes blaues Kleid hatte einen tiefen Rückenausschnitt und einen Schlitz an der Seite, der immer wieder einen Moment lang ein Bein freigab, das er unwillkürlich bewunderte. Ab und zu ließ sie etwas – vermutlich ihre Visitenkarte – in die Brusttasche eines maßgeschneiderten Anzugs oder in eine sorgfältig manikürte Damenhand gleiten.

Er fragte sich, womit eine Frau, die aussah, als wäre sie den verlockendsten Träumen eines Mannes entstiegen, wohl ihren Lebensunterhalt bestreiten mochte.

Jake musterte ihr Profil, die ausgeprägten Wangenknochen, den Schwung des Kinns, in dem man einen leichten Anflug von Trotz ausmachen konnte. Das blonde Haar, das ab und zu golden im Licht aufleuchtete, hatte sie sich zu einem langen Zopf geflochten, der ihr über den Rücken fiel. Selbst aus der Entfernung konnte Jake sehen, dass die Farbe ihres Kleides das leuchtende Blau ihrer Augen unterstrich. Sein Blick wanderte zu ihren glänzenden korallenroten Lippen, die sich zu einem vertraulichen Lächeln verzogen, als sie ihre Karte in die Brusttasche eines hoch gewachsenen schwarzhaarigen Mannes mit dunklem Teint gleiten ließ, der sie mit seinen lüsternen Blicken förmlich verschlang.

Jake beobachtete mit fest aufeinander gepressten Kiefern, wie sie mit ihren lackierten Fingernägeln über die Jackettaufschläge des Mannes strich. Er war absolut nicht erfreut, festzustellen, dass der Anblick ihrer vollen Lippen heißes Verlangen in ihm weckte.

Jetzt riss Jake den Blick von ihr los und sah in sein Glas Tonic. Mit einem Mal wünschte er sich sehnsüchtig einen Whiskey. Aber Whiskey gehörte ebenso wie vieles andere, das er früher genossen hatte, der Vergangenheit an. Wie Zigaretten zum Beispiel. Oder Frauen.

Besonders Frauen.

Er schloss die Augen. Nachdem er zwei Monate lang regelmäßig den Polizeipsychologen konsultiert hatte, hatte er gehofft, nicht mehr von diesem Albtraum gequält zu werden. Immerhin war er einige Wochen nicht in kaltem Schweiß gebadet aufgewacht und hatte nicht wie üblich bis zum Morgengrauen in Gedanken an seine Frau und seine beiden Töchter an die Decke gestarrt. Aber dann war ihm klar geworden, dass er sich geirrt hatte. Er konnte die Vergangenheit nicht einfach von sich abschütteln. Schließlich war ihm nichts anderes übrig geblieben, als sein Leben so zu nehmen, wie es war.

Und zu akzeptieren, dass er nur noch seinen Job hatte.

Er trank einen Schluck und verzog bei dem süßlichen Geschmack das Gesicht, ehe er einen Blick über die Schulter warf. Als er Nicole

Taylor nirgends mehr entdeckte, verspürte er einen leisen Stich der Enttäuschung.

Jake sah zu den Tischen auf der anderen Seite der Tanzfläche. Sie waren weiß gedeckt und mit Blumenvasen, in denen dunkelrote samtige Rosen standen, geschmückt. Mehrere Plätze waren mit Kolleginnen und Kollegen aus dem Morddezernat besetzt, die größtenteils ihre Ehepartner oder Lebensgefährten mitgebracht hatten. Aus dem Schulterklopfen und Lachen ließ sich schließen, dass sich alle prächtig amüsierten. Bei jeder anderen Gelegenheit hätte Jake sich dazugesetzt, aber heute Abend nicht. Nicht bei einer Hochzeit.

Heute wollte er lieber allein sein.

Als in seiner Nähe Gelächter ertönte, wandte er den Kopf. Die Braut und der Bräutigam, ihre Eltern und Schwiegereltern, Großeltern und Geschwister hatten sich einige Schritte von der Bar entfernt zu einem Gruppenfoto versammelt und lächelten in eine Kamera. Jake sah das Glück, das sich in den Augen des stellvertretenden Bezirksstaatsanwalts Bill Taylor spiegelte, als er sich herabbeugte, um seine Braut zu küssen. Whitney, die ein perlenbesticktes langes weißes Kleid aus schimmernder Seide trug und das kastanienbraune Haar elegant hochgesteckt hatte, lächelte selig.

Jakes Mundwinkel hoben sich. Die beiden waren wirklich ein perfektes Paar. Ihre strahlenden Gesichter ließen jenes Glück erkennen, das es nur einmal im Leben gab und das auch er einmal gehabt hatte. Doch das war lange vorbei.

Genau aus diesem Grund machte er normalerweise einen großen Bogen um Hochzeiten. Sie erinnerten ihn an das, was er früher einmal gehabt … und verloren hatte. Aber er war es Whitney einfach schuldig gewesen zu kommen, was allerdings nichts daran änderte, dass es für ihn jetzt Zeit wurde zu gehen.

Er drehte sich wieder um und trank sein Glas leer. Gleich würde er auf seine Harley steigen und durch die laue Septembernacht fahren. Vielleicht lockerte sich dadurch ja die Anspannung, die sich zwischen seinen Schulterblättern eingenistet hatte, ein bisschen. Bis er zu

Hause war, würden sich die Erinnerungen, die heute Abend in ihm aufgestiegen waren, hoffentlich verflüchtigt haben.

»Noch einen?«, fragte der Barkeeper, als Jake sein geleertes Glas auf dem Tresen abstellte.

»Nein, danke. Ein alkoholfreier Drink ist mein Limit.«

Nachdem er etwas Trinkgeld in einen Kognakschwenker am Ende der Bar geworfen hatte, drehte Jake sich um und wäre fast mit der Braut zusammengestoßen.

»Willst du tanzen, Hübscher?«

Er taxierte Whitney mit leicht geneigtem Kopf. »Sollte die Braut an ihrem Hochzeitstag nicht an der Seite ihres Bräutigams sein?«

»Sie sollte auch mit ihrem Partner tanzen«, behauptete Whitney, wobei ihre Augen wie Smaragde funkelten. »Das ist ihr recht.«

»Schau, Whit, ich bin ein bisschen eingerostet. Ich wollte eben …«

»Noch nicht.« Sie griff nach seiner Hand und zog ihn an dem langen Büfett vorbei, das sich unter schweren Silbertabletts mit aufgeschnittenem Fleisch, Salaten, Käse, Obst und Champagnerkübeln bog. »Tanzen ist wie Sex«, erklärte sie. »Man verlernt es nie.«

»Das glaubst du«, brummelte er.

Nachdem sie auf der Tanzfläche standen, fuhr sie fort: »Davon abgesehen, bringt es Unglück, wenn man der Braut an ihrem Hochzeitstag eine Bitte abschlägt.«

»Wem?«

»Dem, der es macht.« Sie trat einen Schritt vor und ließ ihm keine Wahl, als eine Tanzhaltung einzunehmen. »Wenn du nicht kooperierst, schieße ich dir ins Knie.«

Er grinste, während sie begannen, sich langsam im Takt der Musik zu bewegen. »Und ich soll dir abnehmen, dass du unter diesem Hochzeitskleid eine Waffe trägst?«

»Vertrau mir, Ford, du solltest es besser nicht herauszufinden versuchen.«

»Wahrscheinlich hast du recht.«

Whitney sagte im Vorbeitanzen einige Worte zu einem Paar, dann wandte sie sich wieder an Jake: »Lieutenant Ryan wirkte heute richtig glücklich.«

Jake folgte ihrem Blick zu den Tischen, wo ihr Vorgesetzter gerade seine Frau umarmte. »Ja.«

»Das haben Hochzeiten so an sich«, fuhr Whitney fort, dann seufzte sie. »Sie erinnern die Leute an glückliche Zeiten.«

»Das stimmt.«

Irritiert schaute sie ihn an. Gleich darauf drückte sie seine Hand. »Entschuldige, Jake. Ich weiß, wie sehr du Annie und die Mädchen vermisst.«

Es überraschte ihn nicht, dass Whitney seine Gedanken erraten hatte. Immerhin arbeiteten sie schon lange zusammen, und irgendwann in dieser Zeit hatte jeder seine private Hölle durchgemacht. Seine hatte vor zwei Jahren begonnen, als auf das Flugzeug, in dem seine Frau und seine beiden kleinen Zwillingstöchter saßen, ein Bombenattentat verübt worden war, bei dem alle drei ums Leben gekommen waren.

»Ja, ich vermisse sie«, erklärte er ruhig. »Aber ich halte durch.«

»Sicher?«

»Ganz sicher.«

Um zu verhindern, dass Whitney sich auch noch an ihrer Hochzeit um ihn sorgte, beschloss er, das Thema zu wechseln. »Während du am Strand von Cancún in der Sonne schmorst, werde ich den Quintero-Fall aufklären«, verkündete er, wobei er auf die Schießerei anspielte, bei der ein elfjähriger Junge getötet worden war, der das Pech gehabt hatte, zur falschen Zeit an der falschen Straßenecke gewesen zu sein. »Und wenn es mir gelingt, Cárdenas zu schnappen, werde ich die ganzen Lorbeeren allein einheimsen.«

Sie warf ihm einen kühlen Blick zu. »Träum ruhig davon. Dafür müsstest du erst mal Cárdenas' Freundin aufspüren. Und selbst wenn du es schaffst, gebe ich dir Brief und Siegel darauf, dass du sie nicht dazu bringst, irgendetwas zu verraten.«

»So wenig traust du mir also zu«, bemerkte Jake trocken. »Vielleicht solltest du ja dableiben und den Fall aufklären, während ich nach Cancún fahre.«

Whitney gab vor, über seinen Vorschlag nachzudenken, bevor sie den Kopf schüttelte. »Ich glaube nicht, dass Bill da mitspielen würde.«

»Wo würde ich nicht mitspielen?«, fragte der soeben Erwähnte, der mit seiner Schwester an ihnen vorbeitanzte.

Jake zuckte zusammen, als sein Blick dem von Nicole Taylor begegnete. Diese Augen, die von der anderen Seite des Raums aus wie Saphire gefunkelt hatten, wirkten aus der Nähe noch faszinierender.

Scheu lächelte Whitney ihren Ehemann an. »Du würdest mich doch nicht hier lassen und mit Jake nach Cancún fahren, oder?«

Der stellvertretende Bezirksstaatsanwalt musterte seine Schwester mit hochgezogenen Augenbrauen. »Ich habe keine Ahnung, was hier vorgeht, aber mir scheint, dass ich genau zur rechten Zeit gekommen bin. Macht es dir etwas aus, wenn wir die Tanzpartner tauschen?«

Nicoles Blick glitt wieder zu Jake, und ihre Lippen verzogen sich zu einem Lächeln. »Na schön, hau ab, großer Bruder.«

Er ist nicht mein Typ. Nicole dachte es in demselben Moment, in dem Whitney geschmeidig von ihrem Tanzpartner zu ihrem frisch Angetrauten glitt, während sie selbst sich in den Armen des fremden Mannes wiederfand.

Er war hoch gewachsen und schlank, sein glattes, leicht verwildert wirkendes Haar war so schwarz wie sein Anzug. Das Gesicht war markant geschnitten mit ausgeprägten Wangenknochen und einem kantigen Kinn. So ein Mann zog weibliche Blicke geradezu auf sich. Ihren Blick hatte er jedenfalls schon seit einer geraumen Weile immer wieder auf sich gezogen, während er an der Bar gelehnt und hin und wieder einen Schluck aus seinem Glas getrunken hatte. Er erinnerte sie an einen schwarzen Panther kurz vor dem Sprung. Der abweisende Ausdruck in seinen Augen hatte niemanden ermuntert, ihm Gesellschaft zu leisten.

Und diese Augen bewirkten jetzt, dass sie alarmiert war. Sie hatten die Farbe von altem, jahrelang gereiftem Whiskey, Augen, in denen man sich verlieren konnte … genauso wie sie sich vor Jahren in andere dunkle verloren hatte.

Die Erinnerung an dieses Desaster veranlasste sie, sofort ihre durcheinander wirbelnden Gedanken zu ordnen.

»Ich bin Nicole Taylor«, sagte sie, während sie zusammen über die Tanzfläche glitten. »Bills Schwester.«

»Jake Ford.«

»Whitneys Partner, richtig?«

»Richtig.«

Nicole ließ sich von ihm führen und bewegte sich im Takt der langsamen, sinnlichen Musik. Entspann dich! befahl sie sich. Es war schließlich nichts weiter als ein Tanz. Trotzdem empfand sie seinen Körper als beunruhigend nah.

»Ich habe schon von Ihnen gehört.«

»Und warum tanzen Sie dann trotzdem mit mir?«, fragte er, wobei er ihr fest in die Augen schaute.

Von Weitem war er ihr schon unwiderstehlich erschienen. Aus der Nähe hatten seine dunkle Erscheinung und die markanten Gesichtszüge eine absolut verheerende Wirkung auf sie. Ebenso wie die Wärme seines Körpers und sein nach Moschus duftendes Aftershave, das ihr in die Nase stieg.

»Weil ich gern tanze«, antwortete sie. Sie wusste, dass das gedämpfte Licht und die leisen Klänge des Pianos eigentlich beruhigend wirkten, trotzdem fühlte sie sich seltsam angespannt. »Tanzen soll gut für die Blutzirkulation sein. Die Blutgefäße weiten sich und können mehr Sauerstoff aufnehmen.«

Jake runzelte die Stirn. »Schon möglich.«

Sie seufzte kaum hörbar. Ein Konversationsgenie war der Mann offenbar nicht. Nur gut, dass sie eins war.

»Auf jeden Fall«, fuhr sie im Plauderton fort, »wusste Whitney nur Erfreuliches über Sie zu berichten.«

»Ich zahle ja auch gut.«

Nicole beugte den Kopf ein wenig nach hinten und musterte ihn eingehend. Nein, sie entdeckte kein humorvolles Aufblitzen in seinen Augen. »Und was hätte Whitney zu berichten gehabt, wenn Sie nicht gut dafür zahlen würden, dass sie nur Erfreuliches über Sie erzählt?«

»Dass Sie mir besser aus dem Weg gehen sollten.«

Trotz seiner abweisenden Worte beschleunigte sich Nicoles Pulsschlag. Sie war sich plötzlich dem Druck seiner Hand, die auf ihrer Taille lag, überdeutlich bewusst. Ebenso wie der Tatsache, dass nur eine dünne Stoffschicht zwischen seiner Handfläche und ihrer Haut war.

»Warum sollte sie das denn sagen?«

Sein Blick ruhte fest auf Nicole. »Das ist eine lange Geschichte.«

Unwillkürlich umfasste sie seine Schulter fester. Sie spürte, wie angespannt er war.

»Sind Sie im Dienst, Sergeant Ford?«

»Nein. Warum?«

»Sie verhalten sich aber so.«

»Wie meinen Sie das?«

»Na ja. Wie ein Polizist im Dienst eben.« Sie massierte leicht seine Schulter. »So kalt und abweisend.«

»Was wissen Sie denn über Polizisten?«

Sie lächelte. »Oh, ich habe für einige die passenden Partner gefunden.«

Argwöhnisch kniff er die Augen zusammen. »Die passenden Partner?«

»Leute zusammenzubringen ist mein Beruf.«

Unverwandt schaute er sie an.

Hatte er einen durchdringenden Blick! Und er sah so gut aus. »Ich habe eine hohe Erfolgsquote. Ich spüre, wenn zwei Menschen zueinander passen, das ist ein besonderes Talent.« Nach dieser Eröffnung zog sie eine Visitenkarte aus der Abendhandtasche, die ihr an einer dünnen Kette von der Schulter baumelte. »Hier, falls Sie irgendwann Bedarf haben.«

Jake nahm die Hand von ihrer Taille, um die Karte entgegenzunehmen. »*Meet Your Match*«, las er laut vor, dann schaute er sie wieder an. »Dort arbeiten Sie?«

»Ja. Und die Agentur gehört mir auch.«

Er betrachtete erneut mit hochgezogenen Augenbrauen die Visitenkarte. »Sie sind also Inhaberin einer Partnervermittlungsagentur?«

»Richtig.« Sie war stolz auf den Erfolg, den sie mit ihrem Unternehmen hatte.

Er schwieg eine Weile. Gedämpfte Wortfetzen drangen an ihre Ohren, während sich die Paare auf der Tanzfläche im Rhythmus der sanften Musik bewegten.

»Sie lassen sich von Leuten dafür bezahlen, dass Sie für sie ein Blind Date vereinbaren«, bemerkte er schließlich.

»Kein ›Blind Date‹. Unsere Klienten müssen bei Vertragsabschluss einen ausführlichen Fragebogen ausfüllen, sodass die Personen bereits vor dem ersten Treffen ziemlich viel übereinander wissen, einschließlich des Aussehens.«

Verstohlen schaute sie auf die kräftige Linke, die ihre Rechte hielt. Ihr Interesse – das natürlich nur beruflich bedingt war, wie sie sich einredete – erwachte, als sie sah, dass er keinen Ehering trug. »Gibt es in Ihrem Leben eine Frau, Sergeant Ford?«

»Nein.«

»Vielleicht möchten Sie ja unsere Dienste in Anspruch nehmen.«

Er gab ihr die Karte zurück. »Bestimmt nicht.«

Diesmal legte er ihr die Hand auf den Rücken, wo es zwischen seiner Handfläche und ihrer Haut nichts Trennendes mehr gab. Obwohl seine Berührung nur leicht war, verschlug es ihr für einen Moment den Atem. Sie versteifte sich, während sie sich zwang, weiterzutanzen und seinem Blick nicht auszuweichen.

Scheinbar gelassen beobachtete er sie, aber ihr entging nicht, wie seine Augen aufleuchteten.

»Ist alles in Ordnung mit Ihnen?«, fragte er.

»Ja sicher.« *Sie brauchte dringend Sauerstoff.* Es hatte keinen Sinn, sich etwas vorzumachen. Jake Ford erinnerte sie an einen anderen Mann aus ihrer Vergangenheit. Sein Aussehen, sein Verhalten … seine Berührung – dies alles war so verführerisch. Zu verführerisch.

Jetzt, wo sie seine Hitze fühlte, wünschte sie, er möge sie enger an sich ziehen.

Nichts wird passieren, ermahnte sie sich nachdrücklich. Sie würde nie mehr eine Beziehung eingehen, bei der ihre Gefühle die Oberhand über ihren Verstand gewannen. Das hatte sie mit ihrem Ex schon einmal gehabt und war dabei tüchtig auf die Nase gefallen. Heute war sie klüger. Und sie hatte gelernt, wie man sich einem Problem stellte. Was in diesem Moment hieß, dass sie, um aus der Defensive herauszukommen, die Führung übernehmen musste.

Sie würde sich viel besser – sicherer – fühlen, wenn Jake Ford tabu für sie war. Und dafür konnte sie sorgen.

»Ich habe eine Klientin, die genau die Richtige für Sie wäre«, erklärte sie, während sie ihm die Visitenkarte in die Brusttasche schob. »Sie ist Ärztin, intelligent und sieht umwerfend gut aus. Sagen Sie mir Bescheid, falls Sie Ihre Meinung …«

Als er Nicole am Handgelenk packte, brachte sie keinen Ton mehr heraus. Hart wie Stahl war sein Griff.

Er musterte sie aus zusammengekniffenen dunklen Augen. »Ich bin nicht interessiert. Und ich werde meine Meinung nicht ändern.«

Sie stellte sich vor, wie diese kräftigen Hände ihren Körper Zentimeter für Zentimeter erkundeten. Hastig verdrängte sie diese Bilder, während ihr die Röte in die Wangen schoss.

In seinen Augen glomm ein Funke auf und erlosch sogleich wieder. Er ließ ihr Handgelenk los. »Entschuldigen Sie.«

»Schon gut.« Nicole spitzte die Lippen, während sie ihre Visitenkarte wieder aus seiner Brusttasche zog und in ihre Tasche zurückschob. »Hat Ihnen schon mal jemand gesagt, dass Ihr Biorhythmus im negativen Bereich sein könnte?«

Er verpasste einen Schritt, dann fiel er wieder in den Takt ein. »Mein was?«

»Ihr Biorhythmus. Sie kommen mir übermäßig angespannt vor, deshalb wäre es möglich, dass er im negativen Bereich ist. Sebastian sagt, wenn der Biorhythmus einer Person negativ ist, ist es schwer, auf gewissen Gebieten Pluspunkte zu machen.«

»Wer, zum Teufel, ist Sebastian?«

»Sebastian Peck, mein Fitnesstrainer.«

Jake lächelte ironisch. »Ah, dieser Schickimicki-Verein im Nordwesten der Stadt.«

»Genau genommen ist es ein Fitnessclub.«

»Ich wette mit musikalischer Dauerberieselung und einer Saftbar.«

»Stimmt.«

»Nicht mein Geschmack. Da trainiere ich lieber im Polizeisportverein.«

Nicole ließ die linke Hand von seiner Schulter nach unten gleiten und berührte seinen harten Bizeps, der regelmäßige sportliche Betätigung verriet.

»Sebastian nimmt derzeit keine neuen Kunden an, aber er schuldet mir noch einen Gefallen«, erklärte sie unerschrocken. »Ich könnte einen Termin für Sie vereinbaren, sodass er Ihren Biorhythmus kartiert. Es dauert nicht lange.« Bis dahin hätte sie vielleicht herausgefunden, wie sie Jake Ford davon überzeugen konnte, sich mit der aufregenden Ärztin zu treffen.

»Meinem Biorhythmus geht es hervorragend.«

»Denken Sie darüber nach. Sie finden meine Nummer im Telefonbuch – rufen Sie mich einfach an, falls Sie Ihre Meinung ändern.«

Die Musik verklang. Von der anderen Seite der Tanzfläche verkündete ein Onkel der Braut, dass sich das Brautpaar zum Aufbruch bereit machte.

»Wir sollten ihnen noch alles Gute wünschen«, meinte Nicole.

»Richten Sie es ihnen von mir aus«, gab Jake unbewegt zurück. »Ich bin sowieso schon viel länger geblieben, als ich eigentlich vorhatte.« Seine Hand lag leicht auf ihrem Ellbogen, während er Nicole zum Rand der Tanzfläche führte.

Nachdem sie dort angelangt waren, straffte sie die Schultern und reichte ihm die Hand. »War nett, Sie kennenzulernen, Jake. Rufen Sie mich an, wenn Sie beschließen, meine Dienste in Anspruch zu nehmen.«

Er zögerte einen Moment, ehe er ihre Hand ergriff, und grinste. »*Ihre* Dienste?«

Ihre Kehle fühlte sich plötzlich wie zugeschnürt an. Obwohl ihr Verstand ihr riet, sofort die Hand zurückzuziehen, tat sie es nicht. Es war ihr erst einmal im Leben passiert, dass ein Mann eine derartige Wirkung auf sie ausübte. Damals hatte sie sich von ihren Gefühlen leiten lassen statt von ihrem Verstand, was am Ende dazu geführt hatte, dass sie verletzt auf der Strecke geblieben war.

Jetzt riet ihr eine innere Stimme, auf dem Absatz kehrtzumachen und davonzulaufen. Und doch blieb sie stehen.

»Die Dienste meiner *Agentur* natürlich«, sagte sie betont locker. »Vielleicht beschließen Sie ja eines Tages, dass Sie die Ärztin doch kennenlernen möchten.«

Wie gebannt blickte sie ihn an, während sein Daumen auf der Innenseite ihrer Handgelenke kleine Kreise beschrieb. Ihr Herz pochte heftig.

»Bestimmt nicht.«

Obwohl er sich bereits von ihr abgewandt hatte, wich sie einen Schritt zurück. Und dann noch einen.

Sie ballte die Hände zu Fäusten, als sie spürte, dass ihre Haut immer noch von seiner Berührung prickelte. Atemlos blickte sie ihm nach und wartete darauf, dass sich ihr Pulsschlag verlangsamte. Fürs Erste umsonst.

Und auch zwei Stunden später, als sie schon längst im Bett lag, klopfte ihr Herz schneller, wenn sie nur an ihn dachte.

2. Kapitel

Er hätte nicht mit ihr tanzen sollen. Hätte sie nicht berühren, ihr nicht mit den Daumen über die Handgelenke streichen sollen. Warum hatte er das bloß getan?

Jake fuhr sich mit der Hand übers Gesicht. Seit Bills und Whitneys Hochzeit war mehr als eine Woche vergangen. Er wusste schon längst nicht mehr, wie oft er seitdem Nicole Taylor immer wieder aus seinen Gedanken hatte verbannen müssen. Selbst jetzt, in diesem Zivilstreifenwagen, stiegen vor seinem geistigen Auge Bilder von ihr in jenem Ballsaal empor. Und er erinnerte sich an das berauschende Gefühl, sie in den Armen zu halten, glaubte, ihren verführerischen Duft in der Nase zu haben.

»Verdammt!« Wenn das so weiterging, würde er noch verrückt werden. Die Lippen zusammengepresst, versuchte er, sich auf die Arbeit zu konzentrieren. Er blickte durch die Windschutzscheibe auf das verwahrloste Backsteinhaus, das in der Dunkelheit auf dem mit hohem Unkraut überwucherten Rasen wie ein zusammengekauertes Monster aussah. Über der Haustür hing eine nackte Glühbirne, die ihr fahles Licht in eine mondlose Nacht schickte. Sein Informant hatte geschworen, dass die Freundin von Ramon Cárdenas, dem Hauptverdächtigen in dem Mordfall Enrique Quintero, heute Nacht hier auftauchen würde.

Jake lag seit dem frühen Abend auf der Lauer, doch bis jetzt war die Frau noch nicht auf der Bildfläche erschienen.

Er lehnte sich zurück und trank den letzten Rest Kaffee, den er sich vorhin aus dem Laden an der Ecke geholt hatte, dann warf er den Plastikbecher der Einfachheit halber auf den Rücksitz, der bereits mit allem möglichen Papiermüll von den Fertigmahlzeiten dieser Woche übersät war. Bis Whitney in einigen Tagen aus den Flitterwochen zurück war, würde er den Wagen schon halbwegs in Ordnung gebracht haben.

Noch mit dem bitteren Nachgeschmack des Kaffees auf der Zunge griff er in seine Brusttasche. Seine Miene verfinsterte sich, als er die Hand leer wieder hervorzog. Verdammt! Er hatte seit zwei Monaten, fünf Tagen und sieben Stunden nicht mehr geraucht. Warum, zum Teufel, hörte er nicht endlich auf, nach einem Zigarettenpäckchen zu kramen, das nicht da war?

Rauchen ist das Letzte, was du vermisst, erinnerte Jake sich, während sich seine Laune noch weiter verschlechterte. Was ihm wirklich fehlte, war der wohltuend beißende Geschmack von altem Whiskey. Oder die Wärme einer Frau. Einer Frau mit strahlend blauen Augen. Einer Frau, die so gut duftete, dass ein Mann sich unwillkürlich fragte, wie es wohl sein mochte, wenn sie sich in der Dunkelheit unter ihm bewegte.

Einer Frau wie Nicole Taylor.

Er atmete langsam aus. Immer noch konnte er spüren, wie sich ihr Pulsschlag unter seinem Daumen beschleunigt hatte. Er hatte sich schwer zusammenreißen müssen, um nicht seinen Mund auf die Stelle zu pressen, weil es ihn gedrängt hatte, herauszufinden, ob sie ebenso gut schmeckte ‚wie sie duftete.

Nur gut, dass es ihm wenigstens in diesem Punkt gelungen war, sich zurückzuhalten.

Aber weil er dem Impuls nachgegeben hatte, ihre Hand einen Moment länger als nötig zu halten, konnte er jetzt nicht mehr vergessen, wie sie darauf reagiert hatte.

Diese Erinnerung war jedoch nicht das Einzige, was ihm zu schaffen machte.

Bis zu jenem Abend vor etwas mehr als einer Woche hatte er sich nur gewünscht, endlich diesem Albtraum von der Explosion, deren Folgen sein Leben zerstört hatte, entfliehen zu können. Und seit einigen Tagen litt er nicht mehr so darunter, wenn er sich jenes Ereignis ins Gedächtnis rief, genau wie es ihm der Polizeipsychologe vorausgesagt hatte. Das Problem war nur, dass ihn jetzt etwas anderes quälte. Die Gedanken an Nicole. Und diese Vorstellungen waren noch weitaus beunruhigender, weil es keine Therapie dagegen gab, kein Mittel, die Frau aus seinem Kopf zu bekommen.

Sie war da. In ihm. Und sein Gefühl sagte ihm, dass es verdammt lange dauern würde, bis er sie vergessen würde. Aber irgendwann würde er es tun. Er musste es.

Auf die harte Tour hatte er lernen müssen, dass das Leben einen nicht immer mit Samthandschuhen anfasste. Auf die schrecklichste Art hatte er erfahren, wie schnell sich alles ändern konnte. Wie im Bruchteil einer Sekunde Gefühle des Glücks in die tiefster Verzweiflung umschlugen.

Von schmerzlichen Erinnerungen überschwemmt, rieb Jake sich mit dem Handballen die Stelle, unter der sein Herz schlug. Nie wieder. Nie wieder würde er dem Schicksal Gelegenheit geben, ihn derart zu beuteln. Und genau darum war in seinem Leben kein Platz für eine Frau. Auch nicht für Nicole Taylor. Ganz besonders nicht für sie.

Das plötzliche Schrillen seines Handys zerschnitt die Stille und riss ihn aus seinen Gedanken. Jake drückte auf den Knopf und meldete sich.

»Ryan hier.«

»Was liegt an, Boss?«

»Hat sich bei Ihnen schon was ergeben?«

Überrascht zog Jake die Augenbrauen hoch. Um diese Dinge kümmerte sich Lieutenant Michael Ryan normalerweise nicht. »Bis jetzt nicht. Ich wollte der Freundin eigentlich noch zwei Stunden geben. Es sei denn, Sie brauchen mich woanders.«

»Deshalb rufe ich an. Ich möchte, dass Sie Notruf sieben übernehmen«, sagte Ryan und nannte ihm die Adresse, wo eine Frau eine Leiche gefunden hatte.

»Alles klar.« Jake schaute über die Straße auf das heruntergekommene Mietshaus. Heute kam er mit Cárdenas nicht mehr weiter, aber irgendwann in nicht allzu ferner Zukunft würde er den Schweinehund festnageln. Schon allein deshalb, weil er es der Mutter des kleinen Enrique Quinteros schuldig war. Jake wusste zu gut, wie schlimm es war, wenn man sein Kind verlor.

»Haben Sie auch den Namen der Frau, die die Leiche gefunden hat, Lieutenant?«, fragte er, während er den Wagen startete.

»Es handelt sich um die Schwägerin ihrer Partnerin, Nicole Taylor.«

Jake stieß einen deftigen Fluch aus, während er Gas gab und losfuhr.

Fünfzehn Minuten später brachte Jake seinen Wagen vor einem von Scheinwerfern angestrahlten schmiedeeisernen Tor zum Stehen, durch das die Zufahrt zu einem exklusiven Wohnviertel blockiert wurde. Links von ihm lag ein Sicherheitsgebäude, während rechts kleine, in fein säuberlich geschnittenen Hecken verborgene Scheinwerfer eine Backsteinwand beleuchteten, auf der in glänzenden Messingbuchstaben *Stonebridge* stand.

»Sergeant Ford.« Er zückte seine Polizeimarke und hielt sie dem Pförtner hin. Während der Mann seine Personalien aufnahm, registrierte Jake die Schalttafel, von der aus Besucher mit den Bewohnern der Anlage in Kontakt treten konnten, wenn das Tor geschlossen und der Pförtner zufällig einmal nicht in der Nähe war.

Jake ließ den Wagen millimeterweise nach vorn rollen und wartete, bis das Tor auseinanderglitt. Auf der anderen Seite sah er mehrere verstreut liegende Häuser. Sie wurden von Gaslaternen angestrahlt, die die Straße wie kleine aufgereihte Monde säumten. Selbst in der Dunkelheit wirkten die Häuser alle elegant und teuer. Viel zu teuer für einen Cop, entschied Jake, während er den Streifenwagen durch das Tor die gut erleuchtete Straße entlanglenkte.

Nachdem er noch einmal einen Blick auf die Adresse geworfen hatte, bog er ab. Gleich darauf kam das rotierende Blaulicht eines Streifenwagens in einer Einfahrt in Sicht.

Das Haus wirkte nicht weniger luxuriös wie alle anderen in der Siedlung auch. Jake überlegte, dass der Tote ziemlich viel Kohle gehabt haben musste – vorausgesetzt natürlich, die Villa, in der man ihn gefunden hatte, war sein Eigentum gewesen.

Den Eingang hatte man abgesperrt, indem man zwischen den Säulen der Vorderveranda und einer Gaslaterne auf der Straße ein gelbes Plastikband gespannt hatte. Als Jake den Weg entlangging, bemerkte er, dass auf dem Rücksitz des Streifenwagens, der vor dem Haus parkte, jemand saß.

Nicole.

Fast als hätte sie seine Anwesenheit gespürt, wandte sie jetzt den Kopf, sodass sich ihre Blicke durch das Rückfenster des Streifenwagens trafen. Der Schrecken, der sich in ihren Augen spiegelte, bewirkte, dass Jake plötzlich schlucken musste, während er den unerklärlichen Wunsch verspürte, sie auf der Stelle zu trösten. Er presste die Kiefer aufeinander. Sie hatte einen Toten gefunden und egal, ob es sich um einen Mord oder einen natürlichen Tod handelte, war es nur normal, dass er sich als Erstes von seinen Kollegen die Fakten berichten ließ, sich anschließend den Leichnam anschaute und erst *danach* mit den Zeugen sprach.

»Abend, Sergeant.«

Jake drehte sich um und sah zu seiner Erleichterung eine junge Polizeibeamtin auf sich zukommen. Sie wirkte sehr formell mit dem streng aus dem Gesicht gekämmten blonden Haar und dem Klemmbrett in der Hand.

»Abend.« Er hatte die Polizistin vor zwei Wochen an einem Tatort kennengelernt, aber er erinnerte sich nicht mehr an ihren Namen. Unauffällig blickte er zu dem Schild auf der rechten Brusttasche ihrer Uniformbluse. *C.O. Jones.*

»Jones«, fügte er hinzu. Es kostete ihn einige Selbstbeherrschung, nicht zu dem Streifenwagen zu schauen, in dem Nicole saß. »Wer ist das Opfer?«

»Ein Mann namens Phillip Ormiston.«

Jake zog die Augenbrauen hoch. »Der Inhaber des Beerdigungsinstituts?«

»Richtig.«

»Steht die Todesursache schon fest?«

»Bis jetzt noch nicht. Der Gerichtsmediziner ist eben erst eingetroffen. Für mich sieht es nach einem Herzschlag aus. Kein Blut, keine äußeren Verletzungen. Ein Nachbar hat berichtet, dass Ormiston viel Sport getrieben hat. Er hat gejoggt und zweimal die Woche in Sebastians Fitnessstudio trainiert.«

»Vielleicht ist ja sein Biorhythmus in die negative Zone abgerutscht«, meinte Jake.

»Wie bitte?«

»Nichts.« Er warf einen Blick zum Einsatzwagen. Nicole saß jetzt mit dem Rücken zu ihm und schob die Finger durch den Maschendraht, der die beiden Vordersitze von dem hinteren Innenraum abtrennte. Aus irgendeinem Grund berührte ihn dieser Anblick.

»Das ist die Frau, die die Leiche gefunden hat«, erklärte Jones, die seinem Blick gefolgt war. »Sie heißt Taylor. Nicole Taylor.«

»Ja.« Jones hatte sich genau an die Vorschriften gehalten – erst hatte sie eine kurze Bestandsaufnahme des Tatorts gemacht, diesen dann abgesperrt und anschließend die Person, die die Leiche entdeckt hatte, in den Streifenwagen gebracht, während sie auf weitere Anweisungen gewartet hatte.

Und *du* musst dich ebenfalls daran halten, rief Jake sich zur Ordnung, als er erneut den Drang verspürte, zu dem Funkstreifenwagen zu gehen.

Er deutete mit dem Kopf auf einen glänzenden roten Jaguar, der in der Auffahrt stand. »Gehört der Mrs. Taylor?«

»Ja. Der Wagen ist auf sie zugelassen.«

»Was hat sie Ihnen erzählt?«

»Dass Ormiston verwitwet und ein Klient von ihr war. Sie ist Inhaberin einer Partnervermittlung.« Beim Sprechen zog Jones unter der Klammer ihres Klemmbretts eine Visitenkarte hervor und reichte sie Jake. Er sah, dass es genau dieselbe Karte war, die Nicole ihm beim Tanzen in die Brusttasche geschoben hatte. Augenblicklich stieg die Erinnerung an ihre warme Haut unter seiner Handfläche in ihm auf.

»Können Sie sich vorstellen, dass ein Mann wie Ormiston es nötig hatte, die Dienste einer Partnervermittlung in Anspruch zu nehmen?«, fragte Jones.

Nachdenklich steckte Jake die Visitenkarte ein und zuckte die Schultern. »Keine Ahnung. Was hat sie über ihre Beziehung zu Ormiston ausgesagt?«

»Sie behauptet, dass die Verbindung rein geschäftlich war.«

Als Jake feststellte, dass er unsinnigerweise erleichtert war, zog er ein finsteres Gesicht. Warum ausgerechnet sie? Warum, zum Teufel, konnte nicht jemand anders hinten im Streifenwagen sitzen? Musste es ausgerechnet die Frau sein, die ihm seit Tagen im Kopf herumspukte? Jetzt blieb ihm nur noch die Hoffnung, dass Phillip Ormiston einfach der Schlag getroffen hatte.

»Weshalb war Miss Taylor hier?«

»Weil er angeblich zu einem verabredeten Termin nicht aufgetaucht ist. Und als er nicht ans Telefon ging, hat sie sich Sorgen gemacht und beschlossen, auf dem Heimweg kurz bei ihm reinzuschauen.«

Jake hakte seine Daumen in die Gürtelschlaufen seiner Jeans. »Wie ist sie ins Haus gekommen?«

»Als sie klopfen wollte, bemerkte sie, dass die Tür offen stand. Sie ging hinein und sah Ormiston im Foyer liegen.« Jones hielt einen Moment inne. »Sie hat die Leiche berührt.«

Jake fluchte. »Warum?«

»Sie dachte, er wäre gestürzt und dabei ohnmächtig geworden.« Jones schaute zum Haus.

»Hat sie gesagt, wie sie in die Wohnanlage kam?«

»Nein. Aber ich kann den Pförtner fragen, ob er sie reingelassen hat.«

»Tun Sie das. Und finden Sie auch heraus, ob Ormiston heute Abend noch andere Besucher hatte. Wissen Sie schon, wer die nächsten Angehörigen sind?«

»Ormiston hatte einen Sohn, der einige Meilen von hier entfernt lebt. Ich habe seine Adresse von einem Nachbarn bekommen, wir können ihn also benachrichtigen.« Jones hob das Kinn. »Möchten Sie, dass ich es mache, oder wollen Sie es selbst tun?«

»Ich kümmere mich darum, wenn ich hier fertig bin.« Jake warf erneut einen Blick über die Schulter auf den Streifenwagen. Nicole hatte immer noch die Finger in den Maschendraht gekrallt und starrte reglos auf den Hauseingang. Sein Magen krampfte sich zusammen. Verdammt, sie war keine Verdächtige. Sie war nur eine Zeugin, die darauf wartete, dass man sie befragte.

»Ich muss einen Blick auf die Leiche werfen«, sagte er mit rauer Stimme. Nach diesen Worten drehte er sich um und ging über den gepflegten Rasen auf das Haus zu. Jones hatte Mühe, mit ihm Schritt zu halten. »Setzen Sie die Taylor inzwischen in meinen Wagen.«

»In Ihren Wagen?«

Er würde Nicole jetzt aus diesem Käfig herausholen, aber er würde nicht versuchen, etwas zu erklären, was er selbst nicht verstand. »Richtig, Jones, in meinen Wagen. Glauben Sie, dass Sie das hinbekommen?«

»Sicher, Sergeant.«

Sie hatte sich mit irgendetwas beschäftigen müssen, sonst wäre sie verrückt geworden.

Nicole nagte an ihrer Unterlippe, während sie auf die zusammengefalteten Papiertüten, leeren Plastikbehälter und Kaffeebecher schaute, die sie fein säuberlich neben sich auf dem Rücksitz von Jakes Streifenwagen aufgereiht hatte. Nachdem sie diese Aufgabe jetzt beendet und nichts mehr hatte, womit sie sich beschäftigen konnte, verspürte sie wieder dieses unangenehme Kribbeln im Magen.

Immerhin war es in Jakes Streifenwagen mit den heruntergekurbelten Scheiben ein bisschen angenehmer als in diesem Einsatzwagen, in dem sie sich wie gefangen gefühlt hatte.

Sie schob sich ihren langen Zopf über die Schulter, dann schweifte ihr Blick wieder zu dem großen Haus. Obwohl mittlerweile schon fast zwei Stunden vergangen waren, seit sie Phillip gefunden hatte, zitterten ihre Hände immer noch. Sie war einem Toten noch nie so nahe gekommen. Vor allem hatte sie zuvor noch keinen entdeckt. Und berührt schon gar nicht.

Sie schloss die Augen und konzentrierte sich darauf, tief und gleichmäßig ein- und auszuatmen, wobei sie sich an die Atemübungen zu erinnern versuchte, die Sebastian ihr beigebracht hatte. Doch sobald ihre Augen zu waren, sah sie Jakes Gesicht vor sich.

Er hatte finster dreingeschaut, als er aus seinem Auto gestiegen war – diesem Auto, in dem sie jetzt saß – und über den Rasen zu Phillips Haus gegangen war.

Seit der Hochzeit ihres Bruders hatte sie fast unentwegt an Jake denken müssen. Sie hatte krampfhaft versucht, sich abzulenken, doch ohne Erfolg. Immer wieder hatte er sich in ihre Gedanken geschlichen, obwohl sie wusste, dass er nicht gut für sie war …

Im nächsten Moment wurde die Tür neben ihr geöffnet. Sie riss die Augen auf.

»Was fällt Ihnen ein? Was machen Sie denn da?«

Im Licht der Straßenlaternen wirkten Jakes Augen fast schwarz, als er sich jetzt zu ihr ins Auto beugte. »Äh … auf Sie warten. Die Polizistin sagte, dass ich …«

»Der Müll, Nicole«, sagte er zwischen zusammengepressten Zähnen. »Was, zum Teufel, haben Sie damit gemacht?«

»Oh.« Ihr Blick fiel auf die Tüten und leeren Behälter, die sie neben sich gestapelt hatte. »Das kommt nur daher, weil ich so nervös bin. Ich musste mich mit irgendwas beschäftigen.«

Durchdringend musterte er sie. »Müll zu sortieren beruhigt Sie?«

»Es hilft.« Um nichts in der Welt würde sie zugeben, dass sie gar nicht gemerkt hatte, wie sie die zerknitterten Tüten zusammengelegt und die Behälter ineinander gestellt hatte, während ihre Gedanken mit *ihm* beschäftigt gewesen waren.

Er zog die Tür weiter auf. »Ich muss mit Ihnen sprechen. Und dazu schlage ich Ihnen vor, dass wir uns beide nach vorn setzen.«

»Okay.« Sie hatte der uniformierten Polizistin schon so viele Fragen beantwortet, und sie bezweifelte, dass sie Jake noch weitere Informationen geben konnte. Leise seufzend stieg sie aus. Als sie sich zu ihm umdrehte, stellte sie fest, dass sie ohne die hohen Absätze, die sie bei der Hochzeit getragen hatte, einen ganzen Kopf kleiner war als er.

Er taxierte sie kühl, betrachtete schließlich ihre in Joggingschuhen steckenden Füße. Nach Büroschluss war sie noch im Fitnessstudio gewesen. Sein abschätzender Blick verunsicherte sie. Woran lag es bloß, dass sie sich plötzlich wie nackt vorkam?

Als die Räder der Bahre über den Gehweg klapperten, auf der zwei Sanitäter den in einen schwarzen Plastiksack gehüllten Toten aus dem Haus abtransportierten, wandte sie den Kopf.

Ihr war die Kehle wie zugeschnürt. »Es muss ein Herzinfarkt gewesen sein.«

Jake drückte die Hintertür des Wagens zu, dann drehte er sich zu ihr um. Sein markantes Gesicht gab nichts von seinen Gedanken preis. »Wie kommen Sie denn darauf?«

»Phillip hat mir anvertraut, dass er vor Jahren schon einmal einen Infarkt hatte. Es war nur ein leichter, aber seitdem hat er regelmäßig Sport getrieben und Diät gehalten.«

»Phillip«, echote Jake. An seinem Kiefer zuckte ein Muskel, aber er schaute sie immer noch unverwandt an. »Bis jetzt haben wir für seinen Tod noch keine Erklärung. Deshalb untersuche ich den Fall.«

Er griff um sie herum und öffnete die Beifahrertür. Durch die Bewegung war er ihr plötzlich so nah, dass ihr der Moschusduft, den er ausströmte, in die Nase stieg. Einen kurzen Moment lang sah sie sich mit ihm wieder auf der Tanzfläche, wo sie sich in einem langsamen, betörenden Rhythmus bewegten. Als sie ein weiteres Mal spürte, wie sein Daumen über ihr Handgelenk fuhr, wurde ihr heiß.

Er deutete auf den Vordersitz. »Steigen Sie ein.«

Jake sprach ruhig, aber so bestimmt, dass sie umgehend gehorchte. Sie schaute zu, wie er um das Auto herumging und die Tür öffnete. Daraufhin setzte er sich hinters Steuer.

»Erzählen Sie mir von Ormiston.« Jake lehnte sich mit einer Schulter gegen die Tür und ließ seinen Arm vom Lenkrad herunterbaumeln.

In seinem verknitterten Chambrayhemd, den ausgewaschenen Jeans und mit dem ungebändigten schwarzen Haar wirkte Jake eigentlich ganz locker. Aber Nicole, die sich als eine Expertin in Sachen Menschenkenntnis betrachtete, entging sein wachsamer Blick nicht.

»Phillip war ein Klient von *Meet Your Match*.«

»Seit wann?«

»Seit ungefähr sechs Monaten. Genau kann ich es aus dem Kopf nicht sagen.«

»Kannten Sie ihn schon, bevor er Ihr Kunde wurde?«

»Nein.«

»Er kam einfach vorbei und unterschrieb den Vertrag?«

»Nun, ganz so war es nicht«, räumte sie ein. »Er ist mir bei einem Spendenessen vorgestellt worden, und ich habe ihm meine Visitenkarte gegeben. Am nächsten Tag tauchte er auf und unterschrieb den Vertrag.«

»Sind Sie mit Ormiston ausgegangen?«

Verblüfft schaute sie ihn an. »Ich gehe mit meinen Klienten niemals aus.«

»Warum waren Sie heute Abend bei ihm?«

Sie erzählte ihm dasselbe, was sie der Polizistin gesagt hatte.

»Gehört so eine Art persönlicher Betreuung zum Service Ihrer Agentur dazu?«

»So natürlich nicht. Aber Phillip hatte … Probleme, deshalb fühlte ich mich verpflichtet, mich besonders um ihn zu kümmern.«

»Was waren das denn für Probleme?«

»Er war unglücklich, dass ich ihn noch mit keiner Frau zusammengebracht hatte, die seiner Meinung nach zu ihm passte.« Sie zuckte die Schultern. »Natürlich konnte ich seine Ungeduld verstehen. Seine Frau war immerhin schon seit zwei Jahren tot. Er war einsam und kurz davor, depressiv zu werden. Ich bin fest davon überzeugt, dass manche Menschen nicht allein leben können. Phillip ist … war einer davon.«

Als Jake keine weiteren Fragen stellte, sah Nicole, dass er den Kopf abgewandt hatte und gedankenverloren aus dem Fenster in die Nacht hinausblickte. Noch während sie ihn musterte, glaubte sie mit einem Mal einen Ausdruck von tiefster Einsamkeit in seinem Gesicht erkennen zu können.

Überraschend schmerzlich berührt, legte sie ihm eine Hand auf den Arm. »Stimmt irgendetwas nicht?«

Er fuhr so unvermittelt herum, dass sie eilig die Hand wegzog. Sein Blick war unergründlich, seine Miene ausdruckslos. »Dann war Ormiston also unglücklich, weil Sie es noch nicht geschafft hatten, die richtige Frau für ihn zu finden.«

Sie holte tief Atem. Jakes Gesicht mochte kurz ein Gefühl widergespiegelt haben, jetzt jedoch blickte er wieder unbewegt drein – er hatte also seine Polizistenmaske übergestülpt.

»Ja. Phillip war unglücklich. Manche Klienten haben Schwierigkeiten zu begreifen, dass es lange dauern kann, bis man den richtigen Partner findet.«

Jake warf einen Blick über die Schulter auf das Haus. »Ormiston hatte Geld. Ich kann mir irgendwie gar nicht vorstellen, dass er Probleme hatte, eine Frau kennenzulernen.«

»Zwar kannte er viele alleinstehende Frauen, aber keine, die er ernsthaft in Betracht zog. Er war ein sehr erfolgreicher Unternehmer und arbeitete mindestens sechzig Stunden die Woche, deshalb war seine Zeit, neue Bekanntschaften zu schließen, begrenzt.«

»Wie viele Frauen haben Sie ihm vorgestellt?«

»Eine ganze Menge in den vergangenen zwei Monaten.« Nicole runzelte die Stirn und schob ihren Zopf über die Schulter. »Aber Phillip hatte offenbar sehr hohe Ansprüche.«

»Dann hatten Sie also einen unzufriedenen Kunden. Hatte er vor, die Geschäftsbeziehung zu beenden?«

Sie verschränkte die Finger. »Ja. Als wir uns das letzte Mal begegneten, sagte er, er wolle seinen Vertrag nicht verlängern.«

»Wann war das?«

»Vor einigen Tagen.«

»Wo?«

»Bei Sebastian.« Als sie durch die Windschutzscheibe schaute, sah sie, wie der schwarze Kombi, in den man den Leichnam des Mannes eingeladen hatte, davonfuhr. Beklommenheit und Trauer stiegen in ihr auf. »Aber das ist ja jetzt wohl alles nicht mehr wichtig, nehme ich an«, fügte sie leise hinzu.

»Da Ormiston nicht zufrieden war, hätte er möglicherweise Ihre

Agentur schlecht machen können. Darüber wären Sie bestimmt nicht sehr glücklich gewesen.«

In diesem Moment begriff Nicole, dass der Mann, mit dem sie hier in dem engen Auto saß, keine Zeugenbefragung, sondern ein Verhör durchführte. Empört straffte sie die Schultern.

»Natürlich wäre ich darüber nicht erfreut gewesen. Mir ist es wichtig, dass meine Kunden zufrieden sind. Ich fühle mich viel besser, wenn ich bei meiner Arbeit Erfolg habe. Sie nicht?«

»Es gibt ziemlich viele Leute hinter Gittern, die das beschwören können.«

»Sind sie alle schuldig?«, fragte sie kühl.

Er lachte kurz auf. »Die meisten behaupten, dass sie es nicht sind.«

Einen Moment musterte er sie wachsam mit seinen dunklen Augen. Nicole verspürte einen unangenehmen Druck in der Magengegend.

Endlich fragte er: »Glauben Sie, dass Ormiston zufriedener gewesen wäre, wenn Sie bereit gewesen wären, mit ihm auszugehen?«

Sie zuckte zusammen. »Wie kommen Sie denn darauf, dass er mit mir ausgehen wollte?«

»Sie haben ihm bei einem Spendenessen Ihre Visitenkarte gegeben. Am nächsten Tag ist er in Ihrem Büro aufgekreuzt. Da braucht man nicht viel Fantasie, um sich vorzustellen, was ablief.«

»Nichts lief ab, Sergeant. Ich verabrede mich nicht privat mit meinen Klienten.«

»Aber er hat Sie eingeladen, richtig?«

»Nur einmal, nachdem er den Vertrag unterschrieben hatte.« Dieses harte Glitzern in seinen Augen machte sie noch nervöser. »Ich habe abgelehnt, und damit war die Sache erledigt. Ihm habe ich gesagt, dass er Geduld haben muss, da wir mit unserer Suche gerade erst angefangen haben.«

Jake langte in seine Hemdtasche und zog eine kleine durchsichtige Plastiktüte heraus. »Wir haben auch eben erst angefangen«, bemerkte er, während er die Tüte so hielt, dass das Licht der Straßenlaterne auf die sich darin befindliche Karte fiel.

Als Nicole die kurze Nachricht mit ihrem daruntergesetzten Namen las, lief ihr ein eisiger Schauer über den Rücken. Sie hob den Blick. »Warum haben Sie diese Karte in einer Tüte?«

»Es ist ein Beweis.«

»Wofür?«

»Dass Sie Ormiston eine Tüte Muffins geschickt haben.«

»Natürlich habe ich sie ihm geschickt.« Sie hatte alle Mühe, weiterhin ruhig zu sprechen. »Ich verstehe nicht …«

»Haben Sie die Muffins selbst gebacken?«

»Nein, gekauft.«

»Wo?«

Sie nannte ihm den Namen der Bäckerei, die ganz in der Nähe ihres Büros war.

»Sie haben ihm Muffins geschickt, obwohl er seinen Vertrag nicht verlängern wollte?«

»Gestern rief er mich im Büro an, um mir zu sagen, dass er beschlossen hätte, seinen Vertrag doch zu verlängern. Ich bat meinen Assistenten, die Muffins zu besorgen und sie ihm zu schicken.«

»Warum ausgerechnet Muffins? Warum nicht eine Flasche Wein? Oder eine Kiste Zigarren?«

»Phillip lebte sehr gesund. Die Muffins hatten nur wenig Fett.«

Jake hielt die Plastiktüte hoch. »Ist das Ihre Handschrift?«

»Nein, ich habe meinen Assistenten mit der Angelegenheit beauftragt. Er hat bei der Bestellung der Muffins gebeten, eine Karte dazuzulegen.«

»Dann haben Sie die Muffins also weder gekauft noch hingebracht?«

Sie ballte die Hände zu Fäusten. »Ich habe sie nie gesehen. Mein Assistent Melvin Hall hat sie telefonisch bestellt. Er hat sie ebenfalls nie zu Gesicht bekommen. Sind wir jetzt fertig, Sergeant? Es war ein ziemlich schlimmer Tag für mich, und ich will nach Hause.«

»Fast.« Jake ließ die Tüte wieder in seine Brusttasche gleiten. »Wie sind Sie heute Abend hier reingekommen?«

»Der Pförtner hat mich durchgelassen.«

»Dann haben Sie Ormiston schon so oft besucht, dass Sie der Pförtner kennt?«

»Ich bin heute zum ersten Mal hier.« Sie hob das Kinn. »Wahrscheinlich fand der Pförtner, dass ich ein ehrliches Gesicht habe. Nachdem Phillip sich nicht gemeldet hatte, hat er mich reingelassen, weil ich Phillip eine Nachricht hinterlegen wollte.«

»Und? Haben Sie es getan?«

»Nein, ich fand ja Phillips Leiche. Sind wir jetzt fertig?«

»Fürs Erste.«

Sie öffnete die Tür und war sofort draußen.

»Warten Sie.«

Sie hatte bereits zwei Schritte gemacht, da holte er sie ein.

»Ich sagte, Sie sollen warten.«

Als er sie am Ellbogen packte, wirbelte sie herum. Der Schwung bewirkte, dass sie einen Schritt nach vorn taumelte und gegen seinen harten Körper prallte.

»Sie haben eben gesagt, dass wir fertig sind.«

Nicole schwankte, und er hielt sie mit seiner anderen Hand fest. »Sie sind verstört. Ich wollte mich nur davon überzeugen, dass es Ihnen gut genug geht, um fahren zu können.«

»Natürlich geht es mir gut!« Wütend riss sie sich von ihm los. »Schließlich bin ich daran gewöhnt, Leichen zu finden. Und sie auch noch zu berühren. Und mir von einem Polizisten ein Loch in den Bauch fragen zu lassen. Einem Polizisten, der mich beschuldigt … beschuldigt …«

»Ich habe Sie nicht beschuldigt, Nicole.«

»Muffins geschickt zu haben!«, schoss sie empört zurück.

Seine Mundwinkel hoben sich. »Bis jetzt habe ich noch davon abgesehen, Sie wegen dieser Straftat zu verhaften.«

Sie schloss einen Moment die Augen. »Wurde Phillip vergiftet?«, fragte sie. »War etwas in den Muffins?«

»Ich habe keine Ahnung.«

»Und warum fragen Sie dann …«

»Es ist mein Job, Fragen zu stellen«, sagte er leise. »Ich habe Ihnen gleich zu Anfang gesagt, dass ich einen ungeklärten Todesfall untersuche. Und das bedeutet, dass ich ihn wie einen Mord behandle, bis ich etwas anderes beweisen kann.«

»Und was ist, wenn es tatsächlich einer war?«

»Dann werde ich herausfinden, wer es getan hat.«

Sie schüttelte den Kopf. »Glauben Sie, dass Phillip ermordet wurde?«

»Wir werden es wissen, sobald der Gerichtsmediziner seine Arbeit beendet hat.« Jake zuckte die Schultern. »Bis dahin muss ich noch viele Leute befragen, und es kann durchaus sein, dass ich auf Sie auch noch einmal zukomme. Weil ich von Ormiston selbst nichts mehr erfahren kann.«

Sie holte zitternd Luft. »Auch wenn Sie vielleicht daran gewöhnt sind, mit Leichen konfrontiert zu werden, ich bin es nicht. Ich kann noch gar nicht glauben, dass jemand vielleicht ermordet wurde, den ich kenne.«

Die Augen zusammengekniffen, musterte Jake sie. »Wenn Sie sich nicht wohl genug fühlen, um nach Hause zu fahren, kann ich Sie mitnehmen.«

Die Besorgnis, die in seiner Stimme mitschwang, überraschte sie.

»Ich muss Ormistons Sohn aufsuchen«, sagte er ruhig. »Es ist kein Problem, Sie vorher zu Hause abzusetzen.«

Sie standen nah beieinander, aber das war rein zufällig, und sie wusste genau, dass ihre Beziehung nur dienstlicher Natur war. Und doch ließ allein die Vorstellung, wieder mit ihm in dem engen Innenraum seines Autos zu sitzen, ihre Knie zittern.

Dieser kleine Schwächeanfall erinnerte sie daran, wie leicht sie schon einmal auf einen anderen Mann hereingefallen war. Wie ihr Begehren sie in einen Strudel der Sinnlichkeit gezogen hatte, dem sie hilflos ausgeliefert gewesen war. Wie verletzt war sie, als sie die Wahrheit über den Mann herausfand, den sie so überstürzt geheiratet hatte. Wie leichtfertig hatte er ihr Vertrauen missbraucht.

Nie wieder, schwor sie sich. Sie hatte schon vor langer Zeit be-

316

schlossen, sich bei der Wahl eines Seelengefährten vom Verstand und nicht von ihrem Gefühl leiten zu lassen.

Und im Moment befahl er ihr, sich vor Jake Ford so weit und so schnell wie möglich in Sicherheit zu bringen.

»Nein danke«, sagte sie und machte einen Schritt auf ihren Jaguar zu. »Ich kann fahren.«

3. Kapitel

Mit der Spätmorgensonne im Rücken ging Jake durch die Drehtür und betrat das kühle, kostspielig eingerichtete Foyer des gepflegten Bürogebäudes. Er fuhr sich mit den Fingern durchs Haar, während er die große Lobby mit den rosa Marmorsäulen und den üppigen Grünpflanzen durchquerte. Neben einer Wand mit Aufzügen blieb er stehen, um die Übersichtstafel zu studieren. Namen von exklusiven Boutiquen, Spezialgeschäften und mehreren Schönheitschirurgen wurden da zusammen mit französisch klingenden Namen aufgeführt.

Sein Blick blieb einen Moment an »Sebastian« hängen. Jake ließ die Hand in die Tasche seines dunkelblauen Trenchcoats gleiten und befühlte den Schlüssel, den er in Ormistons Schreibtischschublade gefunden hatte. In dem Augenblick, in dem er die Beschriftung und die Nummer gesehen hatte, war ihm klar geworden, dass Ormiston in dem Fitnessstudio einen Spind gehabt hatte.

Jake hatte sofort einen Polizisten hingeschickt, um sicherzustellen, dass ihn niemand anders öffnete. Dann hatte er Gianos und Smith angerufen, die jetzt versuchten, einen Durchsuchungsbefehl zu bekommen. Um die Wartezeit zu überbrücken, hatte Jake beschlossen, Nicole einen Besuch abzustatten.

Während er auf den Aufzugsknopf drückte, überlegte er, dass bald eine Spur finden musste. Außer dem Schlüssel hatte er in Ormistons Büro in dem Beerdigungsinstitut nichts entdeckt. In dem Terminkalender auf dem Schreibtisch war für gestern Nachmittag nichts eingetragen gewesen. Weder Ormistons Sekretärin noch sein Assistent wussten von jemandem, der Grund gehabt hätte, Ormiston etwas anzutun.

Aber irgendjemand hat ihm etwas angetan, dachte Jake, als er den

Aufzug betrat. Irgendjemand hatte ihm eine Kanüle in den Hals gestochen und ihm etwas gespritzt, das seine Lunge gelähmt hatte, wie sich heute bei der Obduktion herausgestellt hatte.

Sekunden später hielt der Aufzug im obersten Stockwerk. Noch ehe die Türen ganz auseinandergeglitten waren, stürmte ein hoch gewachsener Mann herein und rempelte Jake dabei an.

»Entschuldigung.«

Obwohl er nur dieses Wort sagte, hörte Jake seinen Akzent.

»Keine Ursache.« Beim Verlassen des Aufzugs streifte Jakes Blick kurz das Gesicht des Mannes. Er kniff die Augen zusammen, als er die ausgeprägten Wangenknochen, den dunklen Teint und den schwarzen Schnauzer registrierte. Noch ehe sich die Türen ganz geschlossen hatten, wusste Jake, dass er ihm schon einmal begegnet war. Der Südamerikaner!

Seine Gedanken schweiften zu Bills und Whitneys Hochzeit. Jake hatte beobachtet, wie Nicole dem Mann ihre Visitenkarte in die Brusttasche geschoben hatte, während er sie mit seinen Blicken förmlich verschlang. Heute hatte er wütend gewirkt. Jake überlegte, ob Nicole womöglich noch einen unzufriedenen Kunden hatte.

Er ging den stillen, mit Teppichboden belegten Flur entlang, der in eine Wartezone mündete, die mit korallenroten Zweiersofas und Glastischen ausgestattet war. Während er auf die Anmeldung zuging, drang leise klassische Musik an sein Ohr.

»Willkommen bei *Meet Your Match*.« Die Brünette hinter dem Empfangstresen hatte große, weit auseinander stehende Augen. Sie trug ein gut sitzendes dunkelblaues Kostüm und roten Lippenstift. »Möchten Sie mit jemandem aus der Beziehungsberatung sprechen?«

»Falls Ihre Chefin eine der Beraterinnen ist.«

»Haben Sie einen Termin?«

»Ich brauche keinen.«

Die Frau presste kurz die Lippen zusammen, ehe sie erklärte: »Das tut mir leid, Sir. Miss Taylor ist im Augenblick nicht zu sprechen. Aber vielleicht sind Sie ja bereit, mit einem anderen Mitglied unseres Teams vorlieb zu nehmen.«

Jake schob seinen Sportmantel auseinander und ließ die Polizeimarke am Gürtel seiner Jeans aufblitzen. »Sergeant Jake Ford«, sagte er kurz angebunden. »Bitte melden Sie mich bei Miss Taylor an. *Sofort.*«

»Selbstverständlich.« Die Hand der Empfangsdame zitterte leicht, als sie nach dem Hörer griff.

Sekunden später schüttelte sie den Kopf, legte wieder auf und erhob sich. »Mel ist … Melvin Hall – Miss Taylors Assistent – ist nicht am Platz. Ich begleite Sie …« Sie sprach den Satz nicht zu Ende, als das Telefon klingelte.

»Gehen Sie besser dran.« Jake deutete auf einen in weiches Licht getauchten Flur hinter der Rezeption. »Dort entlang?«

Die Frau nahm den Hörer ab und befeuchtete sich die glänzend roten Lippen. »Ja, aber Sie können wirklich nicht einfach …«

»Ich kann.«

Wenig später saß er Nicole in ihrem elegant eingerichteten Büro gegenüber. Falls sie überrascht war, ihn hier zu sehen, ließ sie es sich jedenfalls nicht anmerken. »Wie kann ich Ihnen helfen?«, fragte sie höflich, nachdem sie ihm in der Sitzecke einen Platz angeboten und sich ihm gegenüber in einem der weichen Polstersessel niedergelassen hatte.

»Nun, ich …« Jake hörte, wie hinter ihm die Tür aufging, und drehte sich um.

Er sah einen hoch gewachsenen, dunkelblonden jungen Mann mit einem Tablett hereinkommen. Offenbar ihr Assistent.

»Oh, Entschuldigung, Chefin«, sagte er mit einem gewinnenden Lächeln. »Ich wusste nicht, dass Sie einen Klienten haben.«

»Schon gut. Sergeant Ford ist kein Klient.« Sie warf Jake einen forschenden Blick zu. »Es sei denn, Sie hätten beschlossen, es doch mit der atemberaubenden Ärztin zu versuchen.«

»Ich bin wegen Ormiston hier.«

Nicole atmete tief durch. Die Enge, die sie in der Brust verspürte, seit sie Ormistons Leiche gefunden hatte, verstärkte sich. Sie hatte sich die ganze Nacht von einer Seite auf die andere gewälzt und immer nur seine starren Augen vor sich gesehen …

»Ich möchte mir anschauen, was Sie über ihn haben«, sagte Jake.

»Natürlich.« Sie schob einige Zeitschriften beiseite. Als ein goldener Füller über die glänzende Glasplatte rollte und auf ihre Schuhspitze fiel, runzelte sie die Stirn.

»Stimmt irgendwas nicht, Chefin?«, erkundigte sich Mel besorgt.

»Doch, doch.« Sie bückte sich nach dem Stift und schob ihn in ihre Jackentasche. »Stellen Sie das Tablett einfach hier ab, Mel. Und bringen Sie mir bitte Mr. Ormistons Unterlagen.«

»Sofort.«

Sie begegnete Jakes Blick. »Möchten Sie auch etwas trinken?«

Dankend lehnte Jake ab.

»Der Tee ist sibirischer Ginseng«, erklärte Mel eifrig.

Trotz der Nervosität, die Jakes Erscheinen in ihr hervorgerufen hatte, musste Nicole sich ein Lächeln verkneifen. Nie und nimmer konnte sie sich vorstellen, wie Jake Ford in kleinen Schlucken aus einer zierlichen Porzellantasse Tee trank.

»Nein, danke.«

Mel zuckte die Schultern und stellte das Tablett mit ihrer Lieblingsteekanne sowie der dazu passenden Tasse und Untertasse auf dem Tisch ab.

»Aber vielleicht hätten Sie ja gern Kaffee?«, fragte er. »Wir haben verschiedene Sorten. Oder lieber einen Espresso oder einen Cappuccino?«

»Nur die Unterlagen.«

Mel ließ immer noch nicht locker. »Wie wäre es mit Mineralwasser?«

Jake zog die Augenbrauen hoch. »Die Unterlagen.«

»Selbstverständlich. Ich bringe sie sofort.«

Während Mel zur Tür ging, griff Nicole nach der Teekanne. Beim Einschenken spürte sie Jakes Blick auf sich.

»Sibirischer Ginseng?«, fragte er. »Kommt der auch aus Ihrem Fitnessstudio?«

»Nein, für unseren Tee ist Mel zuständig. Er erhält ihn von seinem Onkel Zebulon, einem Hobbygärtner, der alle möglichen Kräuter zieht.«

Jake beugte sich vor und stützte die Ellbogen auf seinen Oberschenkeln auf. »Sagen Sie, kennen Sie eigentlich auch normale Leute?«

Überrascht blickte sie ihn an. »Normale?«

»Ja, Leute, die sich nicht darum scheren, was Biorhythmus oder Joga ist und die sich nicht ständig fragen, ob ihre Kapillaren auch wirklich genug Sauerstoff haben. Oder die in der Lage sind, selbstständig eine Verabredung zu treffen, ohne dass sie jemand dafür bezahlen müssen, meine ich.«

Nicole hob die Tasse an den Mund und zwang sich, ruhig zu bleiben oder zumindest so zu erscheinen. Sie war stolz auf ihre Arbeit und ihren Lebensstil, und Jakes zynisches Gehabe gefiel ihr ganz und gar nicht.

»Sie, Sergeant«, konterte sie kühl. »Den Fast-Food-Verpackungen auf Ihrem Rücksitz nach zu urteilen, würde ich sagen, Sie sind normal.«

Sie registrierte mit Genugtuung, dass er kurz die Augen zusammenkniff. Allerdings erinnerte es sie auch daran, wie unwiderstehlich sie sich von diesem dunklen Blick angezogen fühlte …

Er lehnte sich zurück und hob eine Hand. »Hören Sie, ich wollte nicht …«

Weil Mel in diesem Augenblick wieder hereinkam, erfuhr sie nicht, ob er sich entschuldigen wollte oder nicht.

»Gibt's sonst noch was, Chefin?« Mel lächelte sie wie üblich warm an, während er ihr Phillip Ormistons Unterlagen aushändigte.

»Im Moment nicht. Danke.«

Als ein gedämpfter Piepton ertönte, drückte Mel an seiner Armbanduhr auf einen Knopf. »Ich muss in einer Viertelstunde weg.« Er warf Jake einen kurzen Blick zu, bevor er Nicole wieder anschaute. »Aber wenn Sie mich hier brauchen, könnte ich den Termin auch verschieben.«

»Kommt gar nicht infrage«, erklärte sie entschieden. »Edna muss unbedingt zum Arzt. Warum gehen Sie nicht gleich?«

»Wenn Sie alles haben, was Sie brauchen.«

»Ich habe alles.«

»Lassen Sie das Tablett einfach stehen. Ich räume es morgen weg.«

Jake wartete, bis Mel die Tür hinter sich geschlossen hatte, dann bemerkte er: »Noch ziemlich jung, Ihr eifriger Assistent, was?«

»Er wird nächsten Monat einundzwanzig«, erwiderte Nicole. »Mel ist sehr tüchtig. Er studiert noch – Betriebswirtschaft. Neben seinem Studium arbeitet er hier bei uns und kümmert sich zusätzlich auch noch um seine Mutter. Sie ist schwer zuckerkrank, und dazu kommt noch ihre Arthritis. Ihre Prognose ist nicht gut«, fügte Nicole besorgt hinzu. »Mel hat wirklich ziemlich viel um die Ohren, aber er beklagt sich nie. Ich betrachte den Tag, an dem ich ihn eingestellt habe, als einen der glücklichsten Tage in meinem Leben.«

»Na, das ist ja eine fantastische Empfehlung.«

»Die hat Mel auch verdient, glauben Sie mir, Sergeant.«

Jakes Blick fiel auf den Schnellhefter in ihrem Schoß. »Wir wissen inzwischen, woran Ormiston gestorben ist.«

Plötzlich fingen ihre Hände so stark zu zittern an, dass sie ihre Tasse mit einem leisen Klirren auf der Untertasse abstellte. »Es war doch kein Herzinfarkt, nicht wahr?«

»Nein. Irgendwer hat Ihrem Klienten eine Substanz verabreicht, die seine Lunge gelähmt hat. Er ist erstickt.«

»Oh Gott. Armer Phillip.« Plötzlich kam ihr ein schrecklicher Gedanke. Sie spürte, wie ihr das Blut aus dem Gesicht wich. »Es war doch nicht etwa in den Muffins?«, fragte sie entsetzt.

Jake schüttelte den Kopf. »Nein, die Muffins haben nichts damit zu tun.«

Sie nickte langsam. »Aber das heißt noch lange nicht, dass ich Phillip nicht getötet habe.«

Jake zog einen Mundwinkel hoch. »So etwas sollten Sie nie zu einem Beamten vom Morddezernat sagen.«

Sie lächelte flüchtig. »Ich bin mir sicher, dass Sie bereits daran gedacht haben.«

»Jeder ist verdächtig, bis seine Unschuld zweifelsfrei erwiesen ist. Deshalb sagen Sie mir jetzt am besten, was Sie gestern Nachmittag gemacht haben.«

Unbehaglich rutschte Nicole in ihrem Sessel herum. Natürlich verstand sie, dass Jake diese Frage stellen musste, aber ihr Magen reagierte trotzdem nervös, während sie ihre Termine von gestern Nachmittag lückenlos herunterbetete.

Jake machte sich hin und wieder eine Notiz. Als sie fertig war, nickte er und sagte: »Okay. Wir werden es überprüfen.« Dann kehrte sein Blick zu dem Schnellhefter auf ihrem Schoß zurück. »Ich brauche die Namen der Frauen, mit denen Sie für Ormiston ein Treffen vereinbart haben.«

Als sie zögerte, fügte er hinzu: »Wenn Sie ein Problem damit haben, kann ich ihnen auch eine Vorladung aufs Präsidium schicken.«

»Nein, nein.« Sie befeuchtete sich mit der Zungenspitze die Lippen. »Es ist nur, weil ich meinen Klienten absolute Diskretion zusichere.«

»Bei Mord hört die Diskretion auf.«

»Ja.« Sie schaute auf ihre gefalteten Hände. »Meine Agentur trägt die Verantwortung, dass in dieser ersten Phase der Bekanntschaft alles reibungslos verläuft. Aus diesem Grund schauen wir uns unsere Klienten sehr genau an und durchleuchten ihren finanziellen und persönlichen Hintergrund. Wir machen sogar psychologische Tests.«

»Das machen wir bei Polizistenanwärtern auch«, erwiderte Jake. »Und trotzdem rutschen immer ein paar Luschen durch. Wenn wir es merken, werfen wir sie raus. Aber mehr können wir auch nicht tun.«

Aus irgendeinem unerfindlichen Grund fand sie es tröstlich, dass er ihre beiden Berufe zumindest in diesem Aspekt auf eine Ebene stellte. »Sie erhalten von allem Kopien«, sagte sie und legte den Schnellhefter auf den Tisch. »Aber Mel wird wahrscheinlich schon weg sein, und ich habe gleich noch einen Termin. Kann ich sie Ihnen vielleicht heute Abend vorbeibringen?«

»Ich bin verabredet.«

Sie versuchte den Stich der Enttäuschung, den sie verspürte, zu ignorieren. »Verabredet?«

»Ja«, gab er einsilbig zurück, während er an den Informanten dachte, der ihm hoffentlich im Mordfall Enrique Quintero weiterhelfen konnte. Jake warf einen Blick auf ihre geschlossene Tür. »Da Sie gerade Mel erwähnen. Ich brauche die Namen und Adressen aller Angestellten, die etwas mit Ormiston zu tun hatten.«

Nicole stand auf, legte sich die Arme um die Taille und begann nervös auf und ab zu gehen. »Ein furchtbarer Gedanke, dass irgendeiner meiner Angestellten etwas mit Phillips Ermordung zu tun haben könnte.«

»Ich muss jede Möglichkeit in Betracht ziehen.«

Obwohl sie in eine andere Richtung schaute, spürte sie, dass Jake jetzt ebenfalls aufstand. Sie hörte hinter sich das Rascheln von Papier, als Jake den Schnellhefter durchblätterte. »Sind das hier alle Frauen, mit denen Sie Ormiston zusammengebracht haben?«

»Es sollten zumindest alle sein. Warten Sie.« Sie wandte sich um und ging zu ihm. »Ja«, bestätigte sie, nachdem sie einen kurzen Blick in die Akte geworfen hatte, die er in Händen hielt. »Hinter jedem Namen ist die Anzahl der Treffen, die stattgefunden haben, vermerkt.«

»Auf mehr als drei hat es offenbar keine der Frauen gebracht.«

»Ich sagte bereits, dass Phillip sehr wählerisch war.«

Jake klappte die Mappe zu. »Wir müssen mit all diesen Frauen sprechen. Ich brauche Informationen über ihren Hintergrund einschließlich der Adressen und Telefonnummern.«

»Möchten Sie auch Kopien der Videos?«

»Videos?«

»Wir machen von allen Klienten, die wir in unsere Kartei aufnehmen, Videoaufnahmen. Auf diesen Aufnahmen erzählen sie ein bisschen von ihren Hobbys und Vorlieben, damit sich der Klient oder die Klientin ein Bild von der jeweiligen Person machen kann. Wenn sich die beiden dann immer noch treffen wollen, arrangieren wir es.«

»Und dann kommt die Chemie ins Spiel«, sagte Jake und schaute auf ihren Mund. »Das ist doch am wichtigsten. Dass die Chemie stimmt, meine ich.«

»Nein«, widersprach sie, während sie im Bauch ein Kribbeln verspürte. »Am wichtigsten ist, dass man sich nicht ausschließlich von seinen Gefühlen leiten lässt.« *Wie ich damals*, fügte sie in Gedanken hinzu. »Deshalb stellen wir diese ganzen Hintergrundinformationen, Kreditauskünfte und Persönlichkeitsprofile zusammen. Es geht nicht nur um irgendwelche Verabredungen, sondern darum, den richtigen Partner zu finden. Dafür ist es ungemein wichtig, dass man so viel wie möglich über die Person weiß, auf die man sich möglicherweise einlässt.«

»Verdirbt einem das nicht ein bisschen den Spaß, wenn es so gar keine angenehmen Überraschungen mehr gibt?«

»Es schützt einen zumindest vor *unangenehmen*.« Wenn sie die Wahrheit über Cole Champion gewusst hätte, hätte sie ihn niemals geheiratet und sich viel erspart.

»Gut. Ich möchte von den Videos auch Kopien.«

Nicole ging zu ihrem Schreibtisch und machte sich eine Notiz. Als sie sich umdrehte, entdeckte sie, dass er dicht hinter ihr stand. Sie spannte sich schlagartig an. Zum zweiten Mal in ihrem Leben schaffte ein Mann es, sie aus dem Gleichgewicht zu bringen.

»Hier ist meine Karte«, sagte er. »Rufen Sie mich an, wenn Sie die Kopien haben.«

»In Ordnung.«

»Und wenn Ihnen sonst noch etwas zu Ormiston oder den Frauen, mit denen er sich getroffen hat, einfällt, rufen Sie mich auch an. Zu jeder Tages- und Nachtzeit.«

Als sich ihre Fingerspitzen versehentlich streiften, war es ihr, als hätte sie einen Stromschlag bekommen. Sie wusste, dass es sinnlos war, die Anziehungskraft, die zwischen ihr und Jake bestand, leugnen zu wollen. Aber sie wusste auch, dass diese Anziehungskraft irgendwann wieder schwächer werden würde, bis sie schließlich ganz verschwand.

Als sie Cole kennengelernt hatte, war sie jung und unerfahren gewesen, jetzt war sie älter und klüger. Viel klüger. Nie wieder würde sie sich von ihrem Verlangen leiten lassen. Sie würde den richtigen

Mann finden, allerdings nicht mit dem Herzen, sondern mit dem Verstand.

Und bis es so weit war, würde sie nicht noch einmal denselben Fehler mit einem anderen Mann machen.

»Bevor Sie gehen, sollten wir noch einmal über die Ärztin sprechen«, sagte Nicole und rang sich ein Lächeln ab.

»Ist sie auch mit Ormiston ausgegangen?«

»Nein. Aber sie sollte sich mit Ihnen treffen. Wenn Sie wollen, kann ich Ihnen von ihrem Video eine Kopie machen lassen.«

Noch immer mit dem Schnellhefter in der Hand, schaute er sie an. Er presste kurz die Lippen zusammen, ehe er bemerkte. »Sie geben nicht so leicht auf, stimmt's?«

»Stimmt.«

»Vergessen Sie es, Miss Taylor. Ich habe kein Interesse daran, mich mit irgendwem einzulassen. Weder jetzt noch sonst wann. Ich habe kein Interesse an Frauen, alles klar?«

»Kein Interesse an Frauen ...« Mit nachdenklich gerunzelter Stirn steckte sie seine Visitenkarte ein. »Heißt das, Sie sind ... homosexuell?«

»Himmel, nein!«

»Ah, jetzt verstehe ich.« Ermutigend drückte sie seinen Arm. »Das ist nichts, wofür Sie sich schämen müssten, Jake. Ihr Zustand ist behandelbar.«

Er hob das Kinn. »Mein *Zustand*?«

»Es gibt Präparate, die zur Steigerung der sexuellen Lust beitragen. Manche davon sind auf rein pflanzlicher Basis hergestellt. Außerdem gibt es Sexualpraktiken, die ...« Der Rest ihres Satzes blieb unausgesprochen, als sie ihn ungläubig dreinblicken sah.

Seine Augen funkelten vor Zorn. Fluchend feuerte er den Schnellhefter auf ihren Schreibtisch, packte sie an den Schultern und drängte sie gegen die Wand.

»Jake, ich ...« Als er seinen Körper an sie presste, war ihr entfallen, was sie sagen wollte. Da sie hohe Absätze trug, waren sie auf gleicher Augenhöhe, Brust an Brust, Becken an Becken.

»Meine sexuelle Lust *steigern*«, sagte er wütend.

»Vergessen Sie Ihren Biorhythmus«, fuhr er fort, wobei sein Atem sanft über ihre Lippen strich. »Und alle Kräutertees. Ich halte mich lieber an das hier.«

»Das?«, fragte sie matt, als sie in seinen Augen außer Zorn noch etwas anderes aufblitzen sah.

»Ja, das.«

Seine Lippen streiften ihre, während die Leidenschaft zwischen ihnen wie eine Flamme emporloderte. Langsam, ganz sanft zeichnete er mit der Zungenspitze die Konturen ihres Mundes nach.

Sie schloss die Augen, während sie den Beweis seiner harten Männlichkeit an ihrem Bauch fühlte.

Als er seine Lippen auf ihre presste, wurde sie von Begierde überschwemmt. Bereitwillig öffnete sie den Mund, und er erkundete mit der Zunge dessen Inneres.

Er ließ die Hand in den Ausschnitt ihrer Kostümjacke gleiten und liebkoste das Tal zwischen ihren Brüsten. Leise aufstöhnend überließ sie sich dem Sinnestaumel und gestattete es sich, nur noch zu fühlen.

Ihre Brüste hoben und senkten sich im Rhythmus rascher Atemzüge. Ihre harten Knospen, die seine Berührung herbeizusehnen schienen, drängten sich gegen ihren BH. Sie hatte vergessen, wie es war, wenn man wie berauscht von einem Mann war. Wenn man nach ihm lechzte.

Nur nach ihm.

Jake erinnerte sie wieder daran. Die Welt um sie herum hörte auf zu existieren. Es gab nur noch den heißen Druck seines Mundes auf ihrem, seinen Körper, der sich gegen ihren presste. Sonst nichts.

Doch mit einem Mal verschaffte sich die leise Stimme der Vernunft Gehör und erschreckte sie dermaßen, dass sie das Gefühl hatte, am Rand einer steilen Klippe zu stehen und ins Taumeln zu geraten.

Als er jedoch ihren Namen flüsterte und den Kuss vertiefte, überschwemmten die Fluten des Begehrens sie und spülten auch die Angst fort.

Irgendwann ließ Jake von ihr ab. Schwer atmend, die Augen noch geschlossen, lehnte sie sich gegen die Wand.

»Schauen Sie mich an.« Seine Stimme klang schroff. »Nicole, schauen Sie mich an.«

Sie zwang sich, seinen Befehl zu befolgen, und sah in dunkle Augen, deren Blick sie wie Laserstrahlen zu durchbohren schien.

»Ich will nicht mit Ihrer verdammten Ärztin ausgehen. Und ich brauche mit Sicherheit nichts, um meine sexuelle Lust zu steigern. Haben Sie das verstanden?«

Ihr Herz hämmerte. »Äh ... nein. Ich ... ja.«

»Gut. Dann lassen Sie mich also bitte in Ruhe.«

Nach diesen Worten drehte er sich unvermittelt um und verließ ihr Büro.

4. Kapitel

Fünfzehn Minuten später war Jakes Blut immer noch in Wallung.

Mit dem Durchsuchungsbefehl für Phillip Ormistons Spind, den ihm eben ein Streifenpolizist gebracht hatte, ging er in die mit rosa Marmorplatten ausgestattete Lobby des Bürogebäudes zurück. Er hatte in seinem Leben schon eine Menge idiotischer Sachen gemacht, aber Nicole Taylor zu küssen, überstieg alles.

»So ein Schwachsinn«, murmelte er, während er einen leeren Aufzug betrat.

Noch nie zuvor – nicht einmal bei Annie – war er sich einer Frau vom ersten Moment an so bewusst gewesen. Schon auf Whitneys Hochzeit hatte er sich zu Nicole unwiderstehlich hingezogen gefühlt.

Verdammt! Und dabei hatte er seit mehr als einer Woche versucht, sie zu vergessen. Aber sie hatte sich in seine Erinnerung eingefräst wie ein mit Seide umhüllter Drillbohrer.

Und jetzt hatte er zu allem Überfluss auch noch ihren Geschmack im Mund.

Als er im dritten Stock aus dem Aufzug trat, knallten seine Absätze auf dem Granitboden wie Schüsse. *Präparate, um seine sexuelle Lust zu steigern!* Dieser Gedanke bewirkte, dass er einen Fluch hervorstieß. Als hätte er das nötig! Und es war ihm etwas passiert, was nie hätte geschehen dürfen – er hatte kurz die Kontrolle über seine Gefühle verloren. Seine ganze Willenskraft hatte er aufbringen müssen, um sich davon abzuhalten, Nicole auf den Teppich zu zerren und ihr die Kleider vom Leib zu reißen. Gleich dort, in ihrem Büro.

Er hatte sie mit einer Heftigkeit begehrt, die ihm einen Schrecken einjagte.

Das hat mir gerade noch gefehlt, dachte er finster, während er wütend die Milchglastür aufriss, die zu dem Fitnessstudio führte. Dabei wäre er fast mit einer Rothaarigen zusammengeprallt, die sich schmale Spandexstreifen um ihre eindrucksvollen Kurven gewickelt hatte. Unvermittelt blieb er stehen.

Sie schob den Schulterriemen ihrer ledernen Sporttasche hoch und musterte ihn, ehe sie die glänzenden roten Lippen zu einem Lächeln verzog. »Suchen Sie jemand?«

»Ja.«

»Und das bin nicht zufällig ich?«

Sofort sah er Nicole in einem ähnlich aufreizenden Outfit vor sich, das die üppigen Rundungen betonte, die er kurz zuvor noch unter seinen Händen gespürt hatte. Der Gedanke bewirkte, dass sich seine Laune schlagartig noch weiter verschlechterte.

Der Blick, den er der Rothaarigen zuwarf, hatte zur Folge, dass diese auf atemberaubend langen Beinen schleunigst die Flucht ergriff.

Zu Sebastian vorzudringen, der nach Auskunft des Mädchens am Empfang gerade Racquetball spielte, war etwa so, als suchte man um eine Audienz beim Papst nach. Jakes Geduld wurde auf eine harte Probe gestellt, aber schließlich ließ sich einer der Trainer erweichen, ihn zu Sebastian Peck zu begleiten.

Der junge Mann führte ihn an einem blau gekachelten Schwimmbecken vorbei, wo gerade Wasseraerobic in vollem Gang war. Nachdem sie zwei weitere Türen passiert hatten, deutete der Trainer auf eins der durch eine Glasfront vom übrigen Raum abgeteilten Racquetballfelder. »Bastian ist der absolute King«, sagte er grinsend.

Eher ein widerlicher Muskelprotz, dachte Jake gehässig. Peck war an die zwei Meter groß – ein Mordskerl in einem eng anliegenden weißen Shirt und knappen weißen Shorts, die in einem scharfen Kontrast zu seiner sonnengebräunten Haut standen. Jake fühlte sich angesichts der hünenhaften Gestalt wie auch der blonden Mähne, die von einem Schweißband aus dem Gesicht gehalten wurde, an einen nordischen Krieger erinnert. Da blieb nur zu hoffen, dass er nicht eines Tages gezwungen wäre, es mit diesem Riesen aufzunehmen.

Glücklicherweise war das Spiel gerade zu Ende. Die beiden Spieler schlugen sich auf die Schultern und reichten sich die Hände. Der dunkelhaarige Mann, mit dem Peck trainiert hatte, schnappte sich seine Sporttasche und schlenderte an Jake vorbei, wobei er eine Wasserflasche an die Lippen setzte und in großen gierigen Schlucken trank.

Jake ging durch die Tür auf das Spielfeld, wo der Fitnessclubbesitzer gerade Orangensaft in sich hineinschüttete. »Gute Rückhand.«

Peck setzte die Flasche ab und schickte ein Siegerlächeln übers Spielfeld. »Danke. Sind Sie meine nächste Partie?«

Als er den leichten schwedischen Akzent hörte, der zweifellos manche Frauen antörnte, zog Jake die Augenbrauen hoch. »Nein, ich muss mit Ihnen sprechen.«

Peck, der sich im Laufen das schwarze Band vom Kopf zog und die blonde Mähne schüttelte, kam auf Jake zu. »Worüber denn?«

Jake musterte das markante Gesicht. Die grauen Augen wirkten fast silbern und strahlten eine Kälte aus, die ihn erschauern ließ.

»Ich bin Sergeant Jake Ford.« Als er seine Polizeimarke aufblitzen ließ, verschwand Pecks Grinsen. »Ich habe einen Durchsuchungsbefehl für Phillip Ormistons Spind.«

»Wird auch Zeit, dass Sie auftauchen«, sagte Peck, während er das Blatt Papier, das Jake ihm hinhielt, entgegennahm. »Der Cop, der da im Umkleideraum herumlungert, macht einige meiner Kunden langsam nervös.«

»So?«, fragte Jake betont freundlich. »Könnte interessant sein herauszufinden, warum.«

»Das kann ich Ihnen ganz genau sagen«, gab Peck, eine Hand hochhaltend, zurück. Seine Finger sahen aus wie Stahlruten. »Die Leute kommen hierher, um sich zu entspannen. Die meisten Cops haben eine schlechte Aura, die sich auf ihre Umgebung überträgt.«

»Ich werde versuchen, solange ich hier bin, meine Aura auf ein Minimum zu begrenzen.«

Forschend musterte der Hüne ihn. »Nicole hat erwähnt, dass sie einen Cop kennengelernt hat, dessen Biorhythmus im negativen Bereich zu sein scheint. Das sind bestimmt Sie, richtig?«

Jake dachte an Nicole und den Kuss, der ihm den Boden unter

den Füßen weggezogen hatte. Er biss kurz die Zähne zusammen, ehe er erklärte: »Es geht hier nicht um mich, Peck. Ich bin dienstlich hier.«

Pecks Blick ruhte kurz auf dem Durchsuchungsbefehl, ehe er Jake wieder ansah. »Den hätten Sie eigentlich gar nicht gebraucht.«

»Ach ja?«

»Tote besitzen keinen Rechtsanspruch auf eine Privatsphäre.«

Jake kniff die Augen zusammen. »Sind Sie Anwalt?«

»Nein, aber ich war mal mit einer Anwältin zusammen.« Pecks Mundwinkel hoben sich. »Und ich habe ihr immer sehr gut zugehört.«

»Darauf wette ich.«

Jake musste einräumen, dass Peck mit dem Durchsuchungsbefehl recht hatte. Und das sagte ihm, dass unter der blonden Mähne nicht nur Leere war.

»Wir haben es eben mehr als hundertprozentig gemacht«, bemerkte Jake.

»Da Sie so einen Aufwand betreiben, nehme ich an, dass Ormiston ermordet worden ist.«

»So ist es.«

»Das dachte ich mir. Ein Herzinfarkt konnte es einfach nicht gewesen sein.«

»Warum?«

»Zu gesund. Ormiston hat regelmäßig trainiert und genau darauf geachtet, was er isst. Er war meistens auf Linie.«

Jake hätte am liebsten die Augen verdreht. »Ja, nun, aber offenbar nicht genug auf Linie, um aufzupassen, dass er nicht ermordet wird. Soweit ich verstanden habe, hatte er gestern einen Trainingstermin bei Ihnen.«

»Richtig.« Peck setzte die Plastikflasche an und trank noch mehr Orangensaft. »Er ist aber nicht aufgetaucht.«

»Haben Sie versucht, ihn zu erreichen?«

»Nein.«

»Warum nicht?«

»Weil es völlig normal ist, dass jemand mal nicht zum vereinbarten Termin erscheint. Es kann immer irgendetwas dazwischenkommen.« Er zuckte die Schultern. »Obwohl es mir lieber ist, wenn die Kunden anrufen und absagen. Aber ich trage es niemandem nach, der es nicht macht.«

Jake fischte den Schlüssel, den er in Ormistons Büro gefunden hatte, aus seiner Manteltasche. »Gut, dann wollen wir mal nachschauen, was im Spind Nummer siebzig ist.«

»Okay. Hier entlang.«

Jake folgte dem nordischen Gott an dem Swimmingpool vorbei, wo die Wasseraerobicgruppe eben Schluss gemacht hatte, in die Umkleideräume.

»Spielen Sie auch Racquetball?«, fragte Peck Jake über die Schulter.

»Wenn ich Zeit habe.«

»Wir sollten einen Termin machen.« Peck blieb vor einer Tür, die auf einen hell erleuchteten Flur führte, stehen. »Sie könnten ein Problem mit Ihrem Biorhythmus haben. Ich spüre, dass Sie nicht das richtige Gleichgewicht zwischen Arbeit und Entspannung finden.«

Pecks Gesichtsausdruck verriet Jake, dass der Fitnessclubbesitzer seine Worte absolut ernst meinte. »Wenn man im Morddezernat arbeitet, ist es schwer, die Dinge im Gleichgewicht zu halten. Die Leute können sich einfach nicht daran gewöhnen, nur wochentags zwischen acht und fünf zu töten.«

»Umso mehr Grund für Sie, nach innerer Harmonie zu streben.« Peck trat auf den Flur, dann bog er in einen Umkleideraum mit glänzenden Holzspinden, Bänken und taubengrauer Tapete ein.

Jake war noch nie zuvor in einem Umkleideraum für Männer gewesen, in dem es nach Rosen duftete.

Auf einer der Holzbänke vor einer Reihe von Spinden saß ein uniformierter Polizist und blickte gelangweilt vor sich hin. Sein gewaltiger Körperumfang bildete einen scharfen Gegensatz zu den nur mit einem Handtuch bekleideten Männern mit den Waschbrettbäuchen, die einige Schritte weiter vor ihren offenen Spinden standen.

»Wie ist es gelaufen, Andrews?«

»Gut, Sergeant«, sagte der Polizist und stand auf. »Keine besonderen Vorkommnisse.«

Jake ging zu dem Spind mit der Nummer siebzig. Er zog aus seiner Manteltasche ein Paar Latexhandschuhe heraus und streifte sie über. »Dann wollen wir mal sehen, ob wir irgendetwas finden.« Er schloss den Spind auf.

»Ein Paar Schuhe«, bemerkte Peck, der Jake über die Schulter schaute.

»Und ein Briefumschlag.« Jake zog mit den behandschuhten Fingern den Umschlag, der unter einem der Schuhe lag, hervor. Er hob die Klappe und holte einen Zeitungsausschnitt heraus. »Eine Todesanzeige«, sagte er, dann blickte er Peck an. »Kennen Sie Eddie Denson?«

Pecks Augen blitzten kurz auf. »Ein Student, der regelmäßig hier trainierte. Er kam vor zwei Wochen bei einem Autounfall ums Leben.«

Jake stutzte. »Wie kann sich ein Student denn diesen Mitgliedsbeitrag leisten?«

»Seine Eltern sind Mitglieder. Sie haben eine Familienkarte.«

Jake schaute wieder auf die Todesanzeige und erkannte, dass die Trauerfeier in einem von Ormistons Beerdigungsinstituten abgehalten worden war. Warum mochte sich Ormiston diese Todesanzeige wohl aufgehoben haben?

Jetzt wandte Jake sich erneut dem Spind zu und untersuchte die Schuhe. Er schüttelte erst den einen, anschließend den anderen aus, ehe er zu Andrews blickte. »Tüten Sie die ein, und nehmen Sie sie mit.«

»Alles klar, Sergeant.«

»Scheint so, als wäre Ihr Besuch Zeitverschwendung gewesen«, bemerkte Peck.

Jake streifte sich die Handschuhe ab. »Ganz gewiss nicht. Ich muss jeden Verdächtigen befragen.«

Peck kniff die grauen Augen zusammen. »Bin ich verdächtig?«

»Ormiston hat seinem Mörder genug vertraut, um ihn nah an sich heranzulassen. Jeder, für den das gilt, ist verdächtig, bis ich das Gegenteil beweisen kann. Sie sind auf der Liste.«

Während Andrews Ormistons Schuhe in eine Papiertüte packte, lehnte Jake mit der Schulter an einem Spind. »Wie lange ist Ormiston schon Mitglied hier?«

»Ungefähr sechs Monate. Um es genau sagen zu können, müsste ich erst im Computer nachschauen.«

»Tun Sie das. Hat er oft Trainingstermine bei Ihnen versäumt?«

»Nein.« Peck verschränkte die Arme über seiner muskulösen Brust. »Wir spielen … spielten zweimal die Woche. Bis gestern Abend ist er immer aufgetaucht.«

»Es hat Sie aber trotzdem nicht beunruhigt.«

»Offen gestanden, war ich ganz froh.«

»Warum?«

»Weil er in letzter Zeit ziemlich viel herumgemeckert hat. Seele und Geist bildeten keine Einheit mehr. Seine Aura war verschwommen.«

Aus dem Augenwinkel sah Jake, wie Andrews die Brauen bis zum Haaransatz hochzog. Jake unterdrückte einen Seufzer. »Worüber regte er sich denn auf?«

»Über zwei Sachen. Über Nicole und über Geld, das er in den Sand gesetzt hatte.«

Jakes Miene blieb unbewegt. »Warum beklagte er sich über Miss Taylor?«

»Weil sie immer noch keine passende Partnerin für ihn gefunden hatte. Er beschwerte sich mehrmals, dass Nicole sich nicht genug Mühe gäbe. Ich weiß, dass das nicht stimmt, und das sagte ich Ormiston auch. Niemand ist mehr darauf bedacht als Nicole, ihre Kunden zufrieden zu stellen.«

»Haben Sie Nicole von Ormistons Beschwerden erzählt?«

»Ja. Sie hatte ein recht zu erfahren, dass er über sie und ihre Agentur herzog. Er hätte ihren Ruf schädigen können.«

»Wie hat sie reagiert, als Sie es ihr erzählten?«

»Sie war natürlich empört.«

Jake arbeitete schon lange genug im Morddezernat, um zu wissen, dass der Verdacht, jemand könnte einen anderen getötet haben, weil dieser durch üble Nachrede seine Existenz gefährdet hatte, nicht allzu weit hergeholt war. So etwas kam immer wieder vor.

Und doch hatte es sich Ormiston Nicole zufolge noch einmal überlegt und am Tag vor seinem Tod in ihrem Büro angerufen, um anzukündigen, dass er seinen Vertrag doch verlängern wollte. Daraufhin hatte sie Mel Hall beauftragt, ihm die Muffins zu schicken. Aus irgendeinem Grund hatte Ormiston offenbar seine Meinung geändert. Jake musste herausfinden, warum.

»Und wie hatte er das Geld verloren?«, erkundigte sich Jake. »Wissen Sie etwas darüber?«

»Nein, er jammerte nur darüber, dass es so war, mehr sagte er nicht.«

»Und Sie haben nicht nachgefragt?«

»Das geht mich nichts an.«

Jake würde später Ormistons Sohn anrufen und sich bei ihm erkundigen.

»Haben Sie je gehört, dass Ormiston sich mit jemandem gestritten hat?«, fragte Jake.

»Soweit ich mich erinnere, nicht.« Sein Blick glitt zu den beiden Männern, die jetzt in Straßenkleidung vor ihren Spinden standen.

Er weiß etwas, dachte Jake. »Falls Ihnen noch etwas einfällt, rufen Sie mich an.« Er zog eine Visitenkarte aus seiner Tasche und reichte sie dem Schweden.

Dann bedeutete er Andrews, der die braune Papiertüte mit den Schuhen trug, mit einer Kopfbewegung, ihm zu folgen.

»Sie sollten Nicoles Rat annehmen und mich Ihren Biorhythmus kartieren lassen«, sagte Peck zum Abschied. »Sie versteht etwas von Körpersprache.«

Oh ja, dachte Jake, während er sich vorstellte, wie ihr Körper gegen seinen gepresst war. Die Lady verstand durchaus etwas von Körpersprache.

Zehn Stunden, dachte Nicole, während sie die Scheinwerfer des Jaguars auf der ihr unvertrauten Straße vor der Kurve abblendete. Zehn Stunden, seit Jake sie bis zur Besinnungslosigkeit geküsst hatte. Zehn Stunden, und ihr blieb immer noch die Luft weg, wenn sie an diesen Kuss dachte.

Was ungefähr alle fünf Minuten war, nachdem er ihr Büro verlassen hatte.

Am liebsten hätte sie sich kurz danach auf der Couch zusammengerollt, um die Liebkosungen seines Mundes in Gedanken auszukosten. Die Geschäftsfrau jedoch hatte die Strähnen, die sich aus ihrem französischen Knoten gelöst hatten, wieder befestigt, die rote Kostümjacke glatt gestrichen und war in die erste von mehreren Besprechungen geeilt.

Als sie am späten Nachmittag in ihr Büro zurückgekehrt war, hatte eine der Angestellten die kopierten Unterlagen und die Kopien der Videos für Jake auf ihren Schreibtisch gelegt. Sie hatte die Nummer auf der Visitenkarte, die er ihr gegeben hatte, angerufen und ihm eine Nachricht hinterlassen. Eine Stunde später war ein uniformierter Polizist aufgetaucht und hatte die Kopien abgeholt.

Nicole war erleichtert gewesen, dass Jake nicht selbst gekommen war. Womöglich hätte er sie sonst noch einmal geküsst.

Allein die Möglichkeit war höchst beunruhigend. Ebenso wie die Gewissheit, dass sie der Anziehungskraft, die Jake Ford auf sie ausübte, nicht lange würde widerstehen können.

Nichts wird passieren, dachte sie, während der Jaguar die Straße entlangfuhr, die jetzt von gepflegten Einfamilienhäusern gesäumt war. Die Verandalampen erhellten sie mit ihrem großzügigen Schein. Nein, der Leidenschaft durfte man nicht trauen. Das wusste sie besser als die meisten. Als Cole Champion in ihr Leben getreten war, hatte sie sich von ihrem verzehrenden Verlangen mitreißen lassen. Es war das erste Mal gewesen, dass sie einem Mann ihr Herz geschenkt hatte.

Und das letzte Mal.

Sie würde es vom Verstand her wissen, wenn sie den richtigen gefunden hatte. Ihren Seelengefährten. Und bis dahin würde sie alle ihre Energien in ihre Firma stecken.

Genau aus diesem Grund hatte sie gerade ein schrecklich langweiliges Abendessen mit einem guten Kunden hinter sich gebracht. Und ebenfalls aus diesem Grund fuhr sie jetzt statt nach Hause diese Straße entlang und suchte die Adresse, die sie DeSoto Villanovas Unterlagen entnommen hatte.

DeSoto war heute Vormittag bei ihr im Büro gewesen und hatte seinen goldenen Füller auf ihrem Tisch liegen lassen. Als Jake da gewesen war, hatte sie ihn entdeckt, in die Tasche gesteckt und dann für Stunden vergessen.

Nicole behielt die Straße im Blick, während sie die Innenbeleuchtung einschaltete und sich den Zettel angelte, auf den sie DeSotos Adresse geschrieben hatte. Sie spitzte die Lippen, als sie die Hausnummer an einem einstöckigen Brownstone entdeckte.

Die Einfahrt war leer; nirgends brannte Licht. Nicole hatte nicht erwartet, DeSoto anzutreffen, weil er heute Abend eine Verabredung mit einer Frau von seiner Liste hatte. Nicole hoffte inbrünstig, dass es gut lief. Ähnlich wie Phillip Ormiston war es auch DeSoto in den Monaten, die er jetzt schon Kunde bei der Agentur war, noch nicht gelungen, eine passende Partnerin zu finden. Deshalb hatte er heute Morgen seinen Vertrag verlängert und dabei seinen Füller vergessen.

Nicole fuhr in die Einfahrt, schaltete den Motor aus und holte dann den Umschlag hervor, in den sie den Stift zusammen mit einem kurzen Begleitschreiben gesteckt hatte. Sie hatte vor, ihn in den Briefkasten zu werfen und DeSoto eine kurze Nachricht auf seinen Anrufbeantworter zu sprechen.

Kurz darauf stieg sie aus dem Auto und ging auf hohen Absätzen um die Kühlerhaube herum. Wenn der Vollmond ab und zu hinter einer Wolkenbank hervorlugte, tauchte er den Weg sowie das Blumenbeet in ein silbriges Licht, verschwand er, wirkten die grauen Schatten der Bäume geradezu gespenstisch.

Nicole stieg die Verandatreppe hinauf. Der Messingbriefkasten oben am Haus wurde von einer Kutscherlampe angestrahlt. Die Klappe quietschte, als sie sie hob und den Umschlag hineinfallen ließ. Ihre Finger hielten sie immer noch, als ganz unerwartet das Verandalicht erlosch. Das Herz klopfte ihr bis zum Hals, während sie wie erstarrt dastand.

Nachdem sie die Klappe des Briefkastens losgelassen hatte, schloss sich diese mit einem Geräusch, das wie ein unheimliches Stöhnen klang. Nicole fuhr zusammen. Fast in Panik wartete sie darauf, dass sich ihre Augen an die Dunkelheit gewöhnten. Der Gedanke, dass jede Glühbirne irgendwann den Geist aufgab, trug wenig zu ihrer Beruhigung bei.

Als im nächsten Moment die Haustür von innen geöffnet wurde, stockte ihr der Atem. Eine hoch gewachsene, schwarz gekleidete Gestalt, die aus dem Haus huschte, stieß mit ihr zusammen. Nicole taumelte von eisiger Angst gepackt und wäre auf ihren hohen Absätzen fast umgeknickt.

Noch ehe sie ihr Gleichgewicht wiederfinden konnte, traf sie eine Faust gegen die Schläfe. Ihr entfuhr ein schriller Schrei, während sie einige Schritte schwankte. Sie verfehlte das Verandageländer und stürzte die Stufen hinunter.

Mit dem Kopf stieß sie gegen einen der Schmucksteine auf dem Rasen. Dabei blieb ihr vor Schmerz die Luft weg. Übelkeit stieg in ihr auf, während sie sich mühsam aufzurichten versuchte, aber weiter als bis auf die Hände und die Knie kam sie nicht. Ihr wurde schwarz vor Augen, und sie sank in das Stiefmütterchenbeet.

Vor Villanovas Haus standen bereits ein Kranken- und ein Streifenwagen, als Jake eintraf. Die Tatsache, dass ein uniformierter Polizist eben dabei war, den Eingang zum Haus mit einem gelben Plastikband abzusperren, ließ Schlimmes ahnen. Offenbar war noch mehr passiert als der Angriff auf Nicole.

Jake war eben in Ormistons Beerdigungsinstitut gewesen und hatte Bradley Zucksworth, einen von Ormistons leitenden Angestellten, befragt, als Nicoles Anruf ihn erreicht hatte.

»Was haben wir?«, fragte er einen zweiten Polizisten mit einem Klemmbrett in der Hand.

»Eine verletzte weibliche Person«, erwiderte der Cop, während er Jakes Namen und Dienstgrad notierte. »Und eine männliche Leiche.«

Jake fuhr zusammen. »Wer, zum Teufel, ist denn tot?«

»Wahrscheinlich der Hausbesitzer. Als mein Partner und ich eintrafen, fanden wir die besagte weibliche Person – Nicole Taylor – in ihrem Auto. Vermutlich hat sie einen Schlag auf den Kopf bekommen und ist gestürzt. Sie ist leicht desorientiert, aber so wie es aussieht, war sie eben dabei, einen Umschlag in den Briefkasten zu werfen, als plötzlich das Verandalicht ausging. Gleich darauf wurde die Haustür geöffnet, jemand prallte mit ihr zusammen und versetzte ihr einen Hieb. Sie stürzte von der Veranda und stieß mit dem Kopf gegen einen Stein.« Der Polizist schaute über die Schulter auf den Krankenwagen. »Hat sich das Gesicht ziemlich verletzt.«

Jake blieb vor Schreck fast das Herz stehen. »Was meinen Sie mit *ziemlich*?«

»Abschürfungen, Blutergüsse, aber sie wird bestimmt keine bleibenden Schäden davontragen.« Der Polizist deutete mit dem Kopf zum Haus. »Die vordere Eingangstür stand offen, deshalb ging ich hinein, während sich mein Partner um die Frau kümmerte. Im Wohnzimmer entdeckte ich den Toten. Ich habe sofort in der Zentrale angerufen. Dort sagte man mir, dass Sie auf dem Weg hierher sind.«

Jake blickte auf das Haus, das stellenweise vom Mondlicht erhellt wurde. »Irgendwelche Anzeichen für einen Kampf? Für ein gewaltsames Eindringen?«

»Soweit ich gesehen habe, nicht.«

Genau wie bei Ormiston. Aus dem Augenwinkel sah Jake den Wagen der Spurensicherung vorfahren. »Fordern Sie noch mehr Polizisten an. Die Nachbarn müssen befragt werden. Vielleicht hat ja irgendjemand etwas gesehen.«

»Alles klar, Sergeant.«

Jake drehte sich um und ging auf den Krankenwagen zu, der mit kreisendem Blaulicht in der Einfahrt stand.

Als er Nicole erblickte, verkrampfte sich sein Magen. Sie lag mit geschlossenen Augen wie tot auf einer Trage. An ihrer Schläfe entdeckte er einen lilafarbenen Bluterguss, der in starkem Kontrast zu dem weißen Laken unter ihrem Kopf stand. Sie trug dasselbe rote Kostüm, das sie heute bei seinem Besuch in ihrem Büro getragen hatte, doch jetzt war es verschmutzt und ein Ärmel war am Ellbogen eingerissen.

»In welchem Zustand ist sie?«, fragte er den Sanitäter, der gerade die Manschette des Blutdruckmessers an ihrem Arm befestigte.

»Möglicherweise eine Gehirnerschütterung«, gab der Mann in dem Moment zurück, in dem Nicole die Augen öffnete.

»Jake«, sagte sie mit schmerzverzerrtem Gesicht.

Er kniete neben der Bahre nieder und zwang sich zu einem Lächeln, wobei er seinen Zorn unterdrücken musste. Irgendwer hatte ihr wehgetan. Er wollte dieser Person denselben Schmerz zufügen. »Wie geht's?«

»Ich … mein Kopf tut weh.«

»Das kann ich mir vorstellen.« Sie sprach nicht mehr so schleppend wie vorhin am Telefon. Soweit er es sagen konnte, wirkten ihre Pupillen normal.

»Ich … hätte nicht … ich wollte Sie nicht anrufen. Nachdem ich … aufgewacht und zu meinem Auto gegangen war … ich konnte nicht gut sehen und habe die Wahlwiederholung gedrückt.« Sie schloss einen Moment erschöpft die Augen. »Ich hatte heute Nachmittag Ihre Nummer angerufen, damit Sie … damit Sie die Kopien abholen …«

»Deshalb hatten Sie mich dann dran, als Sie die Wahlwiederholung gedrückt hatten.«

»Ja.«

»Ich bin Polizist, Nicole. Ich erwarte, dass man mich anruft, wenn etwas passiert ist.« Er legte seine Hand auf ihre. Als er spürte, wie sie zitterte, wurde es ihm in der Brust eng.

»Sie sagten … Sie sagten, ich soll Sie … in … Ruhe lassen. Sie sagten es, nachdem …«

Wir uns geküsst hatten. »Ja.« Ohne sich Rechenschaft über sein Tun abzulegen, verschränkte er seine Finger mit ihren.

»Ich hatte …«

Er schluckte schwer, als er sie schluchzen hörte. »Sie hatten was?«

»Ich hatte solche Angst.«

»Jetzt sind Sie sicher«, sagte er weich.

Sie war in zwei Tagen an Orten gewesen, an denen Leichen gefunden worden waren. Diese beiden Männer waren ehemalige Klienten von ihr gewesen. Einen Zufall hielt Jake für ausgeschlossen. Wenn sich herausstellte, dass es sich bei dem Toten tatsächlich, wie angenommen, um Villanova handelte, war Jake bereit, seine Harley zu verwetten, dass der Gerichtsmediziner irgendwo bei dem Südamerikaner einen Einstich finden würde.

Ja, zwischen den beiden Männern und Nicole gab es ganz offenbar eine Verbindung. Nachdenklich runzelte Jake die Stirn. Er schaute auf die verschränkten Finger ihrer Hände und löste langsam seine von ihren. »Haben Sie gesehen, wer auf Sie losgegangen ist?«

»Es war so … dunkel. Zu dunkel.« Sie schluckte. »Vielleicht weiß DeSoto ja, wer es war.«

Das Problem war nur, dass DeSoto wahrscheinlich tot war.

Der Sanitäter gab Jake ein Zeichen, dass sie fahren wollten.

Als er noch einen letzten Blick auf Nicole warf, widerstand er dem Impuls, ihr eine Haarsträhne aus dem Gesicht zu streichen. »Ich muss jetzt hier raus, damit man Sie zur Untersuchung ins Krankenhaus bringen kann.«

Sie betastete ihre Schläfe und zuckte zusammen. »Ich hasse … Krankenhäuser. Ich bleibe nicht dort.«

»Sie könnten an einen Arzt geraten, der anderer Meinung ist.«

Matt schüttelte sie den Kopf, dann lächelte sie schwach und flüsterte: »Danke.«

Trotz des Desinfektionsgeruchs im Krankenwagen stieg Jake ihr verführerischer Duft in die Nase. Wie, zum Teufel, sollte er einen klaren Kopf behalten, wenn er im Moment nichts mehr wollte, als sie in die Arme zu nehmen und ihren Kopf an seine Schulter zu betten?

Aber das tust du nicht, nahm er sich fest vor, obwohl er spürte, wie die Kraft, seine Empfindungen zu unterdrücken, schwächer wurde. Er wusste, wie es sich anfühlte, wenn einem eine außergewöhnliche

Frau begegnete. Und er wusste auch, wie es sich anfühlte, wenn man sie dann wieder verlor. Wenn der Schmerz an einem fraß wie Säure und man nicht mehr zur Ruhe kam.

Das würde er nicht noch einmal zulassen. Er durfte es einfach nicht.

»Sie brauchen mir nicht zu danken. Ich mache nur meinen Job«, erklärte er, bevor er aus dem Krankenwagen stieg und zum Tatort ging.

5. Kapitel

Nicole, die in einer der Betten in der Notaufnahme des Krankenhauses lag, war froh, dass die Schmerzmittel, die ihr die Schwester gegeben hatte, wenigstens ihre Kopfschmerzen vertrieben hatten. Gegen ihren rebellierenden Magen hatten die Medikamente allerdings nichts ausrichten können, im Gegenteil. Jedes Mal, wenn sie an die schwarz gekleidete Gestalt dachte, die aus DeSoto Villanovas Haus geschossen war, wurde ihr vor Beklemmung erneut übel.

Behutsam betastete sie mit der Fingerspitze ihre rechte Schläfe und stöhnte leise auf, als ein scharfer Schmerz sie durchzuckte. Glücklicherweise hatten die Untersuchungen ergeben, dass ihr außer einer leichten Gehirnerschütterung und einigen Schrammen und Blutergüssen nichts fehlte. Zuerst hatte der Arzt darauf beharrt, sie wenigstens eine Nacht zur Beobachtung dazubehalten.

Erst nachdem sie ihm hatte versichern können, dass Kathy Key, eine Freundin, die in der Wohnung nebenan wohnte, zugesagt hatte, sich um sie zu kümmern, hatte er sich erweichen lassen, sie gehen zu lassen. Das Problem war nur, dass Kathys Auto in der Werkstatt war, sodass sie Nicole nicht abholen konnte. Daraufhin hatte Nicole Kathy gebeten, Mel Hall anzurufen.

Eben hatte Kathy sich noch einmal gemeldet und Nicole Bescheid gesagt, dass ihr Assistent bereits unterwegs war.

In der Erwartung von Mels Ankunft setzte Nicole sich auf. Was sie allerdings sofort bereute, weil sich alles um sie herum zu drehen begann.

»Ich werde ohnmächtig«, murmelte sie und klammerte sich an den Kanten der Liege fest, bis sich der Schwindel gelegt hatte. Dann zog sie sich das Laken bis zum Kinn hoch, weil ihr plötzlich eiskalt geworden war. Das hatte nichts mit der Zimmertemperatur zu tun, sondern ausschließlich mit den Ereignissen des hinter ihr liegenden Abends. Sie wollte zu Hause sein, in ihrem eigenen Bett, wo sie sich sicher fühlte.

Jetzt hörte sie hinter dem Vorhang, mit dem ihre Kabine vom Flur abgetrennt war, Stimmen und gleich darauf steckte Mel den Kopf durch den Vorhangspalt.

»Nicole! Großer Gott, Nicole.« Mel kam herein. Sein Gesicht war aschfahl.

Sie rang sich ein Lächeln ab. »Mel, ich bin okay …«

»Ich sehe, dass dies nicht stimmt.«

Sofort war er neben ihr, ergriff ihre Hände und blickte besorgt auf sie hinunter.

»Gott, wie schrecklich«, flüsterte er. »Es tut mir so leid. Glauben Sie nicht, dass es besser ist, wenn Sie sich hinlegen?«

»Ich liege jetzt schon über zwei Stunden.« Forschend musterte sie ihn. »Aber Ihre Miene verrät mir, dass ich besser nicht in den Spiegel schauen sollte.«

In seine blauen Augen trat ein sanfter Ausdruck, als er auf sie hinunterblickte. »Es tut mir leid. Gott, es … es tut mir so leid.«

»Was denn?«

Auf seiner Stirn bildeten sich Falten, die gleich darauf wieder verschwanden. »Dass Sie verletzt sind.«

»Der Arzt sagt, in einigen Tagen werde ich wieder so gut wie neu sein.«

»Wie fühlen Sie sich?«

Sie entzog ihm eine Hand und befühlte ihren französischen Knoten, der hoffnungslos nach unten gesackt war. »Genauso wie ich vermutlich aussehe. Schrecklich.«

»Sie sind so schön. Nie könnten Sie schrecklich aussehen. Nie.«

Sie drückte seine Hand. »Nicht genug damit, dass Sie wie ein Rasenmäher durch unsere Papierberge gehen, schmeicheln Sie mir jetzt auch noch. Erinnern Sie mich daran, dass ich Ihnen eine Gehaltserhöhung gebe.«

»Einverstanden.« Er strahlte sie an. »Aber dann fange ich gleich an, mir diese Zulage zu verdienen, indem ich wegen des Jaguars Ihre Versicherung anrufe.«

Überrascht blickte sie ihn an. Als man sie in den Krankenwagen eingeladen hatte, war mit ihrem Auto noch alles in Ordnung gewesen. Soweit sie wusste, stand er immer noch in DeSotos Einfahrt. »Was ist denn mit ihm passiert?«

»Ja, hatten Sie denn keinen Unfall?« Verwirrt fuhr sich Mel mit der Hand durch das blonde Haar. »Kathy hat mir nur gesagt, dass Sie eine Gehirnerschütterung haben und mich brauchen. Deshalb bin ich davon ausgegangen, dass Sie einen Unfall hatten. Und als ich den Polizisten draußen auf dem Gang sah, nahm ich an, dass er hier ist, um Ihre Aussage aufzunehmen.«

»Draußen ist ein Polizist?«, fragte Nicole, die wegen der Medikamente Mühe hatte, klar zu denken.

»Ja. Er hat meine Personalien aufgenommen, bevor er mich reinließ.«

»Jake hat nichts davon gesagt, dass er jemand herschicken will.«

»Jake?«

»Sergeant Ford. Sie haben ihn heute im Büro kennengelernt.«

»Ja, ich erinnere mich. Aber was hat er denn damit zu tun?«

»Er kam zu DeSotos Haus, nachdem ich angerufen hatte.«

»Der Unfall ist vor Villanovas Haus passiert?« Mel wurde immer verwirrter.

»Nein, kein Unfall.«

Sie massierte sich die Stirn, während sie Mel mit kurzen Worten schilderte, was passiert war.

Er presste kurz die Lippen zusammen. »Großer Gott, wie schrecklich. Sie hätten mich bitten sollen, ihm den Füller zu bringen. Ich hätte es für Sie gemacht.«

»Es gab keinen Grund …«

»Meine Güte, Nicole, ist Ihnen denn nicht klar, dass Sie jetzt tot sein könnten?«

»Malen Sie doch nicht gleich den Teufel an die Wand, Mel.« Mit ihrer freien Hand umklammerte sie die Kante der Liege. »Wirklich, ich fühle mich nicht gut genug für eine Strafpredigt.«

»Entschuldigen Sie, es ist nur, weil Sie verletzt sind.« Er schüttelte immer noch fassungslos den Kopf. »Und Sie sind ganz sicher, dass Sie den Mann nicht erkannt haben?«

»Ja. Dafür war es zu dunkel, und alles ging viel zu schnell. Ich weiß nur, dass er groß und kräftig war. Deshalb vermute ich, dass es ein Mann war.«

»Also, das Wichtigste ist, ich bringe Sie jetzt erst mal nach Hause. Sie legen sich ins Bett, und ich mache Ihnen einige Umschläge.« Er hob das Kinn. »Ist Ihnen übel?«

»Ein bisschen.«

»Gut, dann koche ich Ihnen einen Ingwertee. Der beruhigt den Magen, das sagt Mutter auch immer.«

Nicole seufzte. Edna Hall konnte sich glücklich schätzen, dass sie einen Sohn wie Mel hatte.

»Wenn Sie noch ein bisschen so weitermachen, gebe ich Ihnen eine doppelte Gehaltserhöhung.« Nicole schaute auf ihr rosa Krankenhausnachthemd hinunter. »Aber jetzt müssen Sie mir erst einmal eine Schwester rufen, damit sie mir beim Anziehen hilft.« Nach diesen Worten entzog sie ihm ihre andere Hand auch noch. »Kathy wird heute bei mir übernachten …«

»Ich bleibe bei Ihnen.«

»Nein, Sie müssen an Ihre Mutter denken.«

»Auf Ihrer Couch«, beharrte er mit einem besorgten Stirnrunzeln. »Ich habe eine Nachbarin gebeten, heute bei meiner Mutter zu bleiben.«

Dieses eine Mal freute sich Nicole nicht über Mels Beflissenheit. Sie fühlte sich wie gerädert, und ihr Magen rebellierte schon wieder. Ihr fehlte einfach die Kraft, ihm deutlich zu machen, wie unpassend es wäre, wenn er auf ihrem Sofa übernachtete. »Ich weiß es zu schätzen, Mel, aber …«

»Ich fahre Miss Taylor nach Hause.«

Nicole hatte keine Ahnung, wie lange Jake bereits in der Kabine stand. Sie spürte nur, dass in dem Moment, in dem sie seine Stimme hörte, ihr Herz heftig pochte.

Wenn ihr vorher noch nicht klar gewesen war, dass sie in einem Gefühlssumpf watete, dann wusste sie es jetzt.

Mel drehte sich um. »Nehmen Sie es mir nicht übel, Sergeant, aber würden Sie Ihre Zeit nicht besser nutzen, wenn Sie versuchten herauszufinden, wer meine Chefin angegriffen hat?«

»Ich nehme es Ihnen nicht übel. Diesmal.«

Als Jake auf sie zukam, registrierte Nicole die dunklen Bartstoppeln, die ihn nur noch attraktiver machten, vor allem zusammen mit diesem leicht verwilderten Haar, das schon seit einer geraumen Weile auf einen Besuch beim Friseur wartete. Obwohl sie sich so miserabel fühlte, spürte sie eine tiefe Sehnsucht in sich aufsteigen. Und als er ihr einen Finger unters Kinn legte, verstärkte sich diese dermaßen, dass es wehtat.

Da sie wusste, was es hieß, dieser Sehnsucht nachzugeben, umklammerte sie in dem Wunsch, eine Barriere zwischen ihnen aufzurichten, ihr Laken fester.

»Wie geht es Ihnen?«, fragte er, während er ihre Schläfe einer eingehenden Musterung unterzog.

»Sagen Sie es mir.« Als sein Daumen an ihrem Hals nach unten glitt, hatte sie Mühe, die Augen offen zu halten. »Sieht meine Schläfe schon besser aus als vor zwei Stunden?«

»Besser würde ich nicht behaupten. Blauer vielleicht. Und geschwollener.«

»Danke, Sie verstehen es, einem zu schmeicheln, Jake.«

»Das habe ich schon öfter gehört.« Er ließ seine Hand sinken. »Falls Sie sich gut genug fühlen, würde ich Ihnen gern einige Fragen …«

»Kann das nicht warten?« In Mels Stimme schwang Empörung mit. »Nicole hat Schmerzen.«

Jake wandte den Kopf und durchbohrte Mel mit einem stählernen Blick. »Manche Dinge können warten, Hall. Andere nicht.«

»Nicht mal bis morgen?«, beharrte Mel.

»Nein. Wie wär's, wenn Sie versuchen, eine Krankenschwester aufzutreiben?«

Mel presste die Lippen zusammen und schaute auf Nicole. »Was soll ich tun, Chefin?«

Nicole spürte, dass er sich weggeschickt fühlte, und widerstand dem Impuls, ihm die Hand zu tätscheln. »Es wäre eine große Hilfe, wenn Sie versuchen, eine Schwester zu finden.«

»Sicher.« Flüchtig streifte er mit der Hand Nicoles Schulter. »Ich kann es kaum mit ansehen, dass Sie Schmerzen haben.«

»Halb so schlimm. Es geht schon wieder.«

»Suchen Sie erst eine Krankenschwester, und warten Sie dann draußen auf mich. Ich habe noch einige Fragen an Sie«, sagte Jake.

»Okay.« Mel schob seine Hände in die Hosentaschen und verschwand durch den Vorhang nach draußen.

Jake wandte den Kopf. »Wenn es um Sie geht, mausert sich Ihr Schoßhündchen zum Pitbull, scheint mir.«

»Mel ist sehr fürsorglich.«

»Das kann man wohl sagen.« Jake strich ihr mit den Fingern eine Haarsträhne von der lädierten Schläfe.

Eben hatte Nicole noch alle Geräusche draußen auf dem Gang wahrgenommen. Doch nachdem sie jetzt mit Jake allein war, fiel ihr auf, wie still es plötzlich in der Kabine geworden war. Und wie eng. Vor allem aber wurde ihr bewusst, wie sehr sie sich danach sehnte, sich an Jakes breite Brust zu schmiegen und ihren schmerzenden Kopf an seine Schulter zu lehnen.

Was natürlich ein katastrophaler Fehler wäre.

»Glauben Sie, Sie können mir noch einige Fragen beantworten, bis die Schwester kommt?«, fragte er, während er sich neben ihr auf dem Rand der Liege niederließ.

»Ja.«

»Gut. Dann erzählen Sie mir, was passiert ist.«

Sie schilderte ihm, immer wieder unterbrochen von seinen behutsamen Nachfragen, ihre Fahrt zu DeSoto und was dort geschehen war. Als sie berichtete, wie die schwarze Gestalt aus dem Haus geeilt sei, begann ihre Stimme zu zittern. »Ich taumelte zur Seite …

fiel hin. Er hat mich weggestoßen. Ich versuchte … aufzustehen. Ich dachte … Oh Gott, Jake, ich dachte, er …«

Jake nahm ihre Hand und drückte sie beruhigend. »Jetzt sind Sie sicher.«

»Ich weiß.« Sie schluckte. »Ich fühle mich nur noch ein bisschen mitgenommen.«

»Das ist verständlich. Wie groß war er etwa?«

»Sehr groß. Ein Hüne. Aber vielleicht kam mir das in der Dunkelheit auch nur so vor.«

»Ungefähr so groß wie Ihr Freund Sebastian?«

»Mögl…« Sie hob das Kinn. »Sie glauben doch nicht etwa, dass es *Sebastian* war?«

»Nein«, gab Jake ruhig zurück. »Ich habe nur gefragt, ob der Bursche etwa seine Statur hatte.«

»Es schien zumindest so. Und ja, Sebastian kennt DeSoto. Aber DeSoto war nicht zu Hause, was hätte Sebastian also dort zu suchen gehabt?«

Jake schaute auf seine Hand, die ihre hielt. »DeSoto war zu Hause.«

»Aber das Haus war dunkel …« Erschrocken hielt Nicole inne, als sie sein Gesicht sah. »Was ist mit DeSoto passiert?«

»Villanova ist tot.«

Nicole erstarrte. »Das kann nicht sein.« Als sie versuchte, ihre Hand wegzuziehen, hielt Jake sie fest. »Bestimmt verwechseln Sie da etwas. *Phillip* ist tot. Gestern Abend …«

»Villanova ist ebenfalls tot. Wir haben ihn in seinem Haus gefunden. Über die Todesursache haben wir noch keine endgültige Sicherheit, aber ich bin überzeugt davon, dass er ermordet wurde. Genau wie Ormiston.«

»Und der Mann, der mich niedergeschlagen hat, war …«

»Wahrscheinlich der Mörder.«

Ihr schossen die Tränen in die Augen. »DeSoto ist … war ein Freund von Bill. Er war auch auf der Hochzeit …«

»Ich weiß. Ich habe ihn dort gesehen. Mit Ihnen. Aber dazu kommen wir später. Was wird jetzt aus Ihnen? Sie sagten vorhin zu Mel, dass eine Freundin vorhat, heute bei Ihnen zu übernachten?«

»Ja. Kathy Key. Sie und ihr Mann haben die Wohnung nebenan.«

»Was ist mit Ihren Eltern? Können Sie nicht zu ihnen?«

»Sie sind zur Zeit auf einer Kreuzfahrt.«

»Gut. Dann sage ich nachher Ihrer Freundin Bescheid, dass Sie sie nicht brauchen.«

»Aber …«

»Ich schlafe heute Nacht auf Ihrer Couch, Nicole«, sagte er in einem Tonfall, der keinen Widerspruch duldete. »Und morgen überlegen wir, wie es weitergehen soll.«

Als Jake kurz darauf von der Krankenschwester auf den Flur gescheucht wurde, wünschte er sich sehnlichst, mit der ganzen Sache nur beruflich zu tun zu haben. Er wusste, bei jeder anderen Frau hätte er es arrangiert, dass eine Polizistin bei Nicole auf der Couch übernachtete. Aber Nicole war nicht jede andere Frau. Sie war die Schwägerin seiner Partnerin. Die Schwester des stellvertretenden Bezirksstaatsanwalts. Und …

Verdammt, sie bedeutete ihm etwas. Und das war das Problem an der Sache. Weil er nicht wollte, dass ihm je ein Mensch wieder etwas bedeutete, nicht so wie Annie und die Zwillinge ihm etwas bedeutet hatten.

Und doch war Nicole in der kurzen Zeit, die er sie jetzt kannte, irgendwie wichtig für ihn geworden. Er war sich nicht sicher wie wichtig – er wollte es lieber nicht wissen – aber dass es so war, stand fest. Das allein war schon ein riesiges Eingeständnis, das ihm Angst machte und das er vor allem nicht laut auszusprechen wagte.

Mit gerunzelter Stirn ging er den nach Desinfektionsmittel riechenden Krankenhausflur entlang. Noch nach ihrem Abtransport hatte er ständig Nicoles kreidebleiches Gesicht vor sich gesehen. Es war reines Glück gewesen, dass derjenige, der Villanova getötet hatte, nicht auch noch beschlossen hatte, eine mögliche Zeugin aus dem Weg zu räumen.

Nicole war heute Abend in Lebensgefahr gewesen. Bei diesem Gedanken liefen ihm eisige Schauer über den Rücken.

Nachdem er um die Ecke gebogen war, sah er Mel Hall am Anmeldetresen lehnen. Die Krankenschwester dahinter ließ ihren Blick anerkennend über seine hoch gewachsene Gestalt wandern, ohne dass Mel es bemerkte.

Als Mel Jake entdeckte, kam er auf ihn zu. »Hilft die Krankenschwester Nicole beim Anziehen?«

»Ja, und wenn sie fertig ist, möchte ich gleich fahren, deshalb wäre es mir lieb, wenn wir die Angelegenheit schnell hinter uns bringen könnten.«

Mel verschränkte die Arme vor der Brust. »Was denn für eine Angelegenheit?«

»Wo waren Sie heute Abend ab sieben?«

»Zu Hause bei meiner Mutter.«

»Kann sie das bestätigen?«

»Himmel, nein.« Mel zuckte die Schultern. »Meine Mutter ist schwer krank. Sie geht meistens gegen sieben zu Bett. Als der Anruf von Nicoles Freundin kam, schlief sie bereits.«

»Gibt es sonst jemand, der Ihr Alibi von heute Abend bestätigen kann?«

»Nein.« Mel blickte ihn aus zusammengekniffenen Augen an. »Aber Sie glauben doch nicht ernsthaft, dass *ich* Nicole etwas antun könnte?«

»Solange ich nicht weiß, wer es war, ist jeder verdächtig, Nicole niedergeschlagen und …«, Jake beobachtete Mel wachsam, »… Villanova getötet zu haben.«

»Schauen Sie, ich …« Mel erbleichte. »Haben Sie eben gesagt, Villanova *getötet* zu haben?«

»Ja.« Entweder war Hall ein erstklassiger Schauspieler, oder die Nachricht hatte ihn wirklich überrascht. »Im Augenblick sieht es so aus, dass derjenige, der Ormiston umgebracht hat, auch Villanova auf dem Gewissen hat. Leute, die Sie kannten.«

»Das heißt doch noch lange nicht, dass ich sie ermordet habe.«

»In welcher Stimmung war Villanova, als er heute Morgen Miss Taylors Büro verließ?«

»In einer ganz normalen, nehme ich an.«

»Hatten Sie einen Wortwechsel?«

»Einen *Wortwechsel*?«

»Ja, einen *Wortwechsel*. Eine Auseinandersetzung.«

»Warum hätte ich die haben sollen? Wir verabschiedeten uns wie gewöhnlich voneinander. Anschließend ging ich in die Küche, um Nicole Tee aufzubrühen. Und dann kamen Sie.«

»Wo waren Sie gestern, als Ormiston starb?«

»Ich weiß nicht, wann das war.«

»Fangen Sie mit dem Nachmittag an.«

»Ich war bis sechs im Büro. Dann habe ich zwei Stunden bei Sebastian trainiert. Anschließend fuhr ich nach Hause.«

»Wann war das?«

»Gegen acht. Vielleicht ein bisschen später.«

Nachdenklich spitzte Jake die Lippen. Nicole hatte Ormistons Leiche gegen halb zehn gefunden. »War Ihre Mutter noch wach, als Sie nach Hause kamen?«

»Nein.« Mel schloss die Augen. »Sie ist krank. Wahrscheinlich hat sie nicht mehr lange zu leben.«

»Das tut mir leid.«

Mel massierte sich den Nacken. »Schauen Sie, Sergeant, Sie können mir alles Mögliche vorwerfen, aber ich bin wirklich der Letzte, den Sie verdächtigen sollten.«

»Warum?«

»Ich bin Nicole zu größtem Dank verpflichtet. Ohne die Stelle bei ihr hätte ich mein Studium an den Nagel hängen müssen. Nie und nimmer würde ich der Agentur irgendeinen Schaden zufügen, ganz zu schweigen von Nicole. Im Gegenteil, ich betrachte es als Teil meines Jobs, von ihr und der Agentur Schaden abzuwenden.«

Jake sah aus dem Augenwinkel einen grauhaarigen Mann durch die Tür der Notaufnahme hereinkommen. Über seine Stirn lief aus einer Platzwunde Blut, und sein rechter Unterarm war mit einem Handtuch umwickelt. Sofort trat die blonde Krankenschwester, die zuvor ein Auge auf Mel geworfen hatte, in Aktion.

Jetzt konzentrierte Jake sich wieder auf Mel. »Schön, dann würden Sie also Nicole nie etwas antun. Aber kennen Sie vielleicht jemand, der es tun würde?«

»Nein, das nicht. Aber ich kenne jemand, der irrsinnig eifersüchtig ist auf jeden, der versucht, sich ihr zu nähern.«

»Wer ist das?«

»Sebastian Peck.«

Jake horchte auf. »Peck?«

»Ja. Er ist verliebt in sie. Für sie ist er nur ein Freund, aber er will mehr von ihr. Viel mehr.«

Jake versuchte die Verärgerung, die in ihm aufstieg, zu ignorieren. »Hat Peck Ihnen das erzählt?«

»Das braucht er nicht. Das sieht doch sogar ein Blinder.«

»Aha.« Jake schwieg einen Moment. »Dass Ormiston bei Sebastian Mitglied war, weiß ich«, fuhr er dann fort. »Was war mit Villanova?«

»Der auch. Er war unheimlich attraktiv, und die meisten Frauen waren verrückt nach ihm, aber wenn Nicole da war, hing er meistens bei ihr rum, womit er sich natürlich böse Blicke von Sebastian einhandelte.«

Jake zog aus seiner Tasche die Todesanzeige heraus, die er heute Morgen in Ormistons Spind gefunden hatte. »Wissen Sie etwas über einen jungen Mann namens Eddie Denson?«

Mel schaute auf die Todesanzeige. »Ja, der trainierte auch bei Sebastian.«

»Hat Denson je erwähnt, dass er Anabolika nahm?«

»Nein, aber er sah ganz danach aus.« Mel presste die Lippen zusammen. »Ormiston muss dasselbe gedacht haben.«

»Wie kommen Sie darauf?«

»Einmal kam ich rein zufällig an Sebastians Büro vorbei, während Ormiston drin war. Ich hörte, wie er Sebastian beschuldigte, Denson Anabolika zu verkaufen.«

»Was sagte Peck daraufhin?«

»Dass er es nicht mag, wenn jemand versucht, ihm etwas anzuhängen. Und danach hat er ihn praktisch aus seinem Büro geworfen.«

»Hat diese Unterhaltung sonst noch jemand mit angehört?«

»Nein.«

Jake nickte. Deshalb hatte Peck also so seltsam dreingeblickt, als Jake ihn gefragt hatte, ob er jemals mitbekommen habe, dass Ormiston mit irgendjemand eine Auseinandersetzung gehabt hatte. Ormiston hatte sich mit *ihm* gestritten.

Mel fuhr sich mit der Hand übers Gesicht. »Tut mir leid, dass ich vorhin so unfreundlich war. Aber seit ich das mit Villanova weiß, ist mir klar, dass Sie Nicole so schnell wie möglich befragen mussten. Der Mörder hätte sie ebenfalls töten können.«

»So ist es.«

»Bleiben Sie heute Nacht bei ihr?«

»Ja, ich übernachte auf ihrer Couch. Es ist sicherer.«

Mel atmete laut aus. »Sie braucht Arnikaumschläge.«

Jake zog ein finsteres Gesicht. »Arnikaumschläge?«

»Ja, wegen ihrer Schläfe. Arnikatinktur ist gut bei Blutergüssen und Schwellungen. Ich wollte ihr die Umschläge eigentlich selbst machen, aber …«

»Sehen Sie, ich …«

»In der Nähe von Nicoles Wohnung ist eine Apotheke, die rund um die Uhr geöffnet hat.« Mel griff sich einen Zettel und einen Stift vom Tresen und begann, eine Liste aufzustellen. »Kaufen Sie in der Apotheke Arnikatinktur, und machen Sie ihr Umschläge. Sie müssen sie alle paar Stunden erneuern, sonst nützen sie nichts.«

»Aha«, sagte Jake trocken.

»Ja, und wenn ihr übel ist, brühen Sie ihr Ingwertee auf.«

»Ich soll ihr Ingwertee aufbrühen?«

Mel wirkte leicht gereizt. »Ja, und wenn nicht, kaufen Sie ihr eben Gingerale«, sagte er, während er Jake den Zettel reichte. »Das hilft auch gegen Übelkeit. Sind Sie sich wirklich sicher, dass ich sie nicht nach Hause bringen soll?«

Jake schob die Liste in seine Hosentasche. »Danke. Ich komme schon zurecht.«

Und das war die Wahrheit – er kam zurecht. *Damit* jedenfalls. Womit er nicht zurechtkam, war das Wissen, dass er anfing, sich nach Dingen zu sehnen, von denen er geglaubt hatte, sie endgültig hinter sich gelassen zu haben. Dinge, die er nicht wollte, weil er wusste, wie leicht sie einem wieder genommen werden konnten. Dinge, die hässliche klaffende Lücken hinterließen, die sich nie wieder schlossen.

6. Kapitel

»Nicole?« Jake, der eben vor Nicoles Haus vorgefahren war, legte ihr sacht eine Hand auf die Schulter. »Wir sind da.«

»Hm …« Langsam drehte sie den Kopf zu ihm herum, ihre Lider hoben sich flatternd. »Jake?«, murmelte sie und kuschelte sich tiefer in die Polster.

»Schlafen Sie nicht wieder ein«, ermahnte er sie und drückte ihre Schulter. »Ich muss Sie erst noch ins Bett bringen.« Er unterdrückte ein Aufstöhnen, als ihm klar wurde, was er soeben gesagt hatte.

»Ach so, ja. Richtig.« Müde strich sie sich mit dem Handrücken eine Strähne aus dem Gesicht, dann blinzelte sie und beugte sich nach vorn, um durch die Windschutzscheibe auf die Straße zu schauen. »Oh. Wir sind da.«

»Ja. Jetzt mache ich Ihnen noch einen Arnikaumschlag, und danach können Sie weiterschlafen.«

Sie griff nach ihrer Handtasche und tastete nach dem Türgriff. »Wenn Sie irgendwann keine Lust mehr haben, Polizist zu sein, können Sie ja als Krankenpfleger arbeiten.«

»Fürs Erste bin ich noch ganz gern Polizist.« Nachdem er ausgestiegen war, half er ihr aus dem Auto.

»Danke, Jake.« Sie wankte und musste sich an ihm festhalten. »Ich bin nur …«

»Ist Ihnen schwindlig?«, fragte er, während er ihr kurzerhand die Arme um den Rücken und die Kniekehlen legte und sie hochhob.

»Ein bisschen.«

»Der Arzt sagte, man müsse damit rechnen.«

»Hm.« Sie schmiegte ihren Kopf so vertraulich an seine Schulter, dass ihm ganz anders wurde.

Ihr Duft hüllte ihn ein und betörte seine Sinne. Jake schloss einen Moment die Augen. Er hatte das Gefühl, gleich vom Rand einer Klippe in die Tiefe zu stürzen.

Nicole kramte in ihrer Tasche und zog einen Schlüsselbund heraus. »Meine Wohnung ist ganz oben.« Sie legte den Kopf zurück und lächelte ihn verschlafen an. »Jetzt wette ich, Sie hoffen, dass das Haus einen Aufzug hat.«

Er beobachtete das Spiel aus Licht und Schatten auf ihrem Gesicht. »Wenn nicht, werfe ich Sie mir einfach über die Schulter.«

»So muss es sich anfühlen, wenn man gerettet wird«, sagte sie und drückte die Nase in die Mulde zwischen seiner Schulter und seinem Hals.

Diese Geste benebelte seine Sinne wie starker Whiskey.

Er presste die Kiefer aufeinander und ging zum Hauseingang.

Was, zum Teufel, machte sie nur mit ihm? Woher kamen bloß auf einmal all diese verwirrenden Gefühle? Er wusste, dass sie ihn um den Verstand bringen konnte, wenn er sich nur einen Moment gehen ließ.

Und dann müsste er gerettet werden – nicht sie.

Am nächsten Morgen fühlte Nicole sich beim Aufwachen wie gerädert. Als eine Welle der Übelkeit sie erfasste, stöhnte sie leise auf, aber ihr Magen beruhigte sich zum Glück gleich wieder. Sie blieb noch einen Moment liegen. Die höllischen Kopfschmerzen von gestern waren einem dumpfen Hämmern ihrer Schläfen gewichen.

Während sie die Ereignisse des vergangenen Abends Revue passieren ließ, versuchte sie, sich langsam aufzurichten. Dabei merkte sie, dass sie nur ihren schwarzen BH und das dazu passende schwarze Höschen trug – die Unterwäsche, die sie gestern unter ihrem roten Kostüm angehabt hatte. Die Strumpfhose fehlte. Bei der Vorstellung, dass Jake sie ihr ausgezogen haben könnte, bekam sie Herzklopfen. Als sie sich auszumalen begann, wie seine Hände ihre Haut berührt hatten, während er ihr den hauchdünnen Nylonstoff abgestreift hatte, stieg Hitze in ihr hoch.

Ja, sie *wollte* seine Hände auf sich spüren. Wollte seinen Mund wieder auf ihrem fühlen, auch wenn eine innere Stimme ihr davon abriet. Er hatte irgendetwas an sich, das in ihr den Wunsch weckte, ihr Schicksal herauszufordern. Und sie wusste, dass sie mehr von ihm wollte.

Viel mehr.

Nachdem sie geduscht hatte, schlüpfte sie in eine türkisfarbene Bluse und schwarze Leggings. Dann steckte sie sich flüchtig das Haar hoch und ging, angelockt von dem Duft nach gebratenem Speck, barfuß ins Wohnzimmer. Als ihr Blick auf den Couchtisch fiel, wo Jake seine im Holster steckende Pistole und das Polizeiabzeichen abgelegt hatte, musste sie lächeln.

Nicole durchquerte das Wohnzimmer, an dessen Ende sich der auf Hochglanz polierte Esstisch und die Glasvitrine befanden, in der sie ihr Tafelsilber und das Kristall aufbewahrte. Einen Moment später kam die Küche, die als Verlängerung des Wohnzimmers angelegt war, in Sicht.

Obwohl sie wusste, dass Jake da war, klopfte ihr Herz bei seinem Anblick schneller. Er stand barfuß, mit Jeans und einem offenen weißen Hemd bekleidet, am Herd und stocherte in einer Pfanne herum, in der, dem Duft nach zu urteilen, der Speck brutzelte. Sein dunkles Haar war noch vom Schlaf zerzaust, und auf Kinn und Wangen zeigten sich Bartstoppeln.

Ja, dachte sie, insgeheim aufseufzend, während sie eine Frage beantwortete, die sie sich vorhin unter der Dusche gestellt hatte. Jake Ford sah morgens tatsächlich genauso anziehend aus, wie sie es sich ausgemalt hatte.

Nicole kämpfte gegen eine Welle heißen Verlangens an. Sie hatte Angst, schreckliche Angst, dass sie drauf und dran war, den Kopf zu verlieren – etwas, das sie unter allen Umständen verhindern musste. »Ich habe nicht erwartet, dass Sie auch noch Frühstück machen.«

Er wandte den Kopf und musterte sie eingehend. Sein Blick verweilte kurz auf ihren lackierten Zehennägeln, ehe er ihn wieder nach oben gleiten und auf ihrer mitgenommenen Schläfe ruhen ließ. In seinem Kiefer zuckte ein Muskel, aber seine Augen blieben ausdruckslos. »Wie fühlen Sie sich?«

»Schon viel besser.« Plötzlich nervös geworden, hielt sie in dem bogenförmigen Durchgang inne und beobachtete irritiert, wie er in ihrer hübschen Küche herumwerkelte, als ob er hier zu Hause wäre.

Sie räusperte sich und deutete mit dem Kopf auf den Herd. »Ich kann es fertig machen.«

»Nein danke«, sagte er und drehte mit der Gabel die brutzelnden Speckstreifen um. »Eigentlich wollte ich nur Kaffee kochen. Aber da ich keinen entdeckte, beschloss ich umzudisponieren.«

»Kaffee habe ich nicht, aber ich kann Tee aufbrühen.«

»Tee?«, fragte er entsetzt. »Gibt's den auch mit Koffein?«

Sie konnte sich ein Lächeln nicht verkneifen. Warum musste sie bloß alles an dem Mann verführerisch finden? »Ich habe eine Spezialmischung, die Mel mir nach einem Rezept von seinem Onkel Zebulon zusammengestellt hat. Die wird Sie schon munter machen.«

»Ist das der Kräuteronkel?«

»Ja. Sie haben ein ziemlich gutes Gedächtnis, Sergeant.«

»Ist nützlich für einen Cop.«

Sie füllte den Kessel mit Wasser, dann ging sie zum Herd und schaltete eine Kochplatte ein. Aus der Nähe sah sie die dunklen Ringe unter Jakes Augen, was zur Folge hatte, dass sie sofort Gewissensbisse bekam, weil er wahrscheinlich ihretwegen nicht genug geschlafen hatte.

Der Wunsch, ihm die Spuren der Müdigkeit wegzuküssen, bewirkte, dass ihre Haut zu kribbeln begann.

»Ich … ich nehme an, Sie sind koffeinsüchtig?« Der Anblick seiner muskulösen, schwarz behaarten Brust schien ihre Konversationsfähigkeiten stark zu beeinträchtigen.

»Koffeinsüchtig?«

»Na ja, im Fernsehen sieht man doch immer nur Polizisten, die auf Schritt und Tritt aus Plastikbechern Kaffee schlürfen.« Sie nahm Tassen und Untertassen aus einem Schrank und stellte sie auf den hohen

Tresen, der die Küche vom Wohnzimmer abtrennte. »Wenn man Hollywood Glauben schenkt, trinken alle Polizisten ihren Kaffee schwarz und so stark, dass der Löffel drin stecken bleibt.«

»Auch wenn sie zum Ausgleich dafür ständig Tabletten gegen Sodbrennen einwerfen müssen, hilft es doch, ihr Machoimage aufrechtzuerhalten.« Er legte die Speckscheiben auf eine Platte, die er zum Warmhalten in den Backofen schob, daraufhin zog er sich die Schüssel, die in seiner Reichweite stand, heran.

»Und Omelett auch noch?«, fragte sie, während sie zuschaute, wie er eine Mischung aus Eiern, Käse, gestoßenem Pfeffer und Pilzen in die Pfanne kippte. »Ich bin beeindruckt.«

»Nicht nötig. Mit mehr Kochkenntnissen kann ich nicht aufwarten.« Er grinste fast übermütig. »Normalerweise merke ich erst, wenn der Feueralarm losgeht, dass ein Essen fertig ist.«

Sie erinnerte sich an eine andere Zeit in ihrem Leben, als ihr nur deshalb die Luft weggeblieben war, weil ein bestimmter Mann sie angeschaut hatte. Während Nicole nach einer bunt bemalten Teedose griff, warnte eine innere Stimme sie. Es wäre klüger – und viel sicherer –, wenn sie den Mann aus ihren Gedanken verbannen und sich auf den Grund konzentrieren würde, aus dem der Polizist hier in ihrer Küche war.

»Vorhin beim Aufwachen dachte ich im ersten Moment, dass alles, was letzte Nacht passiert ist, ein schlimmer Traum war.« Sie schenkte goldbraunen Tee ein, ehe sie die Kanne auf ein Stövchen stellte.

»Es war aber kein Traum.« Jake klappte das Omelett zusammen und drehte es um. »Ich wünschte, es wäre anders.«

»Sie sind sich fast sicher, dass DeSoto ermordet wurde, stimmt's?«

»Ja, aber natürlich kann ich mich auch irren. Beim Morddezernat lernt man es schnell, keine voreiligen Schlüsse zu ziehen.« Er schaute auf die grün marmorierte Wanduhr, die inmitten einer Sammlung eingerahmter Speisekarten hing. »Der Gerichtsmediziner hat mir versprochen, heute früh gleich als Erstes die Obduktion vorzunehmen. In einer Stunde könnte ich schon Bescheid wissen.«

Jake lehnte sich gegen den Tresen, wobei er mit einem Auge den

Herd im Blick behielt. »Ich muss Ihnen noch einige Fragen zu Villanova stellen.«

Nicole holte von einem Bord die Karaffe mit Kräuteressig und stellte sie auf die Theke. »Schießen Sie los.«

»Sie haben ihn durch Bill kennengelernt?«

»Ja.« Sie runzelte die Stirn. »Ich glaube, sie haben sich durch einen Fall, den Bill bearbeiten musste, kennengelernt. Vermutlich wissen Sie inzwischen, dass DeSoto die Niederlassung von Cadillac in der May Avenue leitet … leitete.«

Jake nickte. »Ich habe letzte Nacht noch mit seiner Schwester gesprochen. Sie erzählte, dass er seit einigen Jahren geschieden war. Keine Kinder.«

»Ja. DeSoto war wie Phillip – er hat viel gearbeitet und ist nur sehr selten ausgegangen. Er mied Partys, weil er keinen Alkohol trank. Deshalb waren seine Möglichkeiten, eine passende Frau zu treffen, begrenzt.«

»Und als er gestern Vormittag Ihr Büro verließ, verhielt er sich ganz normal?«

»Ja.«

»Hat er einen Anruf bekommen, während er bei Ihnen war?«

»Nein.« Sie atmete hörbar aus. »Aber ich erinnere mich, dass Sie sagten, er hätte aufgebracht gewirkt, als Sie ihm im Aufzug begegneten.«

»Richtig. Er hat mich ja fast über den Haufen gerannt. Auf mich machte er den Eindruck, als hätte er sich gerade über irgendetwas fürchterlich aufgeregt.« Jake teilte das Omelett in zwei Hälften und legte es auf zwei Teller, dann holte er die Speckscheiben aus dem Backofen. »Sind er und Ormiston mit denselben Frauen ausgegangen?«

Nicole massierte sich die Stirn, um den dumpfen Kopfschmerz zu vertreiben. »Mit mehreren, glaube ich. Aber ich kann nachsehen. Gleich, wenn Sie möchten.«

»Nach dem Frühstück reicht auch noch«, sagte Jake, während er ihr die Platte mit dem Speck hinhielt.

Gleich darauf saßen sie nebeneinander auf den Barhockern, und Nicole kostete von ihrem Omelett. »Mm, das schmeckt ja himmlisch.«

»Höre ich da Überraschung in Ihrer Stimme mitschwingen?«, fragte Jake.

»Da Sie etwas von Feueralarm sagten, war ich eigentlich auf ein bisschen Holzkohlengeschmack gefasst.«

»Bei etwas anderem hätten Sie mit etwas Gummiähnlichem rechnen müssen.«

»Dann danke ich dem Himmel, dass Sie sich auf das Frühstück beschränkt haben.«

Er spießte ein Stück Omelett auf die Gabel, während er sie mit einem nachdenklichen Blick streifte. »Wie lange machen Sie das mit dieser Partnervermittlung eigentlich schon? Haben Sie vorher vielleicht in einer anderen Branche gearbeitet?«

»Ja. Vor sechs Jahren war ich bei einer PR-Firma angestellt. Eines Tages gab ein Kunde eine Party, auf der ich einen Mann kennenlernte, in den ich mich Hals über Kopf verliebte – oder zumindest hielt ich es damals für Liebe. Es dauerte keinen Monat, dann waren wir verheiratet. Ein halbes Jahr später fuhr ich morgens wie gewohnt zur Arbeit, aber dann fiel mir ein, dass ich etwas vergessen hatte. Mir blieb nichts anderes übrig, als noch mal nach Hause zurückzufahren, wo ich meinen heiß geliebten Ehemann mit einer Frau nackt auf unserem Esszimmertisch vorfand.« Nicole warf einen Blick auf die Essecke. »Der Tatort«, sagte sie leise. »Das Ergebnis davon war, dass ich meinen treu sorgenden Mann noch am gleichen Tag rauswarf und den Tisch gleich mit.«

Jake folgte ihrem Blick und pfiff leise durch die Zähne. »Dürfte nicht ganz einfach gewesen sein, diesen Vorfall zu erklären.«

»Sie können wetten, dass Cole es versuchte«, sagte sie, während sie mit dem Henkel ihrer Teetasse spielte. »Nach der Scheidung erzählten mir gleich mehrere Leute, dass sie ihn öfter mit anderen Frauen gesehen hätten. Und ich war völlig ahnungslos.«

»Wie hat er es vor Ihnen geheim gehalten?«

»Cole Champion gehört zu jener Art Menschen, die jeder auf Anhieb sympathisch findet. Er ist charmant, witzig und unterhaltsam. Man kann eine Menge Spaß mit ihm haben. Aber viel mehr ist auch nicht dahinter, es dauert allerdings seine Zeit, bis man das herausfindet.«

Ihre Mundwinkel hoben sich leicht. »Nachdem mir klar geworden war, dass er einfach nicht treu sein kann, habe ich ihm verziehen. Inzwischen sind wir Freunde. Ich habe ihm sogar seinen derzeitigen Job verschafft.« Sie stutzte einen Moment, dann riss sie die Augen auf. »Oh, das habe ich ja völlig vergessen!«

»Was denn?«

»Cole hat für DeSoto gearbeitet, das heißt, er arbeitet immer noch dort.«

»Na, das ist ja eine nette Überraschung. Seit wann denn?«

»Seit ungefähr einem halben Jahr.«

»Hatten er und Villanova irgendwelche Probleme?«

»Im Gegenteil. DeSoto erwähnte mehrmals, was für ein Glück er mit Cole gehabt habe.«

»Warum?«

»Cole ist ein Verkaufsgenie. Er würde es sogar schaffen, einem Viehzüchter Jauche anzudrehen. Er war DeSotos Starverkäufer.«

»Und kannte Ihr Exmann womöglich auch Ormiston?«

»Nein, das glaube ich nicht. Auf jeden Fall hat es keiner von ihnen je erwähnt.«

»Okay.« Jake warf ihr einen ruhigen Blick zu. »Ich glaube, Sie waren mit Ihrer Geschichte noch nicht am Ende. Wie kam es, dass Sie schließlich Ihre eigene Firma gründeten?«

Nicole strich sich eine Haarsträhne hinters Ohr. »Nun, nachdem meine Ehe so gründlich schiefgegangen war, beschloss ich, mein Leben zu ändern. Meine Erfahrung mit Cole hatte mich gelehrt, wie wichtig es ist, so viel wie möglich über den Menschen zu wissen, mit dem man vorhat, sich einzulassen. Und vor fünf Jahren kam mir dann die Idee, diese Partnervermittlung aufzumachen.«

»Und den Rest kenne ich.«

»Richtig.« Weil ihr Magen immer noch ab und zu rebellierte, schob Nicole ihren Teller beiseite und trank einen Schluck Tee.

»So, Jake Ford, jetzt wissen Sie alles über mich. Aber was ist mit Ihnen? Warum sind Sie zur Polizei gegangen?«

»Weil ich an Regeln glaube. Und wenn jemand gegen diese Regeln verstößt, sollte er meiner Meinung nach die Konsequenzen zu spüren bekommen.«

»Aber warum sind Sie ausgerechnet beim Morddezernat gelandet?«

»In meinen Augen gibt es kein schlimmeres Verbrechen als Mord. Deshalb ist es eine Ironie des Schicksals, dass ich vor noch nicht allzu langer Zeit wegen des Verdachts auf achtfachen Mord in einer Zelle saß.«

»Sie … Sie …« Er hätte ihr genauso gut die Platte mit dem Schinken über den Kopf schlagen können. »Das waren *Sie*?«

»Ja, ich.«

Nicole schluckte. »Ich habe es damals in den Nachrichten gehört, dass man wegen dieser Morde einen Polizisten verhaftet hat. Aber ich wusste nicht, dass Sie das waren.«

»Der Kerl, der die Morde begangen hatte, hatte eine Bekannte von mir umgebracht und stellte mir eine Falle. Er war abgefeimt, und ich war leichtsinnig. Wenn Whitney nicht felsenfest von meiner Unschuld überzeugt gewesen wäre und Ihr Bruder sich nicht an den Rechtsgrundsatz ›Im Zweifel für den Angeklagten‹ gehalten hätte, säße ich jetzt vielleicht immer noch hinter Gittern.«

»Das … das muss schrecklich für Sie gewesen sein.«

»Nicht so schrecklich wie für die Opfer.«

»Nein, natürlich nicht.« Sie schaute ihn über den Rand ihrer Tasse hinweg an. »Wie kommen Sie damit zurecht?«

»Ich sehe die Dinge anders als ein Zivilist.« Er schob seinen Teller neben ihren. Im Zurücklehnen langte er in seine Brusttasche und zog die Hand dann leer wieder hervor. Er fluchte.

»Ist etwas?«

»Ich habe vor fast drei Monaten das Rauchen aufgegeben. Das vergesse ich manchmal.« Er fuhr sich mit den Fingern durchs Haar. »Seit ich wieder im Dienst bin, gibt es – auch wenn das vielleicht abgebrüht klingt – nur noch wenig, was mich aus der Fassung bringt.«

»Es klingt nicht abgebrüht, sondern eher wie eine Überlebenstechnik.« Sie stellte ihre Tasse auf die Untertasse zurück und dachte an die Behutsamkeit, mit der er sie letzte Nacht behandelt hatte. An die Zärtlichkeit, die sie in seinen Augen gesehen hatte. Unter dieser rauen Polizistenschale verbarg sich zweifellos ein weiches Herz. »Obwohl ich bezweifle, dass sie im Fall einer persönlichen Tragödie helfen würden.«

Sie sah, wie er zusammenzuckte. Die Hand, die auf dem Tresen lag, ballte sich zur Faust. Und sie spürte, wie er innerlich auf Distanz zu ihr ging. Er hat jemand verloren, schoss es ihr durch den Kopf.

»Jake, es tut mir leid, ich …«

»Wenn es jemand trifft, der einem nahe steht, ist es etwas anderes.« Seine Stimme klang ausdruckslos. »Oder wenn Kinder beteiligt sind.« Er wich ihrem Blick aus. »Vor Kurzem musste ein elfjähriger Junge sterben, nur weil er zur falschen Zeit am falschen Ort war. Diesen Dreckskerl, der ihn getötet hat, werde ich schnappen, das schwöre ich.«

Um zu erreichen, dass er sie anschaute, legte Nicole ihre Hand auf seine Faust. »Ich möchte Ihren Job nicht machen. Aber ich bin froh, dass es Leute wie Sie gibt.«

Als er sich ihr zuwandte, stießen ihre Knie zusammen. Er spreizte mit seinen Beinen ihre, sodass ihre Schenkel ihn umschlossen. »Dann haben wir ja etwas gemeinsam. Ich möchte Ihren Job auch nicht machen.«

Der intime Körperkontakt bewirkte, dass ihr Pulsschlag sich beschleunigte. Nicole schaute auf seine immer noch volle Tasse. »Sie … mögen den Tee nicht.«

»Nichts gegen Mels Onkel, aber sein Tee schmeckt mir zu blumig.«

»Ich kann Ihnen einen anderen …«

»Nicht nötig.« Er deutete mit dem Kopf auf ihren Teller. »Stimmt mit dem Omelett was nicht?«

»Nein, es schmeckt köstlich. Mein Magen ist nur noch nicht ganz in Ordnung.«

»Im Kühlschrank ist noch Gingerale. Mel hat behauptet, es sei gut gegen Übelkeit.«

»Das stimmt. Ich trinke gleich noch ein Glas. Aber dabei fällt mir ein, dass ich mich noch gar nicht bei Ihnen bedankt habe.«

»Bedankt? Wofür?«

»Für die fürsorgliche Behandlung von letzter Nacht. Ich muss geschlafen haben wie ein Murmeltier. Ich habe gar nicht bemerkt, wie Sie mich ausgezogen und …«

»Ich habe Sie nicht ausgezogen«, erklärte er ruhig. »Das war Kathy. Nachdem ich Sie aufs Bett gelegt hatte, habe ich nebenan geklingelt.«

»Oh.« Spontan berührte sie seine Wange.

Er verharrte einen Moment reglos, dann legte er ihr einen Finger unters Kinn und schaute ihr tief in die Augen. »Wenn ich Sie je ausziehen sollte, dann nur, wenn Sie hellwach sind.«

Ihr Herz pochte … »Hellwach wäre gut.«

Als er seine Hand in ihren Nacken legte, spürte er, wie sie erschauerte. Er hatte nicht vorgehabt, sie wieder anzufassen. Letzte Nacht hatte er sich sogar geschworen, es nicht wieder zu tun. Immerhin war außer diesem einen unvermittelten Kuss nichts zwischen ihnen vorgefallen. Auch wenn es ein Kuss gewesen war, der ihm den Boden unter den Füßen weggezogen hatte. Und doch – oder vielleicht gerade deshalb – hatte er es für das Beste gehalten, einen Rückzieher zu machen.

Aber all diese guten Vorsätze waren den Bach runtergegangen, als sie vorhin in dieser türkisfarbenen Bluse und den schwarzen Leggings in die Küche gekommen war. Die Art, wie sie sich ihr hellblondes Haar flüchtig hochgesteckt hatte, erinnerte ihn daran, dass sie direkt aus dem Bett kam.

Er hatte noch nie eine Frau mehr begehrt als sie. Hatte noch nie jemand so gefürchtet wie sie. Er wollte sie, obwohl er damit ein großes Risiko einging.

Jetzt war es ihm egal.

Er schaute sie an und kostete ihre Nähe aus. Bis zu diesem Augenblick war ihm nie aufgefallen, wie sehr er eine so einfache Angelegenheit wie ein Frühstück mit einer Frau, die ihm etwas bedeutete, vermisst hatte.

Nicole hatte ihn daran erinnert.

Ihre vollen Lippen waren ungeschminkt und plötzlich glaubte er, sie so dringend schmecken zu müssen, wie er Luft zum Atmen brauchte. Er hatte nicht vorgehabt, sich von dieser Gefühlslawine überrollen zu lassen, und doch hatte sie ihn schon fast erreicht.

Das Blut rauschte ihm in den Ohren. Er beugte sich vor und blickte ihr tief in die Augen.

»Ich habe keine Veranlassung, Sie anzufassen, Nicole. Gar keine.«

Sie streckte die Hand aus und fuhr ihm über die nackte Brust. »Und ich habe keine Veranlassung, mir zu wünschen, dass du mich anfasst, Jake«, flüsterte sie. »Und ich sage dir, dass etwas passiert, wenn du es nicht auf der Stelle tust.«

»Nun, wenn das so ist ...« Von heißer Begierde erfasst, presste er seinen Mund auf ihren.

Der Kuss war wild, verlangend. Zungen rangen miteinander, Zähne bissen zu. Ihr leises Stöhnen benebelte seine Sinne wie eine starke Droge.

Er schob die Finger in ihr Haar, bog ihren Kopf zurück und vertiefte den Kuss. Eingehüllt in ihren Duft, spürte er das Hämmern seines Herzens, während er keuchend nach Atem rang.

»Ich will dich.« Er ließ die Lippen über ihre Kinnpartie zu ihrem Hals gleiten. Ihre Haut war seidenweich. Stunden hätte er damit zubringen können, ihren Geschmack auszukosten. Einfach nur auszukosten. Jake hob ein wenig den Kopf. »Ich wollte nicht, dass es so kommt, aber ich bin machtlos dagegen.«

»Jake, ich ...« Ihre Finger auf seiner Brust schossen Pfeile der Lust und des Verlangens in jeden Teil seines Körpers. »Das ist ... wahrscheinlich ... ein Fehler«, flüsterte sie, während sie seinen Hals mit heißen Küssen bedeckte. »Ich bin ... mir ... ganz ... sicher, dass es ... ein Fehler ist.«

»Ich auch.« Er tastete über ihre Bluse, bis er die festen Rundungen ihrer Brüste spürte. Ihre Knospen wurden sofort hart. »Ein großer Fehler.«

»Ich bin froh … dass wir ihn machen.«

»Ich auch.«

Das Geräusch in seinen Ohren klang plötzlich anders. Gleich darauf merkte er, dass es von außen kam, von der anderen Seite des Zimmers. *Von der Wohnungstür.*

Unvermittelt löste Jake sich von ihr, als ein Schlüssel im Schloss gedreht wurde. »Hat jemand zu deiner Wohnung einen Schlüssel?«

»Ich …« Sie schaute ihn mit verhangenem Blick an »Bill. Nur Bill.«

»Bill kann es nicht sein. Warte hier.«

Jake durchquerte rasch das Wohnzimmer, schnappte sich im Vorbeigehen seine Glock vom Kaffeetisch und entsicherte sie. In dem Moment, in dem er auf den Flur trat, wurde die Wohnungstür geöffnet, und ein großer, dunkelhaariger Mann kam herein.

Der Eindringling erstarrte wie ein in einem Scheinwerferkegel gefangenes Reh und blickte mit weit aufgerissenen Augen in die schwarze Mündung der Automatik.

»Was, zum Teufel, soll das?«

»Polizei«, sagte Jake, während er auch schon die Schulter des Mannes packte, ihn herumwirbelte und gegen die Wand stieß.

7. Kapitel

»Warte!«

Nicoles Stimme kam vom anderen Ende des Wohnzimmers, während Jake den Eindringling, der mit dem Gesicht zur Wand dastand, nach Waffen abtastete. »Jake!«

Jetzt sah er aus dem Augenwinkel, dass Nicole herbeieilte.

»Komm nicht näher«, warnte er sie.

»Nein, warte, Jake. Das ist doch Cole!«

»Cole Champion? Dein Ex?«

»Ja.«

Champion wandte den Kopf und grinste Nicole gequält an. »Na, da hast du dir ja einen scharfen Wachhund zugelegt, Nicky. Meinst du, du könntest ihn vielleicht zurückpfeifen, damit ich aufhören kann, deine Wand mit meinem neuen Anzug zu polieren?«

Jake unterdrückte eine scharfe Bemerkung und trat mit gesenkter Pistole zurück. »Drehen Sie sich um. Aber langsam.«

Während Champion seinen Befehl befolgte, registrierte Jake das sorgfältig gestylte schwarze Haar, die ausgeprägten Wangenknochen und die schwarzen Augenbrauen über dunklen, schlau blickenden Augen. Ein schwarzer Anzug, ein gestärktes weißes Hemd und eine dunkelrote Krawatte vervollständigten das perfekte Bild. Jake hatte unter dem gut sitzenden Jackett Muskeln gespürt, die hart wie Granit waren und mühelos alles, was sich ihnen in den Weg stellte, hinwegfegen konnten. Einschließlich einer erschrockenen Frau auf einer dunklen Veranda.

Jake verstärkte den Griff um seine Glock. Trotz des leidenschaftlichen Kusses von eben hatte er nicht vergessen, warum er die Nacht auf ihrer Couch verbracht hatte.

Er wandte den Kopf und begegnete Nicoles Blick. »Ich dachte, nur Bill hat einen Schlüssel?«

»Das dachte ich bis eben auch.« Sie stemmte die Hände in die Hüften und schaute Cole Champion herausfordernd an. »Was soll das, Cole? Wie kommst du zu diesem Schlüssel?«

Champions Mund verzog sich zu einem liebenswürdigen Lächeln. »Reg dich nicht auf, Nicky. Es ist nur …« Sein Lächeln verschwand, als sie sich ihm näherte. »Was ist denn mit dir passiert?«

Noch ehe er einen Schritt auf sie zumachen konnte, hielt Jake ihn fest und schob ihn wieder zurück an die Wand.

»Stopp. Stehen bleiben.«

Champion unternahm einen fruchtlosen Versuch, Jakes eisernen Griff abzuschütteln. »Wer, zum Teufel, sind Sie eigentlich?«

»Sergeant Jake Ford. Ich nehme Sie hiermit wegen unbefugten Eindringens fest.«

»Da liegen Sie falsch, Kumpel. Ich bin nicht unbefugt eingedrungen. Ich habe einen Schlüssel …«

»Den du eigentlich nicht haben solltest«, stellte Nicole klar.

»Ach, komm schon, Nicky. Es ist ein Reserveschlüssel, den ich kürzlich in meiner Werkzeugkiste entdeckt habe«, erklärte Champion mit unschuldigem Gesichtsausdruck. »Ich hab ihn an meinen Schlüsselbund gehängt, weil ich ihn dir zurückgeben wollte, wenn wir uns das nächste Mal sehen.« Er deutete mit der Hand auf den Marmorfußboden, wo sein Schlüsselbund nach dem Handgemenge mit Jake gelandet war. »Wenn dein Wachhund gestattet, dass ich mich bücke, gebe ich ihn dir.«

Jake nahm seine Hand von Champions Unterarm und herrschte ihn an: »Na los.«

Sofort kam Champion der Aufforderung nach. »Ich habe eine ganze Weile wie ein Irrer an deine Tür gehämmert, Nicky.« Als er sich wieder erhob und den Schlüssel abnahm, funkelte ein Brillant an seiner rechten Hand im Licht. »Weil ich mir ziemlich sicher war, dass du noch nicht im Büro bist, entschied ich mich der Einfachheit halber, den Schlüssel zu benutzen.« Cole reichte ihn ihr mit einem vertraulichen Lächeln. »Ist doch nicht weiter schlimm. Schließlich habe ich auch mal hier gewohnt.«

Der Gedanke, dass Nicole diesen Mann früher begehrt hatte, brachte Jake aus irgendeinem unerfindlichen Grund fast zur Weißglut. Als er es merkte, traf ihn fast der Schlag. Hatte er jetzt zu allem Überfluss auch noch das Gefühl, wie ein Raubtier sein Territorium verteidigen zu müssen? Verdammt!

»Ich dachte, du bist vielleicht unter der Dusche«, fuhr Champion fort. »Ich wollte mich nur ein bisschen unterhalten, aber ...«, er streifte Jake mit einem wissenden Blick, »... ich bin wohl zu einem etwas ungünstigen Zeitpunkt gekommen.«

Da hast du verdammt recht, dachte Jake grimmig. Wenn Champion nicht aufgetaucht wäre, wären sie jetzt wahrscheinlich schon im Bett ... Wenn sie überhaupt so weit gekommen wären. Bei diesem Gedanken presste er die Zähne aufeinander, weil ihm klar war, dass es ein Riesenfehler gewesen wäre. Jetzt musste er Champion womöglich sogar noch dankbar sein.

Zum Teufel!

Er schüttelte seine wenig erfreulichen Gedanken ab und bedachte Champion mit einem finsteren Blick. »Was wollen Sie hier?«

»Mit meiner Exfrau reden. Nicky, hast du gehört, was mit DeSoto passiert ist? Dass er letzte Nacht gestorben ist?«

Sie berührte mit den Fingerspitzen ihre Schläfen. »Ja, ich weiß.«

»Ich konnte bis jetzt noch nichts Näheres in Erfahrung bringen. Und da Bill und DeSoto ja befreundet sind ... waren, wollte ich dich bitten, Bill anzurufen. Vielleicht weiß er ja schon etwas.«

»Warum rufen Sie ihn denn nicht selbst an?«, fragte Jake.

»Bill ist nicht sonderlich gut auf mich zu sprechen, und ich habe kein Interesse daran, in alten Wunden zu stochern. Ich will einfach nur eine Information.«

»Welcher Art?« Während er sprach, schob Jake sein immer noch offenes Hemd zurück und steckte die Automatik in seinen Hosenbund.

»Ich möchte einfach wissen, was passiert ist. Gestern war DeSoto noch bei bester Gesundheit, und heute höre ich, dass er tot ist. Ich war total von den Socken. DeSoto war eben nicht nur mein Boss, ich mochte ihn.«

Champions Wissensdrang war nur zu verständlich. Trotzdem konnte es sein, dass er, ohne mit der Wimper zu zucken, log.

Als Jake Nicole anschaute, entdeckte er Verständnis für Champions Bitte in ihren ausdrucksvollen Augen. Sie hatte dem Mann verziehen, dass er sie nach Strich und Faden betrogen hatte, und jetzt waren sie »Freunde«. Wahrscheinlich kam sie nie und nimmer auf die Idee, dass auch ihr Exmann auf der Verdächtigenliste auftauchen könnte, falls Villanova ermordet worden war.

Jake atmete langsam aus. Er musste Champion genauer unter die Lupe nehmen, aber das konnte er nicht, solange Nicole dabei war. Deshalb ergriff er jetzt ihren Arm. »Ich muss mit deinem Ex reden«, sagte er leise. »Könntest du mir vielleicht inzwischen die beiden Listen ausdrucken, von denen wir vorhin gesprochen haben.«

»Jetzt gleich?«

»Ja.«

Sie nickte.

»Machen Sie es sich bequem, Champion«, forderte Jake ihn auf und deutete mit dem Kopf aufs Wohnzimmer.

»Gewiss doch. Ich wäre Ihnen wirklich sehr verbunden, wenn Sie mir erzählen können, was mit DeSoto passiert ist.«

Champion blieb vor Nicole stehen. »Das sieht ja schlimm aus, Nicky«, sagte er leise. »Bist du sonst okay?«

»Ja.« Sie sah ihn an und verzog leicht den Mund. »Aber untersteh dich, noch mal hier so reinzuplatzen, Cole. In Zukunft will ich, dass du vorher anrufst. Ist das klar?«

»Sonnenklar.« Er gab ihr einen leichten Nasenstüber. »Du wusstest es schon immer, wie man die Dinge auf den Punkt bringt.«

Sie drehte sich zu Jake um. »Ich bin in meinem Arbeitszimmer.«

Nicole saß an ihrem ordentlich aufgeräumten antiken Sekretär und blickte starr auf den Monitor. Hinter ihr spuckte der Drucker, der auf dem zu dem Sekretär passenden kleinen Beistelltischchen stand, ein bedrucktes Blatt aus.

Wie hatte nur alles derart außer Kontrolle geraten können? Vor weniger als einer Stunde hatte Jake Ford – ein Mann, von dem sie sicher wusste, dass er schlecht für sie war – sie geküsst, dass ihr Hören und Sehen vergangen war. Und jetzt war er in ihrem Wohnzimmer, um ihrem Exmann Fragen zum Tod seines Chefs – ihres Klienten – zu stellen. Wahrscheinlich war er ermordet worden.

Gedankenverloren nagte sie an ihrer Unterlippe. Völlig unmöglich, dass es sich bei der Person, die aus DeSotos Haus gekommen war und sie niedergeschlagen hatte, um Cole gehandelt hatte. Genauso wenig wie es Sebastian gewesen war, wie Jake gestern Abend im Krankenhaus angedeutet hatte.

Aber wie konnte sie sich dessen so sicher sein? Sie wusste doch noch nicht einmal ganz genau, ob es ein Mann gewesen war. Das Einzige, was feststand, war, dass zwei ihrer Klienten tot waren und sie fast mit dem Polizisten, der den Fall untersuchte, auf ihrem Küchenboden geschlafen hätte.

Mit einem Polizisten, der genau zu dem Typ Männern gehörte, um die sie einen Riesenbogen machen sollte.

Denen sie aus dem Weg gehen sollte … Sie presste die Fingerspitzen gegen die Lider.

Wie erregt sie gewesen war …

»Nicole?«

Sie drehte sich um und sah Jake – den hoch gewachsenen, atemberaubenden Jake – auf ihrer Schwelle stehen. Schon wieder pochte ihr Herz heftig. Meine Güte, sie musste sich wirklich zusammennehmen.

Forschend blickte er sie an. »Ist alles in Ordnung mit dir?«

»Sicher.« Sie befestigte die Haarspange, die sich gelockert hatte, neu. Sein weißes Hemd war jetzt zugeknöpft und steckte in der Hose. »Ist Cole weg?«

»Ja. Da ihm meine Fragen nicht gepasst haben, hat er beschlossen, nicht mehr mitzuspielen.«

Sie zögerte. »Fragen über DeSoto?«

»Unter anderem.« Was allerdings nur bedingt stimmte, denn vor allem hatte Jake seinen Unmut an Cole ausgelassen und ihn mit Fragen über seine erbärmlichen Vorstellungen von Treue attackiert.

Deshalb hatte er es Cole natürlich auch nicht verwehren können, irgendwann aufzustehen und zu verschwinden, aber das brauchte Nicole nicht so genau zu wissen.

Während er auf sie zuging, nahm er das hübsch eingerichtete Arbeitszimmer mit seinen zierlichen antiken Möbeln wahr. »Der Gerichtsmediziner hat eben angerufen«, fügte er, sich auf der Kante ihres Schreibtischs niederlassend, hinzu.

Ihr Magen krampfte sich zusammen. »Wurde … wurde DeSoto ermordet?«

»Dieselbe Todesursache wie bei Ormiston. Ihm wurde ebenfalls etwas injiziert, das seine Lunge lähmte. Man weiß immer noch nicht, worum es sich handelt.«

Sie spürte, dass ihr die Tränen kamen, und blinzelte sie weg. »Wer, Jake? Und warum?«

»Ich weiß es nicht. Noch nicht.«

Als er den Arm ausstreckte, um ihre Hand zu berühren, rollte sie sich schnell mit dem Stuhl zurück und legte ihre Hände fest gefaltet in den Schoß. Und dabei wäre es so leicht, dachte sie. So leicht, seinen Trost anzunehmen. So leicht, sich wieder an ihn zu pressen und sich von der Glut ihrer Leidenschaft fortreißen zu lassen.

Es ist nicht so, warnte ihr Verstand sie, obwohl Herz und Körper sich nach Jake sehnten.

Er schwieg einen Moment und schaute sie nur an. Schließlich verschränkte er seine Arme. »Der Todeszeitpunkt steht allerdings inzwischen so weit fest, dass wir ziemlich sicher davon ausgehen können, dass es sich bei Villanovas Mörder und demjenigen, der dich niedergeschlagen hat, um ein und denselben Täter handelt.«

»Großer Gott.«

»Ist dein Bruder deinetwegen nicht gut auf Champion zu sprechen?«

Sie blickte ihn an, verblüfft über seinen plötzlichen Gedankensprung. »Ja. Nachdem Bill gehört hatte, wo ich da reingetappt war, hat er sich aufgeführt wie ein wütender Stier, und seitdem hat er sich immer noch nicht ganz beruhigt. Aber du glaubst doch nicht ernsthaft, dass Cole etwas mit den Morden zu tun hat?«

»Wer weiß. Immerhin kannte er beide Opfer.«

»Was? Phillip kannte Cole auch?«

»Ja. Natürlich muss das allein noch lange nichts heißen.«

»Vor allem deshalb nicht, weil Cole ohnehin die halbe Welt kennt«, fügte Nicole hinzu. »Genau überlegt, finde ich es gar nicht so überraschend, dass er auch Phillip kannte.«

»Er war früher Immobilienmakler gewesen?«

»Ja, und anschließend hat er sich Anteile an einer Ölgesellschaft gekauft und damit spekuliert. Das war, bevor er bei DeSoto angefangen hat. Cole ist der geborene Geschäftsmann.«

»Und hatte er Glück?«

»Während wir verheiratet waren, hat er meines Wissens nach zweimal Pech gehabt. Deshalb hat er damals aufgehört, sein eigenes Geld zu investieren und hat nur noch Aktien verkauft.«

»Wodurch er sein eigenes Risiko minimiert, wenn nicht völlig ausgeschaltet hat.«

»Was das Geld anbelangt, ja.« Nicole griff nach einem Stift und legte ihn wieder hin. »Aber manchmal passiert es, dass ein Investor, der Geld verliert, ausrastet. Dabei kann niemand etwas dafür, wenn die Aktienkurse fallen, es passiert einfach. Aber daran erinnert sich niemand gern, der hilflos mit anschauen muss, wie sein Geld immer weniger wird.«

»Weißt du, ob Ormiston auch in Ölaktien investiert hat?«

Jakes Frage bewirkte, dass ihr ein Schauer über den Rücken rieselte.

»Auf jeden Fall hat er nie etwas davon erwähnt.« Sie stand auf und ging zur Anrichte. »Hat Cole dir erzählt, dass Phillip in eins seiner Ölgeschäfte Geld gesteckt hat?«, fragte sie, während sie ein Familienfoto in einem Goldrahmen zurechtrückte.

»Nein, davon hat er nichts gesagt. Hat er eigentlich aufgehört, mit Aktien zu handeln, nachdem er angefangen hat, für Villanova Cadillacs zu verkaufen?«

»Ich weiß nicht genau, aber ich bezweifle es. Cole ist in gewisser Weise ein Spieler. Er liebt die Aussicht, Geld zu machen, fast so sehr, wie es zu besitzen.«

»Ich würde es auch lieben, wenn ich dabei nicht riskieren würde, in die roten Zahlen zu kommen.«

Der sardonische Unterton in Jakes Stimme verwandelte ihre Verunsicherung in Angst. »Ich weiß, dass du jeden in Betracht ziehen musst, aber Cole kann DeSoto nicht getötet haben. Oder Phillip.«

»Bist du dir sicher?«

»Absolut. Ich …« Ihre Stimme zitterte. »Ich fasse es immer noch nicht. Wie können DeSoto und Phillip tot sein? *Ermordet.*«

»Sie sind tot, weil es irgendjemand so wollte.« Jake stand auf und deutete mit dem Kopf auf den Drucker. »Sind das die Daten der Frauen, die sich sowohl mit Ormiston als auch mit Villanova getroffen haben?«

»Ja.« Sie drehte sich um und zog das Blatt Papier heraus. Als sie sich wieder umwandte, prallte sie gegen Jake. Sie zuckte zusammen, als hätte sie sich verbrannt.

»Bist du okay?«, fragte er ruhig.

»Ja.« Sie hielt ihm das Blatt hin und wich einen Schritt zurück.

»Was hast du?«, fragte er.

Als sie den scharfen Unterton in seiner Stimme hörte, musste sie schlucken. »Es … es tut mir leid, Jake. Es ist nur, weil … weil ich denke, dass wir das von vorhin nicht wiederholen sollten.«

»Frühstücken?«

»Du weißt, was ich meine.«

»Ja.« Er faltete das Blatt Papier zusammen und stopfte es in seine Brusttasche. »Das war vor einer knappen Stunde. Würde es dir etwas ausmachen, mir zu erklären, woher dein plötzlicher Meinungsumschwung kommt?«

»Cole. Cole hat alles verändert.«

Jake zog die dunklen Brauen zusammen. »Willst du damit sagen, dass du immer noch etwas für ihn empfindest?«

»Nicht so, wie du denkst.« Sie befeuchtete sich mit der Zungenspitze die trockenen Lippen. »Vorhin, als ich ihn sah, fiel mir plötzlich alles wieder ein. Wie ich damals, als ich ihn kennenlernte, total den Boden unter den Füßen verlor. Und jetzt ist es wieder so, Jake.«

Seine Augen blitzten zornig auf. »Du glaubst doch nicht, ich sei wie er? Dass ich zum Typ von Männern gehöre, die eine Frau betrügen?«

»Ich weiß nicht, zu welcher Art von Männern du gehörst. Nicht wirklich. Und solange ich mit dir zusammen bin, ist es mir auch egal. Und genau das ist das Problem. Ich höre auf zu denken und fühle nur noch. Das ist ebenso wie damals mit Cole.«

Jake machte einen Schritt auf sie zu. »Das klingt ja fast so, als wolltest du uns beide vergleichen.«

»Ich vergleiche die Situation.« Erneut wich sie zurück, bis sie das Bücherregal in ihrem Rücken spürte. »Und die ist dieselbe.«

»Wirklich?«, fragte er und blieb dicht vor ihr stehen.

»Ja. In deiner Nähe vergesse ich mich, ich vergesse, wie teuer ich damals dafür bezahlt habe, dass ich meinen Verstand ausgeschaltet habe. Als ich Cole vorhin sah, fiel mir mit einem Mal alles wieder ein, und ich habe einen furchtbaren Schreck bekommen. Was heute früh zwischen uns passiert ist, war eine körperliche Reaktion …«

»Die verdammt richtig war.«

»Der ich zutiefst misstraue. Ich habe meine Lektion gelernt, das heißt, ich weiß mittlerweile, was für ein Mann zu mir passt. Du bist es nicht.«

»Vorhin schien ich ganz gut zu dir gepasst zu haben.«

»Du hast mich überrumpelt, und ich habe mich nicht gewehrt.« Sie ballte die Hände zu Fäusten, um die Erinnerung an den leidenschaftlichen Kuss abzuschütteln. Wie sehr sie sich beide hatten gehen lassen. »Ich will das nicht. Das *kann* ich nicht wollen«, fügte sie hinzu.

»Du bist hier nicht die Einzige, die Bedenken hat, Lady.«

Als er sich vorbeugte, zog sie erschrocken die Luft ein. Nur eine kleine Kopfbewegung, dann würde sein Mund ihren berühren. Verlangen durchflutete sie, während sie seine Augen zornig aufblitzen sah.

»Glaubst du vielleicht, mir gefällt es zu wissen, dass ich dich mehr begehre, als ich je eine Frau begehrt habe?«

»Ich habe keine Ahnung«, sagte sie fast verzweifelt.

»Schön, jetzt weißt du es. Ich habe ebenfalls Gründe, dass mir das, was zwischen uns passiert, nicht gefällt. Gute Gründe.«

»Jake, es ist …«

»Ich will dich, Nicole«, fiel er ihr eindringlich ins Wort. »Hier. Jetzt. Aber solange du ein Problem damit hast, dass ich dich berühre, werde ich die Finger von dir lassen.«

»Das … das wird das Beste sein.« Die Knie wurden ihr weich, aber sie sank nicht zu Boden. Dies hatte sie nur dem Umstand zu verdanken, dass sie sich mit dem Rücken gegen das Bücherregal presste.

»Gut, ganz wie du willst.« Er trat einen Schritt zurück. »Wenn du vorhast, heute zu arbeiten, werde ich dir zu deinem Schutz eine Polizeibeamtin vorbeischicken.«

Die Verwandlung in den harten Cop war so schnell erfolgt, dass sie schluckte. Er hatte getan, was sie wollte, indem er sich bereit erklärt hatte, ihre aufkeimende Beziehung zu ersticken. Und warum hatte sie plötzlich so ein Leeregefühl?

»Das ist nicht nötig«, sagte sie mühsam, während sie versuchte, ihre Gedanken zu ordnen. »DeSotos Mörder weiß sicher schon, dass ich ihn nicht identifizieren kann, weil er annimmt, dass andernfalls schon längst die Polizei bei ihm aufgetaucht wäre.«

»Möglich. Ich will aber trotzdem kein Risiko eingehen.«

»Im Büro sind viele Leute um mich herum. Und Mel sitzt gleich nebenan.«

Jake machte ein finsteres Gesicht. »Heute kommen Bill und Whitney zurück. Hältst du es nicht für besser, wenn du fürs Erste bei ihnen übernachtest?«

Sie überlegte einen Moment, ehe sie einwilligte. »Ja, gut, ich werde sie fragen.«

»Wenn Lieutenant Ryan sein Okay gibt, werde ich bei den beiden Frauen, die sich mit Ormiston und Villanova getroffen haben, verdeckt ermitteln. Ich komme später in der Agentur vorbei, damit du mich wie jeden anderen Klienten in deine Kartei aufnehmen kannst. Und dann vereinbarst du einen Termin mit den beiden.«

»In Ordnung.«

8. Kapitel

»Sie hätten nicht herkommen sollen.«

Während er sprach, stellte Mel auf dem Tisch vor dem Zweiersofa, auf dem Nicole saß, ein Teetablett ab. Heute trug ihr Assistent ein cremefarbenes Hemd und eine farblich dazu passende Bügelfaltenhose.

»Sie müssen sich erholen«, fügte er mit besorgtem Blick auf sie hinzu.

»Mir geht es gut, Mel.« Sie rang sich ein Lächeln ab. »Wirklich.«

»Sie sehen aber gar nicht gut aus. Ich sollte Sie nach Hause fahren. Sie müssen sich hinlegen.«

Das sagte er jetzt schon bald zum zehnten Mal, seit heute Morgen. »Ich weiß Ihre Sorge um mich zu schätzen, Mel, aber ...«

»Ihr Gesicht ist weiß wie ein Laken. Und dieser Bluterguss ...« Er schüttelte den Kopf. »Ich hätte letzte Nacht bei Ihnen bleiben sollen. Glauben Sie mir, ich hätte mich um Sie gekümmert.«

»Sie mussten bei Ihrer Mutter bleiben. Edna braucht Sie.«

Während er sich neben ihr niederließ, unterzog er ihre blau angelaufene Schläfe einer eingehenden Musterung. »Wenn ich Ihnen Umschläge gemacht hätte, wäre die Schwellung bestimmt schon zurückgegangen.«

Gedankenverloren tätschelte sie ihm das Knie. »Sie haben schon genug für mich getan, indem Sie Sergeant Ford geraten haben, dass er diese Arnikatinktur kaufen soll. Und Gingerale.« Sie fuhr sich mit der Hand über die Hüfte. »Außer dass mir von dem Sturz noch einige Stellen ein bisschen wehtun, fühle ich mich gut.« Sie fügte nicht hinzu, dass sie wieder schlimme Kopfschmerzen hatte.

Mel seufzte. »Ich hoffe nur, dass es wirklich so ist.« Er schenkte ihnen Tee ein. »Alles andere ist unwichtig.«

»Nein, alles nicht …« Die Stimme versagte ihr. »DeSoto und Phillip sind tot. Ich hoffe immer noch, dass alles nur ein schrecklicher Albtraum ist.«

»Aber Sie können doch nichts dafür, Nicole.« Mel reichte ihr lächelnd ihre Tasse. »Es ist Ihr Lieblingstee. Marokkanischer Pfefferminz.«

»Sie sind mein Held, Mel.« Obwohl es ihr gut tat, sich von ihrem Assistenten umsorgen zu lassen, wusste Nicole doch, dass ihr nichts und niemand die schwere Bürde abnehmen konnte, die wegen dieser schrecklichen Morde auf ihr lastete.

Ohne sie aus den Augen zu lassen, griff Mel nach seiner eigenen Tasse. »Sie dürfen es nicht so schwer nehmen, Nicole. Ich verstehe ja, wie Sie sich fühlen, aber vergessen Sie nie, dass es nicht Ihre Schuld ist.«

»Sie haben recht.« Sie trank einen Schluck Tee und genoss die beruhigende Wirkung. »Doch immerhin waren beide Männer Klienten von uns. Was ist, wenn Phillip und DeSoto wegen ihrer Kontakte zu *Meet Your Match* tot sind? Wenn sie von einer Frau ermordet wurden, die sie über unsere Agentur kennengelernt haben? Wir haben die Pflicht, diese Treffen sicher zu gestalten.«

»Wir haben Ingrid Nelsons und Rhonda Livingstones Hintergrund genauso sorgfältig durchleuchtet wie bei allen anderen.« Die beiden Frauen hatten sich mehrmals auf Initiative von *Meet Your Match* mit den Mordopfern getroffen. »Wir haben bei keiner von beiden irgendwelche Besonderheiten festgestellt.«

»Psychische Auffälligkeiten hätten sich eigentlich bei den Tests zeigen müssen«, fügte Nicole hinzu.

»So ist es. Und darauf haben wir uns verlassen. Aber möglicherweise war es trotzdem eine von ihnen.« Mel trank noch einen Schluck Tee. »Was sagt Sergeant Ford eigentlich dazu?«

Allein die Erwähnung von Jakes Namen bewirkte, dass Nicole im Bauch ein nervöses Kribbeln verspürte. Sie hatte den leidenschaftlichen Kuss von heute Morgen ebenso wenig vergessen wie das harte Glitzern in seinen Augen, als sie ihm gesagt hatte, dass er nicht der richtige Mann für sie war. Und auch das kühle Schweigen konnte sie nicht vergessen, in das sie sich auf dem Weg zu ihrem Auto beide gehüllt hatten.

Daran bist du selbst schuld, erinnerte sie sich. Schließlich hatte sie das Verhalten, das er jetzt an den Tag legte, von ihm verlangt. Sie musste ihren Körper, der sich irrte, mit ihrem Verstand im Zaum halten. Das würde sie am besten schaffen, wenn sie sich von Jake fernhielt.

»Nicole?«

Als sie den Blick hob, schaute Mel sie erwartungsvoll an. »Entschuldigung, was sagten Sie eben?«

»Ich wollte wissen, was Ford zu der Möglichkeit, dass es eine Frau gewesen sein könnte, sagt.«

»Er ...«

»... lässt keine Möglichkeit außer Acht.«

Als sie zur Tür schaute, sah sie Jake auf der Schwelle stehen. Er hatte sich umgezogen und trug jetzt ein helles Hemd, Jeans und einen schwarzen Sportmantel. Der Umstand, dass er sich nicht rasiert hatte, regte ihre Fantasie von neuem an. Sofort spürte sie seine Bartstoppeln wieder auf ihrer Wange.

»Jake ... Sergeant.« Sie stellte ihre Tasse und Untertasse auf das Tablett, dann tastete sie unwillkürlich über das hochgesteckte Haar. »Treten Sie ein«, sagte sie förmlich.

»Störe ich?« Er schlenderte ins Zimmer und blieb vor dem Kaffeetisch stehen. Sein Blick glitt zu Mel, bevor er wieder zu ihr zurückkehrte.

»Gar nicht.« Ihre ohnehin überbeanspruchten Nerven waren plötzlich zum Zerreißen gespannt. »Ich nehme an, Ihr Vorgesetzter hat zugestimmt, dass Sie verdeckt ermitteln?«

»Richtig.« Er schaute Mel wieder an. »Hat Nicole Sie schon informiert?«

»Ja. Wir haben eben darüber gesprochen, wie schlimm es wäre, wenn sich herausstellt, dass der Mörder unter unseren Klienten ist. Aber das Wichtigste ist, dass dieses Töten endlich aufhört.« Mel erhob sich und deutete auf das Silbertablett. »Kann ich Ihnen irgendetwas bringen? Wir trinken marokkanischen Pfefferminztee ... Nicoles Lieblingstee. Ich gehe nicht davon aus, dass Sie auch eine Tasse möchten, aber ich kann Ihnen Kaffee bringen.«

Jake hakte einen Daumen in seine Hosentasche. »Ich trinke Tee.«

Nicole war ebenso überrascht wie Mel.

»Gut, dann hole ich noch eine Tasse«, sagte ihr Assistent.

»Danke.«

Nicole rieb sich die Schläfen. »Mel, bringen Sie die Formulare mit. Ich muss für Sergeant Ford den üblichen Fragebogen ausfüllen. Die Daten geben Sie dann bitte in den Computer ein.«

»Selbstverständlich«, sagte Mel und ging zur Tür.

Nachdem er verschwunden war, breitete sich einen Moment lang unbehagliches Schweigen aus, das Jake schließlich brach, indem er in sachlichem Tonfall berichtete, was seine Kollegen bei der Befragung von Rhonda Livingstone und Ingrid Nelson herausgefunden hatten. Es war nicht viel, und außer dass beide für die Tatzeit kein Alibi hatten, weil sie behaupteten, allein zu Hause gewesen zu sein, hatten sich keinerlei verdächtige Gesichtspunkte ergeben.

»So, da bin ich wieder.« Mel kam mit einem Schnellhefter unter dem Arm und einer Tasse mit Untertasse zurück. Nicole registrierte nur flüchtig, dass sein Lächeln verschwand, als er sah, dass Jake es sich auf der Kante ihres Schreibtisches bequem gemacht hatte.

»Danke, Mel«, sagte Nicole, während er ihr die Akte reichte.

Jake nahm ihm nur die Tasse ab. »Die Untertasse brauche ich nicht.«

»Schön.« Mel holte die Teekanne und kehrte zum Schreibtisch zurück, um Jakes Tasse zu füllen.

»Ist das eine Mischung Ihres Onkels?«, erkundigte sich Jake.

Mel lächelte Nicole an. »Ja. Onkel Zebulons Tee ist unerreichbar.«

Nicole erwiderte das Lächeln ihres Assistenten. »Wenn wir hier fertig sind, möchte ich Sie bitten, dass Sie von Sergeant Ford noch ein Polaroid für die Akten machen.«

»Sagen Sie mir Bescheid.« Nachdem er die Teekanne auf das Tablett gestellt hatte, verließ Mel das Zimmer und schloss die Tür hinter sich.

Nicole warf Jake unter halb gesenkten Lidern einen Blick zu, während er einen Schluck aus der hauchdünnen Porzellantasse trank. »Ich dachte, du trinkst nur Kaffee.«

Er schaute sie über den Rand der Tasse hinweg an. »Ich konnte es mir nicht entgehen lassen, von deinem Lieblingstee zu kosten.«

»Und? Wie lautet dein Urteil?«

Er stellte die Tasse ab. »Der marokkanische Pfefferminz wird seinem Ruf durchaus gerecht.«

Als er sich bewegte, wehte ein Geruch nach Seife, vermischt mit Moschusduft, zu Nicole herüber. Sie versuchte, es zu ignorieren, und zwang sich, sich auf ihre Arbeit zu konzentrieren.

»Ich muss dir jetzt einige Standardfragen stellen«, sagte sie, um einen sachlichen Tonfall bemüht, während sie den Schnellhefter aufschlug und nach einem Stift griff.

»Schieß los.«

Um ihrer Frustration zu entkommen, machte Nicole während der beiden folgenden Tage ziemlich viele Überstunden. Sie wusste bereits aus der Vergangenheit, dass Arbeit das beste Heilmittel war, wenn sie sich aus der Bahn geworfen fühlte. Und im Moment fühlte sie sich wegen Jake Ford richtig elend.

Glücklicherweise wohnte sie vorübergehend bei Bill und Whitney, sodass sie auch an den Abenden nicht ganz so viel zum Grübeln kam. Obwohl Bill mit seiner untrüglichen Spürnase schon Lunte gerochen zu haben schien, dass es zwischen ihr und Jake gefunkt hatte. Die unverhohlene Skepsis, die in seinem Ton mitgeschwungen war, als er sie darauf angesprochen hatte, ließ vermuten, dass er ebenfalls befürchtete, sie könnte womöglich ihre schlechten Erfahrungen mit Cole wiederholen.

Nicole stützte die Ellbogen auf dem Schreibtisch auf und barg das Gesicht in den Händen. Nein, natürlich nicht. Sie war sich bei gar nichts mehr sicher. Vor allem nicht, was ihre Gefühle für Jake betraf. War sie nicht schon kurz davor, sich in ihn zu verlieben? Allein der Gedanke bewirkte, dass ihr ganz heiß wurde vor Angst. Nein, sie durfte nicht noch einmal ihren Gefühlen trauen, sonst würde sie erneut Schiffbruch erleiden.

Vor zwei Tagen, als sie mit Jake über dem Fragebogen gesessen hatte, waren Whitney und Bill in ihr Büro gekommen. Kurz darauf war Jake mit Whitney weggegangen, und seitdem hatte sie ihn nicht mehr gesehen. Den Berichten, die Nicole heute Morgen auf ihrem Schreibtisch vorgefunden hatte, hatte sie entnommen, dass Jake sich gestern Abend sowohl mit Rhonda Livingstone als auch mit Ingrid Nelson auf einen Drink unter dem fiktiven Namen Jake England getroffen hatte. Den Beraterinnen zufolge waren die beiden Klientinnen voll des Lobes über ihn gewesen.

Nicole schloss die Augen, um die Bilder, die in ihrer Fantasie aufstiegen, abzuwehren. Trotzdem sah sie vor sich, wie Jake sich erst mit der tollen Rothaarigen und danach mit der aufreizenden Brünetten auf einen Drink in einer Bar traf. Er macht nur seinen Job, versuchte sie, sich zu beruhigen. Die Polizei war gezwungen, bei den beiden Klientinnen, die sich mit den Mordopfern getroffen hatten, verdeckt zu ermitteln. Das hatte ihr Whitney, die inzwischen ebenfalls in die Untersuchung mit einbezogen war, bestätigt. Und dass Nicole als Inhaberin von *Meet Your Match* bei der ganzen Aufregung schon seit zwei Nächten nicht mehr schlafen konnte, war kein Wunder.

Da die Polizei die Lage so weit unter Kontrolle hatte, musste sie eigentlich nur noch ihre Gefühle in den Griff bekommen.

Sie zog ihre Schreibtischschublade auf und kramte die Visitenkarte heraus, die Harold Young ihr vor einigen Tagen gegeben hatte. Harold war ein guter Kunde. Er war Professor für Englisch, groß und schlank, mit braunem Haaren und dunklen, sanft blickenden Augen. Genau der richtige Typ Mann für sie. Das Gegenteil von Cole.

Und Jake.

Bis jetzt hatte Harold noch keinen Vertrag mit *Meet Your Match* unterschrieben. Deshalb würde sie ihren eisernen Grundsatz, niemals mit einem Klienten auszugehen, auch nicht verletzen, wenn sie ihn zum Essen einlud. Bei Harold war sie sicher. In seiner Nähe funktionierte ihr Verstand hervorragend. Sie hatte kein Problem, einen klaren Kopf zu behalten, und lief nicht Gefahr, in einen Abgrund zu stürzen.

»Nicole?«

Mel Halls Stimme veranlasste sie, den Kopf zu heben. »Ja, was ist?«

Ihr Assistent stand auf der Schwelle und schaute sie besorgt an. »Geht es Ihnen gut …?«

Ungeduld flammte in ihr auf. Wie konnte ein Mensch bloß seit zwei Tagen stündlich dieselbe Frage stellen?

»Ja, natürlich.«

Bei ihrem schroffen Tonfall erschien ein verletzter Ausdruck auf seinem Gesicht, was zur Folge hatte, dass sie sofort Gewissensbisse bekam.

Sie schloss kurz die Augen und atmete dabei langsam aus und ein. Es war nicht Mels Schuld, dass ihr Leben momentan ein Chaos war. Er machte sich eben Sorgen um sie. Ja, Mel war zuverlässig, und seine Gegenwart tat ihr gut. Daran musste sie sich immer wieder erinnern, und vor allem musste sie ihm noch öfter sagen, wie unersetzlich er für sie war.

Nicole öffnete die Augen und rang sich ein Lächeln ab. »Mir geht es gut, Mel. Ich bin nur ein bisschen nervös, tut mir leid. Was kann ich für Sie tun?«

Er deutete mit dem Kopf auf das Telefon. »Ingrid Nelson möchte Ihnen persönlich sagen, wie angetan sie von dem Treffen mit Jake war.«

»Wie aufmerksam von ihr.«

Mel lächelte. »Ich würde behaupten, dass sie mehr als angetan ist.«

»Meinen Sie?«

»Sie sagte, er sei eine Augenweide … mit einem Wahnsinnskörper.«

»Ich verstehe.«

Mels Lächeln verschwand. »Entschuldigen Sie. Ich hatte vorgestern den Eindruck, dass ... dass es zwischen Ihnen und Jake knistert.«

»Nein.« Abwehrend hob sie eine Hand. »Nein, ganz bestimmt nicht.«

Mel musterte sie forschend, ehe er sagte: »Das erleichtert mich. Um ganz ehrlich zu sein, fürchte ich nämlich, dass das nicht gut für Sie wäre. Ich glaube nicht, dass er Ihr Typ ist. Irgendetwas sagt mir, dass er nicht der richtige Mann für Sie ist, Nicole.«

Sie zerknüllte unbewusst die Visitenkarte in ihrer Hand. Dasselbe hatte sie sich vom ersten Moment an auch immer wieder klarzumachen versucht. Deshalb sollte sie jetzt wirklich nicht mehr Mel anfauchen, wenn er ihr einen guten Rat gab. Am wichtigsten war, dass sie ihre Gefühle unter Kontrolle bekam und Jake aus ihren Gedanken verbannte. Sie würde gleich damit anfangen, indem sie sich mit dem Professor zum Abendessen in einem Restaurant verabredete.

»Ja, Mel, Sie haben recht.« Sie straffte die Schultern und schaute auf das blinkende rote Lämpchen an ihrem Telefon, während ihr Magen bei der Vorstellung von der superschlanken Physiotherapeutin, die sich an Jakes »Wahnsinnskörper« drängte, rebellierte.

»Nun ...« Sie räusperte sich. »Ich freue mich, dass Ms. Nelson so angenehm überrascht ist. Das ist doch unser Ziel, stimmt's? Uns ist nichts wichtiger, als unsere Klienten zufriedenzustellen.«

»Ganz genau.« Mel schaute auf seine Uhr. »Es ist gleich Teezeit. Was möchten Sie heute?«

»Etwas, das meine Nerven beruhigt«, gab sie zurück, dann griff sie nach dem Telefonhörer.

Eingehüllt in ihren langen Morgenrock aus elfenbeinfarbener Seide, saß Nicole kurz vor Mitternacht mit einer Tasse Orangentee in Bills und Whitneys Küche. Bis jetzt hatte der Tee nicht geholfen, die pochenden Kopfschmerzen zu vertreiben.

Als sie im Flur ein Geräusch hörte, sah sie auf. Sekunden später kam ihr Bruder, bekleidet mit einem weißen Sweatshirt und einer grauen Jogginghose, herein. Sein blondes Haar war zerzaust, und Kinn und Wangen waren mit Bartstoppeln bedeckt.

»Du bist ja noch auf«, sagte er.

»Ich konnte nicht schlafen«, erklärte sie.

»Wie war dein Date mit dem Professor?«

»Sich mit einem Versicherungsfachmann über Prämien zu unterhalten wäre aufregender gewesen.«

»Klingt so, als wäre der Bursche nicht unbedingt dein Typ.«

Nicole stellte ihre Tasse mit einem leisen Klirren auf der Untertasse ab. »Ich habe es langsam satt, mir ständig anhören zu müssen, wer mein Typ ist und wer nicht«, erwiderte sie heftig. »Irgendwie scheinen das alle besser zu wissen als ich. Ich nehme an, du bist der Meinung, ich sollte einen Mann heiraten, der mich zu Tode langweilt.«

Bill blickte verblüfft drein, dann fuhr er sich mit der Hand übers Gesicht. »Ich kann mich nicht erinnern, das je gesagt zu haben.«

»Gut, dann versuch auch jetzt nicht, mir das einzureden. Das Thema hängt mir zum Hals raus. Ich will nicht mehr darüber sprechen.«

»Ist ja gut.« Er zog die Augenbrauen hoch, während er den Kühlschrank öffnete, sich eine Dose Bier angelte und sich dann neben ihr auf einem Stuhl niederließ. »Und worüber willst du dann sprechen?«

»Über nichts.« Mit finsterem Blick strich sie sich das Haar zurück. »Warum liegst du eigentlich nicht neben deiner frisch Angetrauten im Bett?«

»Weil meine frisch Angetraute vor einigen Stunden zu einem Mordfall gerufen wurde.«

Vermutlich war Jake ebenfalls dort. Nicole presste die Fingerspitzen gegen ihre Schläfen. Warum kreisten ihre Gedanken bloß ständig um Jake? Warum hatte sie während dieses nicht enden wollenden Abendessens immer nur an Jake gedacht? An seine Berührungen. Seinen Kuss.

Bill legte seine Hand auf ihre. »Jetzt komm schon, Nervensäge, erzähl mir, was du auf dem Herzen hast.«

Trotz ihrer Kopfschmerzen musste sie lächeln, als sie ihren alten Spitznamen hörte. »Ach, ich weiß nicht ...« Sie nagte unschlüssig an ihrer Unterlippe.

Aufmunternd nickte Bill ihr zu.

Sie gab sich innerlich einen Ruck. »Es ist nur so, dass ich Jake nicht aus meinem Kopf bekomme. Ich will nicht an ihn denken, aber ich schaffe es einfach nicht.« Sie massierte sich die pochenden Schläfen. »Und ich weiß nicht, was ich dagegen machen soll.«

Tröstend drückte Bill ihre Hand und schwieg eine Weile, ehe er sagte: »Du bist meine Schwester. Ich will nicht, dass dir irgendjemand wehtut. Aber ich möchte und kann dir auch nicht vorschreiben, wie du dein Leben führen sollst.« Er machte eine kurze Pause, ehe er bemerkte: »Hör zu, lass uns einen Deal machen. Du machst das, was du für das Beste für dich hältst. Und wenn sich ein Mann als Dreckskerl entpuppt, sagst du mir Bescheid, dann knöpfe ich ihn mir vor.«

Nicole gab ihm einen Kuss auf die stoppelige Wange. »Abgemacht.«

In diesem Moment läutete es an der Tür.

Erstaunt sah Bill sie an. »Erwartest du noch jemand?«

Nicole schüttelte nur stumm den Kopf.

»Vielleicht hat Whitney ja ihren Schlüssel vergessen«, vermutete Bill, ehe er auf den Flur verschwand.

Nicole trug ihre Tasse zur Spüle. Auch wenn sie die kurze Unterhaltung mit Bill vielleicht nicht viel weitergebracht hatte, war sie jetzt doch ein bisschen ruhiger. Ruhiger als ...

»Nicole.«

Bill sprach ihren Namen so merkwürdig aus, dass sie erschrocken herumwirbelte. Als sie Jake hinter ihrem Bruder auf dem Flur stehen sah, klopfte ihr Herz schneller. Beide Männer blickten so grimmig drein, wie Bill geklungen hatte.

»Was ist passiert?« Sie hielt nach Whitney Ausschau, aber Bills Frau war nirgends zu entdecken. Ein eisiger Schauer lief Nicole über den Rücken. »Whitney ... ist irgendetwas mit ihr?«

»Nein.« Bill trat vor und legte ihr einen Arm um die Schultern. »Whitney geht es gut.«

»Sie spricht noch mit Zeugen«, fügte Jake hinzu, während er in die Küche kam. »Nicole, ich muss dir einige Fragen über Harold Young stellen. Ist er ein Klient von *Meet Your Match*?«

»Harold?«, fragte sie matt. »Was ist denn mit Harold passiert?«

Bei dem Blick, den die beiden Männer wechselten, beschlich sie eine schreckliche Vorahnung.

»Er ist tot«, sagte Bill leise.

»Nein … nein … das kann nicht sein.« Sie warf einen fassungslosen Blick auf die Uhr über dem Herd. »Ich war doch heute Abend mit ihm essen.«

»Hat Young dich anschließend hier abgesetzt?«, erkundigte Jake sich.

»Nein, wir haben uns in dem Restaurant getroffen und haben uns nach dem Essen auf dem Parkplatz dort verabschiedet.« Sie machte einen Schritt auf Jake zu. »Du arbeitest beim Morddezernat. Wenn Harold bei einem Autounfall umgekommen wäre, wärst du jetzt nicht hier. Was genau ist geschehen?«

»Ein Nachbar hat Young beim Nachhausekommen in dessen Einfahrt liegend vorgefunden. Natürlich hat er sofort die Polizei alarmiert. Young hatte deine Visitenkarte in der Brusttasche.«

»Er hatte mich darum gebeten.« Nicole schloss die Augen, öffnete sie wieder. »Ich habe noch gesehen, wie er sie einsteckte.«

»Dann war er also kein Klient von dir?«, fragte Jake. »Das heißt, dass er Ingrid Nelson oder Rhonda Livingstone nicht kennt?«

»Nein. Soweit ich weiß, hat Harold die beiden nie getroffen.«

Bill schaute Jake an. »Ist die Todesursache dieselbe wie in den beiden anderen Fällen?«

»Es scheint so. Aber bald werden wir Genaueres wissen. Der Gerichtsmediziner ist unterwegs.«

»Hat man mittlerweile herausgefunden, was der Mörder seinen Opfern injiziert hat?«, fragte Bill.

»Nein, die Laborergebnisse sind noch nicht da.« Jake zog die

Augenbrauen zusammen. »Alles, was wir bis jetzt sicher wissen, ist, dass der Mörder es offenbar auf Klienten von *Meet Your Match* abgesehen hat.«

»Aber Harold war doch gar kein Klient!« Nicole war völlig verstört und konnte kaum einen klaren Gedanken fassen. »Er war nie in meinem Büro und kannte weder Phillip noch DeSoto. Es geht um mich, stimmt's? Harold musste sterben, weil er mit mir in Verbindung stand.«

»Bis jetzt können wir dazu noch nichts sagen«, erwiderte Jake. »Aber ganz ausgeschlossen ist es nicht. Wem war bekannt, dass du vorhattest, heute Abend mit Young auszugehen?«

»Niemand, soweit ich weiß.«

»Hast du den Termin in deinem Kalender eingetragen? Oder irgendwo auf einen Zettel geschrieben, den du auf dem Schreibtisch liegen gelassen hast?«

»Nein. Meine Verabredung mit Harold war rein privat. Und eine … eine spontane Entscheidung. Ich habe ihn heute Vormittag angerufen, und wir haben verabredet, uns heute Abend bei Nik zu treffen.«

»Hattest du das Gefühl, dass dir auf dem Weg dorthin jemand gefolgt ist?«

»Nein.«

Nicole schrak zusammen, als hinter ihr das Telefon klingelte.

»Ist ja mächtig was los heute Nacht«, meinte Bill, während er nach dem Hörer griff.

»Kaffee«, sagte Nicole ratlos, als sie Jakes Blick begegnete. »Ich sollte dir einen Kaffee machen.«

»Danke, ich treffe mich gleich mit Whitney auf dem Revier. Ich trinke dort einen.«

»Faxen Sie es mir«, sagte Bill, dann rasselte er eine Nummer herunter. »Aber wenn Sie den Richter ohne ausreichende Beweise mitten in der Nacht aufwecken, werden Sie Ärger bekommen. In Ordnung, ich melde mich bei Ihnen, sobald ich es mir angeschaut habe.« Damit legte er wieder auf. »Scheint so, als müsste ich heute Nacht auch noch arbeiten.«

»So ergeht's einem Staatsdiener eben«, bemerkte Jake.

»Einem unter vielen.« Sanft fasste Bill Nicole an der Schulter. »Bist du okay?«

»Ja«, log sie. Sie fühlte sich schrecklich elend.

»Sei ganz ruhig. Es ist nicht deine Schuld. Nichts von dem, was passiert ist, ist deine Schuld.«

»Sag das DeSoto und Phillip und Harold.«

»Es ist die Schuld der Person, die sie ermordet hat.« Tröstend drückte er ihren Arm. »Falls du mich brauchst, ich bin in meinem Arbeitszimmer.«

Weil ihr Tränen in die Augen stiegen, wandte sie sich eilig von ihm ab und presste sich eine Hand an den Hals. »Wir haben doch nur zusammen zu Abend gegessen, mehr nicht. Harold war nicht ...« Sie schloss fest die Augen und schluckte, um das Schluchzen zu unterdrücken.

»Er war was nicht?«, fragte Jake leise hinter ihr.

Als sie nicht antwortete, legte er ihr eine Hand auf die Schulter. »Was war er nicht, Nicole?«

Der Tränenschleier ließ die Kupferpfannen, die über der Kochinsel hingen, vor ihren Augen verschwimmen. »Er ist meinetwegen tot.«

Behutsam drehte Jake sie zu sich um. »Hör zu. Wenn sich herausstellen sollte, dass Young umgebracht wurde, dann hat jemand beschlossen, ihn aus dem Weg zu räumen. Aber dieser Jemand warst nicht du.«

»Nein, das nicht. Aber wenn ich nicht so egoistisch gewesen wäre, wäre Harold jetzt vielleicht noch am Leben. Ich habe ihn heute Nacht benutzt, Jake. Und willst du auch wissen, warum?«

Er presste die Lippen aufeinander. »Ich höre.«

»Endlich einmal wollte ich nicht mehr an dich denken müssen.« Sie ballte die Hände zu Fäusten. »Ich kann keinen Atemzug machen, ohne dass meine Gedanken bei dir sind. Bei Harold würde ich sicher sein, das wusste ich, weil er das Gegenteil von dir ist. Ich wollte mich ein bisschen ablenken. Damit ich aufhöre, ständig zu grübeln ... über dich. Ich ...«

Sie sprach nicht weiter, schlug sich die Hände vors Gesicht und begann hemmungslos zu weinen.

Jake legte seine Arme um sie und zog sie an sich. »Lass es einfach raus.« Sanft strich er ihr übers Haar. »Du musst alles rauslassen«, flüsterte er an ihrer Schläfe, während er sie in den Armen wiegte.

»Das hilft nicht«, brachte sie schluchzend hervor.

»Doch, es hilft.«

Als ihre Tränen endlich versiegten, hob sie den Kopf und blickte, sich mit den Händen die nassen Wangen abwischend, in sein grimmiges Gesicht. »Danke, dass du mir zum Ausheulen deine Schulter geliehen hast.«

»Ich bin der Kerl, dem man nicht danken muss, weißt du das nicht?« Seine Augen waren jetzt fast schwarz. »Ich werde den Mörder fassen, Nicole«, sagte er leise. »Das schwöre ich dir.«

»Ich werde dich daran erinnern.«

Er legte ihr die Finger unters Kinn. »Ich muss auch ständig an dich denken, falls dich das tröstet. Die letzten beiden Tage waren die Hölle für mich. Ich habe mich nicht bei dir gemeldet, weil ich dachte, dass es so das Beste ist. Für uns beide.«

»Auch wenn es vielleicht das Beste ist, ist es doch nicht das, was ich will.« Dieses Eingeständnis rutschte ihr so heraus. »Nicht mehr.«

Behutsam strich er ihr das Haar aus dem Gesicht. »Ich muss jetzt aufs Revier und mit Whitney unseren Bericht schreiben. Andernfalls würde ich dich heute nicht allein lassen.«

Er schob die Hand in ihr Haar und zog sacht ihren Kopf zurück. »Aber morgen Abend«, flüsterte er, während sein Mund ihren streifte. »Morgen will ich dich sehen, Nicole. Ich *muss* dich sehen. Allein.«

»Ja«, flüsterte sie.

9. Kapitel

Das Bild von elfenbeinfarbener Seide, die die verführerischen Rundungen von Nicoles Körper bedeckte, begleitete Jake durch die Nacht und den darauffolgenden Tag. Nachmittags saß er, umringt von Aktenstapeln, an seinem Schreibtisch im Morddezernat und konnte es nicht verhindern, dass seine Gedanken immer wieder zu Nicoles üppigen Kurven schweiften.

Jake wusste, dass Nicole keine Ahnung hatte, was ihr Anblick in ihm ausgelöst hatte, als sie barfuß in ihrem seidenen Morgenmantel in der Küche gestanden hatte.

Er hatte Sehnsucht nach ihr verspürt – Himmel, ja, das hatte er! Und dann hatte er noch viel tiefere Empfindungen gehabt, die weitaus beunruhigender gewesen waren.

Nicht die schlimme Pflicht, die vor ihm gelegen hatte, hatte ihm den Atem stocken lassen, sondern Nicole. Allein sie. Er wusste nicht, seit wann sie ihm so viel bedeutete, er wusste nur, dass es so war.

Und diese Erkenntnis jagte ihm Angst ein. Schreckliche Angst.

Wie von einem Magneten angezogen, glitt sein Blick zu der gerahmten Fotografie auf seinem Schreibtisch. Annie saß strahlend in einer Verandaschaukel und drückte ihre beiden kleinen Töchter an sich. Mit Annie hatte sich immer alles gut und richtig angefühlt, es war stets ein unglaublich behagliches Zusammensein gewesen.

Jake riss seinen Blick von dem Foto los. Als behaglich konnte er das, was er Nicole gegenüber empfand, nicht bezeichnen. Er fühlte sich innerlich zerrissen, und sein Verlangen nach ihr war wie ein Feuer, das ihn zu verbrennen drohte.

Nein, er war nicht verliebt. Er war außer Stande, die Gefühle, die er ihr entgegenbrachte, in Worte zu fassen, aber er war sich sicher, dass es nichts mit Liebe zu tun hatte. Er wollte sie. Punkt. Und sie wollte ihn ebenfalls – das hatte sie letzte Nacht zugegeben. Über das, was sonst noch in ihm vorging, würde er vielleicht später nachdenken.

»Dann wissen wir jetzt also sicher, dass der Professor ermordet wurde.«

Whitneys Stimme holte Jake in die Wirklichkeit zurück.

»Was?«

Seine Partnerin hockte mit übereinander geschlagenen Beinen auf seiner Schreibtischkante. »Entschuldigung, dass ich deine gewiss tief schürfenden Gedankengänge unterbreche, Sergeant Ford, aber ich dachte, wir unterhalten uns.«

»Das machen wir auch.« Was, zum Teufel, hatte sie eben gesagt?

»Bis jetzt treten wir immer noch auf der Stelle«, fuhr sie fort. »Deshalb schlage ich vor, dass wir uns die Fakten noch mal anschauen und überlegen, ob wir nicht irgendetwas übersehen haben – falls das nicht zu viel von dir verlangt ist.«

Während Jake verzweifelt versuchte, Ordnung in seine Gedanken zu bringen, lockerte er seine Krawatte. »Erbarmen, Whitney. Ich habe heute Nacht keine Sekunde geschlafen und war den ganzen Vormittag bei Gericht.«

»Ich habe letzte Nacht auch nicht geschlafen, aber das heißt noch lange nicht, dass ich deshalb nicht über unseren Fall nachdenke.« Sie zog die dunklen Augenbrauen hoch. »Und worüber denkst du nach? Wärst du vielleicht so freundlich, mir das zu verraten?«

»Nein.« Jake strich sich mit der Hand durchs Haar und schaute sich um. In der Einsatzzentrale herrschte ein hektisches Treiben, jeder war mit irgendetwas beschäftigt, und so blieb ihm wohl keine Wahl, als sich ebenfalls mit seinem Fall auseinanderzusetzen.

»Also gut.« Er lehnte sich in seinen Stuhl zurück und legte seine Fingerspitzen aneinander. »Wir können sicher davon ausgehen, dass die drei Opfer von ein und demselben Täter ermordet wurden. Die Todesursache war stets gleich – alle Opfer wiesen Einstiche im Hals auf. Allen wurde eine bis jetzt unbekannte Substanz gespritzt, wodurch die Lungentätigkeit zum Erliegen kam. Was immer es auch sein mag, es wirkt blitzschnell.«

»Zwei der Opfer waren Klienten von *Meet Your Match* und einer ...«

»Sergeant Ford? Dürfte ich Sie vielleicht einen Moment ...?«

Jake musste sich vorbeugen, um an Whitney vorbeischauen zu können. Er registrierte ein rundes Gesicht, schütteres Haar und eine wohl beleibte Gestalt, bevor ihm der Name des Mannes wieder einfiel.

»Mr. Zucksworth.« Jake stand auf und streckte dem Mann die Hand hin. »Das ist meine Partnerin, Sergeant Taylor.« Jake schaute Whitney an. »Mr. Zucksworth arbeitet für Ormistons Bestattungsinstitut.«

»Ma'am.« Bradley Zucksworth nickte Whitney höflich zu. Er trug einen schwarzen Anzug mit einer Rosenknospe im Revers und hatte sich eine Umlaufmappe unter den linken Arm geklemmt.

»Womit können wir dienen, Mr. Zucksworth?«, fragte Jake, während Whitney von der Schreibtischkante rutschte.

»Ich glaube, ich habe eine Information, die Sie interessieren könnte«, sagte Zucksworth und setzte sich auf den Stuhl, den Whitney ihm zurechtgerückt hatte. »Ich bin etwas in Eile.« Er zog eine Lesebrille mit halben Gläsern, die an einer goldenen Kette um seinen Hals befestigt war, aus der Brusttasche, setzte sie auf und blickte auf seine Uhr. »Ich muss gleich zu einem Gedenkgottesdienst und beschloss, kurz bei Ihnen hereinzuschauen, um Ihnen das hier zu geben.«

Jake beugte sich gespannt vor, seine Fingerspitzen begannen zu kribbeln.

Mr. Zucksworth nahm die Büroklammer ab, mit der die Umlaufmappe verschlossen war, und zog einen Schnellhefter heraus, den er Jake reichte. »Bei der Durchsicht von Phillips Schreibtisch stieß ich auf diesen Umschlag hier, der unter die Hängeregistratur gerutscht war. Deshalb haben Sie ihn wahrscheinlich übersehen.«

Jake öffnete den Schnellhefter und sah auf die Durchschrift eines Schecks, der mit einer Heftklammer an einem dicken Papierstapel befestigt war. Er hielt den Schnellhefter so, dass Whitney einen Blick darauf werfen konnte, dann richtete er seine Aufmerksamkeit wieder auf Zucksworth.

»Wissen Sie, warum Ihr Chef Cole Champion einen Scheck über hunderttausend Dollar ausgeschrieben hat?«

»Keine Ahnung. Ich weiß nicht einmal, wer Cole Champion ist. Aber dann bin ich neugierig geworden und habe mir die Unterlagen angesehen. Anscheinend hat Mr. Champion eine Gruppe von Investoren dazu gebracht, eine beträchtliche Geldmenge in eine Ölquelle in Oklahoma zu investieren. In eine Ölquelle, die nicht sprudelte.«

»So sieht es aus.« Jake überflog den Brief, den Ormiston dem Bezirksanwalt des Countys geschrieben hatte, wo die Ölbohrungen stattgefunden hatten.

Whitney beugte sich vor. »Ihr Chef hat diese Investition Ihnen gegenüber nie erwähnt, Mr. Zucksworth?«

»Nein, Ma'am. Dieses Ölgeschäft war seine Privatangelegenheit, deshalb hatte er keinen Grund, mit mir darüber zu sprechen.«

Jake klappte den Schnellhefter zu und legte ihn zu den anderen Akten auf seinem Schreibtisch. Er freute sich schon jetzt darauf, Nicoles Exmann durch die Mangel zu drehen.

»Ich habe Sergeant Ford bereits alles gesagt, was ich weiß«, beteuerte Champion zwei Stunden später. »Und viel ist es nicht.«

»Ich verstehe.« Whitney nickte dem Mann über den mit Brandlöchern übersäten Tisch hinweg verständnisvoll zu. »Und ich bin Ihnen dankbar, dass Sie sich trotzdem herbemüht haben, damit ich mir ein eigenes Bild machen kann.«

Jake hatte sich am anderen Ende des Tisches in einen Stuhl gesetzt. Der kleine Vernehmungsraum war kahl und grün gestrichen, mit nackten grellen Glühbirnen und einem von der anderen Seite aus einsehbaren Spiegel, der sich über eine ganze Wand hinzog. Vor Jake lag ein Schreibblock, auf dem er sich ab und zu eine Notiz machte, was allerdings ebenso wie seine lässige Körperhaltung nur Tarnung war. Er wusste, dass Champion den Schluss ziehen würde, dass Whitney die Morduntersuchung leitete, während er, Jake, nur die zweite Geige spielte und für ihn keine reale Bedrohung darstellte.

»Dann haben Sie Ihren Boss also gemocht«, sagte Whitney. »Und Sie können sich nicht denken, wer Mr. Villanova etwas antun wollte.«

»So ist es«, gab Champion zurück und lächelte Whitney an. »Ich habe keine Ahnung, wer DeSoto ermordet haben könnte.«

Jake wusste, dass Whitney versuchte, Champion in Sicherheit zu wiegen. Nicoles Exmann wirkte entspannt in seinem grauen Anzug und dem gestärkten weißen Hemd. Sein pechschwarzes Haar war sorgfältig frisiert, und der Ausdruck in seinen dunklen Augen wirkte so aufrichtig, als brenne er darauf, mitzuhelfen, den Mörder seines Chefs zu fassen.

Doch das war alles nur Schauspielerei, davon war Jake überzeugt. Champion war falsch wie eine Schlange – das hatte er bewiesen, indem er Nicole während ihrer Ehe betrogen hatte. Und Jake hatte nicht die Absicht, das zu vergessen. Ebenso wenig wie die Tatsache, dass Champion ihn wegen Ormiston belogen hatte.

Champion warf einen Blick auf seine Designeruhr. »Sergeant Taylor, könnten wir das vielleicht schnell hinter uns bringen? Ich muss in die Firma zurück. Nach dem Tod unseres Chefs geht es immer noch ziemlich drunter und drüber.«

»Das verstehe ich«, stimmte Whitney ihm mit geduldigem Augenaufschlag zu. »Ich habe nur noch einige Fragen. Sie haben ausgesagt, dass Mr. Villanova Ihnen den Papierkram überlassen hat, als Phillip Ormiston mehrere Limousinen für sein Beerdigungsinstitut bei Ihnen kaufte?«

Champion drehte ein wenig den Brillantring an seinem kleinen Finger. »Das ist richtig.«

»Und Sie haben Sergeant Ford auch erzählt, dass der Verkauf ohne Komplikationen über die Bühne ging.«

»Ja, aber ich verstehe nicht, was das alles mit …«

»Und dass Sie nichts von einer Investition wissen, die Mr. Ormiston getätigt hat und bei der er ziemlich viel Geld verloren hat.«

Zum ersten Mal seit sie sich an den Tisch gesetzt hatten, huschte Champions Blick zu Jake und verweilte auf seinem Gesicht.

»Mr. Champion?«, fragte Whitney.

»Der Limousinenverkauf lief tatsächlich wie geschmiert«, gab er zurück und richtete seine Aufmerksamkeit wieder auf Whitney. »Die Fabrik hatte sogar einige Tage früher als geplant geliefert.«

Jake hieb mit seinem Kugelschreiber auf den Block. »Dagegen lief dieser Öldeal offenbar nicht ganz so geschmiert, was?«

»Öldeal?«

»Hören Sie auf, mich für dumm zu verkaufen.« Jake zog unter seinem Block eine Plastikhülle hervor, in der sich der Scheckdurchschlag befand, und hielt sie hoch. »Sie haben Ormiston und sechs anderen Leuten eine Ölquelle aufgeschwatzt, für die jeder von ihnen an Sie hundert Riesen gezahlt hat. Die angebliche Ölquelle hat sich als trocken herausgestellt, was bedeutet, dass alle ihr Geld verloren haben. Viel Geld. Ormiston hat Sie beschuldigt, die Förderberichte der umliegenden Ölquellen manipuliert zu haben, ebenso wie die seismografischen Studien der betreffenden Ölquelle.«

»Ich habe überhaupt nichts manipuliert.«

»Ormiston dachte es aber. Er hat sich an den Bezirksstaatsanwalt von Garvin County gewandt und verlangt, dass er gegen Sie Anklage erhebt.«

»Hat er aber nicht. Und zwar deshalb, weil ich mir nichts habe zu Schulden kommen lassen.«

Mit unbewegter Miene stand Jake auf. Der Bezirksstaatsanwalt von Garvin County hatte in der Tat bestätigt, dass man Champion nichts Ungesetzliches habe nachweisen können. Dadurch war er zwar dem Gesetz durch die Maschen geschlüpft, aber mindestens ein zorniger Investor saß ihm immer noch im Nacken.

»Ormiston hat verlangt, dass Sie ihm seine hundert Riesen zurückzahlen.« Jake ging um den Tisch herum und stellte sich dicht hinter Champion. »Er hat Briefe an die anderen Investoren geschrieben, in denen er sie aufgefordert hat, sich seiner Klage gegen Sie anzuschließen. Wenn Ormiston noch leben würde, könnte Sie diese trockene Ölquelle ziemlich viel Geld kosten.«

Als Champion sich umdrehte und zu ihm aufblickte, sah Jake die Schweißperlen auf seiner Stirn. »Das war Ormistons erste Investition im Ölgeschäft. Er kannte die Risiken nicht.«

»Was er hinterher vielleicht nicht verstand, war, dass *Sie* keinerlei Risiko trugen.«

Jetzt begann Champion, ihnen weitschweifig darzulegen, wie es im Ölgeschäft zuging, und schloss mit den Worten: »Nur weil es in diesem Fall so dumm gelaufen ist, heißt das doch noch lange nicht, dass ich ihn getötet habe.«

»Wir werden schon noch herausfinden, wer ihn getötet hat, verlassen Sie sich darauf, Champion«, beschied Jake ihm grimmig und begann dann, seine nächsten Fragen wie Pfeile abzuschießen, wild entschlossen, diesen aalglatten Kerl weich zu kochen und wenn es bis zum jüngsten Tag dauern sollte.

Als Jake einige Stunden später noch nicht viel klüger den Trainingsraum bei Sebastian betrat, verschlechterte sich seine ohnehin schon auf dem Nullpunkt angelangte Laune beim Anblick des Wikingers, der seine riesigen Hände auf Nicoles Körper hatte, noch mehr.

Mit zusammengepressten Zähnen blieb er neben einer Reihe von Stair Masters stehen. Die Mischung aus Gesprächsfetzen, Keuchen und stampfender Musik, die die Luft erfüllte, trat gegen die nagende Eifersucht in den Hintergrund. Nie und nimmer hätte er geglaubt, zu so einer Empfindung noch einmal fähig sein zu können. Dieser atemberaubende saphirblaue Gymnastikanzug, den Nicole trug, betonte jede Rundung ihres Körpers.

Sein Blut kam in Wallung. Jake versuchte, einen kühlen Kopf zu bewahren, indem er sich einredete, dass es ganz normal sei, dass Sebastian Nicole berührte, schließlich war er dabei, ihr verschiedene Übungen zu demonstrieren.

Jake fuhr sich mit der Hand über die verspannten Nackenmuskeln und drehte sich um. Dabei entdeckte er Mel Hall in einer verspiegelten Trainingsbox. Nicoles Assistent lag auf einem schräg stehenden Brett und stemmte keuchend Gewichte.

Als Mel Jakes Blick auffing, nickte Jake kurz. Mel legte die Gewichte beiseite, wischte sich mit einem Handtuch den Schweiß von der Stirn und ging auf Jake zu.

»Erzählen Sie mir jetzt bloß nicht, dass noch jemand ermordet wurde«, sagte Mel, während er sich sein Handtuch um den Hals legte.

»Seit vergangener Nacht nicht.« Jake wusste, dass Whitney Mel Hall angerufen hatte, um sich für die Tatzeit ein Alibi geben zu lassen. Hall hatte – wie bei den beiden anderen Morden auch – behauptet, zu Hause bei seiner Mutter gewesen zu sein.

Zwischen Mels Brauen bildete sich eine steile Falte. »Sie sehen aber nicht aus, als wollten Sie trainieren.«

»Ich bin mit Nicole verabredet.« Jake warf einen Blick über die Schulter. Als er sah, dass sie die Übungen jetzt allein machte, während Peck nur zuschaute, löste sich seine Anspannung ein bisschen.

»Verabredet?«

»Ja.« Jake schaute wieder zu Hall. »Haben Sie eine Ahnung, wie lange sie noch mit Peck beschäftigt ist?«

»Die Trainingsstunde ist gleich vorbei.« Fahrig strich Mel sich durch das blonde Haar. »Hören Sie, Nicole hat einige anstrengende Tage hinter sich. Sie braucht dringend Ruhe. Sie müsste eigentlich ein bisschen meditieren …«

»Ford?«

Jake drehte sich um, als er Pecks tiefe Stimme hörte. »Ja?«

»Ich soll Ihnen von Nicole sagen, dass sie nur schnell ihre Tasche holt.« Ohne ihn aus den Augen zu lassen, zog Peck sich das Schweißband vom Kopf und schüttelte sich das Haar aus. »Ich würde Sie ja zu einer Partie Racquetball herausfordern, aber so wie es aussieht, haben Sie wohl keine Zeit.«

»Richtig.« Pecks Alibi für letzte Nacht hatte Whitney ebenfalls überprüft. Mr. Muskelprotz behauptete, zum Zeitpunkt des Mordes allein von Tulsa nach Hause gefahren zu sein.

Als Jake sich umdrehte, sah er Nicole in einem weiten weißen Herrenhemd, das sie sich über den Gymnastikanzug gezogen hatte, herankommen. Obwohl das Hemd vorn offen war, bestand so zumindest die Hoffnung, dass es ihn davon abhalten konnte, gleich hier im Fitnessstudio über sie herzufallen.

»Schön, dass du es noch rechtzeitig geschafft hast«, begrüßte sie ihn.

Jake schaute sie an und erwiderte ihr Lächeln. »Ja.« Ihre Wangen glühten – wahrscheinlich immer noch von den anstrengenden Übungen.

Ihm stockte der Atem, als ihm bewusst wurde, dass er noch nie eine Frau so sehr begehrt hatte. Er griff nach ihrer Hand. »Können wir gehen?«

»Ja …«

»Was ist mit Ihrem Auto, Nicole?« Mel machte eifrig einen Schritt auf sie zu. »Lassen Sie es hier?«

Sie schob sich den Lederriemen ihrer Sporttasche, die sie sich über die Schulter gehängt hatte, höher. »Ich hole es später.« *Morgen früh,* dachte Jake und verschränkte seine Finger mit ihren.

»Gut.« Mit dem Unterarm wischte sich Mel den Schweiß von der Stirn. »Wir sehen uns dann morgen in der Agentur.«

»Und denken Sie daran, Edna einige von den zuckerfreien Ingwerplätzchen mitzunehmen, die ich gekauft habe«, sagte Nicole und drückte freundschaftlich seinen Arm.

Mel strahlte. »Ja. Es sind Moms Lieblingsplätzchen.« Sein Lächeln verschwand, als er Jake mit einem kurzen Blick streifte, dann sah er wieder seine Chefin an. »Rufen Sie mich an, wenn Sie etwas brauchen. Ich fahre von hier aus direkt nach Hause.«

»Das werde ich tun.«

Jake wartete, bis sie außer Hörweite waren, ehe er fragte: »Ist dir schon mal der Gedanke gekommen, dass dein Assistent unser Zusammensein nicht sehr schätzen könnte?«

»Mel denkt, dass du nicht mein Typ bist«, erzählte Nicole, während sie sich um die Trainingsgeräte herum ihren Weg zum Ausgang bahnten. »Dass du nicht gut für mich bist.«

Jake hatte nicht die geringste Lust, dieses Thema zu vertiefen. Deshalb erwiderte er nichts darauf, während sie an der Anmeldung vorbei auf den hell erleuchteten Flur traten. Dort drehte er sie zu sich herum, drängte sie gegen die Wand und presste sich an sie.

»Mich interessiert viel mehr, was du denkst«, flüsterte er.

»Ich habe heute den ganzen Tag an dich gedacht. Ich glaube, ich werde verrückt, wenn du mich jetzt nicht auf der Stelle küsst.«

»Ich bin schon verrückt, aber ich küsse dich trotzdem.«

10. Kapitel

Nicole, der von dem Kuss ganz schwindlig geworden war, konnte sich kaum mehr erinnern, dass Jake sie in den Aufzug gezogen hatte, der sie in Sekundenschnelle nach unten in die Eingangshalle des Bürogebäudes brachte. In seinem Auto hatte er sie wie ein Verdurstender angeschaut.

»Deine Wohnung oder meine?«, fragte er, während er den Schlüssel ins Zündschloss schob.

»Was ist näher?«

»Meine.«

Sie knabberte an seinem Ohrläppchen. »Dann deine.« Sein warmer Moschusduft benebelte ihre Sinne und bewirkte, dass ihr Herz anfing zu hämmern. »Hat dieses Auto ein Blaulicht und eine Sirene?«

»Vertrau mir, wir werden es nicht brauchen.«

Viel später würde sie sich fragen, wie er es geschafft hatte, das Auto durch den dichten Feierabendverkehr zu lenken, ohne dass es gegen einen Brückenpfeiler gekracht war. Im Moment interessierte sie nur, wie sie es schaffte, mit ihren zitternden Fingern seinen Krawattenknoten zu lösen.

»Ich will dich spüren«, sagte sie, nachdem es ihr gelungen war, die Krawatte zu lockern, sein Hemd aufzuknöpfen und auseinanderzuschieben. Mit einem lustvollen Aufstöhnen ließ sie die Hände über seine nackte Brust gleiten, um jeden Zentimeter Haut und jeden Muskel dort eingehend zu erforschen. Sie liebkoste mit der Fingerspitze seine Brustwarze, dann setzte sie das sinnliche Spiel mit dem Mund fort.

Sie spürte, wie Jake erschauerte. »He, hast du vor, uns umzubringen?«, fragte er sie aufstöhnend, während er bei Gelb über die Kreuzung raste.

»Hm«, murmelte sie und knabberte an seiner Brustwarze.

»Du hast es also vor.«

Zehn Minuten später kam das Auto mit einem Ruck zum Stehen. Augenblicklich zog er sie zu sich auf den Schoß.

Und dann presste er seinen Mund auf ihren und küsste sie voller Leidenschaft. Erregt durchwühlte sie sein Haar, während sie sich in wildem Verlangen an ihn presste.

Er schob ihr das Hemd über die Schultern und Arme nach unten. Die zugeknöpften Manschetten verfingen sich an ihren Handgelenken hinter ihrem Rücken. Für einen kurzen Moment hatte sie das erregende Gefühl, gefesselt zu sein, als er ihr die Träger ihres Gymnastikanzugs über die Schultern streifte. Das Verlangen loderte wie ein Feuer in ihr, während er ihren Hals mit heißen Küssen bedeckte.

Jake hob den Kopf. »Ich will dich nackt.«

»Dann musst du … mich schon … aus dem Auto … rausschälen.«

Ihm entschlüpfte ein wüster Fluch, während er mit der Schulter die Tür aufdrückte und Nicole aus dem Wagen zerrte.

Nicole spürte die warme Nachtluft, die sie umgab. Halb von Sinnen taumelten sie, eng aneinander geschmiegt, die Einfahrt entlang, wobei sie das Hemd, das immer noch an ihren Handgelenken hing, wie eine Schleppe hinter sich herzog. Als sie stolperte, hob er sie hoch und trug sie, zwei Stufen auf einmal nehmend, die Verandatreppe nach oben.

Neben der Eingangstür brannte eine Lampe. Nach einem langen leidenschaftlichen Blick auf sie schob er den Schlüssel ins Schloss. Augenblicklich wurde sie erneut von Begierde überschwemmt.

Nachdem er aufgeschlossen hatte, stieß er die Tür mit der Schulter auf und kickte sie, nachdem sie im Haus waren, hinter sich mit dem Fuß wieder zu. Der silbrige Schein des Mondes fiel durch ein Fenster in die kleine Diele.

Als Jake Nicole herunterließ, merkte sie, dass sie ganz weiche Knie hatte. Wenn er sie nicht gegen die nächste Wand gepresst und ihren Körper mit seinem festgehalten hätte, wäre sie aller Wahrscheinlichkeit nach zu Boden gesunken.

An ihrem Bauch spürte sie den Beweis seiner Männlichkeit.

Er umfasste ihr Gesicht und bat keuchend: »Sag es mir.« Er blickte ihr tief in die Augen. »Sag mir, dass du das willst, Nicole. Dass du mich willst.«

»Ja.« Ihre Kehle war so trocken, dass sie kaum sprechen konnte. »Ich will dich.«

Ungeduldig zerrte er an dem Gymnastikanzug und schob den Stoff bis zur Taille nach unten. Dann ließ er mit erfahrenem Griff den Verschluss ihres elastischen BHs aufschnappen und streifte ihn ihr ab. Gleich darauf umfasste er mit beiden Händen ihre Taille und hob sie zu sich hoch. Als er eine ihrer Knospen in den Mund nahm und zu liebkosen begann, bekam sie vor Erregung kaum noch Luft. Sie krallte ihre Fingernägel in seine Schultern und bog sich, vor Wollust laut aufstöhnend, zurück.

Sie wand sich unter der süßen Folter, während sie spürte, wie zwischen ihren Beinen das Verlangen pochte.

»Jake … bitte, ich kann nicht …«

»Du kannst.« Nachdem er sie wieder heruntergelassen hatte, presste er erneut seinen Mund auf ihren. Erfahren und geschickt ließ er die Hände über ihren Körper gleiten, während er ihr erst den Gymnastikanzug zusammen mit dem Hemd, das immer noch an einem Handgelenk baumelte, und dann den Slip abstreifte.

»Wie schön du bist«, flüsterte er bewundernd. Gleich darauf umfasste er ihre Brüste und zog mit den Daumen kleine aufreizende Kreise um ihre Knospen. »Absolut perfekt.«

Während sie so vor ihm stand, nackt bis auf ihre Socken und ihre Sportschuhe, empfand sie ein Gefühl von Macht, als sie in seine vor Leidenschaft dunklen Augen blickte. Zeit und Raum wurden bedeutungslos angesichts des heißen Verlangens, von dem sie überflutet wurde. Das Einzige, was zählte, war er. Nur er.

»Hier.« Mit bebenden Fingern riss sie ihm den Mantel von den Schultern und ließ ihn achtlos zu Boden fallen. »Gleich hier«, flüsterte sie wie im Fieber, während sie ihm das Hemd aus der Hose zerrte.

»Ich habe ein Bett.« Seine Augen glitzerten, während er mit seinem Sakko kämpfte und es schließlich ebenfalls fallen ließ. »Ich habe verdammt noch mal ein Bett!«

»Später.« Sie nestelte an seinem Gürtel, öffnete den obersten Hosenknopf.

»Gut, dann eben hier.« Er nahm sich gerade noch Zeit, die Schuhe abzustreifen und sich seiner Hose und Unterhose zu entledigen, bevor er sie zu auf den sich Fußboden zog.

Sie spürte die kalten Fliesen unter ihrem Rücken, als er sich über sie beugte. Aufreizend langsam ließ er die Hände über ihren Körper gleiten, bevor er mit dem Mund die süße Folter fortsetzte. Ihr Herz pumpte in rasender Geschwindigkeit ihr Blut durch die Adern, und sie spürte, wie sie ganz weich wurde und unter seinen Berührungen wie Wachs dahinschmolz.

Jetzt wurde sie aktiv, bedeckte seinen Hals, die Brust mit heißen Küssen. Ihre Fingernägel krallten sich in seine Schultern. Sie konnte gar nicht genug bekommen von ihm, von seinem Geschmack, von seinen Liebkosungen.

Sie stöhnte auf, als er seine Hand zwischen ihre Schenkel gleiten ließ. Und jetzt rieb er sie mit den Fingern dort, wo es am lustvollsten für sie war, und trieb sie erbarmungslos dem Höhepunkt entgegen.

»Schau mich an«, verlangte er, als sie die Augen schließen wollte. »Du sollst wissen, dass ich es bin. Nur ich.«

»Ja.« Während er sie weiterhin streichelte, wand sie sich erregt. Wellen der Lust durchfluteten sie. »O ja, Jake, ja.« Im nächsten Moment lief ein heftiges Beben durch ihren Körper, und sie erlebte den Gipfel der Leidenschaft.

Erschöpft glitten ihre Hände von seinen Schultern. Sie lag jetzt bewegungslos da, in Schweiß gebadet und keuchend, mit klopfendem Herzen.

»Ich würde dich am liebsten mit Haut und Haaren verschlingen«, flüsterte er.

»Und ich würde … dich lassen.«

Nach einer Weile glitt er auf sie und küsste sie, während er kraftvoll in sie eindrang.

Von erneutem Verlangen überwältigt, stöhnte sie laut auf. Sie nahm ihn in sich auf – tiefer, als sie je einen Mann aufgenommen hatte. Sie bewegte sich voller Begierde unter ihm und drängte ihn zur Eile.

In diesem einen flüchtigen Moment, bevor sie zusammen den Höhepunkt der Lust erlebten, wusste Nicole, dass in ihrem Kopf, in ihrem Herzen nie Raum für einen anderen Mann sein würde. Nur für Jake.

Er hatte sie wie ein Süchtiger genommen. Das war alles, was Jake denken konnte, während er neben Nicole auf den kalten Fliesen lag und versuchte, seinen Kopf wieder klar zu bekommen. Noch nie zuvor hatte er bei einer Frau so total die Kontrolle verloren. Noch nie zuvor war er so verzweifelt besessen gewesen.

Nachdem sich seine Atmung ein bisschen verlangsamt hatte, schaffte er es, den Kopf zu drehen. Nicole lag mit geschlossenen Augen eng an ihn geschmiegt da. Ihre Haut schimmerte im Mondlicht.

Er streckte die Hand aus und fuhr ihr über die köstlichen Wölbungen und Vertiefungen, die ihn die ganze letzte Nacht und den heutigen Tag in Atem gehalten hatten.

»Ich bin wie ein Wilder über dich hergefallen«, sagte er ruhig.

»Hm.« Sie hatte die Augen geschlossen und holte – genüsslich, wie es schien – tief Atem. »Wir sind wie die Wilden übereinander hergefallen.«

Nachdem er kurz darüber nachgedacht hatte, musste er ihr zustimmen. Trotzdem war es keine Entschuldigung dafür, dass er sie so wenig behutsam behandelt hatte.

»Nicole, ich war roh. Auch wenn ich es nicht wollte, war es so. Du hast ein Recht darauf, empört zu sein.«

Sie öffnete die Augen und musterte ihn lange, während ihre Hand an seiner Brust nach oben glitt. »Ich hätte nur Grund gehabt, empört zu sein, wenn du mir noch im Auto die Sachen vom Leib gerissen hättest.«

Er musste bei dem Gedanken unwillkürlich grinsen. »Na, den Nachbarn hätte es bestimmt gefallen.«

»Nun, Sergeant Ford, dann erzählen Sie mir doch jetzt mal, wie viele Verkehrsverstöße Sie auf der Fahrt hierher begangen haben«, forderte sie ihn mit hochgezogenen Augenbrauen auf.

Er streichelte ihre Brust. »Etwa dreißig, würde ich sagen.«

Plötzlich wurde er von einem Gefühl überschwemmt, das er nicht benennen konnte, und zog sie ganz eng an sich. Trotz aller Zweifel, die er verspürte, schien alles, was zwischen ihnen passiert war, richtig zu sein.

Er strich ihr mit den Fingerspitzen die blonden Strähnen aus dem Gesicht, die sich aus ihrem langen Zopf gelöst hatten. »Ich bin froh, dass du hier bist. Bei mir.«

»Ich auch.« Sie knabberte an seiner Unterlippe. »Deine Diele gefällt mir«, flüsterte sie an seinem Mund.

Erneut regte sich in ihm das Verlangen. »Vielen Dank. Aus diesem Blickwinkel habe ich sie vorher noch nie betrachtet.«

»Ich würde gern das ganze Haus sehen.«

Er dachte an die Küche und die Spüle, in der sich das schmutzige Geschirr türmte, und den Mülleimer, aus dem die Fast-Food-Behälter quollen. »Die Küche solltest du besser auslassen. Ich muss mir erst einen Bagger mieten, um sie freizuschaufeln.«

»Okay, dann die Küche nicht.« Sie legte ihm einen Arm um den Hals und lächelte ihn verführerisch an. »Am meisten interessiert mich das Schlafzimmer. Befindet es sich am Anfang oder am Ende der Tour?«

Er schwieg einen Moment, dann grinste er. »Das Schlafzimmer kommt als Erstes.« Nach diesen Worten stand er auf und zog sie mit sich hoch. »Und die Tour beginnt jetzt.«

Als Nicole im Morgengrauen erwachte, fühlte sie ein unendliches Wohlbehagen, weil sie fast die ganze Nacht im Liebesrausch verbracht hatte. Sie aalte sich wie eine zufriedene Katze und strich sich das zerzauste Haar aus dem Gesicht, während sie sich genüsslich daran erinnerte, wie Jake seine Finger in ihre dicken Strähnen gekrallt hatte, als er in sie eingedrungen war.

Von dem Moment an, in dem bei Bills und Whitneys Hochzeit ihr Blick auf ihn gefallen war, hatte sie sich gesagt, dass Jake Ford nicht ihr Typ war. Sie hatte Stunden damit zugebracht, sich einzureden, er sei mit Sicherheit nicht der richtige Partner für sie. Vielleicht hatte sie letzte Nacht einen dermaßen großen Sprung gemacht, dass sie jetzt nicht mehr auf ihren Füßen landen konnte.

Sie wusste es nicht. Sie wusste lediglich, dass zwischen ihr und Jake mehr als nur Leidenschaft war. Sie empfanden etwas füreinander, etwas Tieferes als Leidenschaft, das sie beide nicht hatten wahrhaben wollen. Und doch war es da. Es existierte und konnte nicht länger geleugnet werden.

Sie drehte den Kopf und schaute auf Jake, der neben ihr lag. Die pechschwarzen Haare waren zerzaust, die Wimpern so schwarz wie die Bartstoppeln, die auf Kinn und Wangen sprossen. Seine Lippen waren leicht geöffnet, die Züge entspannt.

Als sie sich daran erinnerte, wie dieser Mund ihr völlig die Beherrschung geraubt hatte, erschauerte sie vor Lust. Sie konnte sich kaum davon abhalten, die Hand auszustrecken und ihm über die Brust zu fahren und tiefer …

Nicole schluckte und glitt schnell aus dem Bett. Sie suchte immer noch nach Antworten auf die Frage, wie zwei Menschen, die entschlossen gewesen waren, sich aus dem Weg zu gehen, am Ende doch zusammen im Bett hatten landen können. Antworten, die nur höchst ungenau sein würden, solange die Leidenschaft sie im Griff hatte. Sie brauchte Zeit … und Raum, um in Ruhe nachzudenken.

Jetzt bückte sie sich und hob ihr hoffnungslos zerknülltes weißes Hemd vom Fußboden auf. Nachdem sie es angezogen hatte, verließ sie das Zimmer und tappte barfuß den Flur entlang. Sie öffnete eine Tür, hinter der sie das Badezimmer vermutete, und erkannte sofort ihren Fehler. Durch Spitzenvorhänge schimmerte blasses Licht. An der Wand standen zwei kleine weiße Kinderbetten mit rosafarben bezogenen Bettbezügen. Zu ihrer Rechten befand sich eine weiße

Kommode mit Glasgriffen, und links von ihr sah sie Regale mit einer Menagerie von Plüschtieren und Puppen.

Nicole stand mit trockenem Mund wie angewurzelt da und atmete den schwachen süßlichen Duft ein, der in der Luft hing. Vor zwei Tagen, als sie ihm in der Agentur den üblichen Fragebogen vorgelegt hatte, war er andeutungsweise darauf zu sprechen gekommen, dass er seine Frau und seine beiden Töchter bei einem Flugzeugabsturz verloren hatte. Ihre betroffenen Nachfragen hatte er sofort schroff abgeblockt. Jetzt wurde ihr klar, dass sie den Schmerz und die Trauer, die Jake erfahren hatte, nicht einmal annähernd ermessen konnte.

Sie wusste, dass sie das Zimmer nicht betreten, dass sie die Tür wieder schließen sollte. Am Ende waren es die hübschen gerahmten Märchendrucke, die sie weiter in den Raum hineinzogen. Dornröschen, das von ihrem Prinzen wachgeküsst wurde. Schneewittchen, umringt von den sieben Zwergen. Und noch andere Märchenmotive. Märchen, die sie eines Tages ihren eigenen Kindern vorlesen würde.

Einen Moment später merkte sie, dass sie über eins der Kinderbetten gebeugt dastand und über den weichen Baumwollstoff des Kopfkissens strich. In einer Ecke saß ein rosa Plüschhase und schaute sie aus himmelblauen Augen an. Sie fuhr ihm mit einem Finger über den Kopf, woraufhin ein Plüschohr zur Seite klappte.

»Das war Jeanies Liebling. Jamie hatte einen kleinen schwarzen Bären.«

Nicole schrak zusammen, das Herz klopfte ihr bis zum Hals.

»Entschuldige, dass ich hier so einfach eingedrungen bin. Ich dachte, es sei das Bad.«

Er trug Boxershorts, aber kein Hemd. Sein Haar war zerzaust, und die Bartstoppeln an Kinn und Wangen wirkten jetzt noch dunkler als vorhin im Bett. Das harte Glitzern in seinen Augen sagte ihr, dass ihr Eindringen nicht das Einzige war, was ihm zu schaffen machte.

»Ich habe dir von dem anderen Fall erzählt, an dem ich arbeite«, bemerkte er ruhig, während er an das Kinderbett trat. »Von dem kleinen Jungen, der bei einer Schießerei im Vorbeifahren getötet wurde.«

»Ja.« Sie beobachtete, wie er unendlich behutsam nach dem rosa Plüschhasen griff. »Du hast damals sinngemäß gesagt, dass er nur sterben musste, weil er an einer Straßenecke stand, die der Schütze als seine betrachtete.«

»Richtig.« Starr blickte Jake auf den Hasen. »Als wir den Kleinen mit einer Kugel in der Brust fanden, hielt er ein kleines rotes Feuerwehrauto umklammert. Seine Mutter erzählte, dass er dieses Spielzeugauto liebte. Ich hatte den Eindruck, sie schöpfte aus der Tatsache, dass er es bei seinem Tod bei sich hatte, Trost.«

»Oh Gott!«

Jake setzte den Hasen wieder an seinen Platz und ließ seine Hand noch einen Moment darauf verweilen. »Dieser Mord passierte vor drei Wochen. Als ich an diesem Tag nach Hause kam, verbrachte ich eine Stunde hier in diesem Zimmer und versuchte herauszufinden, welche Spielzeuge Annie für die Zwillinge eingepackt hatte. Ich wollte nur wissen, ob meine beiden Mädchen bei ihrem Tod wenigstens ein geliebtes Spielzeug bei sich hatten.«

Nicole schossen die Tränen in die Augen. »Jake …« Schmerzlich berührt, legte sie ihm eine Hand auf die Schulter. »Es tut mir so leid.«

Er trat einen Schritt beiseite, sodass ihre Hand von seiner Schulter rutschte. »Mir auch.«

»Ich kann mir gar nicht vorstellen, wie schlimm es ist, so etwas durchzumachen.«

»Ich wünsche es niemandem.« Als er ihre Wange berührte, schaute sie ihn an und sah, dass seine Züge hart geworden waren. »Und ich kann mir nicht vorstellen, es zweimal durchzumachen.« Er schloss kurz die Augen. Nachdem er sie wieder geöffnet hatte, erklärte er: »Es tut mir leid, Nicole. Ich merke erst jetzt, was die letzte Nacht für ein Fehler war.«

Ein eisiger Schauer überlief sie. »Ein Fehler …«

»Ich dachte, ich könnte alles hinter mir lassen und es noch einmal riskieren. Aber als ich dich eben über dieses Bettchen gebeugt dastehen sah – genau wie Annie es immer getan hatte –, war es mir, als hätte mir jemand ein glühendes Messer in den Bauch gestoßen.«

Er nahm ihre Hand, und Nicole sah die Veränderung in seinen Augen. »Ich kann das nicht noch einmal durchmachen«, sagte er leise. »Das bringe ich einfach nicht fertig.«

Die in ihr aufsteigende Panik bewirkte, dass sie seine Hand fester umklammerte. »Ich verstehe, wie du dich fühlen musst, aber …«

»Verstehst du es wirklich?«, fragte er leise. »Weißt du wirklich, wie es ist, wenn man in einer einzigen Sekunde alles verliert, was einem lieb und teuer war? Weißt du, wie es ist, wenn es so wehtut, dass man kaum mehr atmen kann? Kennst du einen Schmerz, der nur nachlässt, wenn man sich eine Pistole an die Schläfe hält und abdrückt?«

»Nein, den kenne ich nicht. So etwas habe ich noch nie erlebt.« Sie schluckte. »Deine Familie muss dir viel bedeutet haben, Jake.«

»Ja, das hat sie.« Mit dem Daumen streichelte er die Innenseite ihres Handgelenks, bevor er Nicole losließ. »Und ich habe alles, was ich hatte, immer als selbstverständlich hingenommen. Annies Kaffee jeden Morgen und das Lachen meiner beiden kleinen Mädchen.«

Er fuhr sich mit der Hand durchs Haar. »Ja, meine Familie hat mir sehr viel bedeutet, Nicole. Und genau aus diesem Grund bin ich nach ihrem Tod durch die Hölle gegangen. Ich habe mich am eigenen Schopf aus dem Sumpf gezogen. Das will ich nicht noch einmal tun müssen. Ich *kann* es einfach nicht.«

Nicoles Hände zitterten, als sie den Taxifahrer bezahlte, ihren Jaguar aufschloss und hinters Steuer rutschte. Jake hatte sie noch zu ihrem Auto fahren wollen, aber sie hatte sein Angebot nicht angenommen. *Es war aus. Schluss. Vorbei.* Und dabei hatte es doch eben erst angefangen! Erneut fühlte sie den Schmerz, und sie hätte schreien können. Es tat so weh, dass ihr für einen Moment die Luft wegblieb.

Jake war entschlossen gewesen, sie von sich zu stoßen, und sie hatte ihn davon nicht abhalten können. Sie hatte das entsetzliche Gefühl, dass sie den Rest ihres Lebens damit zubringen würde, sich zu überlegen, was sie in diesem Kinderzimmer verloren hatte.

Aber sie hatte auch ihren Stolz. Er hatte sie abgewiesen. Selbst wenn es noch so sehr schmerzte, sie würde die Lücke, die Jake hinterlassen hatte, füllen. Sie hatte ihre Arbeit. Ihre Familie. Sie brauchte Jake Ford nicht.

Als ihr Handy klingelte, schloss sie die Augen. Sie glaubte nicht, dass er es wagte, sie anzurufen. Nicht nachdem er ihr gerade das Herz gebrochen hatte.

Sie schluckte, fischte das Handy aus ihrer Sporttasche und drückte auf den Verbindungsknopf.

»Hallo?«

»Nicole? Ich … Oh Gott.«

»Mel?« Die Panik, die in der Stimme ihres Assistenten mitschwang, veranlasste sie, das Handy fester zu umfassen. »Was ist denn los, Mel?«

»Es ist wegen Mutter.«

»Hat Ednas Zustand sich verschlechtert?«

»Sie ist tot, Nicole.« Die Stimme versagte ihm. Nach einer Weile fügte er hinzu: »Ich bin heute früh aufgewacht und … fand sie tot in ihrem Bett.«

11. Kapitel

»Was, zum Teufel, soll das denn für eine Partnerschaft sein, Ford?«
Whitney schoss wütend auf Jake zu. »Da bekommst du einen Tipp,
wo sich Cárdenas Freundin aufhält, und rufst mich nicht mal an?«

»Der Anruf kam nachts um eins«, sagte Jake, nachdem sie zusammen ihre beiden Schreibtische erreicht hatten. »Ich habe sie zum Verhör aufs Revier gebracht. Und Cárdenas habe ich erst vor einer
Stunde geschnappt.«

»Was hat denn die Uhrzeit damit zu tun?«

»Du bist schließlich noch in den Flitterwochen, deshalb dachte ich
mir, dass ich dir ruhig noch eine kleine Verschnaufpause gönnen
sollte.«

»Für diese Bemerkung müsste ich dir eigentlich ins Knie schießen.«

Jake sah aus dem Augenwinkel, dass sich Pierce und seine neue
Partnerin Elizabeth Scott in ihren Stühlen zurückgelehnt hatten und
die Show interessiert beobachteten.

»Es hat alles geklappt, auch ohne dass ich dich aus dem Bett holen
musste. Ich habe mir zwei Polizisten zur Verstärkung gerufen, und
so war die Festnahme keine große Sache. Ich dachte, ich tue dir einen
Gefallen damit.« Er fuhr sich mit den Fingern durchs Haar. »Ich
brauche jetzt wirklich einen Kaffee …«

»Das reicht, Ford.« Die Hände in die Hüften gestemmt, machte
Whitney einen Schritt auf Jake zu. »Du hast seit Tagen eine Stink-
laune. Ich habe mir jede Bemerkung darüber verkniffen, weil ich mir
dachte, dass du mir irgendwann schon erzählst, was dir für eine Laus
über die Leber gelaufen ist. Ich wollte dich nicht drängen. Und dann
marschiere ich vor fünf Minuten hier rein und muss erfahren, dass
mein Partner einen unserer Verdächtigen – *unserer* Verdächtigen,

wohlgemerkt – eingelocht hat, ohne mir auch nur ein Sterbenswörtchen davon zu sagen.«

»Reg dich ab, Whit, ja? Ich habe nur versucht, dir mehr Zeit mit deinem Mann zu geben.«

»Blödsinn!« Sie stach ihm den Zeigefinger in die Brust. »Und dieser Blödsinn hat nichts mit meinem Status einer frisch Vermählten zu tun, aber alles mit meiner Schwägerin.«

Als Pierce einen grellen Pfiff ausstieß, sah Jake rot. Er packte Whitney am Arm und zerrte sie in den hinteren Teil des Zimmers, wo sich neben den Aktenschränken ein kleiner Vorratsraum befand.

»Nicole hat mit meiner Laune nichts zu tun«, widersprach er, während er die Tür hinter ihnen zuknallte.

»Ach, wirklich?«

»Wirklich.«

Whitney riss sich von ihm los und setzte sich auf die Kante des kleinen wackligen Holztisches, der in der Mitte des Lagerraums stand. »Nicole kam in den letzten Tagen immer erst spätabends nach Hause und war außergewöhnlich still. Zuerst dachte ich, es hätte mit Mels Mutter zu tun … Ich weiß, dass Nicole sie mochte.«

»Ja.«

»Gestern nach der Trauerfeier gab es noch einen kleinen Empfang bei Mel Hall. Nicole war auch da. Sie hat ihm mit den Gästen geholfen.«

Jake fuhr sich mit der Hand über den verspannten Nacken. »Wie geht es ihr?«

»Sie ist ziemlich fertig. Mel ist am Boden zerstört, und sie versucht ihn, so gut es geht, zu trösten.« Whitney zog die dunklen Brauen zusammen. »Sie war so blass, dass ich Angst hatte, sie würde bei der Trauerfeier womöglich in Ohnmacht fallen. Hinterher in Mels Haus hab ich ihr einen Teller mit Essen zurechtgemacht und sie in eine ruhige Ecke gelotst. Dann bestand ich darauf, dass sie mir endlich sagt, was los ist. Zuerst wollte sie nicht mit der Sprache rausrücken, aber schließlich erzählte sie mir, was zwischen euch vorgefallen ist. Meine Güte, Jake, wie kannst du bloß so blind sein?«

»Ich tat, was ich tun musste.«

»Du *musstest* die Chance vergeben, mit einer wunderbaren, klugen, sensiblen und schönen Frau glücklich zu werden?«

So gesehen klang er wie ein Narr. »Es ist das Beste.«

»Für wen?«

»Für uns beide.« Er schob die Hand in seine Brusttasche. Als er sie leer herauszog, wünschte er sich sehnlichst, nicht das Rauchen aufgegeben zu haben. »Es war besser, die Sache zu beenden.«

»Du hast Panik bekommen, Jake«, sagte Whitney, und ihr Blick wurde sanfter. »Als du ins Zimmer der Zwillinge kamst und Nicole sahst, glaubtest du, die Geschichte würde sich wiederholen.«

»Stimmt, ich hatte Angst«, gab er zurück. »Ich konnte nur noch denken, dass ich Nicole irgendwann auch verlieren würde, wie Annie.«

»Und deshalb hast du lieber gleich selbst gehandelt, statt auf einen Schicksalsschlag zu warten, der vielleicht nie kommt.«

»Richtig.« Er erinnerte sich an die schlaflosen Nächte, die er seither gehabt hatte, und auch daran, wie berauschend es sein konnte, eine Frau zu finden, mit der sich alles so richtig anfühlte. Wie aufregend. Und wie verheerend es war, wenn sie fort war.

Und während er jetzt in diesem düsteren Raum stand, in dem es nach vergilbtem Papier roch, verspürte er eine verzehrende Sehnsucht nach Nicole. Und dann traf ihn die Erkenntnis wie ein Blitz aus heiterem Himmel. *Er liebte sie!* Er liebte sie und hatte es vorher nur noch nicht gemerkt.

Er hatte geglaubt, Verluste wären das Schlimmste im Leben, aber jetzt wusste er, dass es noch etwas Schlimmeres gab. Reue. Verdammt, er wollte wegen Nicole nichts bereuen.

Er fluchte. »Was habe ich bloß getan?«

»Du bist auch nur ein Mensch«, antwortete Whitney ruhig. »Für die meisten Menschen ist es bequemer, kein Risiko auf sich zu nehmen. Aber man kann dabei sehr einsam werden. Du verdienst es, den Rest deines Lebens mit einer Frau zu verbringen, die du liebst und die dich liebt. Du hast eine zweite Chance, glücklich zu sein, Jake.

Das bekommt nicht jeder. Du wärst ein Narr, wenn du sie nicht ergreifst.«

Jake sagte lange nichts, ehe er widerstrebend fragte: »Meinst du wirklich?«

In diesem Moment klopfte es leise, dann steckte Elizabeth Scott den Kopf durch die Tür. »Habt ihr euch schon gegenseitig umgebracht?«

Whitney schüttelte den Kopf. »Wir haben festgestellt, dass es zu viele Scherereien machen würde.«

»Na, das sind dann schon zwei Morde weniger«, bemerkte Elizabeth trocken. »Der Gerichtsmediziner ist am Telefon und will einen von euch beiden sprechen. Er sagt, die toxikologischen Befunde sind da. Er weiß jetzt, mit welchem Gift die Opfer getötet wurden.«

Nicole stellte ihren Jaguar in der Einfahrt des hübschen Einfamilienhauses ab, dessen weiße Rollläden im Licht der hellen Morgensonne glänzten. Sie wusste, dass Mel sie erwartete, wusste, dass er mit seiner Trauer allein war und dass sie sofort hineingehen sollte. Trotzdem lehnte sie ihren Kopf gegen die Nackenstütze und schloss einen Moment die Augen.

Sie fühlte sich dermaßen ausgelaugt, dass sie eigentlich nicht mehr grübeln sollte, und doch tat sie seit Tagen nichts anderes. Sie dachte an Jake. Ja, sie würde es überleben, dass er wieder aus ihrem Leben verschwunden war. Und doch war ihre Trauer noch so frisch, dass eine Zukunft ohne Schmerz für sie nicht vorstellbar war.

Und trotzdem musst du dich darauf mit all deinen Kräften konzentrieren, erinnerte sie sich selbst. Dann würde sie es schaffen, über Jake hinwegzukommen.

Die warme Sonne schien durch die Windschutzscheibe, während sie spürte, wie sie langsam wegdriftete. Als jemand direkt neben ihrem Ohr an die Scheibe klopfte, schrak sie aus dem Halbschlaf hoch.

Sie fuhr herum und sah Mel mit besorgtem Gesicht neben dem Auto stehen. »Sind Sie okay?«, formte er mit den Lippen.

Sie verspürte ein leises Schuldgefühl, weil er sich um sie Sorgen gemacht hatte, und drückte den Knopf für die Türverriegelung.

»Ich sah Sie hier draußen im Auto sitzen«, sagte er, während er ihr die Tür öffnete. »Sie rührten sich nicht, sodass ich schon Angst hatte, es stimmt irgendwas nicht.«

Sie griff nach ihrer Handtasche und dem Korb mit Gebäck, dann stieg sie aus. »Es tut mir leid, Mel.«

»Ist alles okay?«

»Natürlich.« Sie rang sich ein Lächeln ab und strich sich die aquamarinblaue Seidenbluse glatt, die sie passend zu ihrer Hose trug. »Ich habe nur einen Moment die Augen zugemacht. Wie geht es Ihnen?«

»Gut, jetzt, da Sie hier sind. Dass ich Mom verloren habe, kommt mir immer noch wie ein böser Traum vor.«

»Ich weiß, Mel. Es tut mir leid.«

Er lächelte dankbar, als Nicole ihm den Korb reichte. »Sie haben mir mein Lieblingsgebäck mitgebracht.«

»Blaubeermuffins. Ich dachte, wir trinken eine Tasse Tee dazu, und dann beschäftigen wir uns mit Ihrem Papierkram.«

»Danke. Ich wüsste nicht, was ich ohne Sie machen sollte.«

Während sie die Einfahrt entlanggingen, warf sie ihm aus dem Augenwinkel einen forschenden Blick zu. Er trug ein Freizeithemd und eine Kakihose. Sein blondes Haar schimmerte in der Sonne. Seine Augen blickten klar. Sie war froh, dass wenigstens Mel letzte Nacht offenbar ein bisschen Schlaf bekommen hatte.

Im Haus gingen sie den Flur entlang durch das holzvertäfelte Wohnzimmer, das bei Nicole immer Assoziationen an gemütliche Winterabende vor dem Kamin weckte, in die Küche. Dort war es ebenfalls sehr gemütlich mit den gelben Wänden, die einen hübschen Kontrast zu den tiefblauen Arbeitsflächen und Schränken bildeten.

»Ich nehme an, Ihr Onkel Zebulon hat seine Maschine noch rechtzeitig bekommen?«

»Ja, eine Nachbarin, die am Flughafen arbeitet, hat ihn mitgenommen«, berichtete Mel und stellte den Korb auf der Theke ab. »Ich habe zwar ein schlechtes Gewissen, wenn ich das sage, aber ich bin froh, dass er weg ist. Ich bin froh, dass alle wieder weg sind – bis auf uns beide.«

Gedankenverloren warf Nicole ihm über die Schulter ein Lächeln zu, während sie aus einem Schrank die Teetassen holte. »Es ist nicht leicht, wenn man einen geliebten Menschen verliert und dann auch noch vor so vielen Leuten stark erscheinen muss.« Sie nahm den Wasserkessel vom Herd und ging damit zur Spüle. »Ich werde nicht den ganzen Tag bleiben, Mel. Ich weiß, dass Sie Zeit für sich allein brauchen.«

»Ich brauche Zeit mit Ihnen.«

Seine Stimme dicht hinter ihr bewirkte, dass ihr der fast volle Kessel aus der Hand rutschte und laut scheppernd in der Spüle landete. Als sie sich umdrehte, legte er seine Hände rechts und links von ihr auf den Tresen.

»In dem Moment, in dem ich Sie das erste Mal sah, stockte mir der Atem.«

»W…was?«, stammelte sie.

»Ich konnte Ihre Seife und Ihre Haut riechen. Jedes Mal, wenn Sie mich anlächelten, fühlte ich mich außer Stande, einen klaren Gedanken zu fassen.« Sein Blick glitt an ihr nach unten. »Ich malte mir aus, wie es ist, wenn wir zusammen sind. Oh, ich habe immerzu an Sie gedacht.«

»Mel …«

»Ich liebe Sie, Nicole. Und ich weiß, dass Sie mich auch lieben.«

Wie erstarrt stand sie da, während hinter ihr immer noch das Wasser lief. Ihr Herz hämmerte, und sie bekam kaum noch Luft. Mit glühendem Blick sah er sie an.

»Wie einen Freund, Mel«, sagte sie behutsam. »Ich liebe Sie wie einen Freund.«

»Das wird sich ändern.«

»Mel, ich weiß nicht, was …«

Er riss sie an sich und presste hart und gierig seine Lippen auf ihre, noch ehe sie dazu kam, Atem zu holen.

»Hören Sie auf!« Sie stieß ihn zurück und taumelte zur Seite. Bleib ganz ruhig, befahl sie sich selbst, während sie sich umdrehte, um ihn anzuschauen. Bis zu diesem Moment hatte sie keine Ahnung gehabt, dass er in sie verliebt war, aber das war ganz klar der Fall. Er ist sehr jung, erinnerte sie sich. Sie musste behutsam mit ihm umgehen, um sein Selbstwertgefühl nicht zu verletzen.

»Ich weiß, dass Sie der Tod Ihrer Mutter aus dem Gleichgewicht gebracht hat.«

»Ja, aber das geht vorbei. Weil Sie bei mir sind.«

»Ich bin hier, um Ihnen zu helfen. Sie sind nicht allein. Sie haben viele Freunde wie mich, die Sie unterstützen.«

»Wir sind mehr als Freunde, Nicole. Ich bete Sie an.«

Um ruhiger zu werden, holte sie tief Luft. »Ich wünschte, Sie hätten mir schon früher gesagt, was Sie für mich empfinden. Wir hätten darüber reden können. Ich hätte Ihnen erklären …«

»Ich durfte es Ihnen nicht sagen, nicht, solange Mutter lebte. Denn ich hatte die Verantwortung für sie. Es wäre nicht fair gewesen, Ihnen die Verantwortung für eine Kranke aufzubürden. Der Arzt hat mir immer wieder gesagt, es sei nur noch eine Frage der Zeit, bis Mutter mich verlässt.« Mels Augen verdunkelten sich. »Und weil ich wusste, dass wir dann zusammen sein können, hatte ich Geduld. Aber das konnte mich nicht davon abhalten, Sie zu beschützen. Ich habe Sie die ganze Zeit über beschützt.«

Ein eisiger Schauer lief ihr über den Rücken. »Was meinen Sie mit ›die ganze Zeit über‹?«

»Ormiston, Villanova, der Professor.« Mel lächelte. »Für Sie. Ich habe es für Sie getan.«

»Oh mein Gott«, flüsterte sie. Mel stand zwischen ihr und der Küchentür. Hinter ihr war ein Trockenraum, von dem aus man in die Garage gelangte. Aber sie wusste, dass die Garage immer abgeschlossen war.

Sie musste nachdenken, musste Zeit gewinnen, um einen Ausweg zu finden. »Sie haben sie alle getötet?«

»Ja. Um Sie zu beschützen«, antwortete er ernst.

Ihr wurde fast übel. »Wovor haben Sie mich denn beschützt?«

»Ormiston war wütend, weil Sie noch keine passende Partnerin für ihn gefunden hatten. Er rief an und machte eine Riesenszene. Und er drohte, Sie zu verklagen. Er wollte Sie unbedingt sprechen, aber ich weigerte mich, ihn durchzustellen, weil er so abscheuliche Sachen sagte. Vergeblich versuchte ich, ihn zu beruhigen. Er wollte einfach keine Vernunft annehmen.«

»Sagten Sie nicht, er hätte seine Meinung geändert?« Ihre Stimme zitterte ein wenig vor Angst. »Er wollte seinen Vertrag doch verlängern.«

»Das habe ich Ihnen nur so erzählt, um Sie zu beruhigen. Ich fuhr zu ihm – hinter einem anderen Wagen her, der durch das Tor gelassen wurde. Ich klingelte bei Ormiston und sagte ihm, nachdem er mir die Tür geöffnet hatte, dass er nur ein Formular unterschreiben müsste, und danach würde er sein Geld zurückbekommen. Daraufhin bat er mich ins Haus.«

»Sie … Sie haben ihn meinetwegen getötet?«

»Er wollte Sie ruinieren!« Mels Faust krachte so hart auf den Tresen, dass die Teetassen, die dort standen, klirrten. »Bei Villanova war es etwas anderes. Der war einfach nur hinter Ihnen her. Er hätte Sie benutzt und dann fallen gelassen.«

»DeSoto …« Übelkeit erfasste sie. »Er hat doch nur ein bisschen mit mir *geflirtet*. Zwischen uns war nichts.«

»Ich habe gesehen, wie er Sie auf der Hochzeit Ihres Bruders mit Blicken verschlungen hat.« Mel kniff die Augen zusammen. »Als er das letzte Mal in der Agentur war, sagte er, dass Sie nicht mehr mit ihm ausgehen wollten, und deshalb hatte er vor, den Vertrag zu unterschreiben, weil er hoffte, Sie dann öfter sehen zu können. Er dachte, Sie würden Ihre Meinung doch noch ändern. Ich ließ ihn wissen, er verschwende damit nur seine Zeit, und das passte ihm gar nicht.«

Mels Lächeln war jetzt so kalt, dass sie erbleichte. Jake hatte ihr erzählt, dass DeSoto wütend gewesen war, als er ihm am Aufzug begegnete. *Jake.* Gott, sie brauchte Jake.

»An diesem Abend fuhr ich zu Villanova und entschuldigte mich bei ihm für mein Verhalten. Ich machte ihm ein paar Versprechungen, und daraufhin bat er mich rein.«

»Und dann haben Sie ihn getötet.« Das kann nicht wahr sein, dachte Nicole starr vor Entsetzen. Es *konnte* einfach nicht wahr sein.

»Es tut mir leid, dass ich Sie niedergeschlagen habe, als ich aus dem Haus eilte. Aber ich habe Sie in der Dunkelheit nicht erkannt. Als ich Ihre Schläfe sah, wäre ich am liebsten gestorben.«

»Und Harold?«, fragte Nicole mit bebenden Lippen. »Warum er?«

»Sie haben ihn angerufen und zum Essen eingeladen. Er wäre nicht gut für Sie gewesen.«

»Es war nur ein Abendessen, Mel. Nichts weiter.«

»Er hätte Sie unglücklich gemacht.«

»Wie … woher wussten Sie, dass ich ihn angerufen habe?«

»Ich habe Ihren Anruf mitgehört. Ich habe alle Ihre Anrufe mitgehört. Und ich habe Ihre Post gelesen, mit Ihren Freunden gesprochen. Ich kenne Sie so gut, Nicole.«

Als er einen Schritt auf sie zumachte, wich sie zurück. »Fassen Sie mich nicht an.«

Verletzt blickte er sie an. »Ich habe Ihnen nie etwas getan, Nicole.«

»Sie haben vielen Menschen etwas getan.«

»Aber Sie habe ich beschützt. Was Sie allerdings nicht davon abgehalten hat, mir wehzutun.«

Sie atmete wieder tief durch. »Womit habe ich Ihnen wehgetan, Mel? Wann?«

»An diesem Abend, als Sie mit diesem Polizisten weggingen. Ich stand da und wusste genau, was er mit Ihnen tun würde. Was Sie ihm *erlauben* würden. Ich folgte Ihnen auf den Flur, und dort sah ich, wie er Sie küsste.« Während er sprach, ballte Mel seine Hände zu Fäusten. »Ich wollte ihn auch töten. Aber dann starb Mutter, und Sie kamen zu mir. Ich wusste, dass Sie bald merken, wie wundervoll wir zusammenpassen.«

»Jake«, war alles, was sie von Entsetzen geschüttelt herausbrachte.

»Jetzt muss ich ihn nicht mehr töten. Als Ihre Schwägerin hier war, hörte ich, wie Sie ihr erzählten, dass Sie ihn nicht mehr sehen. Wenn Sie ihn nicht treffen, kann er Ihnen auch nicht wehtun.«

»Das ist richtig«, sagte sie mechanisch.

»Ich habe mich wirklich gut um Mutter gekümmert. Die Ärzte erklärten mir, ich hätte alles getan, was in meiner Kraft stand, aber am Ende war ihr nicht mehr zu helfen. Doch *Sie* kann ich beschützen, Nicole. Sie werden sehen, dass ich dazu imstande bin.«

»Ich … ich muss das Wasser abstellen.« Langsam drehte sie sich um. Ihre Hände zitterten so stark, dass sie es kaum schaffte, den Hahn zuzudrehen. Sie versuchte, gegen ihre Panik anzukämpfen, und griff sich an den Hals, während sie auf den Kessel hinunterblickte, der in der Spüle stand. Gefüllt mit Wasser.

Ich muss weg von hier, dachte sie, als sie die Finger um den Griff des Kessels legte. Sie musste sofort von hier weg.

»Nicole, Sie werden sehen, dass ich der Richtige für Sie bin.«

»Gar nichts werde ich sehen.« Sie wirbelte mit dem Kessel in der Hand zu ihm herum und traf ihn an der Schläfe. Das Wasser spritzte heraus. Mel taumelte gegen den Tresen, ruderte mit den Armen, ehe er zu Boden stürzte.

Sie hastete an ihm vorbei. Seine Hand schoss vor und packte sie am Fußgelenk. Sie stolperte und fiel auf die Knie. Schreiend versuchte sie, sich aus seinem Griff zu befreien.

»Ich liebe dich.« Er zog sie näher an sich. »Nie werde ich dir wehtun.«

Nicole wehrte sich verzweifelt, aber das Wasser hatte den gefliesten Boden in eine Rutschbahn verwandelt. Sie wurde von Todesangst gepackt, als er sie noch näher zu sich heranzog. »Lassen Sie mich los!«

Irgendwo in der Ferne hörte sie Holz splittern.

»Nicole …«

»Nein!« Sie stieß mit ihrem freien Fuß mit aller Kraft zu. Trotz ihrer Panik registrierte sie, dass sie einen soliden Treffer in Mels Rippen gelandet hatte.

»Lassen Sie sie los!«

Zuerst glaubte sie, sich Jakes Stimme, die Gestalt, die sich über Mel beugte, nur eingebildet zu haben. Aber der Revolverlauf, der gegen Mels Schläfe gepresst wurde, war ganz real.

»Jake.« Sie rang nach Luft. »Jake …«

»Nicole, halt still.« Ohne Mel aus den Augen zu lassen, beugte Jake sich vor. »Ich sagte, Sie sollen sie loslassen.«

Mel schluchzte auf und gehorchte.

Als sie sich aufzurichten versuchte, wurde ihr schwarz vor Augen, ihr Herz hämmerte, und der Schweiß brach ihr aus allen Poren. Ihre Beine vermochten sie kaum zu tragen.

»Nicole, geh zwei Schritte zurück«, befahl Jake. Er wartete, bis sie es getan hatte, dann sagte er: »Okay, Hall, stehen Sie auf. Aber langsam, sonst schieße ich.«

Mel tat es und hob die Hände. Seine Hemdbrust war nass. Von seiner Schläfe, die sich bereits blau verfärbte, rann Blut. Als er den Blick auf Nicole richtete, sah sie Tränen in seinen Augen. »Ich habe es für Sie getan. Nur für Sie, weil ich Sie liebe.«

Sie zitterte am ganzen Körper, als sie Jake anschaute. Seine Augen glitzerten hart, sein Mund war zusammengepresst, während er seine Waffe auf Mel gerichtet hielt. »Er hat sie getötet … alle drei. Er ist krank und braucht Hilfe.«

»Hall kommt in eine Zelle.«

»Ich brauche Sie, Nicole.« Jetzt rannen Mel die Tränen über die Wangen. »Ich will Ihnen alles geben. Ohne Sie kann ich nicht leben.«

»Ich werde Ihnen helfen.« Sie fühlte sich furchtbar elend. »Das ist alles, was ich für Sie tun kann.«

»Das reicht nicht. Es reicht bei Weitem nicht.«

»Es muss reichen.«

Spät in dieser Nacht klingelte Jake bei Nicole. Den ganzen Tag über hatte ihn die Szene in Mels Haus nicht losgelassen. Immer wieder durchlebte er das Gefühl der Panik, die ihn ergriffen hatte, als er draußen auf der Vorderveranda Nicoles Schrei gehört hatte. Und die ohnmächtige Wut und Angst, als er gesehen hatte, dass sie sich verzweifelt gegen einen Mörder zur Wehr setzte.

Er hatte vorgehabt, bis morgen zu warten und dann zu ihr zu gehen. Ihr Zeit zu geben, damit sie sich von ihrem Schock erholen konnte. Aber wenn er noch eine Minute länger wartete, würde er verrückt werden.

Er klingelte noch einmal. Sie hatte sich geweigert, eine weitere Nacht bei Bill und Whitney zu verbringen, und darauf bestanden, nach Hause zu gehen.

Er inspizierte das Schloss und überlegte gerade, wie empört sie sein würde, wenn er es knackte, als die Tür geöffnet wurde.

Jake kam sich vor wie im Traum, als sie in diesem elfenbeinfarbenen Seidenmorgenrock, den sie vor einer Ewigkeit getragen zu haben schien, vor ihm stand. Ihr offenes Haar fiel ihr weich über die Schultern.

Sein Magen krampfte sich zusammen, als sie ihn ausdruckslos ansah.

»Ich bin müde, Jake.«

Sie wollte die Tür schon schließen, da stemmte er die Handfläche dagegen. »Ich muss mit dir reden. Heute noch.«

»Jake …«

»Bitte, Nicole. Bitte.«

Sie atmete langsam aus. »Vermutlich ist es am besten, wenn wir es hinter uns bringen.«

»Hinter uns bringen? Was?«, fragte er beim Eintreten.

»Morgen wollte ich dich anrufen. Ich habe dir noch gar nicht dafür gedankt, dass du mir das Leben gerettet hast. Das war unhöflich …«

»*Unhöflich?* Ein Mörder hatte dich in seiner Gewalt, und du machst dir Sorgen um deine Umgangsformen?«

»Du sollst nur wissen, dass ich dir dankbar bin.«

»Schon wieder hast du vergessen, dass ich der Kerl bin, dem man nicht danken muss.«

Sie drehte sich um und ging ins Wohnzimmer. »Ich möchte auch mit dir über Mel reden.«

Das Letzte, womit Jake sich jetzt beschäftigen wollte, war Mel Hall. »Was ist mit ihm?«

»Das Ganze ist mir immer noch ein völliges Rätsel. Wie konnte er bloß so besessen von mir sein, ohne dass ich es merkte?« Während sie redete, ließ sie sich auf einer Sessellehne nieder. »Tag für Tag habe ich mit ihm zusammengearbeitet, ohne zu sehen, was mit ihm los war?«

»Hall hatte sich gut im Griff.«

»Es ist mir völlig unbegreiflich.« Sie schwieg einen Moment, ehe sie fortfuhr: »Was ist mit seinem Onkel Zebulon? Whitney erzählte mir, dass der ihm das Curare, das Mel seinen Opfern gespritzt hat, gab. Glaubst du, Zebulon wusste, was Mel damit tat?«

»Whitney und ich glauben es nicht. Der Onkel erklärte, er habe es Mel zur Linderung der Schmerzen seiner Mutter geschenkt. Bis jetzt nehmen wir ihm das ab. Curare in geringen Dosen ist ungefährlich und wird manchmal als ein Mittel zur Muskelentspannung eingesetzt. Aber wenn eine Überdosis davon ins Blut gelangt, ist es tödlich.« Er kam einen Schritt näher. »Mel wird für lange Zeit eingesperrt bleiben. Er kann dir nichts mehr tun.«

»Mel ist so krank.« Sie presste ihre Finger an die Lippen. »Er braucht Hilfe. Ich *muss* ihm helfen.«

»Dann solltest du es tun.«

Sie erhob sich so schwerfällig, als würde eine große Last auf ihren Schultern liegen. »Nun, ich nehme an, das ist alles. Dann mach's mal gut, Jake.«

Mit schweißnassen Handflächen machte er einen Schritt auf sie zu und schnitt ihr den Weg zur Tür ab. »Du denkst, damit ist es beendet?«

Überrascht blickte sie ihn an. »Nein, Jake, *du* hast es vor Tagen beendet.«

»Ich dachte, ich könnte dich wegstoßen und mein altes Leben weiterführen. Ich glaubte, es jetzt zu tun wäre klüger, als dich irgendwann zu verlieren.«

»Du hast das getan, was dir als das Beste erschien. Ich will jetzt nicht alles wieder neu aufrollen …«

»Nein, Nicole, mir ist eines klar geworden. Ich muss mich endlich damit abfinden, dass Annie und die Mädchen nicht mehr da sind. Sie sind tot. Und ich bin damals nicht mit ihnen gestorben, obwohl ich mich lange Zeit so fühlte.«

Nicoles Lippen zitterten. »Ich weiß nicht, warum du mir das erzählst ...«

»Du hattest recht, als du sagtest, meine Familie hätte mir viel bedeutet. Aber es sind nur Erinnerungen. Ich will endlich anfangen, wieder in der Gegenwart zu leben. Vielleicht war ich schon seit einiger Zeit dazu bereit, doch ich wusste es nicht, bis ich dir auf Whitneys Hochzeit begegnete. Erst dadurch begann ich, mich wieder lebendig zu fühlen.«

»Es ... es war nur ein Tanz.«

»Es war viel mehr. Ich wusste nur nicht, wie ich mit den Gefühlen für dich umgehen soll. Jetzt weiß ich es.« Voller Angst, von ihr zurückgewiesen zu werden, streckte er die Hand nach ihr aus. Als sie sich nicht sträubte, zog er sie in die Arme. »Ich brauche dich, Nicole.« Er verbarg sein Gesicht in ihrem Haar und atmete den Duft ganz tief ein. »Ich liebe dich.«

Er spürte, wie sie überrascht zusammenzuckte. »Was hast du gesagt?«

Jake umfasste ihr Gesicht. »Ich brauche dich.«

»Das andere.«

Er ließ die Hand über die seidigen Ärmel ihres Morgenrocks gleiten. »Ich liebe dich. Gib uns noch eine Chance und heirate mich.«

Ihr Herz pochte. »Ich, nein. Ich ... weiß nicht.«

Er runzelte die Stirn. »Was weißt du nicht?«

»Was ich denken soll.« Sie strich sich mit der Hand über die Stirn. »Ich fühlte mich von Anfang an zu dir hingezogen, aber aus Angst, mich dir gefühlsmäßig auszuliefern, redete ich mir lange ein, dass du nicht der Richtige für mich bist.«

»Nun, und jetzt kannst du dir sagen ...«

»Und dann, an diesem Morgen im Zimmer der Zwillinge, wurde mir bewusst, dass ich dich liebe.«

Erneut streckte er die Hand nach ihr aus, aber Nicole trat einen Schritt zurück.

»Nein, lass mich. Ich muss noch darüber nachdenken, Jake.«

»Wir lieben uns. Alles andere ergibt sich von selbst.«

Sie legte sich die Arme um die Taille und begegnete seinem Blick. »Vielleicht hältst du das, was du eben zu mir gesagt hast, ja für wahr.«

»Es ist wahr.«

»Und wenn du dich irrst? Wenn du plötzlich merkst, dass du dieses Risiko doch nicht noch einmal eingehen kannst? Was ist, wenn du morgen früh aufwachst und dir wieder klar wird, dass du einen Fehler gemacht hast?«

Jake wurde auf sich selbst wütend.

»Es tut mir leid, dass ich dir wehgetan habe. Nie mehr will ich auch nur eine einzige Nacht ohne dich sein.« Er schüttelte den Kopf. »Glaubst du wirklich, ich würde dir sagen, dass ich dich liebe, wenn ich mir nicht sicher wäre?«

»Ich weiß wirklich nicht, was ich denken soll. Und das macht mir Angst. Ich bin zweimal in meinem Leben von einem Mann verletzt worden.«

»Ich bin nicht stolz darauf, einer davon zu sein.«

»Du hast mich verletzt, Jake. Aber hauptsächlich war es mein Fehler.«

»Wieso das denn?«

»Ich hätte es besser wissen müssen. Cole habe ich völlig überstürzt geheiratet und mich nur auf meine Gefühle verlassen. Ich wusste, dass ich so etwas nie wieder machen darf. Nie wieder, Jake.«

Er hatte das Gefühl, dass ihm das Herz stehen blieb. »Nicole ...«

Sie hob das Kinn. »Ich will, dass wir uns ganz langsam kennenlernen.«

»*Ganz langsam kennenlernen?*« Er hätte nicht verblüffter sein können, wenn sie den Kaffeetisch wie eine Keule geschwungen und ihm auf den Kopf geschlagen hätte. »Mit Beziehungen beschäftige ich mich doch beruflich.«

»Also wirklich, ich werde mich ganz bestimmt nicht in deiner Agentur registrieren lassen und mit einer Meute einsamer Frauen ausgehen, während du versuchst, dir *ganz langsam* eine Meinung über mich zu bilden. Verdammt, ich *liebe* dich. Damit stehe ich dem Markt nicht mehr zur Verfügung.«

»Du bist bereits registriert.«

»Für eine verdeckte Ermittlung unter falschem Namen.«

»Was ein nettes Schlupfloch für mich ist, weil ich mich mit Klienten grundsätzlich nicht verabrede.«

Seine Augen blitzten hoffnungsvoll auf. »Vielleicht solltest du mir endlich erklären, worauf du eigentlich hinauswillst.«

»Ich kenne dich nicht, Jake. Zwar liebe ich dich, aber ich *kenne* dich nicht. Ich weiß nicht einmal, was deine Lieblingsfarben sind. Von deinen Hobbys habe ich keine Ahnung. Was machst du in deiner Freizeit. Welche Filme gefallen dir?«

Sie machte einen Schritt auf ihn zu und berührte seine Wange. »Ich möchte den Mann kennenlernen, in den ich mich verliebt habe.«

»Indem wir uns verabreden. Du willst, dass wir uns ganz förmlich verabreden.«

»Ja.«

»Exklusiv?«

»Ja.«

Erleichtert atmete er auf. Er hatte sie nicht verloren. »Nur verabreden?«

»Fürs Erste.«

»Und solange wir uns nur verabreden, erwartest du vermutlich, dass ich meine Finger von dir lasse?«

»Wenn du das tust, bist du ein toter Mann.« Sie stellte sich auf die Zehenspitzen und streifte seinen Mund mit ihrem. »Manche Leute schlafen beim ersten Date miteinander.«

»Stimmt.« Er zog sie an sich, legte ihr die Arme um die Taille und küsste sie. Als er spürte, dass sie zu schwanken begann, löste er sich ein wenig von ihr. »Rot«, flüsterte er.

»Was meinst du?«, murmelte sie.

»Meine Lieblingsfarbe.«

Sie legte ihren Kopf zurück und schaute ihn mit leicht geöffnetem Mund und von Begehren verschleierten Augen an. »Rot. Das ist ein guter Anfang.«

»Das dachte ich mir.«

Sie ließ die Hände über seine Arme, die Schultern gleiten, dann verschränkte sie sie in seinem Nacken. »Ich schlage vor, dass wir jetzt ins Bett gehen, dann kannst du mir von deinen Hobbys erzählen.«

»Ich habe sehr viele Hobbys.«

»Wirklich?«

»Ja.« Lachend riss Jake sie in die Arme und hob sie hoch. »Das kann die ganze Nacht dauern.«

– ENDE –

Informationen zu unserem Verlagsprogramm, Anmeldung zum Newsletter und vieles mehr finden Sie unter:

www.harpercollins.de